바다 밑에서

바다 밑에서

김석범 장편소설

바다 밑에서

2023년 4월 3일 제1판 제1쇄 펴냄

2023년 4월 20일 제1판 제2쇄 찍음
2023년 4월 30일 제1판 제2쇄 펴냄

지은이 | 김석범
옮긴이 | 서은혜
펴낸이 | 박우정

편집 | 천정은·양은경

펴낸곳 | 도서출판 길
주소 | 06032 서울시 강남구 도산대로25길 16 우리빌딩 201호
전화 | 02)595-3153　　팩스 | 02)595-3165
등록 | 1997년 6월 17일 제113호

ISBN 978-89-6445-266-0 03810

차례

일러두기 • 본문의 주석은 모두 옮긴이의 주이다.

1

1945년 4월, 미군이 일본 본토의 전초 기지, 본토 침공을 위한 방파제 오키나와에 상륙했고, 일본군은 제2의 오키나와인 남조선 제주도 상륙을 막기 위한 작전을 진행했다. 인구 20만 명 미만인 섬을 일본군 7만 명이 점거, 도민 총동원에 의한 섬의 대미 요새화로 미군 상륙에 대비했다.

도민 전체가 휩쓸렸던 일본군 결사항전인 옥쇄.[1] 제주도 주재 일본인과 일부 도민들의 섬 밖, 조선 육지를 향한 피난 탈출이 시작된다.

1945년 8월, 독일에 이은 일본의 항복으로 세계대전은 끝났고 자유민주주의 연합국이 파시즘 국가들에게 승리했다.

연합국의 점령군인 도쿄 미 GHQ가 관할하는 남조선 전역을 하지 중장의 지휘 아래 미군이 점령, 옛 일제의 지배 기구였던 조선총독부 조선인 관리 경찰을 그대로 둔 채 미국의 군정통치가 실시되었다. 그리고 미군 점령하인 1948년 8월 대한민국 수립 과정을 전후하여, 조국 분단을 가져올 '남'쪽만의 단독선거, 단독정부 수립 반대 투쟁의 일환으로 4월 3일, 제주도에서 무장 항쟁이 시작되었다.

1년에 걸친 미군 지휘하의 토벌 기간, 제2차 세계대전 이후 첫 번째 제노사이드가, 세계로부터 폐쇄된 비밀의 섬에서 해방독립조국으로 귀환한 사람을 포함하여 20만 명을 넘는 인간 중 3만 이상에 대해 자행되었다. 젖먹이마저 빨갱이로 만들고 임신 중인 여성의 배를 갈라 빨갱이의 씨를 '멸종'시킨, 가스실이나 폭탄으로 단시간에 죽이는 것이 아니라 도마 위의 생선이나 고기를 도려내듯이 살아 있는 인간의 몸과 마음, 육체, 존재를 거대한 도마 위에서 난도질, 닥치는 대로 칼질한 살육. 빨갱이 말살, 민주주의 옹호라는 대의명분을 내걸고 개개인의 심신을 갈아 으스러뜨린 대량 학살.

---

1 옥쇄(玉碎): '옥처럼 부서지다'라는 의미로 대의를 위한 죽음을 뜻하는 당시 일본 제국주의의 표어였다.

"인심을 변화시켜 '늑대'와 '독사'로 만드는 까닭에 공산주의자들은 인간이라고 볼 수도, 동족이라고 부를 수도 없다."(이승만 대통령의 라디오 연설)

토벌대는 도민의 귀를, 코를 베어내고 잘라낸 머리를 들고 가 군경사령부에서 돈, 포상금으로 바꾸었다. 시대를 넘고 바다를 건너 옛날 도요토미 히데요시의 '조선 정벌' 출병 당시 조선인 학살을 흉내 낸 것일까?

끝내 '게릴라 섬멸', '평정'과 함께 죽음의 폐허가 된 제주도는 인간의 기억마저 허공 속 바람으로 사라지고 땅속 깊이 바닷속 깊이 묻혀, 섬은 영구동토가 되었고 '4·3 사건'은 기억과 함께 지상에서 사라졌다. '4·3 사건', 뭐야, 그게? 그런 건 없었다. 그것은 인간이 아닌 빨갱이가 꾸며낸 거짓말. 인간의 생존과 생활의 장에 역사가 있다고 한다면 그런 역사는 제주도에 없었다. 하늘을 나는 까마귀들은 주검을 뜯어 먹던 기억이 있어 냄새로 망원경 같은 눈으로 그것을 찾아다녔고 개와 늑대들도 냄새로 땅속의 시체를 파내어 먹었지만, 마침내 짐승들의 기억도 사라졌다.

100년도 더 된 구한말. 천변지이(天變地異)의 세상. 기나긴 가뭄 끝에 여름 삼복에 눈이 내렸다. 왕도가 어지럽고 민심이 흔들리니 세상은 말세. 태양은 땅을 태우고 얼음이 지상을 덮어 흉년이 이어졌고 백성은 굶어 죽었다. 순식간에 온 성내의 개들이 미쳐버렸다. 사람들은 낮에는 개가 무서워 나가지 못했고 밤에는 짖어대는 개들의 끔찍한 소리로 잠들지 못했건만 개들은 인적이 끊어진 대로를, 관덕정(觀德亭) 광장을 멋대로 헤집고 다녔다. 사람을 발견하고 인간의 냄새를 맡자마자 송곳니를 드러내고 덤벼들었다. 결국 개들끼리 물어뜯고 살점을 씹어대며 함께 죽어갔다. 개들은 사살되어 죽기도 하여 큰길에는 수백 마리 개들이 널브러져 있었다. 어떤 마을에서는 미친 말이 사람을 죽게 하기도 했고 고양이가 제 꼬리와 네 다리를 물어뜯어 죽었으며 관덕정 근처 돼지 시장에는 꼬리가 머리 꼭대기에 달리고 콧등 위에 눈이 붙은 새끼 돼지가 있었다는 소문이 퍼졌다…. 무술년 1898년과 대한제국이 멸망한 경술년 1910년 4월에 일어난 제주민란, 제주는 피의 바다가 되었다…. 무자년 1948년에는 제주도 한라산에서 60년이나 100년에 한 번 핀다는 대나무꽃이 여기저기 붉게 피어났으며 어느 날 새벽엔가 쌍둥이별이 한라산 상공에 나타나는 이변도 일어났다.

1948년이 기울고 1949년. 음력으로는 전날인 무자년 12월 2일에 이은 12월 3일. 설은 한 달 뒤 음력 1월 1일이어서 그날은 공휴일이라지만 평일의 연속에 지나지 않았다.

1월 1일 이른 아침 이방근의 방에서 두 사람 모두 거의 잠을 이루지 못해 밤을 지새운 후, 남승지는 6시의 통행금지 해제를 기다려 호신용으로 건네받은 피스톨을 품고 뒷문으로 마지막 성내 탈출을 감행했다. 싸락눈이 내리는 가운데 이방근이 준 방수 등산모와 우비를 코트 위에 겹쳐 입었다.

3일이 되자 잘린 목의 숫자는 두 배 넘는 20~30개로 늘었다. 관덕정 돌계단 위에 다 늘어놓을 수 없어 땅바닥까지 내려갔고 경찰서 콘크리트 벽을 따라 죽 늘어서 있었다. 어제 한라산 기슭 오등리를 시작으로 각지에서 게릴라의 격렬한 공격이 이어지고 있었다. 새로운 전투의 사망자들이리라. 이미 작년부터 경찰서 건물 안에는 자루에 든 머리들이 버글버글하다는 것을 다들 알고 있었으므로 그것들이 밖으로 나와 성내에서는 처음으로 모두의 면전에 나타났다 한들 새삼스레 놀랄 일도 아니었을 것이다. 여기저기 현장에 방치되어 있던 학살 시체들을, 굳이 죽은 자들의 목을 베어다 '전시'한 것은 성내에서는 처음 있는 일이었다. 이 얼굴을 알고 있는 자는 경찰에 신고하면 된다. 머리의 '가치'에 따라 나름대로 포상금이 나온다.

바람에 실린 끔찍한 냄새가 오가는 이들이 코를 싸쥘 정도로 광장을 떠돌고 있었지만 이런 것들이 성내 풍경의 일부가 된 걸까?

아무렇게나 길가에 늘어놓은 머리, 그중에는 턱이나 뺨이 잘려 나가 반쯤 해골에 가깝고 검은 머리카락만이 남은 머리들도 있었다. 한 조각 감상이 끼어들 여지도 없고 어떤 해석도 거부하고 있었다.

늘어선 머리들을 보고 온 마을 여자 하나가 넋이 나갔는지 집에 오자마자 허공에 양팔을 휘저어가며 이상한 소리를 하더니 그대로 드러눕는 바람에, 무당을 불러 굿을 시작했다. 씻김굿을 마친 이튿날, 경찰들이 남문통 그 집에 구둣발로 들이닥쳐 가택수사를 했고, 먹잇감 대신 늙어빠진 시아버지를 연행했다. 굿을 마친 무당이 정신이 이상해진 여자의 입에서 나왔을 토벌대니 경찰을 향한 저주를 품은 헛소리의 내용을 무당조합에 이야기한 것이 경찰에 보고된 듯했다. 경찰의 강요에 의해서였겠지만 워낙 도민들의 생활 속 비밀에 밀착되어 있는 무당조합이 도민에 대한 스파이 활동을 하고 있었다는 것이다.

이방근은 식산은행 옆 음식점 '현해'(玄海) 2층 창가에 코트를 입은 채 앉아서 테이블 위에 오른쪽 팔꿈치를 세우고 턱을 고인 자세로 창밖 풍경을 눈에 담고 있었다.

광장 너머 건너편 우편국 2층 건물, 페인트가 벗겨진 흰 건물의 문은 열려 있었지만 한동안 드나드는 사람이 없었다. 왼쪽 옆에는 일이 없는 소방서, 그리고 무장 경찰들이 모여 있는 바리케이드에서 더 왼편으로 보이는 경찰서의 콘크리트 벽을 따라 죽 늘어놓은 잘린 머리들의 줄. 관덕정 앞으로 인간의 얼굴 흔적이 남은 채 말라버린 머리들이 이쪽을 향해 늘어서 있었다. 바람에 헝클어진 머리카락이 돌에서 솟아난 것처럼 곤두서서 물결치고 있는 것이 보였다.

수많은 머리통들이 뒹굴고 있는 광장 한 모퉁이에 흙으로 쌓아올린 바리케이드에서 경찰들이 마을 길을 향해 이곳 '현해' 쪽으로 총을 겨누고 있었다.

좌우에 바리케이드 중앙 출입구 돌기둥이 서 있는 정문 안쪽으로 도청까지 이어지는, 과거 일본 황민화 정책의 소산인 벚나무 가로수들의 밑동에도 시체가 뒹굴고 있다.

벚나무 가로수길 좌우로 지방재판소니 정돌 미군기지 안 사형장으로 가는 출발점, 고문치사 현장인 제주경찰서 유치장, 일제의 유용한 유물인 다다미 깔린 무도관이 늘어서 있었다.

유치되었던 자들이 매일 아침 정돌 미군기지 활주로 동북단 사형장을 향해 트럭에 실려 나가는 출발점이었다.

성내 외곽 신작로의 전신주를 연결하는 전선에 사람 머리가 전등처럼 대롱대롱 매달려 있는 망자들의 행렬은 물론이고, 긴 머리카락이 헝클어져 늘어진 여자들의 머리는 행인들이 그 아래로 지나길 피하고는 했다.

유리 한 장 너머, 이방근은 커피를 한 모금 마시고 담배를 피워가며 창밖 광경을 눈에 담는다. 눈을 똑바로 뜨고 있어야만 한다. 관덕정 광장이 그 피를 빨아들이고 있는 머리들이 수를 늘리면서 광장 주변을 메워가는 동안 바람이 실어온 검은 베일이 광장 전체를 뒤덮어 그곳은 커다란 어둠의 공간, 분지가 된다. 지프나 트럭이 통과하는 인적 드문 광장 빈 곳에 사방의 도로와 골목에서 사람들이 줄을 지어 모습을 드러내기 시작하여 무슨 깃발 같은 것을 든 무리도 있었으니, 그렇다, 이미 비가 내리고 있던 광장은 진흙탕 공백 지대. 광장 주변은 동원된 군중으로 채워졌다. 마침내 경찰서가 있는 도청 구내 정문에서 잘린 머리를 끝에 매단 죽창을 어깨에 메고 패잔 게릴라들의 행렬이 까마귀들의 울음소리에 쫓겨가며 나왔다. 어깨에 걸친 청죽을 따라 쏟아지는 빗줄기에 방울져 떨어지는 게릴라의 피. 흔들흔들 보조를 맞춰 마치 둥글게 진을 치듯이 광장 주변을 돌며 백주에 유령의 행진을 반복했다. 까마귀들이 죽창 끝에 매달린 머리 위로 날아 내렸다. 죽창이 흔들리는 바람에 머리를 매단 채로 그것을 진창이 된 땅

바닥에 떨어뜨리는 사람도 있다….

이방근은 일단 눈을 감고 광장 지면의 마른 공백을 둘러보았다. 그 군중 속에 이방근은 없었으나 그의 하녀 부옥이가 구령을 외치고 있는 '서북'이니 경찰들의 움직임을 찬찬히 보고 있었다.

이 섬에서 일상화되어 가는 이런 광경들. 공개처형, 벌거벗긴 시아버지와 입산 게릴라의 처인 며느리를 마을 광장으로 끌어내서는 구경을 강요당한 촌민들 앞에서 성교하게 만드는 능욕 고문, 중학교 교정 연단에 벌거벗긴 여선생을 세워두고 학생들 앞에서 이 여자는 빨갱이, 인간쓰레기라며 채찍질을 하고 결국엔 총살에 처한 '서북'들…. 이 같은 일을 일상다반사로 받아들이는 감각이 아니라면 이 섬의 인간은 견디고 살아남을 수가 없다. 쏟아지는 눈처럼 속으로 속으로 가라앉는 슬픔. 살육자의 신경보다 더한 무감각을 익히지 않으면 인간의 마음 구조가 모조리 산산이 흩어져버릴 것이다. 돼지처럼 되어서라도 살아가지 않으면, 살육자들을 이길 수 없다.

이방근은 휴지를 꺼내 입안의 걸쭉한 침을 뱉어냈다. 구역질 때문은 아니다. 혐오인가? 냉기처럼 발끝을 마비시키며 기어 올라오는 공포인가? 위액은 아니다. 시큼하고 걸쭉한 타액을 다 삼키지 못하고 입 밖으로 내놓은 것은 구역질 때문은 아니지만 혐오감 때문도 아니었다. 그리고 공포 때문도 아니다. 공포로 얼어붙은 정신에 혐오감의 움직임을 판단할 능력은 없는 것이다. 슬픔 탓이다. 발산할 수 없는, 안으로 쌓여 얼어붙기만 하는 슬픔. 속으로 속으로 가라앉아 바닥에, 깊은 바다 바닥에, 무의식 속에 쌓여가는 슬픔. 재떨이에 뭉친 휴지를 넣은 이방근은 커피를 들이마시고 니코틴이 혀끝에 녹아 쓴맛이 스며드는 담배를 피운다.

소나 돼지라면 먹을 수나 있지만, 존재하지 않아도 되는 무가치한, 아니 유해한 것, 미 점령군이 말하는 해충류 방역, "신성한 대한민국의 존립에 30만 도민의 존재는 필요 없음." …공포가 분비하는 체액

이 투명하게 응축되어 천천히 공기보다 묵직하게 기화해 가며 분지 광장을 메우고 있었다. 광장의 베일을 한 장 걷어내면 거기 있는 것은 얼어붙은 공포의 광경이었다. 얼어붙은 정신의 광경. 핏줄기가 말라붙은 머리들의 행렬은 사람들의 기를 빨아들여 땅바닥에 풀어놓았다. 공포 앞에서 정신은 불능이 된다. 증오도 분노의 감정도 정의도 모든 정열이 시들고 살의조차 사라진다.

잘린 머리를 양배추처럼 길바닥에 쏟아놓고 망자를 살육하는 그들은 자진해서 '붉은 악마'(赤魔)를 물리치는 십자군 병사. 반공·민주주의 국가 설립, 반공사회질서의 정의 구현이라는 명분으로 살육을 감행한다. 죽이려는 욕망, 범하려는 욕망을 마음껏 펼쳐놓는다. 그것은 총탄에 맞아 죽는 물리적인 현상이 된다. 왜 죽이는지는 가가대소(呵呵大笑), 발끝에 짓밟혀 흩어진다. 아득히 먼 곳에서 총성이 울렸다. 현해 2층 유리창 너머로 보이는 경찰 바리케이드의 총구. 이방근의 시선을 스치며 움직인다.

밤. 눈을 뜨고 보니 새벽이었지만 이방근은 꿈속에서 펑, 펑…! 아랫배가 울릴 만큼 천둥 같은 소리를 들었다. 아침이 되어 안마당 쪽 대청으로 나오니 부옥이를 옆에 데리고 새어머니 선옥이 "이게 어떻게 된 거지? 하늘이 흐려지네." 하며 구름 낀 하늘을 올려다보고 있었다.

"대포예요."

"대포? 관덕정 광장이 피로 진창이 되어버렸는데 여기다가 대포까지 쏘아대서 어쩌려는 걸까. 아, 대포 소리… 어디서 대포를 쏘고 있는 거지?"

"군함요. 미국이 쏘는 거예요. 미군, 미군의 군함이…."

방으로 돌아온 이방근은 다시 침상으로 기어 들어갔다. 간헐적인 포성이 아련히 여운을 남겼지만 그건 역시 바다 쪽에서 들리는 포성이었고 틀림없이 함포 사격이었다. 함포 사격… 이방근은 중얼거렸다. 귀에도 입에도 낯선 말이었다. 해상 포격이라는 것은 어른이 어린아이 팔을 비틀어 죽게 만드는 것처럼 현실감이 없어서 절망보다는 우선 우스꽝스럽다는 느낌이 들었다. 도대체 누구를 향한 함포 사격인지….

함포 사격임은 분명해졌지만 슬픈 우스꽝스러움이 지워지지 않은 것은 이 나라 어디에 군함이 있으며 군함에 붙여놓은 포가 있다는 건가, 그게 다 미군 것이지… 하는 생각이 뒷맛 쓰디쓴 웃음을 불러온 탓이었다. 고향 바다에서 날아오는 포탄은 어디로 향하는가? 일찍이 제2의 오키나와를 노리던 일본군이 아니라, 섬의 게릴라가 있는 어느 동굴로, 도민에게로….

1949년 게릴라 괴멸의 해. 6월, 게릴라 사령관 이성운의 죽음. 성내 관덕정 광장 쪽 경찰서 돌기둥에서 십자가형에 처한 뒤 전신을 방취 방부 처리하여 알코올을 발라가며 썩을 때까지 매달아두었다.

이방근이 한라산 기슭의 산천단 동굴 옆에서 자살한 것은 같은 해 6월 19일이었다.

남승지가 이방근의 죽음을 알게 된 것은 자살로부터 1개월 후인 7월 20일경, 제주도에서 밀무역선 한일호로 일본에 온 선주 한대용으로부터였다. 오사카 역 근처 한대용의 단골 조선음식점 '평화정'의 방이었다. 한대용이 굵직한 음성으로 부르는 이방근이라는 이름이 고막을 때리며 울리자 그 얼굴, 모습, 기억이 나타났다가 순식간에 작열, 증발하여 사라진 충격. 이방근… 우욱, 신음하며 일어서다가 남승지는 현기증, 빈혈로 크게 휘청였다. 이방근의 죽음. 자살. 어째서? 이유, 이유라든가 동기 따위를 생각하는 것은, 거기까지 간 것은 한참 시간이 흐르고 나서였다.

왜 이방근이 없는 거지? 이방근이라는 존재가 없다고? 어째서 있던 것이 없어진 건가? 부재, 소멸? 어디로부터? 이방근은 이제 없다, 지상에. 어떻게 된 일일까? 왜? 어째서 없어졌나? 죽은 거다. 그래,

그렇지만 왜 없는 건가?

경찰 간부인 친척 정세용을, 설산 게릴라 아지트에서 게릴라 무장병을 밀어내고, 목숨을 구걸하는데도 사살해서일까? 피스톨은 남승지가 손에 든 것을 빼앗았다. 1월 1일 이른 아침, 성내를 탈출할 때 이방근에게서 건네받은 피스톨이었다.

당원명부를 경찰에 팔아넘긴 스파이, 당조직 성내지구 책임자이자 친구이기도 했던 유달현이 일본으로 도망치려고, 이방근이 같은 배에 탄 줄도 모른 채 밀항선 탈출을 꾀했다. 그러나 그를 쫓고 있던 이방근이 거친 밤바다 선상에서 유달현을 심문했고, 정체를 알게 된 선원과 승선한 청년들이 그를 선실에서 끌어내 돛대에 매달아 올려 죽음에 이르도록 방치했다. 그렇다면 그 때문에 이방근이 죽었나? 그렇다, 그렇게 설명할 수 있으리라. 설명할 수 있는 일. 이방근 본인이 아닌 자의 설명.

자유로운 인간은 살인하지 않는다. 그 전에 자신을 죽인다. 타자를 지배하지도 않고 지배당하지도 않는다. 살인을 하기 전에 자살하지 않는다면 그것을 초월하여 죽여버린 것이니, 스스로의 금기를 어겨버린 것이니, 그 살인을 딛고 자살하지 않고 살아야 마땅하지 않은가? 타자에 대한 지배, 피지배는 또 별개의 문제가 아닐까? 학살의 도가니 속에서 살육자를 살해하고 살인한다는 현실적 모순. 이방근의 자유로운 정신은 살인에 얽힌 현실 속에서 사실상 무너져버렸다.

이방근이 생전에 완수하고 싶어 했던 것은 누이동생 유원, 그리고 양준오, 남승지를 섬 밖으로 탈출시켜 일본으로 밀항시킨다는 계획이었다. 유원은 도중 기항지 부산에서 승선. 이방근은 유원을 배웅하고 하선한 후, 문난설이 있는 서울로. 유원은 그것을 알고 있었고 바라기도 했다. 그래, 오빠는 서울, 그리고 다시 제주도로 돌아오겠지…. 문난설과의 통화에 나흘 후 배편으로 서울로 간다고 했건만 이방근, 정말 그대는 갈 생각이었나? 아, 가고말고. 그러니까 난설이랑 약속을 했지…. 나는 어째서 이렇게 될 걸 몰랐을까요? 아뇨, 알고 있었지요. 알면서도 이렇게 되었습니다. 같은 집에 살지 못하더라도 같은 서울에, 같은 제주에 있을 수 있다면 이렇게 괴롭지는 않을 텐데, 선생님은 제주도는 일부러 서울에서 와서 살 곳은 아니라고 하시네요. 이방근은 그 땅에 살지만 문난설은 오면 안 된다고. 아직 서울에 오신 지 보름도 안 지났는데, 저는 그 선생님을 만나기가 두려워서. 그래도 선생님이 서울을 떠나시는 게 확실해질 때까지는 두려운 줄 몰랐어요. 선생님은 한라산이 있는 제주도로 가지요. 그리고 그곳을 떠나지 않아요…. 아, 아, 아이고…. 자, 눈물을 닦고 진주 같은 눈물을… 눈물이 진주라면… 황진이의 시에 있다면서, 옛날 400년 전 옛날, 지금은 문난설에게 주는 시, 사랑에는 시절이 없다. 눈물이 진주라면 흘리지 않고 모아두었다가 10년 후에 오신 님을 구슬 성으로 맞아들이련만 흔적이 이내 없으니 그를 슬퍼하노라….[2] 난설의 눈물이 진주라면 명주 손수건에 싸두었다가 내 가슴에 안으려마난 눈물이 흔적 없으니 흔적만을 가슴에 새겨두리라….

이방근의 반대를 무릅쓰고 게릴라로 입산한 양준오는 반당적 기회주의자, 투항 패배주의분자로 몰려 게릴라 동지들 사이에서 처형, 총살되었다. 유원과 남승지 두 사람은 일본으로 탈출했다. 양준오의 죽음.

이방근은 스스로 떠날 일은 없다던 그 제주도에서 자신을 죽였다. 한대용에게서 받은 피스톨이었다.

---

2 원래는 조선 숙종 당시 문인이었던 김삼현의 시조인데, 이 작품에서는 황진이가 쓴 시조라고 활용하였다.

2

이방근의 1주기인 1950년 6월 19일, 제삿날 남승지는 오사카에서 도쿄로 나왔다. 영혼이 있다면 제발 그만둬, 나는 거기 안 갈 거야, 하며 제사상에 등을 돌리겠지만 망자의 생각과는 관계없는 일이었다.

도쿄에서 유원과 만나는 것은 작년 7월 이후 두 번째이지만 올 1월에 그녀가 일부러 오사카까지 찾아와 주었으니 세 번째 만남이었다. 두 사람 모두 도쿄-오사카 간 열두 시간 급행 야간열차를 타는 당일치기 여정이었다.

남승지가 이방근의 죽음, 자살에 대해 들은 것은 한대용에게서였지만, 유원은 서울의 이건수 숙부에게서 넉 주째에 배달된 편지로 사고사인 줄 알고 있었다. 하지만 그녀는 오빠가 죽었다는 6월 19일 밤, 신기하게도 오빠의 자살을 암시하는 듯한 꿈을 꾸었기에, 서울에서 온 편지를 받았을 때 사고사라고는 믿을 수 없었으며 그 꿈 때문에 자살이라는 실감이 들었다.

유원이 마중 나온 도쿄 역에서 만난 두 사람은 작년 7월과 마찬가지로 야마노테 선을 이케부쿠로 역에서 갈아타고 사철(私鐵)인 M역에서 내렸다. M읍내로 가는 길은 반쯤 시골길에 가까웠다. 그들은 비포장도로를 함께 걸었고 남승지는 지난 1월에 만났을 때, 오빠의 죽음은 절대 교통사고 때문이 아니라고, 유원이 담담하게 했던 말을 떠올렸다. 불꽃 위에 두꺼운 얼음 뚜껑을 덮은 듯 냉정하게…. 그건, 그저 거짓말, 방근 오빠가 그렇게 꼴사납게 죽을 것 같아? 웃기는 소리야…. 오빠는 살아 있을지도 몰라. 지상에서 증발한 거야. 그 끔찍한 땅에서. 신선처럼 영생불사. 오빠는 신선이 되어 살아 있어. 산천단 목탁 영감처럼, 어쩌면 둘이서 함께 산속에 숨어 있을지도…. 승지 동무는 오빠 꿈 안 꿨어? 오빠는 자살했어. 유원 동무, 무슨 소릴 하는 거야? 그런 말도 안 되는 이상한 소리! 자신의 거짓된 음성이 제 고막을 때렸다.

남승지는 유원의 꿈 이야기에 대한 놀라움을 조개처럼 단단히 마음속에 가둬둔 채였지만 그 역시 같은 날 밤에 이방근의 죽음을 암시하는 듯한 꿈을 꾸었다. 망망하고 어슴푸레한 산속 길을 걸어 6시에 만나기로 약속한 설산에 유원과 함께 6시 10분에 도착한 남승지는 이방근과 만나지 못했다. 6시와 6시 10분, 10분이라는 시차로 이승과 저승 사이 경계인 다리 위에 서 있는 듯한 꿈. 그사이에 있는 죽음의 강은 다리를 채 건너지 못한 자가 보는 것이리라. 건너면 저승. 6시 지점은 이승이었던 걸까?

도쿄와 오사카에서 유원과 남승지가 동시에 꾸었던 꿈. 유원이 오사카에 왔을 때 해준 꿈 이야기가 남승지 자신이 꾼 꿈과 상당히 비슷한 것에 놀랐고, 그 사실이 이방근의 자살을 증명할 것만 같은 충격이 두려워 자신의 꿈에 대해서는 말하지 않았다.

유원이 꾼 꿈. 오사카에서 들은, 숨기고 있던 꿈의 고백. 문난설을 만나러 서울로 가는 오빠를 배웅하기 위해 증기선 항구가 아닌 조천 부두 해안에 다가가자 그곳은 바다가 아니라 한강처럼 커다란 강이었다. 문난설이 있는 서울로 가기 위해 함께 와 있다고 생각했던 오빠가 어느새인가 없어졌다. 강은 산 사이를 흐르고 있었고, 모습이 보이지 않는 오빠의 뒤를 좇아 강변으로 걸어가다가 강변의 평지에 사람들이 모여 소란스럽기에 멈춰 섰다. 군중 속에서 오빠 이방근이 아니라 남승지가 나왔다. 남승지는 여기 오면 안 된다고 소리를 지르며 유원을 군중 밖으로 끌어냈다. 이방근은 없었다. 도중에 목이 마른 유원을 위해 초가지붕 상점에 물을 부탁했지만 바가지에 담아 온 물이 탁하다고 남승지가 여인네를 꾸짖고서 다시 두 사람은 걷기 시작했다. 어긋났던 이방근의 뒤를 좇아 산길을 걸어갔다. 저쪽에 이방근의 뒷모습이 보여 두 사람은 서둘렀다. 마침내 동굴이 있는 산천단에 이르렀다. 산천단 너머는 지금까지 본 적이 없는 깊은 계곡이었는데, 이방근은 뒤도 돌아보지 않고 낭떠러지 옆을 걷더니 계곡 너머 하늘로 양팔을 커다란 날개처럼 펼치고 날아가버렸다. 절벽 앞에서 유원은 방근 오빠, 방근 오빠, 하며 애처로운 소리로 오빠 이름을 불렀다.

제 꿈에서는 이방근이 약속한 6시 지점에 모습을 보이지 않다가 유원의 꿈에서는 뒷모습을 보이며 걸었다는 것이 달랐지만 자신이 꾼 꿈과 이렇게 비슷하다는 건 어쩐 일일까? 죽음을 향해 가는 한 인간이 분신과도 같은 두 사람의 존재를 향해 염력 같은 것으로 동시에 자신의 소멸을 발신한 것일까? 산천단으로부터의 텔레파시.

왼쪽으로 백아의 건물이 늘어선 캠퍼스를 바라보며 유원 동무… 하고 남승지는 유원의 발이 절로 멈출 만큼 목이 멘 소리로 그녀를 불렀다.

"유원 동무에게 하고 싶은 말이 있어. 동무에게 거짓말, 그것도 아무리 사과해도 모자랄 거짓말을 한 걸 사과할게. 오늘 방근 씨의 소상(1주기)에 말이야. 1월에 일부러 오사카까지 와준 유원 동무가 오사카 역 근처 조선음식점, 명월원이었지, 거기서 작년 6월 19일쯤에 뭔가 오빠 꿈을 꾸지 않았느냐면서 동무가 꾸었던 꿈의 내용을 이야기했지. 작년 여기 대학 캠퍼스 뒷산에서 꿈 이야기를 했을 때는 밝히지 않았던 그 꿈 내용을 말해줬어. 난 그저 재미있는 꿈이네, 동무는 꿈을 믿는 거야, 하고 얼버무리며 엄청난 거짓말을 했지…."

"나한테 엄청난 거짓말을 했다고? 무슨 거짓말? 뭔지 말해봐요."

두 사람은 왼쪽으로 캠퍼스를 빠져나가 운동장 밖의 푸른 언덕에 있는 신사의 계단을 작년처럼 올라갔다. 풀 냄새가 나는 오래된 돌계단에 둘이 나란히 앉았다. 장마 끝의 무더운 날이었지만 신사 숲의 나무 사이를 지나온 바람은 서늘해서 상쾌했다. 남승지는 진회색 양복 상의를 벗어 계단 옆 보스턴백 위에 얹어놓고 푸른색 넥타이를 느슨하게 풀었다. 다 풀어버렸다가는 익숙지 않은 넥타이를 다시 매는 것이 고역이다. 유원은 감색 정장 상의를 벗어 무릎 위 핸드백 위에 얹었다.

한참 전에 내렸던 사철 역사의 지붕이 햇빛을 반사하고 있었다. 남승지는 작년 6월 19일 유원 동무가 오빠 꿈을 꾸었던 그날 밤 자신도 방근 씨 꿈을 꾸었다, 오사카에서 만났을 때, 동무가 무슨 꿈을 꾸지 않았냐고 물었지만, 아니, 난 안 꾸었어, 라고 그 자리에서 거짓말을 했다… 고 자기 가슴을 찌르는 듯한 이야기를 했다.

"……."

유원은 옆에 앉은 남승지를 바라보았다.

"도쿄와 오사카로 꿈이 두 개로 나뉜 거야."

"무슨 뜻?"

"유원 동무와 같은 날 방근 씨 꿈을 꾸었다고."

"나랑 같은 꿈? 못 믿겠어. 왜 같은 꿈을 꾸었다고 말해주지 않았어? 믿을 수가 없어. 같은 꿈이라니… 어디서?"

"오사카 집에서. 무서웠지. 만약 두 개의 꿈이 하나로 합쳐지면 오빠의 자살을 알게 될까 봐."

"자살한 걸 알게 된다고?"

"유원 동무는 꿈으로 보아 절대 사고사가 아니다, 오빠는 자살했다, 라고 단정적으로 이야기했지, 그래서 내 꿈이랑 겹칠 거라 생각했어."

"승지 동무의 꿈? 사고사가 아니고 자살이라는 말이야? 무서워. 설마. 나는 서울 숙부 편지에 적힌 사고사는 거짓말이라고 생각했지만 자살이라고 말한 적은…. 승지 동무, 그 꿈 이야기 좀 해줄래?"

"응, 그 이야기를 하려고 여기 온 거니까. 오사카에서는 유원 동무의 꿈 이야기를 들은 뒤에 무서워서 말할 용기가 없었어. 꿈은 작년 오사카 이카이노에 있는 어머니 집에서 꾼 거야. 이방근 씨가 조천 부두까지 배웅해 준 덕에 제주도를 탈출하고 나서 두 달쯤 뒤 그게 6월 19일인데, 6월 19일 밤이었지…."

남승지는 숨 쉬기가 힘들어 가볍게 기침을 하고 나서 크게 심호흡을 했다.

"유원 동무의 꿈에도 내가 나오지만 내 꿈에도 동무가 나와서 돼지 등을 타고 돼지 떼를 쫓고 있었지. 그 돼지 떼가 큰 강물 속으로 들어간 거야. 그때 보니 돼지 등 위에 동무는 없더라고."

"돼지 떼? 돼지 떼가 강으로 들어갔다니, 무슨 뜻일까?"

"돼지 떼는 사라지고 그다음엔 동무와 나, 둘이 설산 절벽의 동굴 옆에서 만나고 있었어. 그리고 거기서 6시에 동무 오빠와 만나기로 했었는데 그 사람이 없었어. 우리가 10분 늦게 갔거든. 6시라는 시각이 눈에 보이는 형태였던 듯이 사라지고 투명한 무(無), 아무것도 없었어. 모든 것이 사라진, 눈 덮인 깊은 골짜기 바닥 같은 무, 없다는 것조차 없는 듯한, 쓸쓸한 건지 서글픈 건지 알 수 없는…."

"대체 왜 오빠가 없었을까? 만났더라면 좋았을걸. 머나먼 꿈길을 약속 장소까지 찾아갔는데. 만났으면 어떻게 되었을까?"

"못 만났잖아…."

10분 차이라는, 꿈속 커다란 검은 강 위 다리. 만약 약속한 6시에 도착해서 이방근과 만났더라면, 6시 10분 언덕에서 6시 언덕으로 건너갔더라면, 그 시점에서 망자가 될 이방근과 만났더라면, 그것은 죽음의 시점이었다. 나도 이방근과 함께 설산의 공기처럼 사라져버렸을지 모른다. 10분이라는 차이가 죽음으로부터 떼어놓은 건 아닐까? 이방근이 6시 시점에서 10분을 뒤로 밀쳐내어 나의 접근을 막고 먼저 가버린 것일지도 모르겠다. 돼지인 거다, 살아남은 돼지. 10분이라는 시차가 만든 크고 어두운 강물 위의 다리. 그때 물에 들어간 돼지 떼는 뭐지, 뭐였을까?

남승지는 도쿄로 오기 사흘 전에도 비슷한 꿈을 꾸었지만 그것은 유원에게 말하지 않았다. 꿈에서 잃어버린 오빠를 찾고 있다는 흰 치마저고리의 초췌한 유원을 우연히 이전에 본 적이 있는 황혼의 산길에서 만나 함께 걸었다. 왜 그렇게 슬퍼하는 거야. 방근 오빠가 자살했으니까. 나도 그래서 슬픈데. 방근 씨가 죽었어. 뭐라고? 갑자기 멈춰 선 유원은 창백한 유령처럼 변해서 목소리가 거칠어졌다. 오빠가 죽었다는 게 사실이야? 오빠는 안 죽었어. 승지 동무를 시험하려고 어제까지 오빠가 자살했다는 둥 하지 않았던 거야. 승지 동무는 자살이라는 걸 알고 있었지? 아이고, 방근 오빠가 죽어버렸네, 어떡하지? 방근 오빤 어디로 간 거야? 남승지, 넌 알고 있었지?… 유원은 울부짖으면서 어느새 와 있던 6시라는 지점의 골짜기로 이방근처럼 새가 되어 하얀 날개와 치맛자락을 펄럭이며 몸을 던졌다.

빙벽 끝에서 소리를 지르며 눈을 뜨고 보니 조금 전까지 자고 있었던 듯한 옆 동굴에서 나온 참이었는데 그곳은 성내 이방근의 집이었고 흰옷을 입은 태연한 얼굴의 유원이 있었다. 뭐야, 여기 있었네, 여기는 이방근의 집이었다. 유원이 말했다. 승지 동무는 6월 19일에 오빠 꿈 안 꿨어? 아아, 꿈속의 꿈, 이중의 꿈이었다.

그곳은 고베 자신의 방이었지만 막 깨어난 꿈 속에서 본, 흰옷 차림 유원의 유령 같은 창백한 얼굴이 끔찍하게 되살아나 몸서리를 쳤다…. 어제까지 오빠는 자살 같은 거 안 했다고 거꾸로 거짓말을 하고 있었던 거다. 난 남승지를 시험하고 있었던 거라고. 두 눈을 치켜뜬 귀면이 사라진 곳에 이런, 행자가 그림자처럼 서 있었다. 꿈이 아니다. 창가의 방이었다…. 행자, 사치코, 웬일이야? 그림자는 사라졌다. 유리창에 밝은 햇살이 반사되고 있었다.

한대용은 오사카에서 유원에게 전화를 걸어 오빠의 죽음을 알렸지만 자살이라고 밝히지는 않았다. 유원이, 서울 이건수 숙부가 편지로 알린 사고사라는 말을 믿지 않고 자살이라 생각했던 것은 자기 꿈에 대한 해석이었을 뿐 사실 무슨 증거가 있는 건 아니었다. 지금 유원과 남승지 둘로 나뉜 꿈이 자살인 듯하다는 '사실'에 더욱더 합치되었지만 거기 실제 목격자나 증언은 없었다.

남승지는 지금 이 장소, 유원의 기숙사가 있는 대학 캠퍼스 뒷산이 그 이야기를 해야 할 응축된 시공간이라는 생각에 매달렸다.

"승지 동무는 어째서 그 꿈으로 방근 오빠가 자살했다고 판단한 거야?"

유원은 따지고 들었다. 지금 그 순간이 온 것이다. 꿈이 아닌 현실을 확실히 인정해야만 했다. 그는 일본에 온 한대용으로부터 이방근이 자살했다는 이야기를 들었지만 유원에게는 굳이 알리지 않았다고 말했다…. 유원 동무, 유원 동무, 차분하게, 사실을 있는 그대로 받아들이자.

이방근의 사망 소식을 들었던 한대용이 성내 본가를 찾았을 때, 뒷문 밖으로 나온 하녀 부옥과 몇 분간 이야기를 했는데 도련님의 장례식도 치르지 않았고 조문도 받지 않았다는 것이었다.

산천단에 간다며 오전에 나갔던 도련님이 다음 날에도 돌아오지 않아서 찾아갔더니 동굴 옆에 피스톨을 손에 든 채 피투성이가 되어 쓰러져 있었다. 아이고, 그 잘생긴 얼굴을 까마귀들이 헤집어놔서…. 부옥이는 한라산 기슭 산천단에서 6킬로미터나 되는 돌길을 그 장정의 사체를 들쳐업고 한나절이나 걸려 저녁 무렵 집까지 옮겨 왔다.

으윽, 통곡을 참으며 유원이 두 손으로 머리카락을 부여잡고 세차게 고개를 흔들며 일어서더니 근처 소나무 숲으로 달려가 나무껍질이 딱딱한 비늘처럼 벗겨진 줄기에 이마를 짓찧으면서 어깨를 물결치듯 흔들며 울기 시작했다. 아이고— 부옥이, 부옥이, 부옥아—아이고, 방근 오빠—!

작년 7월 둘이서 처음 올랐던 뒷산에서 오빠의 죽음을 새삼 접했을 때, 탄식하면서 흐린 하늘 너머 부연 태양을 향해 울부짖던 유원의 음성.

오빠, 방근 오빠! 어이, 이방근, 어이, 이방근, 구름 낀 하늘의 희부연 태양.

유서도 없었다. 유서란 한순간이나마 이 세상에 이어지려는 노력이다. 이방근은, 이방근의 형체는 사라졌다. 이방근은 죽었다.

오후 3시. 이미 한 시간 이상 지나 있었다. 와이셔츠 소매 끝으로 보이는 손목시계가 햇빛을 반사했다. 이방근이 조천 부두의 밀항선에 남승지를 태워 일본으로 보내면서 자기 손목에서 벗어 건넸던 고급 시계, 론진.

이제는 유품이 되었다. 아니, 이미 그때 이방근은 그럴 생각이었을지도 모른다. 설산에서 남승지 등 게릴라들 앞에서 정세용을 사살한 뒤였다.

두 사람은 뒷산 계단을 천천히 내려왔다. 햇빛 가득한 드넓은 하늘. 오빠의 죽음이라는 충격 속에 가장 힘이 될 사람은 승지야. 한대용의 말. 알고 있다. 하지만 지금 여기서 되풀이하지 말자. 행자 이야기를 해야 한다. 1월에 유원이 오사카에 왔을 때 이야기하지 않았지만 지금, 행자가 이미 임신 중인 듯한 현재, 그 여자에 대해서 말해야 한다. 하지만 오늘 유원에게 이야기할 수는 없다. 못 한다. 그럴 힘이 없다. 언제 이야기할까? 아니, 고백해서는 안 돼. 못 해.

"…방근 오빠의 죽음은 큰일이었죠? 지금은 괜찮을까. 나도 이젠 괜찮아. 가까스로 좀 나아졌어요."

유원이 한대용의 전화로 오빠의 죽음을 직접 알게 된 충격에서 회복되고 나서 쓴 조선말 편지였다.

헤아릴 수 없을 정도로 승지 씨의 충격은 컸겠죠? 하지만 승지 씨, 승지 동무, 잘 견뎠어. 나도, 그렇고.

대용 씨가 학교 기숙사로 전화를 했어요. 오빠가 알코올 공장에서 나온 승지 씨를 대용 씨에게 맡겼다면서…. 일본에 가면 승지 씨는 자기 누이동생을 꼭 만나라고 했다면서. 정말이야? 고마워. 오빠가 말한 대로 도쿄까지 와준 거였네. 만나서 정말로 반가웠어. 제주도를 살아서 나올 수 있었다니….

성내의 알코올 공장 창고. 죽음의 수용소. 이방근이 그곳에서 나를, 이 돼지 인간을 끄집어내서, 구출해서 밤바다로 내보냈다.

편지, 고마워. 서울과 일본 간에는 한 달이나 걸릴 편지가 도쿄와 오사카는 사나흘이면 되건만, 답장이 늦어서 미안해. 용서해 줘. 유원 동무가 건강하게 잘 있다는 편지를 받고 정말 기쁘고 동무가 타향에서 건강하게 지낸다는 것에 감사하고 있어. 나도 일본 생활에 익숙해지고 점차 건강해져서 그럭저럭 잘 지내고 있으니 안심해. 유원 동무가 편지에 썼듯이 7월에 우리가 도쿄에서 만났을 때도 서로 아무 말도 못 한 채 헤어져버렸지. 유원 동무의 오빠가 돌아가셨지만 애도의 말 한마디 못 하고서 시간이 흘러 어느새 도쿄 역에 와 있더라고. 괴로운 일이고 유원 동무는 더더욱 고통스럽겠지만, 난 이방근 씨의 죽음을 가슴에 계속 지니고 살 수밖에 없어. 그것이 이방근 씨에 대한 나의 애도지.

음대 뒷산에 둘이서 올라 오후의 흐린 하늘과 희끄무레한 태양을 올려다보며 이방근 씨의 이름을 소리쳐 부른 것이 그날 우리 두 사람의 침묵을 깨뜨린 표현이었다고 여겨. 하얀 태양이 영원히 나를 이끌어줄 거야. 자신의 갑작스러운 죽음을 슬퍼하지 말라고 나를 위로해 가며….

유원에게 사무적인 말들을 늘어놓은 답신은 결별에 대한 남승지의 의지를 숨기고 있었지만 그런 편린조차 보이지 않았다. 지금 여기 캠퍼스 뒷산, 유원이 있는 도쿄의 하늘 아래서 갑작스러운 작별의 말이 나오기는커녕 작별은 자신이 생각할 수도 없는 일이었다는 것을 깨달았다. 그러면서도 지금은 아니지만 언젠가 스스로가 유원을 대하는 형태로 드러날 고백을 마음에 숨겨두었다. 헤어질 수 있을까. 아니, 헤어져야 한다. 아냐, 오늘은 이대로 가자.

3

지금 유원에게 가장 힘이 될 사람은 승지야…. 한대용. 남승지와 고베 사촌형 남승일의 집 가정부였던 고행자(高幸子)의 관계. 지금까지의 사정을 몰랐던 한대용은 남승지의 고백을 듣고는 있어서는 안 될 일이라는 듯 놀랐다. 승지 동무, 도쿄로 가야만 해, 혼자서 다녀오라고. 남승지는 도쿄에 혼자 가게 되어 마음이 편해졌다.

남승지는 가방 안에 한대용이 부탁한 조의금이 들어 있다는 사실을 떠올렸다. 가방을 열어 확인하지는 않았지만 분명히 들어 있을 것이다. 진통이 시작된 아내의 입원으로 오사카를 떠날 수 없게 된 한대용은 남승지에게 조의금을 맡겼다. 한대용의 '두목'이며 스승이고 숭배하는 영웅적 존재, 이방근. 조의금은 지금이 아니라 이제부터 가게 될 추도식 자리에서 내놓으면 될 것이다. 유원에게 그렇게 말했다.

지금, 무엇이든 오빠 이방근에 관한 이야기를 하는 것은 그녀에게 고통일 것이다. 오빠의 죽음이라는 충격에서 가장 힘이 될 사람은 승지야. 문득 입덧으로 힘들어하고 있을지도 모를 행자의 창백한 얼굴이 떠올라 남승지의 입가에 비틀린 웃음이 스쳤다.… 내가 아이를 낳는다, 아니 만든다? 타락이야. 이방근이 말한 종마. 나는 돼지.

혼잡한 이케부쿠로 역 구내에서 유원의 뒤를 따라 야마노테 선으로 갈아타고 신주쿠 역까지는 10분 정도였는데 남승지와 나란히 자리에 앉은 유원은 말이 없었다. 얼핏 그녀의 얼굴 왼쪽 옆모습이 눈가에 들어왔을 때, 검은 단발머리가 그늘을 드리운 하얀 이마에, 캠퍼스 뒷산에서 소나무를 부여잡고 통곡하다가 생긴 상처가 아직 남아 있는 게 보였다. 그러나 돌계단을 내려오며 콤팩트 거울에 비친 이마를 손수건으로 닦아낸 정도였고 신경 쓰는 것 같지도 않았다.

유원은 다만 입을 다물고 있었다. 남승지도 거기 맞추었다. 신주쿠 역에서 환승하면서 남승지가 재촉하자 뛰어내리듯이 전철을 내리면서 두 사람은 얼굴을 마주 보고 웃었다. 방근 오빠의 투명한 그림자가 베일처럼 유원의 머리를 덮고 있었다. 오빠… 방근 오빠… 아이고… 오빠, 방근 오빠….

유원이 앞서 계단을 내려와 다른 쪽 계단을 오르고 나서 두 사람은 간선인 주오 선으로 갈아탄다. 그대로 야마노테 선을 타고 가면 다음은 요요기 역이었다. 재작년 1948년 3월, 제주도 4·3 봉기에 대비하여 강몽구와 일본으로 기금을 모금하기 위해 밀입국한 후 오사카에서 도쿄로 왔을 때, 일본공산당 간부 중 하나인 고의천을 만나려고 들렀던 곳이다. 오래된 학교처럼 보이는 2층 건물이었는데, 흐린 하늘 아래 비바람에 바랜 듯한 적기(赤旗)가 휘날리는 것이 신기하달지, 놀라워서 인상적이었던 것이 지금도 선명하게 기억에 떠오른다. 문득 가까이 가서 여전히 바람에 휘날리고 있을 적기를 보고 싶었다. 남조선에서는 서울에서도 볼 수 없는 광경이다. 서울에서는 아니, 서울 아니라 어디에서도 1948년 8월에는 사라지고 없었다. 무심결에 가슴에 손을 대고 있었는데 한순간 찌르는 듯한 아픔이 느껴졌다. 한참 동안 빼근했다. 4·3 무장 봉기. 입 밖에 낼 수도 없는 말. '사삼'. 일본에서는 미군 점령하의 평화혁명. 조선인 당원을 다수 거느린 일본공산당에는 재일 조선인 조직 담당 지도부가 있었다. 일본에서 제주도 4·3 투쟁을 위한 기금 모금 공작을 하려면 일본공산당 지도부의 승인과 당 최고 간부 중 하나인 고의천의 도움이 필요했다. 요요기 일본공산당 본부 담당부서와 논의했으나, 기금을 이용한 무기 구입과 남조선으로의 반출, 요컨대 4·3 무장 봉기에 쓰일 무기 조달은 하지 않았으면 한다는 요청에 실망하고 분개했다. 같은 미군 점령하이지만 남조선에서 일어나고 있는 일들과 일본의 차이, 그리고 2년 후 오늘, 요요기에는 여전히 적기가 바람에 나부끼고 가까스로 살아남은 패잔 게릴라는 그 곁을 전차로 지나간다. 그사이에 이방근의 죽음이 남았다. "입산애국(入山愛國), 하산매국(下山賣國)…." 4·3 혁명의 패배, 학살, 전도 초토화, 파멸.… 도망자. 아아, 바로 재작년에 고의천과 함께 찾아갔던 하타나카 병원을 향하고 있다. 이방근의 형, 귀화 일본인. 이방근의 1주기, 소상이다. 6월 19일. 그곳으로 지금 가고 있다. 이방근이 죽은 날.

두 사람은 승강장 끝 벤치에 앉았다. 전차를 타고부터 서로가 입을 다문 불균형의 균형에 맡기고 있었던 건, 남승지와 만나 한층 오빠로 머리가 가득 찬 긴장에서 온 방심이었을까. 롱스커트를 입은 여성이 많이 보였다. 유행인 모양이었다. 하이힐. 미군 점령하의 평화일본. 나부끼는 적기. 목적지는 신주쿠에서부터 몇 정차역을 지나야 하는 아사가야였다. 선로 방향의 왼편, 남쪽 출입구로 내려와 빈터를 따라 나 있는 보행로를 걸어 거기서 오른쪽으로 가면… 이방근의 제사 법요(法要)가 있는 곳. 하타나카 의원까지의 거리가 줄고 있다. 철렁, 가슴이 내려앉았다.

"승지 동무."

"응."

침묵하던 유원이 말을 걸었다.

"만약 우리가 제주도 오빠 곁에, 동무는 한라산에서 나는 서울에서, 그대로 일본에 오지 않고 있었더라면 그래도 방근 오빠는 산천단에서 죽었을까? 정말 오빠는 죽은 걸까? 이미 오빠는 죽었지. 우리라도 조국에 있었더라면…."

"……."

유원은 오빠의 살인을 모른다. 살인이 자살과 관계 있을까? 알 수 없다. 있다고 해도 두 사람의 일본행과는 관계가 없으리라. 살인은 설산의 게릴라 아지트에서 남승지 등의 목전에서 벌어졌다. 정세용을 이방근 손으로 사살했다.

부산에서 승선할 유원을 마중하러 제주도를 떠난 이방근, 그리고 한대용도 타고 있던 밀항선 위에서 유달현은 죽었다. 거친 밤바다 배의 돛대에 매달려서.

"유원 동무는 어째서 그런 생각을 하는 거야? 왜인지는 모르겠지만 다만 산천단에서 죽은 것은 이방근 씨의 필연이었던 것 같아."

"산천단이 왜?"

"산천단… 아니 거기서 돌아가셨다는 사실이. 이방근 씨에게 있어 산천단은 알맞은 곳이었지. 유원 동무와 내가 제주도를 떠난 것과는 상관없을 거야. 방근 씨에게는 유원과 남승지를 그 나라로부터 일본으로 내보내는 것이 자신의 목숨을 걸 만큼 중요한 일이었으니까."

이방근이 입산을 반대하며 어떻게든 일본으로 보내고 싶어 하던 양준오가 게릴라 동지들에게 처형되었다는 사실은 말하지 않았다.

"그런 거야? 뭘 위해 나와 동무를 거스를 수 없는 명령처럼 내보낸 걸까…. 이런 이야기는 이쯤 해두자. 그만하자, 어쨌든 오빠의 죽음은 우리하고는 관계가 없다는 거지…."

마침 경적을 울리며 전차가 들어왔다. 눈앞까지 늘어서 있던 승객들이 움직이기 시작해서 두 사람은 일어섰다.

손잡이를 잡고 나란히 선 두 사람은 폐허가 그다지 남아 있지 않은 창밖의 거리가 빠르게 흘러 지나가는 것을 따라가듯 말없이 보고 있었다. 신주쿠에서 나카노, 고엔지 그리고 아사가야였다. 곧 5시였지만 제사가 시작될 6시까지는 아직 시간이 있었다.

남쪽 출입구로 내려왔는데, 재작년에는 역 주변으로 노점이 늘어서 있고 밤이면 붉은 전등을 밝힌 싸구려 술집들로 일변하는 구역이었지만 지금은 집들이 늘어서 있었다. 연선의 도로 모퉁이에 파출소 같은 단층 건물이 보이고 검은 제복의 경관이 서 있었다. 역 앞의 포장도로를 쭉 걸어가 기억에 남은 빈터 모퉁이를 오른쪽으로 돌아 그 앞 주택가의 완만한 비탈을 올라간 곳에 하타나카 의원이 있었다. 남승지는 신주쿠 역에서 유원이 했던, 두 사람이 조국에 남아 있었더라면 자살하지 않았던 것 아닐까, 하는 이야기를 사람들도 있고 하여 도중에 막았다. 하지만 그는 그때까지 침묵했던 유원의 사무치는 생각을 부정하면서도 자신은 그 이야기 속으로 빨려 들어가고 있었다.

동시에 하타나카 의원까지의 거리가 빽빽한 공기 같은 압박감으로 가슴을 눌렀다.

더 이상 존재하지 않는 이방근을 만나러 하타나카 의원으로 가지만 거기 존재하는 것은 그의 형 하타나카 씨였다. 패잔 게릴라, 도망자. 재작년 봄에 게릴라 봉기와 혁명 성취를 위해 강몽구와 함께 자금을 모으러 제주도에서 일본으로 왔을 때 처음 하타나카 씨를 만났다. 이제 이방근의 죽음으로부터 1년 후, 일본으로 밀항하여 살아남은 인간이 그 하타나카 씨 댁으로 간다.

여기 남을 무슨 이유가 있어? 여기서 개죽음을 하지 않도록 나는 너를 일본으로 보내는 거야. 내 동생을, 유원이를 만나라. 동생은 기꺼이 너를 맞아줄 거야. 이 땅에서 헛되이 죽게 하진 않을 거야. 무의미한, 무의미를 사는 것이 이방근의 사상이었건만, 이것이 니힐리스트의 언어일까? 그는 그곳으로부터의 탈출을 재촉했다. 반혁명 행위라고 비판당하면서도 패잔 게릴라들을 섬 밖으로 탈출시키기 위해 한대용을 선주(船主)로 하여 대가 없이 일본으로 밀항시킨다는, 그 나름의 마지막 투쟁을 계속했던 것이다. 우선 남승지를 그리고 양준오를, 자칫하면 게릴라 입산을 할 것 같은 누이동생 유원을. 돼지가 되어서라도 살아라. 그리고 이방근은 문난설이 있는 서울에도 머물지 않고 제주도로. 산천단으로….

그렇게 개죽음을 당하지 않았다는 것이, 꿈속에서 긴 진통을 겪으며 돼지로 변신하고 돼지우리에서 굶주린 게릴라에게 잡히지 않고, 토벌대에게 살해되지 않고 이 일본에 있다는 것이 무의미하지 않다는 것일까? 그리고 패잔 게릴라가 살아남아 하타나카 씨 댁에 간다는 것이…. 돼지다. 돼지.

자갈이 깔린 빈터가 있고 똑바로 뻗어 있는 풀숲의 신록이 석양빛에 빛나고 있었다. 깔려 있는 자갈들 사이로 잡초잎이 보였다. 빈터 모퉁이를 오른쪽으로 돌아가니 목재들이 쌓여 있었고 두툼한 판자 두세 장이 옆으로 누워 있었는데 유원이 다가가 걸터앉았다. 남승지도 나란히 옆에 앉았다.

"승지 동무는 신주쿠 역에서 남들 눈이 있으니 이야기를 하다 만 것 같은데. 우리 두 사람이 일본으로 온 것과 오빠의 죽음은 관계가 없다고 했잖아요. 어째서 그렇게 단정할 수 있는 거죠?"

"단정하는 건 아니야. 오빠는 동무나 내가 그대로 남아 있었다면 힘들었을 거야. 유원이나 나를 그 나라 밖으로 내보내야만 했던 거지. 어떻게 해서든 말야. 있잖아, 유원 동무. 동무는 한대용 씨 전화로 들었지? 내가 일본에 와 있다고. 그래서 유원 동무는 깜짝 놀랐고. 정말 미안해. 난 일본으로 와버렸지. 동무의 오빠한테 동생을 만나라는 명령을 받았지만 만날 수가 없었어. 알지? 포로가 된 나는 성내 알코올 공장 창고 수용소에 갇혀서 육지 형무소로 가거나 도중에 제주 바닷속에 수장(水葬)되어 학살당할 참이었지. 선상에서 돌덩이를 매달고 바다에 내던져질 목숨이었어. 그런데 이방근 씨 힘으로 구조되어 일본으로 온 거야. 한대용 선주, 진짜 선주는 이방근 씨야. 그 배로 내보낸 거지. 다른 사람들과 함께. 나는 그때, 이미 죽어버린 인간이야. 그러던 게 지금 이렇게 살아서 유원 동무와 함께 있어. 우리 두 사람은 오빠의 의지로 일본에 온 거야, 오빠의 의지, 방근 씨의 뜻이지. 소상 기일이니 동무는 생각이 많겠지만 우리 둘을 일본으로 내보내 거기서 살아남게 한다, 그것이 오빠의 의지였어. 그리고 자기는 제주도를 떠나지 않았지. 이건 이방근 씨의 사상이었고."

"사상… 그게 산천단이라고?"

"아니."

남승지는 침을 삼켰다.

"산천단은 방근 씨가 숨진 장소야. 방근 씨는 산천단을 좋아했잖아…."

남승지는 울컥 치미는 것을 꾹 참았다.

"오빠는 산천단을 좋아했어. 한라산 기슭 산천단…. 맞아, 오빠는 아버지 반대를 무릅쓰고 나를 일본으로 보내면서 자기가 책임을 지고 동생과 함께 일본으로 갈 거라고, 그렇게 마음을 먹고 있었지만 결국 부산에서 나를 배웅하고 나서 서울로 갔는데 결혼하기로 한 문난설 씨 곁에 머물지 않고 제주도로 돌아와서 거기 남았지. 그러다가 산천단에서…. 모르겠어. 가엾어, 불쌍한 오빠, 오빠는 산천단이 좋았던 거지. 좋아하는 게 없던 오빠가 산천단을…."

"유원 동무, 지금 우리 둘은 동무 오빠의 뜻으로 여기 있는 거야. 그래서 이제 1주기 제사를 지내러 가는 길이지."

"방근 오빠를 만나러."

유원은 남 이야기 하듯 말했다.

"…거기 있는 건 아니지만 1주기 자리에."

"방근 오빠가 보이는 것도 아니고, 뭔가 기분이 이상해. 난 이런 거 싫어. 그래도 1주기라도 하지 않으면 안 될 것 같아. 그래, 방근 오빠를 생각하는 일이지. 정말 이방근이 아무 데도 없다니…. 이런 일이 있을 수 있는 거야?"

"이방근 씨는 말야…. 죽은 자는 산 자들 속에 살아 있는 거라고 말했지."

"맞아, 나도 오빠한테 그런 말 들었어. 오빠가 성내에 있을 때였는데, 지금 생각해 보면 뭐랄까 유언 같아서…."

유원은 살짝 새쭉해 보이는 아랫입술을 씹더니 입을 열었다. 그런 다음 혼잣말처럼 입술을 움직였다. 그 말, 오빠가 한 말이 살아 있는 걸까?

많이 기울어진 석양의 잔광이 투명하게, 살짝 눈길을 내린 아름다운 옆모습을 비추었다.

"저기, 승지 동무, 오남주라고 알아? S대생으로 여름방학에 제주도로 돌아와서 그대로 게릴라 입산했던 학생. 오빠하고 문난설 씨가 도항증명 보증인이 되었었지. 서울 동향 출신 학우회원이었는데 누이동생이 '서북'에게 강제로 시집을 가게 됐어. 그래서 서울에 있을 때 이미 자기에게는 누이동생도 어머니도 없다, 서북에게 유린당한 오욕의 땅, 제주, 그런 서북의 가족이 된 원망스러운 어머니와 동생의 죽음을 애도한다면서 살아 있는 사람 제사를 지낸다고 혼자서 밤샘하면서 소주를 마셔댔지. 서울 안국동 숙부의 집에도 왔었어. 거기서 방근 오빠와 만나기도 했고, 성내에서는 오빠 방에서 하룻밤 묵어 가기도 했다고 오빠가 그랬어. 술을 마시기 시작하면 끝이 없었어. 취하면 큰 소리로 울고 난리를 쳤지. 그 사람이 게릴라가 되었어. 결혼을 강요당하고 친척들에게 희생된 누이동생은 어떻게 되는 건지…."

"그 사람 입산했다는 건 알고 있어. 처남인 서북은 양대선이라고, 토벌대 하사관이었어. 오남주에게 살해당했고. 살해라는 건 뭘까? 인간을 어떻게 살해하는 거지? 학살의 땅에서. 이방근 씨와 토론을 했나 봐. 그래서 그는 실제로 서북 살해를 해냈지. 그러고서 게릴라로 입산한다…. 그는 처음부터 서북을 살해하기 위해 여름방학을 이용해서 섬으로 들어왔어. 그럴 수밖에 없었지. 유원 동무, 가자, 이방근 씨의 1주기. 죽은 자는 산 자들 속에 살아 있다고 이야기했지. 그것이 영원이라고. 죽은 그는 우리 속에 있으니까 1주기를 하는 거겠지. 이방근은 영원해. 좀 전에 오빠의 말은 살아 있다고 혼잣말처럼 말했지? 이유원 속에, 남승지 속에. 슬슬 가야지."

"하지만 정말로 죽은 걸까, 자살을 했다고…? 말도 안 돼…. 내 눈으로 본 게 아니잖아. 오빠 손도 만져보지 못하고. 정말일까? 지금부터 지낼 제사라는 것도 거짓을 진짜로 만드는 거 아냐? 이방근의 죽음을."

그녀는 손에 들고 있던 흰 손수건을 입가로 가져갔다. 이마에 난 상처에 대고 있던 손수건은 아니었다.

"뭐가 어찌 됐든, 동생과 함께 일본에 와 있었다면 오빠는 분명 여기 있을 테니…. 일본에서 살아 있는 거니까. 그때 동생과 함께 왔더라면….”

유원은 고개를 세차게 젓더니 손수건을 스커트 위에 떨어뜨리고 두 손으로 얼굴을 덮고서 고개를 푹 숙인 채 숨을 멈춘 듯 한동안 꼼짝하지 않았다. 그러더니 크게 한숨을 내쉬듯이 “아, 이제 됐어, 바보 같아. 갑시다.” 했다.

두 사람은 거의 동시에 일어서서 그곳을 떠났지만 남승지는 갑자기 다리에, 양 다리에 묵직하게 쥐가 나는 느낌이었다. 이상하다. 잠깐 한쪽 발을 멈추고 제자리걸음을 하듯 하고 나서 걷기 시작했다.

“승지 동무, 왜 그래? 다리가 아파?”

“아, 괜찮아, 잠깐 다리가 좀 저려서. 천천히 가면 되니까. 하타나카 의원까지 갔을 때쯤엔 나아 있을 거야. 동무는 오전에 의원에 들렀던 거지? 도쿄 역에 오기 전에.”

“맞아, 잠깐 얼굴을 내민 것뿐이야. 별로 도울 것도 없었어.”

유원은 그의 왼손을 잡더니 팔짱을 끼고 보스턴백까지 그의 손에서 빼앗듯이 받아들어 자기 왼손에 들고 있던 핸드백 위에 겹쳐 들고는 완만한 언덕길을 걷기 시작했다.

가로수가 무성한 보도를 나아가면 도로 쪽 2층 건물 하타나카 의원이 보일 터였다. 두 사람은 저녁 그림자를 떨구고 있는 가로수 아래를 걸어갔다.

“다리는 괜찮아?”

“응. 뭐였지? 빈터에 앉았을 때 자세가 나빴나? 괜찮아.”

“다행이네, 승지 동무. 내가 잘못했어. 아깐 정말 미안해. 정말이지 바보 같은, 이상한 소리를 해서…. 오빠는 산천단에서 그렇게 간 거지.”

그녀는 끼고 있던 팔을 풀더니 가로수 둥치에 남승지를 밀 듯하며 마주 섰다. 넓은 이마 아래 오빠를 닮은 커다란 눈의 투명한 빛은 남승지의 눈 속을 통과하여 등 뒤의 나무둥치까지라도 닿을 듯했다. 남승지를 바라보면서도 바라보는 게 아니었다. 무엇을 보고 있는 것일까? 까마득한 한라산 기슭 산천단을, 아니, 남승지 등 뒤 저 너머 스크린에 그 산천단이 비치고 있을지도 모른다. 세속을 초월한 눈, 그리고 창백해진 하얀 얼굴로 지금 교신을, 남승지를 사이에 두고 이방근과 이야기를 하고 있는 것 아닐까?

"난 아까 동생과 함께 일본에 와 있었다면 좋았다는 둥 무슨 벌 받을 소리를…. 그랬더라면 승지 동무를 수용소에서 구해낼 수도 없었을 거고…. 무슨 소린지. 오빠는 많은 사람들을 헛되이 죽지 않게 하려고 일본으로 내보냈고 자기는 제주도에 남은 거지…. 세상에. 바보 같은 건 어리석은 나야…."

유원은 남승지가 가방을 도로 가져가 드는 것을 그냥 두고 핸드백 손잡이를 팔에 건 채 남승지의 오른손을 힘주어 잡았다. 사람들이 없었다면, 밤이었다면 서로를 포옹했으리라. 절대 입술을 포개지는 않는 포옹. 두 사람은 나무 그늘을 벗어났다. 하늘은 아직 밝다. 시각은 5시 30분.

"이제 금세야. 4, 5분이면 도착하니까."

유원은 나란히 걸으면서 승지 동무, 하고 말을 걸었다.

"동무는 아까 광장에서도, 그리고 역에서도 멈춰 서 있는 동안 자기가 뭐라고 중얼거렸다는 거 알아?"

"……."

"뭐라더라? 돼지, 돼지, 하고 중얼거리던데 일본어로 부타[3]라는 뜻이지?"

"어? 그랬나…. 흐음, 입 밖에 나온 건가, 물로 들어간 돼지 이야기를 했잖아, 꿈속의. 그게 떠올라서 입이 움직인 거겠지."

남승지는 말했다.

---

3 부타(豚, ぶた): '돼지'를 가리키는 일본어.

"꿈에서 물로 들어간 돼지, 돼지 떼."

"꿈 생각이 났던 거야? 꿈속에 나도 나왔고 함께 오빠를 찾아다녔던 이야기…. 어째서 돼지 떼가 물로 들어간 거지?"

캠퍼스 뒷산에서도 이야기를 다른 데로 돌렸지만 아마도 돼지는 나 자신과 관계가 있는 것이리라.

"꿈이란 게 재밌지. 그때는 유원이는 없었지만 그 전까지 유원이가 돼지 등을 타고 앉아 있었으니…. 아, 다 왔네…."

가로수 너머 오른쪽으로 하타나카 내과의원 간판이 보였다. 돼지가 되더라도, 헛된 죽음을 하지 않도록 제주도를 탈출하라. 지금 패잔 게릴라가 살아서 하타나카 씨 댁을 향해 가고 있다. 가슴속에서 울리는 먼 천둥소리에 호응하는 듯한 소리가 울리고 있었다. 남승지는 보스턴백에서 한대용과 자신의 조의금을 꺼내 유원에게 건네면서 한대용은 아내가 출산 예정일이어서 함께 오지 못했다고 전했다. 유원은 두 손으로 받아 핸드백에 넣었다. 남승지는 하타나카 씨 댁을 눈앞에 두고 유원과 주고받은 단순한 이야기가 마음을 안정시키는 것을 느꼈다.

유원이 현관문을 열고 들어서서 부르자 간호사가 아니라 검은 양장 차림의 하타나카 부인이 나와 두 사람을 맞아들였다. 재작년 방문 때는 간호사가 나왔다. 남승지는 깊숙이 머리를 숙여 인사했다. 코를 찌르던 알코올 냄새가 옅어지면서 꽃향기가 감싸듯이 풍겨왔다.

현관에서 똑바로 뻗어 있는 복도 바로 오른쪽이 진찰실, 약국, 왼쪽이 대기실이고, 그 옆의 응접실로 안내되었다. 약국 창구 위에 새빨갛고 커다란 장미가 한 송이 꽂혀 있었다. 그 꽃향기만은 아닌 듯했다.

재작년에 고의천, 강몽구와 함께 방문했을 때는 그 자리에 동백 한 송이가 풍성한 꽃잎을 펼치고 있었다. 동백이 제주의 '도화(섬꽃)'여서 인상에 남았던 것이 향기로운 장미꽃을 보니까 생각났다. 제주도 동백을 의식한 것은 아니었겠지. 그로부터 2년 3개월.

응접실로 들어가 오른쪽 벽을 따라 놓인 소파에 앉아 있던 하타나카가, 입구에서 허리를 굽히며 방으로 들어서는 남승지의 얼굴을 보더니 일어서면서 악수를 하려 손을 뻗어오는 바람에 남승지는 좀 당황했다. 그는 기계적으로 손을 내밀어 그 부드러운 손을 잡고 한동안 고개를 숙인 채 움직일 수 없었다.

"자, 거기 앉게."

남승지는 유원과 나란히 소파에 앉으며 바닥에 보스턴백을 내려놓았다. 그리고 다시 일어서서 하타나카와 얼굴을 마주 보며 고개 숙여 인사하고는 그대로 멈추고 말았다.

"승지 동무."

유원이 일어서더니 그의 오른손을 다독이듯 잡고는 소파에 앉혔다. 남승지는 단 한마디도 인사다운 인사가 나오지 않았다.

"남 선생, 미나미(南) 상, 동생에게서 이야기는 듣고 있습니다."

"재작년 3월에 고의천 선생 등과 함께 찾아뵈었지요. 그때 일, 깊이 감사드립니다."

재작년…. 이 얼마나 공허한 말인가? 2년 3개월. 지구 단층처럼 건널 수 없는 단애 절벽. 이어지지 않는 시간. 피안의 이방근과 차안은 연결되지 않는다. 이방근을 포함한 많은 그림자가 농무와도 같은 깊은 골짜기 속에서 꿈틀대고 있다.

유원이 동행하지 않았더라면 남승지 혼자서는 도저히 올 수 없었다.

부인이 차를 가져와 앞에 놓았다. 따스한 차향이 피어올랐다. 갸름한 얼굴의 기품 있는 미인이지만 너무 여윈 것이 그다지 건강해 보이지 않았다. 방 한쪽에서 선풍기가 돌면서 바람을 보내주었다. 그 움직임을 한동안 바라본다. 2년 전 일이 떠올랐다. 3월 하순, 아직 쌀쌀한 기운이 남아 있던 무렵이어서 난로가 방을 덥히고 있었다.

조금 전의 꽃향기는 이 방에서 난 것이 아니었다. 오늘은 이방근의 1주기. 하타나카는 감색 양복에 회색 넥타이를 매고 있었지만 1주기에 어울리는 분위기는 아니었다. 하타나카는 누이동생 이마의 상처를 보고 "반창고는 그렇고 약이라도 발라둘까?" 하고 물었지만 유원은 이마에 손가락을 대더니 말없이 고개를 흔들었다.

하타나카 등 뒤 벽에 걸린 유화. 추상과 구상이 마구 뒤섞인 듯한, 파랑과 빨강이 주조이며 난무를 추는 두 인간처럼도 보이는 붉은 불꽃 모양, 주변은 청색이 주조인 흑색과 녹색이 침략하듯이 바깥쪽에서 타오르는 적색을 격렬하게 파고드는 그림.

혼돈, 혼돈의 질서, 그 균열. 그때는 무언가 이방근의 내부에 있는 광기와도 같은 것을 만리 타향 땅, 벽에 걸린 그림에서 문득 느꼈는데 지금 그림은 남승지 속에서 허공에 서 있는 이방근을 되살려냈다. 그리고 왼쪽 창문 옆 선반 위, 재작년과 같은 자리에 여전히 같은 백자 항아리와 고려청자, 그림 접시. 이방근의 방 선반 위에 늘어서 있던 백자와 똑같아서 보고 놀랐는데 그것이 그대로 같은 곳에 놓여 있었다. 아아, 마음 깊은 곳을 꾹 누르는 듯한 동통, 열기가 눈꺼풀을 타고 올라와 눈물이 쏟아질 듯했지만 참았다.

재작년 3월, 하타나카가 이방근의 형이라는 것을 알고 찾아온 것은 아니었다. 일본에 귀화한 형이 도쿄에 있다는 것은 이방근 남매에게서 들었지만 완전히 우연한 만남이었다. 유원의 오빠라는 것을 알고 나니 동생인 이방근보다 예닐곱 살 위인데도 역시 닮아 보였다. 넓은 이마와 날카로운 눈의 호남. 그리고 지금 보고 있는 백자 항아리.

초인종이 울려 하타나카 부인이 먼저 일어서고 유원, 하타나카, 그 뒤를 남승지가 이었다. 간호사가 모시러 갔던 모양으로 그녀의 안내를 받으며 승려가 들어왔다.

응접실 옆방이 열렸을 때 농밀한 꽃향기가 뺨을 쓰다듬듯이 얼굴을 감싸왔는데 다다미 서너 첩[4] 정도 넓이에 두꺼운 커튼이 쳐진 방

4 1첩은 다다미 한 장 크기로 약 0.5평이다.

안쪽에 간소한 제단이 마련되어 있었다. 중앙부에는 흰 국화, 그리고 좌우로 수십 송이나 되는 장미 꽃다발이 장식되어 있었다. 아주 진하고 달콤쌉싸름한 냄새, 벨벳처럼 윤기가 나는 장미꽃잎 하나하나가 눈에 스미는 향기 그 자체였다. 그것이, 아마도 온실에서 자란 듯한 국화향을 누르고 코 안쪽까지 스며들었다. 법요에 장미라니, 어딘가 불균형한 강렬한 적과 백, 그리고 국화에 둘러싸여 한가운데 붓으로 '고(故) 이방근지령'이라고만 적은 위패가 서 있었다.

유원이 제단 앞 탁자에 놓인 향로에 선향을 세우고 성냥으로 불을 붙였다. 그 옆에 한대용과 남승지 두 사람의 조의금이 놓였다. 아, 이방근의 죽음. 그 죽음을 확인한다. 이방근의 사진이 없어서 다행이었다. 유원은 오빠의 사진을 가지고 있겠지만 굳이 내놓지 않았던 것이리라.

제단 앞에 중년의 승려가 정좌하고 뒤에 왼쪽부터 남승지, 유원, 하타나카, 그의 부인이 방석 위에 나란히 앉았다. 피아노를 배우는 중학생 딸이 있다고 유원이 이야기했는데 집에 없는지, 안 보인다. 6시 조금 지나 염주를 손에 든 승려의 독경이 시작되었다. 하타나카 부인 말고는 염주가 없었다.

조선의 제사는 기일 전날 일몰부터 시작해 자시(오후 11시~오전 1시)에 파제(罷祭). 제사를 마치고 음복 시간에 들어가 새벽이 되는 경우도 있지만 오늘은 기일인 1주기. 조선식이라면 고인의 영이 떠난 후가 된다.

꽃향기 속에 한 줄기 선향 냄새가 흐르는 가운데 독경이 이어졌다. 이방근의 1주기. 이방근의 죽음을 전면에 끌어낸 법요의 시간을 어떻게 견뎌야 할까?

잠을 부르는 듯한 독경과 꽃향기 속에서 남승지는 졸음 아닌 졸음을 스스로 불렀고, 그 망아(忘我)를 유지하는 냄새와 소리가 지속되었다. 반야바라밀다심경 관자재보살… 반야바라밀다심경 관자재보

살…. 이방근이 존경하는 산천단 동굴 주인 목탁 영감, 동굴의 은자, 신선 아닌 신선…. 이방근의 환영 전체가 남승지의 머릿속 공간에 들어차는 대로 두었다. 6월 19일, 산천단. 어째서 6월 19일일까? 죽음으로 가는 길은 보였을까? 6월 19일의 산천단이 특별한 의미가 있어서는 아니었으리라.

목탁 영감은 동굴 안 바위에 돗자리 한 장을 깔고 그 위에 앉아 종일 목탁을 두드리며 염불을 하는 까닭에 목탁 영감. 동굴을 나서면 10여 호 되는 마을을 돌며 집집의 '머슴' 대신 잡일을 해가며 얻어먹었다. 마을 사람들은 동굴에 살며 목탁이나 두드리는 늙은이를 신선이라고는 생각하지 않았다. 산천단 마을은 토벌대의 초토화 작전으로 폐허가 되었다. 노인은 행방불명되었다. 동굴의 노인이 건재했더라면 이방근은 자살하지 않는다. 영원히? 적어도 산천단에서는 하지 않는다. 할 수 없다, 그럼 어디서? 이방근은 의미를 생각하며 행동하지 않는다. 그저 그가 어떤 일을 하면 거기 의미가 생길 뿐이다. 그것도 숙려한 결과 나온 자연스러움일까?… 야나, 야나, 야나기사와 다쓰겐(柳達鉉)… 문득 바닷속이 아니라 밀물 속 탁구공처럼 이름이 떠올랐다. 이곳은 아사가야, 아사가야의 옛 주민 유달현. 해방 후 제주도 성내지구당 책임자. 두문불출, 일절 외출을 하지 않고 온종일 서재 소파 위에 붙어 살던 이방근에게 4·3 무장 봉기가 닥쳐올 거라고 이야기하고 마침내 그를 소파 밖으로 끌어낸 사나이. 그리고 1948년, 재작년 10월, 성내지구당 당원명부를 당국에 팔아넘기고 섬 밖으로 탈출을 꾀했던 유다. 밀항선 돛대 위에 매달려 죽은 남자. 갖고 있던 돈, 아마도 당국으로부터 받았을 상금 일화 30만 엔은 뒷날 섬 밖으로 탈출하는 하산 게릴라와 밀항자들의 운임 등으로 환원되었다. 그 배 한일호로 이방근은 부산에 마중 나갔던 누이동생 유원을 일본으로 보내고, 그리고 그는 서울의 문난설에게로….

재작년, 하타나카 씨 댁을 방문해서 하타나카가 이방근과 형제라는 걸 알고 난 뒤였다. 하타나카의 이야기가 이방근에게 이르렀을 때 유달현이 동생의 성내 소학교 동창으로 일본의 대학에서 법학과를 졸업한 후, 내선일체, 1억 총력전 운동의 열성분자, 협화회[5] 간부 등 일본인 이상의 일본인으로 경시청의 표창을 받았던 일도 있다는 이야기를 듣고 놀랐다. 하타나카와 가까운 데 살았던 모양이었다. 야나기사와 다쓰겐. 황국신민화의 충성분자. 해방 후에는 조선공산당의 열성분자…. 유달현의 죽음은 이방근의 간접적 살인이었을까?

유달현의 살해와 관련해서도, 처음부터 살의를 품고 있었다기보다는 무언가 본인의 의지를 넘어선 어떤 개체의 내적 움직임, 존재 그 자체의 움직임이, 자유로운 인간은 살인을 하지 않을 것이므로, 살인을 하기 전에 스스로를 죽인다는 생각에 이른 것이 아닐까? 살의와 그 목적 의식이 한 덩어리가 되어 마치 먹잇감을 노리는 동물처럼 살해라는 행위로 이어진 것이다. 살의와 행위 사이에 거리가 없는 것이다. 깊은 계곡을 한꺼번에 뛰어넘는 것이다. 이방근이 왜 살인을 했을까가 아니라 왜 자살을 했을까, 산천단을 좋아했다…. 거기에 이미 목탁 영감은 없었다.

남승지는 발이 저려 슬쩍 자세를 바꾸면서 손목시계를 풀어 손에 쥐었다. 오른쪽에 있던 유원이 그런 그를 알아차렸다. 웃옷 소맷부리에 숨어 있던 론진에서 노래하듯 가느다란 이방근의 소리가 들렸던 것이다. 독경은 이어지지만 시간이 되면 끝난다. 승려는 도중에 사발 모양의 종을 쨍, 하고 울렸으나 목탁은 두드리지 않았다. 보름달 뜬 바다. 조천항 부두에 붙어 흔들리던 한일호 선상. 남승지가 유원을 만나지 않겠다고 우기는데, 이방근이 동생의 주소를 적은 메모를 그의 웃옷 가슴주머니에 손가락 끝으로 밀어넣는다. 동생을 반드시 만나. 동생은 기꺼이 맞아줄 거야…. 그러고는 자신의 손목시계를 풀어

5 특고경찰 관리하의 재일 조선인 감시 통제조직.

"팔에 차라."라고. 망설이던 남승지는 말없이, 고문 흔적의 멍이 가시지 않은 자신의 손목에 감았다.… 이 저주의 섬을 나갈 자는 얼마든지 나가. 그리고 살아남아라. 저주받은 민족…. 이방근, 이방근. 어차피 이방근이라는 인간답게 넋이 찾아올 리도 없겠지만 죽은 자는 산 자들 속에서 사는 것이다…. 이방근의 말을 따른다면 이 1주기 자리면 충분하다. 여기 죽은 자는 없다. 어째서 이방근이 여기뿐 아니라 제주도에, 지상에 없는 것일까? 이곳은 이방근에 대해 머릿속에 떠오르는 그대로 생각하는 자리다. 지금까지 이방근을 생각하는 것은 생각이라는 것 자체가 파괴될 듯한 고통이어서 견디기 힘들었지만 이제는 생각나는 그대로의 이방근에게 자유를 주자.

만조로 흔들리는 정박 중인 배에서 이방근이 내린다. 고향 땅에 선다. 배는 밤바다로 나간다. 그래, 안녕. 그때 반드시 다시 만나자던 이방근. 바다 위로 파도가 달빛을 튕겨내던 조천 부두의 이방근…. 언젠가 재회하자던 것은 위패 속 붓글씨로 된 이방근이 아니었다. 눈물과 슬픔? 지금 어디 눈물과 슬픔이 있나? 어쩌면 좋을까, 어쩌면? 종이 울리고 먼 광야에 종이 울리고 피를 토하듯이 울리고 오직 저 혼자 힘으로 울려대는 종소리에 이끌려 한라산 기슭으로 걷다 보니 골고다 언덕 같은 언덕 위에 십자가가 흔들리고 있다. 십자가의 인간이 흔들리고 있다. 사형대… 꿈인가? 흔들리고 있는 것은 남승지인가, 거친 밤바다 위의 밀항선, 돛대 십자가의 남승지의 그림자. 아니, 돛대가 아니다. 언덕 위의 십자가. 그것은 김문원《한라신문》편집장, 게릴라 사령부의 명령에 따라 정부토벌군에 대한 선전포고문을 실은 전단지 3,000매를 인쇄하느라 필사적으로 밤새워 작업한 직후 체포, 고문. 우윳병 바닥 같은 두꺼운 근시 안경을 얼굴에 쓴 채 군화에 차여 두 눈이 파열, 그리고 총살된 사나이 김문원. 「피 나게 종이 울어」의 작자. 그 명령은 산속 게릴라 사령부에서 하달되었고 남승지가 직접 지시했다.

계엄 태세하의 좁은 성내에서 전단은 100매 정도 살포되었고 나머지는 모두 소각되었다…. 저건 김문원이 아니다. 이방근…. 언덕 꼭대기에 다가감에 따라 이방근이 십자가 위에서 아주 조금씩 흔들리고 있다. 이걸 어떡하지, 어쩌면 좋을까?… 여긴 어딜까? 감고 있던 눈을 뜨자 독경 소리가 이어지고 있었다. 십자가? 졸았던 걸까? 야간급행열차를 열세 시간이나 타는 바람에 잠이 부족했나? 졸았던 건 아니다. 백일몽이 아니라 반각반수(半覺半睡)의 꿈. 눈을 뜨고 꽃향기를 느꼈던 것으로 보아 졸고 있었던 것일지도 모르겠다.

한동안 비몽사몽이었다. 십자가가 보였다. 자신의 꿈이 아닌 십자가. 경찰서 돌문 석주에 게릴라 사령관 이성운을 매달아두었던 피투성이 십자가. 안개가 낀 듯한 머릿속에서 꿈틀대는 군상, 모두가 이방근을 둘러싼 그림자들. 새삼릅게 독경 소리와 꽃향기가 남승지를 깨웠다.

30분 정도 지나 법요가 끝나자 승려는 안내된 응접실에 차려진 맥주 따위에는 손도 대지 않고 녹차 한 잔만 마시고는 자리를 떴다. 부인과 평상복으로 갈아입은 간호사가 배웅하러 나갔다.

남승지는 맥주를 조금 마셨지만 하타나카 부인이 돌아오기를 기다려 깊은 감사인사를 드린 후, 이방근의 투영이랄 수도 있는 선반 위 백자, 벽에 걸린 격렬한 적과 청의 충돌, 소용돌이 같은 혼돈과 일체가 된 유화를 한번 둘러보고는 유원과 함께 하타나카 의원을 떠났다. 이방근은 어디 있나? 이방근. 시각은 8시에 가까웠다. 도쿄발 준급행 9시 40분. 유원은 도쿄 역까지 같이 간다.

두 사람은 한동안 가로수가 무성한 밤길을 나란히 걸었지만 유원이 도중에 남승지의 팔짱을 끼었고 남승지는 그대로 함께 걸었다. 완만한 내리막길이었다. 남승지는 유원이 양준오의 입산을 모르는 건가, 그의 소식을 묻지 않는 것에 안도하면서 내심 지금이라도 양준오의 이름이 유원의 입에서 튀어나오지 않을까 두려워했다. 역으로 가는 길, 쌓아둔 목재 옆 판자 위에 둘이서 앉아 있던 빈터 옆길로 접어들었을 때, 유원은 무슨 생각을 했는지 걸음을 멈추더니 승지 동무, 하고 불렀다. 그리고 팔을 풀었다. 가로등 불빛 밖이었다.

"양준오 씨 있잖아요, 미군정청 통역을 하다가 나중에 도청으로 직장을 옮긴 사람. 승지 동무 선배고 오빠와도 친했던 사람. 그분은 지금 어떻게 지내요?"

"아, 양준오. 맞아, 양준오…."

남승지는 멈칫하며 그 자리에 섰다.

"응, 그래 그, 그 사람과는 오랫동안 못 만난 채로 내가 일본으로 와버려서. 그대로 도청에 다니는지도…."

"작년 일인데, 오빠가 산천단에 가기 전에라도 준오 씨를 만난 거 아닐까 몰라."

"…글쎄, 아마 그건 아닐 것 같은데."

유원은 말없이 고개를 끄덕였다.

"나도 그럴 것 같아. 만났다고 해도 이미 끝난 일이니까."

"방근 씨는 산천단에 가는 일을 앞두고 누굴 만나거나 할 사람이 아니야."

남승지는 가슴의 두근거림이 멈추지 않았다. 양준오, 양준오. 이방근. 두 사람 모두 이제는 없다. 없다. 전차 경적이 밤하늘 높이 울렸다. 신주쿠 방면으로부터 하행선이 들어왔다. 사람들이 길가의 두 사람 곁을 지나쳤다. 두 사람은 역을 향해 걸었다.

4

밤의 상행선 전차는 비어 있었다. 차창이 반쯤 열려 있어서 서늘한 바람이 계속 흘러든다. 좌석 끝에 나란히 앉은 유원은 남승지의 손을 잡고 먼 곳까지 와주셔서… 하며 인사를 했고 승지 동무, 이젠 언제 만날 수 있을까, 하고 혼잣말처럼 중얼거렸다. 그러게 언제나 볼 수 있을까…. 유원은 말없이 끄덕이는 남승지를 마주 보며 "내년 2주기는 안 할래."라고 잘라 말해서 거기까지는 생각하지 않았던 남승지를 놀라게 했다.

"어째서?"

"오빤 그런 거 싫어하니까. 1주기로 충분하다고, 산 자인 내 속에서 오빠가 말하고 있어. 오빠는 죽은 자잖아요. 그래서 오늘 1주기를 한 거지."

"이제 막 끝났잖아. 아직 거기까지 생각할 필요 없어."

남승지는 놀란 내색을 감추고 웃으며 말했다.

"한다면 나 혼자 할래."

그는 유원의 짧은 한마디에 허를 찔린 듯 할 말이 없었다.

그녀가 의도치 않았더라도 남승지와 둘이서라면 나름대로 2주기를 치르기로 생각할 수 있었으리라. 느닷없이 왜 이럴까, 하타나카 씨 집에서 뭔가 있었나? 큰오빠라고는 하지만 소원한 관계여서 하타나카 씨 댁에서 하는 게 싫은 건가? 굳이 그 댁에서 할 필요도 없지, 아니면 하타나카 씨의 생각이 1주기만 치르자는 것이었나?

"내 속에서 오빠가 말하고 있어. 자긴 싫으니 그만두라고. 하지만 나 혼자 하겠다고 했더니 그렇다면 좋을 대로 하래요. 성내의 집에서도 불효자식, 가문의 수치. 반역자, 추방자의 소상 같은 건 안 치러요. 오빠는, 이방근은 참 쓸쓸한 사람이지. 쓸쓸한 낌새도, 그런 말 한마디도 흘린 적 없고 본인 스스로 쓸쓸한 걸 모르고 느낀 적도 없는 듯하고 그렇지만 고독한 오빠였어, 이방근은. 그러니 살아 있는 자들 속에서 사는 거지."

"지금 막 끝나기는 했지만, 그래, 내년 2주기는 생각해 보자. 한대용 씨도 함께."

"한대용 씨…."

유원은 한동안 말이 없었다.

"한대용 씨는 다음엔 언제쯤 제주도에 가?"

"아직 모르지. 밀항자 승선 작업은 배까지 그룹의 책임자한테 양보하고 반쯤 물러나 있으니까. 한대용 씨가 제주도에 갈 때 뭐 부탁할 거라도 있어?"

"부옥이가 보고 싶어. 오빠 산소는 있는 걸까? 아, 이런 이야긴 하지 맙시다. 가문에서 추방당한 자의 묘라니. 옛날에는 묘가 있으면 그걸 파내는 짓도 했는걸. 어쨌든 산소는 있을 거야. 부옥이가 보살피고 있겠죠."

유원은 아버지를 보고 싶다고는 하지 않았고 부옥이를 앞세웠다. 그리고 유원 자신이 제주도에, 그 땅으로 간다는 것이다.

신주쿠 역에서 승객들이 제법 타서 좌석이 찼다. 두 사람 앞에도 손잡이를 잡고 한 사람이 섰다. 전차가 움직이기 시작하면서 몸이 흔들려 손잡이에 매달리다시피 하는 이 사람은 아직 8시 30분인데도 술 냄새를 풍겼다. 신주쿠는 번화가니까. 이제 30분 정도면 도쿄 역에 닿을 것이다. 9시 좀 지나서. 도쿄발 9시 40분.

한다면 나 혼자 오빠의 2주기를 할 거라고, 심한 말이다. 이방근과 사별하는 꿈, 발신은 산천단, 수신은 일본 도쿄와 오사카로 둘로 나뉜 그 꿈은 대학 캠퍼스 뒷산에서 하나가 되었다. 꼭 유원을 만나라. 동생은 기꺼이 맞아줄 거야. 보름달 뜬 밤의 부두, 파도에 흔들리는 선상에서 이방근이 남긴 말, 결별의 말. 너희는 하나가 되어라. 말로 하지는 않았지만 이방근의 명이었다. 고인의 제사는 일정한 장소에서 하는 법. 두 곳으로 분산된 제사란 있을 수 없다. 복상 기간은 형제가 1년, 부모가 3년. 복상이 끝나면 매해 제사가 되고 2주기는 초상으로부터 3년상, 대상이니 가장 중요한 제사가 된다. 어떻게 할까? 지금 즉단할 수는 없다. 내년 일이다. 생각해 보자. 다음에는 언제 볼 수 있을까? …알 수 없다. 지금 이렇게 서로 기대듯이 상반신을 붙이고 간접적으로 살갗이 닿아 서로의 온기를 함께 느끼며 전차의 진동에 몸을 맡기는 것만으로도 도쿄 역까지 가는 시간은 행복했다. 접촉되는 열기를 견딜 수 없어 상반신을 살짝 떼어내기도 한다. 유원 역시 이에 반응하듯이 몸을 움직였지만 차체가 흔들리자 반동으로 다시 몸 반쪽이 하나가 되었다. 어떻게 할까? 어떻게, 어떻게 할까? 한라산 기슭 언덕 위의 십자가에 흔들리는 그림자… 이방근이 십자가에서 한라산 기슭 고원의 바람에 흔들리고 있다.

"승지 동무는 내일 오사카에 가서 다시 사철로 고베까지 가는 거죠?"

"응."

"힘들겠네. 지금도 사촌형님네 고무공장에서 일하고 있고?"

"요즘은 사무실 지키고 있어. 공장이랑 바로 옆이지."

"그쪽이 몸은 편하죠?"

"그렇긴 한데 현장 노동을 좀 더 하고 싶어. 반년 가까이 했더니 이제는 제법 잘하기도 하고… 육체노동이라 힘들기는 해도 견디지 못할 것도 없더라고. 저녁때 일 끝나고 종일 노동한 피로를 풀다 보면 몸과 마음이 편해지거든."

유원은 끄덕이면서 더 이상 공장 이야기는 하지 않았다. 남승지가 어째서 공장 노동 현장에 들어간 것인지 유원은 그 사정을 약간 알고 있었다.

작년 4월 중순, 이방근 덕에 성내 수용소에서 구출된 남승지는 섬 탈출을 강하게 거부했지만 이방근이 강제로 일본에 보내는 바람에 그 삶을 이어갈 수 있게 되었다. 돼지가 되어서라도 살아남아라. 이방근의 명령이었다.

1948년 3, 4월, 일본 정부는 전국 400여 개의, 재일동포들의 힘으로 건설하고 운영해 온 조선 초중급학교에 대한 폐쇄 명령을 각 지방에 내렸다. 재일 조선인들은 조직적으로 전국적인 반대투쟁을 했지만 대규모 경찰 동원으로 수천 명이 체포되면서 조선학교 학생들은 일본 학교로 흡수 편입당하게 되었다.

오사카에서는 민족학교 41개교 대부분이 폐쇄되는 한편, 효고 현에서는 폐쇄 명령을 취소했고 중급학교 하나를 포함하여 전체 17개 학교가 자주학교로 존속하고 있었다. 오사카에서 반대투쟁이 패배한 데에는 조선인 조직의 잘못이 있었다고 한다. 일본공산당 오사카 부위원회 간부에는 조선인 당원이 상당수 포함되어 있어서 일본공산당의 '일본 학교를 민주화하는 일이 우선이고, 조선인 학생들을 전학시켜 일본 학교의 민주화를 이룩한다'는 방침에 따라 조선학교 폐쇄령에 반대하지 않는다는 원칙에, 조선인 연맹의 일공 당원이기도 한 간부들이 따를 수밖에 없다는 사정이 있었던 모양이다. 1943년에 해산한 전쟁 전 코민테른의 '1국 1당' 원칙을 전후 재건된 일본공산당이 아직도 답습하고 있었다는 것이다.

재작년 여름, 재차 혼자서 일본으로 건너온 강몽구가 전해준 누이동생 말순의 긴 편지에 이 일이 상세히 적혀 있었다. 1948년 4·24 조선학교 폐쇄 반대 한신(阪神) 교육투쟁 중 오사카 부청 앞에서 열린, 자신을 포함한 2만 인 집회와 시위의 모습에 대해서, 경찰이 시위대에 퍼부은 격렬한 살수 공격, 중학생 소년 김태일을 사살한 총의 소리가 시위대 뒤쪽까지 들렸던 일, 자신도 곤봉을 치켜든 경관에게 쫓겨다녔다는 사실 등이 편지 내용이었다. 그리고 1년 후에 남승지 자신이 바로 그 일본 오사카로 밀항해 온 것이다. 그리고 고베로.

고문 등의 후유증이 완치되지 않은 남승지는, 멀리 있는 다루미 조선중급학교 교원이 힘들 것 같다면 같은 나가타 구의 도보 10여 분 거리인 니시고베 초급학교 교원은 어떠냐는 권유를 받았으나(이 학교 재건위원회 이사였던 사촌형 남승일도 강력하게 권했다.) 모조리 거절했다.

건강 문제도 있어서 사촌형이나 형수 경자는 반대했지만 이를 무릅쓰고 결국 견습으로 사촌형 고무공장에서 일하기로 한 것이었다. 육체노동에 몸을 맡긴다. 몸을 떠나 동요하고 있는 정신을 몸에 복종시킨다.

조직, 교육사업은 혁명사업, 교원 역시 혁명사업의 일익을 담당한다. 아, 혁명, 혁명… 무서운 강박관념으로 '혁명'이 머리를 짓눌렀다. 돼지, 도망자. 혁명, 혁명사업이라는 말이 날아다니는 교육현장이 낯설고 두려웠다. 혁명으로부터 멀리 멀리, 아무도 없는 저 광야로.

올해 1월, 오사카에서 유원과 재회했을 때 공장 노동 이야기가 나왔지만 그녀는 남승지의 얼굴을 올려다보듯 하며, "그렇구나, 공장 노동은 힘들 것 같아."라고 끄덕였고 '어째서?'라는 식의 낌새는 없었다. 그것이 도망자, 돼지—남승지의 무너져가는 마음에 힘이 되어주었다.

30분도 안 걸려 도쿄 역에 닿았다. 9시 40분 출발까지 30여 분. 아까는 아사가야 하타나카 의원까지의 거리가 줄어들면서 앞쪽에서 다가오는 압박감을 견디며 걸어갔지만 지금은 다가오는 시간과 함께 유원과 헤어진다는, 발 딛고 선 자리가 무너지는 듯한 상실감을 견디고 있었다. 이제 언제 만날 수 있어? 그래, 그 대답, 서로가 아직 약속은 하지 않았다. 그것은 지금 남승지가 약속할 수 없는 일이었다.

야에스 개찰구를 나온 두 사람은 작년 7월 처음 만났을 때 들렀던 찻집 '란'(蘭)으로 들어가 벽 쪽 자리에 마주 앉았다.

"승지 동무는 뭘로 할래요?"

"아이스커피."

"나도."

유원이 점원에게 주문을 하고 나서 두 사람은 한동안 서로를 마주 보았지만 말은 없었다. 남승지는 시선을 떨구고 물을 마셨다. 유원의 눈길이 이를 쫓았다.

"동무는 아까, 오빠 2주기를 혼자서 한다고 했지만 그건 우리 속에 있는 이방근 씨의 마음은 아닐 것 같아. 그때는 한대용 씨도 함께 셋이서 하자. 한대용 씨와 의논해 볼게."

"그건 좀 너무 나간 것 같아. 오빠 일은 하타나카 의원을 나오고 나서 도중에 잠깐 생각한 것뿐이야. 난 또 똑같은 식으로 치르기 싫거든. 그러니까 그건 정해지지 않은 미래의 일로, 정해지지 않은 채 둡시다."

"지금 막 법요가 끝나 나온 참이니까. 어쨌든 미래형이지. 유원 동무는 한대용 씨가 저쪽으로 갈 때 같이 가고 싶은 거야?"

아이스커피가 나왔다. 손님들 출입이 많아 가게 안팎의 음성들이 뒤섞여 꽤나 시끄러웠다.

"……."

유원이 말없이 끄덕였다.

"동무가 알고 있듯이 다녀오는 건 힘든 일이야. 게다가 작년 4월에는 '평정'되었다면서 소강상태였지만 요즘에는 다시 토벌작전이 격해진 것 같아. 한대용 씨가 언제 가게 될지는 모르지만 이번에는 우선 한대용 씨가 성내의 집에 들러서 부옥이와 만나 사정 이야기를 듣고 난 후에 정하는 것이 좋을 것 같아."

유원은 입술에서 빨대를 떼고 고개를 끄덕이며 알겠다는 듯, "언제가 될까, 다음에 오사카에 가게 되면" 하며 화제를 바꾸었다.

"승지 동무의 어머니랑 누이동생을 만나고 싶어. 지난번에는 낮에 오사카에 도착해서 저녁에 돌아오는 기차를 타느라고 인사도 못 했잖아요."

남승지는 멈칫하며 빨대를 입술에서 떼고 유원의 얼굴을 바라보았다. "응, 엄마랑 동생도 보고 싶어 했어." 아차, 이렇게 말하는 게 아니었다 싶었지만 거짓말은 아니다.

"이마 상처 안 아파?"

"괜찮아. 이건 부옥이의 추억이니까 소중히 남겨둬야지. 사라질 때까지. 우리 부옥이…."

그녀는 손가락을 살짝 이마에 댔다가 뗐다. 반창고도 약도 필요 없는 이유일까? 상처를 있는 그대로.

'다음에'라는 건 언제일까? 재회한다는 걸까? 언제가 될까? 그때는 행자와 결혼해 있을지도 모르고… 얼마나 끔찍한 상상인가. 아니, 상상이 아니라 사실이었다. 사실로서 압박당해 무서운 벽을 향해 가고 있었다. 재작년 3월 외가 쪽 친척이기도 한 강몽구와 기금 모금 일로 일본에 왔을 때, 남승지의 결혼 이야기가 나왔다. 남씨 가문의 종손이니 일본에 남아 대를 이어야 한다며, 사촌형 승일은 많은 금액을 내면서 마치 그것이 조건이기라도 하다는 듯 제주도로 돌아가는 것에 반대했다. 동행했던 조직 책임자이자 도당 부위원장인 강몽구도 동의해서 일본에 남을 것을 인정했지만 남승지는 거부하고, 탄식하는 어머니와 헤어져 제주도로 돌아가버렸다.

제주도에 이유원이라는, 결혼할지도 모를 사람이 있다고 했다. 그때는 그냥 핑계였지만 이제는 일본에 살고 있는 유원을 만나러 도쿄에 갔다는 것을 어머니가 알고 있었다.

사태는 기존의 사실들을 토대로 진행되고 있지만 어떻게 될지는 알 수 없다. 무엇이 기존의 사실인 걸까? 그런 판에 유원이 오사카 집을 찾아온다니, 있어서는 안 될 일이었다. 어머니로서도 행자에 대해서는 느닷없고 뜻밖인 일이었지만 어쨌든 결혼해서 아들을 얻는 것이 가문을 잇는 길, 돌아가신 승지 아버지나 조상들에 대한 최대의 효도이자 가족과 친척들의 더없는 기쁨일 터였다. 꼭 파멸에 이른 이방근의 축소판이 된 것만 같았다.

"승지 동무 너무 피곤한가 봐. 그렇죠? 괜찮아? 안색이 나쁘네. 지금부터 또 야간열차인데…."

"그 정도면 기차를 못 타지. 야간이나 주간이나 똑같아. 괜찮아. 걱정하지 마….”

남승지는 고개를 저으며 아이스커피를 빨아들이던 빨대를 놓았다. 목 안으로 내려가는 차가운 커피가 점막을 찌르듯 아프게 했다. 시간은 9시 20분에 가까워지고 두 사람은 일어섰다. 계산서를 손에 든 유원이 카운터로 갔다.

찻집을 나와서 남승지는 두세 집 떨어진 매점에서 석간 한 부를 샀다. 기차 안이 만석이면 통로에 깔고 앉을 수 있을 터였다.

“승지 동무, 포켓 위스키를 살까?”

“필요 없어. 유원 동무, 걱정하지 마. 마시고 싶으면 내가 살 테니까.”

두 사람은 서둘러 개찰구를 통과했고 중앙의 계단, 그리고 다시 승강장 계단을 올랐다.

“저, 유원 동무.”

정차 중인 양쪽 열차에 끼인 듯한 승강장을 걸으며 남승지가 약간 다급한 소리로 말했다.

“다시 만나기는 한동안 서로 어렵겠지만 내년 2주기도 있고 하니 다시 연락할게….”

남승지의 초조한 음성은, 눈앞에 보이는 수 분 후의 발차시각 때문이 아니라 상황이 변해버린다면 언제 어디서 다시 만날지 확실히 말할 수 없다는 기분에서 오는 것이었다. 그것이 작별 인사가 되었다.

기차 안은 만원은 아니었다. 중간쯤에 빈자리가 하나 있었다. 오사카 방면으로 좌측, 그 앞쪽을 등진 통로 쪽 빈자리에 보스턴백을 두고 남승지는 유원과 차 밖으로 나왔다. 이제 곧 기차가 떠날 시각이었다. 승강장에 선 두 사람은 잡고 있던 손을 놓고 양팔을 벌려 포옹했다. 발차를 알리는 벨소리가 울리고, 가볍게 뺨이 스쳤다. 열차가 움직이기 시작했다. “유원 동무, 편지할게.” “빨리 타, 위험해!” 맨 앞 증기기관차의 증기 배출음, 피스톤과 큰 바퀴가 가속하는 회전음이 멀어졌다. “빨리, 빨리!” 남승지가 3, 4초간 달려 열차에 뛰어올랐다.

그리고 손잡이를 잡고 열차 승강구 계단에 서서 멀어져가는 승강장의 유원을 향해 몸을 내밀고 손을 흔들었다. 유원도 힘차게 손을 흔들고 있었다. 서로의 인력으로 몸의 피부가 당겨져 스쳤던 뺨이 벗겨질 것만 같았다. 다리가 후들거리고 있었다. 그는 힘주어 손잡이를 잡았다.

한동안 계단에서 한 단 높은 통로문에 서서, 가로질러 가는 도쿄의 빛나는 야경을 바라보았다. 평화일본의 수도. 빨리 타, 위험해! 유원의 음성. 한라산 게릴라 생활로 단련된 몸이었다. 장애물이나 계곡을 뛰어넘는 것도 나무를 타는 것도 어렵지 않았다. 이제는 후유증을 안고 있는 몸이지만, 제주도에서는 게릴라들이 밭을 둘러싼 1미터도 넘는 돌담을 단숨에 뛰어넘곤 했다. 아, 이게 마지막. '홀몸'으로 유원과 만나고 헤어지는 것은 이걸로 끝이다. 과연 재회할 수 있을까? 나는 무엇을 하러 도쿄에 온 걸까? 유원을 만났다. 지금 막 헤어진. 이방근의 1주기. 그는 죽은 자가 되었다. 돼지가 되어서라도 살아라. 그리고 남승지를 섬 밖으로 내보내 일본에서 유원을 만날 수 있게 했다. 어떻게 하지? 어쩌다가 이렇게 되어버렸을까? 행자와 결혼을 준비해야만 한다. 지금 유원과 막 헤어진 머릿속에 행자가 파고들 줄이야. 무슨 짓인지…. 할 수만 있다면 도망치고 싶었으나 도망칠 수도 없었다. 행자, 미안해. 내 마음을 알아채지 마. 그는 통로를 걸어 보스턴백을 놓아두었던 좌석의 옆 승객에게 가볍게 눈인사를 하고 앉았다. 한동안 무릎 위에 보스턴백을 둔 채 눈을 감고 있었다.

그곳은 바닷가 마을 농가의 달빛이 비쳐 드는, 똥오줌 범벅 돼지우리였다. 밤새도록 고열에 시달린 탈주 게릴라의 몸속으로 스며든 정체불명의 등신대가 꿈틀거리는, 질척질척한 덩어리가 몸을 안에서부터 깨 부숴가는 묵직한 힘, 돼지로 다시 태어나는 진통을 끙끙대며 견디고 있었다. 의식이 분화하기 이전의 진통과 태어나는 것의 분리와 같은 몸뚱어리의 감각. 고통스러운 고열의 밤을 새우며 탈주 게릴라의 네 발로 기고 있는 양손이 짤막해지는 순간, 다섯 손가락이 뭉개져 떨어진 손목에서 발굽이 디밀고 나오는 걸 알았다. 검은 돼지털로 덮인 앞발이었다. 눈은 콧구멍을 위쪽으로 내민 얼굴에 옆을 향해 매달려 있었으며 깨닫고 보니 들러붙은 똥오줌을 떨어내려 꼬리가 돋아 있었다. 게릴라 사내는 인간의 얼굴을 보는 대신 암퇘지의 얼굴을 보았고 그 검은 털에 닿았고 코 고는 소리를 바로 곁에서 들으며, 바위에 부서지는 파도 소리와 함께 잠들었다. 그리고 오로지 돼지들 꿈을 꾸며 잤다. 돼지 사내는 서북이 아니라 한때의 동지였던 게릴라에게 습격당해 잡아먹히고 싶다고 염원했으나 암퇘지에게 뒤쪽 넓적다리를 뜯어 먹혔고, 죽었다…. 이것은 고베 사촌형 집에서 남승지가 꾸었던 꿈의 마지막 부분에서 보았던 게릴라 사내의 모습이었다.

으윽, 신음과 함께 뭔가 옆구리를 흔드는 바람에 노도와 같은 굉음 속에서 눈을 뜨고 보니 꿈이었다. 아, 기차 안이었다. 얼른 오른쪽 창가의 승객에게 목례를 하고 앞자리를 보니 승객은 고개를 기울인 자세로 잠들어 있었다. 야간열차 안이었다. 네 사람이 마주 앉는 사각의 공간이 꿈속 돼지우리 울타리를 상기시켰다. 이런, 1년도 더 지나서 똑같은 꿈을 꾸다니…. 포효하는 열차 기적 소리와 초고속 바퀴가 레일 위를 회전하며 작열하는 소리에 한동안 귀를 기울였다. 오전 1시. 설핏설핏 졸았나 싶었지만 그래도 한 시간 정도는 푹 잔 모양이었다. 오사카까지 아직 반나절 남았다. 제주도에서 이방근의 배웅을 받은 지 얼마 안 된 1년쯤 전에 고베의 사촌형 승일네 집에서 꾸었던 꿈이었다. 인간에서 돼지로 변신하는 꿈. 뼈마디에 아로새기듯이 선명하게 기억하고 있었지만 꿈이 현실이 되고, 현실이 꿈이 되는 투명한 융합, 합체, 실체화를 느꼈다. 놀랍다기보다는 어쩐지 알 것만 같은 돼지 사내. 지금도 실제로 돼지로 변신을 경험한 것 아닐까, 문득 생각할 때가 있다. 그런 감각이 몸에 남았다. 돼지, 돼지, 하고 중얼거리던데. 맞아, 유원의 그 목소리가 기억났다.

꿈 전반의 광경은 제주도 해변이었다. 바위에서 멀지 않은 숙모집 마당 구석에 돌담으로 둘러싸인 돼지우리. 초가지붕이 돌담 울타리 한쪽에 있었고 게릴라를 추적하는 서북에게서 몸을 숨기고 있던 사내는 그곳에서 섬 밖 탈출을 위한 밀항선의, 좀처럼 오지 않는 승선 통지를 기다리고 있었다. 오랫동안 돼지들과 같이 자고 같이 지내야 했다. 변소를 겸한 돼지우리의 주인인 돼지들은 인간들이 입구 한쪽 구멍 뚫린 가로대 위에 앉아서 떨구는 똥오줌을 주식으로 삼고 있었고, 사내는 숙모가 몰래 가져다주는 찐 감자 따위로 목숨을 이어가고 있었다. 때로는 돼지 동지들에게 나눠주기도 했다. 배는 오지 않았다. 돼지들과 같이 있은 지도 한 달인가 두 달이 지났다. 몸도 마음도 돼지와 하나가 된 듯한 긴 시간이 흐른 어느 날 밤, 사내의 몸에 이변이 벌어졌다. 스스로 산통을 일으켜 검은 돼지로 변신한 것이다. 그건 정말 꿈이었을까? 그렇게 변신한 돼지가 바로 자기라는 감각이 지금도 피부 아래 숨어 있어서 그것이 마침내 '돼지…'라는 혼잣말이 되어 나오게 된 것이다.

열차는 요코하마에서 만원이 되어 입석이 시작되었지만 승객들은 알아서 통로에 자리를 잡았다. 새벽 무렵 나고야 역에서 상당히 많은 승객이 내리고 나니 통로에 있던 승객들이 일어서 자리에 앉았다.

아침 11시경 오사카 역에 도착해서 중앙개찰구 정면 거대한 지하도로 연결된 계단으로 나왔다. 화장실 앞에 줄을 서서 볼일을 보고, 반쯤 열린 방충망으로 들어온 증기기관차의 매연에 더러워진 얼굴을 세면대에서 씻었다. 두 장째 종이수건으로 얼굴을 닦고 나와 우선 한대용에게 연락하기 위해 공중전화로 아파트에 전화를 걸었지만 부재중이었다. 역 앞의 우메다 정거장에서 전차를 타면 나카자키까지는 두세 정거장이니 집에 있으면 찾아갈 생각이었다. 시외전화를 신청해서 교토의 니시진오리[6] 등을 취급하는 '후지 상사'에 연결해 달라고 했지만, 오늘 회사에 나올 예정은 없다는 대답이 돌아왔다. 이대로 고베로 돌아갔다가 다시 오는 것도 그렇고 한대용은 어제 떠났던 남승지가 당일치기로 어젯밤 도쿄 역을 출발, 오늘 점심 무렵 오사카에 도착한다는 것을 알고 있으니 아파트에서 전화를 기다리고 있을 참이었다. 산달이었던 부인이 입원을 했을지도 모른다. 오늘 6월 20일이 예정일이었으니까.

남승지는 한대용이 데리고 간 적 있는 조선음식점 '평화정'으로 향했다. 거기서 점심을 먹고 나서 다시 아파트로 전화해 보자고 생각하면서 한큐 앞 교차로를 건너 남쪽으로 뻗어 있는 우메다 신도를 걸어갔다.

한큐 한신 빌딩이 대각선으로 마주 보고 선 사거리 교차점을 중심으로 차와 사람들이 끊이지 않았다. 남승지는 개발 예정지인 역 앞의 광대한 불탄 흔적 위에 세워진 가설주택식 가게들, 섬유 도매점이니 옷가게, 찻집, 식당 등이 늘어선 곳, 서민 술집 거리라는 표식이 되는 담배 가게 모퉁이를 우회전하여 술집 거리 외곽 귀퉁이에 있는 평화정에 도착했다. 2층 방에 자리를 잡았다. 3층 건물이지만 위는 사무실이었다. 손님은 없었다. 구두를 벗고 올라간 방에서 웃옷과 넥타이를 벗은 다음 다리를 쭉 뻗고 벽에 등을 기대고 앉았다. 이제야 뭔가 큰일을 마친 듯한 안도감이 밀려드는 피로와 함께 한동안 심신을 어루만져주었다.

냉면을 주문했다. 맥주도 한 병 마시고 싶었지만 약간의 취기만으로도 현기증을 일으켜 비틀댈 것 같은 느낌이었다. 수면 부족과 피로가 겹쳐 있었다. 눈을 감고 있는 10분 정도 사이에 냉면이 상 위에 놓였다. 큰 대접에 담긴 쫄깃한 냉면을 육수에 고추장과 식초를 과하다 싶을 만큼 넣어 젓가락과 숟가락을 써서 정성껏 천천히 새빨갛게 되도록 비벼가면서(식도락이 할 짓은 아니지만) 육수과 함께 먹기 시작하

6 니시진오리(西陳織): 교토의 고급 직물.

자 금세 땀이 목줄기에서 이마까지 솟아났다. 엄청나게 맵고 차가운 육수가 몸에 스며들어 퍼져나가는 상쾌감에 맥주는 필요 없었다. 손수건으로 땀을 닦고 있으려니 2층까지 올라온 여점원이 "김 상, 전화요" 했다.

"전화? 어디서?"

"니시하라 씨예요."

한대용이다. 남승지는 슬리퍼를 꿰어 신고 계단을 내려왔다. '김 상'이라는 것은 여기서 남승지로 통하지 않았기 때문이었다. 밀항 후에 만든 외국인등록증의 명의는 김춘남이었다. 입구 근처 계산대 옆 전화 수화기를 귀에 대보니 역시 한대용이었다. 지금 아파트 근처 덴만의 산부인과인데 아내의 출산이 예정일인 오늘부터 이삼일 후가 될 듯하며(한대용은 예정일인 20일보다 하루 일찍 이방근의 기일인 19일에 출산하기를 바라고 있었다. 마치 이방근의 삶을 대신 살아주기를 바라듯.) 아마 승지가 아파트에 전화해서 부재중이면 바로 평화정으로 갈 것 같아 연락했다고 말했다. 이제부터 30~40분 기다려달라는 것이었다. 남승지는 한대용이 평화정으로 올 것이다 싶어 미리 온 것도 아니고 약속을 한 것도 아니었지만 결과가 이리 되어 안심하고 2층 방으로 돌아와, 냉면 맛을 음미하며 점심식사를 마쳤다. 컵에 따른 물을 마시고 조금 지나자 졸음이 눈가로 밀려오는 낌새가 느껴졌다. 매운 것을 먹어 몸속에서 온 자극인지 등 쪽의 울퉁불퉁 엉겨붙은 상처가 가려웠다. 어디 가서 목욕이라도 하고 싶었다. 몇 번이나 땀이 찼다가 마른 등짝의 흉터.

행자가 등에 입술을 대고 혀로 구석구석 핥아준 고문 상처들이 만든 골짜기, 눈을 감아도 떠도 추해. 뺨을 갖다 대도 손을 갖다 대도 추하고. 내 눈물이 불을 뿜는 건 그 때문이야. 꿈틀대는 상처의 골짜기. 내 솟는 눈물이 골짜기를 메우고 시냇물이 될 거야. 계곡물 소리는 사랑, 사랑, 사랑의 물줄기. 뒤쪽에서 알몸을 올려놓은 행자가 입술을 부비며 뜨거운 눈물의 속삭임을…. 어느새 다다미 위에 누워 잠들어 있었다. 누군가 흔들어 깨워 일어났을 때는 추적자에게 잡힌 듯 와악, 소리라도 지르며 소스라친 것 같지만 가까스로 무거운 윗몸을 일으켰다. 한대용이었다.

"수고했어. 피곤하지?"

갈색 체크무늬 겉옷을 벗은 한대용은 붉은빛 도는 넥타이를 느슨하게 풀고 두 손으로 헝클어진 머리카락을 일단 빗어 올렸다가 다시 누르면서 좌탁에 마주 앉았다. 그리고 등 뒤 계단 쪽을 돌아보며 손뼉을 두세 번 쳤다. "어이, 손님 왔어!" 쉰 목소리였다.

"방근 씨 제사는 잘 끝났어?"

"간단한 법요여서 30분 정도로 끝났어요."

"뭐, 30분? 제사가 30분 만에 끝나나? 영혼이 먼 곳에서 찾아와 잠시 쉬어 갈 여유도 없겠네. 뭐랄까, 이방근의 모습, 그림자 같은 거라도 나오지 않았나?"

"아무것도 없었어요. '고 이방근지령'이라고 붓으로 쓴 위패만…."

"유원 동무는 어땠어?"

"잘 있던데요. 도쿄 역까지 같이 왔는데 슬픈 기색도 없었고. 한대용 씨께 안부 잘 전해달라고 몇 번이나 말하더라고요."

"응, 그렇구먼. 맥주도 안 마셨나 보네. 뭘 먹은 거야? 아무것도 없잖아."

"냉면 먹었는데 졸고 있는 동안 치웠나 봐요."

한대용은 계단을 올라온 여점원에게 맥주 두 병, 대창과 갈비구이, 나물, 김치, 물김치까지 주문했다.

한대용은 진청색 바탕에 하얗게 비둘기가 디자인되어 있는 피스 담뱃갑을 좀 전에 벗어놓은 상의 주머니에서 꺼내 한 개비를 입에 물더니 남승지에게 갑째로 건넸다. 술로 치자면 고급 위스키처럼 순도가 높은 고급 담배여서 열어둔 담배갑에서 좋은 냄새가 풍겼다. 남승지는 담배는 자신도 갖고 있지만 피우고 싶지 않다고 대답했다.

"맥주도 안 마시고 담배도 싫다니, 몸 상태가 안 좋은 거야?"

남승지는 잠자코 고개를 저었지만 그러는 자기를 의식하고는, 그때 유원이 하타나카 씨의 이마 상처에 반창고 대신 약이라도 바를까, 하는 말에 말없이 고개를 내젓던, 꽤나 무뚝뚝했던 모습이 떠올랐다. 기묘한 반응이었다.

예전에 한대용은 마도로스 파이프를 애용했다. 휴대용 잎담배를 파이프의 구부러진 구멍에 손가락으로 채워 넣고 불을 붙여 이방근 앞에서도 유유히 피우곤 했다. 그러더니 이방근이 죽고 나서 치워버린 모양이었다. '방근·대용'과 관련이 있는 걸까?

"사모님은 어떠세요?"

"걱정할 것 없어. 오늘이 예정일이지만 기차시간처럼 딱 맞는 게 아니니까. 그런데 승지 동무, 딸인지 아들인지 모르지만 아이 이름, 승지 동무가 지어주면 좋겠는데 내가 생각해 봤거든. 웬만하면 동무가 찬성해 줘. 유방(有芳), 유방, 유원의 '유'와 방근의 '방'이야. 유방, 방을 위로 가져와서 방유로 하고 싶지만 유방 쪽이 부르기 쉽지 않아? 한유방, 아들이든 딸이든 같은 이름, 어떨까? 어느 쪽이 나아? 응? 방근 씨에게 실례가 될까?"

"그런 건 아닐 거예요. 그 사람도 그런 인간이 아니고. 주변 사람들 쪽이 뭐라 하겠죠. 유방, 방유…. 유방 쪽이 좋지 않을까? 한유방…."

남승지는 끄덕이면서 울컥 목이 메었다.

"좋아. 그렇게 하자."

"한유방. 좋은데요? 여자아이든 남자아이든. 나는 이런 이름 못 지어요."

여점원이 우선 나물과 김치, 맥주 두 병을 가져왔다. 한대용이 남승지의 잔에 거품이 이는 찬 맥주를 붓더니 "자, 건배. 한유방의 작명을 축하하며 건배!" 했다.

두 사람은 웃으며 잔을 부딪치고 각자의 입으로 가져갔다.

"한유방, 이것도 동무가 방근 씨 제사에 유원 동무와 함께 참석했기에 생각을 한 거야. 이방근과 이유원…. 얼마나 훌륭한 남매인지. 아, 눈물이 나네. 승지도 눈시울이 붉어졌구먼. 참, 이방근 선배가 세상 뜨고 1년이네. 산천단, 한라산 기슭의 산천단. 어떻게 하지? 아이고, 어떻게 하면 좋을까?"

"뭘요?"

"이방근 선배가 없잖아. 인생항로의 선장이 사라졌다고…."

어떡하지, 어떡하나? 막막하던 한라산 기슭 안개에 휩싸인 언덕 위, 언덕 위 십자가에서 흔들리는 그림자. 어떡하지, 어떡하나? 남승지의 입버릇이었다. 남승지는 한대용이 따라준 맥주를 꿀꺽 목구멍에 들이붓듯 마셨다. 한대용도 맥주잔을 기울이고는 하아, 하고 크게 한숨을 내쉬었다. 큰 접시에 담긴 갈비와 대창이 날라져 오고 탁자 위 석쇠를 얹은 가스판에 불이 올랐다.

"대용 씨, '방근 · 대용'이라고 아세요?"

"응? 방근 · 대용? 하하, 알고 있지, 내 이름인걸."

"그래요. 작년 여름 7월 31일자 전보, 날짜도 기억하고 있는데 대용 씨가 제주도로 출발하기 직전에 이카이노의 어머니 집으로 전보를 쳐줬잖아요? 나는 고베로 옮겨 가 있었지만 마침 집에 와 있었는데, 발신자가 방근 · 대용. 이건 뭐야 싶었어요. 방근 · 대용…."

"그러게. 작년 일이지. 그 열흘 전 7월 20일이 이방근 선배가 돌아가신 6월 19일에서 딱 한 달 후였어. 승지 동무를 우메다의 찻집으로 불러내서 이리로 왔고 방근 씨 이야기를 했지, 나는 제주도로 돌아가게 되었으니 작별 인사였어. 영원히는 아니고. 다시 일본으로 올 거니까. 하지만 제주도에 가도 이제 이방근 씨는 못 만난다, 이방근은 없어. 나는 울면서 일본어 가타카나로 전보문을 써서 교토 후지 상사 사무원에게 부탁했지."

"나는 간다 다시 오마 승지야 방근·대용이라고 썼죠."

"이거 봐. 어려운 일본어야. 다시 오마, 이방근이 아닌 방근·대용."

"한유방 이야기로 생각이 났어요."

"한유방. 이방근은 없지만."

그 당시 남승지는 전보를 손에 든 채 처음에는 웃음을 터뜨렸으나 아니, 이건 장난이 아니지, 하고 다시 생각했다.

"방근을 머리에 붙는 성으로 삼아 '모시다', '기리다'라는 거지. 둘이서만 통하는 사인 같은 거였어, 방근·대용."

돼지갈비도 맛있었지만 몇 센티미터 크기로 자른 대창 벽의 기름이 붙어 있는 갈비는 맥주에 더없이 잘 맞았다. 남승지는 맥주 두 병에 꽤나 취한 느낌이었다. 피로가 취기를 타고 온 듯했다. 손님들 소리가 들리고 점원 몇 명이 계단을 오르내리는 걸 보니 식당이 붐비기 시작한 모양이다. 이들도 그렇지만 낮시간부터 술꾼들이 있어 만원이 된 것인지 목소리가 서로 울리면서 가게 안에 메아리쳤다. 피어오르는 불고기 연기가 환기창으로 빨려 들어간다. 무를 얄팍하게 잘라 소금으로 맛을 낸 물김치가 맛있었다. 김칫국을 유리그릇째 입에 갖다 대고 한 모금 꿀꺽 들이켰다. 목구멍을 넘어가는 차갑고 새콤한 국물에 일순 눈이 번쩍 뜨였다.

한대용은 다시 맥주를 주문했다. 상 위에 빈 병이 두 개 있었는데, 지붕 위로 태양이 직각으로 떠 있는 대낮이었다. 각이 진 근육질에 그을린 갈색 얼굴이 술기운에 검붉어져 굵직한 콧마루 양쪽으로 땀방울이 맺히고 이마에도 땀이 배어 있었다. 그 거친 살색은 거친 바다의 짠바람에 단련된 뱃사람이라는 직업 탓도 있지만 예전에 적도직하(赤道直下)의 태양에 몇 년씩이나 그을린 데에도 이유가 있었다. 전시 중 그는 일본군속 모집에 응모하여 남방으로 파견되었지만 일본 패전 후에는 BC급 전범으로 싱가포르 창이 형무소에 수감되었다. 2년여를 복역하고 영국군 감시병들에게 해방민족은커녕, 일본인 이상의 학대를 받아가며 구사일생으로 살아남아 고향 제주도로 기적적인 생환을 한 것이 재작년, 4·3 봉기 전인 1월이었다. 그동안의 파란만장한 이야기, 때로는 눈물을 흘려가며 안타까운 회고담을 이어갔다. 한편 그는 주당을 자처하는 사람이기도 했지만 정작 이방근을 당하지는 못했다. 그것만으로도 이방근에 대한 한대용의 존경심은 깊어진다. 자신과 달리 양반가 후손인 지식인에 주당이라니. 성내 카바레에서 서북과 겨루어 상대방을 엎어치기로 내던져버린 대장부. 이방근, 아이고, 한숨이 나왔다. 이방근 선배님.

"승지 동무, 취한 거야?"

남승지는 눈을 떴다. 반쯤 눈이 감겨 있던 모양이었다.

"낮술이라 취했나 봐요. 머리가 무겁네."

"그러게, 낮술이랄 것도 없지만 피곤해서 그렇지. 오늘 밤, 우리집에서 자고 가지? 나 혼잔데."

"……."

자고 가라는 것이다. 자고 가겠다기에는 아직 대낮이지만 느긋하게 있자는 것이었다.

"피곤하기도 할 거고 한잔했으니 고베 서쪽 나가타까지 가긴 힘들지. 전화해 두면 되잖아."

남승지는 말없이 끄덕였다. 이대로 헤어질 수는 없다. 자고 가라는 건 이야기를 하자는 의미였다. 한대용이 추궁할 거고 남승지도 그걸 원하고 있다. 남승지 앞에 벌어진 사태. 행자와 유원에 관한 일. 어떻게 하면 좋을지 알 수 없었다. 지금 이제부터 오늘, 그 이야기를 한다면 어중간한 취기의 혼돈에서 어딘가 땅속 깊은 바닥으로 한쪽 발을 헛디뎌 빠져들 것만 같은 기분이니 못 할 듯하다. 못 한다. 오늘이 안 되면 내일이든 모레든 그 후에라도 남승지가 오사카로 와서 한대용과 상의, 아니다, 상의라기보다 사태를 두고 맞서며 한대용이, 나 자신이 남승지를 추궁해야만 한다. 자기 일이지만 남의 일처럼 한대용에게 맡겨 그의 입장에 서서 사태의 움직임을 지켜보아야 한다. 충돌하고 분열하고 파열한다면, 그렇게 하면 된다. 그렇게 되더라도, 아니지, 그렇게는 되지 않는다. 모르겠다. 무엇이 서로를 추궁한 결과일지 모른다. 그래. 아직 추궁의 자리는 마련되지 않았다. 오늘 밤 자고 가라. 그것이 자리다. 잠자리. 처소를 빌리면 마음도 빌린다. 오늘은 더 이어지지 않는다. 그러나 자고 가라니.

"승지 동무, 한잔 더 해, 맥주는 말 오줌 같은 거지. 별거 아냐. 아파트에 가서 한잠 자면 돼."

한대용은 남승지에게 맥주를 따르고 자기도 꿀꺽, 잔을 기울였다. 신선하고 꼬들꼬들한 고사리 초장무침을 크게 벌린 입안에 던져 넣었다.

"유원 동무가 대용 씨는 언제쯤 제주도에 가시냐고 묻던데요."

"뭐?"

씹고 있던 고사리를 목까지 가득 삼킨 한대용이 유원의 이름이 나오자 깜짝 놀란 듯 고개를 바로 했다.

"제주도에? 무역일 상황이 있지만 바로는 못 가. 유원 동무는 전할 말이라도 있는 건가?"

"유원 동무의 생각일 뿐이겠지만 부옥이를 보고 싶다고… 부옥이를 보고 싶다고 되풀이하던데…."

남승지 자신이 취해서인지, 자기가 말한 부옥이라는 이름에 자극된 목구멍에 눈시울이 뜨거워졌다. 동시에 맥락도 없이, 이마의 상처에 손가락을 갖다 대며 하타나카 씨가 반창고 대신 약이라도 바르라는 말에 말없이 고개를 흔들어 거절하던 유원이 떠올랐다.

하타나카 씨와 마주했던 소파에 함께 앉았던 유원. 이 상처는 부옥이의 추억, 소중히 간직할게. 사라질 때까지. 우리 부옥이…. 어젯밤 도쿄 역 찻집. 승지, 지금 유원에게 가장 힘이 될 사람은 승지야. 도쿄로 가기 전 한대용이 한 말이었다.

5

한대용이 이방근을 존경하게 된 처음 동기는 이방근이 성내 북(北)소학교 6학년이었을 때쯤 일어난 봉안전 사건이었다. 이방근이 운동장 구석 느티나무 그늘 일왕과 그 비(妃)의 사진을 둔 봉안전 뒤에서 가마 모양 건물에 오줌을 휘갈긴 일이 탄로 나서 큰 소동이 벌어졌다. 지극히 불경스러운 일이었다. 학교에서는 죽도로 얻어맞고, 달려온 경찰에 체포되어 당시 일본인이 서장이었던 제주경찰서 유치장에 사흘간 갇혀 있었다. 거실에 일왕과 비의 사진을 걸어둔 친일파 유력자였던 아버지의 힘으로 석방, 퇴학 처분을 받고 섬 밖으로 추방된 소년은 육지의 목포 소학교로 전학하여 친척집에서 가족과 떨어져 지내게 되었다. 이 사건은 대놓고 이야기하지는 못하지만 북소학교의 영예로운 전통으로 전해 내려왔다.

한대용은 소학교에 막 입학한 소년이었지만 의미를 잘 모르면서도 무언가 대단한 괴물이 선배로 있구나 싶어 내심 두려움을 느꼈다. 소년 한대용은 마침내 일본의 황민화정책에 충실한 '일본국민'으로 성장하였고 스무 살이 되기 전인 쇼와 17년(1942년), 일본군 군속을 지원하여 부산 훈련소에 입영, 군속이면서 군대와 같은 맹훈련을 받고 사격의 명수가 되었으며 조선 청년 3,000명 중 하나로 자바 섬 자카르타에 파견된 후 포로수용소 감시요원이 되었다. 2년 계약이 끝나고도 조선으로 돌아가지 못한 채 오래지 않아 일본은 패전했다. 일본군들은 전범 용의자들을 남기고 복귀했고, 조선인 군속들은 포로감시요원이었다는 이유로 전원 체포되고 각지 형무소로 분산 수감되었다.

싱가포르 창이 형무소에 수용된 전쟁범죄 용의자 4,000여 명은 인종별로 ABCD 네 그룹으로 분산 수용되었다. 조선인 600명은 B그룹에 속해 있었다. 그때부터 2년여간 창이 형무소에서 보낸 지옥 생활을, 한대용은 이방근에게, 그리고 남승지에게도 하소연한 적이 있었다….

"그야 영국 포로 두세 놈 엉덩이를 걷어찬 적은 있어. 감시요원으로서 포로들과 직접 접하다 보면 반항하는 놈이나 말 안 듣는 놈들을 때리기도 하지. 일본인은 우리 뒤에서 명령만 하니까 일본인 상관의 명령에 따라 행동하는 거야. 그래서 전쟁이 끝나니까 일본인은 전범 용의자 몇 놈만 남고 그냥 일본으로 복귀해 버렸지…. 창이 형무소의 영국군들은 젠틀맨은커녕, 야수였어. 적도 직하 이국땅에서 그놈들에게 학대받으며 개죽음을 할 수는 없었고. 죽더라도 해방된 조국을, 고향을 한 번이라도 보고 죽겠다는 결심으로 살아남은 거야. 조선인 전원이 인디아 비스킷 하나와 서너 숟가락이나 될까 싶은 수수죽, 하루 1,000칼로리도 안 되는 음식으로 형무소 생활을 버텼다고. 영국군 감시병은 폭력이 일상처럼 되어 있었어."

죽어도 잊지 못할 굴욕적인 폭력이었다며 일본 제국주의에 대한 것 못지 않을 증오를 영국 제국주의에도 표했다.

1947년 1월 1일 오전 10시경, 명령이 내려와 B그룹 조선인 전원이 운동장에 집합했더니 돌연 '어텐션(attension)'이라고 구령이 울리고 순찰장교가 나타났다. 운동장 연단 위에 선 순찰장교는 통역을 통해 "오늘은 일본인인 너희에게 있어 가장 경사스러운 설날이다. 따라서 본관은 이제부터 너희들에게 멋진 선물을 하려 한다."라고 전했다. 선물이라는 발언에 전원의 얼굴에 희색이 돌았다. 무슨 선물을 준다는 건가? 전쟁이 끝나고 1년 반, 전원 무죄 석방에, 조국까지 데려다줄 선박이 싱가포르에 입항했다? 선물에 대한 설명이 이어졌다.

"원래 일본인들에게 히노마루의 원조이자 큰 신인 태양을 엄숙하게 예배하는 것이 중요한 관습이라고 본관은 들었다. 따라서 본관은 너희가 지금부터 30분간 태양을, 태양 중의 태양을 예배하도록 해주겠다. 만약 눈을 감거나 혹은 소리를 내서 이 신성한 예배 의식을 망치는 놈은 엄벌에 처한다. 알겠나? 어텐션! 태양을 주목…."

순간의 꿈은 산산이 부서졌다. 섭씨 40도를 넘는 적도 직하의 태양을 맨눈으로 30분간 직시한다는 것은 영양실조와 혹서에 극도로 쇠

약해져 있던 포로들에게 그야말로 사형선고와 다를 바 없었다. 하지만 그들은 선 채로 작열하는 태양을 주목했다. 5분도 지나지 않아 사람들은 쿵, 쿵, 쓰러졌다. 영국군 감시병들은 곤봉으로 쓰러진 그들을 내리쳤고 군화로 걸레 같은 몸뚱어리를 걷어차고 짓밟았다. 한대용은 꽤나 건장했지만 10분도 견디지 못했다. 그가 쓰러질 때까지 버티고 서 있던 것은 20~30명 정도. 운동장은 500여 명의 살아 있는 시체들로 가득했다. 전원이 쓰러지는 것을 지켜보던 장교는 감시병들에게 큰 소리로 다음 명령을 내렸다. 그러자 감시병들은 쓰러진 빈사의 육체들을 짓밟으며 그 위를 내달렸다…. 아비규환. 무수한 군홧발에 짓밟히고 걷어차여 얼굴도 몸도 피투성이였다…. 한대용은 이때 독립을 잃고 헤매는 민족의 슬픔과 분노로 가슴이 찢어져 작열하는 태양에 타 들어가던 눈동자를 적시며 울었다. 나는 결코 죽어서는 안 된다. 여기서 개죽음을 할 수는 없다. 부모, 형제, 친구들이 있는 아름다운 고향 땅을, 고국 땅을 밟지 않고 죽을 수는 없다…. 식민지였던 때는 일본(야마토) 민족이 1등 민족, 조선인은 2등 민족. 영국이 참가한 일본 항복 직전 포츠담 선언으로 약속된 조선 독립, 바로 그 국민인 조선인을 영국군은 적국 국민인 일본인 이하의 하급 일본인으로 더욱 학대했다. 그리고 일본인이 아닌 조선인은 인간이 아니니 너희들은 벌거벗으라고 순찰장교가 명령, 엉덩이를 걷어차여 가며 네 발로 기어야 했다. 폭행, 학대를 견디다 못해 독거미를 잡아 그대로 삼켰지만 죽지 못하고 목숨이 이어졌다…. 아아, 조국, 독립을 잃어버린 조국, 이제는 해방된 조국….

한대용은 일본군 군속으로 자원 입대를 했다. 그런 다음 자바 섬 영국군 포로 감시요원으로 지내다 전후 BC급 전범 용의자로서 싱가포르 창이 형무소에 수감되었다가 7년 만에 고향으로 생환하고서는 일제 협력자, 친일파들이 추방된 조국 앞에서 이번에야말로 해방조국을 위해 스스로 다시 태어나겠다는 각오를 다졌던 것이다. 그리고 처음 며칠간은 4·3 폭동, 4·3 봉기가 일어난 것도 몰랐다. 살아 돌아왔다는 기쁨으로 날마다 요릿집에 드나들며 여자들을 상대로 술 마시고 노래 부르고 춤추며 나날을 보내고 있었는데 아무래도 이 사회가 이상했다. 진짜 애국자들이 새로운 조국의 주인공이 되어 있을 것이라고 기대하며 기적적으로 살아 돌아왔건만 현실은 그게 아니었다. 맙소사, 희망과 기대와는 반대로 제주도뿐 아니라 이 나라는 일본 대신 미국의 지배하에 놓였고 일제 시대 친일파가 발호하고 있는 세상이었다. 일제 시대에 제대로 된 조선인들을 경찰에 처넣었던 놈들이 지금도 여전히 경찰에 남아 있었고 오히려 출세하여 세상은 그야말로 친일파 천지였다. 이런, 나는 도대체 어디로 돌아온 걸까? 한라산이 우뚝 서 있는 이 섬에서 지금 이 나라를 지배하고 있는 놈들은 옛날과 마찬가지로 국토를 더럽히고 언어를 빼앗고 조선인의 넋을 일본-야마토 혼으로 갈아 넣기 위해 그마저 한때 야마토 혼을 받아들이게 한 그 일본제국 앞잡이였던 놈들이 이 신생 해방조국, 지금 미국 지배하의 고국에서 주인공이랍시고 거들먹거린다. 이 나라는 예전 일제 협력자들의 천국이다. 그런데 남방에서 귀환한 한대용을, 일찍이 일본군 군속에 지원했던 BC급 전범 용의자였다며 백안시하는 녀석들이 있다는 것을 눈치챘다. 더구나 그건 예전 일제 협력자였던 놈들이다. 불가사의한 세상이다. 강물이 거꾸로 흐르고 돌이 물에 떠오른다는 게 이런 건가?

한대용은 마침내 이방근이라는 인물의 소문을 듣고 아, 북소학교 봉안전 소변 사건으로 체포되어 경찰서 유치장에 내던져졌던 소년 괴물을 떠올렸다. 수치스러운 자신의 일제 시대 내력. 그는 결국 이방근을 스스로 찾아나섰고 그와 만날 기회를 얻었던 것이다.

이방근의 방, 탁자를 사이에 두고 마주 앉은 소파에서 술잔을 나누고 만취하여 코를 골며 잠들어버리기도 하면서 한대용이 털어놓은 남방에서의 참회를 이방근은 받아주었고 군속을 친일이라든가 일제에 대한 협력이라는 눈으로 보지 않았다. 한대용은 소학교 시절의 대선배이기도 한 이방근에게 마음의 의지처를 찾았다. 그는 이방근의 방에서 술을 앞에 두고 자신은 기적적으로 생환했지만 대다수 조선 청년들이 자카르타나 싱가포르에서 죽었고 그 뼈조차 어떻게 되었는지 모른다 하고, 해방 전에도 현지에서 조선 청년들이 스러져갔고 특히 조선 독립 투쟁을 위해 죽은 사람도 있었습니다… 했다. 이방근은 고개를 끄덕여가며 한 동무는 현지에서 항일 비밀결사에 참가한 적이 있나, 하고 물었다. 아니, 없어요, 하고 한대용은 고개를 저으며 이 선배님은 이활인이라는 이름을 들어보셨습니까, 하고 물었는데 이방근은 말없이 고개를 끄덕였다. 한대용은 역시, 하고 감탄했다.

"이활인은 이 선배님이 서대문 형무소에 들어가기 전인 쇼와 10년경까지 서대문 형무소 간수를 했는데 형무소에서 독립운동가와 접촉해서 그 영향으로 반일 조국독립 사상을 품게 되었고 간수를 그만두고는 일본 관헌의 눈을 속이기 위해 남방 파견 일본군 군속을 지원했어요. 남방 현지 자카르타에서 조선인 군속들과 혈서를 써서 혈맹단 조직인 고려 독립청년당을 결성하고 비밀활동을 해 가며 당원 셋이서 일본인 장교들을 살해하고 반란 사건을 일으켜 죄다 체포되었는데, 세 사람은 자결했다지요. 조직은 결성으로부터 석 달 만에 와해되었습니다. 나는 조직에 참가하지 않았기에 체포는 면했지만 얼마 안 되어 일본이 전쟁에 패하면서 이활인 등은 연합군에 의해 석방되었어요. 나는 이활인 일행에게 여러 가지로 가르침을 받았고 그 사람의 내력도 알게 된 겁니다…."

이리하여 한대용은 자기보다 더 술을 즐기던 이방근에게 푹 빠져들었다. 해방되었어야 할 조국의 현실에 그리고 이 섬 성내의 친미파로 둔갑해 버린 옛 친일파의 횡포에 완전히 환멸을 느꼈는데 어떻게 하면 좋겠느냐고 이방근에게 하소연했다.

차라리 일본으로 밀항할까, 아니면 헛되이 보낸 청춘의 나머지를 걸고 아예 한바탕, 한라산 게릴라가 되고 싶다고. 일제 시대 그때는 나이도 어리고 어리석었지만 이번에야말로 지금까지의 경험을 살려 민족과 고향을 위해 마음껏 일해보고 싶다…. 한대용은 한바탕이라는 둥 아직 20대 후반이니 청춘이 남았다는 둥 하는 소리에 쓴웃음을 짓고 있는 이방근에게 상의했다. 실은 섬 안의 인민군, 산부대, 게릴라에 가까운 어떤 개인을 통해 함께할 수 있을지 물었더니 일본군 군속으로 남방 형무소에서 돌아온 자를 무장 인민군에, 아무리 사격의 명수라지만 참가시킬 수는 없다는 회답에 실망해 버렸다.

"선생님, 이건 뭡니까. 나는 어디로 가면 좋은 건데요. 아버지와 알고 지내는 성내 경찰서장이 내가 사격의 명수라는 소문을 들었는지 경찰서에서 경찰들을 앞에 두고 한번 실연을 시키더니 게릴라 토벌 경찰대에 꼭 참가하라고 강권하더군요. 그걸 거절한 인간이에요. 난 저기 날고 있는 파리라도 쏘아 떨어뜨릴 수가 있습니다…. 이 섬에서는 어딜 가나 나를, 일제 앞잡이로 취급하고. 우든 좌든 이렇게 술도 함께 마시고 상대해 주는 건 이방근 선배뿐입니다. 일본으로 가버릴까 생각 중이지만 선생이 나를 일본으로 보내고 싶지 않다면 선생 힘으로 다시 한 번 게릴라 쪽에 선을 놓아주시면…."

그가 일본으로 가고 안 가고는 이방근에게 상관없는 일이었지만 이방근은 그런 한대용이 밉지 않았다. 이방근은 '선을 놓겠다'고 확약을 하지는 않았으나 이런 첫 만남이 훗날 게릴라 궤멸, 전도 초토화, 패주 게릴라들의 도외 탈출이라는 상황에서 한대용이 한일호로 그들을 구출하는 데 헌신하게 만들었다.

한대용은 취기가 돌면 언제나 창이 형무소에서 겪은 굴욕과 회한을 마치 머릿속 서랍에 넣어두었다가 끄집어내듯, 이제는 여유 있게 객관적으로 자랑스러운 말투로 이야기하고는 하지만 오늘 한대용은 그럴 기색이 없었다. 그리고 이방근의 승선을 알지 못한 유달현이 가명으로 일본 탈출을 꾀하다가 발각되어 돛대에 매달려 죽은 바로 그 배 한일호가 부산에 기항했을 때 일을 이야기했다.

"그때, 난 남매가 갑판에서 서로 끌어안고 얼굴을 마주하고 뺨을 부비는 것을, 가슴이 찢어지는 듯한 기분으로 보고 있었지. 정말, 그런 남매는 없어. 이방근 선배는 유원 동무에게 아버지, 아니 모든 것을 대신하는 오빠인 거지…."

시각은 오후 3시에 가까웠다. 빈 병 몇 개를 가져가고 막 다시 뚜껑을 딴 것까지 맥주병 세 개가 늘어서 있었다. 한대용은 이방근 대신 술고래가 된 듯 혼자서 맥주잔을 기울였다. 그러고 나서 다음에 할 말을 준비라도 하는 듯 오징어회, 조선식 생선회… 무나 미나리 따위를 초된장에 마늘 등의 양념으로 버무린 것, 가오리회 같은 것을 연골까지 천천히 씹느라 이야기를 멈추었다. 남승지는 한동안 술잔에 손을 대지 않았다. 머릿속에서 뇌수가 따로 떠서 꿈틀꿈틀 움직이는 듯한 두통이 일어나 술은 그만 마시자, 생각하며 잔에 반쯤 남아 김이 빠져버린 맥주를 비우고 가오리회 양념 맛이 스민 연골 부분을 채소와 함께 입에 넣었다. 남승지는 한대용이 행자, 더불어 유원 이야기를 술과 음식물이 늘어서 있는 상 앞에서 꺼내는 건가 싶었지만 그렇지는 않았다.

한대용은 배를 채워가며 말을 이었다.

"유원 동무는 울면서, 소리는 내지 않고 울면서 방근 오빠와 볼을 부벼가며 오빠 뺨에 눈물을 묻혔어…. 오빠 오빠…. 내 소중한 오빠. 이방근은 동생을 끌어안고 다정하게 등을 두드렸어. 좀 안정되고 나면 일본으로 올 거지? 몇 년씩 나를 일본에 혼자 두지 말아줘. 아이고, 난 캐빈 그늘에서 울고 있었어…. 이방근을 태운 채 그대로 일본으로 출발하고 싶었지. 아직 승지가 일본으로 오기 전이야…."

한대용은 맥주를 꿀꺽, 한 모금 마시고 나서 입으로 가져간 손수건으로 코를 한 번 닦고 줄줄 흐르는 눈물까지 훔쳐냈다.

"대용 씨, 그만합시다."

남승지도 잔을 내려놓은 손가락 끝으로 눈시울을 적셔오는 눈물을 누르고는 자작으로 채운 맥주 반 잔을 단숨에 비웠다.

"그러니 어째서 이방근 선생은 죽어버린 거지? 모르겠어. 영원한 수수께끼인가? 유원 동무가 오빠에게 부탁했던 몇 년씩이나 나를 혼자 두지 말아줘… 가 몇 년은커녕 1년도 지나기 전에 산천단이라니…."

남승지는 잔에 남은 맥주를 비웠다. 술은 목구멍으로 흘러 떨어진 눈물과 섞였다. 조용히 이를 깨물며 모르겠다는 듯 눈물의 흐름을 견디고 있었다. 이방근은 자살을 하더라도 일본 같은 데서는 하지 않을 것이었다. 산천단. 오빠는 아버지의 반대를 무릅쓰고 자기가 책임지고 일본에 데려간다고. 그때 함께 일본으로 와 있었다면 오빠는 분명 여기 일본에서 살아 있었을 텐데… 아사가야 역 앞 빈터 목재 저장소에서 (나중에 부정하기는 했지만) 유원이 한 말. 유원의 말대로 혹시 그랬다면 남승지는 그 아사가야에도, 지금 이 평화정에도 없었을 것이다. 지금 이런 생각도 하지 않았을 것이다. 무(無)의 무. 그것이면 되었다. 이런 생각도 하지 않았을 것이다. 남승지는 맥주를 조금씩 홀짝이고 있었는데 낮술의 취기는 무거워서 철판이 등에 들러붙은 듯한 느낌이었다. 많이 지쳐 있었다. 오빠, 몇 년씩이나 일본에 나를 혼자 두지 말아줘….

한대용이 따라준 맥주잔을 가볍게 기울였다. 가오리회를 입에 넣고 연골을 천천히 씹어가며 그 느낌을 한동안 음미하면서 배 속에 넣었다. 그 씹고 있는 움직임이 두 눈구멍 속에서 뭔가 웅얼거리는 듯했다. 앞이 보이나? 눈에 보이지 않는 두꺼운 유리벽이 보이나? 보이지만 안 보이는 벽.

"승지는 다음에 언제 유원 동무와 만나?"

"네?"

남승지는 움찔하며 한대용의 얼굴을 바라보았다. 무슨 뜻인지 모르겠다. 아니 알면서 모르겠다.

"왜 그렇게 놀라?"

"아니, 지금 잠깐 다른 생각을 하고 있어서요. 나도 내가 무슨 생각을 했는지는 모르겠지만 어쨌든."

다음엔 언제 만날 수 있을까요? 아사가야에서 도쿄로 가는 밤 전차에서 유원이 한 말. 아, 유원, 나는 어디로 가는 걸까? 다음엔 언제 만날 수 있을까요? 언제가 될지 모르겠지만… 연락을, 편지를 할 테니까. 이 얼마나 모호한, 물로 물을 베는 듯한 흐릿한 대답인가, 이게 말이기나 한가?

"유원 동무가 오빠 2주기를 하타나카 씨 댁이 아니라 혼자서 지내겠다고 하더라고요."

"뭐, 뭐가 어째? 다시 말해봐."

"유원이 내년 이방근 씨 2주기를 혼자 지내겠다고…."

"방근 선배 제사를 혼자 지내? 내년은 3년상이잖아. 대상(大祥)이야. 세상에서 이방근 선배를 광인 취급하면서 묻어버렸지만…."

"어젯밤 아사가야에서 도쿄로 가는 전차 안에서 그런 소릴 하던데, 이제 막 1주기를 마친 참이니. 그때 봐서 한대용 씨와 셋이서 하자고 했어요. 어쨌든 어젯밤에 막 헤어진 참이니 언제 만날지 정해지진 않았죠. 유원에게는 생각해 보자, 다시 편지로 연락하겠다고 해뒀고요."

"셋이서 한다? 어째서 하타나카 씨 댁에서 하지 않겠다는 건지는 모르지만, 2주기를 셋이서 지내는 건 좋은 생각이네. 그때 내가 일본에 있다면이겠지만 도쿄에 가서라도 만나야지. 방근 선배와 마지막으로, 결과적으로 그게 정말 마지막이 되었지만, 내가 만난 건 작년 돌아가시기 전달, 5월이거든. 세상에 무슨 일인지. 그게 마지막이라니…?"

그는 잔을 기울이고 나서 담배를 물고 라이터를 켰다. 심호흡이라도 하듯이 연기를 깊숙하게 들이마셨다가 뱉어냈다. 남승지도 한대용의 피스 갑에서 한 개비를 꺼내 코에 부드럽게 스며드는 향을 의식하면서 한대용이 붙여준 라이터 불에 얼굴을 들이밀었다. 다음에 언제 만나게 될지도, 그리고 2주기에 관한 것도 지금 여기서 정할 수 있는 일은 아니다.

잠깐 생각한 것뿐이라고, 또 똑같은 식으로 치르기 싫어서. 하지만 그건 정해지지 않은 미래의 일이니 신경 쓰지 말라고 야에스 찻집에서 유원은 말끝을 흐렸지만 아마도 2주기를 하타나카 씨 댁에서 하지는 않으리라.

한대용은 상 위의 맥주가 얼마 안 남았지만 추가 주문을 하지 않았다. 남승지 역시 피곤한 탓인지, 더 이상 술을 앞에 두고 앉아 있고 싶지 않았다. 술 때문이 아니라 지쳐버린 것이다. 오른쪽 다리에 상처가 있었다. 고문용 '사오기', 즉 제주 원산 벚나무 곤봉으로 정강이뼈가 함몰되도록 맞은 깊은 상처는 계절이나 날씨에 따라 쿡쿡 쑤실 때가 있다. 아까부터 바짓자락 속으로 손을 넣어 울퉁불퉁하게 뭉쳐 있는 상처를 문지르고 있었다.

한대용은 남승지와 고행자의 관계를 알고 놀라고 있었다. '지금 유원에게 가장 힘이 될 사람은 남승지야.' 더는 할 말이 없다. 도쿄에 가서 유원과 세 번째로 만나 남승지는 더욱 그 말의 무게를 느끼고, 밤 기차 속에서 자신의 언어로 그것을 되새겼다.

한대용은 의식적으로 그러는 것인지, 한마디도 하지 않았다. 본 적조차 없는 행자에 관해서는 물론 없는 거나 마찬가지라서, 상의할 것도 없다는 걸까? 어째서 아파트에 가서 오늘 밤 자고 가라고 말한 걸까? 어쨌든 지금 이 자리에서 행자 이야기가 나오는 것은 견디기 어렵다고 할까, 유원과 엉켜서 가슴이 메이고 고통스러워 시간이 넉넉히 주어지지 않는 한 말하기 어려울 것이다. 천천히 숨 쉴 수 있는 느긋한 시간이 있어야만 한다.

"오늘 밤은 자고 가라, 고베에 전화해."

그래 전화해야지, 마음을 굳혔다. 남승지가 상의하기를 기다리고 있는 한대용을 상대로 이야기하기로 했다. 지금 이 자리에서 행자 이야기가 나오지 않아 그나마 숨통이 트인 느낌이었다.

"어이, 승지…."

꽤나 취기가 돌아 술 냄새가 나는 음성이었다. 이것이 주연(酒宴) 자리였더라면 이제부터 본격적으로 마시기 시작할 참이리라. 아직 멀었다.

"이봐, 이건 영원한 수수께끼겠지만 이방근은 어째서 자살을 한 걸까, 언젠가 승지 생각을 듣고 싶다고 생각… 아니, 지금 여기서 말하자는 건 아니고. 그래도 언제나 내 머릿속에 산천단 동굴 언덕과 낭떠러지, 한라산으로 올라가는 잡목림 풍경이 하나가 되어 떠오르곤 해. 승지를 괴롭히는 이야기겠지만 산천단에 가보고 싶어…."

한대용은 참석하지 못했던 어제 1주기도 있어서일까, 남승지가 예상치 못했던 전개였다.

"이런 이야기는 싫은가?"

남승지는 잠자코 고개를 저었다.

"음, 지금은 그런 이야기를 할 때가 아니야. 경외하는 이방근, 뭐랄까 그리운 추억처럼 끄집어낼 인물은 아냐. 우리 앞에 지금 죽어 누워 있는 존엄한 존재다. 그립다니…? 오만한 소리…. 왜 이방근은 자살했을까? 나는 지금 이방근을 향해 묻고 있는 거야. 승지는 아나?"

"그건…."

남승지는 입안에 고였던 침을 삼키고 답했다.

"나도 몰라요. 알 수가 없어…."

"나보다는 잘 알겠지. 철도, 약, 투신, 투신에도 여러 가지가 있지. 보통 사람은 피스톨을 쉽게 손에 넣을 수 없지만. 이방근 선생의 자살은 난 왜인지 모르겠어. 결과론은 아니지만 나중에 생각해 보니 한일호 소유권을 선주 명의로 나에게 양도, 변경한 것도 다 나중 일을 생각했던 거야…. 그걸 난 전혀 눈치채지 못했으니."

한대용은 목을 축이듯이 잔을 기울였다.

"어머님에게 물려받은 유산 나머지를 유원이 명의로 변경하고 일본 유학 비용은 따로 만들어두고, 그런 일로 하타나카 씨 댁에 일절 폐를 끼치거나 신세를 지지 않도록 일부는 직접 본인에게 주고. 피아노 구입 비용이나 당분간 쓸 잡비, 생활비 기타 전부는 나에게 맡겨서 내가 맡아왔어. 제주에서 서울 은행으로 이체한 예금도 처리했으니 손에 든 돈은 거의 없었던 거 아닐까? 도쿄에 가기까지 한 열흘 묵었던 후세(布施) 친척 집에서 일단 대학 기숙사나 아파트로 옮길 때까지 당분간 하타나카 씨 댁에서 신세 지기로 하고 하타나카 씨 댁으로 유원이 직접 전화를 했지. 유원 동무가 재작년 8월 이승만 정부 수립 반대 전단 살포 사건으로 종로경찰서에 12일간 유치된 적이 있어. 승지 동무가 한라산에서 싸우고 있을 때지. 그래서 유원 동무가 퇴학처분을 받게 된 것을 음대 주임교수인 하 아무개 선생이 애써줘서 처분받지 않고 학교 추천장과 도쿄 M음대 출신인 하 선생 친서를 가지고 M음대로 편입하게 되었던 거야. 뭐 그런 사정까지 포함해서 방근 선배가 몇 년씩 소원해져 있던 하타나카 씨에게 편지를 보낸 거지. 그게 재작년 여름쯤인가 봐. 그해 3월에 강몽구 선생과 승지 동무가 도쿄 일본공산당 최고 간부 중 하나인 고의천 선생과 하타나카 씨 댁에 모금하러 갔잖아? 그 일도 선배는 감사를 담아 적었던 모양이야. 선배가 돌아가시고 나서 아이고, 무슨 일인지. 배에 관해서도 그렇고 동생도 그렇고 모두 자신의 사후 일을 생각했던 거지. 무서워. 소름 끼칠 정도야. 한라산 정상 백록담 호수처럼 고요하고 산천단을 향해 갈 낌새 따위 전혀 없었어. 나는 정말이지 아무것도 눈치채지 못한 거야. 어이, 승지 동무, 어쩌면 좋을까, 응? 아이고, 나는 이방근 선생이 산천단에서 돌아가시기 전달에 만나 술을 마시기까지 했다고. 이런 천하의 멍텅구리 자식!"

그는 오른손 주먹을 들어 올리더니 이마를 앞으로 내밀고는 힘껏, 큰 소리가 날 만큼 후려쳤다.

"아이고, 평소랑 똑같았어 이방근, 도대체 그 인간의 머릿속엔 뭐가 들어 있었던 걸까? 아이고…."

한대용은 손수건을 꺼내 코를 풀면서 아이고오, 고개를 떨구고는 소리 죽여 울음을 터뜨렸다.

남승지는 한대용의 눈물을 보면서도 그저 망연히, 텅 빈 듯한 느낌으로 상 위에 한 손을 올린 채 앉아 있었다. 가슴속 두근거림이 숨 막히게 조금씩 빨라져 상 위에서 맞잡은 양손을 꼭 쥐고는 갑자기 몸을 반쯤 일으킨 채, 한대용의 머리 너머 방 밖의 탁자에 앉은 손님들 뒤로 시선이 가 닿은 벽을 응시했다. 벽을 꿰뚫은 그 너머, 벽이 없어진 건너편…. 당장이라도 구두를 신고 계단을 달려 내려가 밖으로 뛰쳐나가서 아직 밝은 하늘 아래로. 그리고 어딘가 뻥 뚫린 들판을 한라산 기슭의 고원 저 멀리 바다가 보이는 초원을 내달리고 싶었다. 게릴라처럼. 한대용 씨! 대용 씨, 어이, 방근·대용!

한대용이 떨구고 있던 고개를 천천히 위아래로 끄덕였다. 방근·대용, 방근·대용… 콧물을 흘리고 입술 끝으로 한 줄기 침까지 흘려가며 방근·대용, 응, 끄덕이면서 방근·대용….

"갑시다. 그만 일어섭시다."

"……."

한대용은 말없이 끄덕였다.

"응, 알았어. 승지는 고베에 전화를 해…. 아, 여기 잠깐만."

한대용은 방 앞을 지나 계단으로 내려가려는 여점원을 불러 "저, 미안하지만 3층 사무실에 가서 사장님이 있는지 보고 와줄 수 있어?" 하고 부탁했다.

두 사람이 신발을 신고 일어서려는 참이었다.

“오늘은 안 오신다고 합니다.”

“그래, 알겠어. 고마워.”

두 사람은 계단을 내려왔다. 남승지는 계산대의 전화로 고베에 전화를 걸었다. 계단 아래 사무실이 아니라 2층 거실로 걸었더니 형수인 경자가 받았다.

“도련님, 술 마시는 거야?”

“지금 나가려는 참, 한대용 씨와 가볍게 한잔한 거예요.”

전화로 이야기해도 목소리가 변한 것이 전해진 걸까? 남승지는 오늘 밤 한대용 씨 집에서 묵고 내일 돌아간다고 하고 전화를 끊었다.

3층 사무실 사장이라는 이는 평화정의 오너이면서 히가시 오사카에서 야스다 고무공업을 경영하고 있었는데, 그곳이 한대용이 다니는 후지 상사의 거래처이고 사무실은 야스다 고무공업 우메다 연락소이기도 했다.

식당을 나온 두 사람은 오른쪽 섬유 도매상가 쪽이 아니라 왼쪽, 전쟁의 폭격을 피한 상점가로 나와 다시 좌회전, 눈앞의 우메다 신도에서 택시를 타고 나카자키 정의 아파트로 향했다.

한대용이 제주도에서 오사카의 나카자키 정으로 아내를 데리고 이주한 것은 채 반년도 되지 않았다. 작년 6월 게릴라 사령관 이성운의 죽음과 4·3 봉기의 괴멸, 정부의 ‘폭동진압, 평정’이라는 선언, 무엇보다 이방근의 죽음이 그 계기였다. 한라산 게릴라가 완전히 소멸한 것은 아니겠지만 토벌군 주요 부대는 본토로 귀환했다. 투항자와 함께 게릴라 도외 탈출자도 줄어들었다. 밀항자를 상대하는 것은 다른 일반 밀항자를 태우는 유료 밀항선에 맡기기로 했다. 더 이상 이방근이 해온 대로 무료, 시세의 반값 등으로는 운영할 수 없게 되었다는 사정이 있었다. 정신적 지주인 이방근의 죽음이 결정적이었고 한대용 자신이 패배하여 도망친 것이기도 했다.

한대용이 아파트에 다 왔다고 했다. 도중에 언젠가 본 듯한 건물, 한대용도 이것이 작년 9월 강제로 해산당한 재일조선인연맹 오사카 본부라며 가리켜 보였는데 전쟁 전 협화회(協和會) 오사카 본부였다는 2층 건물 옆 골목을 북쪽으로 좌회전한 언저리였다. 재작년 3월, 강몽구와 4·3 봉기를 위한 모금으로 일본에 와서 방문, 도움을 요청했던 곳이었다. 조총련 오사카 본부의 해산은 1948년 조선학교 폐쇄 명령에 이어 재일 조선인 조직에 대한 GHQ, 일본 정부의 조총련 전 조직 재산 몰수 등, 백주의 강도 같은 행위이자 탄압이었다. 구 조총련 건물, 유치원 운동장 정도의 중정을 둘러싼 사각형 모양의 건물에는 각 블록에 사무실을 내고 있던 조선인 학생단체며, 여성동맹 기타 조직이 남아 있다고 한다. 지난 6월 GHQ는 일본공산당 간부를 추방했다. 이른바 미점령 정책의 거꾸로 돌아가는 컨베이어벨트 위에서 벌이는 민주세력의 투쟁이라고 해야 할 것이다.

구 조총련 건물 옆길을 한두 번 꺾어 들어간 곳에서 택시를 내렸다. 2층으로 된 제법 큰 아파트 현관을 들어가 한대용이 왼쪽 신발장에서 손님용을 포함해 슬리퍼 두 켤레를 꺼내고 갈아 신었다. 한대용은 관리실 비슷한 곳의 남자에게 목례를 하고는 복도로 들어섰다. 관리실 옆 카운터 벽의 상자형 전화박스에는 두꺼운 전화번호부가 매달려 있었는데 그것이 호출용 전화인 듯했다. 호출은 오전 9시부터 오후 8시까지로 그 외의 전화는 금지였다. 관리인은 아파트의 소유주였다.

계단을 올라가 2층 복도에 방 대여섯이 늘어서 있는데 바로 왼쪽 방으로 들어갔다. 아파트 현관 반대쪽, 건물 안쪽이 되는 거겠지. 작은 현관에서 마룻바닥을 지나 다다미 6첩, 주방, 안쪽에 4첩 반짜리와 3첩짜리 방이었다. 한대용은 4첩 반 방의 창문을 활짝 열면서 "자, 공기를 좀 갈고 기분 좋게 한잔할까?" 했다. 방 대부분을 차지하며 마주 보고 있는 소파 사이 테이블에 냉장고에서 꺼내 온 맥주 세 병과 작은 접시에 담은 김치를 놓더니 찬장에서 잔을 들고 왔다. 남승지는 벽을 등지고 한대용은 주방을 등지고 마주 앉았다.

두 개의 소파와 테이블을 보는 순간 어디에나 있는 그 소파 한 쌍과 테이블의 위치가 남승지에게 이방근의 방을 연상시켰다. 이방근. 이방근. 소파를 보는 것만으로 순간 쿡, 하고 위장이 묵직해지고 가슴이 아파왔다.

한대용은 잔 두 개에 맥주를 채워 쨍, 잔을 부딪치고는 크게 한 모금 들이켰다.

"승지 동무는 한잔하고 자면 돼. 피곤하지? 고생했어…."

남승지는 반쯤 마셨다. 차갑고 떫은 뒷맛을 입안에 느끼면서 기분 좋게 잠깐 눈을 감았다. 저절로 눈꺼풀이 내려왔다.

"남승지랑 이렇게 소파에 마주 앉으니 이방근 선배와 마주 앉아 한잔하던 생각이 나네. 아, 잘도 마셨지. 얼마나 신세를 졌던지. 에이, 나는 술에 취해서 코를 골아대며… 감히 누구 앞에서, 하늘이 두렵지 않은 무법자야, 나는. 그때 이 한대용의 눈이 열리는 순간, 눈앞에 보인 것이 세상에, 이방근. 두세 번 고개를 돌려 주변을 돌아보았지만 이방근이 눈앞에 앉아 있었다고, 소파에…."

남승지는 끄덕이며 눈을 떴다. 그리고 잔을 천천히 기울여 나머지를 마셨다. 한잔 더 할래? 한대용을 상대로 맥주를 마신다. 한대용도 같은 소리를 한다. 마주 앉은 소파의 위치. 이방근의 방 공간, 이방근, 이방근, 이유원, 이유원, 유원. 소리가 되지 않는 유원의 존재. 버티고 서 있는 무서운 벽. 두꺼운 유리벽이 맞아, 유원과 행자 둘이면서 하나인 벽. 그것은 앞쪽뿐 아니고 옆에서도 뒤에서도 남승지를 둘러싸듯이 다가오는, 눈에 보이지 않는 공기층처럼 투명한 유리벽. 그대로 좁혀온다면 질식하게 될 불가항력의 벽. 벽의 정체인 고행자와 유원이 지금 정면으로 막아섰다. 이 방에 이방근이 있다. 그리고 이유원도 있다. 유원의 이름이 몇 마리 나비가 되어 훨훨 날아다니고 유원,

유원, 훨훨… 그것을 이방근이 지켜보고 있다. 평화정에 있던 이방근. 지금과 같은 위치의 소파에 앉아 있던 이방근. 성내 이방근의 방, 이방근이 온종일 앉아 있던 소파는 어떻게 되었을까?

어찌할 수도 없는 벽 속에서 움직일 수 있는 여지를 찾아내기 위해 한대용과 오늘 밤 상의하게 되었지만 그것은 지금 상의 이전에 사라져버렸다고 생각했다. 오늘 밤, 그 일은 '화제'가 될 뿐이리라, 아니, '될 뿐이다'라고 단정하는 것이 옳다.

"여기 와서 반년 가까이 되지만 연순(蓮順)이 퇴원하고 안정되면 다른 데로 이사할 생각이야. 무엇보다 전화를 마음대로 쓰지 못해서 일에 지장이 있거든. 현관에 전화박스 있잖아? 전화가 걸려오면 관리인이 아무개 씨 전화… 하고 방송하는 스피커가 1층이랑 2층에 있어서 다 들리기도 하고 그때부터 아래로 달려 내려가 수화기를 들고도 정작 중요한 이야기는 할 수가 없지. 방에다 개인전화를 놓으려고 해도 배선이니 뭐니 복잡해서 아파트에서는 못 하겠더라고. 뭐, 지금이야 어쩔 수 없이 아파트에 살고 있어. 당분간 집을 살 수도 없겠지만 셋집이라도 전화를 놓을 수 있는 단독주택으로 이사를 하려고…."

남승지는 윗몸을 건들거리며 졸고 있었다.

"어이, 승지. 거기 누워서 자. 나도 여기 좀 누워야지."

남승지는 눈을 떴지만 그대로 제 팔을 베고 몸을 눕혔다.

한대용은 마시던 잔을 비우고는 맥주병을 기울여 남은 맥주를 다 따르더니 다시 잔을 비워냈다. 김치 한 조각을 입에 넣고 씹어가며 소파 위에 드러눕더니 눈을 감았다.

한대용이 눈을 떴을 때는 열려 있던 창문으로 노을로 물든 석양 하늘이 비치고 있었다. 그는 일어나서 기둥의 스위치를 눌러 전등을 켰다. 7시가 다 되었다.

반 시간 이상 잔 모양이었다. 남승지는 테이블 쪽으로 향한 채 잠들어 있었다. 소파에서 일어난 한대용은 개수대에서 얼굴을 씻었다. 그가 지금부터 할 일은 이방근과 함께 그가 경애하는 반쪽이기도 한 남승지와 고베에 있는 고행자라는 여자의 관계에 관한 것이었다.

꽤나 깊은 관계인 듯했다. 믿을 수 없다, 유원이 제주도나 서울이 아니라 일본의 도쿄에 있다는 것을 알면서 그런 식의 깊은 관계라니.

있을 수 없는 이야기다. 이야기일 뿐이라면 모르지만… 그렇지도 않은 모양이다. 남승지는 깊은 관계라고 확실히 말했지만 한대용은 당사자의 말이 믿기지 않았다. 남승지는 어제, 이방근의 1주기에 유원과 함께 참가하고 헤어진 참 아닌가. 한대용은 밥솥을 열어 들여다보았다. 어차피 자기 전에는 술이나 마실 터이니 밥은 필요도 없겠으나 두 사람 몫은 충분했다. 술안주로는 통조림이 있고 달걀이니 햄. 그리고 술은… 됫병들이 일본주, 위스키, 소주까지 있었다. 아아, 그만. 아야, 아악…. 뭐야? 이불 속에서 나는 듯한 음성. 소파 쪽 남승지의 목소리였다. 꿈을 꾸는 것이겠지. 남승지는 뒤척이며 소파 등 쪽으로 돌아누운 모양이지만 그대로 깨지는 않았다. 분명 그건 그만, 아야, 아악, 하는 중얼거리는 듯한 혼잣말이었다. 한대용은 숙취랄지, 낮술 기운이 아직 남아 있어서 더 마시는 건 남승지가 일어난 뒤로 미루고 한동안 소파에 몸을 눕혔다.

눈을 뜬 한대용은 코를 골고 있던 것이 자신이 아닌 남승지였음을 알고 왠지 마음이 편해졌다. 지쳤구나. 의외로 태평한 녀석이네.

두 사람이 차례로 일어난 것은 창밖이 어두워진 8시쯤이었다. 한 시간은 족히 잤다. 남승지는 얼굴을 씻고는 꿈속에서 목이라도 말랐던 듯 잔 가득 수돗물을 받아 맛있게 들이켰다. 그리고 눈을 뜬 곳이 한대용이 마주 보고 있는 그의 집, 아파트라는 것을 확인했다. 여기는 오사카야, 오사카.

한대용은 냉장고 속에 눕혀 넣어두었던 맥주 세 병 중 두 병을 꺼내고는 도매점에서 배달 온 채로 있던 나무상자에 반쯤 남은 것 중에서 두 병을 꺼내더니 냉장고에 넣었다. 그러고 나서 테이블 위에 맥주병, 김치, 마늘종 간장장아찌, 햄, 삶은 콩 통조림 따위를 늘어놓았다.

"한잔해."

두 사람은 서로의 잔에 맥주를 따랐다.

"담배 한 대 할까?"

한대용은 담배를 물더니 한 모금 빨아들였다. 피스의 향긋한 냄새가 연기와 함께 탁자 위에 퍼졌다. 한대용은 둥근 연기를 뻐끔뻐끔 붕어처럼 몇 개나 뿜어내더니 하나하나 퍼져 사라지는 것을 보고는 남승지와 눈을 마주보고 히죽 웃었다. 남승지도 웃는다. 그 역시 피스를 한 개비 물고는 불을 붙여 천천히 한 모금 고급스러운 향기가 나는 연기를 깊숙이 빨아들였다가 내뿜었는데 문득 담배의 자극으로 어지럼증을 느꼈다.

"승지 동무, 그게 올 2월이야. 1월에 유원이 오사카에 다녀갔잖아. 그 후야. 우메다 OS 극장 옆 다방에서 분명 고백이라고 하면서 승지는 고베의 고행자라는 여자 이야기를 했지. 사촌형 부부와 상대방의 부모도 알고 있다든가, 결혼 이야기까지는 하지 않았지만 난 그 이야기의 줄거리라고 할까, 그건 알겠는데 의미를 모르겠더라고. 뭐 그런 건가, 젊은 남녀이니 생각지도 못한 일도 있는 거니까, 하고 말았지."

한대용은 재떨이에 담배를 비벼 끄더니 맥주잔을 기울였다.

"그래서 말야. 이번에 도쿄에 가기 전에, 다녀오면 행자 일로 상의하고 싶다고 그랬잖아. 어쩌다가 두 사람이 그렇게 되었는지 잘 모르지만, 어쨌든 깊은 관계라는 거지?"

깊은 관계…. 남승지는 흠칫했지만, 한숨 잔 덕인지 더없이 침착했다. 어젯밤 막 헤어진 유원을 생각하면 밤을 밀어내는 광휘 속에 그 얼굴이 떠올라 그것이 도쿄 역 홈에서 손을 흔드는 유원의 모습으로 변하고, 멀어져가는 열차 계단 위에서 서로 찢어지던 고통이 되살아나 가슴을 찔렀다. 이것이 마지막, 과연 다시 만날 수 있을까…? 얼마나 오만한가, 그것이 남승지의 진심이었던가? 아니, 아니야, 아니다, 숨이 막힐 듯한 깊은 한숨이 흘러나왔다. 남승지는 눈을 감고 있었지만 무의식적으로 고개가 움직였다. 그런 것이 아니었다.

"깊은 관계는 아닌 건가, 응?"

한대용의 얼굴이 풀렸다.

눈을 뜬 남승지는 한대용의 표정이 변하는 것을 보면서 고개를 저었다.

"그런 게 아니에요."

"무슨 말이야? 그 행자가 배라도 부른 거야?"

남승지는 한대용을 보며 끄덕였다.

"뭐라고? 임신했다고? 몇 달째야?"

남승지는 담배를 재떨이에 비벼 끄면서 그런 것이 아니라 임신한 모양이고 입덧도 하는 모양인지 얼굴이 창백하다고 말했다. 한대용은 "하하하, 승지는 그 입덧하는 걸 눈으로 본 거야? 동거하고 있는 것도 아니고. 그런 건 모르지, 여자들은 남자 마음을 얻으려고 얼마든지 거짓말을 한다고. 행자가 거짓말쟁이라는 게 아니라 상상임신이라는 것도 있고. 본인 스스로 그렇게 믿는 경우도 있거든. 여자들 몸의 상태라는 것도 있으니… 응, 어떤 건지 알겠어." 했다.

남승지는 고개를 옆으로 저었지만 한대용은 말을 이어갔다.

"그래서 뭐야, 결혼… 결혼이라도 할 작정인 거야?"

"오사카 어머니한테 데려가서 인사시켰어요."

"인사를 시켜? 인사를 시킨다는 건, 인사에도 여러 가지가 있지. 무슨 인사인지 모르겠네. 그거 무슨 인사야? 굳이 고베에서 함께 어머니를 찾아가 인사를? 하하, 설마 결혼을 위한 인사야? 보고?"

남승지는 끄덕였다.

"어이, 어이, 승지. 지금 고개를 저은 거 아니지. 내 머릿속이 어지러워지네. 어이, 한잔해. 머리가 맑아지게."

한대용은 입가에 자신도 뜻을 모를 미소를 띠며 상대의 잔에 맥주를 따르고 제 잔에도 더 붓더니 손에 들고 상대에게 권해 쨍하고 잔을 부딪쳤다. 그리고 단숨에 들이켰다.

"승지, 마셔."

술기운으로 축축해진 굵은 음성이 울렸다.

"유원 동무가 알고 있나?"

"몰라요."

"몰라? 응, 그게 대답이야? 그게 말이 돼? 상의라… 이게 뭔 소리야? 난 모르겠어. 이게 상의할 문제냐고?"

한대용의 어조가 무너지더니 갈라진 음성으로 혼잣말처럼 말했다.

"내가 아는 남승지라는 인간이 지금 눈앞에 있다는 게 이해가 안 되지만 뭐, 남승지 동무는 거기 있는 거지."

한대용은 기가 막힌다는 듯이 한동안 남승지를 응시했다.

6

한대용은 말이 없었다.

"몰라? 유원은 이 일을 모른다고 했지."

한대용은 같은 말을 혼잣말처럼 되풀이했다.

"그렇잖아, 알았더라면 그냥 둘 리가 없지."

한대용은 입에 문 담배에 라이터 불을 붙이고 타원형으로 찌그러진 연기를 몇 개씩이나 뱉어냈다. 남승지는 담배 연기의 형태가 무너지며 사라지는 것을 보고 있었다.

"유원이 이 사실을 알면 어쩔 작정이야? 그냥 있을 수 없는 일인 거지. 요컨대 유원과 관계를 끊는다, 그냥 사요나라인가, 응?"

"……."

남승지는 고개를 저었다.

"하지만 행자와 그렇게 되어버렸어요."

"…모르겠네."

한대용은 맥주를 남승지 잔에 따르고, 남승지가 맥주병을 들고 따르려 하는 것을 물리치고 자기 손으로 술을 따랐다. 그리고 말없이 잔을 들고 눈짓을 하더니 잔을 쨍 부딪쳤다.

"그때 조천 부두에는 만조의 파도가 넘실대고 있었어. 만월이었지. 배 위에서."

한대용은 창밖으로 그날 밤의 까마득한 건너편, 보이지 않는 어딘가를 보는 듯한 시선을 돌렸다.

"한일호 위에서 이방근이 자신의 손목시계를 풀어 승지에게 차라며 건네주는 것을 나는 보고 있었지. 지금 승지가 그 팔에 차고 있는 시계. 일본에 가면 반드시 동생 유원을 만나라고 했던 것은 그때였지? 그건 결국, 지금 생각해 보면 이방근의 유언이고 시계는 유품이었던 거지. 아니 모두 그런 식이었어. 아이고…."

한대용은 맥주잔을 기울이고는 마늘종장아찌를 햄에 싸서 입에 넣었다.

"이방근 선생이 남승지 동무를 나에게 맡겨 제주에서 일본으로 강제로 밀항시킨 것은 살아남아서 유원을 만나라는 거였다고. 승지, 그게 무슨 뜻인지 알아? 물을 것도 없지. 마음에 새겨져 있을 테니. 정말, 이런 소리 하고 싶지 않지만 눈물이 난다. 지금 오사카 밤하늘에 달은 없나?"

한대용이 달빛 없이 어두운 하늘만 비치는 열린 창 쪽으로 얼굴을 돌렸다.

"아이고, 이방근이 죽고 어제가 1주기. 이방근은 없는 거지. 이방근 대신 남승지가 있는 거야. 아이고, 이 사람아, 정말, 승지 동무야."

한대용은 울먹였다. 남승지는 머리가 무거워 고개를 숙이고 있었다.

"내가 엊그제, 동무가 오사카를 떠나 도쿄에 간다고 할 때 말했지? 지금 유원에게 가장 힘이 될 사람은 승지라고. 왜 내가 있지도 않은 이런 이야기를, 있을 수 없어. 아니 내 눈앞에 바로 남승지가 있는 것처럼 실제로 있는 이야기, 하지만 말이 안 되는 소리를 하고 있는 거겠지."

한대용이 눈에 눈물을 담고 잔에 맥주를 따르려 하는데 남승지가 몸을 일으켜 병을 가져다가 두 손으로 한대용의 잔에 천천히 맥주를 따랐다. 눈물이 눈 안쪽, 안와의 어두운 동굴 속 연못에 고여 있는 느낌이지만 쏟아내지는 않았다. 남승지는 말없이 잔을 입에 갖다 댔다. 커다란 한숨에 일순 손에 든 잔이 흔들렸다. 한대용과 상의하기보다 벌어진 사태를 두고 마주 앉아 자기 자신이 남승지를 추궁해야만 했다. 자신을 한대용에게 남의 일처럼 맡겨두고 한대용의 터를 빌려.(실제로 지금 그의 터를 빌리고 있었다.) 남승지를 심문해야만 했다. 도대체 무슨 짓이지? 충돌하고 분열하고 파열된다면 그걸로 됐다…. 낮에 평화정에서 마음에 굳히고 있던 각오와 결심은 지금, 그 터인 이 방 어디에 있나? 산산이 흩어져버렸다기보다 수증기처럼, 동그라미를 그리며 일렁대던 담배 연기처럼 사라지고 없다. 눈구멍 안 텅 빈 심연에서 눈물이 흔들리고 있었다. 이방근이 보름달 비치던 조천 부두의 흔들리던 선상에서 마지막으로 한 말. 반드시 내 동생 유원이를 만나야 해. 기꺼이 맞아줄 거야. 눈도 깜빡이지 마. 배가 흔들린다. 만조의 파도가 일렁인다. 눈 속 어두운 샘의 물이 넘친다. 남승지는 눈을 감고 참고 있었다. 방근 오빠의 죽음은 정말 힘들었죠? 지금은 괜찮은가요? 나도 이제 괜찮아, 어떻게든 마음을 추슬렀어요. 승지 동무의 충격은 헤아릴 수 없이 컸겠죠. 나도, 나도 그렇기는 했지만 승지 동무, 잘 견뎠어요. 나도, 나도… 아아, 어쩌다 이렇게 되어버린 걸까?

"어이, 승지. 왜 그래?"

남승지는 한대용의 음성에 두 눈을 떴는데 둑이 터지듯 눈물이 흘러넘쳤다. 그는 한 손으로 얼굴을 가리고 손수건을 꺼내더니 뚝뚝 흘러내리는 눈물을 닦았다.

"이봐, 승지, 울지 마. 울지 말라고."

한대용은 일어서더니 남승지 옆으로 자리를 옮겨 한 손으로 남승지의 등을 다정하게 두드렸다. 울지 마, 큰 소리로 울어도 되는데 그래도 울지 마. 승지의 눈물은 내 눈물이지. 이방근의 눈물에 유원의 눈물로 한줄기로 이어지는 눈물이고. 이방근은 울지 않아. 울지 않는 사람이라고. 그렇지만 마음으로 우는…. 남승지의 머릿속에서 출렁이는 파도, 배에 부딪히는 파도 소리가 들렸다. 유원 동무는 울고 또 울었다. 방근 오빠와 뺨을 마주 대고 오빠 얼굴을 눈물범벅으로 만들고 있었다. 오빠, 내 소중한 오빠. 이방근은 누이동생을 끌어안고 그 등을 다정하게 두드렸다. 한대용의 커다란 손이 남승지의 등을 다정하게 두드린다. 오빠는 언제 일본에 올 수 있어? 오빠, 이제부터 몇 년씩이나 나를 혼자 있게 하지 마…. 아이고, 난 선실 그늘에서 울고 있었어. 부산항 어두운 부두.

"자, 승지, 울지 마. 울고 싶어도 울지 마. 울 일이 아니라고. 봐, 이 이야기는 그만하자. 심호흡을 해, 공기를 잔뜩 들이쉬고, 자, 해봐.

자, 들이쉬라고….”

남승지는 고개를 숙인 채 몸만 들며 한대용의 말대로 손수건을 입에서 떼어내고 심호흡을 했다.

“응, 그렇지. 커다랗게 내쉬고….”

남승지는 마치 순진한 어린아이처럼 몸을 움직이고 있었다.

“자, 얼굴을 들고…. 승지, 불쌍한 승지, 아, 내가 내가 따라줄게.”

한대용은 남승지가 손에 든 맥주병을 빼앗아 남승지의 잔에 그리고 자기 잔에도 술을 따랐다. 나란히 앉은 채 서로 잔을 부딪지도 않고 그래도 호흡을 맞춘 듯 동시에 천천히 잔을 기울여 비웠다.

“승지, 냉장고에 가서, 맥주가 두세 병쯤 들어 있을 테니까 두 병 가져와. 그리고 잊어버리고 있었는데 구석 쪽에 도라지 초장절임이 있어. 그것도….”

남승지가 일어나 한대용이 말한 대로 냉장고를 열고 제일 차가운 한 병을 포함한 맥주 두 병, 그리고 조선식 도라지나물을 찾아 소파로 돌아왔다. 한대용은 마주 앉았던 원래 자리로 옮겼다.

“오늘 밤에는 한잔하고 푹 자. 맥주가 싫으면 소주든 위스키든, 일본술도 있어. 나는 소주로 바꿀게. 이야기는, 상의는 내일 하자.”

두 사람은 서로 맥주잔을 채워주고 천천히 마셨다.

한대용은 담배를 물고 불을 붙이더니 남승지의 손에 쥐여주고, 마지막 하나 남은 담배를 물고서 라이터를 켰다.

두 사람은 한동안 말이 없었다. 노면전차가 달리는 소리가 들렸고 멀리 기적 소리가 밤하늘을 꿰뚫고 포효하듯 들려왔지만 그 소리가 잦아들자 한층 정적이 깊어졌다. 고요했다. 그저 잠자코 그 무거운 고요함에 한동안 잠겨 있듯이 두 사람은 말없이 담배를 피웠다. 한대용은 향기 연한 연기를 넓게 피워 올릴 뿐 연기로 동그라미를 만들지 않았다. 그다지 멀지 않은 곳에서 레일 위를 달리는 국철전차의 경적이 울렸다. 남승지의 귀 밑바닥 정적 속으로 유원과 함께 들은, 아사가야 역으로 들어오던 국철의 경적이 울렸다. 밤기차에서 하룻밤을 보낸 어젯밤 경적 소리가 이어졌다. 유원, 유—원… 유원의 이름이 몇 마리 나비가 되어 날아다니고, 훨… 유원, 유—원… 훨훨.

"다른 술 줄까?"

남승지는 고개를 흔들었다.

"밥은 필요 없지? 배고파?"

남승지는 졸고 있던 것처럼 눈을 뜨더니 고개를 저었다.

"평화정에서 많이 먹어서…."

그는 맥주잔을 가볍게 기울였다. 유원, 유—원… 훨훨. 입에 담기도 싫고, 생각하기도 싫다. 무슨 경솔한 짓을, 돌이킬 수 없는 일이 된 걸까? 일부러 오사카까지 데려가 어머니에게 인사를 시켰다. 결혼을 위한 인사였나? 유원은 알고 있을까? 취기에 젖은 머리를 떨구며 아니, 아냐…. 무의식적으로 고개를 흔들고 있었다. 벌어질 일이어서 그렇게 된 거다…. 돼지가 되어서라도 이 섬을 떠나 살아남아라. 그래, 나는 돼지가 된 거야. 돼지라고… 돼지, 돼지….

"어이, 조는 거야? 지금 뭐라고 잠꼬대하는 거야? 분명 돼지… 라고 중얼거린 거지?"

남승지는 번뜩, 졸다 깨기라도 한 듯이 얼굴을 들었다. 돼지….

"승지, 그거 뭐야, 버릇이 된 거야?"

"뭐가요? 돼지…?"

남승지는 조그맣게 끄덕였다. 지금까지 깨닫지 못했지만 입 밖으로 새어나온 중얼거림, 돼지.

"이방근 선배가 돼지가 되어서라도 살아남으라고 했던 건 승지, 보통 의미가 아니야. 놈들의 손에 걸려 개죽음하지 말라는 거잖아. 알지? 포로가 되어 죽임을 당하거나 살아남아도 출옥 후에는 보도연맹[7]이니 하는 반공조직에 얽혀 들어가 토벌대나 경찰의 하수인이 되는 건데 그건 돼지만도 못한 그 유달현이, 제가 책임자였던 성내 조직을 팔아넘기고 스파이가 되어 일본으로 도망치려 했던 그놈은 자진해서 그렇게 된 거지만, 불쌍하게도 바다 위에서 죽어버렸지. 포로가 된 하산 게릴라들은 도망치든가 적들의 개가 되는 것뿐이었어. 그러니 돼지가 되어서라도 섬을 나가라, 살아남아라, 하는 거였지. 아냐?"

남승지는 끄덕였다. 끄덕임으로써 꿈에서 변신했던 것처럼, 그저 돼지가 됨으로써 실제로 돼지처럼 되어버린 것일까? 돼지, 돼지…라고 생각함으로써, 과거로부터 도망쳐 자신의 가책을 돼지에 덮어씌움으로써 그로부터 어떻게든 도망칠 수가 있었다. 돼지, 은둔자의 자기합리화, 돼지 사내로서 그럴듯한 짓을 하고야 말았다. 저질러버린 일을 그렇게 치부하고 있었다. 죄 많은 인간이다. 알코올 공장 창고 수용소로부터 이방근이 구출해 주었다. 죽음을 향해 가는 동지들로부터 빠져나와서 그들의 눈초리를 걸레조각 같은 얼굴을 등 뒤에 받으며 수용소를 나와서도 자신의 그림자에 그들의 찌르는 듯한 시선을 받으며. 일본에서 돼지로 변신, '재생'하면서 살아남았다. 그리고 행자와… 유원, 흐음, 아이고. 탄식과 함께 아이고, 조그만 소리를 냈다.

"뭐야, 좀 전의 '아이고'는? 의논할 일이 '아이고'야? 아이고, 의논할 일이란 행자 이야기, 그건 내일 하자. 승지 동무가 돼지면 나도 돼지야. 나도 제주도에서 도망쳐 온 인간이라고. 인간 돼지인가, 돼지 인간인가? 아내를 데리고 일본으로, 고향을 떠나 일본으로 옮겨 온 인간이지. 저쪽에서 살해당하지 않고 살아남았어도 그때는 인간 아닌 인간으로밖에 살 길이 없었어. 고향 사람들이 살해당하고, 제주도를 파괴해서 지옥으로 만든 놈들의 하수인밖에 되지 못한다고. 사격의 명수인 내가 게릴라를 죽이고 섬 사람들을 쏜다고? 그보다는 이 땅에서 돼지 인간이 되는 쪽이 차라리 낫지…."

---

7 국민보도연맹: 남한 내 공산주의 세력을 계몽·지도하기 위해 조직된 관변 반공 단체.

한대용은 탁자 위의 닷되들이 병의 소주를 비어 있는 맥주잔에 3분의 2 정도 붓더니 입에 대고는 한 모금 천천히 머금고 꿀꺽, 얼굴을 찡그리며 목구멍으로 넘겼다. 하아, 하고 혀를 찬 다음 이번에는 햄에 도라지나물을 싸서 입에 넣었다.

"그래, 이방근은 제주도를 떠나지 않고 유원이 있는, 유원이 기다리고 있는 일본에도 오지 않고 산천단에서 죽었어. 산천단. 승지, 소주 한잔할래, 응?"

"……."

한대용은 말없이 끄덕이는 남승지의 빈 잔에 병을 기울여 반쯤 부었다.

"마실 수 있으면 오늘 밤은 마셔. 그리고 푹 자라고. 잠이란 건 내일을 위해 있는 거야. 승지는 모범생이라서 말야. 젊을 때는 이런저런 온갖 일들이 있는 법이야. 늙은이 같은 소리지만 승지보다 네 살 많은 형님이니까. 세상 공부로도, 일제 시대에 남방까지 가서 기적적인 생환을 한 인간이라고. 나도 산부대 게릴라에 들어갔더라면 지금쯤 죽었거나 포로가 되어… 아니 모르지, 아직 한라산에는 산부대가 상당히 남아 있는 모양이야. 아직 완전히 평정된 건 아니라고."

두 사람은 주전자의 물을 잔에 따라 한 모금 마시고는 상 위의 통조림 콩을 조금 입에 넣어가며 술을 마셨다. 그러고는 남승지가 주머니에서 꺼낸 20개비들이 찌그러진 신생(新生) 담배갑에서 피스와는 전혀 맛이 다른, 풀냄새가 나는 듯한 담배를 한 개비씩 꺼내 불을 붙여 피웠다. 술기운이 있어서 피스와는 달리 혀를 자극하는 쓴맛도 거슬리지 않았다. 알코올 냄새 나는 쓴맛의 소주와 어울리는 걸까, 취기가 머릿속 전두엽을 쥐어짜듯 기분 좋게 스며들어 온몸으로 퍼져갔다.

"이봐, 승지. 산부대에서는 내 선배가 될 뻔했네. 그때 4·3 혁명이 성공할 거라고 생각했지? 그건 혁명이야. 나도 혁명을 위해 한몫하고 싶었는데. 단독선거를 저지하고 조선통일정부의 첫걸음을 구축한다. 현실이 정말 꿈이 되어버리는 건가? 난 남방에서 귀환한 군속이라고 산부대 참가를 거절당한 인간이야. 이 사격의 명수 한대용이 게릴라였으면 빼앗은 적의 M1 한 자루로 상대방 열 명쯤 한꺼번에 따다닥 기관총처럼 해치웠을걸. 그걸 제주경찰서장이 잘 알았지. 나더러 경찰 토벌대에 들어와 달라고 몇 번이나 부탁하더라고. 그것도 모르고 남방 귀환이라면서 입산을 거절하다니. 게릴라 사령부 하고는. 음, 이것저것 모두 꿈만 같아. 어이, 마셔, 마시고 자라."

한대용은 소주잔을 손에 들고 상대를 재촉하듯이 팔을 내밀어 남승지가 들고 있던 잔에 쨍 하고 부딪치더니 입에 대고 천천히 한 모금 마셨다. 후우우… 한숨을 크게 내쉬었다.

"뭐, 승지가 마시면 아침까지라도 마시겠지만… 내가 지금 무슨 소리를. 어이, 승지 동지, 내 동지, 내 말을 이해하겠어? 이런, 취했네. 승지 동무 앞에서 산부대라는 둥 나는 입으로만 이제는 꿈이 되어버린 것을. 승지, 미안. 이런 이야기는 그만하자. 남방에서 조국으로 고향으로 돌아와 복수, 게릴라가 되어 한바탕… 서북 놈들을… 나는 입산을 거절당해서 다행이었어. 지금 이렇게 살아 있으니. 술도 마시고… 관두자, 승지. 마셔, 마시고 자자. 난 마시고 잘래. 승지도 자라고. 잠으로 내일에 대비하자, 잠은 무기, 잠은 약, 한잔 안 해? 허, 한잔 더 안 할래? 저기, 승지. 그래도 이방근 선생과 함께, 아니지, 선생 말씀대로 배를 몰고 산에 있던 사람들을 일본으로 데려왔어. 음, 지금 여러 가지 생각이 들어. 이성운 사령관의 죽음, 게릴라 평정, 모든 것이 끝났다고 생각했지만 아직 안 끝난 거야. 일반 밀항자들은 차치하고, 하산 게릴라와 기타 관계자들이 섞여 있거든. 두세 달 안으로 제주도에 다녀와야 해."

"제주도에요?"

"아직 모르지만 이쪽 일 되어가는 대로 저쪽에서도 관계된 배가 올 거야. 가기로 정해지면 도쿄에 가서 유원이를 만나야지. 의논해

봐서 유원이를 대신해서 부옥이도 만나고…."

"아이고, 힘들겠어요."

남승지는 한대용의 입에서 4·3 혁명, 혁명이라는 말이 나온 것에 놀랐다. 혁명, 혁명, 실패, 패배한 혁명, 궤멸한 혁명도 혁명인가? 부옥이를 만난다. 부옥이를 만난다는 것은 무슨 뜻인가? 부옥이는 산천단에서 6킬로미터나 되는 돌짝길을, 총탄과 까마귀들의 주둥이로 엉망이 되어버린 장정 이방근을 까마귀들에게 쫓겨가며 한나절 동안 아니 아침부터 온종일 걸려 업고 내려왔다. 불태워져 폐허가 되어버린 중산간 마을들을 지나….

죽은 이방근을 보려고 사람들과 경찰이 마을을 가득 채웠다. 부옥이. 이방근이 끝내 떠나지 않았던 제주도에서, 산천단에서 이방근의 제사를 모셨을 부옥이.

그저께, 아니 1주기 당일이었던 어제 낮, 부옥이는 혼자서 산천단으로, 제사 음식이 든 구덕[8]을 등에 지고 한라산 경사진 길을 올라갔을까? 이방근의 산소는 어디에 있을까?

"승지."

술기운이 배어 있는 굵은 음성. 한대용의 목소리. 등을 기대고 앉아 있던 남승지는 감은 눈꺼풀 속이 눈구멍으로 빨려드는 기분이었다.

"승지, 어이 자야지. 이불 깔아줄게."

"아, 나, 난 여기서 그냥…."

"바보, 제대로 누워서 자, 이불 속에서. 꿈속에서 또 한잔하고 푹 자라고."

한대용은 일어서더니 3첩 방으로 가서 요를 두세 장 끌어안고 오더니 4첩 반 방에 내던지듯이 놓았다. 그리고 소파가 있는 거실 쪽에 머리를 두고 요를 나란히 펴고는 다시 옆방에서 베개와 이불을 가져

---

8 구덕: 제주도 여성들이 평소 외출할 때 가방 대신 들고 다니는 바구니.

왔다. 남승지가 비틀거리며 도와주려는 것을 말리며 "창문이나 닫아 줘, 오늘은 달이 없으니까. 이제 마시는 건 끝. '사공의 뱃노래 가물거리며….'" 뱃사람들의 노래. 그는 술기운으로 벌건 얼굴을 오히려 취기에 창백해진 남승지에게로 향하고서 와이셔츠를 벗고 바지를 벗으며 "아, 승지." 하고 말을 걸었다.

"냉장고 아래 그릇에 물이 고여 있으니까 그걸 좀 개수대에 비워 줄래? 그리고 내일 잊지 말라고 말해줘, 얼음집에 전화할 것. 얼음집에 전화를 걸어서 얼음을 한 근 반 배달시켜야 돼."

남승지는 냉장고 앞에 구부리고 앉아 냉각용 얼음이 녹은 물이 꽤 차 있는 납작한 그릇에 손을 뻗어 끄집어냈다. 코앞이 개수대였지만 떨어뜨렸다간 큰일이다. 바닥에 양발을 딱 붙이고 무사히 차가운 물을 비워냈다. 한대용은 벗은 와이셔츠와 바지, 웃옷을 소파에 겹쳐 던지고 이불 속으로 파고들어 갔다.

"어이, 승지, 승지 동무. 자기 전에 스위치 좀 눌러서 전등 좀 꺼줘. 빨리 자라고."

남승지는 현관 옆 세면실에 붙어 있는 화장실에서 아주 오래 소변을 보고 취한 머릿속을 쥐어짜듯 천장으로 끌어올리는 묵직한 부유감에 발목이 휘청휘청해 가며 한대용과 마찬가지로 와이셔츠니 바지 따위를 소파 위에 벗어 던지고는 전등을 껐다. 그러고는 어두운 방 이불 속으로 들어가려다가 창밖의 가로등 불빛을 보고 조심조심 창까지 다가가 유리문을 닫고 이불 속으로 들어갔다. 한대용은 거의 잠이 들 참이었는지 코 고는 소리 비슷한 숨소리를 내면서 움직임이 없었다.

부옥이를 만난다. 유원 대신에… 산천단. 어째서 산천단이었을까? 한라산에는 영기가 서려 있다. 일찍이 산천단은 한라산 산신에게 예배하고 제물을 바치던 제단이 있어서 제주 목사가 험악한 한라산정에 오르는 대신에 산천단을 참배했다. 수령 600년, 20미터를 넘는 높이의 흑송 거목이 여덟 그루. 신목. 폐허 속에 지금도 산천단 절벽 옆 길 너머로 우뚝 서 있다.

한라산은 제주도민에게 신앙의 산인 것이다. 산천단. 부옥이… 이방근의 주검을 등에 업고 6킬로미터 산길을 내려오는, 검은 치마저고리 차림을 한 커다란 부옥이의 모습. 남승지는 건조한 목구멍으로 마른침을 삼켰다. 침이 목에 걸렸다…. 까마귀들, 까마귀뿐 아니었으리라, 상처투성이 이방근의 주검. 아이고… 이방근. 어둠 속에 뜬 눈이 술기운의 힘으로 몇 초 동안 번쩍였다. 한라산 기슭 언덕 위 십자가에서 흔들리는 이방근. 흔들린다, 흔들린다. 바람에, 한라산 바람에 흔들린다. 부옥이가 양팔로 꽉 둘러업은 등 뒤의 이방근이 흔들린다. 부옥이는 십자가인가? 이방근을 업은 십자가. 십자가가 흔들린다. 6킬로미터의 길고 긴 돌짝길 폐허를 건너 피투성이 이방근을 등에 업은 인간 십자가가 흔들리며 걸어온다. 한대용의 숨소리가 귓가에 닿았는데 취기로 흔들리듯 리드미컬했다. 남승지 역시 깨어나기까지는 아직 먼, 새벽으로 가는 긴 취기의 흔들림과 함께 십자가가 흔들린다. 바람의 속삭임, 방근 씨는 산천단을 좋아했던 거야. 가엾게스리, 오빠는 산천단을 좋아했어. 좋아하는 것이 없던 오빠가 산천단을…. 귓가에 울리던 한대용의 코 고는 소리도 마침내 멀어지고 멀리서 종이 울리고, 저 혼자 울리고, 너무 소란스러워 찾아온 거야…. 남승지도 눈꺼풀이 들러붙어 잠으로의 경계가 무너지면서 눈 속 깊은 곳의 심연으로 잠겨 들어갔다.

아사가야 역에서 도쿄행 기차 안에 나란히 앉았던 좌석에서 두 사람은 손을 잡고 몸을 붙이고 있었다. 다음에는 언제 만날 수 있을까…. 아사가야 역에서 하타나카 의원으로 향하던 도중 남승지의 보스턴백을 자기 손에 옮겨 받은 유원이 팔짱을 끼더니, 제사가 끝나고 돌아올 때도 역으로 향한 가로수 무성한 밤길을 나란히 걸으며 유원은 남승지의 팔에 오른손을 넣어 팔짱을 꼈다. 작년 7월, 대학 캠퍼스 뒷산에서 오빠의 죽음을 알고, 소나무 둥치에 온몸을 부딪쳐 통곡하다가 그 옆에 서 있던 남승지와 눈물을 쏟아가며 했던 포옹.

남승지의 속에서 이방근 1주기 날 한나절을 유원과 함께 보내면서 제주도 성내와 Y리에서 했던 순간적인 포옹의 시간과 공간이 겹치고 번지며 하나가 되었다.

재작년 10월, 유원이 서울로 돌아갔다가 다시 부산에서 일본으로 밀항하기 위해 제주를 떠나기 바로 전날, 성내에서 보내는 마지막 밤, 남승지는 위험을 무릅쓰고 성내로 하산했다. 경찰의 추적을 피해가며 비밀 아지트였던 이방근의 집을 찾았다. 조직 연락원이기도 한 부옥이의 도움으로 뒷문으로 숨어들었던 이씨 댁 뒷마당. 유원과 약속했던 보름이라는 기일에 아슬아슬하게 조직의 용무를 겸해 산을 내려왔다.

이방근은 워낙 부친과 불화도 있고 하여 같은 성내 가까이에 하숙을 정해 나가 있었다. 그 이방근의 비어 있는 옆방에서 그녀와 만났다. 새벽에는 그 집을 나와야만 했다. 그리고 성내 동쪽 산지 고지대, 마침내 한라산 입산을 앞두고 있던 양준오의 하숙에 들러 산으로 돌아왔다. 유원과 포옹한 그것이 마지막 작별. 남승지는 자신이 묵을 별채에서 유원을 기다리는 동안 불안과 초조를 견디지 못하고 먼저 별채를 빠져나왔다. 그리고 뒷마당 구석 어둠을 더듬어가며 유원의 방 밖까지 다가가 뒤쪽 창호지문에 겹쳐 있는 나무문을 두드렸다. 조용히 두드렸다. 들어가게 해줘. 내가 별채로 갈게. 들어가게 해달라고….

창호지문이 열리고 한 걸음 들어선 밝은 방 한가운데 잠옷 차림이 아니라 하얀 스웨터에 바지를 입은 유원이 반쯤 멍하니 서 있었다. 남승지는 가까스로 두 눈 속에 제대로 된 상이 맺히며 떠오르기 시작한 유원의 모습을 향해 두세 걸음 다가가 와락 그녀를 끌어안았다. 유원은 저항하지 않았다. 남승지는 그녀를 끌어안으며 머리카락 몇 가닥이 흐트러져 있는 하얀 목덜미에 얼굴을 묻고 달아오른 그녀의 귓가에 입을 대고는 뜨거운 숨결과 함께 아무 짓도 안 해, 약속할게, 하고 진지하고 숨 가쁘게 속삭였다. 게릴라, 산에서 사는 자의 보통 사람과는 다른 체취, 그 냄새에 휘감긴 포옹, 유원 역시 두 팔을 남승지의 등 뒤로 돌려 그를 끌어안았다. 오직 포옹뿐. 그 이상 아무 일도 없었다.

유원과 하산을 약속했던 마지막 밤에서 보름 전, 한라산 중산간 부락의 해방지구에 이르는 길이 있는 Y리의 신작로 너머, 수확 끝난 보리밭 돌담과 커다란 바위 그늘 아래 단 몇 분간이었던 포옹의 장면들, 유원의 스웨터 등 뒤에 붙어 있던 지푸라기, 마른 잎을 털었던 일도 선명하게 머릿속 스크린에 떠올랐다.

두 사람을 성내에서 Y리까지 실어다 준 것은 유원의 아버지 이태수의 운송회사에서 일하는 트럭 운전수였다. 성내지구 세포조직원이자 이방근의 절대신봉자 박산봉. 그가 남승지를 데려다줄 트럭에 유원도 태워주었다. 아버지가 진행하던 혼담에 오빠와 함께 반대하다가 아버지의 명령으로 성내의 집에 '감금' 중이었던 유원. 박산봉은 두 사람을 Y리 입구 신작로에서 내려놓더니 무슨 생각을 한 것인지, 신작로 동쪽으로 질주했다. 그가 다시 돌아올 때까지는 10분 혹은 15분쯤? 그사이 두 사람은 밭에 뒹굴었다. 유원은 완고하게 거절하다가 결국 포옹을 받아들였다. 등 뒤에는 정상이 보이지 않게 한라산 그림자가 서 있었다. 남승지는 산으로 돌아가고 유원은 성내로 돌아간다. 오래지 않아 포장 안 된 신작로를 따라 엔진 소리 요란하게 조약돌을 튕겨가며 트럭이 돌아왔고 남승지와 굳은 악수를 한 박산봉은 유원을 조수석에 태우고는 서쪽으로 달리기 시작했다.

Y리와 성내에서 있었던 뜨거운 포옹, 얼음이 끓는 듯한 안타까운 포옹, 이것이 유원과의 마지막, 재회를 기약할 수 없는 작별이었다. 이방근이 수용소에서 구출해 준 것, 조천 부두 선상에서 받은, 이방근의 유품이 된 손목시계, 동생 유원과 만나 함께하라는 무언의 명

령. 유언이었을까?

남승지 속에서 유원은 존재하지 않았다. 남승지는 일본으로 오고서도 유원과 만나야만 하지만 만나지 않겠다고 결심하고 있었다. 그리고 자기 안의 유원이라는 존재의 움직임을 점이 될 만큼 작게 만들어 죽이고 있었다. 멀리 지평선에 서 있는 점 같은 사람 그림자.

6월 19일 1주기까지, 1년 전 이방근의 죽음이 유원과 재회하게 하고 나아가 올 1월 오사카에서 재회하게 했다. 그런데도 유원은 불가침이었다. 그 성문이 열리든 열리지 않든 성문을 지나지 않았다. 그리고 1주기 날의 대면, 이방근의 제사 자리에 가득 차 있던 이방근의 그림자, 산 자들 속에 살아 있는 이방근의 두껍고도 커다란 그림자에 싸인 유원과 승지.

두 사람은 걸으면서 팔짱을 끼고 전차에서 손을 잡고 몸을 붙여 앉고, 그리고 도쿄 역 승강장에서는 발차 벨 속에서 포옹했다. 사요나라. 지나간 포옹 하나하나에 밀착된 기억이 겹치는 지금 이 포옹. 도쿄 밤하늘 아래를 달리는 야간열차 발판에 서 있는 남승지.

이튿날 아침 7시에는 두 사람 모두 잠이 깨어 이불 밖으로 나와 있었다. 세수를 마친 한대용은 우선 주전자에 물을 끓여 차를 우렸다. 활짝 열어둔 창문으로 아침의 청량한 바람이 들어온다. 두 사람은 뜨거운 찻잔을 손에 들고 숙취로 말라붙은 목을 축였다.

한대용은 얼마 남지 않은 담배를 한 개비, 맛없는 신생 담배를 입에 물고 개수대 앞에 섰다.

알루미늄 냄비에 물을 끓여가며, 두부 대신 미역을 씻어 자르고 마침 남아 있던 파 두 개의 뿌리 쪽 흰 부분을 5, 6센티미터 길이로 잘라 던져 넣어 끓여서 즉석 된장국을 만들었다. 국자로 맛을 보더니 고개를 끄덕이는 것이 만족한 모양이었다.

"그래, 해장술에는 해장국. 이거 좀 그쪽으로 옮겨줘."

한대용이 사발에 담은, 꽤나 뜨거운 김이 올라오는 된장국 그릇을 테이블까지 오가며 하나씩 옮겼다.

"밥통에 찬밥이 있으니까 김치랑 같이 요기를 해. 점심은 오후에, 천천히 평화정에서 하자."

김이 나는 된장국이 맛있었다. 고춧가루와 깨소금을 뿌렸다. 김 서린 된장국 향내. 된장국에 든 미역과 파가 섞인 맛. 취기를 깨우기에 충분한 국물이었으므로 해장술 생각이 날 수밖에.

남승지는 파가 맛있어서 이번에는 젓가락이 아닌 숟가락으로 국물과 함께 떠서 입에 넣었다.

한대용은 냉장고에 남아 있던 맥주 한 병을 꺼내고는 대신 나무상자에서 두 병을 꺼내 냉장고에 넣었다.

맥주병을 열어 거품 이는 맥주를 남승지의 잔에 그리고 자기 잔에도 따르고는 "건배!", "건배는 무슨?" 두 사람은 웃어가며 잔을 가볍게 부딪치고서 차가운 맥주를 기분 좋게 들이켰다. "아이고 좋다! 맛있어!" 한대용이 말했다. 아침 해가 4첩 반짜리 방 창문에 반사되며 반짝였다. 열린 창문 너머는 푸른 하늘이다. 창유리의 햇빛은 얼마 후 사라졌지만 그 빛은 아마도 옛 조총련 건물이 있는 방향에서 오는 듯했다. 남쪽인가? 동남이겠구나.

"승지 동무, 아침 햇빛에 건배. 이태백의 월하독작(月下獨酌)과는 달리 아침 하늘 아래 한잔. 그래, 이방근, 돌아가시고 1년… 이거 봐, 승지 동무, 나중에 이야기하고 의논해. 배고프면 가볍게 김치랑 한 공기 먹어둬."

둘이서 맥주 한 병을 해치우고 더는 마시지 않았다. 한대용은 부엌으로 가서 공기 두 개에 밥통의 찬밥을 담고 옆에 서 있던 남승지가 그것을 탁자로 옮겼다. 한대용은 된장국을 냄비째로 탁자로 가져가더니 냄비 받침 위에 놓고는 바닥이 보이기 시작한 각자의 그릇에 퍼 담았다.

된장국은 더 진해져서 맛있었다. 파는 거의 없어져 한두 개, 그나마 탄력을 잃고 미역과 마찬가지로 부드러워졌지만 그만큼 맛이 우러나서 된장국과 김치만으로도 충분히 반찬이 된다.

"승지는 어젯밤 여기 누워 자면서 아, 아파, 그만 좀 해, 라는 등 잠꼬대 같은 소릴 하던데 무슨 꿈이라도 꾼 거야?"

"……."

남승지는 얼마 남지 않은 된장국을 숟가락으로 떠서 깨끗이 비워내면서 끄덕였다.

"진짜 이상한 꿈이었어요. 커다란 게 같은 놈이 내 등에 꽉 들러붙어서 손을 뒤로 돌렸더니 사라지고 없었어요. 그게 가위처럼 생긴 발끝으로 찔러대는 거예요. 게가 분명한 것 같은데 뒤쪽에 붙어 있어서 어떻게 생겼는지 보진 못했어요."

"게가 들러붙다니 재미있는 꿈이네. 보이지는 않지만 커다란 놈이라. 보이질 않으니 게인지 아닌지도 모르잖아. 맨 등이었나?"

"위는 셔츠 없이 알몸이었어요."

"으음, 하하, 등짝에 게라니. 등 가득 커다란 게가 있었다면 아파, 그만해 줘, 하고 소리를 지르며 깨어날 텐데 중얼거리듯이 혼잣말을 하더라고. 보이지 않았다니 상냥한 게의 그림자 같은 거였나 보다. 차 우리는 걸 잊어버렸네. 그 대신 맥주 한 병 더 할까? 그러면 1인 1병이 되니까."

남승지는 차는 괜찮다고 고개를 저었다. 한대용이 일어섰다.

등 뒤에 게, 게의 그림자. 등짝에 게의 등딱지. 꿈이지만 그건 행자가 변신한 게 아닐까? 도쿄에서 이방근이라는, 제주도에서 존경하던 이의 1주기가 있고 상주는 누이동생인데 그 일로 승지는 거기 갔어, 하고 행자는 경자에게 들어 알고 있을 것이다. 고베에서 그녀를 만나면 이것저것 물어보겠지. 이 역시 성가신 일이었다. 등짝에 울퉁불퉁 깊은 상흔이 있다는 것을 아는 것은 행자, 그리고 어머니와 누이동생 말순뿐이었다. 승일 사촌형 부부도 몰랐다. 이방근은 고문을 당하는 정도야 당연한 일이라고 충분히 짐작하고 있었겠지만 당시는 아직 굳지 않은, 켈로이드화하기 전의 깊은 상처가 있다는 것은 모르고 있었다. 강몽구와 동행하여 4·3 봉기 직전에 일본으로 기금 모금을 위해 왔을 당시, 강몽구는 도중에 기항했던 야마구치 현 H시의 지인 댁에서 1박을 했을 때, 밤에 함께 목욕을 하면서 본 그의 듬직한 등판 한가득 소용돌이치는 듯한 엄청난 고문의 상처에 놀랐다. 일제시대부터 노동운동 투사였던 강몽구의 것에는 미치지 못하는 상처지만 오빠 이방근뿐 아니라 유원도 알 리가 없었다. 만약 더 깊은 포옹을 했더라면 유원은 놀라고 탄식하며 슬퍼하고 분노하며 어쩔 줄을 몰라 했으리라. 포옹을 위한 포옹으로 그만이었던 것이다. 행자는 그 상처에 소스라쳤지만 마침내 상처를 어루만지고 눈물을 흘리며 남승지와 더욱 깊이 끌어안았다. 한대용에게 거기까지 이야기할 일은 아니지만 행자와 어떻게 만났는지 이야기해야만 했다. 그 경위를.

간단히 맥주를 더한 식사를 마친 두 사람은 어제부터 미루어둔 '상의'를 해야만 했다. 남승지는 이미 상의에 대해서는 포기하고 있었다. 한대용과 한 팀이 되어 다른 누군가인 남승지를 심문하는 일은 이미 없었다. 한대용이 혼자서 일방적으로 남승지를 심문하는 걸로 끝났다. 한대용과 상의, 그의 남승지를 향한, 반론 불가능한 질문이 답이었다. 이미 상의할 일이 아니었다. 그러나 지금까지의 경과를 이야기해야 하리라.

"그런데 어제 이야긴데, 동무가 도쿄에 가기 전부터 다녀오면 상의할 일이 있다고 하더니 그것이 고베의 행자라나 하는 여자 이야기였군. 난 만난 적이 없지만 승지 말로는 사정이 심각한가 보네. 지금까지의 일은 단편적으로만 들어서 잘 몰라. 어떻게 알게 되어 이렇게 된 건지 모른다고. 그렇지? 동무가 고베에 가고 나서 사촌형 집에서 가정부를 하고 있던 행자라는 여자와 사귀게 되어 어쩌면 결혼할지도 모른다는 이야기 같은데 잘 모르겠어. 자세히 말할 건 없지만 줄거리는 좀 이야기해 줘야지. 결론은 필요 없고. 그냥 내 생각, 내 기분을 말하자면 그건 있을 수 없는 일이야."

남승지는 고개를 끄덕였다.

"어제도 도쿄에 가기 전 행자 일로 상담하고 싶다고 대용 씨에게 말했지만 이젠 상의할 일이 아니에요. 평화정에서 대용 씨를 만나고부터 줄곧 생각했어요. 서로 이야기를 하다가 싸우게 될지도 모르지만 그래도 대용 씨한테 털어놓을까… 어쩌면 좋을지 모르겠더라고요. 대용 씨와 의견 충돌이 있더라도, 하고 생각했죠. 마음속에서 항상 방근 씨랑 유원 동무 생각만 했어요. 더는 무겁고 안타까워서 견딜 수 없는 상태였죠. 그래도 대용 씨 이야기를 들으면서 야단도 맞고 하면서 그 말이 옳다고 생각해요. 내가 반대나 말대꾸를 할 수는 없죠. 그렇다고 나 역시 결론이 나와 있는 건 아니고."

"알겠어. 하룻밤에 마음속 갈등이니 고민거리들이 해결되고 여름 얼음덩이처럼 녹아버리겠어? 뭐, 할 말은 아니지만 방근 오빠 대신 남승지인 거야. 그걸 잘 생각해. 행자와 무슨 일이 있었는지는 잘 모르고 행자 일도 힘들겠지만 유원이와는 전혀 별개라는 이야기지. 승지가 하는 일이니 장난으로 그렇게 된 건 아닐 거고, 어제도 말했지만 실수라는 것도 있어. 같은 소릴 한 번 더 하는데 아직 정식으로 약혼을 한 건 아니잖아. 그런 멍청한 짓이 어딨어? 그래서 말야, 그 임신했다는 이야기가 아무래도 이상해. 그러니까 만약 그런 것 같으면 그때는 서로 잘 상의해서 지우는 게 좋을 것 같아."

"…뭐? 지운다고요?"

남승지는 고개를 쳐들고 반론하듯 한대용을 보았다.

"만약의 경우에 말야. 알고 있는 동포 의사가 있으니까 거기랑 의논하면 될 거야. 이거 봐, 승지, 한마디로 이걸로 끝이야. 유원 동무에게 이 일이 알려지면 그걸로 모든 게 끝나. 유원이는 아무 말도 하지 않고 남승지, 안녕. 완전히 사요나라, 할 거야, 유원이는. 유원 동무가 보통 여자가 아니라는 건 승지도 알고 있잖아. 아, 지금 몇 시지? 벌써 10시잖아. 맞아, 얼음집에 전화해야지…."

한대용은 내의만 입고 있다가 그 위에 점퍼를 걸치더니 계단 아래 전화실로 달려갔다.

남승지는 일어나 냉장고 아래 그릇에 차 있던 얼마 안 되는 물을 개수대에 버리고 나서 냉장고를 열고 윗단 얼음칸을 들여다보았다. 어른 주먹만 한 얼음덩어리 하나가 남아 있었다.

서로 잘 상의해서 지우는 게 좋을 것 같아…. 남승지는 새삼 고개를 옆으로 저었다. 무슨 소리를… 그렇게. 헤어지라는 이야기겠지. 세간에서는 낙태가 간단히 행해지는 모양이지만 남승지에게는 생각할 수 없는 일이었다. 행자의 임신을 확인해 봐, 상상임신도 있고 거짓말일 수도 있잖아…. 남승지로서는 생각조차 할 수 없었던 소리를 듣고 어제부터 마음 한구석에서 한대용의 이야기 속에서 도망칠 구멍을 찾고 있는 자신을 의식하고 있었다. 낙태 이전의 문제로 행자의 임신이라는 건 놀라운 일이었다. 한마디로 하자면 씨를 잇기, 아버지의 대를 잇는 것, 그것이 효도였다. 자신이 아이를 만든다는 것에 대해서는 의무감은커녕 혐오감을 느끼면서도 어쩔 수 없는 현실이라고 받아들이고 있었다. 체념이었다. 그리고 의식하고 있지는 않았지만 임신이라면 도중에 유산이라도 해주었으면 하고 바라고 있었을지도 몰랐는데 이제는 확실히 그것을 바라고 있는 자신을 깨달았다. 아이는 필요 없다. 어머니나 사촌형 승일이 원한다 해도 싫었다.

전화를 걸고 돌아온 한대용과 차를 마시면서 지금까지의 경위를 간단히 이야기했다. 알게 된 첫 만남부터. 재작년 3월 초순 4·3 봉기를 위한 기금 모금을 위해 강몽구와 도일했을 때, 우선 찾아간 곳은 고베의 사촌형 남승일 집이었다. 그곳을 거점 삼아 이튿날은 오사카의 어머니와 누이동생을 만나고 강몽구의 모금 공작에 동행했다. 도쿄를 오가며 약 보름 동안 고베에서 사나흘 체재했는데 그때 사촌형 집에서 가정부로 일하고 있던 행자, 행자라기보다 일본 발음대로 사치코, 삿짱이라고 불리던 그녀를 알게 되었다. 그리고 작년 3월, 이방근의 힘으로 성내 수용소에서 구출되어 일본으로 탈출, 오사카 어머니 집에서 두세 달 요양을 했다. 어머니 친척인 집 근처 야스카와 의원을 다니다가 마침내 고베로 이주했을 때 행자는 같은 나가타 구의 멀지 않은 해안도로에서 부모님이 경영하는 조선식당을 돕게 되어 사촌형 집 일은 그만둔 상태였다. 가정부라고는 해도 형수인 경자와 가족처럼 자매처럼 지내고 있었기에 여전히 자주 드나들고 있었는데 남승지와는 말하자면 예기치 않았던 재회를 했고 그 후 가까워졌다. 구체적인 이야기는 하지 않았고 한대용 역시 거기까지 묻지는 않았다. 그저 남승지의 이야기를 듣는 것으로 끝났다. 더없이 객관적이었고 그건 이미 상의가 아니었다. 이방근의 명령을 따라라, 행자와는 헤어져, 하고 말하지는 않았지만 당연하다는 듯 그 방향을 기대한다는 것이 한대용의 결론이었다. 두 사람 사이에 그런 합의가 이루어진 것은 아니었다. 행자 이야기는 논외, 이제부터 그런 이야기 상대는 되지 않겠다는 한대용의 의사 표명이었고 남승지더러 그 방향으로 생각해서 일을 처리하라는 것이었다. 알고 있다. 천천히 생각하겠다. 한대용의 생각에 이론은 없지만 지금 어쩌면 좋을지 모르겠다. 지금은 이미 기정사실 위에서 사태가 전개되고 있으니 어떻게 할 것인지 다시 확실히 정해야만 한다. 잘 모르겠지만 그 결론을 피할 수는 없다. 다시 연락하겠다, 이것이 한대용에 대한 대답, 약속이었다.

문에서 노크 소리가 들리고 배달 온 사람이 1관[9] 반짜리 상자 모양 얼음덩어리를 냉장고 위칸에 갈고리로 들어 올려 집어넣고 돌아갔다.

"내일은 없을지도 모르니까 전화할게."

---

9 관: 무게 단위로 1관은 약 3.75킬로그램이다.

"네에, 감사합니다…."

한대용은 조산원에 전화를 했는지 "난산은 아니어서 모레쯤엔 출산하나 봐."라며, 오늘은 평화정에 갔다가 남승지를 배웅하고 산부인과로 직행하겠다고 했다.

"서두를 건 없어. 지금 당장 출산을 한다 해도 내가 산파도 아니고 출산을 볼 것도 아니니까. 뭐 이상 없고, 애 엄마는, 아차, 아직 애 엄마는 아니지. 곧 어머니가 되실 분께서는 건강하다고 하네. 이름은 유방, 아들이든 딸이든 유방."

남승지는 섬뜩했다. 나도 이렇게 되는 건가? 아, 아냐. 속으로 고개를 흔들었다.

두 사람은 12시가 넘어서야 집을 나섰다. 나카자키 정 전차 정류장에서 우메다까지 한 정거장, 어슬렁거리며 걸어갈 수도 있었다. 도중에 한대용은 피스 세 갑을 사더니 그중 하나를 남승지에게 건넸다. 전차 길로 나오자 마침 전차가 와서 탔다. 날씨는 더울 정도로 좋았다. 두 사람은 웃옷을 입은 채였지만 넥타이는 풀고 있었다.

평화정에 도착한 것은 1시 30분이 조금 지난 시각이었다. 적당히 배가 고팠다. 어제와 같은 2층 계단 쪽 방으로 들어갔다. 우선 가볍게 맥주를 주문했는데, 한대용은 세 병을 마셨지만 남승지는 한 병만 마셨다. 고베에 도착할 때쯤에는 깰 정도였지만 숙취처럼 취기가 뒤를 붙잡고 늘어져 금세 사라지지는 않았다. 한대용은 취한 기색이 없었지만 그래도 남승지는 함께 자제하고 있었다.

남승지는 어제의 맛을 떠올리고 "냉면에 고추장이랑 식초를 너무 넣는 거 아냐."라는 한대용의 말에도 돼지갈비와 냉면을 맛있게 먹어 치웠다.

그리고 추가로 상 위에 놓인 소의 생간, 참기름에 소금과 간 마늘을 섞은 양념, 초콜릿색에 탄력 있고 부드러운 혓바닥 두께 정도 되게 자른 생간을 혀 안쪽까지 가져다 놓고 천천히 씹어 삼켰다. 부드럽게 내려갔다. 아, 어제와 같은 장소지만 방의 공기가 달라져 있었다. 방뿐이 아니고 남승지 자신에게 어제와 같은, 출전을 눈앞에 둔 전사와 같은 긴장감, 한대용과 할 이야기를 앞두고 느끼던 갈등이 사라지고 없었다. 거기다 가벼운 술기운의 막이 위로처럼 덮여왔다.

한 시간 정도 예상했던 것이 두 시간이나 지나 두 사람은 4시쯤 자리를 떴다. 계단 아래서 남승지는 고베로 전화를 걸었다. 경자가 전화를 받아 잠깐 이야기를 나누더니 "잠깐 기다려 바꿔줄게." 했고, 옆에 있던 행자의 음성이 들렸다. "승지 씨, 당신이 어서 돌아오기를 기다리고 있어. 빨리 전차 타고 돌아와, 무리하면 몸에 안 좋아요. 여기서 기다리고 있을게." 아, 잠에서 깨어난 듯 마음이 무거워졌다.

전화를 끊고 밖으로 나온 둘은 택시에 올라 남승지는 한큐 앞에서 내리고, 한대용은 산부인과로 향했다. 남승지는 출발 직전의 한큐 급행을 탈 것이다. 40분 정도면 산노미야(三宮). 나가타 구의 K정 사촌형 집에는 5시 30분, 늦어도 6시에는 도착하리라. 그리고 행자를 만난다. 여기서 기다리고 있을게. 생각지 못했던 일이었다.

7

한큐 산노미야 역에서 내린 남승지는 전차 정류장 신호를 건너 해안도로로 향했다. 바다 냄새가 주변에 퍼져왔다. 부두에는 외국 선박들이 늘어서 있고 만에는 크고 작은 배들이 석양을 반사하며 점점이 서 있었다.

등 뒤로는 고가철도 너머 롯코(六甲) 산 봉우리들이 동서로 길게 이어져 있었다. 주봉인 롯코 산을 중심으로 동서로 뻗은 500~600미터에서 900미터 급의 완만한 녹색 능선이 이어지는 바다와 산. 돌아보면 언제나 산이 있고 바다가 있다. 바다와 산의 배치나 풍경은 전혀 다르지만 어쩔 수 없이 제주도가 떠오른다. 몇 개나 되는 오름이 점재하는 섬 중앙에 우뚝 서 있는 1,950미터의 한라산. 동서로 완만하게 굽이굽이 뻗어 마침내 평지와 이어지며 바다로 사라지는 웅대한 산의 위용, 아아, 탄식이 나왔다. 뭐야, 심장이 소리를 냈다. 소리를 느낀다. 뭐 하러 전차 선로를 넘어 해안까지 온 걸까? 중유 섞인 바다 냄새를 맡으려고…. 전방 해상에 신기루처럼 한라산이 떠서 확대한 필름처럼 느닷없이 눈앞으로 달려들었다. 그는 현기증이 일었고 뭔가 풍압 같은, 눈에 보이지 않는 덩어리가 다가와서 좌우에서 가슴을 옥죄어오는 것을 느꼈다. 한 손을 가슴에 갖다 대면서 무슨 일인지 물었다. 한라산 기운을 실은 바람이다. 심장 고동이 부정맥처럼 울려 한동안 멈춰 서서 호흡을 가다듬고 나서 근처의 빈 벤치에 앉았다. 등판이 찌릿찌릿, 엄청나게 가렵고 아파, 아파…. 한대용네 아파트 소파에서 졸면서 꿈에 본 게의 감촉이 등 위에 살아났다. 그것은 등의 상처로 된 등껍질이었는데 마치 그것에 금이라도 가는 듯이 아프기 시작하여 한라산 속 고문의 순간이 섬광처럼 머리로부터 온몸을 관통했다. 그는 숨이 막혀 벤치에 앉은 채 양 무릎에 손을 짚고 눈을 감고서 한동안 웅크리고 있었다. 기차가 아닌 선박의 유장한 고동소리가 바다 위를 건너온 바람에 실려오듯 귀에 닿았다. 귀 안쪽으로 심장의, 눈앞 바다의 파동과도 같은 소리가 멈추지 않았다. 한참 동안 현기증과 함께 온몸을 나선형으로 통과한 고통이 몹시 불쾌한 느낌을 남기며 사라지고 남승지는 상반신을 뻗으며 고쳐 앉았다.

어제 밤기차 안에서 그리고 평화정에서 한대용과 만나기까지의 각오와 결심, 한대용과 싸움을 해서라도 행자하고는 기정사실의 궤도를 간다, 갈 수밖에 없다, 가야만 하는 건가, 가지 않으면 안 된다. 행자의 임신. 의혹, 잘못 안 것일지도 몰라. 확실한 거라면 의논해서 지우도록 해라…. "결혼은 인륜지대사, 결혼을 하고 대를 잇는 것이 인간의 의무다." 종손인 남승지에게 사촌형 승일이 한 말.

하룻밤 사이에 남승지의 결심은 불씨조차 날리지 않은 채 사그라져버렸다. 그래서 다른 길을 선택한다고…? 그런 것은 아니었다. 그저 한대용이 하는 말에 대꾸할 말이 없었다.

평화정의 전화기에서 들었던 뜻밖의 행자 음성. 당신이 어서 돌아오기를 기다리고 있어. 빨리 돌아와. 여기서 기다리고 있을게…. 체념에 가까운 상태에서 갈등이 없어지고 긴장이 풀려가고 있는 참에 행자의 음성이라니. 돌아가면 내일이라도 전화를 해야지, 하는 터에 마치 복병이라도 만나는 듯한 기분으로 행자를 만났다. 아무런 마음의 준비도 못 했다. 마음이 무거웠다. 도대체 무슨 일일까? 그는 자기 마음의 새로운 움직임에 동요하고 당황하고 있었다. 실제로 행자를 만나 이야기를 나누다 보면 마음이 더 혼란스러워질 것이다. 한동안 마음을 위로하고 있던 가벼운 취기의 막도 벗겨져 나가고 있었다.

행자를 만나 어쩔 것인가? 가보지 않고는 알 수 없었다. 사촌형 집에서 함께 식사를 하게 될까? 나는 이미 배가 부르지만 어쨌든 함께 식탁에 앉아, 도쿄에서 있었던 이야기를 하게 될 것이다. 행자가 둘이서 밖으로 나가자고 한다면 그때는 피곤하니까, 하면서 뒷날로 미룬다.

어쨌든 오늘 밤에는 일상적인 이야기나 하고 굳이 자세한 보고를 할 게 아니다. 무엇보다 밤기차를 타서 지쳤다고 하면 될 일이다. 엉

뚱한 자리에서 이방근의 이름을 입에 담는 건 견딜 수가 없다.

그는 바다 냄새를 뒤로하고 산노미야 역 쪽으로 돌아가 전차에 탔다. 칙폭칙폭, 동서로 뻗어 있는 길 가운데로 점차 저녁노을이 물들여 가는 서쪽을 향해 노면열차는 달렸다.

느긋한 바퀴의 회전 속도가 마음을 가라앉힌다.

당일치기 여행짐인 보스턴백을 머리 위 그물망에 얹고 손잡이를 가볍게 쥔 채 전차의 흔들림에 몸을 맡겼다. 가볍게 흔들려라, 가볍게. 묵직한 심장을 담고 가볍게 흔들려라.

창밖을 흘러가는 주마등 같은 거리 풍경. 피로를 의식했다. 그저께 도쿄에서 유원과 함께 신주쿠에서 곧장 아사가야로. 역에서 내려 하타나카 병원으로 향해 가던 도중 거리가 점점 줄어들면서 더해오던 압박감을 닮은 느낌이 달리는 전차 안까지 따라오는 것 같았다. 상상임신? 그런 일도 있는 것이다…. 유산. 젊은 때는 이런저런 온갖 일이 있는 법이야. 서로 잘 상의해서 지우는 게 좋을 것 같아. 그는 머리를 가볍게 옆으로 흔들며, 상상임신, 의심해라, 잘못 생각한 것일지도 몰라…, 한대용의 음성을 떠올렸다. 아직 정식으로 약혼을 한 건 아니잖아. 그 임신했다는 이야기가 아무래도 이상해. 인사를 시켜? 굳이 고베에서 함께 어머니를 찾아가 인사를. 설마 결혼을 위한 인사야? 난 모르겠어. 한대용의 굵고 거친 혼잣말 소리.

행자를 생각할 때는 우선 빨간 타이트스커트가 눈에 떠올랐다. 4·3 봉기 모금 공작으로 강몽구와 고베에 가서 며칠인가 묵었던 어느 아침, 지난밤 오랜 습관대로 욕실에서 빨아두었던 자신의 속옷 따위가 안 보였다. 세면실에서 인기척이 나서 돌아보니 뾰로통한 행자의 얼굴과 마주쳤다. "빨래는 잘 널어뒀어. 당신 무슨 생각으로 빨래 같은 걸 한 거야? 굳이 일본까지 와서 빨래나 하다니, 나 보라고 하는 건가?"라는 말에 "아니 그런 게 아냐. 어젯밤에 갈아입은 김에 빨아둔 거뿐이지." 하며 웃어넘겼는데 그녀는 입가에 약간 찡그린 듯한 미소를 띠고 흘기듯 쳐다보며 알겠다는 듯이 끄덕였다. 꽉 다문 입 주변에 약간 비틀린 듯한 웃음을 보이는 고집 셀 듯한 인상, 미인이기는 하지만 안색이 누렇게 가라앉아 있었다. 경자가 부르는 소리에 일어나 가는 뒷모습, 감색 스웨터에 골반선이 드러나 보일 정도의 새빨간 타이트스커트가 눈에 들어와 얼른 눈길을 돌린 것이 첫 만남이었다.

그리고 1년 후 게릴라전 패배 이후 일본으로 밀항했다. 두세 달을 어머니, 누이동생과 함께했던 오사카 요양 생활을 마치고 고베 사촌형 집으로 돌아갔을 때, 행자는 부모가 경영하는 조선식당을 돕고 있었고 빨간 타이트스커트가 아니라 검은 바탕에 커다란 물방울 무늬 원피스 차림이었다. 누이동생과 비슷한 스무 살을 갓 넘긴 아가씨치고는 어른스러워 보였다.

행자는 틈만 나면 곧잘 사촌형 집에 찾아와 남승지의 얼굴도 보고 경자를 돕기도 했다.

오사카에서 고베로 옮겨 오고 반년 가까이 지난 작년 10월 말일부터 사흘간, 공장 종업원들이 교토의 아라시 산 단풍 구경으로 사원여행을 가기로 했지만 남승지는 불참했다. 그는 공장을 지키기로 했는데 여행 전날 밤 사촌형 등과 술을 마신 탓도 있었겠지만 2층에서 발을 헛디뎌 큰 소리를 내며 계단에서 굴러떨어졌다. 발을 삔 건가 싶어 파스를 붙이는 등 응급처치를 했지만 열이 나면서 부어오르고 통증이 가시지 않았다. 쑤셔대는 통증에 신음해 가며 하반신에 상처를 입은 커다란 벌레처럼 응접실 소파에 널브러졌다. 얼마나 꼴불견인지, 눈 깜박할 사이에 벌어진 천지 차이. 정말이지 한심했다.

공장은 지킬 수 없었다. 경자가 행자의 가게로 전화를 했다. 다들 이튿날 이른 아침 출발 예정이니 오전 중에 택시를 불러 승지를 외과병원에 데려가달라고 부탁했다. 행자는 여행에 함께 가자고 권유받았으나 거절한 참이었다.

이튿날 아침 9시쯤 행자가 와서 전화로 택시를 불러 해안도로에 있는 외과병원에 승지를 데려갔다. 의사는 파스를 마구잡이로 떼어내더니 바지를 걷어 올리라고 지시했다. 남승지는 기계적으로 바짓단을 걷어 올렸다. 이 상처는 뭐지, 하고 일순 눈을 크게 뜨더니 엄청나네… 했다. 그러고는 발목의 함몰 부분을 한동안 살펴보더니 손가락 끝으로 울퉁불퉁한 켈로이드 상처를 만져보았다. 옆에 서 있던 행자가 아, 하는 소리를 냈다. 남승지는 의사의 질문에 일이 있어 갔던 목재소에서 건축용 각목이 넘어져 다쳤다고 준비했던 대답을 했지만 믿지 않는다 해도 할 수 없었다. 그보다는 상의를 벗고 가슴에 청진기라도 대는 건가 싶어 공포에 떨던 외과 진찰이었다.

병원을 나와 행자에게 상처에 대해 설명할 일이 걱정이었다.

의사가 들은 척도 하지 않은 각목 운운, 그런 건 믿지 않았을 테지만 그 이상 상처에 관해 묻지 않았다. 병원에서는 찜질약을 붙이고 붕대로 감아주면서 돌아가면 마사지를 하라고 했다. 행자는 남승지가 싫다는데도 억지로 붕대를 풀고는 오른쪽 다리를 마사지했다.

상처는 오른쪽 다리뿐이 아니었다. 좌우 발목 부분의 켈로이드 상태, 미끌미끌한 상흔, 등 위의 상처. 행자는 기절할 듯 놀라 멈춰 선 채, 당장이라도 두 팔을 벌리고 상대를 끌어안을 듯한 자세였다.

"승지 씨, 내가 어째서 승지 씨 꿈을 꾼 걸까? 나, 꿈속에서 줄곧 기다리고 있었어. 꿈속에서 바다와 산 사이 바닷가 마을에서… 여기와 있는지도 몰랐는데 승지 씨 생각도 안 했는데, 신기하지? 나 정말로 승지 씨 돌아오기를 기다렸던가 봐…."

행자는 울고 있었다.

"승지 씨도 나도 아라시 산에 안 가길 잘했네."

울퉁불퉁한 켈로이드 상처. 거친 밧줄처럼 비틀린 상흔에 눈물이 담긴 조그만 웅덩이를 손으로 어루만지면서 붉은 입술을 갖다 댔다.

"어쩌다 이렇게 된 거야? 가르쳐줘, 가르쳐달라고. 경자 아주머니가 행자는 승지에게 제주도에서 있었던 일, 승지가 저쪽에 있을 때 일을 절대로 물으면 안 돼. 우리도 모르니까, 그렇게 단단히 이르긴 했어. 그래도 말해, 말해줘. 어쩌다 이렇게 된 건지. 아무것도 모르긴 싫어, 싫다고…."

행자는 승지의 등 뒤에 얼굴을 묻고 눈을 감았고 승지는 이불에 몸을 눕히고 눈을 감아 서로의 가슴에서 울리는 북소리에 숨을 죽이고 있었다. 눈을 감아도 떠도 추해. 뺨을 갖다 대도 손을 갖다 대도 추하고. 내 눈물이 불을 뿜는 건 그 때문이야. 이 얼마나 신성한 상처의 산맥, 상처가 꿈틀대는 골짜기. 내 솟는 눈물이 골짜기를 메우고 시냇물이 될 거야. 시냇물의 흐르는 소리. 사랑, 사랑, 사랑의 물줄기, 새가 날고 있네.

유원을 완전히 존재하지 않는 존재로 삼아온 남승지에게 있어 행자와 재회한 일이 불러온 결혼 약속까지의 경위는 그 나름대로 필연이었지만, 존재하지 않는 존재였던 유원이 실은 그렇지 않았다는 것이 지금의 현실이었다. 바로 그것이 한대용과 나눈 대화에서 행자와의 관계를 허구로 밀쳐놓았던 것이다. 지금 나가타까지의 거리를 좁혀가고 있는 전차 안에서 기정사실로서 무게를 지닌 존재가 허구를 흔들어댔다. 눈앞에 행자와 대면할 일이 다가오자 그 육체를 동반한 존재감이 새삼 기정사실로 겹치며 압박해 왔다. 허구가 아니었다. 역시 그렇게 될 수밖에 없었던 것이다. 유원을 존재하지 않는 존재로서 제쳐두고 있지 않았더라면 유원이 그 자리에 앉아 있었더라면 행자가 들어오는 일은 없었을 것이다. 남승지 자신이 문을 열어두고 있었다. 의식적인 결과였다.

그렇기는 하지만, 결과로부터 도망치겠다는 것은 아니어도, 한대용이 기가 차서 말을 못 할 정도로 경솔했다.

사귀는 여자를 데려오겠다고 했을 때, 어머니는 서울에서 도쿄로 와 있다는 이유원일 거라고 철석같이 믿고 있었다. 2년 전 강몽구와 도일했을 때는 일본에 남아 결혼하라는 어머니와 사촌형 승일의 부탁이며 강요와 동행했던 도당 부위원장 강몽구의 승낙을 물리치고 제주도로 귀환했는데 그 핑계가 이유원이라는 여자의 존재였다. 조만간 남승지는 제주도에서 결혼할 것이다. 그리고 어머니와 누이동생도 제주도로 돌아간다…. 4·3 봉기 직전 3월이었고 혁명의 성취라는 로맨틱한 꿈을 꾸고 있을 무렵이었다. 생각하기도 끔찍한, 소름끼치는 혁명 공상이었으리라. 그런데 생각과 다른 행자의 등장에 어머니는 기겁을 하면서도 승지의 결혼을 열망한 나머지, 그가 좋다는 여자, 대를 잇기 위한 상대라면 좋다고 했다. 굳이 고베에서 행자를 데려갔을 때도 장차 며느리가 될 아가씨라고 기뻐했던 것이다. 그것이 또한 엄연한 객관적 기정사실을 만들고 있었다.

하지만 한대용과의 대면, 그것도 전날 이방근 1주기에 참석한 다음 유원과 온종일 함께였던 현실 후의 상담, 아니 대답할 것조차 없던 말도 안 되는 이야기를 상대해 준 한대용의 우정과 인내의 말 앞에서 사상누각처럼 덧없이 무너져버린 꼴이었다. 존재하지 않는 존재에서 현실의 존재로. 그리고 행자의 존재가 현실에서 허구로. 지금 그 허구가 꿈틀거리며 다시 숨을 돌이킨 기정사실로 변했다. 나가타로 향해 가는 차 안에서 무너져가는 것을 느끼고 있었다. 어찌할 것인가? 오래지 않아 도착하면 정거장에서 K정 승일 형 집까지 반 시간 정도. 반 시간이면 행자를 만난다.

전차에서 내려 이미 가로등 불빛이 밝히는 길을 바다를 등지고 걷다가 고가철도 가드 앞에 섰다. 통과하는 열차 바퀴의 굉음이 낙하하는 땅울림에 귀를 막고 멈춰 섰다가 잰걸음으로 통과했다. 열차가 다가오는 듯한 궤도의 울림이 없어 천천히 지나가자 금세 눈앞으로 다가오는 행자의 체취가 닿은 것인지, 언젠가의 행자가 또렷이 떠올랐다.

밀항 후, 두세 달 어머니 집에서 요양을 하고 나서 고베로 이주했을 무렵으로 행자와 관계가 생긴 10월 말, 승일 내외도 참가했던 아라시 산 사원여행 이전의 일이었다.

밤, 사촌형 승일의 집에서 행자도 함께 식사를 했는데 행자의 귀가가 11시쯤으로 늦어졌다. 남승지는 마시지 않았지만 행자는 살짝 취한 상태였다. 형수 경자가 말했다.

"승지, 행자 좀 바래다줘."

"아주머니, 나 어린아이 아니니까 혼자서 갈 수 있어요."

자매처럼 친했지만 스무 살 이상 나이 차이가 있어 경자 아주머니라고 불렀다. 행자는 다카모토 사치코(高本幸子). 사치코, 삿짱이라고도 불리던 때였다.

지금도 행자, 삿짱, 하고 부른다.

남승지와 행자는 어두운 길로 나섰다. 가느다란 전신주 모양의 빈약한 가로등이 띄엄띄엄 서 있을 뿐 거의 인적이 없었다. 한참을 걷던 도중, 철도 가드 아래 섰을 때 갑자기, 앞쪽의 모퉁이를 돌아 나온 자동차가 불빛과 함께 돌진해 왔다. 행자는 순간적으로 남승지의 팔을 잡더니 불빛을 얼굴에 받아가며 가드의 벽 쪽으로 몸을 피했다. 자동차는 가드 아래를 가솔린 냄새를 풍기며 달려갔고 행자는 하아, 하아 숨을 크게 내쉬며 벽에 등을 기대고 남승지와 함께 나란히 섰다. 성벽처럼 단단한 콘크리트 벽이 머리 위 화물열차가 지나가며 진동하고 있었다.

"아이고, 뭐야, 뱃멀미 같네. 아아, 기분 좋아, 등이 서늘하니 흔들리고 기분이 좋아."

콧소리 섞인 '아이고'가 너무 억지스러워 어색하면서도 꽤나 요염하게 마음에 울렸다. 그때 두 사람이 걸어온 쪽에서 나타난 불빛 없는 자전거가 옆을 지나며 들리게 말했다.

"거기 너희, 뭐가 기분 좋다는 거야."

"칫, 저거 멍청이 아냐?"

행자가 분연히 고개를 들고 내뱉었다.

"뭐야? 멍청이라고!"

가드를 빠져나간 곳에서 급브레이크와 함께 자전거가 멈춰 섰다. 젊은 남자가 지면에 발을 딛고 뒤를 돌아보았다.

"너희라니? 아무것도 모르는 주제에, 사람을 놀리는 거야? 자전거에 라이트도 안 달고. 같이 파출소 갈까? 불이나 제대로 켜고 다니라고."

"시건방진 계집애네, 칫."

남자는 페달을 밟으며 달려갔다.

"갑시다, 이런 동네니까 질 나쁜 것들이 있는 거야."

행자는 느닷없이 오른손을 남승지의 팔에 감더니 팔짱을 꼈다. 남승지는 놀라 움직이지 못했다.

둘 다 반소매 셔츠라서 땀 밴 팔끼리 닿아 땀이 쩍쩍 섞였다. 그는 팔을 풀려 했지만 행자가 꽉 끼고 풀어주지 않았다. 한순간 막 목욕이라도 한 듯한 행자의 체취가 얼굴을 감싸 숨이 막힐 듯해서 조용히 심호흡을 했다.

"승지 씨, 나는 어째서 승지 씨 꿈을 꾼 걸까, 이쪽에 돌아온 것도 모르고 있었는데. 승지 씨 생각을 한 것도 아니고…. 신기해."

남승지는 크게 숨을 내쉬었다.

"승지 씨가 고베에 왔다는 걸 경자 아주머니에게서 듣고는 정말이지 깜짝 놀랐어. 나 사실은 승지 씨가 돌아오기를 기다린 거겠지…."

그러고 나서 서너 달이 지난 10월 말, 교토 아라시 산 사원여행 기간, 2층에서 굴러떨어진 남승지를 돌보게 된 행자와 그의 관계가 만들어진 것이었다.

어쩌면 행자가 집 밖에서 기다리고 있는 건 아닐까 싶었지만 몇십 미터 앞까지 온 남승지의 눈에 그런 기척은 보이지 않았다. 휴우, 하고 안심하면서 집으로 다가섰다. 6시 좀 지나 닿을 작정이었지만 산노미야 역에서 해안도로로 빠져 한눈을 팔다 보니 7시가 다 되어 하늘이 어두웠다. 윗쪽이 유리로 되어 있는 묵직한 미닫이문을 열고 안으로 들어섰다. 주방 쪽에서 사람 소리가 나는데 행자 같았다. 통로 쪽 사무실에 이어져 있는 응접실 옆까지 왔을 때 앞치마에 손을 닦으며 나온 행자가 "뭐야, 승지 씨, 늦었잖아, 기다렸는데. 뭐 하다 온 거야? 경자 아주머니랑 이야기하고 있던 참이야. 마침 시간이 맞아 다행이네. 식사 준비는 거의 다 됐어."라고 했다. 마치 자기 집에 있는 것 같은 말투였다.

"그리고 말야," 잠깐 얼굴을 붉히더니, "나중에 승지 씨에게 할 말이 있어." 했다. 승지의 뭔가 당혹스러우면서도 안심한 듯한 표정에 입술 한쪽을 살짝 비튼 웃음을 흘리면서 나지막이 말했다.

"응? 나중에 둘이서 밖에 나가서 말할게. 승지 씨, 안색이 나쁘네."

남승지는 구두를 벗고 응접실로 바로 올라갔다. 소파에 걸터앉으며 웃옷을 벗자 행자가 손에 든 옷걸이로 벽에 걸었다.

"넥타이는 없어?"

남승지는 끄덕이며 "가방 속에 있어." 했다. 오사카에서 풀어둔 채였다. 행자는 남승지를 재촉해서 가방에서 꺼낸 넥타이를 바지걸이 부분에 반으로 접어 걸어두고 나갔다.

거의 동시에 들어온 형수 경자가 물었다.

"당일치기라곤 하지만 이틀 밤을 야간열차에서 보낸 거지? 그 제주도에서 돌아가신 분의 1주기는 무사히 끝난 거야? 누이동생도 만나고?"

"…예."

남승지는 끄덕였다. 누이동생. 새삼스럽게 들렸다. 유원, 이름을 모르는 거지. 옆에 행자가 있었다면 어떤 사람이야, 하고 물었으리라.

"형님은?"

"공장에 있어."

"공장 끝난 거 아니에요? 롤러 소리 그쳤던데."

"손님하고 현장에서 이야기하고 있어. 형님 오면 식사하자. 아, 형님이네."

현관 미닫이문을 여는 소리가 나면서 승일 형이 귀가했다. 남승지는 일어나 통로 곁에 나가 머리를 숙였다.

"…다녀왔어?"

사촌형은 응접실이 아니라 그대로 주방 앞 식탁이 놓인 마룻방으로 신발을 벗고 올라섰다. 사촌형제가 나란히, 나머지 두 사람이 건너편에 앉아 넷이서 마주 보고 식탁에 둘러앉았다.

식탁은 맛있는 음식 냄새로 덮여 있었다. 한 30센티미터는 될 법한 도미에 참기름을 발라 화로에 구운 것, 돼지고기 수육, 고사리나물. 깻잎장아찌, 콩나물, 막 담근 듯한 배추김치. 흰 부분이 여자들 피부처럼 고춧가루에 살짝 핑크색으로 물들어 식욕을 돋웠다. 뜨거운 김은 빠져 얼굴을 감싸는 듯한 향이 나지는 않았지만 각각의 냄새가 모여 식탁 위에 맴돌고 있었다. 문득 어쩐지 마음이 편안하다는 사실을 깨달았다. 눈앞의 행자나 먼 곳의 유원, 이방근의 그림자가 머릿속 허공에서 흔들리고 있건만, 식탁 위의 냄새가 코에 닿으면서 마치 얼굴 피부를 어루만지는 듯했다.

새로 만든 하얀 막걸리 5홉들이 병이 있었다. 막걸리 5홉은 커다란 사발로 하나 남짓, 혼자서 마셔도 금세 사라질 양이었다.

승일과 승지가 많이 마시지 않을 것을 염두에 두고 조그만 유리잔에 경자와 행자의 몫까지 따라둔 모양이었다. 김치, 고사리, 돼지고기, 막걸리까지 행자네 가게에서 가져온 것인데 막걸리를 됫병으로 가져오는 건 무겁기도 하고 살짝 촌스럽다. 마시다 남기면 내일은 시어져서 못 먹는다.

가볍게 건배를 하고 저마다 젓가락을 움직인다.

"승지, 너 안색이 안 좋아. 피곤한가?"

사촌형이 오른쪽에 앉은 남승지를 슬쩍 보며 말했다.

"예, 어제 오사카에 가서 한대용 씨랑 만나 밤에 거기서 자고 오늘도 낮에는 할 이야기가 있어 좀 마시기도 하고 해서…."

"한대용이라면 배로 제주도에 드나든다는 사람이지?"

남승지는 끄덕였다.

"이틀밤을 연달아 밤기차라니 피곤하지?"

경자가 거들었다.

"오늘 밤에는 목욕하고 일찍 자."

"아주머니, 저, 나중에 승지 씨하고 잠깐 밖에 나가고 싶은데."

"뭐 때문에? 승지 힘든데. 무슨 일이야? 밖에서 또 마시는 건 안 돼. 내일 하면 어때?"

"……."

"행자 씨, 무슨 일이 있어?"

"응, 좀…."

"형수, 괜찮아요. 나중에 잠깐 나갔다 올게요."

"저, 뭐더라, 이… 뭐였지? 응, 맞아, 이방근. 그 승지가 존경하는 사람이잖아. 아직 젊은데 뭐라더라 병으로 돌아가셨던가? 나이는 몇 살쯤이야?"

갑작스러운 이방근의 이름에 남승지는 가슴이 덜컥했다.

"만 서른네 살이었어요."

"그 사람 덕분에 일본으로 올 수 있었다는 거잖아."

"여보, 그런 이야기는 하지 말아요."

"알았어, 동생이라는 분은 건강하고?"

"……."

남승지는 말없이 끄덕였다.

"예, 잘 있더라고요."

고개가 저도 모르게 두세 번 좌우로 흔들렸다. 거부반응이었다.

재작년 봄, 강몽구와 함께 일본에 왔을 때, 제주도로 귀환하는 구실은 그녀와의 '결혼'이었으며 남승지가 일본에서 결혼하기를 원하여 남으라고 강권하던 사촌형 승일과 어머니를 포기하게 만든 원인이었다.

마주 앉은 행자의, 천장 전등불로 그늘진 얼굴에서 더욱 어두워 보이던 두 눈이 일순 번쩍하고 유난히 빛나며 남승지를 응시한 것도 이 때였다. 무언가를 탐색하는 듯한 젖은 눈의 어두운 빛이었다.

어떤 말도 하고 싶지 않았던 남승지는 말없이 젓가락을 움직였다.

도미의 하얀 살점을 집어 입에 넣으며 이방근의 말이 버릇처럼 떠올라 머릿속을 오갔다. 죽은 자는 산 자 속에 살아 있다. 가슴이 울렁였다. 남승지는 잔에 남은 술을 한 모금, 두 모금, 말캉한 느낌의 새콤달콤하면서 담백한 막걸리를 천천히 목으로 흘려보냈다. 부드럽게 목구멍을 문지르는 듯했다. 어떻게든 도쿄 여행에 대해 이야기를 하고 싶었던 행자는 두 손으로 5홉짜리 병을 들고 이미 비어 있는 경자의 잔에 막걸리를 따랐다. 그리고 자기 잔에도.

"승지 씨, 마셔?"

남승지는 무심결에 손을 뻗어 잔을 옮겨놓으며 고개를 저었다.

남승지는 이 식탁에서까지 이방근을 떠올리고 싶지는 않았지만 마치 떠올려야만 한다는 듯이 반쯤 그을린 도미 대가리를 손에 들고 아가미를 물어 버석버석 소리까지 내며 씹어 먹었다. 아무도 안 먹지만 실은 맛있다. 주당이 아니더라도 진미. 눈구멍 속 타지 않아 부드러운 안구의 수정체를, 속에 있는 조그만 흰 구슬 부분만 뱉어내며 먹었다. 등 쪽 두툼한 흰 살도 맛있지만 쌉쌀한 뱃살 부분의 얇게 벗겨지는 부위가 더욱 맛있다. "이거야, 맛있어, 맛있어. 승지 동무, 어서 먹어. 제주 바다 옥돔은 유난히 맛있거든." 이방근은 술을 마셔가며 숯불에 구운 반건조 옥도미의 지느러미나 톡 하고 부러지게 소금 살짝 뿌려 구운 꼬리지느러미를 바삭바삭 소리를 내며 술안주로 삼고는 했다. 그래, 이방근, 소파에 앉은 이방근. 남승지는 막걸리를 한 잔 마시고 아무도 거들떠보지 않는 꼬리를 씹었다. 한대용 역시 숯불에 구운 도미의 바삭한 부분을 좋아했다. 그의 말은 이랬다. "닭뼈, 연골만으로 술 한 말 천천히 거뜬하다. 뼈를 씹어 부수어 먹고 속에 있는 골수를 발라먹는 거지. 술안주가 없다고 하지 말지어다." 이방근의 테이블을 사이에 둔 소파에서 세 사람은 부옥이가 가져온 숯불구이 옥돔을 먹은 적이 있었다. "승지 동무는 기름진 흰 살 실컷 먹어. 흐음, 먹어, 먹으라고." 해가며 그는 지느러미나 아가미, 튕겨 올라가 있는 반쯤 탄 꼬리지느러미를 손에 들고 먹곤 했다. "이방근 선배, 선배는 뭐든지 드시네요." 이방근.

"승지, 뭐라고 했어?"

"응, 아니…."

'이방근'이라는 말꼬리가 입 밖으로 새어 나온 거다. '돼지'라는 웅얼거림처럼. 평화정에서 배를 채운 데다가, 막걸리 한 잔의 고요한 물결에 취해서인지 상 위 분위기가 어쩐지, 발화점을 지닌 행자의 존재와 더불어 마음 편했다. 유원의 존재가 지닌 무게와 눈앞의 행자라는 존재가 지닌 무게의 차이가 균형을 잡고 있는 짧은 사이의 평온함일까? 승지 씨하고 잠깐 밖에 나가고 싶은데. 무슨 일일까? 그렇게 하자고 대답은 했지만 경자 말대로 피곤하니 내일… 싶으면서도 아니야, 밖에 같이 나가는 것이 어쨌든 대답을 얻는 길이라고 마음먹었다.

상 위에서는 다른 화제로 옮아가기도 하면서 식사가 끝났다. 남승지의 도쿄 여행은 의식적으로 건드리지 않았다. 그것이 4·3에 관한 것인 한 남승지에게는 터부라는 것을 눈치채고 있기 때문이었다. 남승지뿐이 아니었다. 저쪽에서 도주했다 싶은 사람들, 아니 제주도 사람 모두에게 그것은 문을 연 발밑이 흑암 절벽인 듯 끔찍한 터부였다.

빈 막걸리 병은 탁자에서 내려놓았지만 승일과 승지가 2홉, 경자, 행자가 각각 1홉 반씩 마신 셈인가? 그걸로 취할 리가 없었다. 그런데도 행자의 음성은 술기운으로 젖어 있었다. 10시가 다 되었다. 식사가 끝나고 행자가 설거지하려는 것을 경자가 됐다면서 승지와 함께 집에 보냈다.

경자와 비슷하게 베이지색 바지에 샌들을 신은 행자는 자전거를 끌면서 인적 드문 도로에 나섰다. 날씬했다. 어디로 갈까. 시각은 10시, 찻집은 닫았을 시간이었다. 행자는 집에서 반대쪽 야마노테 쪽으로 한동안 걷다가 사거리의 모퉁이, 전신주 옆에 자전거를 세웠다. 왼쪽으로 꺾인 길가 몇 군데 상점의 불빛이 길 위에 비치고 있다.

"있잖아, 승지 씨, 깜짝 놀랄걸?"

"놀라…? 뭔데?"

"나, 그게 있었어."

"그거라니, 뭐 말야?"

"당신 참, 둔하네, 그거, 멘스."

"뭐어? 멘스? 별말을 다 아네."

"이거, 학생들의 은어 아닌가? 우리 가게에 오는 여기 공고생들이 가르쳐줬어. 그런데 그게 있었다고."

"멘스가 있었어?"

남승지는 의미를 알 듯 말 듯 당황하면서 뭔가, 머리를 얻어맞은 듯한 충격을 받았다. 마음 깊은 곳에서 메아리처럼 '아 다행이다, 거짓말이 아니라면 다행이다.' 하고 소리치는 자신의 음성을 들었다. 세상에, 임신을 한 게 아니었다는 거잖아.

"저기, 어떡하지?"

행자의 뜻 없는 소리였다.

"뭘 어떡해?"

지운다, 안 지운다? 아, 멘스가 있었다고.

"승지 씨, 싫어?"

기쁨이라고도 슬픔이라고도 할 수 없는, 어둠 속에서 눈물을 한 방울 반짝이며 입가에는 미소를 띤 미묘한 표정이었다. 승지 씨, 싫어?

"싫어? 내가 싫은 거야?"

남승지는 고개를 내저었다.

"싫은 건 아냐."

"아, 그러면 잘됐네. 난 어떡할까 하고 있었거든. 어쨌든 그게 나와 버렸으니 좋긴 하지만 아이도 갖고 싶었고, 배는 부르지 않았는데 승지 씨가 어떻게 생각할까, 결혼식도 아직 올리지 않았는데 이상하잖아."

"……."

남승지는 끄덕였다. 있을 수 없어, 있을 수 없는 일, 정식으로 약혼을 한 건 아니잖아. 한대용. 한대용은 대단하다. 거짓말은 아니었겠지만 상상임신이라니. 어떤 정신적 작용으로 그렇게 되는 모양이다. 극단적인 임신 소망, 반대로 임신 공포…. 느닷없이 가슴이 뜨거워졌다. 무슨 일일까? 상상임신. 여자의 거짓말, 서로 잘 상의해서 지우는 게 좋을 것 같아…. 온갖 것들이 뒤엉켜 뒤집혀버렸다. 허구였던 현실이 한대용의 말이 냉혹하게 울리며 되살아났다.

"다행이야. 나도 몸이 이렇고, 아직 너무 이른 거 아냐? 또 생길 수 있을 거고…."

세상에 이런 거짓말을? 남승지의 가슴은 열을 띠고 아침 종을 치듯이 두근거리고 있었다. 어쩐지 행자가 애틋하다는 생각이 들었다. 아, 행자만 괜찮다면 아무 포장마차라도 들어가 가볍게 한잔하고 싶었다. 그리고 그녀를 안고 싶다는 생각까지 들었다.

"정말, 다행이야. 지금부터 조심해야지."

"바로 저기 포장마차 있으니까 가볍게 한잔씩만 마실까?"

"뭐?"

행자가 놀란 듯이 목소리를 높였다.

"당신, 뭔 소리를 하는 거야? 그건 안 되지. 얼굴색이 너무 나쁘고 정말 피곤해 보인다. 몸조심해야지. 경자 아주머니한테 야단맞을 거야. 나는 출입 금지당할걸. 하하, 어쨌든 됐어, 오늘은 집에 갑시다. 난 좀 더 마시고 싶지만 승지 씨는 안 돼."

"으음."

기특한 소리다. 어른이다. 전화로 약속을 잡기로 하고 남승지가 발길을 돌리려는데 행자가 그의 손을 잡고 전신주에 밀더니 볼록한 가슴을 앞세워 윗몸을 붙이고 넓적다리를 밀착해 왔다. 잊어버린 듯 닫혀 있는 승지의 입술을 그대로 빨아들이면서 딱딱한 혀끝으로 입술을 헤집는 것처럼 열고 들어왔다. 그러고는 열린 입술을 서로 마주치며 입안에서 혀가 엉겼다. 남승지 역시 팔을 둘러 행자를 안고 있었다. 아, 어쩌지, 어쩌나? 행자가 탐욕스럽게 승지의 혀를 붙잡아 입술과 함께 빨아들였다. 으음, 음… 상점이 늘어선 사거리 반대편에서 자동차 불빛이 반사하며 전신주에 닿았고 두 사람은 몸을 떨어뜨렸다. 바로 옆에서 조그만 라이트를 흔들며 자전거가 달려오는 것이 보였다.

행자가 자전거 핸들을 두 손으로 잡고 두 사람은 걷기 시작했다. 집 앞까지 몇 분 거리를 두 사람은 되돌아왔고, 승지가 들어가는 것을 보고서야 행자는 자전거에 올라 페달을 밟았다.

남승지는 입안에 스며 나오는 침을 몇 번이나 삼키고 담배 냄새 가득한 응접실로 올라갔다. 재떨이에 꽁초가 가득했다. 술은 마시지 않지만 헤비스모커인 것이다. 사촌형 부부가 마주 앉아 있었다. 행자와 깊은 키스를 나누었지만 지금 입안에 고인 침은 달콤하지 않고 기분도 편안치 못했다. 어쩌다 끌어안고 입술을 마주한 것뿐이었다. 아니, 그렇지 않아. 남승지는 경자 옆에 앉았다.

"금방 왔네. 어디까지 갔다 온 거야, 뭐 중요한 이야기였어?"

"요 앞 모퉁이 담배 가게 옆에서 잠깐 서서 이야기하고 바로 들어왔어요. 별 이야긴 아니고. 개인적인 거였는데, 그저 같이 조금 더 마시고 싶었던 것 아닐까?"

"한두 잔으로는 물론 모자라지, 술 마신 것 같지도 않을걸, 그 아이는. 5, 6분이면 목욕물 데워질 테니까 먼저 들어가고. 그리고 일찍 자."

"형님은?"

"난 아직 괜찮아, 너부터 해라. 빨리 이불 속에 들어가야지."

남승지는 먼저 욕실에 들어갔지만 느긋하게 탕 안에 들어가 있을 시간도 없었고 기분도 안정되지 않았다. 포옹, 그리고 깊은 키스가 고통스러운 뒷맛을 남기다니….

그는 서둘러 욕조에서 나와 2층에 있는 자신의 4첩 반짜리 방으로 가서 벽장에서 이불을 꺼내 자리를 폈다. 창가에 있는 좌탁 위 회색 갓을 씌운 전기스탠드를 켜고 천장에 매달린 전등을 껐다.

11시다. 베개맡에 이방근이 준 시계 론진이 있었다. 그는 요 위에 몸을 눕혔다. 어째서 끌어안아 버린 거지? 느닷없는 행자의 포옹을 거부하지 못했던 거겠지. 본능적인 반응이 아니라 갑작스레 벌어진 일에 대한 적어도 쾌감을 동반하는 순응이었고 안 그랬다가는 싸움이 벌어졌을 것이다. 아니, 현실은 포옹해 버리고 말았다는 것이다. 혀의 뿌리까지 행자의 목구멍에 닿을 만큼 그녀가 빨아들였고 입안에서 혀를 놀리지 않았다면, 아니 역시 행자가 밀어넣은 혀를 뿌리까지 깊숙하게 받아들이고 끌어당겼던 것이다.

그는 심호흡을 해가며 빛이 들어오지 않게 꼭 감은 눈 안쪽의 넓은 공간에서 발차 벨이 울리던 도쿄 역 승강장을 보고 있었다. 두 사람의 포옹, 가볍게 뺨이 스친다. 빨리 타, 빨리, 위험하니까 빨리. 나는 움직이기 시작한 열차의 발판에 뛰어올라…. 그저께 밤의 일이었다.

모르겠어, 몰라, 그렇지, 승지 동무. 유원이 알고 있었더라면 그리 될 리가 없었다. 유원은 행자의 존재조차 모르고 행자는 도쿄에 승지의 훌륭한 선배 1주기 상주인 누이동생이 있다는 것만 알고 있을 따름이다. 두 사람이 있어서 두 사람이 보였다. 지금 유원에게 있어 이방근은 남승지인 것이다. 1주기 날 온종일 함께였던 유원, 오사카에서 만난 한대용, 존재하지 않는 존재로 여겼던 유원의 또렷한 얼굴, 몸의 형태를 지닌 존재의 무게를 온 마음 가득 담았던 터였다. "전화할게, 조만간 만나자, 조심하고." 행자는 자전거 페달을 밟으며 밤 속으로 사라진다. 행자를 만난다. 만나지 않을 수는 없다. 어쨌든 만난다. 그러고 나서 앞으로 어떻게 할 것인가? 모른다. 행자는 앞일을 알고 있다. 기정사실의 궤도를 간다. 다만 어떻게 갈 것인가 하는 것뿐이다.

그런데 지금 그 기정사실 위의 궤도가 무너졌다. 다만 앞에 놓인 벽 하나가, 커다란 벽 하나가 무너진 것은 상상임신이었다는 사실 때문이다. 그녀도 임신이 아니라는 사실을 받아들였다. 큰 난관은 넘은 것이다. 궤도를 벗어나면 어떻게 할까? 행자를 피한다? 어떻게? 승지 씨, 왜 그래, 무슨 일이 있었어? 어쩐지 이상해…. 건강을 핑계 삼아볼까? 한대용은 헤어지라고 했지만 어떻게 하면 좋을지 모르겠다. 행자로부터 도망친다는 것 자체가 있어서는 안 되는 일인 것이다. 모르겠다. 머릿속이 가득 차고 숨이 가쁘다. 내일 생각하자. 내일이 생각의 마감일은 아니니까.

사촌형 부부가 계단을 올라와 방으로 들어간 모양이었다.

복도에 붙어 있는 6첩 방 안쪽, 길가 쪽 8첩 방이 부부의 침실이고 한가운데 6첩 방을 승지가 지금 누운 4첩 반짜리와 함께 사용하고 있었다. 4첩 반 방은 남승지가 소학교 고학년 무렵, 제주도에서 건너온 이래 상업학교를 다니던 동안, 그리고 해방 후 양진오의 영향을 받아 신변을 모조리 정리하고 독립조선 조국으로, 서울로 돌아가기까지 쓰던 방이었다.

아무것도 남아 있지 않지만 방 안의 낡은 벽이나 옛날 그대로인 다다미에 기억의 단편이 스며 있었다. 말하자면 영원히 결별했던, 일본에 사요나라를 고했던 곳으로 다시, 돼지가 되어서라도 살아남은, 바로 그 돼지가 되어 돌아왔다. 그리고 한동안 기거하다 보니 정말이지

기묘하게 자신이 거기 연결되어 있을 시간의 흐름 속 서울, 제주도에서 보낸 몸뚱어리 한 부분이 찢겨 사라지고 하반신만이 어정쩡한, 실체가 없는 듯한 느낌으로 움직이고 있었다. 머리와 꼬리를 이어주는 미끌미끌한 피부만 남아 머리가 꼬리를 끌고 가는 그로테스크하고 거대한 벌레. 과거 기억의 몸뚱어리 부분이 없는 하반신. 형태만 남은 하반신.

남승지가 과거 기억을 없앴다고 생각한 것은 궤멸한 죽음의 섬, 사라진 제주도에서였다. 4첩 반은 청소년, 일제 시대라는 과거. 제주도라는 죽음의 시공간이 장해(障害)라는 흑암의 공백이 되어 4첩 반의 과거가 무너지고 과거를 현재에 이어지는 전체상으로서 연결할 수 없게 되었다. 아니 그런 과거를 연결할 마음도 의욕도 추호도 없었으나 과거의 단층, 크레바스로부터 도망치는 일에 무의식중에 필사적이었다. 단절된 과거가 지금의 남승지라는 존재 아닌 존재를, 하반신이 없는 발이 흔들려 걷지 못하게 만들었다. 그러니 걷는다. 움직인다. 불충분하나마 몸을 움직여 공장 노동을 시작했고, 평화정에서 한대용으로부터 이방근의 죽음을 알게 된 밤, 미칠 것 같은 머리를 다리로, 다리에 맡겨 걸었다. 우메다에서 이카이노의 어머니에게까지, 몇 시간이나 몇 시간이나 끝없는 밤길을 걸었다. 30킬로미터인지 40킬로미터인지. 한라산 눈 속의 행진, 빈사의 행진. 걸었다. 머리의 움직임을, 단절된 과거에 이어주는 다리에 맡기고 계속 걸었다.

남승지는 4첩 반에 스며 있는 과거의 냄새를 피해 한가운데 계단쪽 6첩 방에서 기거하고 있었지만 그 방이 8첩 방의 출입구이기도 해서 다시 4첩 반으로 돌아와 있었다. 일제 시대가 과거로서 가치 있을까? 과거로 가치 있는 것은 아니지만, 그래도 존재했던 것이니 사실로서 연결되어 있었다. 남승지에게는 몸뚱어리에서 찢겨 나간, 있어도 없는 하반신, 과거였다. 제주도에서 도망쳐 온 인간, 돼지, 하반신의 과거가 찢겨 나간 인간. 과거는 말살된 기억이다.

현실에서 신체는 하반신 불구는 아니지만 기억 상실자처럼 발이 대지 위에 버텨 서지 못한다. 그 사라진 과거의 시공으로부터 이방근, 양준오의 그림자가 살아 움직이는 것이다.

1주기 제사가 끝나고 돌아오는 길, 아사가야 역 앞의 공터 옆 도로 가로등의 원 밖에 멈추어선 유원이 말했다. "승지 동무 선배이고 오빠랑 친했던 양준오 씨는 어떻게 지내? 오빠가 산천단에 가기 전에라도 만나지 않았으려나?" 산천단….

4첩 반 방은 좌탁 스탠드 빛으로 방 아랫쪽이 밝았다. 좌탁에 가까운 베갯머리 손목시계의 초침 소리가 귀에 들어온다. 제사의 독경 중에 저리는 발을 조금 비껴 앉으며 남승지는 살짝 풀어놓은 손목시계를 손에 쥐었다. 오른쪽 옆 유원의 눈에 그 모습이 들어갔다. 웃옷 소매에 숨긴 론진에서 이방근의 노래하는 듯한 가느다란 음성이 들렸던 것이다.

그 목소리는 언젠가 성내 이방근의 방 소파에서 잔을 기울여가며 문득 그의 입에서 흘러나온 노랫소리다. 학살당한《한라신문》편집장 김문원 작시, 바다에 투신한 듯한 옛 친구가 작곡한 피 나게 종이 울어…. 피를 토하듯이 종이 울린다. 멀리서 울려 멀리서 울리네. 울리는 한라산 기슭 광야 끝에서. 잠이 온다. 파도가 흔들린다. 보름달, 만조의 물결에 흔들리는 부두의 배 위에서 그 그림자가 남승지의 눈에 들어온 마지막 이방근.

이방근의 그림자가 스탠드 빛이 반사한 천장에서 흔들린다.

유원, 유원, 유원, 유원의 이름이 셀 수 없는 나비가 되어 훨훨 날아다니고 유원의 나비가 훨훨… 유원의 나비가 춤춘다, 흔들린다, 물결이 흔들린다. 남승지가 흔들린다, 잠 속으로 빠져든다.

8

종이 울린다, 먼 광야에서 피를 토하듯이 종이 울리고 있다. 종소리를 따라가니 종은 더 멀어지면서 격렬하게 울고 있다. 누가 치고 있는지 알 수 없는 종이다. 저절로 혼자 힘으로 울리는 종…. 한라산 광대한 고원을 종소리를 따라 이방근이 간다.

저건 분명 이방근의 뒷모습이다. 한라산 기슭의 바람 건너는 언덕으로 향한다. 이방근의 뒷모습이 보이지 않는다. 산속 눈 덮인 낭떠러지 유원과 함께 6시에 만나기로 약속한 지점에 10분 늦게 도착했을 때 이방근의 모습은 보이지 않았다. 약속한 6시 지점에 10분 지각이라는 차이는 피안과 차안의 경계, 땅 위에 세워진 둑 같은 다리 위였으나 늦지 않고 6시 지점에서 이방근과 만났더라면, 함께 저 너머로…. 종이 울린다. 이방근의 뒷모습이 종소리의 잔향에 숨듯이 한라산 기슭 언덕 위에서 사라졌다. 남승지가 이방근의 뒤를 쫓아 언덕으로 향하고 있었다. 십자가가 흔들리고 있다. 언젠가 보았던 부옥의 십자가, 이방근을 짊어진 부옥의 십자가가 언덕 위에서 한라산의 바람에 흔들리고 있었다. 안개가 솟아올라 언덕 위가 보이지 않게 되었다. 저 언덕은 산천단 동굴이 있는 언덕이 아니라 거기서 멀지 않은 게릴라의 아지트가 있는 동굴 근처 언덕인 듯하다. 남승지는 이방근의 뒤를 쫓고 있었지만 한라산 계곡은 큰 소리만 내도 단박에 안개가 주변을 덮는다고 할 정도이니 산신의 분노를 일으킬 짓은 할 수가 없었다. 남승지는 소리를 내지 않았지만 안개가 솟아 주변이 보이지 않았다. 안개 속에서 새하얀 새끼 고양이가 나왔다. 그런데 낯이 익은 새끼 고양이는 유원이 서울에서 제주도로 돌아오는 길, 목포항에서 주워 데리고 왔던 흰둥이였다. 유원과 함께이지 싶어 다가가니 그것은 고양이가 아니라 강아지였다. 하얀 개는 황천길을 안내한다고 들었기에 이 강아지가 도중에 잃어버린 이방근의 발자취를 찾아 데려가줄 거야, 강아지 뒤를 쫓아가면 안개 너머 이방근이 있는 십자가 언덕에 갈 수 있겠다 싶어 발을 옮겨 안개 속을 하얀 강아지를 놓칠까 봐 열심히 말을 걸어가며 뒤따라갔다. 소리를 들었는지 바로 눈앞까지 따라간 강아지가 돌아섰을 때, 그건 강아지가 아니라 송곳니를 드러낸 맹견으로 남승지의 손목을 덥석 물고 안개 속으로 사라졌다. 아프지는 않은데 피가 솟구쳐 나온 손목을 입에 대고 피를 빨면서 주변을 둘러보니 안개가 걷히고 또렷한 시각으로 잡아낸 듯한 느낌의 공간이 펼쳐졌다.

눈을 깜빡이며 잘 보니 아니, 여긴 어딜까?

움직임이 없는 고요한 곳이었다. 안개 속의 꿈에서 밖으로 나온 것이다. 꿈에서는 몸이 잘 움직였건만 고요한 이곳은 자신의 잠자리인데도 등허리가 바닥에 들러붙은 듯 무거워서 움직일 수 없었다. 꿈 중간에 눈을 깜박인 것 같은데 그게 아니라 꿈이 끊겨버린 것인지도 모른다. 이부자리 속 자신을 둘러싼 공간은 자기 방, 어젯밤 누웠던 그 방이었다. 머리맡 좌탁 창 쪽이 밝은 4첩 반. 날이 이미 밝은 모양이었다. 팔을 뻗어 손목시계를 들어 보니 7시가 넘었다. 술기운은 가셨을 텐데 몸이 굳어 있는 걸로 보아 잇달아 당일치기 여행을 한 피로가 쌓인 듯했다.

눈 덮인 낭떠러지 6시 지점에서 이방근과 만나지 못했던 꿈의 연장인가 싶었지만 깨어난 곳이 달랐다. 유원과 동시에 꾸었던 그 꿈은 1년 전이었고 오사카의 어머니 집 3첩 방에서였으며 지금 눈을 뜬 4첩 반과는 달랐다. 유원과 나눠 꾼 꿈이 아니라 혼자만의 꿈이었다. 유원은 또 다른 꿈에서 방근 오빠를 만났을지도 모른다. 그 꿈의 내용을 알고 싶었다.

피 나게 종이 울어…. 꿈속에서 울리던 종소리, 그리고 희미하게 울리는 음성. 그래, 이방근은 살아 있는 것이다. 종이 울려 퍼지는 광야 끝에 선 이방근. 술을 마셔도 좀처럼 노래를 부르지 않는 이방근의 노래를 처음 들은 밤. 심야, 성내 이방근의 온돌방 좌탁에까지 들려오는 요란한 총성. 아마도 경찰에 체포당한 김문원이 사살되는 것일 총성의 메아리. 방 안 좌탁에 마주 앉은 것은 양준오와 함께 세 사람이었다. 제주 미군정청 통역에서 도지사 비서격인 경리과장까지 맡았다가 비밀리에 성내에서 빠져나온 양준오가 게릴라로서 한라산에 입산하기에 앞서 가진 회합이었다. 전쟁 전부터 반일 민족주의 사상을 지녔고 고베 시절 남승지에게 큰 영향을 끼쳤던 양준오는 4·3 무장 봉기를 불가피한 필연으로 생각하면서도 당 조직의 교조성, 그리고 게릴라의 극좌적 투쟁에 비판적이었다. 그런데도 그는 이미 온 섬을 뒤덮은 학살의 진행을 보며, 승산 없는 게릴라 투쟁의 일원으로 입산했다. 이방근의 반대를 무릅쓰고 패배할 투쟁에 몸을 던지기 직전 이방근의 방에서 보낸 하룻밤이었다. 이것이 혁명인가? 허세다. 허세…? 전단 인쇄, 배포는 없어도 싸움은 가능하다. 3,000장 전단 대부분은 소각되었다. '선전포고'라는 것이었다. 그것을 허세라고 했지만 일은 이미 벌어진 뒤였다. 주사위는 던져진 거라고.

이방근이 강하게 비판했듯이 완전한 실패였던 것이다. 그는 북조선의 해주(海州) 회의에 참가하기 위해 제주도를 탈출했던 게릴라 사령관 김성달 등 대여섯 명의 간부를 분노를 드러내며 비판했다. 당시 남조선 지하선거에서 뽑힌 대표자들이 남조선의 단독선거에 대항할 남북통일선거를 목표로 북조선 해주에서 열린 최고인민회의 대의원 선출을 위한 인민대표자대회에 출석했으나 김성달 일행은 제주도로 돌아오지 않았다. 제주도 게릴라들은 원조물자를 싣고 귀환할 것으로 기대하고 있었지만 김성달 일행의 제주도 귀환은 실현되지 않았다. 이방근은 어떤 사정이 있었다 해도 무장 봉기를 나서서 주도했던 게릴라 사령관들이 게릴라를 죽게 만든 것이나 마찬가지라고 비판했다. 입산을 앞둔 두 사람은 말없이 듣고 있었다. 이방근은 투항 패배주의에 물든 반당반혁명분자인가? 더구나 이번의 무모한 '선전포고' 전단 인쇄. 양준오는 이방근의 반대를 충분히 귀담아듣고도 입산한다. 도대체 어떻게 된 일일까? 남승지는 김문원을 당의 이름으로 자기가 직접 죽인 듯한 가책을 끌어안고 산으로 돌아간다.

궁지에 몰린 쥐가 고양이를 무는 것처럼 게릴라의 절망적인 싸움은 4·3 봉기 후 4월 28일, 게릴라 측과 토벌군 측의 4·28 정전평화협정 성립이 경찰 간부 정세용의 음모에 의한 파괴공작으로 결렬되면서 항쟁 재개로 이어졌지만 그래도 나름대로 무언가 순응하는 싸움은 불가능한가? 절망 앞에 또 다른 절망인가? 이방근의 머리에 있는 것은 남겨진 몇백 명인지도 모를 게릴라의 제주도 탈출이었다. 우선 남승지, 양준오를 포함하는.

친애하는 국방군 장병 및 경관 여러분! 총을 한번 잘 보자. 그 총이 어디서 나왔는지를. 그 총은 우리의 고혈을 짜낸 세금으로 만들어진 것이다. 영웅적으로 떨쳐 일어난 여러분의 부모, 형제, 자매들에게 그 총을 겨누어선 안 될 것이며 무턱대고 동포들을 향하여 소중한 총을 겨누고 탄환을 쏘아서는 안 될 것이다. 여러분의 부모, 형제, 그리고 여러분을 지켜주는 그 총을 인민에게 돌려주자.

모든 도민은 여러분을 진심으로 신뢰하고 있다.

여러분의 소중한 피를 헛되이 흘리지 않도록!

아메리카 침략자를 조국 땅에서 쫓아내기 위하여!

매국노 이승만 도당을 타도하기 위하여!

조국 통일과 민족의 독립과 자유를 위하여!

여러분의 총을 그들에게 겨누자.

여러분은 미군과 괴뢰 권력의 명령을 단호히 거부하고 인민의 편에 서자.

내 나라, 내 집, 내 부모, 내 형제를 지키기 위하여 싸우는 항쟁의 전열에 참가하자.

친애하는 여러분! 언제 어디서나 인민의 이익을 지키고 싸우는 인민의 군대가 되자!

제주도 유격대장 이성운

남승지는 이 문장을 완전히 머릿속에 암기하고 있었다.

이방근과 양진오를 만나 셋이서 모이기 전에 성내 중학교 교사인 유성원을 만났다. 자신이 밤에 숙직실에서 포고문을 필사하겠다고 했다. 무슨 내용인지를 묻는 유성원에게 취지를 설명하고 곤혹스러워하는 유성원을 앞에 두고, 힘들겠지만 우리는 이 혁명의 성공을 기원하며 이 전단의 인쇄, 그리고 배포를 확인하는 대로 성내를 떠날 것이라고 했다. 유성원이《한라신문》의 당 세포원인 김문원, 기자 김동진에게 조직적 지시를 내렸다. 하룻밤에 3,000장의 전단 인쇄와 이어진 배포. 20여 명의 세포조직 책임자에게 전단을 넘기는 일은 시간이 걸렸다. 결사적인 인쇄였다.《한라신문》의 활자. 3,000장 가운데 배포된 것은 100장. 편집장 김문원의 체포, 고문, 총살. 김동진의 탈출 입산. 김명우(남승지)는 '혁명적 임무'를 완수하고, 아니 그 필사적 인쇄와 배포의 실패를 지켜본 후 귀산. 종소리가 요란해서 찾아온 것이다. 아아 부흥새야, 청상과부 설움을 네나 아려무나. 김문원(김호진)이 해방 전에 만든 저항시, 청상과부(젊은 홀어미)란 일본 식민지가 된 조국을 상징했다. 청상과부의 설움, 망국의 슬픔, 해방 직후 제주 바다에 투신한 음악가 정기준 작곡. 해방 전에도 비밀리에 불리던 저항의 노래. 일본 관헌들은 시의 상징적인 의미를 알 수 없다. 그것을, 김문원의 마지막을 지켜본 남승지, 그리고 오래잖아 입산할 양준오와의 작별의 자리에서 이방근이 취기 어린 목소리로 천천히, 아름답고 울분에 찬 곡조에 실어 불렀다. 양준오가 조용히 따라 부른다. 남승지도 따른다.

이방근은 한숨을 쉬었고 눈에는 눈물이 고인 듯했다. 바로 앉은 이방근을 따라 두 사람도 자세를 가다듬었다. 무릎 위에 두 손을 올리고 제사라도 지내듯 고개를 숙였다. 두 사람 다 눈물을 억누르고 있었다. 울지 마, 뜻 있는 사람끼리 손을 잡으면 눈물이 웅변이었고 뜨거운 눈물이 손등 위에 깨어질 적마다….

남승지는 무릎을 꿇고 앉아 무릎 위에 올린 손등에 깜깜하게 감긴 눈에서 흘러내린 뜨거운 눈물방울이 떨어지는 걸 느꼈다. 양준오가 이방근의 방을 찾아온, 달도 없던 밤.

남승지는 그때까지 이방근의 집 대문 옆 헛간에 몸을 숨기고 있었다. 이방근의 방이 있는 사랑채와 넓은 중정을 사이에 두고 아버지 이태수 내외의 방 두 개가 있었고 그 방 창호문, 이어서 판자문을 열고 한단 아래 대청에 서면 마당 너머로 곧장 이방근의 방으로 시선이 닿았다. 한 발 삐끗했다가는 이씨 가문을 파멸로 몰고 갈 지극히 위험한 아지트였다. 어두운 헛간 안. 하룻밤에 성내 조직 괴멸이라니. 성내 조직원 블랙리스트에 의한 일제 검거가 있었다. 전 조직책 유달현의 스파이 행위였을까?(이방근은 유달현이 유다였다고 확인한 바였다.) 《한라신문》에서 전단 인쇄 강행, 김문원 체포, 고문, 총살. 헛간의 암흑 속에서 성내 각지의 강제 수사, 일제 검거 움직임이 가라앉기를 기다려야만 한다. 그리고 내일 밤엔 성을 나간다. 밤, 부옥이 알려줘 이방근의 방 뒤쪽 화단 옆을 통해 뒷문으로 방에 들어섰을 때 양준오가 일어섰다. 그는 출옥한 동지라도 맞이하는 것처럼 남승지의 손을 붙잡고 끌어안을 듯이 다른 한 손을 남승지의 등 뒤로 돌렸다. 남승지는 눈물을 참았다. 남승지는 오른손을 잡은 양준오의 손의 감촉에 이틀 전 만났을 때 그가 일어서면서 왼손을 덮을 듯이 잡아왔던 뜨거운 손의 감촉을 떠올리고 순간적으로 눈시울이 뜨거워졌는데 지금 눈 안에 고인 자신의 눈물에 "뜻 있는 사람끼리 손을 잡으면 눈물이… 뜨거운 눈물이 손등 위에 깨어질 적마다…"라는 시구와 겹쳤다.

뜻 있는 사람끼리 손을 맞잡으면… 가슴에 끓는 피가 그냥 용솟음쳤다. 식민지 지배하 조선 민족의 고통과 독립투쟁을 해방 후의 혁명에 이어 노래한 조영출의 시 「모든 강물은 바다로 흐른다」. 종로 거리에서 군중 앞에서 낭독 발표한 시였고 그는 그 후 '북'으로 38선을 넘었다. 심야의 전단 인쇄 후, 입산했던 김동진 기자는 서울의 학생 시절부터 이 장편시를 암송하고 있었는데 당시 국문과 학생이었던 남승지 역시 암송하여 입에 담곤 했다.[10]

모든 강물은
바다로 흐른다.
백두산 위에 떨어진 빗방울이
바다로 흘러가는 그 이유를 아느냐
오, 동무여, 조선 인민이여

우리는 서른여섯 해 동안
무서운 악몽에 눌려 살아왔다
할 말을 못 하고
쓸 말을 못 쓰고
우리 부형이
남편이
귀한 아들이
피 흘린 몸으로 돌아올 적마다
처참한 형터에서 백골이 되어 돌아올 적마다
이 원수가 누구냐고

---

10 이하 인용된 시는 『조영출 전집 2: 시와 산문』(정우택·주경환 편, 소명출판, 2013)에 수록된 시 원문에 따라 옮겼다.

소리쳐 울어본 일이 있느냐

하지만 봄은 오고 가을은 오고
북망묘지에 봄풀은 해마다 푸르고
고향뜰 앞의 봉선화는 해마다 피어 있어
금수산천의 모든 강물은
바다로 흘러간다

…
뜻 있는 사람끼리 손을 잡으면
눈물이 웅변이었고[11]
뜨거운 눈물이 손등 위에 깨어질 적마다
가슴에 끓는 피가 그냥 용솟음쳤다
이 끓는 피가 치안유지법이란 그물에 걸려
용수를 쓴 동무들이
북망산천으로 갔느니라

…
일본아, 조선을 내놓아라

그러나 조선은 죽어 있지 않았고
조선의 맥박은
…

---

11 『조영출 전집 2』에 수록된 시 원문에서 이 시행은 "웃는 것이 웅변이었고"이지만, 여기서는 작가가 인용한 대로 옮겼다.

김동진, 《한라신문》 기자를 하면서 소설을 쓰고 있던 문학청년. 서울 시절, 동향 학우회 기관지 《학광》에 발표한 「해변의 발소리」라는 제목의 단편이 학우회 모임에서 문제가 된 적이 있었다. 언제나 원칙적인 발언을 하던 장발에 양복 차림 선배가 그 작품을 대놓고 부정하는 것을 김동진에게 강한 권유를 받아 처음 참가한 남승지가 보고 있었다. 우리 기관지에 이런 종류의 퇴폐적인 부르주아 사상에 물든 문장을 게재한 것은 잘못이고 깊은 자기비판이 필요하다며 얼굴이 파랗게 질릴 정도로 격앙되어 적의에 불타는 표정으로 비판한 것이다. 그 태도가 줄곧 인상에 남아 있었다.

해 질 녘, 기차로 바닷가 작은 마을에 도착한 한 청년이 있었다. 그는 목적 없이 이 마을에 닿았다. 선술집에서 술을 마시고 역 앞을 지나 해안을 향해 걸어가는 그의 눈에 어떤 건물 그늘에 서 있던 한 여자의 모습이 들어온다. 그는 여자에게 다가갔다. 여자는 두세 걸음 골목길로 물러섰지만 청년을 기다렸다. 여자는 말수가 적은 데다가 목소리가 가늘었고 그조차 파도 소리에 지워졌다. 청년은 여자를 샀다. 돈을 받아 든 젊고 초라하고 가난한 여자는 순순히 청년을 따라 해변의 어두운 오두막으로 들어온다. 여자는 남자가 하는 대로 맡겨두고 전혀 입을 열지 않는다. 파도 소리가 요란하다. 어디서인지 가녀린 어린애 울음소리가 들려온다. 바다가 요란하다. 띄엄띄엄 아이 울음소리가 들리면서 조금씩 가까워오는 듯하다. 여자의 몸이 움직였다. 일어서려는 듯이 움직였다. 청년은 갑작스레 살의를 느끼고 여자의 목을 조르면서 하늘로 오르려 한다. 결코 혼자서가 아니라 여자를 안고 하늘로 날아올라 비상하려 한다. 마침내 그는 커다란 소리를 지르며 지면으로 추락한 자신을 느꼈다. 꿈이 아니었다. 아이 울음소리가 들린다. 여자의 몸은 움직이지 않는다. 그는 어두운 밀물의 바닷가를 달려 도망친다. 뒤에서 아이의 울음소리가 들리고 쉰 듯한 노파의 울부짖음이 들려온다. 줄거리는 재미있다 싶었지만 에두른 표현이 많아 읽기 힘들었다.

그렇다고는 하지만 조직의 오르그[12]인 듯한 이가 좌익 용어를 남발하며 공격적 비판을 하는 것은 기분이 좋지 않았다. 선배로서 제 딴에는 충고라고 하는 건지, 거기 참가한 여학생들을 의식해서 그러는 건지. 내부로 깊이 침잠해서 사람들을 피하던 시절의 남승지가 김동진의 작품을 옹호하고 나서면서 김동진도 포함한 논쟁이 되었다. 그리고 귀향한 제주도에서 김동진은《한라신문》기자가 되었다. 장발의 혁명적 비판가 유달현, O중학교 교사, 성내지구 조직책임자, 그리고 지금은 조직책을 그만두고 적의 스파이인가 싶은 존재. 이방근은 유달현이 내통자라고 확신하고 있었다. 김동진은《한라신문》편집장 김문원 등과 함께 결사적으로 전단을 인쇄하고 입산했다. 남승지는 내일 밤 산으로 돌아갈 것이다.

피 나게 종이 울어….

꿈에서 빠져나온 남승지는 이부자리에 누운 채, 천장에 둔 시선을 한동안 움직이지 않았다. 양준오, 지금은 죽고 없는 양준오. 한라산 소분대조직의 아지트에서 반당적 기회주의 투항 패배주의 분자로 게릴라 동지 간의 처형.

밤의 나가타 해안, 어두운 바다에 밀려오는 파도. 해안에 나란히 앉아 전쟁 말기 밤바다를 바라보는 두 사람.

남승지는 작년, 고베로 이주한 지 오래지 않아 사촌형의 고무공장에서 노동을 시작했다. 심하게 피곤하지만 않으면 휴일에는 나가타 해안 모래사장을 걷곤 했다. 발전소에서 끝나는 동쪽에서 서쪽을 향해. 웬만큼 지쳐 있지 않은 한 움직였다, 몸을 움직여 걸었다. 스마(須

12 상급단체에서 내려온 지도원으로, organizer의 일본식 발음을 줄인 말이다.

磨) 해수욕장까지 모래 위를 걸어가 소나무 숲이 이어지는 녹색 해안에서 돌아온다. 걷는다. 언젠가 행자가 자기 집 근처를 그냥 지나치는 건 괘씸하다며 스마 해안 소나무 숲 근처까지 함께 걸은 적이 있었다. 그녀는 도중에 팔짱을 끼었지만 모래밭에 조금 떨어져 앉을 때는 서로 손을 잡지 않았고, 행자가 기다리고 있었을지 모르지만 1미터 정도 되는 거리를 좁히지 않았다. 서로 그 이상은 없었다. 그때 역시 일본의 전쟁 말기 양진오 선배와 어두운 나가타 해안에 나란히 앉아 있던 때를 떠올렸다. 아니, 나가타 해안에 서면 어김없이 마음이 어지러워지면서 제주도의 양준오, 나가타 해안의 그가 생각나곤 했다. 일본의 전쟁은 어떻게 될 것인가 서로 묻고 답했다. "그건 이 파도가 밀려오는 것과 같아." "무슨 뜻인데?" "파도가 물러갔다가 다시 밀려오잖아. 물러갈 때보다 밀려오는 힘이 더 강하지. 그렇지? 하지만 아무리 강하게 밀려오더라도 대세는 지금 썰물이라는 거야. 큰 파도라도 썰물을 거스를 수는 없어. 지금 일본은 그야말로 썰물 속에 있다는 말이지. 일본 제국주의는 패배하고 조선은 독립해." 행자네 집 근처 나가타 해안 썰물 파도가 밀려오는 소리와 양준오의 그림자. 일본의 패전. 독립조국으로. 소학생 시절 어머니를 따라 도일한 후 처음으로 친척 하나 없는 조국, 이데아로서의 조국, 제주도로 돌아간다. 양준오는 오사카 부 경찰 지하유치장 이후 이방근과 재회했다. 양준오의 고국 귀환과 식민지 조국 독립사상은 이방근과 만난 영향이 컸다. 양준오의 영향을 크게 받은 남승지처럼.

나가타 해안의 양준오는 오사카 대학 고교 상학부 중퇴 무렵이었다. 그는 당시 일본제국의 학도 동원 실시에 앞서 이를 피하기 위해 졸업을 앞둔 3학년에 중퇴했다. 야간 중학생이었던 쇼와 13년(1938년), 만으로 18세였다. 그는 조선인 학생 독서회 멤버로 체포당해 오사카 부청의 경찰서 지하유치장에 들어갔다. 거기서 당시 도쿄 A대학 학생이었던 이방근을 만났다. 이방근은 민족주의 그룹의 일원으로, 보고를 위해 오사카에 왔다가 체포당해 부경 유치장에 갇혔다. 그때 고학생이었던 소년 양준오는 노예민족은 노예로 있는 한 인간이 아니다, 독립을 위해 반항하니까 인간인 것이며 그것이 자유라는 이방근의 말을 들었다. 그리고 내선일체, 황국신민화 체제하에서 그와 같은 조선인 선배라는 존재를 옥중에서 만난 것은 운명이라 느꼈다. 지옥에서 부처님을 만난 듯한 심경이었다고 양준오는 말했다. 소년 양준오에게 이방근은 영웅이었다. 그 후 다시 체포되었던 이방근은 경성(서울) 서대문 형무소에 들어갔다. 해방 후, 제주도 성내에서 양준오는 이방근과 재회했다. 그리고 일본에서 서울로, 서울에서 제주도로 돌아온 남승지와도 만났다.

제주 미군정청 통역 당시 재무국 동료인 보스턴 대학 출신 학자이며 동방문화연구소 조교수인 마더 중위가 군정청을 그만두고 귀국하면서 미국 유학을 권했으나 양준오는 응하지 않았다. "만약 갈 생각이라면 당장 이삼 년 먹고살 돈은 내줄게." "하하하, 이방근 형은 어떻게 된 거 아니예요?" 하며 미국 유학을 거부한 양준오. 이방근은 제주에서 나가 일본으로 밀항하라고 강하게 권유했으나 양준오는 응하지 않고 승리를 바랄 수 없는 게릴라 입산을 했다.

몇 명의 무장 게릴라와 함께였던 남승지는 한라산 기슭 중산간 마을의 묘지를 파낸 굴에 숨어 있다가 체포되어 한라산 중복의 관음사에 포진한 토벌대 제2대대 본부로 연행되었다. 이전 게릴라 아지트였던 관음사에서는 손발에 전기코드를 감고 배터리 고문을 당한 정도였지만 성내 알코올 공장의 수용소에서는 엄청난 고문을 당했다. 단단한 벚나무 몽둥이로 엉덩이부터 다리, 등허리까지 50~60회를 구타하고 군화로 시체를 굴리듯이 하여 잠깐 두었다가 다시 때리기를 반복했다.

살이 터져서 뼈가 보이고 피투성이가 된 채 일주일을 누워 있었다. 그런 빈사 상태에서 이방근에게 구출되어 가까스로 되살아난 것이다. 이방근 집에서 부옥이 신변을 보살펴주고 적절한 식사를 하며 한동안 요양을 하고 나니 이방근이 줄곧 망설이고 있었던지, 양준오 소식은 모르느냐고 물었다. 마음의 준비를 하고 있었던 남승지는 "그는 처형당했습니다."라는 한마디 말로 답했다. 이방근은 처형이라는 말에 놀라 토벌대에 체포, 처형된 것이냐고 되물었고 남승지는 가슴이 미어질 듯하여 가까스로 대답했다. "아닙니다." 자신이 오르그로 방문한 성내를 흐르는 병문천 상류 성내 조직 아지트에서 양준오를 찾았으나 그는 거기 없었다. 아지트 책임자에게 물었더니, 조직의 식량 확보 투쟁, 즉 촌민에 대한 식량 제공 강요 및 약탈과 기타 투쟁 방침을 비판한 양준오가 책임자의 반론에 자아비판을 거부하고 아지트를 떠나려 한 결과, 반당적 기회주의, 투항 패배주의 분자로 사살당했다고 하더라는 남승지의 답변에 이방근은 할 말을 잃었다. 다시 한 번 처형 사실을 확인하더니 이방근은 목소리를 높였다. "오, 하늘아, 무너져라, 양준오는 정세용이 아니야. 반당이라는 둥, 조직이라는 둥 하지만 도대체 당이라는 게 존재하기나 하는 거야? 실체도 없는 유령당이 반당, 반조직이라고 동지를 죽이다니…. 내가 그렇게나 입산을 반대했는데…." 양준오의 입당을, 미군정청 내 비밀당원 활동을 권유하고 공작했던 것은 남승지였다.

그렇다, 집의 담 밖, 창밖의 하늘 아래 나가타 해안이 보였다. 발전소 성벽같이 튼실한 건물이 있는 해안은 아니었다. 망망한 환상의 바닷물결이 밀려오는 나가타 해안, 양준오의 그림자가 나가타 해안에 선다. 지금 이 모습의 남승지-돼지가 나란히 선다. 모든 것이 어떻게 된 일이었던가? 나는 도대체 뭐란 말인가? 남승지는 몸을 일으켜 요 위에 고쳐 앉았다. 내 머릿속에서 살아 움직이고 있는 한 사람 한 사람은 이 땅 위에 없다. 하늘 아래 없다. 존재하지 않는 것이다. 무얼까? 어째서 머릿속 제주 바다와 같은 널따란 공간에서 한 사람 한 사람이 살아 움직이고 있는 것일까? 그리고 머릿속 꿈의 공간에서 한 사람 또 한 사람이 모두 죽었고 이방근은 자살, 그는 죽고 나는 일본으로 보내져 지금 여기 있다. 살육자의 신경을 이길 만한 무감각을 갖추지 않으면 인간의 마음가짐이 산산이 부서져버릴 것이다. 그렇지 않으면 이 섬의 인간은 견디고 살아갈 수가 없다. 돼지처럼 되더라도 돼지가 되어서라도 살아라. 그것이 적을 이기는 길이다. 일본으로 가라.

그런 와중에 삼각관계는 아니지만 이유원과 고행자 사이에 끼어 있었다. 자신의 마음속에서, 유원을 존재하지 않는 존재로서 불가침의 존재로서 자신의 내부에서 배제하고 있었다 해도 그렇다고 어째서 행자와 결혼 약속까지 하게 된 건지, 그렇게 된 건지. 사랑이 뭔지 모르겠다. 하지만 절대적인 사랑은 아니다. 오사카에서 한대용과 이야기하면서 존재하지 않았던 유원이 현재화하고 행자와의 기정사실이 허구로 변해버린 것이다. 체취가 스며 있는 몸이라는 존재가 눈앞에 있으면 거기에 서로의 몸이라는 벽을 넘어 뒤섞이는 사실이 겹치면서 기정사실로서, 이론이 아닌 사랑의 형태가 만들어지는 걸까? 이것 자체가 지금 이론이 아니라고 하는 그 이론 아닌가? 확실한 것은 자신이 유원을 의식적으로 잊어버리고 없는 존재로 만들었다는 사실인 것이다. 그 결과가 현실로는 이렇게 되어버렸다. 좋아한다, 좋아한다는 사실, 좋아한다는 건 무엇일까? 문득 담배 연기, 한대용이 뿜어내던 담배 연기 동그라미 몇 개가 소파에 마주 앉은 그 앞을 지나가는 것이 보였다. 웃옷 주머니 속 그가 사준 피스를 꺼내기 위해 일어설 정도로 피우고 싶은 건 아니었다. 그 담배 연기 동그라미는 유원의 일에 관해서는 문답무용, 어리석다, 눈앞의 남승지에게 질렸다, 이야깃거리도 아니다… 그런 무의식적 실망을 위무하기 위한 몸짓이었겠지. 이제야 한대용과 이야기하던 자리의 담배 연기 동그라미의 의미가 보이기 시작했다.

그는 담배를 한 대 피울 때처럼 아무 생각 없이 창밖을 내다보았다. 맑은 하늘. 날씨가 어떠냐에 따라 몸 상태가 나빠져서 온몸이 무겁게 늘어지고 때로는 쑤신다. 몸살이었다. 6월, 흐린 하늘이 이어지는 장마철이 힘들다. 맑은 하늘인 탓도 있겠지, 어제보다는 한결 피로가 풀렸지만 꿈의 흔적이 살갗 아래 스며 있었다. 이방근이 사라진 안개 속에서 나왔던 하얀 강아지는 무엇이었을까? 황천길을 안내하는 그 강아지가 뒤쫓는 자신을 돌아보았을 때, 강아지가 아니라 송곳니를 드러낸 맹견으로 변신하여 손목을 물고는 순식간에 안개 속으로 모습을 감추었다. 황천길을 따라오지 말라는 것일까? 꿈에서 이방근이 하고 싶었던 말은 이 세상에 남아 살아가라는 것일까? 돼지가 되어서라도. 1년 전 도쿄와 오사카에서 유원과 한날한시에 꾼 쪼개진 꿈. 눈 쌓인 낭떠러지 옆 6시 지점에 10분 늦게 도착해 이방근과 만날 수 없었다. 10분 차이라는 피안과 차안의 경계로 망막했던 다리 위. 1년 후에 아마도 남승지에게만 와 닿은 꿈의 속편. 산천단에서 온 신호.

남승지는 개에게 물려 솟아나는 피를 빨아냈던 오른쪽 손목을 보았지만 물린 자국은 없었다. 꿈속에서는 피맛까지 느꼈건만. 아까부터 마치 좌선이라도 하는 듯한 자세로 이불 위에 멍하니 앉아 있다는 것을 깨닫고 남승지는 일어섰다. 그리고 벽에 걸린 웃옷 주머니에서 피스 갑을 꺼내 다시 앉아 좌탁 위 재떨이를 베갯머리로 옮기고 성냥을 그었다. 금세 사그라드는 불꽃에 얼굴을 갖다 대고 한 모금 피웠다. 평소에는 인연이 없는 보랏빛 연기의 향. 뭐랄까 고상한 기분이 들게 하는 피스 담배 맛. 평화의 맛인가? 짙은 남색 바탕에 흰색으로 날아오르는 비둘기 도안. 피카소가 아닌 평화의 비둘기. 전후의 평화일본… 그렇겠지. 멋진 일이다. 여기가, 이 이불 위가, 이불 아래가, 이 땅이, 이 하늘이 일본, 평화일본이다. 밀항한 땅.

문득 좌탁 벽 쪽에 쌓여 있던 몇 권의 책 가운데 제일 아래 『스무살의 애티튜드』가 눈에 띄었다. 1년 전 오사카에서 돌아올 때 산노미야 역 근처 모토마치 길을 걷다가 들렀던 헌책방에서 산 46배판짜리 책, 띠지에 적힌 "19세 10개월에 자살한 일고생…"이라는 글에 섬뜩하여 100엔을 내고 산 것이었다. 자살, 자살… 반복적으로 나오는 글자에 끌려버렸다. 시인인 듯한 작가의 글은 난해하고 읽기 힘든 부분도 있었지만 극한까지 자아를 추구하다 자살에 이르렀다고 하는 진지한 자세에 감명을 받았다. 하지만 그저 독서로 끝났을 뿐 그 이상은 아니었다. 자살, 죽음. 몸으로 받을 만한 충격은 없었다는 것이다.

식민지 경성 태생, 다렌(大連)에서 응석받이로 자랄 만큼 유복했던 가정환경과 현실사회와 관계 없고 소통 없는 생활로 자신의 내면에서 죽음에 이를 극단적인 관념을 계속해서 파괴하는… 그것만으로도 처참하다 생각했지만 기껏해야 오만한 생각, 사치스러운 죽음일 뿐이라는 느낌이 사라지지 않았다. 살인에 관한 기술은 없었지만(거기까지 관념적으로 몰리진 않았으리라.) 죽음까지 몰고 가는 철저한 의식, 자의식 추구, 극한에 이르러 발광을 면하려 무(無)로 돌입… 죽음. 자살, 자살… 하는 글자가 속출했다. 그렇겠지, 하고 납득은 하면서도 자신과 몇 살 차이 안 나는 젊은이라고는 하지만 역시 순진하다는 느낌이 들었다. 자살, 생명을 죽인다, 자타의 차이는 있지만 자살의 관념을 끝까지 밀고 나가면 살인에 닿을 것이다. 저자는 이방근과 열 살 이상 차이가 났다. 죽일 만한 상대가 없었다는 걸까?

딱 1년 전, 어머니 집 안쪽 3첩 방에서 이 책을 읽고 있는데 전보가 왔다. 뭘까 싶어 받아든 것이 한대용의 "나는 간다 다시 오마 승지야 방근·대용"이라는 기묘한 전보였다. 잠시 후 웃음을 터뜨렸지만 결코 장난이 아니었다.

7월 20일, 이방근의 죽음으로부터 한 달 정도 지나 우메다의 평화정에서 만난 한대용에게 그 소식을 들었던 그달 말, 급히 제주도로 출발하게 되었으니 한동안 이별이라는 전보였다. 나는 간다…. 방근이 성이고 대용은 이름. 방근·대용. 남승지에게만 통하는 한대용의 별명. 나중에 저절로 알게 되었지만 뭔가 결의를 담은 명명이었으리라.

남승지는 일어섰다. 담배는 이미 꺼졌고 보이지 않는 연기 냄새만 떠돌고 있는데 어째서 좀더 빨리 창을 열지 않았을까 생각해 가며 일어나 창문을 열었다. 아침 공기가 조용히 흘러 들어와 온몸의 피부를 어루만져 상쾌했다.

그는 몇 권 쌓여 있던 책들을 책상 위로 옮기고는 그 책을 들고 다시 이불 위로 돌아와 책을 펼쳐 넘겨 보았다. 위쪽 빈칸에 연필로 "한대용 7/31"이라고 적혀 있는 것은 그의 전보가 왔던 날짜를, 아마도 기묘한 전문이다 싶어 표시해 둔 것이리라.

펼쳐진 페이지를 읽어본다.

"…자살을 결의한 나를 비판하려고, 살고자 하는 '처세술'을 끄집어내는 것은 다소 빗나간 짓이다. 처세술을 파괴하고 거부하는 사내에게 처세술의 틀을 끼워 맞추려는 것은 안 될 일이다."

"하라구치 준조. 스무 살에 야심을 상실하고 스무 살에 청춘을 상실하고, 스무 살에 기억력을 상실하고, 스무 살에 모든 것을 상실하고, 마침내 스무 살에 인생을 상실해 버린 사내…."

이렇게 되면 더는 별수가 없지. 작년에 읽었을 때도 그렇게 생각했지만, 책머리에 기다란 서문을 쓴 일고 교사였던 모리 아리마사(森有正)의 문장 마지막은 이러했다. "그의 유고를 읽고 사무치게 생각하는 것은 그가 죽지 않고 살아주었더라면 좋았을걸 하는 것이다. 혹은 죽더라도 전쟁에 패하여 죽임을 당해주었더라면, 하는 것이다."

남승지는 하라구치의 죽음이 애통하고 안타깝기는 했지만 애통해할 자격이 자신에게 있는가 자문했다. 돼지인 내가 아니라 이방근의 자살을 생각하자. 지금 책을 손에 들고 새삼스럽게 생각해 보면 역시 하라구치의 자살은 탁상 철학, 관념의 자살이 아닌가?

이방근의 죽음은 무엇일까? 혁명의 한가운데, 그리고 살인을 저지르고 인간의 피와 죽음의 냄새로 범벅이 되어 있는 삶, 인간의 삶의

한가운데서 죽어갔다. 어째서 이방근은 자살한 것인가? 이방근의 살인은 게릴라가 해야 할 일을 대신, 마치 옆에서 치고 들어오듯 해치운 것이었다. 내 손에서 피스톨을 (원래 그의 것이었지만) 비틀어 빼앗아, 더구나 경애하는 어머니 쪽의 친척을 쏘아 죽였다.

자살, 그 죽음은 결과로는 무와 같지만 그 죽음에 이르는 도정은 다르다. 죽음으로의 도정은 눈에 보이지 않더라도 무언가 타자, 사회와의 관계에서 죽음의 관념이라는 형태가 된다.

더는 살고 싶지 않다, 삶에 대한 무력감, 의욕 상실, 그것은 이미 죽음이어서 자살 관념의 대상이 되지는 않는다.

자유로운 인간은 살인에 앞서 스스로를 죽인다. 이방근은 패션(passion)이란 서양에서는 그리스도처럼, 그리스도 자체의 수난, 수고를 의미하는 것이라면서 보기 드물게 패션이나 사랑, 연애에 관해 이야기한 적이 있었다. 한잔하면서 양준오 등을 앞에 두고. 패션은 자신이 매달린 십자가마저 태워버리는 정열이라고. 그 이방근이 어째서 자살 이전에 살인을 한 것일까? 그는 범죄자가 아니다. 파렴치한 인간이 아니다. 아니, 이방근만큼 존엄하게 고양된 자가 없을 정도의 존재였다. 그런데도 그는 부친 살해, 형제 살해에 버금갈 친족 살해를 저질렀다. 아니, 이미 그런 통념 따위 의미가 없었던 건가? 확실한 것은 목탁 영감이 사라진 산천단 동굴 옆에서 스스로 목숨을 끊었다는 사실.

승지, 이건 영원한 수수께끼일까? 이방근은 왜 자살한 걸까? 언젠가 승지에게 묻고 싶어. 언제나 머릿속에 산천단 동굴의 언덕과 절벽, 잡목림의 풍경이 한꺼번에 떠올라. 산천단에 가보고 싶어. 부옥이는 용케 그 무겁고 커다란 몸을 등에 업고 성내까지 돌아왔지. 어째서 자살했는지. 승지와 천천히 이야기하며 묻고 싶어. 나도 몰라. 나보다는 잘 알고 있겠지. 이방근 선생의 자살은 나로서는 의미를 모르겠어. 중요한 일을 남겨두고. 피스톨. 피스톨은 보통 사람들이 쉽게 손에 넣을 수도 없는데….

설산의 아지트에서 정세용을 사살하려 남승지의 손에서 빼앗아 간 피스톨은 정월 초하루 이른 새벽 그의 집에서 성내를 탈출할 때 호신용이라며, 방한용 등산모, 겹으로 된 우비와 함께 건네준 물건이었다. 서울의 어떤 인물이 보내준 모양이었다. 한대용의 말대로 보통 사람들은 쉽사리 입수할 수 없는 피스톨을 어떻게 손에 넣은 것일까? 설산의 아지트에서 불을 뿜은 피스톨은 그렇게 자신의 손에 돌아왔다.

이방근의 자살, 그는 살인이 이유가 아닌 자살을 한 것인가? 자유로운 인간은 살인하지 않는다, 그 전에 자신을 죽인다, 그게 아닌 살인 후의 자살이라면 궁극에 달한 살의는 피아를 넘어 자살로 통하는 것일까? 어째서 자살로 귀착하는 것일까?

이방근은 살인으로 자신의 자유를 침해당한 존재였다. 자유를 잃은 인간이었다. 그렇다면 더 큰 자유를 위해 자살에 이르렀다는 것인가? 모른다. 다만 살인이 자살의 원인이 아니었다고 하더라도 원인 없는 자살을 위한 자살, 그 자살이 무엇인가? 절망? 절망 때문에 자살하다니, 이방근 자신도 웃을 것이다. 이방근의 자살, 타인은 알 수 없다. 다만 살인을 했다는 사실, 방아쇠를 당겨 피스톨의 탄환을 상대의 심장에 박아 넣었다는 사실, 본인이 아닌 타인도 알 수 있는 일이었다. 밖에서 보이는 사실. 그것들은 설명 가능할 것이다. 이방근 본인이 아니라도 설명은.

방근·대용은 이방근의 죽음에 관하여 틀림없이 캐물을 것이다. 그리고 제주도에 가면 그 나름대로 이방근의 죽음에 관해 규명하리라. 부옥이처럼 산천단으로 가서 스스로 십자가가 되어 보이지 않는 이방근을, 그 무거운 그림자를 들쳐 업고 성내로 내려올 것이다.

이방근의 살인 현장을 본 것은 한대용과 바로 남승지. 부산을 경유해 서울에서 온 이유원을 태우고 일본으로 향하는 도중, 밤바다 위에서 한일호 돛대에 매달렸던 스파이 유달현이 죽은 현장을 한대용은 처음부터 끝까지 보고 있었고, 선원들과 함께 '공범자'이기도 했다. 남승지는 눈 속 게릴라 아지트에서 벌어진 이방근의 정세용 사살의 목격자였다. 두 사람은 각각 이방근의 살인 현장에 입회한 것이다.

저녁 8시. 이부자리를 정리하고 옷을 갈아입고 있는데 2층으로 올라온 경자가 말을 걸었다.

"몸은 괜찮아?"

남승지는 6첩 방으로 얼굴을 내밀었다.

"예, 지금 내려갈게요."

"사무실은 괜찮으니까 아침 먹고 푹 쉬어도 돼."

세수를 하고 형과 함께 식사를 마치면 사무실로 갈 생각이었지만 승일 형이 "승지, 나중에 이야기 좀 하자."라고 했다.

"무슨 이야긴데요?"

"도쿄 다녀온 이야기. 돌아가신 양반, 이유원이랬나, 그 사람의 오빠 이야기는 아니고."

"네에."

남승지는 말없이 끄덕였다. 역시 그 이야기를 하려는 거군.

식사를 마친 두 사람은 옆의 응접실에 마주 앉았다. 승일은 식후의 한 모금인지, 아침부터 담배를 입에 물었다. 아직 9시 전이지만 옆의 사무실에 인기척이 있는 걸 보니 야나가와가 출근한 모양이었다.

"제주도 이야기는 묻지 않으마. 다만 네가 존경하고 생명의 은인이기도 한, 그 유원 씨의 오빠 이방근 씨에게 감사하고 있어. 사실 1주기에 향전(香奠)이라도 보내야 하는데 사정도 잘 모르고 해서 그냥 지나갔다. 승지, 너 재작년 봄에 강몽구 사돈이랑 함께 일본에 모금하러 왔을 때 여기서 결혼 이야기가 진행 중인데 그걸 무지르고 제주도로 돌아갔지. 응? 그랬잖아. 그때는 여기서 이렇게 만날 줄은 생각도 못 했고. 너는 가계를 이을 종손이라는 입장을 충분히 이해하고 있고 여기서 결혼하지 않아도 제주도에 결혼 약속을 한 여자가 있다는 듯 이야기했지. 그게 이유원이지? 네가 그대로 일본에 남아 결혼할 거라고, 함께 왔던 조직책임자 강몽구 사돈도 이해해 주었기에 승지가 일본에 남는 것을 승낙했지. 그런데도 너는 고집을 부리며 제주도로 돌아갔어. 그런데 제주도에서 경천동지할 사태가 벌어졌으니 결혼 생각도 못 하게 된 건 알겠어. 그런데 그 유원이라는 아가씨가 일본에 와 있다는 거잖아? 정말이지 세상일은 알 수 없어. 오사카의 네 어머니도 한꺼번에 온갖 복이 같이 왔다며 기뻐하셨지. 그 유원 씨가 일본까지 왔다니 그야말로 이상적인 여성과 결혼할 수 있게 된 거다, 나도 생각한 거고. 그런데 너는 그게 아니라고 이야기를 엎은 거야. 그때 유원 씨와의 결혼 약속 이야기는 거짓말이라고, 응, 그랬지? 어떻게든 제주도로 돌아가고 싶어서 한 거짓말이라고. 거짓인지 참인지 모르지만 어머니에게도 나에게도 그렇게 고백했잖아. 나는 그 거짓말이라는 것이 거짓 아니냐고 너에게 물었어. 너는 그런 거짓말을 하고 제주도로 돌아갔다. 정말이지, 질렸다고 해야 하나, 뭐, 좋아. 이제 어머니도 나도 포기하고 있는 참에 행자 이야기가 나온 거야. 그건 어떻게 된 거냐? 너 행자를 데리고 오사카까지 다녀왔잖아. 어머니도 유원 씨는 포기하고 마음을 바꿨고 경자나 나 역시, 행자는 속을 잘 아는 좋은 아가씨이고 하니….”

경자가 차를 내왔다. 남승지는 목이 말랐던 터라 뜨거운 찻잔을 양손에 들고 천천히 입에 갖다댔다. 승일 형은 어젯밤부터 할 이야기가 있었던 것이다.

유원과 결혼하기를 막연히 기대하고 있는 것이리라. 경자는 응접실을 지나 사무실의 야나가와에게도 차를 날랐다.

“행자와의 일은 말야, 아직 확실히 정해진 건 아니지. 정해지면 저쪽 부모님과도 얼굴을 봐야 하는 거잖아?”

승일 형은 담배를 물고 한 모금 피워가며 이야기를 이어갔다.

“그러는 참에 이번에 네가 도쿄에 가서 유원 씨를 만나고 온 거야. 그 오빠의 1주기로…. 묻고 싶은 건 이번에 그 사람과 만나서 새로 뭐랄까, 상대방은 학생이기도 하니 오늘내일 일은 아니겠지만, 결혼에 관한 이야기 같은 건 없었나, 하는 거야. 나는 돌아가신 오빠 이야기를 하는 게 아니다. 유원 씨는 지금 도쿄에 살고 있고 사흘 전이지? 네가 도쿄에서 만난 게. 그러니까 제주도 일과는 별개로 이야기하는 거야. 어쨌든 행자 일도 드러났고, 애당초 네가 행자를 데리고 오사카까지 갔던 건 그만 한 결심이 있어서였겠지. 행자 부모들도 알고 있는 거니까 정식으로 이쪽에서 사람을 세울 필요가 있어. 그런 것들 때문에 도쿄에서 있었던 일을 묻는 거야.”

남승지는 말없이 듣고 있었다. 확실히 태도를 정해라, 유원과의 관계는…? 하는 이야기다. 정식으로 사람을 세운다. 등 위로 차가운 전율이 이는 느낌이었다. 당연히 그렇게 되겠지만 설마, 지금 여기서. 생각도 할 수 없는 일이다.

“형님, 지금 사람을 세운다 하셨는데 그게 뭡니까?”

“뭐? 그게 뭐냐고?”

사촌형은 남승지를 마주 보았다.

9

사람을 세운다 하셨는데 그게 뭡니까? 승일 형은 행자와 결혼하려면 사람을 세울 필요가 있다는 말에 남승지가 한 답변을 듣고 아연했다.

"승지, 그게 무슨 소린지 모르는 거야? 지금 누구 이야기를 하고 있는 거냐? 중매라는 걸 모른다고? 결혼에 중매를 세운다는 걸. 상대방은 부모 친척이 다 있어…."

사촌형은 담배를 입에 물고 라이터를 켰다. 그리고 후우, 하며 연기를 한껏 내뿜었다. 피스 향은 아니었다. 독한 담배 히카리.

"중매라는 건 알지만…. 그래서 결혼을 한다는 건가요?"

"너 지금 남 이야기를 하는 거냐? 도대체 행자와는 어떻게 된 거야? 결혼 약속을 한 거 아냐?"

"형님, 그건 지금 당장 이야기가 아니잖아요? 뭔가, 형님 말씀으로는 결혼이 구체적으로 진행되고 있는 것 같아서."

"물론 내일 당장 중매를 세운다는 게 아니지. 매사엔 순서가 있어. 결혼의 경우, 그런 식의 준비가 필요하다고. 다음 달에 당장 하라는 게 아니고."

"중매를 세운다는 건 정식으로 약혼, 대충 날짜를 정한다는 거 아니에요?"

"그럼 왜 행자를 데리고 어머니한테 다녀왔어? 그게 결혼 약속이지. 넌 결혼을 안 할 작정이냐?"

"그런 게 아니라요."

그는 이야기를 이어갔다.

"형님은 왜 도쿄의 유원이 이야기를 하면서 결혼 이야기는 없었느냐고 물었어요? 만약 유원이와 결혼이라도 하게 된다면 행자는 어떻게 되죠? 행자로서도 정식으로 약혼을 한 것도 아니고요."

한대용이 행자와 헤어질 조건으로 꼽았던 내용을 떠올렸다.

"절대적으로 정해진 건 없잖아요? 어머니한테 데려갔던 건 지금 생각하면 경솔했다 싶지만 지금 형님이 이야기하고 있는 것처럼 정식으로 사람을 세운 것도 아니고, 그럴 마음도 없다고요."

"그럼 뭐냐, 행자랑 결혼 약속은 없었다, 행자와 무슨 관계야?"

"친밀한 교제죠."

"교제? 유원 씨와 결혼할 생각이야?"

"그게 아니라, 형님은 화를 내시겠지만 결혼에 관해서는 머릿속에 아무 생각이 없어요…."

"흐음, 너 도쿄 다녀오고 변심한 거냐?"

남승지는 흠칫했다. 변심이라, 사실 그건 그랬다. 존재하지 않는 존재였던 유원이 확실히 머리를 들고 현존하는 존재로 마음을 차지하고 있었다. 변심이라기보다는, 기정사실로서 타성적 궤도라고도 할 수 있을 행자와의 관계가 일단 무너진 것은 사실이었다. 더구나 기정사실을 움직일 수 없는 것으로 만들었던 행자의 임신이 사실이 아닌 것으로 뒤집힌 것이 남승지를 속박에서 해방했다.

"변심, 그런 게 아니라 앞으로 어떨지 모르지만 지금으로서는 결혼은 생각하고 있지 않아요. 아직 확실한 일정이 정해지진 않았지만 한대용 씨랑 제주도에 다녀올지도…."

이건 그냥 입에서 나오는 대로 그 장면을 피하려는 거짓말이었다. 어떻게든 결혼 이야기를 미루기 위해 그냥 튀어나온 말, 이 자리를 면하기 위해 나온 그의 바람이었다. 유원이 부옥이를 만나 산천단에 가고 싶어 하는 것처럼. 한대용이 마찬가지로 산천단에, 부옥이가 쓰러져 있던 이방근을 발견한 그곳으로 가고 싶어 하는 것처럼. 남승지도 함께 가고 싶었다. 산천단 동굴 옆에 갈 수만 있다면 다시 돌아오고 싶지 않을 만큼.

"뭐라고? 제주도엘 간다고. 허허, 용케 그런 소리가 네 입에서 나오네. 너, 도대체 어디 있다가 일본으로 돌아왔냐? 제주도에 가? 이 녀석, 한 번 더 죽으러 갈 참이냐? 기가 차네. 어머니 앞에서 그런 소리를 해봐라. 너 일본에 와서 1년이나 지났어. 제주도 이야기는 하지도 마라. 너는 제주도에서 결혼할 약속을 하고 일본에서 고향으로 돌아갔어. 그랬다가 다시 이쪽 일본으로 돌아온 거잖아. 게다가 뜻밖에도 그 유원 씨인지도 역시 일본에 와 있다며? 응, 이삼일 전에 도쿄에서 만난 참이지. 유원 씨하고도 행자하고도 결혼할 생각이 없다고? 아이고, 지금 밥 잘 먹고 이런 소리 하고 싶지도 않구나. 쓸데없는 이야기는 관두자. 결혼할 맘이 없다? 알겠다."

"결혼을 하지 않겠다는 것이 아니고요. 다만 지금으로서는 이것저것 마음이 안정되지 않고 그래서 아직 확실히는…. 예, 천천히 생각해 볼게요."

"백년하청(百年河淸)이겠지."

승일 형은 담배를 재떨이에 눌러 끄고 일어서더니 응접실 쪽마루에 걸터앉아 운동화를 신고는 집 밖으로 나갔다. 조그만 골목 건너 공장으로 가는 것이리라.

남승지는 한동안 그 자리에 앉아 있었다. 찻잔 바닥에 남은 차를 들이켰다. 이대로 옆 사무실로 나가 책상 앞에 앉고 싶지 않았다. 도대체 뭔가, 뭘 하고 있는 건가 나는. 맞아, 승일 형이 화를 내는 건 당연하다. 제주도에 간다…? 전혀 생각지도 않았던 소리를 반사적으로 해버린 것이다. 자신이 결혼 같은 걸 할 상황이 아닌데 당장이라도 중매를 세울 듯 하는 말에 온몸을 짓누르는 풍압과도 같은 압박을 느끼고 내보인 생리적인 저항, 몸 그 자체의 반응이었다. 사람을, 중매를 세운다, 그걸 받아들였다가는 끝장이다. 한 걸음 한 걸음, 하루하루, 돌아올 수 없는 시간의 컨베이어벨트로 정해진 결혼 날까지 밀려간다? 하룻밤 사이에 행자가 임신한 것이 아님을 알고 속박으로부터 해방되면서 풍압을 빠져나갈 힘이 생겼다.

형수가 주방에서 말을 걸며 들어왔다.

"2층에 가서 점심때까지 좀 쉬면 어때?"

남승지 앞에 승일 형에 지지 않을 튼실한 몸을 내려놓으며 마주 앉왔다.

"형님에게나 형수님에게나 걱정을 끼쳐서 죄송합니다."

승지는 고개를 숙였다. 경자 앞에서는 새삼 마음이 순해졌다.

"걱정이야 옛날부터 했지. 그냥 우리한테 아들이라도 하나 있으면 승지가 대신 대를 이을 일도 없는데. 내가 나설 일도 없었을 거고. 오늘은 이걸로 됐지만 역시나 승지는 생각을 해야 해. 어머니 역시 어서 대를 이을 손자 얼굴을 보고 싶어 하실 테니까…. 그렇지? 그래도 오늘은 어제보다 안색이 낫네. 2층에 가서 푹 쉬면 머릿속이 개운해질 거야…."

남승지는 형수 말대로 2층 4첩 반 방으로 돌아와 벽장에서 베개를 꺼내 창 쪽에 머리를 두고 드러누웠다. 허공에 걸린 빨래 너머로 부드러운 바람이 불어온다. 옆 공장에서 생고무를 녹이는 몇백 도의 고열과 함께 터져 나오는 롤러의 회전음이 부메랑처럼 바람에 실려 베갯머리에 울려왔다. 베개 위에서 깍지 낀 양 손바닥에 머리를 올린 자세로 천장을 응시했다. 진한 갈색으로 변색된 낡은 판자 천장에 시선을 둔 채 어젯밤과 달리 그래, 어떻게든 다시 공장으로 돌아가자고 생각한다. 싸움이 되겠지. 맹렬히 반대하는 사촌형이나 형수와.

자세를 크게 바꾸며 심호흡을 했다. 한숨 섞인 큰 숨을 뱉어내고서 손발을 뻗으며 옆으로 누웠지만 마음속에서는 뭔가 움직이고 있었다. 눈에 보이지 않는 덩어리. 또 하나의 자신이 몸속에서 밖으로 나오려고 하는 움직임. 승일 형은 오늘 밤이라도 매듭을 지으려 하지 않을까? 문득 형수가 흘린 것처럼 자기들에게 아들이 있다면 대를 잇겠지만…. 사촌동생의 생환은 하늘의 선물이다. 쇠뿔도 단김에. 어쨌든 남승지가 태도를 긍정적, 구체적으로 정해야만 했다. 바로 지금, 행자와 유원이 있지만 두 사람 모두 대상이 아니라면 이번 기회에 다른 며느리를 들인다면…. 준비 없이 튀어나온, 모면을 위한, 시간을 벌기 위한 거짓말, 한대용과 함께 제주도에 다녀온다. 임신이 아니어서 다행인 행자와는 어찌할 것인가. 어쨌든 시간이 필요했다.

맞아, 등의 흉터를 알고 있는 것은 행자와 어머니, 누이동생뿐이 아니다. 까맣게 잊고 있었지만 야스카와 의원의 내과의 강 선생이 알고 있었다.

작년 4월, 조천 부두에서 이방근의 배웅을 받으며 일본으로 온 뒤 오사카 어머니 집에서 두세 달 요양을 하고 나서 고베로 옮겨 왔지만 그러는 사이, 어머니의 친척인 의사 강 선생의 근처 야스카와 의원에 다녔다. 처음에는 몇 년 전 걸렸던 폐결핵의 후유증검사를 겸하여 X선, 객담, 혈액 등을 검사한 결과, 걱정할 것은 없지만 무리하지 말고 영양 섭취를 잘 해야 하고, 과음은 안 되지만 식욕 증진을 위해서라면 약간씩 마시는 건 괜찮다고 했다. 빨간 수염이라는 별명이 있는 호탕한 성격의 술꾼 같은 강 선생이 벌거벗은 상반신 등 쪽에도 청진기를 갖다 대면서 "허허, 호되게 당한 상처구먼, 이건. 흐음." 하고 한마디했다. 고문의 상처에 대해 건드린 것은 아니지만 제주도에서 밀항한 것을 알고 중얼거린 것이었다.

전쟁 말기, 고베 S상고 재학 중 폐결핵으로 1년 가까이 입원한 적이 있었다. 징병 검사에서는 병종 불합격, 병역은 면제였다. 중대한 비상시국에 즈음하여 병역을 담당하지 못하는 것은 매국노, 제국신민의 수치다, 라며 군의에게 욕을 먹었지만 마침내 일본 패전. 매국노인 덕분에 전장에 가지 않아도 되었다.

야스카와 의원에 몇 번 다니는 동안 기묘한 사실을 깨달았다. 대기실에 대여섯 명이 앉을 수 있는 긴 의자가 두 개 놓여 있었는데 같은 제주도 출신에 아마도 얼굴은 알고 지내는 사이일 텐데도 조총련과 민단계는 같이 앉지 않는다는 것이었다. 이웃끼리도 나란히 앉는 것을 싫어했다. 남승지는 아무도 아는 사람이 없었지만 어쩌다 보니 조총련계 의자에 앉아 있었다. 기피인가 적대인가, 음습한 느낌은 아니었지만 불편했다.

강 선생에게 그 이야기를 했더니 네모나고 붉은 얼굴로 하하하, 하고 파안대소했다.

"내버려 두면 돼, 굳이 싸움을 하는 것도 아닌데 뭐. 일본 환자들은 아무 쪽에나 앉거든. 처음에는 의자가 대기실 양쪽 벽에 붙어 있었는데 누가 옮겼을까, 아마도 환자 최씨겠지, 병원과 의논도 없이 어느 틈에 의자를 앞뒤 두 줄로 바꿔놔서 얼굴을 안 볼 수 있게 되었다고 하더라고. 앞뒤는 정해져 있지 않아. 먼저 와서 앞줄에 앉은 사람이 민단계이면 알아서… 그런 식으로 앞뒤 위치가 정해지나 봐. 이건 노골적인 현상이고 4·3의 소문이 영향을 준 거겠지."

낮부터 사무실에 나가기는 하겠지만, 잠깐 쉬어서가 아니라 마치 마음이 변한 것처럼 사무실에 앉아 있는 것을 견딜 수 없겠다는 느낌이 들었다. 사무실 일이라고 해 봤자 전화를 받거나 회계사인 야나가와의 보조역. 이전에 행자가 집안일을 돕고 있을 무렵에는 경자가 사무실에 나가고 있었다.

아침, 스무 명 정도 되는 종업원들이 각각 출근 카드를 찍고 나면 각자의 출근부에 이를 기입한다. 조합과 도매상 등 수주처로부터의 주문, 수주제품 납품서 작성, 송부, 수취서 수령, 공장 직원들의 출결이나 잔업 임금·가불금 등의 계산, 수표나 어음류의 입금, 어음 발행, 고무 원료·약품류·고무장화용 생지의 거래명세, 트럭 운반비 등의 장부. 그런 것들의 출납을 종합 정리해서 부기하는 일은 야나가와가 한다. 야나가와하고 은행 서너 곳을 함께 가는 일이 있었고 어음이나 수표 찾기, 지불금 입금 등 어려운 일은 아니었지만, 아무래도 그런 일은 잘할 수 없었다. 일인데도 익숙해지지 않았다. 다른 곳에서는 통하지 않을 일이었지만, 몇 군데 은행 출입, 은행 대합실 벤치에 앉아 기다리는 일 따위가 묘하게 병적으로 고통스러워 이런 일 일체를 야나가와가 때로는 경자가 대신 했다. 은행 건물 안에 들어가 앉아 있으면 이상하게 한라산 게릴라의 눈 속 행진이 머릿속에 떠올랐다. 은행과 게릴라의 눈 속 행진이 무슨 연관이 있는 걸까? 머릿속 스크린에 눈 쌓인 한라산의 행진이 나타나니 이상한 일이었다. 설산 사진이 은행 벽에만 있는 것도 아니지만, 이것이 묘하게 눈 덮인 한라산과 연결되었던 걸까? 어쨌든 은행 안의 분위기는 돈, 돈의 연호였다. 보는 것도 듣는 것도 돈이라는 공기가 살갗에 닿는 것이 생리적으로 견디기 힘들었다.

이틀 밤을 밤기차에 흔들린 탓인지 도쿄에 다녀오고 나서는 바로 며칠 전까지 앉아 있던 사무실 책상 앞에서 하던 일을 견뎌낼 성싶지 않았다. 몸을 움직이는 점에서 말하자면 교원 쪽이 훨씬 나을 것이다. 사무실을 떠나 공장 현장으로 다시 들어가고 싶다는 것은 무슨 뜻일까? 도쿄와 고베 간 거리, 4, 5일이라는 시간의 단절감. 눈에 보이지 않는 심층에서 잠재적으로 눌려 있던 존재를 흔드는 격진이라는 지각 변동이 있어서 그것이 어떤 자력으로 남승지를 공장 현장으로 끌어들이고 있었다. 그뿐이 아니었다. 그보다는 유원, 그리고 그녀와 함께 하타나카 씨 댁에서 사진도 없는 이방근과 재회한 것이 남승지 몸속에 있는 존재의 틈새에 난 요철을 접골이라도 하듯이 원래대로 끼워맞춘 듯했다. 유원을 여전히 존재하지 않는 존재로 여기는데도 유원이라는 존재가 마음을 차지하고 있었다. 공장에 간다. 제멋대로에 어리광이라는 전제로 그 궤도 위 주위의 반대를 납득하면서도 밀어낸다. 아마도 오늘 밤, 아침에 이어서 결혼 등등의 매듭을 지으려는 이야기가 나오리라.

남승지는 점심때가 다 되어 얇은 점퍼 차림으로 계단을 내려갔다. 경자는 사무실에 나간 듯했다. 마루에 앉아 운동화를 신고서 출입구 통로를 향해 사무실 옆으로 나서자 응접실을 등진 사장 의자에 형이 앉아 있었다.

"어디 가려고?"

"잠깐 공장에 가볼게요."

"뭐 볼일 있어?"

"볼일은 없지만 잠깐 다녀오려고요."

행자한테 결혼 이야기라도 하고 온다고 했더라면 응, 하고 짧은 목을 늘이고 음성도 달라졌으리라.

남승지는 그대로 빠져나가 길로 나섰다.

마른 콘크리트 바닥에 햇빛이 내리쬐고 있었다. 눈부셨다. 양산을 쓴 여성이 지나간다. 그는 왼쪽으로 꺾어 바로 옆에 있는 공장의 널따란 입구에서 흘러넘치고 있는 소음 속에 바람이라도 맞듯이 멈춰 섰다. 바로 옆의 공장 직원들이 인사를 건넸다. 남승지는 현장 감독도 아니고 공장 안까지는 발을 들이지 않았다.

수십 평짜리 공장 중앙에 놓인 세 대의 롤러 톱니가 돌아가는 소리, 주먹 크기로 절단한 생고무에 유황착색제와 유성연화제가 배합된 몇 개의 덩어리가 안쪽을 향해 맞물려 회전하는 상하 롤러 사이로 보내진다. 단번에 소리를 내며 말려 들어가 롤러의 연속회전에 의해 압축되었다가 열로 부푼 고무가 잘려 늘어나면서 폭죽 같은 소리가 난다. 톱니바퀴가 땅을 울리는 굉음과 함께 높다란 천장까지 공장 전체가 울린다.

안쪽에서 점심시간을 알리는 벨이 울리고 있었다. 이어서 기계가 멈추고 귀를 찢던 소리가 사라지면서 고막에 부웅, 하는 여운이 남았다.

넓은 출입구 옆에 서 있던 남승지는 2, 3분 동안 공장을 들여다보고 나왔다. 심한 시너 냄새가 코에 스몄다. 그는 집으로 돌아가지 않고 산 쪽을 향해 걸었다. 앞쪽 사거리 왼편으로 전신주가 보였다. 어젯밤 귀가하는 행자와 외출하면서 임신이 아니었다는 놀라운 고백을 들은 곳이다. 그리고 전신주를 등지고 했던 짧은 포옹, 자전거에 올라 사라진 행자.

행자에게서 전화가 올지도 모른다. 올 것이다. 어쩌면 부재중이겠지만 한대용에게 전화를 걸어보자. 내일이나 모레가 부인의 출산 예정일, 한유방, 한유방, 아들이든 딸이든 유방이라 이름 지을 것이다. 만약 쌍둥이라면 어느 한쪽에 쓰면 된다. 남의 일이니 웃을 수 있지만 만약 내가 아버지가 된다면. 무심결에 소름이 끼쳤다.

산 쪽으로 똑바로 가면 사철 S역. 역 건너로는 완만한 대지 위의 주택가였다. 고등공업학교는 S역 앞에 있었다. 국립으로 수재들이 모이는 전문학교다. 그 학생들이 해안도로 행자네 불고기 집에 갔다. 근처에 사는 학생도 있을 것이다. 그리고 행자가 이야기했듯이 은어랄 것도 없는 '멘스'라는 말을 한다. 학생 몇이서 무슨 이야기 끝에 간접적 표현으로 멘스가 나왔을 것이다.

어슬렁거리며 역 앞까지 와 있던 남승지는 건널목을 건너지 않고 철도 연선 도로를 왼쪽으로 꺾어 일직선으로 햇빛을 반사하며 빛나는 레일에 끌리듯이 걸어갔다. 펜스 너머로 침목들과 빼곡하게 깔린 돌들, 빨갛게 녹슬어 있는 레일이 내뿜는 냄새가 햇빛에 흔들리듯 풍겨왔다. 선로 너머는 롯코 산 산줄기 초록 기슭이었다. 하늘 아래 선로 옆 펜스에 얽혀 뻗어 있는 잡초를 흔들며 전차가 통과하고 바퀴가 레일에 삐걱대며 역 승강장으로 들어왔다. 철도, 전차나 장거리 열차는 정해진 발착시간대로 궤도 위를 몇십 년이고 똑같이 반복하며 달릴 것이다. 영원히.

남승지는 연선 빈터, 건축자재 쪼가리들이 두셋 뒹굴고 있는 콘크리트 블록 한 곳에 걸터앉았다. 점퍼 주머니에 손을 넣었지만 담배는 들어 있지 않았다.

공장에 들어간다. 몸도 마음도 그쪽을 향해 있었다. 기계 소음과 냄새의 용광로 속으로 들어간다. 녹슨 쇠 냄새와는 전혀 다른, 약품과 무기물이 타는 냄새. 머리 위 푸른 하늘로 사라지는 제주도의 타는 냄새. 초토화 작전으로 온 섬이 불타고 검은 불꽃의 냄새가 사라지지 않는 바다와 하늘. 그는 천천히 고개를 저었다. 전차가 굉음을 내며, 녹슨 쇳내를 풍기며, 흑갈색 차체에 햇빛을 반사하며 통과했다. 승일 형 부부에게 잘 말해서 다음 달부터는 공장으로 들어가도록 하자. 반년 동안 해온 일이었다.

미점령 정책의 역(逆)코스. 전후 데모크라시에 대한 반동이 고개를 들었지만 좌익적 진보사상이 일본 언론계의 주류를 이루고 있었다. 그런 일본으로 되돌아온 남승지는 파멸한 혁명으로부터 도망친 자, 돼지. 프롤레타리아로서의 노동자가 아니다. 그것들 모두로부터 소외된 인간, 한대용이 말한 돼지 인간. 그런데도 살아 있다. 숨을 쉬고 있다. 먹고 움직이고 잠을 자고 아침이면 눈을 뜨고 낮을 맞이하고 그리고 또 되풀이해서 낮을 지나 밤을 맞는다. 어쩌면 좋을까? 일을 하자.

공장에서 일할 것이다. 일한다. 하루를 일하고 지쳤을 때의 해방감. 일하지 않는 자는 먹지도 말라는 말이 육체적으로 납득되는 것이다. 육체를 마음이 쫓아간다. 육체노동에 몸을 맡긴다. 남승지 나름의 육체노동에.

작년, 공장에 들어간다는 이야기를 했을 때 형수는, 누군가를 소개하겠다는 것이 아니라 승지 자신이 들어가겠다는 것을 알자 눈을 크게 뜨며 "도대체 승지는 무슨 생각을 하는 거야? 형님이 들으면 기가 차서 화도 못 낼 거야. 우리 조선학교 선생님한테 전부터 부탁을 받았고 형님은 거기 이사이기도 한데, 아직 승지는 반쯤 환자잖아?" 하고는 아예 상대를 하지 않았다. 남승지는 이전부터 이야기했듯이 자기는 학교 선생 같은 건 절대 못 한다고, 그렇다고 아무것도 안 하고 이대로 있다가는 정말로 병이 나버릴 거라면서 물러서지 않았다.

"공장에서 뭘 하겠다는 거야? 여자애들이나 아줌마들하고 같이 장화 밑바닥이라도 붙일 작정이야? 기계가 돌아가는 현장에서는 온종일 쉬지 않고 움직여야 해, 온종일 한자리에 앉아서 신발 바닥 붙여봐. 붙이기만 하나 생지 재단도 해야지, 숙련되지 않으면 할 수가 없다고. 시너 냄새만으로도 승지는 한 시간도 못 배길걸. 공장에서는 약품 배합이니 기계를 작동시켜서 생고무를 녹여 섞는 것도 제대로 하는 게 쉽지 않아. 몇 년은 지나야 한 사람 몫을 해내게 되지. 생고무를 늘이는 롤러에 여자들 긴 머리카락이라도 엉켜 들어갔다가는 그걸로 죽음이야. 남자들도 어쩌다가 손가락이 끼면 팔까지 잘려 나가버려. 용케 그런 생각을 했네. 승지는 공장에 몇 번 갔으니까 현장 일을 다 봤잖아."

경자는 공장에 들어가겠다는 남승지의 말을 부질없는 생각이나 농담 같은 걸로 여겨 겁까지 주며 상대하지 않았다. 여자들의 머리카락이 롤러에 낀다? 상상만으로도 소름이 돋았다. 두개골이 파열되어 롤러 사이에 끼인 몸의 일부가 기계가 정지할 때까지 마른 오징어처럼, 아니 질척질척 터져서 뭉개져버린다. 새빨갛게. 그것은 숙련공이나 할 일이라고, 당연히 남승지와는 거리가 먼, 아니 관계없는 일. 하나의 비유.

언젠가 한번 '견학' 삼아 경자와 함께 공장 2층의 계단을 올라갔을 때였다. 출입구가 활짝 열려 있고 환풍기가 돌아가는데도 시너 냄새가 코를 찔렀다. 냄새뿐 아니라 그것이 증발하는 기체 탓일까, 찌르는 듯한 자극으로 한동안 눈을 뜰 수 없을 정도였다. 그곳에서 다들 일하고 그런 환경에 익숙해진다.

남승지가 마침내 반대를 이겨내고 공장에 들어갔을 때 경자는 하루면 포기할 거라고 했다. 공장장 다카야마의 견습생으로 근무 시간은 아침 8시부터 오후 5시까지, 3시경에 잠깐 쉬면서 어찌어찌 포기하지 않고 조금씩 익숙해져갔다.

롤링은 숙련공의 일이었다. 롤러로 1센티미터 정도의 두께로 늘여 놓은 고열의 고무판 생지를 옆에 있는 석회 속에 던져넣고 열 때문에 들러붙지 않도록 뒤집어가며 식힌다. 그때 피어오르는 석회가루로 주변이 온통 부옇게 되고 공장 창문, 높은 천장 기둥까지 하얗게 된다. 공장 안쪽 2층에서 흘러오는 고무풀 시너 냄새라든가 공장 안에 가득한 온갖 약품 냄새가 석회 분진과 섞이면서 처음에는 술에 취한 듯 어지럽고 구토라도 할 것 같았지만 이삼일 지나니 익숙해져서 그런 거부반응이 없어지는 것이 신기했다. 석회보다는 밀가루가 좋지만 그건 너무 비싸다고 했다. 밀가루는 인간이 먹을 것이니 기아의 시기에 당연한 이야기였다.

보일러 작업 중 석탄 넣는 일을 한때 도운 적이 있었다. 보일러 작업은 석탄 넣는 것이 주가 아니었다. 보일러 장치의 물탱크에 파이프로 연결한 가열장치에 커다란 철제 가마가 있고 그 내부에 몇 단으로 된 선반이 있는데 거기에 장화를 늘어놓아, 끓는 탱크에서 보내는 180도 고온으로 30분에서 한 시간 동안 수증기로 가열한다. 가마를 열고 고무장화를 꺼내는 것이 힘든 작업으로 선풍기 바람으로 식혀가면서 장갑 낀 손으로 꺼내야 한다. 그러고는 가열 전의 고무장화와 바꿔 넣는다. 거기서 만들어진 제품을 손수레로 보일러까지 운반하는 것도 남승지의 일이었다. 장화 틀에 맞추어 고무생지를 가위로 절단한다든가, 고무장화 안쪽의 생지를 판에 붙인다든가 하는 숙련이 필요한 작업은 다른 사람들이 했지만 만들어진 제품을 포장하거나 트럭까지 운반하는 등 잡일이 많아서 편한 노동은 아니었다. 현장 일에 지장이 없도록 다카야마와 의논해서 매월 1일과 15일의 정기휴일을 포함해서 5일간은 쉬도록 조절했다. 양 손바닥에 물집이 잡혔다가 나은 상처는 군살로 굳어졌고 그럭저럭 일에 익숙해져서 오래 못 갈 거라고 예상했던 형이나 오사카에 있는 어머니 등의 걱정을 벗어날 수 있었다. 무엇보다도 남승지는 노동이 불러오는 견디기 힘든 육체적 피로에 오히려 해방감을 느꼈다. 건강해지면 몸을 움직이는 육체노동을 하고 싶었다. 마음을 육체에 복종시키고 싶었다. 오사카에서 고베로 와서 맨 처음 공장 직원들이 일하는 현장의 움직임을 보았을 때 그렇게 생각했다. 그것은 좌익사상의 관념적인 낭만적 소망인

'혁명적 사상' 따위가 아니었다. 일하지 않는 자는 먹지도 말라. 남승지는 슬로건을 위해 현장에 들어온 것이 아니었다.

일본에 온 이후, 남승지는 처음으로 피로와 고통의 여운이 불러오는 심신의 만족스러운 해방감을 맛보았다. 몸의 피로감을 동반하는 해방감 속에 파묻혀 소멸해 버려도 좋겠다 싶었다.

힘이 부쳤으나 그는 묵묵히 일했다. 공장 직원들이 몇 차례나 근처 선술집에 가자고 권했지만 딱 한 번 가고는 술을 못 마신다는 핑계로 더는 가까워지지 않았다. 그들은 일이 끝나면 보일러 탱크의 온수를 공장 욕조에 받았다. 거기서 노동 후의 땀을 씻어낸다. 두세 명이 함께 들어가 서로 등을 밀어주기도 하는데 남승지는 등허리의 상처를 보이지 않으려고 공장 욕조에는 들어가지 않았다. 그래서 더욱 비사교적이라는 인상을 주었지만 바로 옆의 형 집에 욕실이 있으니 굳이 악감정 따위 가질 것은 없어서 어딘가 건강치 않아 보이는 그를 모두 친절히 대했다.

집에서는 날마다 목욕물을 데우지 않으니 어쩌다가 공장이 끝나고 아무도 없는 공장 욕실을 사용하는 일이 있었다. 등 위의 고문 상처에 대해 어머니가 언젠가 귀띔한 것일까, 승일 형 부부는 입 밖에 내어 말하지는 않았고 그가 공장 욕조를 혼자서 사용하는 것도 그냥 두고 보았다.

햇빛 아래, 남승지는 빈터의 블록에서 일어나 걷기 시작했다. 경적을 울리며 다가온 급행열차가 주변에 바람을 일으키며 통과했다. 잡초와 쇠의 녹내가 코에 스민다. 손목시계는 없지만 집을 나와 30분 이상 지났을 것이다.

공장의 점심시간. 현관을 들어서며 보니 사무실의 둥근 전자시계가 12시 30분을 가리키고 있었다.

"어디 갔다 왔어?"

"잠깐 바람 쐬러요."

"행자가 전화했더라. 몸은 괜찮냐고 걱정하던데. 오늘은 사무실 괜찮으니까 쉬어. 여독이 남아 있지?"

그는 배도 고프지 않아 김치와 어젯밤에 남은 고사리나물 따위로 직접 오차즈케[13] 한 그릇을 만들어 먹고 2층으로 올라갔다.

웃옷에서 수첩을 꺼내 한대용의 전화번호를 찾았다.

도로 쪽으로 있는 사촌형 부부의 안방에서 한대용의 아파트에, 아마 없을 거야 싶으면서도 전화를 걸어보았다. 전화를 받은 관리인이 니시하라 씨는 두 시간쯤 전에 나가는 걸 봤는데 안 돌아온 듯하다 하여 전화를 끊었다.

내일이나 모레쯤이 예정일이지만 분만실에 들어가는 것도 아니고 태어나고서 병원에 가면 된다고 했으니 비상근으로 있는 교토 후지 상사로 전화를 해보면 된다. 출근하지 않았다면 병원일지도 몰랐다. 아들일까 딸일까? 장남인 그로서는 아들이면 좋겠지만 어느 쪽이든 이름은 이미 정해져 있다. 유방, 한유방.

후지 상사에 전화해 보니 니시하라 씨가 있다고 했다. 전화를 받은 한대용이 "웬일이야, 무슨 일 있어?" 하고 물었다. 아이는 내일쯤 세상에 나올 거라고 내일은 상사에 들렀다가 오후에 산부인과로 직접 갈 예정이라고 했다.

"난산은 아니니 자연에 맡기고. 대장부는 아내의 출산으로 우왕좌왕하지 않아. 제주도에서는 한참 밭일을 하다가 산기가 있으면 서둘러 집으로 돌아가지. 출산 후에도 얼마 지나지 않아 밭에 나가고. 하하하, 제주도 남자들은, 일은 여자들한테 다 맡겨놓고 빈둥빈둥 놀지. 뭐 요즘은 그렇지도 않겠지만. 그건 그렇고 일이 있어서 송래운 씨가 제주도에서 왔어. 출산 때문에 바로 움직이진 못하지만 래운 선

---

13 오차즈케(お茶漬け): 밥에 찻물을 부은 일본 요리.

생은 한동안 이쪽에 있을 테니 가능하면 함께 제주도에 다녀오려고. 이야기 들었을 텐데 송 선생은 이방근 선배와도 친했던 분이거든. 한번 만나볼래?"

남승지는 반사적으로 "말도 안 돼, 안 만나, 안 만난다고요. 내가 뭐 하러 송래운 씨를 만나? 만날 입장도 아니고 안 만나요. 대용 씨 말고는." 했다.

남승지는 갑자기 놀랐다는 듯 음성까지 달라져 대답했다.

"마침 전화를 해줘서 다행인데 조만간, 이삼일 안에 승지에게 말했듯이 이방근 선배 건으로 이야기를 듣고 싶어. 알겠지? 송래운 선생과도 그 일로 이야기를 하고 싶고. 뭐, 가능하다면 송래운 선생과 식사라도 같이하면서 승지도 함께 이 이야기를 나누고 싶은 것뿐이야. 제주도에서 송래운 말고는 이방근 선배 이야기를 나눌 사람이 없어. 승지는 이쪽에서 송래운과 안 만나도 좋으니 이삼일 내에 둘이서 보자. 이것저것 이야기 좀 꼭 해줘. 내가 무슨 말을 하는지는 알겠지?"

남승지 스스로 언젠가는 한대용과 앉아 이방근의 죽음, 자살에 관해 이야기해야 한다고 각오하고 있었던 터라 송래운의 방문이 계기가 아닐까 생각하며 모레, 24일 토요일 평화정으로 가기로 했다. 송래운이 함께 오지 않는다는 것을 전제로. 알고 있었다. 송래운이 오사카까지 올 일은 없을 것이니.

긴 전화를 끊고 나니 마침 전화 걸기를 잘했다 싶었다. 이방근의 이야기를 서둘러 꺼낸 것은 아마도 아내는 친척이나 누구에게 맡겨두고 송래운과 함께 제주도에 갈 생각에서이리라.

남승지는 행자에게 전화를 걸었다. 행자는 전화를 받자마자 "몸은 괜찮아? 어젯밤엔 안색이 정말 나쁘던데…."라면서 이번 토요일에 시간을 내서 만나자고 했다.

남승지가 오사카에 가야 할 일이 있어서 늦게나 돌아올 것이니 다음에 보자고 대답했더니 오사카에는 무슨 볼일이냐고 묻는다.

"한대용이라는 사람과 볼일이 있거든."

"아아, 알아, 배를 타는 사람이지? 경자 아주머니한테 들은 적 있어. 도쿄 가기 전에 승지 씨가 만났다는 사람. 또 도쿄에 갈 일이 있는 거야?"

"아니, 제주도에서 한대용 씨가 아는 중요한 사람이 와 있거든. 그런 것도 있고 해서 대용 씨랑 이야기를 좀 해야 해."

"승지 씨, 또 제주도에 갈 거야?"

"이상한 소릴 하네, 행자는."

남승지는 웃었다.

"나는 제주도에서 이쪽으로 온 인간이야. 갈 리가 없잖아. 제주도 소리는 하지 말아줘. 한대용 씨와 꼭 만나야 할 일이 생긴 거야."

"응, 알겠어. 미안…."

남승지는 오사카에 다녀와서 다시 전화하겠다고 말했고 어느 쪽이 먼저랄 것 없이 거의 동시에 전화를 끊었다.

자기 방으로 돌아와 좌탁 앞에 앉은 남승지는 창가의 빨래 건조대 너머로 밖을 내다보면서 멍하니 있었다. 아직 근무 시간은 아니었다. 오래잖아 벨이 울릴 것이다. 옆 공장 뒷문 근처에서 골목 쪽으로 울리는, 남녀 공원들의 웃음소리와 이야기하는 음성이 들렸다. 재작년, 강몽구와 일본에 왔을 때도 남승지는 이 방에 있었고 주방 뒷문에서 좁다란 골목 너머로 통하는 공장 뒷문 옆 빈터에서 빨간 스커트 차림의 행자가 명랑하게 웃고 있는 것을 보았다. 어딘가 요염하면서 낯가림이 없는 아가씨라고 생각했다. 창가에 서면 바로 아래쪽 골목을 향해 나 있는 공장 뒷문이 보였다.

남승지는 서너 개비 남아 있던 피스 갑에서 담배 하나를 꺼내 성냥불을 붙여 한 모금 피웠다. 보라색 연기가 창밖으로 사라지는 것을 멍하니 바라보고 있었다.

한대용과 함께 송래운을 만난다? 남승지는 송래운이 오사카까지 오지는 않을 거라고 안심하고 있었다. 한대용과 만나는 건 그렇다 치고 자신이 무슨 면목으로 현지에서 찾아온 인간을 만난다는 건가? 송래운은 지금도 어딘가에서 조직과 연관되어 있는 인간 아닌가? 나는 도대체 뭔가? 제주도에서 도망쳐 와서 사촌형 집에 민폐를 끼치고 있는 인간. 그런 일이 가능한 것은 종손이기 때문이었다.

오늘 아침, 경자가 흘렸던 것처럼 그들에게 아들이라도 있었다면, 승지가 설령 결혼을 하지 않더라도 그건 또 다른 문제였다. 그렇지 않으니 어떻게든 결혼을 시켜야 했다. 이방근도 비슷한 입장에 있었는데 그는 그것을 '종마'라 불렀다. 그런 자신이 근처 조선학교 교사도 되지 않고 반대를 무릅쓰고 공장에 들어가려 한다. 어리광을 부리는 건 아니지만 그런 상황이기에 지금의 내가 있는 것이다. 오늘 밤이라도 아침에 승일 형이 하던 이야기가 이어지면 결혼으로 몰고 갈 것이다. 돼지가 되어서라도 목숨을 이어간다. 그렇지 않으면 가계를 이어가지 못할 것이다. 묵묵히 돼지가 되어서라도 살아라. 그것이 적에게 이기는 길이다. 이방근. 나는 돼지, 일본에서 살아남았다. 결혼을 하고 아이를 만든다, 충보다 앞서 효를 다하는 돼지인가? 그것이 인륜지대사라. 남승지는 머리를 가볍게 저었다.

한대용의 말대로 이방근 자신은 이미 죽음을 결심하고 있었을 것이다. 남승지를 배웅하던 조천 부두 선상에서 팔에 차라고 명했던 손목시계는 그의 유품. 살아라, 하는 명령이다. 살아라, 어떻게든 살아라. 일본으로 와서 1년. 지금 여기 있는 내가 그 결과이지만 도대체 나는 무엇일까?

이방근 선생님, 나는 여기 이렇게 살아 있습니다. 그때 제주도에서 성내 수용소를 끝으로 더 이상 종마는 아니게 되었다. 그랬는데 지금 이렇게 여기 있다. 남승지는 몸 안쪽에서부터 미세한 전율을 느꼈다. 이것은 혼잣말, 누군가를 모독하려 밖으로 나오는 말은 아니다. 한대용이 내 마음의 움직임을 알았다면 이방근을 대신하여 어떤 말 화살을 쏘았을까? 그러니 입 다물고 살자. 숨을 죽이고 조용히 사는 것이다. 방근·대용. 한대용은 연상의 선배로서 이방근에 대한 존경을 공유하는 자로 자신을 대해주었다.

강몽구와 친교가 있는 송래운은 이방근이 설산 게릴라 아지트에서 정세용과 대면하여 증인 노릇을 하기 위해 조천에서 입산할 때, 안내와 식량 준비 그리고 호위를 겸해 청년 두 명을 붙여준 인물이었다. 입산 당일 저녁, 성내에서 택시를 타고 두 사람이 조천까지 왔다고 했다. 송래운 왈, 정세용은 죄 많은 인간이다. 말하자면 송래운은 이방근의 정세용 사살을 돕는 역할을 해낸 인물인 것이다. 게릴라 아지트인 한라산 중복의 하늘 오름까지 5, 6킬로미터를 포함하여 10킬로미터 이상을 눈 쌓인 산기슭에서 산악지대까지 들어가야만 했다. 남승지가 숙지하여 몇 번이나 오가던 게릴라의 길이었다.

밀항자들을 옮기는 5, 6톤급 똑딱선(발동기선)과 달리 한일호 등 송래운 그룹의 배는 일본과 남조선의 2중 선적으로 송래운은 물론 한대용 역시 선원증을 가지고 있었다.

밀항선에도 큰 함정이 있었다. 제주도를 제외한 본토에서는 일본까지 최단거리인 부산에 집중하여 그곳이 거점이 되어 있었다. 밀항업자 중에는 악질들이 있어 일본까지의 운임을 미리 받아놓고 부산 근처 해안에서 출항하고서 근해를 새벽까지 빙글빙글 돌다가 그럴듯한 섬이나 해안에 밀항자를 내려놓은 뒤 사라졌다. 하룻밤 걸려 도착한 그곳이 일본 땅이라고 믿고 하선한 밀항자들은 필사적으로 각자의 행선지로 갈 역을 찾기 시작하지만 이윽고 날이 밝고 나서 보면 부산 근처 조선의 섬인 것이다. 설령 무사히 일본까지 온다 해도 야마구치 현이나 시마네 현 근처 해안에 밀항자를 내던져 두고 도망쳐 버리는 배도 많았다.

제주도에서는 송 그룹의 엄중한 통제하에 그런 사기를 치는 밀항선은 없었다.

일종의 야미(暗)[14] 무역선인데 일본으로 갈 때는 김이니 건어물, 송이버섯 등을 싣고 가는 김에 일반 밀항자를 배삯을 받고 태웠다. 돌아올 때는 약품이나 비단, 의류 등의 물품을 싣고 왔다. 제주도뿐 아니라, 물건에 따라서는 서울 남대문시장 업자들이 제주도에 사러 오기도 했다. 그런 배를 이방근이 조직의 의뢰로, 게릴라에 대한 물자원조와 하산 게릴라의 도외 탈출을 위해(이쪽은 이방근이 혼자 결정한 것이지만) 한대용을 선주로 둔 채 사들인 것이었다.

하지만 하산 게릴라의 도외 탈출은 조직의 방침에 반한 것이었다. 그것은 게릴라 조직의 붕괴와 패배를 전제로 하고 있었으며 '입산애국', '하산매국'이라는 인민유격대의 필승 슬로건에 적대하는 반혁명행동이라고 했다. 그들은 조직원 남승지를 하산 파견하여 이방근의 반혁명성을 설명하게 하고, 그 일을 중지하고 원조물자만 보급하라고 요구했다. 나중에는 조직 자체가, 부위원장 겸 조직부장 강몽구를 앞세워 남은 게릴라 전원이 섬 밖, 일본이 아닌 본토로 탈출하기 위해 완전히 뜬구름 잡는 듯한 비현실적 원조를 이방근에게 요구하기에 이르렀지만, 그때는 이방근이 남승지를 성내 수용소에서 구출하여 일본으로 보낸 후였다.

한대용은 이방근의 게릴라 구출 작업의 실질적인 일손이었고 그것을 삶의 보람이며 긍지로 여기고 있었다.

이방근은 작년 자살에 앞서 배의 소유권이니 선적 증명 등 일체의 서류와 인감이 찍힌 위임장을 한대용에게 맡기면서 이제까지의 도움에 대한 보답으로 배의 소유권을 다시 선주인 너에게 돌려준다며 무상으로 양도한 것이었다. 한대용은 훗날, 그때 이미 이방근은 자살을 생각하고 있었던 것이 아닐까 짐작했다. 배 그 자체가 이방근의 유언이었던 것이다.

---

14 '뒷거래'라는 뜻.

한일호를 건조한 것은 10년도 전이었고, 야키다마 엔진,[15] 소형범선으로 16톤. 최대속도 7노트. 일찍이 일제 시대 관부연락선(수천 톤급)이 부산에서 시모노세키까지 200킬로미터 채 안 되는 거리를 시속 5, 6킬로미터로 약 8시간 걸려 운항했다. 한일호는 30시간 이상 걸렸다.

한대용은 현재 후지 상사 재직 중. 겉으로는 밀무역과 무관하지만 홍콩, 한국 사이의 정식 루트와 밀무역을 반씩 주선하는데 예전의 실적을 근거로 일본에서 니시진오리 견직물, 장화, 아이치 현 세토 도자기 등의 브로커 일을 하고 있었다.

그런 한대용이 이방근의 사망 뒤 "제주도에서는 송래운 말고는 이야기를 나눌 사람이 없어, 그러니 승지도 와."라고 했다. "싫으면 안 와도 돼." 그래서 토요일에 둘만 보기로 했다. 송래운은 오사카에 오지 않는다지만 남승지는 문득 초면도 아니고 강몽구나 이방근과도 알고 있는 송래운과 셋이서 만나도 좋겠다 싶었다. 설령 남승지가 같이 보고 싶다고 한들 그것 때문에 볼일이 없는데 일부러 오사카까지 올 사람은 아니었지만 그래도 한대용은 셋이서 함께 볼까 싶었다. 식사라도 하면서 이방근 이야기를 나누고 싶다고 그가 통화에서 말했던 것이다. 아니, 그건 너무 무겁다. 송래운은 일이 있어 오사카에 오는 것이 아니다. 셋이서 식사… 를 위해 오사카까지 올 일은 아니고 이미 끝난 이야기다. 셋이서 이방근 이야기라니, 견디기 힘들게 무거운 이야기다.

이방근의, 불량한 아들의 자살은 이씨 가문에 전대미문의 치욕이었다. 부친 이태수를 비롯한 일족은 망자의 묘라도 파내고 싶을 만큼 죽은 이방근에 대해, 족보에서 이름을 파버릴 놈으로 여겨 아마 소상 제사도 지내지 않았을 것이다. 망자를 장사하기조차 어려운 일이다. 끔찍한 피스톨은 차치하고라도 성내 동교(東郊) 사라봉 등대 절벽

15 내연기관의 일종. 실린더 압축실 일부를 붉게 달구어 가스를 폭발시킨다.

에서 투신자살을 하는 편이, 그래서 물고기 밥이 되어 주검조차 쓸려가 버리는 편이 나았을 것이 틀림없다. 만약 게릴라에게 납치된 정세용을 설산의 게릴라 아지트에서 사살한 범인이 이방근이라는 사실, 그가 그야말로 빨갱이라는 것이 알려지면 이씨 가문은 파멸에 이른다. 게릴라 사령관 이성운을 경찰의 돌문 기둥에 매달아 죽인 후, 그 사돈의 팔촌까지 30여 명을 역적의 연좌제로 연행, 학살했듯이.

송래운은 사후 이방근을 둘러싼 전언, 소문 따위를 알고 있을지도 모른다. 이방근의 죽음에 대한 관헌의 정보, 정세용의 머리가 성내산 쪽에 있는 무선 전신국 문설주 위에 놓여 있었으니 그것을 게릴라의 짓이라고 단정했더라도 이방근이 그 살해의 직접 실행자라는 것은 경찰도 알 리가 없었다.

남승지는 이방근이 정세용을 사살하는 자리에 함께 있었던 인간이었다. 정세용 사살 현장의 책임자인 강몽구의 생사에 대해(아마도 죽었겠지만), 송래운은 뭔가 정보가 있을 것이다.

어떻게 할까? 어쨌든 오사카로 가서 한대용을 만난다. 둘이서만 보는 게 좋겠지. 한대용은 통기구였다. 열린 하늘, 이방근에게 가는. 그와 이방근 이야기를 하는 것은 고통스럽지 않았다. 고통이 동반되지만 그 고통은 결국 확산되어 허공으로 사라진다. 만약 그가 제주도로 가는 경우, 동행할 것도 아니고 가고 싶지도 않지만, 그래도 한라산 산천단 동굴에는 가고 싶었다. 이방근이 죽은 그곳에 서고 싶다. 한대용 역시 그럴 것이다. 까마득히 햇빛 반짝이는 제주 바다의 광활함. 무한대로 펼쳐진 그곳에 서고 싶다. 서 있고 싶다. 산천단은 제주도지만 제주도가 아니다.

10

저녁식사 후, 아침에 소파에서 어색하게 결혼 이야기를 주고받았을 때 예상했던 일이 일어났다.

사촌형과 경자도 식탁 정리를 마치고 나서 옆의 응접실로 자리를 옮겼고, 벽 쪽 소파에 승일 형 부부가, 현관으로 가는 통로를 등지고 남승지가 앉았다.

남승지는 응접실에 들어오자마자 무언가 눈에 익지 않은 물건이라도 본 듯 테이블 위로 시선이 가면서 멈칫했다. 커다란 필기체 글씨로 적혀 있는 『××남씨세보초(南氏世譜抄) 1권』 아래 족보 세 권이 쌓여 있었다. 굵은 실로 묶어놓은 한적(漢籍)이었다.

결혼을 위한 만남은 일단 중매인을 세워 쌍방이 합의하는 것이다. 약혼으로 통과의례의 레일이 깔리면 그로부터 벗어나는 것은 지난한 일, 자칫 파혼이 될 수도 있었다. 행자와는 정식 맞선을 제외한다는 전제로 한 것이니 바로 결혼은 아닐지라도, 조만간 그런 궤도 위에 올라가면 후퇴할 수 없는 곳으로(요행히도 행자가 임신이 아니어서 기껏 벗어났건만) 몰리게 된다. 한대용이 말했듯이 정식 약혼을 한 것도 아니건만 중매를 세우게 되면 바로 약혼으로 진행된다.

족보에 관해서는 1945년 여름, 해방 직후에 친척들이 모였을 때, 조상묘의 정비라든가 고조(5대조 정3품 통정공)의 직계인 남승일을 대신할 종손인 승지의 결혼 등이 논의되었는데 조선 독립이라는 소란 속에서 조국으로의 귀환을 서두르는 남승지나 주변 모두 급한 문제라고 여기지는 않았다. 옛날이면 모르지만 스무 살, 긴급한 문제는 아니었다. 그 후 몇 년, 남북분단 조국과 제주도의 현실. 남승지가 일본으로 '생환'했다. 돌연 모습을 나타낸 족보, 족보라는 물건. 남승지는 깊이 숨을 들이쉬었다. 남승지가 까맣게 잊고 있던 물건이었다.

거기에는 한문으로 고려시대까지 거슬러 올라가는 남씨 시조에서 마침내 분파, 본토에서 제주로 입도한 역사, 일족의 이름, 생년월일, 경력, 관직 등이 기록되어 있었으나 여자들의 이름은 오르지 않는다.

남승지는 고향의 보통학교 입학 전에 서당에서 엄격한 훈장에게서 『동몽선습』, 『천자문』을 배웠지만 통독, 세로읽기 한문은 대충 이해는 해도 독해는 잘하지 못했다.

승일 형은 오래 서당에 다녔고 사서 가운데 『맹자』 등에 통달했다니 한적에 밝은 편이었다. 무시할 수 없었던 남승지는 괜스레 엄숙한 기분이 되어 한 권을 손에 들고 범상치 않은 감촉의 한지를 한 장 한 장 넘겨 보다가 내려놓았다. 흐음, 기분이 가라앉았다. 맥주 탓인지 붉어진 얼굴에 널찍이 벗겨진 이마를 빛내며 사촌형이 담배를 피우면서 그런 동생의 손을 응시하고 있다가 승지, 하고 불렀다.

"예."

"너 아침에 한대용 씨와 함께 제주도에 간다고 했는데, 안 믿기지만 진심이냐?"

아침에 자신이 한 말이 그냥 해본 소리가 아니라 진심이었다 해도 지금 그렇다고 대답할 수는 없다. 남승지는 반사적으로 고개를 가볍게 저었다.

"아닙니다. 그냥 한대용 씨가 제주도에 간다니까 그런 기분이 들었던 것뿐이에요. 형님이 말문이 막혀 아연실색하실 말한 실언이었어요. 내가 어떻게 제주도에 갈 수 있어요?"

"음, 정말이지?"

"예. 가고 싶다는 것과는 전혀 별개의 문제죠."

사촌형은 꽤나 마음에 걸렸던 듯 커다란 안도의 한숨과 담배 연기를 머리 위로 함께 뱉어냈다.

"승지, 지금 내가 족보를 이렇게 내놓은 의미를 알겠어? 긴 말은 하지 않겠지만 우리 남씨가 제주에 입도한 후, 5대조이신 고조 정3품 통정공 이래 직계자손인 내게 아이가 없으니 대신 승지가 종손이 되었고 넌 개인의 몸이 아니야. 해방 후 승지가 신생 조국 건설을 마음먹고 귀국한 4년 후에 기적적으로 일본으로 살아 돌아왔지. 난 뵙지도 못하고 돌아가신 고 이방근 씨가 애써 주신 덕이고. 이 은혜는 남씨 가문에게도 잊어선 안 되는 것이지. 더구나 그 누이동생이 현재 도쿄에 있다니… 정말이지, 유원 씨라고 했던가, 그 동생을 직접 만나 오라버니에 관해 감사라도 하고 싶을 정도야. 어쨌든, 승지야, 네가 통정공의 종손이라는 사실을 명심해라. 네가 해방 후의 소란 탓에 아직 미혼이고 본래 네가 주재해야 할 아버지, 그리고 할아버지의 제사도 내가 대행해 왔다만 실질적으로는 내가 집사 노릇은 그대로 하더라도 네가 일본에 있는 이상 조상 앞에 절하고 그 외 의식을 주재해야 하는 건 너야. 그러려면 성혼하고 가정을 이루어 가계를 이어 마땅하고, 그게 효도이며 인륜지대사다. 우리 조선에서는 효가 충에 앞선다고 되어 있으니….”

과묵한 형이 다짐을 하듯 더는 미루지 않겠다는 말투로 이야기했다. 어린 승지를 남기고 아버지가 돌아가신 후, 등기부의 농지 500~600평이 상속인 남승지의 명의로 변경되어 그대로 남아 있는데 그 관계 서류와 인감 일체를 형이 보관 관리하고 있다고 했다. 대한제국의 멸망 후, 새 시대의 흐름을 따라가지 못한 옛 양반, 몰락계급 자제의 일원인 남승지의 아버지는 방탕한 한량이었던 모양으로 논밭도 많이 팔아 치우고 그 정도만 남긴 듯했다. 어머니는 딸인 말순과 함께 언젠가 아들이 귀국해 있는 제주도로 돌아가 남은 땅을 일구며 살고 싶어 했지만 그마저 4·3 사건으로 무산되고 말았다.

일단 귀국했던 많은 동포들이 일본으로 되돌아오는 현상이 일어나고 있었다. 남승지 역시 사정은 다르지만 고향을 재상실한 자 중 하나였다. 하지만 남승지 어머니 같은 경우, 아들의 기적적인 생환은 무엇과도 바꿀 수 없는 하늘의 선물이 되었다. 그것은 사촌형에게도 마찬가지였다. 그뿐 아니었다. 혈통상 직계가 되는 남승일에게는 상당한 토지가 있었고 승지는 그것까지 생각한 적은 없지만 승일의 재산 상속자 중 하나가 될 것이었다. 어쨌든 승지가 승일 형 대신에 조상의 씨를 남기기만 한다면 설령 승지가 존재하지 않게 될지라도 그 조카(남자아이여야만 한다.)를 자신이 부모 대신 기른다는 것도 기쁜 일이었다. 그야말로 종마였다.

사촌형의 이야기는 남승지가 혁명의식이니 하는 상식에서 어긋나는 생각으로부터 제정신을 차리고 돌아와 양반가 자제답게 최소한의 의무, 인륜의 기본인 오륜, 군신의 의를 넘어서는 부자의 의, 가계를 단절시키지 않고 계승한다는 의를 지켜야 한다는, 어쩌면 당연한 것이었다. 사촌형이 굳이 족보까지 끄집어낸 것은 남승지를 끌어들이기 위한 길 고르기라고 할 것이다.

제주도에 간다고 말한 것은 자신의 실수였다며 형 부부를 안심시킨 남승지는 문제의 중매에 대해 먼저 말을 꺼냈다.

"그리고 중매인 말인데요, 형님이 말씀하시는 것은 타당하고 저도 충분히 생각하고 있어요. 다만 지금 형님도 말씀하신 것처럼 제가 전혀 생각하지 않았던, 있을 수 없었던, 일본으로 살아 돌아온 일은 이방근 씨 덕이었죠. 바로 이삼일 전에 소상을 도쿄에서 치렀지만 실은 좀 깊고 복잡한 사정이 있어서 동생인 유원 동무도 고민하고 있고 이방근 씨를 큰 스승으로 존경하고 있는 한대용 씨와도 관계된 일이 있어요. 그 때문에 모레 토요일에 오사카에서 한대용 씨와 만나기로 되어 있거든요."

"뭐, 한대용 씨랑?"

"예."

"제주도로 함께 간다고 한 건 바로 너였잖아?"

"아니, 저는 좀 전에 이야기했듯이 제주도에 안 갑니다. 제주도에서 이방근 씨, 이제는 돌아가신…."

남승지는 '이방근'이라고 두세 번 귀에 울린 그 이름을 되풀이하는 것만으로도 눈시울이 뜨거워져 눈물이 솟구칠 듯하는 것을 참아가며 말을 이었다.

“이방근 씨와 관계 있는 사람이 제주도에서 일본에, 교토에 와 있어요. 모레 그 사람과 만나지는 않겠지만 제가 살아서 일본까지 돌아온 데에는 밖으로 보이지 않고 말로 할 수 없는 것이 있어요. 중매인을 세우는 것이 필요하다는 걸 이젠 이해하고 있고요. 오사카에서 한대용 씨와 만날 건데 그이는 제주도에서 온 사람과도 만나서 여러 이야기를 했거든요. 그 사람이 관계하고 있는 회사가 교토에 있지요. 형님, 형수님, 저기 이….”

이방근의 이름이 소리가 되어 나오자 눈물이 흘러넘치면서 말이 이어지지 않았다. 이방근이라는 이름을 입에 담지 말아야 한다.

“어쨌든 오사카에 다녀오고 나서 중매인 일은 상의해서 정하고 싶습니다.”

어째서 이렇게 이러쿵저러쿵 에둘러가며 이야기해야 하는 걸까. 싫다, 확실한 결론을. 오사카에 다녀와서가 아니라 지금 확실히 해야 한다. 중매인 같은 건 필요 없다고.

“…….”

승일 형은 몇 분 지나지 않아 담배를 물고 열기를 뿜어냈다. 주방 쪽이나 복도 쪽이나 미닫이가 열려 있어서 연기가 빠져나가 괴롭지는 않았지만 빛나는 보라색 연기는 향이 없고 독했다. 실제로 한 모금 피워보면 머릿속이 좌악 조여들 듯했다.

“그 이방근 씨라는 사람은 아직 젊고, 한자로는 향기로울 방, 뿌리 근이지? 부를 때는 방근이, 이방근이….”

“형님, 그만하세요.”

“뭐라고? 방근 씨라고 막 부르지 말라는 소린가? 지금 그건 그 사람을 친밀감 있게 부르는 거지, 막 부르는 건 아니잖아?”

“아, 아니, 그런 게 아니라….”

남승지는 대답도 하기 전부터 고개를 젓고 있었다. 아니, 이건 아냐. 이방근이라는 이름을 꺼내서는, 바깥 공기에 닿게 해서는 안 돼.

"무슨 병이 있다고 했던가, 젊은 사람이…."

"예, 유원 동무 오빠의 소상이라고 했는데 소상이라고 할 만한 것도 아니죠. 간단히 일본식 법요 형식으로 스님이 와서 독경을 하고 삼사십 분 만에 끝났어요."

"그야, 제주도에서 제대로 하고 있으니 그런 거겠지. 삼사십 분이라니 좀 짧긴 하네."

"도쿄에 있는 오빠는 유원 동무의 제일 손위 형제인데 일제 시대에 귀화한 일본인이어서 제주도 가족들과는 줄곧 절연 상태였어요."

"일본인? 도쿄의 오빠라는 게 일본인이라고?"

"예."

"흐음, 거기 유원 씨가 살고 있는 건가?"

"학교 기숙사에 살지만 이것저것 사정이 복잡한가 봐요. 유원 동무 말로는 2주기, 내년 대상이 되는 건데 그 하타나카, 유원 동무 오빠 이름인데, 그 오빠 집에서는 지내지 않겠다고 하더라고요. 한대용 씨가 유원 동무를 일단은 돌봐주기로 되어 있는데…."

"한대용 씨가?"

"예, 그럴 만한 사정이 있나 봐요. 생전에 이방근 씨가 제주도에 드나드는 한대용 씨에게 이것저것 맡겨둔 모양이에요."

남승지는 안 해도 될 말을 알면서도 했다. 무의식중에 중매인 문제를 벗어나려는 계산이 움직이고 있었다. 그는 잠시 쉬었다가 이야기를 이어갔다.

"이건 다른 이야기지만 형수님과 형님께 부탁이 있습니다."

"뭐? 부탁이라니… 무슨 부탁?"

"저, 갑작스럽지만 다음 달부터 공장으로 들어가고 싶은데, 그렇게 좀 해주세요."

"뭐야? 다음 달부터 공장에 들어가? 무슨 공장? 아니, 너. 이상한 소리만 하고 있네. 하하하."

형은 웃어가며, 옆에 앉아 비파를 먹느라 커다란 씨앗을 접시에 뱉어내고 있던 경자와 얼굴을 마주 보았다. 경자도 우스웠는지, 씨앗을 뱉어내고 과육이 아직 남아 있는 입을 손으로 가리고 웃었다.

"승지, 지금 무슨 소리를 하는 거야?"

"너 작년에 공장에서 일하다가 그게 무리여서 그만둔 거잖아?"

"승지, 어째서 그런 이상한 생각을 해? 오사카 어머니가 들으면 화내시겠네. 슬퍼도 하시고. 얼마든지 다른 일이 있잖아. 정말이지 나이가 몇 살이야? 그건 안 돼. 이미 경험했고."

"알고 있어요. 형님이나 형수님이나 반대하실 줄은 알지만…."

"알면서 무슨 그런 소리를 하지?"

"그야 제멋대로라고 하시겠지만 그래서 부탁드린다고 한 거죠. 작년에도 안 된다, 하루 하면 나가떨어진다고 했어요. 그래도 반년은 어쨌든 버텼잖아요. 사무실 전화를 받거나 장부 정리를 하고 있으면 아무래도 몸도 마음도 안정되질 않아서…. 형님이나 형수님이 화를 내실 것을 각오하고 이야기하는 거예요. 정말 이상한 소리 같지만 아파 드러누울 것 같다니까요. 머릿속이 좀 이상해요. 다카야마 공장장과도 마음이 맞고 내가 할 만한 일도 있을 거니까…. 이대로는 몸도 마음도 제대로 움직이질 않아요, 나는 야나가와 씨처럼 외근을 할 수 있는 인간도 아니고…."

"너더러 누가 외근을 하래? 중매인 이야기를 하다가 공장에 들어간다니… 정말이지."

"중매에 관한 것은 아까 이야기했듯이 오사카에 다녀와서 확실히 정할게요."

점심시간 역 근처 빈터 블록 위에서 오늘 밤에는 아침의 이야기가 이어지리라 생각했다. 그에 대한 마음의 준비를 어떻게 할까, 어떻게 대답을 할까 생각했지만 정해진 것은 없었다. 그저 몸이 생각하고 있었던 것이겠지. 중매는 세우지 않겠습니다.

"공장에 들어간다는 이야기는 천천히 해도 되겠지. 바로 옆이 공장이고 공장이 어디로 도망갈 것도 아니잖아. 다만 한 가지 말해줄게 있어. 조만간 천천히 이야기하겠지만 승지, 네 생활은 걱정하지 마. 승지는 건강한 몸이 아니야. 자칫 잘못하면 진짜 병자가 되어버린다고. 오늘내일 할 건 아니지만 내년이라도 괜찮아. 얼른 계획을 세우고 일정을 잡아서 결혼을 하고 가정을 이루게 되면 일정한 직업을 정해야지. 설령 공장에 들어간다 해도 다음 달부터라는 둥, 일손이 부족한 것도 아닌데 서둘 건 없어. 네가 오사카에 다녀오고 나서 앞으로의 이야기를 듣기로 하자."

남승지는 잠자코 끄덕였다. 조만간 천천히 이야기를 한다…. 이건 무슨 뜻일까?

"승지, 내가 같은 소릴 또 하는 것 같지만 왜 학교 선생을 하지 않는 거냐? 다루미 중급학교는 멀기도 하고 꽤나 가파른 언덕을 올라야 하니 힘들어서 무리라 해도 니시코베 초급학교는 바로 가깝잖아. 형이 재건위원회 이사니까 이전부터 학교에 와달라고 부탁을 받았다는 걸 알고 있지? 형 체면도 서고, 제주도에서 중학교 선생을 했잖아. 어째서 여기서는 못 한다는 건지…."

예상은 하고 있었지만 똑같은 변명을 할 것도 없었다. 그것만으로도 지친다. 어쨌든 못 해요. 한대용과 만나 이야기를 하고… 그러면 뭔가 커다란 고개를 넘을 듯한 기분이 들었다. 그리고 고개 너머 앞쪽이, 아무것도 없는 그 앞이 보일 것 같다. 아무것도 없는 앞, 어쨌든 앞쪽. 모든 것이 그 후의 일이다. 지금으로서는 오늘이 아니라 내일.

"저기, 맥주 한 병 가져다줄래?"

"맥주 마시려고요?"

"응, 승지도 한잔하지?"

식전에 내놓은 맥주 두 병. 한 병이 한도인 승일 형이 어쩐 일로 한두 번 더 잔을 기울였다. 그리고 평소보다 훨씬 더 얼굴이 붉어져 있었다. 남승지는 두세 잔을 기울인 정도여서 가벼운 취기는 이미 사라졌다. 아아, 술, 술 냄새를 맡는 것만으로, 술을 눈앞에 보기만 해도 홀연히 머릿속 광장 너머에서 술자리의 이방근이 나타났다. 경자가 일어서더니 주방에서 맥주 한 병과 잔 두 개를 가져왔다. 고사리나물, 콩나물, 김치와 함께였다. 그리고 복숭아와 비파를 새 접시에 담아서 내었고 커다란 씨앗만 몇 개 담겨 있던 접시를 치웠다.

경자는 형과 승지의 잔에 맥주를 따르고 두 사람이 마시는 것을 지켜보고 있었다. 남승지는 비파 하나를 집어 들어 과즙이 뚝뚝 떨어지는 껍질을 벗긴 뒤 통째로 입안에 넣었다.

"나는 말이다, 제주도에서 있었던 일을 꼬치꼬치 캐물으려는 게 아냐. 다만 지금 이야기했지만 이방근 씨가 젊어서 돌아가시고 그 소상조차 그저 꼴만 갖추었다니 쓸쓸했겠지만 무슨 복잡한 사연이 있다니까 뭐. 이방근 씨는 일단 수용소에 들어간 너를, 흠, 일단이 아니지, 그걸로 끝이니까. 수용소에서 너를 꺼내 온다는 건 불가능한 일이니까. 그 정도는 나도 알아. 돈도 들고, 우선 돈이지. 웬만한 금액으로는 안 되잖아. 상당한 배경이 있는 인물 아닌가? 그런 사람이 왜 그렇게 너를 구출하려고 애를 써준 걸까? 저쪽 이야기를 하면 승지 네가 가슴 아파하는 건 알아. 그래서 지금까지 이야기를 피해왔지만 어느 정도는 알아둘 필요가 있지 않겠나. 그게 예의지. 흠, 이방근 씨는 어떤 인물인지. 네 생명의 은인, 남씨 가문 대가 끊기는 걸 막아준 존재야. 설령 제주도에 갈 수 있다 한들, 말하자면 말이다, 마음먹고 제주도에 가도 이제는 이방근 씨를 찾아가 만날 수 없어, 만나려 해도 못 만날 사람이지."

형은 경자가 따라준 맥주잔을 천천히 기울였다.

"흐음, 승지, 네 등에 말야…."

등? 남승지는 무심결에 등 위의 흉터가 저려오는 것과 동시에 멈칫하며 사촌형의 팽팽하고 혈색 좋은 얼굴을 보았다.

"그리 놀랄 일은 아냐. 등의 상처 말이다. 나도 경자도 직접 보진 못했지만 알고 있어. 어머니한테 내밀한 이야기를 듣고 이 눈으로 보지 못한, 제주도에서 입었다는 끔찍한 상처에 대해 안다. 공장에서 일을 하고 있던 작년 이야기야. 공장 직원들과 함께 목욕을 하지 않고 공장 일이 끝나고서 드물게 한 번씩 너 혼자 공장 욕조를 썼던 이유도 알고. 어머니는 상처, 아니, 그건 상처라고 할 수 없지, 승지가 평생을 지고 가야 할 고문의… 흔적, 그 이야기를 하면서 결국엔 가슴이 막혀 큰 소리로, 다다미를 두드리며 울고 계셨어. 그리고 승지, 너는 더구나 성내 수용소에서 육지로 배로 옮겨져 10년이나 20년 형을 형무소에서 살든가, 도중에 선상에서… 바다 위에서 살해당하든가. 음, 이런 이야기는 관두자. 네겐 처음 꺼낸 거지만 할 이야기가 아니지."

승일 형은 병을 집어 들더니 얼마 남지 않은 맥주를 승지의 잔에 따랐다. 남승지가 천천히 탁자 위의 잔에 두 손을 갖다 대고 맥주를 받았다. 그리고 잔을 들어 올려 말없이 입에 대었다. 이방근.

"이방근 씨는 그런 너를 구해내서 한대용 씨가 탄 배로 옮겨다 준 사람이야. 도대체 어떤 인간인 건가? 젊은 사람이… 바로 이삼일 전에 일본에서 그 사람의 소상을 지냈다는데, 생각해 봐. 이건 보통 같으면 내가 참석해야만 할 제사라고. 도대체가… 다 끝나고 나서 변명 같지만 정말이지 예의범절에 너무 어긋난 짓이야. 마음이 무거워. 무슨 병이었어?"

"글쎄, 잘 모르겠어요. 제주도 일이니까요. 동생 유원 동무도 작년에 서울의 오촌 숙부에게서 온 편지로, 오는 데만 한 달쯤 걸렸나 보던데. 돌아가시고 한 달도 더 지나서야 오빠의 죽음을 알았다고 하니까요. 유원 동무가 얼마나 오빠를 존경했는지, 아버지 대신이었어요."

"아버지 대신? 아버지가 안 계시는 거야?"

"아뇨, 계시지만 유원 동무가 그만큼 오빠를 따랐다는 거죠."

사촌형과 이방근이 무슨 관계가 있나. 이방근 이야기를 빨리 끝내야 했다. 얼굴 옆으로 귓속에서 이방근이라는 이름이 울렸다.

"이방근 씨가 돌아가신 건 6월이라는데, 작년 한대용 씨가 제주도에 갔을 때, 성내의 집을 찾아가서 본인은 못 보고 부옥이라는 하녀에게서 돌아가셨다는 이야기를 들었을 뿐이라니 자세한 이야기는 모르겠어요."

"병명은 모르는 거야?"

"예."

"어쨌든 유감천만이야. 그동안 아무 소리도 안 하고 있었지만 그 유원이라는 동생을 한번 보고 싶구먼. 사실 서울이 아니라 도쿄에 와 있다는 건 완전히 기적 같은 이야기잖아. 정말로 우리 가문 며느리로 삼고 싶을 정도야. 네가 전에 유원 씨랑 장래를 약속했다고 한 건 사실이지?"

"아니, 그건 아니고요, 다만 서울의 학생 시절부터 친한 친구였어요…. 저, 형님, 유원 동무 이야기는 그만하시죠."

"으음…."

사촌형은 커다란 한숨을 내쉬고는 담배를 입에 물었다. 그리고 라이터를 켜서 흔들리는 푸른 불꽃을 한동안 응시하다가 코앞으로 가져갔다.

경자는 어느새 맥주 한 병과 잔을 하나 탁자 위로 가져오더니 혼자 잔을 기울이고 있었다.

"…새삼스레 생각하지만 승지, 네가 지금 이렇게 눈앞에 있다는 것, 어머니랑 모두 일본에 있다는 것이 감사할 따름이다. 생각할 수 없는 일이야. 제주도에 쉽게 갈 수 있다면 이제 와서 뒤늦게 이방근 씨를 찾아간다는 둥 할 것도 없겠지. 이방근 씨를 만나는 대신 이씨 댁을 방문하고 조문을 겸해 인사라도 하러 가고 싶어. 그렇게 훌륭한 아드님을 잃어버린 부친의 슬픔이 어떨지… 후우."

취기가 돌면서 깊어지는 애도를 담은 형의 그 표정에 남승지는 뭔가가 불끈 치밀어오름과 동시에 순간적으로 얼굴이 풀리면서 웃음이 새어 나올 듯했다. 맥주잔을 입에 대어 막았다. 아아, 이씨 가문을 둘러싼 무서운 어둠. 아버지 이태수도 주변에서도 짐작할 수 없는 이방근의 자살 배경, 악마가 꾸민 인간 삶의, 악마가 보는 드라마. 악마를 넘어서는 살육자들조차 이방근의 행위와는 무연한, 지상에 있으나 다른 별에서 온 집단이다. 조문을 받지 못하는 이방근의 죽음이었다. 무슨 조문인가? 무슨 소상, 제사인가? 무, 무인 것이다. 그것 자체로서 완결된 이방근의 죽음. 남승지의 직관.

맹인은 뱀을 안 무서워한다고 하듯이 모르는 게 약, 이방근 말고 이씨 가문의 지옥상을 알지 못하는 형은, 당연한 일이지만 몰라서 다행인 것이다. 그것으로 충분히 조문이 된다. 아, 승일 형, 이방근은 무서운, 그리고 위대한 인간이에요. 한라산 기슭의 산천단에서 자살했고, 살인자, 친척 형을 죽인 인간이었다. 사는 세계가, 아니 모든 것이 다르지. 남승지는 꿀꺽, 하고 맥주를 한 모금 넘겼다. 이야기는 어느 틈에 이방근에게로 옮아가 탁자 위 족보의 압력을 등에 졌던 무거운 분위기가 조심스럽게 풀려 있었다. 가벼운 술기운이 퍼져가는 남승지의 머릿속에서 이방근이니 양준오의 모습이 뭉게구름처럼 움직이고 있었다.

"저, 형님, 공장 일은 차치하고 행자 일, 아까 이야기했듯이 중매인을 세우는 건 모레 오사카에 가서 한대용 씨를 만나고 와서 정하고 싶으니까 그렇게 하시지요."

"그건 아까 들었으니까 알고 있어. 여기서 대답을 하라는 게 아니라고. 마음을 정하라는 것이지. 행자하고 사이에 중매인이 싫으면 그걸 대신할 만한 이야기를 해봐."

"…예."

그걸 대신할 이야기가 무언가? 어쨌든 결혼 상대를 정하라는 이야기다. 가능하다면 유원과 결혼을 생각하라는 말이기도 할 것이다.

"도쿄에 다녀오고 너 변심한 거냐."라고 했지만 어느새 형 마음이 바뀌기 시작한 모양이다. 어쨌든 아침부터의 난제에서 일단 벗어날 수는 있었다.

남승지가 소파에서 뻗은 다리가 모레를 가로질러 오사카를 향하고 있었다. 한대용을 만날 것이다. 이방근의 망령이 거기 있다. 승지의 큰 은인, 이방근 씨. 그것이 이방근이라는 존재. 모든 것이 부질없다. 거대한 제국을 배경으로 하여 풀려난 사나운 인간 야수 무리. 악마가 짜낸 인간 삶의, 악마가 보는 드라마, 거대 제국의 악마. 폐허의 바다. 사막, 거기 무엇이 있는가? 무, 무.

> 태어남은 한 조각 구름이 일어남이요(生也一片浮雲起)
> 죽음은 한 조각 구름이 사라지는 것인데(死也一片浮雲滅)
> 뜬구름 자체는 본래 실체가 없나니(浮雲自體本無實)
> 태어남과 죽음도 모두 이와 같다네(生死去來亦如然)16

이방근이 좋아하던 7언절구. 산천단 동굴. 우뚝 선 폐허의 무로부터, 학살 사체가 묻힌 땅속 깊은 곳에서부터 투명하고 푸른 불꽃이 타오른다. 보이지만 안 보인다. 안 보이지만 보인다.

남승지는 소파에서 일어나 머릿속 이방근들에게 쫓기듯이 방을 나섰다. 일단 마룻방 식탁에 한 손을 짚고 심호흡을 했다. 바로 옆 욕실 세면대 앞에 섰다. 멈춰 서 있었다. 거울 속에 자신이 있다. 자기, 남승지겠지. 핏기 없는 얼굴에 움푹한 눈, 웃음과 슬픔이 뒤섞여 비틀린 표정과 마주했다. 소변을 볼 생각이었지만 요의는 사라졌다.

멍하니 서 있으려니 무언가 가슴 깊은 곳에서 치받쳐 오르며 술기

---

16 고려 공민왕 때 왕사를 지낸 나옹화상의 누이가 읊었다는 선시.

운이 가슴을 뜨겁게 만들었다. 그것이 눈물샘을 자극하듯 몸을 한 바퀴 돌아 전해져 오더니 느닷없이 눈물이 솟구쳤다. 확, 하고 눈물이 솟아 두 볼을 적시고 툭툭 떨어지기 시작한다. 오, 눈물이 이렇게 쏟아지는 건가? 오, 무슨 눈물일까? 이유를 알 수 없는 눈물. 소리 내지 마. 소리는 밤의 해변에서 내야지. 나가타의 파도 밀려오는 바닷가에서. 아이고, 이방근… 양준오. 그는 세면대에서 얼굴을 씻고 응접실로 돌아갔다. 이튿날 정오, 남승지는 어제와 거의 같은 시각에 태양이 내리쬐는 밖으로 나섰다. 조용한 점심시간 공장 앞을 지나 오래지 않아 왼쪽 전신주를 보면서 사거리를 건넜다.

그저께 밤 귀가하는 행자를 바래다주러 밤거리에 나섰을 때 행자가 등을 기대고 남승지와 일순 세찬 포옹을 했던 전신주였다.

그는 그대로 사철역 쪽으로 향했다.

역 앞에서 펜스가 서 있는 연선을 따라 왼쪽으로 돌아 빈터 쪽으로 걸어갔다. 집에서 밖으로 나와 거리를 걷는 동안 다리가 역 쪽을 향해 가고 있었다. 레일이니 침목 주변 꽉 채워둔 돌멩이들에서 녹슨 철 냄새가 바람을 타고 남승지가 걸터앉은 빈터 블록 위까지 전해왔다.

그리운 냄새다. 잡초의 비릿한 풀 냄새. 왜 이틀 연속으로 롯코 산줄기의 녹음을 배경으로 한 빈터를 찾아온 것일까? 모르겠다. 다만 내일 한대용과 만나기 전에 마치 후미에[17]처럼 빈터 블록이라는 관문을 통과해야만 할 듯한 느낌. 그렇지만 강요가 아닌 자연스러운 발걸음이었다. 담배 한 대를 피운다. 사촌형이 피우던 것과 같은 히카리였다. 신생은 오래된 풀맛이 났다. 피스와는 대조적인 맛.

블록에서 일어나 선로 너머 롯코 산줄기 녹음이 우거진 숲을 바라보았다. 푸른 하늘에 흰구름이 떠 있었다.… 일편부운기… 일편부운

---

17 후미에(踏み絵): 천주교 신자를 색출 처벌하기 위해 에도막부가 밟고 지나가게 했던 성화.

멸. 한 조각 뜬구름이 생기고 한 조각 뜬구름이 사라진다…. 이방근, 산천단 동굴, 목탁 영감. 한라산, 죽음의 산.

내일, 아마도 오전 중에 아기가 태어날 것이라고. 산부인과로 가서 보기만 하면 된다. 산부인과에서 모자(母子)를 외적으로부터 지키기 위해 애쓰는 걸까? 아들이든 딸이든 한유방. 그래 좋은 이름이다. 남승지는 한대용을 따라 불러봤다. 한유방. 이방근. '이방근'은 한대용을 따라 부르는 게 아니다. 지금의 남승지가 내는 목소리다. "내일 오후 4시쯤 평화정에서 보자. 난 3층 사무실에서 일이 있으니까 4시에 늦진 않을 거야." 아침에 한대용과 전화로 한 이야기인데 아이가 탄생한 당일에 아버지를 만나 잔을 나눈다.

한대용을 만난다. 이방근에 관해 어째서 자살을 했지? 그렇게나 단도직입적인 질문을 하다니. 그걸 알 리가 없건만 그는 캐묻는다.

남승지는 이방근에 관한 질문을 내심 피하고 있었고 내키지도 않았다. 그저 이방근과 직접 마주 서듯 하는 것이 견딜 수 없었다. 추도가 아니었다. 산 자를 대하고 있는 듯하지만 산 자가 아니었다.

머릿속으로는 방근, 거기 있는 이방근을 대하고 있건만 이방근이 아니었다. 죽은 자이면서 죽은 자라는 인식은 나중에 찾아온다. 그런 단절, 크레바스가 마음을 찔렀다.

하지만 내일 그런 상대인 한대용을 만난다. 하지만, 지금은 '하지만'이 아니다. 이방근에 관한 대화를 피하고 싶다는 마음은 사라지고 없었다. 그래, 이방근과 만난다. 그곳에 가면 이방근의 살아 있는 모습은 없지만 거기 갈 때까지는 머릿속에서 이방근이 거기서 기다리고 있는 거다. 그리고 그곳에서 망자 이방근에 관해 이야기한다. 죽은 자는 산 자 속에 살아 있다.

"저녁때 만나니 늦게 들어가게 되겠지만 오늘 밤은 나카자키 정의 아파트에서 자고 내일 돌아가라…." 아마 이렇게 말할 텐데, 가능하면 돌아오고 싶었다. 밤에 행자가 "오사카는 어땠어?" 하는 전화를 하겠지만 전화를 받기 위해서는 아니었다.

정식으로 약혼을 한 건 아니잖아. 남승지가 유원을 무시하고 용케 행자라는 여자와? 모른다, 몰라. 내가 아는 거라곤 남승지라는 인간이 지금 내 눈앞에 있다는 것이 이해되지 않는다는 것….

뭐야, 행자의 배가 안 불러온다고? 하하하하, 그거 봐. 내가 말했잖아. 자, 갈 길은 정해져 있어…. 행자와는 헤어지라고 말하던 한대용. 이봐, 임신했다면 나라면 낙태하라고… 라고 했지만 그건 가슴 아픈 이야기네. 상상임신일 줄은…. 어쨌든 다행이야, 하하하하.

사촌형과 한대용이 만나면 의기투합해서 단숨에 유원과 결혼까지 진척될 것이다. 우선 둘이 만날 일은 없다. 남승지는 그런 기회를 만들지 않을 것이다. 그녀 나름대로 임신에서 해방된 행자가 배우처럼 감독의 의지대로 움직일까?

아들이냐, 딸이냐, 새로운 생명의 탄생. 아기가 막 태어나려는 탄생의 날에 한대용과 만나는 건 희망을 만나는 일이겠지. 생명은 희망으로 세상에 나온다. 아기는 오직 색색 소리 내며 잘 뿐이다.

새삼스레 희망이라고 말한다면, 남승지 너에게 희망이 있느냐고 진부한 질문을 받는다면 아니, 자문한다면 무슨 희망이 있을까? 땅속 깊이 묻혀 있는 갓난아이를 포함한 무수한 학살 시체들의 보이지 않는 불꽃이 땅 위에 빛을 발하고 언젠가 불타오를 것이 희망일까? 이룰 수 없지만 이뤄야 할 희망. 그 희망은 허망, 인간 이성으로는 대처할 수 없는 학살과 파괴다. 무력감. 돼지가 되어서라도 살아남아라. 그것이 투쟁이다. 사는 것이 투쟁? 이방근의 죽음은 무엇일까?

지금 희망이 있다고 한다면 하루를 건너 내일로 다가온 한대용과 대면하는 일이었다. 이방근을 되살림으로써 이방근이 희망을, 보이지 않는 희망을 가져다줄 것이다. 희망은 눈에 보이지 않는 법이다. 그것을 이방근이 가져다줄 것이다.

11

남승지는 토요일 오후, 사무실 카운터 옆 통로를 지나 밖으로 나와 평소 입던 점퍼 차림으로 오사카로 향했다.

경자가 오늘 밤 한대용 씨 집에서 자느냐고 물었지만 알 수 없었다. 가능하면 돌아오고 싶은데, 굳이 권한다면 그렇게 될지도 모른다. 한대용의 부인이 출산 예정이라는 사실을 안 경자는 형님 이름으로 출산 축의금을 드려야 하지 않느냐고 물었지만 필요 없다고 대답하고 집을 나왔다. 해안도로 옆 전차 정류장에서 산노미야 역까지 약 40분 정도. 한큐 선 산노미야에서 오사카 우메다까지 30분. 까마득한 하늘 너머 고베 시내. 시간은 오사카행 쪽이 빨랐다. 잠깐 시간만을 생각하면 뭐랄까, 공간 이동이 마구 얽히는 듯해 머릿속이 혼란스러웠다. 점퍼 안주머니에는 적지만 순산 축의금 봉투가 들어 있었다. '축 한유방 탄생.' 아들이든 딸이든 똑같이 한유방. 태어나기 전부터 정해져 있었다. 왠지 유쾌하고 마음이 부드러워졌다. 아무것도 모르는 갓난아이는 자라면서 유방, 유원과 방근을 평생, 그 이름으로 등에 지게 된다. 한씨라는 성과 마찬가지로. 어쩐지 짐 같은 느낌도 든다.

3시 넘어서 특급열차에 올랐다. 토요일 오후 차 안은 텅텅 비어 있었다. 오른쪽 남쪽 바다를 등진 좌석에 앉아 승객이 띄엄띄엄 앉은 차에서 창밖을 내다본다.

맑은 하늘, 장마철에 들어섰지만 맑은 하늘이 이어졌다. 푸른 하늘 아래 동서로 이어지는 롯코 산 산줄기 완만한 녹음의 능선을 바라보자니 짙은 녹색 깊은 그늘은 없었다. 한라산의 움푹 파여 험한 계곡 거무스레한 녹음 그늘은 깊다. 점점이 흰 구름이 차창에서 멀찍이 떨어져 천천히 움직이고 있었다. 차 바닥 아래 바퀴가 회전하는 굉음의 리듬 속에서 졸음이 와서 가볍게 감은 눈 안에 뜬구름이 사라졌다가 나타났다가 하는 것이 비쳤다가 사라지곤 했다. 상반신이 차체의 진동을 타고 가벼이 흔들리고 있었다. 눈꺼풀을 누군가가 손가락 끝으로 열어놓은 듯 빛이 스며들고 산맥 위로는 흰 구름이 흐릿하게 보였다.

남승지는 뒤쪽 차창을 돌아보지 않았지만 산줄기뿐 아니라 바다 역시 물결이 햇빛을 튕겨내면서 동서로 뻗어 있었다.

무엇일까? 눈을 뜨고 깜빡이며 새삼 창밖을 내다보니 산봉우리들 위로 오후의 햇빛 그늘을 드리운 구름과 함께, 설마 선인(仙人)도 아닐 터인데 유원의 모습이 보였다. 맞아, 아침에 깰 무렵 꿈이 사라졌을 때의 잔상, 지금 필름을 두 장 겹쳐놓은 듯이 롯코 산을 배경으로 나타난 것이리라. 꿈의 잔상 속 유원. 그 잔상은 도쿄가 아니라 제주도 바다 향기에 휩싸인 Y리의 유원 모습이다. 흰 반팔 셔츠에 감색 스커트.

무슨 꿈이었더라? 엉클어져 전후 맥락이 잡히지 않았다. 이방근 남매가 나오는 꿈이지만 일찍이 Y리에서 한라산 기슭을 향해 가던 도중 중산간 마을 아지트로 연결되는 꿈이었다. 그 꿈은 예지몽 같은 것이어서, 중산간 마을 아지트까지 연락책으로 찾아왔던 Y리의 구두 수선공 손 서방이 성내에서 이방근 남매가 볼일도 볼 겸 오후 ××시경에 Y리에 들를 것이니 가능하면 만나고 싶어 한다고 전했다. 남승지는 마치 꿈의 안내를 받은 듯이 아침에 막 깨어난 꿈을 떠올리며 Y리로 손 서방과 같이 산을 내려와 이방근 남매를 만났던 것이다.

4·3 봉기 후에 부친에게는 절대 비밀이었지만 이방근 남매가 강몽구와 남승지의 안내로 산기슭의 돌투성이 산길을 올라 Y리에서 중산간 마을로, 해방지구에 들어온 적이 있었다. 그때 Y리 해안에서 남승지와 이유원은 해상에서 불어오는 바닷바람에 감싸여 포옹조차 없이 손을 마주 잡았을 뿐인 만남을 가졌다.

이어도여 이어도
뭉게구름 피는 바다 배가 가누나
이어도여
이어도여 이어도여
내 그리운 님 이어도로 가셨나

이어도여 이어도여
돛 단 저 배 이어도여
저 배 이어도여

망망한 바다에 퍼지는 바람을 타고 아름다운 노랫소리가 들려왔다. 밤의 해변에서 노래하는 유원의 음성이었다.

어딘가 저 멀리 남쪽 바다에 존재하는 섬. 제주 바다를 넘어 저 끝 남쪽을 향하는 배들이 거쳐야 하는 섬. 이어도. 이어도에 갔다가 돌아온 배도 사람도 없었다. 이어도는 있지만 없는 섬. 없지만 있는 섬. 어디에 있는 걸까, 어디에 있는 걸까? 이어도. 환상의 섬. 내 사랑하는 사람은 어째서 돌아오지 않는 걸까….

이런, 우메다였다. 승강장에서 발착을 알리는 안내 음성이 울렸다. 남승지는 잠에서 깬 듯이 고개를 흔들며 주변을 돌아보았다. 승강장을 거쳐 개찰구로 향한다. 개찰구를 나와 들른 역사 안 세면장에서 얼굴을 씻고 밖으로 나섰다. 백화점 현관의 인파에서 해방되어 이번에는 하늘 아래, 오차로 교차점으로. 이곳은 오사카의 혼잡한 번화가. 이제부터 가려는 곳에 누가 기다리고 있을까? 이어도…. 이유원은 아니다. 이방근…? 그래, 이방근은 없다. 어디에도, 어디로 갔나, 이어도로 간 걸까? 이방근. 이방근이라는 존재는 일본 땅에 어울리지 않는다. 평화정 현관에 들어선 것은 론진 손목시계로 4시 전이었다.

입구의 테이블 의자에 앉아 있던 한대용이 벌떡 일어서더니 얼굴을 들이밀며 손을 내밀었고 남승지 역시 이끌리듯이 손을 내밀어 두 사람은 악수했다. 한대용은 유난히 힘주어 손을 잡고 두세 번 위아래로 흔들었다. 무언가 뜨거운 것이 치밀어 오르는 악수였다. 남승지는 한대용의 손을 잡았을 때, 아까부터 이방근을 떠올렸던 탓일까, 만리 너머 성내 이방근의 방으로 양준오가 찾아왔던 달 없던 밤이 생각났다. 남승지와 양준오는 오랜만에 만나 굳은 악수를 나누며 두 사람 모두 눈물을 참고 있었다. 《한라신문》 편집장 김문원이 고문당한 후 심야에 성내에서 총성을 울리며 야외 처형을 당하던 밤. 눈물 흘리지 마라, 뜻 있는 사람끼리 손을 잡으면 눈물이 웅변이었고 뜨거운 눈물이 손등 위에 깨어질 적마다… 가슴에 끓는 피가 그냥 용솟음쳤다. 여긴 이방근의 방이 아니다, 일본, 오사카, 평화정….

"2층으로 가자."

한대용이 앞장서서 계단을 올랐고 평소처럼 왼쪽 방으로 구두를 벗고 들어가 벽 쪽 자리에 앉았다.

"어이, 승지 동무, 태어났어!"

남승지가 묻기도 전에 남자아이를 순산했다고 했다. 햇볕에 그을린 잘생긴 콧마루의 늠름한 얼굴에 온통 웃음을 띠며 굵은 음성으로 말한다.

"잘됐네요, 아들이라니. 모자 모두 건강하고요?"

"그러니까 순산이라고 했잖아. 이름은 유방, 한유방!"

"한유방."

남승지도 따라 했다.

"한유방. 이제 내가 할 일이 하나 늘었어. 맥주가 늦네! 저기, 맥주 왔군."

탁자 위에 맥주, 김치, 나물 등의 밑반찬이 놓였다. 한대용은 점원에게 오늘은 갈비가 있느냐고 묻더니 갈비 2인분에 가오리회, 물김치를 주문했다. 남승지는 고사리를 시켰다. 마지막으로 냉면에 식초와 고추장을 잔뜩 넣어 땀을 흘려가며 먹었다.

두 사람은 맥주를 서로의 잔에 따라주고 건배했다.

"한유방 탄생 축하합니다. 6월 24일."

"한유방. 이방근, 이유원, 고마워."

두 사람은 탁자에 놓인 잔에 술을 더 따랐지만 그냥 두었다. 남승지는 점퍼 안주머니에서 봉투를 꺼내 한대용에게 건넸다. 500엔이 들어 있었다.

"하하하, 축의금이야? 대지(大志)라고 써줘.[18] 한대지! 빈자의 횃불, 고맙소!"

그는 흔쾌히 받았다. 그리고 잔을 손에 들어 꿀꺽 마셨다.

"그런데 말야, 승지 동무. 몸은 어떤가? 엄청나게 당했으니 물어보기도 주저되지만 크게 뒤탈은 없는 거야?"

"뭐, 그럭저럭 괜찮아요…."

"일하는 건 사촌형 공장 사무실이지?"

"예."

"응, 그건 다행이야. 어쨌든 건강을 유지하면서 해나가자. 건강하게 살아야지. 나는 남쪽 창이에서 사형 직전 사선을 빠져나온 인간이니까. 아니다, 잠깐, 창이와 한라산을 비교하다니, 그건 아니지, 취소할게!"

"창이 쪽이 더했던 거 아닐까요? 정신적인 굴욕감이 엄청나잖아요. 그런데 대용 씨…."

"응?"

이야기가 안 끝났는데 한대용이 말을 끊었다.

"대용 씨, 고베의 행자 이야긴데, 임신한 게 아니었대요."

"뭐라고? 행자, 임신이 아니었다고? 그거 정말이야?"

"예."

"어허, 참나, 정말이지. 잘됐네! 그 여자도 몸 상할 일 없고. 다행이야. 자아, 이것도 건배하자."

한대용은 한동안 잔을 손에 든 채 말을 이었다.

"봐, 낙태를 한다는 것과 아이를 낳는다는 건 다르거든. 행자에게도 그렇지, 결혼 전에 낳는다는 건 안 될 일이지. 가출이라도 하지 않

---

18 보통 축의금에 적는 '寸志'(촌지) 대신 '큰 뜻'이라 적어달라는 의미.

으면 어려워. 승지는 어떡하고? 그리 간단한 문제가 아니거든. 큰일이지, 아이고, 잘됐네, 다행이야. 건배!"

두 사람은 잔을 쨍 부딪쳤다.

"허허, 재미있는 이야기야. 어? 행자라는 애가 거짓말했던 거 아닐까? 승지한테 반해서 관심을 끌려고…."

"거짓말할 여자는 아니에요. 실제로 생리가 없었다니까."

"심리적으로 상상임신을 하면 그렇게 되잖아…. 거짓말이 진짜가 되어버린 거지. 자기 스스로도 그렇게 믿고 있었다는. 그랬는데 그게 아니게 되어서 그 여자도 결과적으로는 안심한 거 아냐?"

"형수님하고 아기가 집으로 돌아오면 아버지 노릇도 힘들지 않겠어요?"

"아까 말했잖아, 일거리가 하나 늘었다고. 일주일 정도 병원에서 쉬고 나면 친척 여자 하나가 와서 한동안 도와줄 거야. 내가 일하러 나가면 초산인 아내 혼자서는 힘들 테니까. 제주도에서는 산후조리 따위 뭐가 있어? 다들 혼자서 해치우지만 뭐, 그렇게까지 할 건 없으니까. 무엇보다 제주도에서는 이웃이니 마을 전체가 한 가족 같잖아. 하긴 그것도 옛날 제주도 이야기지. 이젠 그런 마을, 이웃 자체가 지상에서 사라져버렸어. 여긴 말야, 벽 하나 너머가 생판 모르는 사람들이야."

"송래운 선생은 교토에 있어요?"

"응."

"언제쯤 제주도로 돌아가요?"

"아직 미정이지만 반달 정도는 있을 거야."

"대용 씨랑 함께하는 건가요?"

"그렇게 되려나? 일이 되어가는 걸 봐야지. 송 선생은 가는 길에 대마도에 들르려나 봐."

"대마도? 쓰시마?"

"대마도는 밀항자들의 중계지인데 거기서 일단 하선하면 다시 바다를 건너 일본 본토까지 들어오는 건 어려워. 대마도에서 하선하는 경우에는 가능한 한 대마도 남쪽, 일본 본토와 정기선이 있는 이즈하라에 가깝지 않으면 힘들지."

"일본에서 제주도를 가는데 왜 대마도에?"

"밀항과는 관계없어. 대마도 북쪽 끝에 사스나라는 조그만 항구가 있어. 난 가본 적이 없지만. 대마도 산들이 다 낮으니까 거기 근처 산에 올라가면 부산이 보인다거든. 일본 본토보다 훨씬 가까워. 송래운 선생은 경상도 사람인데 아는 이가 거기 있어서 물건을 거기서 내리고 다른 볼일이 있는 듯해. 한일호는 지금 오사카 항의 아지가와 부두에 묶어둔 채고, 출항할 땐 정식 루트로 갈 거야. 여러 가지 일들이 있지만 어쨌든 일본에서 출항할 때는 가능하면 유원 동무를 만나고 싶어…."

남승지는 말없이 고개를 끄덕였다. 유원은 불가능한 줄 알면서도 동행하려 생각할지도 모른다. 무엇보다 오빠, 방근 오빠의 주검을 산천단에서 성내까지 업고 내려온 부옥이를 보고 싶은 것이다. 아아, 방근 오빠의 말라 굳어버린 피가 들러붙었던 부옥이의 검은 치마저고리에 감싸인 바위 같은 등. 부옥이는 그냥 부옥이가 아니다. 이방근을 등에 진 십자가인 것이다. 하지만 유원 동무는 갈 수 없다. 한대용이 말릴 것이다. 유원은 남승지와는 사정이 다르다고는 해도 어쨌든 가까스로 오빠의 뜻을 이루어 죽음의 섬에서 한일호로 탈출해 나온 것이다.

한대용은 부옥이와 만날 것이다. 이씨 댁을 방문하게 될 것이고 지난번에는 대문 밖에 선 채 부옥에게서 이방근의 충격적인 죽음에 대해 들었지만 이번에는 아버지 이태수 씨를 만나 인사를 하고 싶을 것이었다. 아마도 거절당하겠지만 하다못해 딸인 유원의 소식이라도 전하고 싶다고 하면 인사는 가능할지도 모른다. 그리고 부옥이를 만나 산천단까지 동행할 것이다. 지금 산천단은 어떻게 되어 있을까? 수령 600년 높이 20미터를 넘는 여덟 그루의 거대한 흑송이 폐허에 우뚝 서 있는, 어두운 구멍이 입을 벌린 산천단 동굴. 아니 지금은 6월이다. 제주도의 서늘한 녹음이 우거진 춘사월이 막 지났다. 잡목림, 녹색으로 부푼 풀과 수액 냄새.

온갖 꽃들과 고산식물이 초토에서 싹터 피어났을 것이다. 이봐, 승지, 이방근 선생이 좋아했다는 동굴 속 바위틈에 군생하는 백란 석곡(石斛)이 부드러운 바람에 귀엽게 흔들리고 있을 거야. 산천단 어디에서 이방근이 죽은 걸까? 옛날, 산신제를 올리던 신단 유적 근방일까? 부옥이는 알고 있다. 모두 알고 있다. 어떻게 쓰러져 있었는지도 다 알고 있다.

"하하, 이방근 선생 모습은 안 보이더라도 음성은 들린다고…."

한대용은 귀라도 기울이듯이 고개를 갸웃하며 천장 한 곳에 시선을 던졌다. 시선 끝은 그을린 천장 구석이었다. 남승지 역시 이끌리듯 귀로는 한대용의 시선 끝 음성을 좇았다. 어쩐지 억지스럽지 않은 것도 아니었지만 짧은 순간 그런 느낌이 들었다.

"하하, 이방근 선생 음성이 이곳을 찾아온 건가? 내가 산천단 언덕에 서면, 보이지 않는 승지 동무와 함께 서면 말이야. 산천단에서 이방근의 음성을, 하늘의 소리를 들을 수가 있을 거야. 함께 들을 수 있다고. 살아라, 돼지가 되어서라도 살아라. 승지에게 했던 말이잖아."

음식이 날라져 오고 환풍기가 돌고 방문이 활짝 열렸다. 옆방은 비어 있었다. 한대용은 봄철에 어울리는 남색 웃옷에 역시 청색 계통의 넥타이를 맨 점잖은 신사 차림이었지만 겉옷을 벗더니 풀어낸 넥타이와 함께 벽의 옷걸이에 걸었다. 기름진 연기가 얇은 웃옷에 스며들 것이다. 귀가해 보면 벗은 옷들 모두에서 기름내가 진동할 터였다.

한대용은 보랏빛 연기를 피우며 피스를 입에 물고는 20센티미터는 됨 직한 갈비 2인분 4개를 모두 불 위의 석쇠 가득 펼쳐놓았다. 금세

숏숏, 육즙과 기름이 튀며 연기를 피워 올렸다. 맛있는 냄새가 났다.

"자, 익었어. 손으로 잡고 먹어."

와이셔츠 소매를 걷어 올리더니 젓가락으로 일단 갈비를 접시에 옮겨 담아 손으로 잡았다. 남승지 역시 얼른 기름진 고기가 붙은 갈비의 양쪽 끝을 하모니카라도 불듯이 두 손으로 입에 갖다 대고는 육즙이 떨어지는 고기를 위아래 이로 물어뜯듯 먹는다. 손도 입 주변도 기름기로 번들번들 더럽혀졌다. 냅킨으로 닦아냈다. 잔혹한 음식이다. 인간이 맹수들에게 잡아먹히는 것도 당연… 아이고, 맛있네. 번뇌가 깊으나 그건 차치하고 맛있는 건 맛있다. 입안에서 감탄한다. 죄 많은 행복이다. 남승지는 국물 대신이라는 듯 맥주를 한 모금 마시고 한대용의 피스 한 개비를 입에 물었다. 오랜만의 좋은 향기. 평화의 향기. 제주도. 일본….

"그런데 말야. 우리 지금 이렇게 맛있는 고기를 먹고 있지만, 오늘은 이방근 선배 이야기를 승지 동무와 하고 싶어. 승지 동무가 이것저것 알려줬으면 해서 일부러 여기까지 오라고 했어…."

"대용 형, 뭐예요, 그 말투는. 내가 무슨 대용 형 선생이에요? 그런 소리 하지 마세요."

"선생이 아니지만 선생이지. 전부터 말했잖아. 많이 가르쳐달라고… 그래서 말야, 마침 내 아들, 내 아들이라… 기분이 이상하네. 그런 게 있었던가? 이제 있게 되었지. 일본 오사카에서 아들이 태어나다니, 그 생일이랑 겹치다니. 그래서 방근 선배랑 친했던 송래운 선생도 함께 볼까 했는데 승지 동무가 안 만나겠다고, 만날 입장도 아니고 나 말고는 안 만나겠다고 너무 고집스레 거절을 하니, 그러면 둘이서 만나자 한 건데 역시 그러길 잘했네."

남승지는 그게 아니지, 아냐…. 내심 변명하고 있었지만 사실 한대용과 전화할 때는 그랬다.

"송래운 선생과 만나는 게 싫어서 그랬던 건 아니에요. 이미 끝난 이야기지만 어쩐지 무서운 기분이 들어서 그렇게 되어버린 거지. 그래도 그게 나왔다 싶어요. 지금 대용 형과 둘만 있는 게 역시 나아."

남승지는 말을 멈추고 상대의 얼굴을 새삼 바라보듯 하면서 이어갔다.

"그런데 지난번에도 그렇고 이방근에 관해 이것저것 가르쳐달라는 둥 하지만, 대체 내가 이방근 선생에 대해 뭘 안다고 형은 그런 말을 해요?"

자신의 성대를 떨리게 하는 이방근의 음성이 귓가에 울리고 있었지만 신기하게도 그 때문에 가슴이 에이는 일은 없었다. 이방근의 음성이 울리는데 객관적이고 담담했다.

"돌아가신 분 이야기를 불고기 먹으면서 이러쿵저러쿵 하는 건 모독이 될지도 모르지만 이방근은 그런 것에 개의치 않는 인간이야. 마음이지, 마음. 이방근은 어째서 자살한 걸까? 그것도 산천단에서. 그런 건 잘 모르는 우둔한 머리지만 어쨌든 날마다 생각하고 있어. 생각하려고 하는 게 아닌데도 생각해. 그래서 이방근이 흘린 피가 스며들어 있는 땅 산천단으로 가는 거야. 산천단 그곳으로 가려면, 이방근 선배님, 어째서 당신은 여기서 피스톨로 자살을 한 겁니까, 라는, 응답 없는 질문에 대한 답을 들어야 해. 그렇지 않으면 앞이 어두워 거기까지 갈 수 있을 법하지가 않은 거지. 발밑을 비추는 라이트가 필요해. 산천단으로 오르는 길은 돌투성이로 험준하니까. 저기, 그 피스톨은 당연히 경찰이 몰수했겠지만 그건 내가 이방근 선배에게 선물한 물건이야."

"네? 뭐라고? 형이?"

"그래, 이방근이 지니고 있던 피스톨은 남승지 손에 갔다가 게릴라 중 간부 누군가의 손으로 건너갔겠지. 그 피스톨은 오사카 미나미의 하야시라는 조선인 야쿠자 두목에게서 받은 거였어. 제주도 출신이지. 마흔 살 가까이 된, 꽤 미남인데 고베의 야마나카 패거리도 인정하던 사람이야. 대개 야쿠자 조직은 우익이기 십상이지만 이 남자는 옛 조총련 지지자, 조직 자체는 그런 거 전혀 없지만 한라산 게릴라 이야기를 듣고는 의용병으로 젊은이를 보내자는 이야기까지 하고 있었으니까. 농담이 아니고. 강몽구 선생과도 아는 사이야. 뭐, 그런 것도 모조리 이방근의 죽음과 함께 사라졌지만…. 어이, 승지 동무, 지금 덧붙여두지만 한라산 게릴라 측이 야쿠자 의용병 따위, 실제로 그런 게 실현된다 해도 받아들일 리가 없지. 야쿠자는 반동, 우익, 비혁명이니까. 하지만 그렇게만 되면 고마운 이야기잖아, 훈련되어 혁명정신을 교육받으면 야쿠자 출신의 게릴라, 엄청날 텐데. 하하하, 역시 안 되려나? 승지 동무, 이방근은 위대하다고. 그렇게 생각하지? 내가 말야, 4·3 봉기 후였어. 당시 남방에서 기적적으로 생환하고 나서, 그 무렵에 북소학교의 위대한 선배 이방근 선생을 만난 건데 승지 동무도 알고 있지? 북소학교 봉안전 소변 사건. 응, 그거야. 내가 소학교에 입학했을 때 선배는 6학년 때 학교를 쫓겨나서 육지의 목포 소학교로 전학 가는 바람에 제주에는 없었어. 소학교 운동장 구석에 일제 천황 부부 사진을 모셔둔 봉안전이라는 게 있었는데 날마다 전교생이 조례 때면 최고 경례를 해야만 했거든. 이방근 선배가 어느 날 봉안전 뒤쪽으로 돌아가 오줌을 갈겨버린 거야. 그게 탄로 나서 난리가 난 거지. 경찰이 와서 체포한 다음 제주경찰서 유치장에 며칠씩 가둬두었어. 섬 밖으로 추방되었고…. 소년 반일 사상가, 투사인 거야. 꼬마 사상범. 그 존경하는 대선배를 찾아갔어. 나는 그때 인맥을 통해 게릴라 입산을 하겠다고 타진하면서 지원했지만 허허, 남방에서 돌아온 BC급 전범, '친일파'라고 거절당했어. 내가 친일파라고? 게릴라 측은 그런 식이었어. 뭐, 입산하지 않았으니 다행이지. 지금쯤 어떻게 되어 있으려나. 벌써 그때는 주변이 친일파 일색이었으니까. 나는 식민지 지배로부터 독립했다는 조국이, 뭐야? 일제 시대 때 진짜 친일파였던 놈들의 세상이 되어 있는 것에 깜짝 놀랐지. 다시 숨을 돌린 경찰이니 관청의 친일파 놈들이 나를 BC급 전범에 창이 수용소 귀환자라면서 친일파 취급하며 보이코트. 세상 참 어떻게 돌아가는 거야? 강물이 거꾸로 흐르고 돌멩이들이 물 위에 떠 흘러가는 세상인가? 이것이 일제 지배에서 해방된 조국, 고향 땅이란 건가 싶어 뭐가 뭔지 아무것도 모르겠더라고. 그때 이방근 선배를 찾아간 거야…. 아이고, 이방근 선배, 내 소학생 시절의 위대한 선배. 그게 시작이었지. 아이고, 눈물이 난다. 어이, 이상한 얼굴 하지 말고, 한잔 해…."

한대용은 잔을 손에 들고 남승지가 들어 올린 잔에 부딪히며 기세 좋게 쨍! 하고 깨질 듯한 소리를 내더니 단숨에 들이켰다. 그리고 손수건으로 얼굴을 문질렀다.

"…이방근 선배는 나를 동생처럼 소중히 여기고 새로운 인간으로 길러주신 거야. 승지, 알겠지!"

남승지는 울컥 치밀어 오르는 것을 느끼며 말없이 크게 고개를 끄덕였다. 한대용이 한잔하면 입버릇처럼 창이 형무소의 잔혹한 이야기와 함께 꺼내는 이방근 예찬이지만, 그런데도 가슴을 친다.

"저기, 이야기가 길어졌는데 그래도 아직 멀었어. 아까는 하야시 두목 이야기, 피스톨 이야기 했지. 그래, 답례는 제대로 했어. 피스톨. 나는 공짜 물건은 절대 안 가져. 난 사격의 명수라고. 알지? 제주경찰에서 부디 경찰이 되어달라고… 서장이 고개를 조아리며 권한 적도 있었어. 맞아, 하야시 패거리 도장에서 사격 연습을 했지. 백발백중, 내가 사부였어. 하야시 조장이 선물한다기에 고맙게 받았고 그 대신 제대로 답례를 했어. 상대는 받지 않겠다는 것을 말야. 오사카에서 산천단까지 배를 타고 간 피스톨이 어디로 간 걸까? 아까워라, 경찰한테로 간 거겠지…."

"……."

남승지는 뭔가 가슴에 얹혀 있었던 듯 커다란 한숨을 내쉬고는 피스톨, 하고 중얼거렸다.

"만약 내가 이방근 선배에게 피스톨을 주지 않았더라면. 그래도 이방근은 죽었겠지? 어떻게 죽었을까? 이방근은 결코 추하게 죽진 않아. 피스톨이 어울렸던 거지. 내가 피스톨을 이방근 선생에게 선물하지 않았더라면 이방근은 안 죽었을까? 승지는 어떻게 생각해?"

"……."

남승지는 한동안 말이 없었다.

"자살하지 않았다?"

"아니, 자살하죠, 그 사람은 어차피 자살할 사람이에요. 피스톨? 상관없어. 하지만 피스톨이라서 다행이었어요. 나는 그렇게 생각해요."

"응, 승지, 고마워. 피스톨이라 다행이었다…. 나도 그렇게 생각하거든."

한대용은 앞에 놓인 맥주잔을 기울였다.

남승지는 맥주병을 들어 한대용과 자신의 빈 잔을 채웠다.

"이방근은 왜 죽었을까?"

"나도 몰라요."

남승지는 가볍게 웃었다.

숟가락으로 물김치 국물을 떠서 입에 넣고 마치 시간을 벌듯 무 조각을 천천히 씹어 먹고 상큼한 산미가 입천장 전면에 퍼져가는 것을 의식한다. 어째서 망자 이야기를 하는데 마음이 설레는 걸까? 마치 살아서 도쿄 근방 어딘가에 있는 인간인 듯했다. 몸에 작용하여 떨려왔다. 한대용 역시 그런 거겠지. 아니, 그는 일본에 사는 인간이 아니다. 그래, 그러니 이 땅에는 없어. 남승지는 어젯밤부터 대답을 준비했는데 내용은 그 자신의 의문이었다. 모른다.

"다만 이방근 씨는 아주 예전부터 자유로운 인간은 살인을 하지 않는다고, 살인을 하기 전에 스스로를 죽인다고, 즉 자살한다고 했지만, 그건 또 그것대로 이해할 것 같아요. 철저하려면 그렇게 되는 거겠지…. 그렇게 되면 사람을 죽이는 살인이란 무엇인가 하는 의문이 생겨요. 살인이라는 것이 마구, 우리 사회에서 여기저기서 일어나고 있지만 정작 차분히 주변을 살펴보면 살인은 역시 비정상적인 것이고 끔찍하고 엄청난 일인 거죠. 게다가 이방근은 그 살인에 앞서 요컨대 살인은 자신의 자유를 빼앗으니 자유로운 인간은 자살한다…. 알 것 같은데 머리로는 알 것 같은데 이해 안 되는 게 많아요….”

“난 모르겠어. 머리로는 알 것 같다고 하지만 그 머리라는 것도 잘 모르겠어. 자유로운 인간은 살인을 하지 않는다는 둥, 뭔 소리야? 나는 도통 모르겠지만 이야기는 들었어. 이방근 선생이 나를 상대로 그런 이야기를 했을 리도 없지만 제주도에서 이방근 선생 방에서 양진오 씨랑 다들 있을 때 들은 적이 있는 것 같은데 뭐라는지 알 수 없는 이야기였지. 이방근은 사람을 죽였잖아. 실제로. 나는 이방근의 살인을 정의라고 생각해. 알겠지? 승지.”

남승지는 끄덕였다.

“맞아. 하나는 한일호로 탈출을 시도하려고 가명으로 승선한 스파이 유달현이지. 이방근의 살인이 아냐. 그놈은 돛대 위에서 제멋대로 죽은 거야. 이방근이 줄곧 추적하고 있었고 마침내 한일호 승선을 알아내서 선실에서 심문했어. 나는 심문 자리에 동석하고 있었지. 그 더러운 스파이, 도대체 동지를 판다는 것이 어떤 거지? 한 사람이라도 큰 죄인데 그놈은 성내 조직 전부를 팔아넘겼어. 그러니 선원들이 난리가 나서 인민재판이 된 거야. 유달현 이놈을 갑판으로 끌어내어 돛대에 매달아 올린 거지. 불쌍하게도 돛대 위에서 똥을 내갈기면서 제멋대로 죽어버렸어, 이방근이 유달현을 죽였다고 한다면 난 공범이야. 선원들 전원과 다른 밀항자들 역시. 하하하, 그게 살인이라니….”

한대용은 일단 말을 멈추고 담배에 불을 붙이더니 천천히 한 모금 빨아들였다. 서비스일까, 주문하지 않았는데 내놓은 큰 접시의 수박을 먹으며 남승지는 이방근에 관해 한대용과 이야기하는 것이 싫어 피해왔고 지금도 이방근의 배에 동승하고 있는 것 같아 어쩐지 그리움이 섞인 슬픔을 느꼈지만 결코 고통스럽지는 않았다. 서로의 입에서 나와 귀로 들어오는 이방근의 음성이 마음을 어루만진다. 기쁘다. 역시 송래운 씨가 동석하지 않아 다행이다. 송래운, 쓰시마에 들른다고?…

"승지 동무, 이건 명백히 끔찍한 살인이지만 이방근 선배는 정세용을, 외가 쪽 형인 정세용을 설산의 게릴라 아지트에서 자기 손으로 피스톨로 쏘아 죽였어. 승지가 거기서 제 눈으로 보고 있었잖아. 그 피스톨은 원래 이방근 것이지만 그걸 정월, 작년 설날 아침 승지가 성내를 탈출할 때, 이방근 선배에게서 호신용으로 받았다고, 승지가 말했잖아. 그걸 승지 손에서 빼앗아서 게릴라가 하겠다고 하는 걸, 게릴라가 할 일을 이방근이 대신 나서서 맡아 사살한 거겠지. 그건 뭐였나? 알듯하면서도 잘 모르겠어. 그건 명백한 살인이야. 친척 형을 죽인 것이니 그런 것도 겹쳐져서 이번엔 자신의 죽음이 되는 건가? 피스톨로…. 음. 자유로운 인간은 살인에 앞서 자살한다… 라고 했지. 도대체 이건 뭘까, 이방근이 왜 죽은 걸까? 살인하기 전에 자살한다… 모르겠어."

한대용은 두 손으로 굵은 머리카락을 뒤로 쓸어 올리면서 커다란 눈을 번쩍이며 깊은 한숨을 내쉬었다.

"이야기를 하려면 끝이 없고 나는 이해가 안 돼서 미로에 빠져버린 거지만 지금 대용 형이 말한 것처럼 정세용을 죽인 것은 사실이에요. 말할 것도 없이 그건 명백하죠. 어째서 죽인 건가? 왜 게릴라가 정세용을 납치해서 설산으로 연행해 온 것인가? 그리고 친척 이방근이 증언을 했어요. 정세용이 악랄한 민족 반역자라는 것과 얼마나 큰 죄를 지었는지를. 납치는 게릴라가 실행했지만 정세용의 반혁명, 반인민, 반조국 음모 내용과 범행을 구체적으로 알 수는 없었어요. 그것을 이방근이 증인으로서 설산 아지트의 인민재판에서 밝혔죠. 이방근은 여러 가지 비밀 첩보, 기타 추적 등으로 정세용의 끔찍하고 비인간적인 숨은 행위들을 충분히 파악하고 있었던 거예요. 유달현의 경우도 그렇지만 겉으로는 술고래에 한량처럼 보여도 권력 쪽의 부정을 추구하는 일에는 철저한 사람이었어요. 그런데 정세용 처형 전날 밤, 송래운 선생과 성내에서 조천까지 택시로 동행한 청년들이 송 선생 지시대로 설산까지 10킬로미터 정도를 이방근을 데리고 안내해 들어왔어요."

"응, 그 이야기는 들었어."

"대용 형, 4·28 평화협정 기억하죠?"

"4·28 평화협정? 응, 산속 게릴라부대와 토벌대, 양쪽의 4·28 평화협정은 결렬되었잖아."

"예, 그게 전부죠. 시작과 끝. 그 평화협정이 깨져버림과 동시에 모든 것이, 지금 현실 속 제주도로 저렇게… 아이고, 이 남승지는 살아남아 일본에 있고 왜 이런 이야기를 하고 있는지. 지금 여기서… 아이고, 여기서 이런 소리를…."

"어이, 승지 뭐야? 병, 4·3이라는 병이… 아직까진 질병이지. 바로 내가 승지에게 이야기를 하게 만들고 있잖아. 그렇게 괴로워?"

"모두 죽어버렸는데 이런 소리를 하고 있는 건, 아, 관두자, 이야기 못 해요…. 으음, 대용 형은 그 경과를, 끔찍한 내용을 모르잖아. 이방근의 정세용 살해로 이어지는 거예요. 아니, 그보다 중대한 인민재판 교수형에 처해도 모자라는 거라고요."

"인민재판에서 교수형도 한다고?"

"아뇨, 안 하죠. 말하자면 그렇다는 거예요. 교수형을 당해도 모자란다고요. 정세용은."

남승지는 잔을, 맥주가 아닌 물이 담긴 잔을 들어 천천히 마셨다.

"어이, 승지 그렇게 괴로운 이야기를 지금 억지로 할 건 없어. 모두 죽었으니 이야기하는 거잖아. 죽은 자에겐 입이 없다. 아무도 이야기하지 않으면 어떡해? 죽은 자는 산 자들 속에 살아 있는 거라고 한 건 이방근이잖아. 정신 차려. 나도 슬퍼. 그리고 지금 4·28 평화협정, 그건 4·3 봉기로부터 한 달도 채 지나지 않아서지. 나는 남방에서 고향으로 조국으로 와서 몇 달 되지 않았을 때 일이야. 그게 뭐랄까, 이방근 선생의 자살과 관계 있는 건가?"

"아니, 이방근의 죽음과는 상관없어요. 하지만 이방근 선생은 그 때문에 정세용을 죽였어요. 4·28의 결렬은 그 후 제주도 전체와 이어지죠. 이방근이 그것에 절망해서 자살했다고 한다면 관계가 있는 거라고요. 그 때문에 정세용을 죽인 거니까. 불경스러운 이야기지만 이방근은 정세용이 자기 부모라도 죽였을걸요?"

"오호…."

한대용은 놀라 신음하는 듯한 소리를 냈다.

"이방근은 그런 사람이에요. 그 대신 자기 목숨도 내놓는…."

"대의(大義)는 부모를 멸한다고 하지만 이방근 선배가 바로 그런 사람이구먼, 으. 무서운 인물이야, 선배님은. 그렇잖아, 소학교 6학년 때 봉안전 소변 사건을 일으켰으니. 게다가 승지, 그렇게 친절한 사람도 없지."

"이방근 씨는 '나'라는 게 없는 사람이죠. 어째서 죽지 않으면 안 되는 걸까, 그런 사람이. 이런 이야기 그만둡시다. 어쨌든 이방근의 죽음, 자살이 정세용을 죽였기 때문이다라고, 그것만 가지고는 설명할 수 없어요. 대용 형은 정세용을 사살한 것이 정의였다고 했죠? 정세용을 죽였기에 이방근은 자살했다…. 그 정도라면 이방근이 할 일이 아니었지. 그건 이방근 개인의 문제가 아니라, 게릴라가 해야 할 일이었다고요. 하지만 이방근은 어째서였든 정세용을 죽인 거예요. 인민재판 자리에서 우리 게릴라가 해야 할 일을 이방근 개인이 떠맡은 거죠. 이방근이 죽였다. 그래서 이방근이 자살한다? 이방근의 죽음은 절망이라든가, 그런 것 때문이 아니에요. 그렇다면 절망하지 않으면 되잖아, 하고 이방근은 농담처럼 웃어넘길걸요? 절망이라는 둥 그런 감상적인 소리를 입에 담지 않는 사람이라고요. 모르겠어요. 나는 이방근을 꽤 가까이에서 보고 이방근의 내면을 엿보았지만 몰라요. 하지만 또, 너무 잘 이해돼요. 이런 사람이야, 하고. 돌아가셨지만 그저 죽어야 하니 죽은 거다, 하며 어쩐지 납득이 되는 거죠. 그 사람에게 그 외의 삶이란 즉 죽음인데, 그것밖엔 없었던 거지…."

어째서 죽어야 하나? 그렇다면 숙명적으로 정해져 있다는 거다. 어째서 정해져 있는 걸까? 그걸 모르는 것이다….

"승지 동무, 어째서 이방근이 자살한 건지 나 나름대로 알고 싶어서 승지 동무와 이야기를 한 건데 뭔지 모르겠네…. 승지 동무만 괴롭히고. 승지 동무, 냉면 먹을 거지? 나도 먹고 싶어. 같이 먹자."

"냉면 먹어요? 술은 이제 그만? 난 필요 없어요."

"담배 한 대, 잠깐 쉬자. 여기서 이 이야기는 그만하자. 옆방에도 손님이 들어왔어."

옆방으로 손님 몇을 안내해 온 여종업원에게 맥주 두 병과 냉면 2인분을 주문했다. 그리고 한대용은 일어서더니 방을 나가 슬리퍼를 꿰어 신고 2층 안쪽 화장실로 향했다. 별로 안 마셨다. 남승지는 맥주 한 병 반 정도. 한대용은 두세 병 정도이리라. 그는 마치 연구라도 하듯이 이방근의 자살에 관하여 무언가 사실 같은 것을 찾고 있었다. 죽음 그 자체가 사실이지 따로 유서가 있는 것도 아니고 물적 근거는 아무것도 없지만 뭔가 그럴듯한 손에 쥐어질 만한 구체적 감촉 같은 것, 말로 해도 좋고 이방근의 자살에 근거가 될 만한 것을 찾고 있었다. 더구나 남승지에게서. 자신이 알 리가 없다고 생각하고 실제로도 알지 못하는 남승지에게서. 그래도 한대용은 알고 싶어 한다. 납득하고 싶어 한다. 방근·대용, 그의 별명이 여기서 전면에 나서는 듯한 느낌이 든다. 이미 1년 전에 그 자신이 명명한 것이다. 방근·대용. 그리고 출산 전부터 지어둔 아이의 이름, 한유방.

유방(有芳). 자유로운 인간은 살인하기 전에 스스로 죽는다, 자살한다…. 지배하지도 않고 지배당하지도 않는다. 살인, 살해 상대는 어떤 자인가? 죽고 죽이는 전장에서 그런 이야기는 통하지 않는다. 상대가 죽이려 덤벼드는데 그러십시오, 하는 거나 같으니 그야말로 멍청한 짓이다. 이방근 자신이 이념, 사상이라는 것을 알고 인정하고 있었다. 4·3 학살이라는 현실 속에서 이방근의 사상, 자유는 이론으로 변하고 그리고 두 번째라고 해야 할 자살을 해서 4·3 현실 앞에 탁상공론으로 변하고 말았다. 자유의 현실. 학살이라는 현실 앞에서 패배로부터, 절망으로부터의 자유가 아닐까? 스스로의 터부를 깨고 타자를 죽인 것이니 그런 현실 위에서 터부의 패배를 딛고 그럼에도 불구하고 살아가야 하는 것 아닐까? 그렇다면 패배 그대로이다. 살인과 자살, 아니, 아니다, 남승지는 인정하고 싶지 않았다. 이방근은 그런 일에 대가를 치르는 인간인가? 정세용을 죽이고 무슨 대가? 거꾸로 놈들이라면 훈장을 받을 일이다. 그런데도 거기 본인을 초월하는 인과관계가 있다면 본인 자신이 내키지 않을 것이다. 그런데도 경사, 급경사 궤도에 올라타 버리면 무(無).

자유란 무엇인가! 모르겠다. 이방근의 자살. 한대용은 그저 그것을, 자살이라고 하는 죽음의 현상을 캐묻는다….

벌써 6시가 다 됐다. 창밖은 구름 낀 하늘인지 벌써 꽤나 어둑신했다. 멀리 기차의 기적이 울렸다. 그리운 소리.

한대용이 돌아오고 냉면과 맥주도 왔다.

“승지 동무, 오늘은 말야, 이방근 선배 이야기를 이것저것 할 수 있어 기쁘고 뭐랄까, 가슴에 얹혀 있던 것이 어디로 가버린 느낌이야. 이방근 선배 이야기를 나누는 것만으로 좋구먼. 잘 몰라, 이야기를 하다 보니 더 모르겠군. 그러니 승지, 승지 선생님 가르쳐줘, 하고 부탁한 거지. 둘이서 고 이방근 선생을 추모하는 모임을 하고 있는 건가? 좋네. 죽음은 슬프지만 선배 이야기를 하다 보면, 도대체 내가 누구랑 방근 선배 이야기를 하겠어? 알지? 승지를 괴롭히고 있다는 걸 나도 알고 있어….”

두 사람은 서로의 잔을 채워 건배하고 둘 다 가슴에 쌓였던 것을 흘려보낸 듯한 온화한 웃음까지 띤 얼굴로 냉면에 젓가락을 댔다. 식초와 고추장을 잘 섞어 쫄깃한 면을 미끄러지지 않게 집어 올려 맛도 맛이지만 그 냄새를 입에 담았다. 한대용은 얼마 지나 으음, 하고 입을 열었다. 맛있네! 식초가 살짝 부족한가?

“승지 동무, 그래서 말야, 아파트에 가면 이야기해 줘. 아까 4·28 평화협정 파기가 지금 제주도의 현실, 아이고, 지금 제주도라니 뭐야? 그 원인이 4·28? 그걸 승지 동무가 말해줬지. 나는 전혀 몰랐어. 4·28 평화협정이 그렇게 대단한 거야? 지금의 제주도와 4·28이 관련되어 있다고? 으음, 일반적으로 다들 모르는 일 아닌가? 그 일이 이방근 선배가 정세용을 사살한 원인이었다면 이방근 개인과는 별개로, 정세용을 제주도의 전 도민 앞에서 공개처형하고 머리를 잘라, 그걸 축구라도 하듯이 내 발로 차 날려버려야 해. 그러고 나서 피스톨로 쏘아 떨어뜨리는 거지. 아이고, 싱가포르 창이 형무소에서는 영국군 놈들이 BC급 전범 용의자 수용소 B블럭 조선인 600명에게 악마 같은 짓을 했지. 조선인이지만 일본인 전범 용의자로서 일본인 이하의 하급 일본인, 조선인은 인간이 아냐, 이놈들에겐 무슨 짓을 해도 괜찮은 거야, 으음… 물론 조선인의 머리로 축구를 하진 않았지만 서북 놈들은 빨갱이 제주도 놈들은 인간이 아니라면서 그 이상의 짓을 했으니까. 그렇지? 거기에 정세용이야. 이건 서북이 아니지. 이방근의 친척이라고. 이놈이 서북보다 더한 짓을 했어. 끔찍한 놈이야. 설산에서 깔끔하게 죽이기엔 아까운 놈이라고. 이방근 혼자에게 맡겨… 맞아, 혼자는 아니었고 설산 아지트에서 강몽구도 남승지도 함께였지만 어째서 이방근 혼자 짊어지고, 그 때문인진 모르지만, 차마 다 짊어지지 못해 이방근 선배가 죽은 거 아닌가? 나는 모르겠지만 승지 이야기를 들으면 그렇게 되는 거지. 그 때문에 이방근 선배가 스스로 목숨을 끊게 되고. 그런 말도 안 되는 일이 있나, 응? 그래서 말야, 승지 동무, 그 이방근을 죽인 셈이 되는 4·28 협정 이야기를 들려줘. 4·28… 무서운 이야기야. 나는 응, 그런 걸 모르고 있거든."

이야기는 일단 끝났다. 서로를 오가는 이방근의 음성이 전하는 울림이 고통, 마음을 찌르는 슬픔의 가시가 아니라, 온유한, 등을 다정하게 어루만지는 듯한 위로를 가져왔다는 사실을 이방근 이야기가 끝나 자리를 떠날 때가 되어서야 남승지는 비로소 깨달았다.

뒷날 한대용은 또다시 이방근이 왜 자살했는지를 따져 물을 것이다. 조금 지나치면 망자에 대한 모독이 될지도 모른다. 하지만 어떻게든 알고 싶을 때 그것은 기도에 가까워진다. 그때는 생각을 밀고 나가야만 한다. 한대용과 함께 어째서 이방근이 자살했는지를 이야기해 보자. 한대용은 예전에, 한라산의 영기에 이끌려 산천단 동굴 옆에서 죽은 걸까, 하고 말한 적이 있었다. 한라산의 영기에 끌린다…. 저 멀리 부동(不動)의 바다가 보이는 산천단 폐허에 서면 그곳이 실마리가 되어줄지도. 산천단. 방근 오빠는 산천단을 좋아했어….

12

"승지 동무, 오늘 밤 나랑 같이 아파트에서 자고 내일 아침에 가. 동무도 일부러 오사카까지 몇 번씩이나 나오긴 힘들 거고 이방근 선생 이야기는 내 머리에 잘 안 들어와. 그 대신, 대신이라기보다 그보다 먼저 4·28 평화협정 파기가 지금 제주도 현실의 시작이라고 했잖아. 그래서 이방근이 정세용을 죽였다…. 그렇지? 그야말로 엄청난 이야기지. 그런데 아무도 4·28을 몰라. 알고 있는 건 경찰과 정부뿐이야. 그 주역이 정세용이겠지? 그래, 그래서 이방근이… 뭐 어쨌든 그 이야기를 해줘. 그러고 나서 유원이에게 전화할게."

"유원이에게 전화?"

"내가 제주도에 가기 전에 한번 만나야지. 아직 일시는 미정이지만 그 전에 전화 연락을 해서 도쿄에 다녀오려고. 같이 갈까?"

남승지는 고개를 저었다.

"아니, 안 가. 안 갈 거예요. 간다면 한 보름이나 한 달 이내겠죠?"

남승지는 지금 여기서 전화하는 게 아니라는 사실에 안심하면서 순간 몹시 가슴이 뛰었다. 아니, 아냐 만나면 안 된다. 아직은….

"난 아직 언제 갈 수 있을지 모르겠어. 그렇잖아. 일도 있고. 바로 이삼일 안에, 하는 식은 아니야. 그래 유원이에게는 내 일이 좀 정리가 되고 나서 연락하기로 할게."

맥주 두 병이 날라져 왔다. 이걸 마시고 일어서자고 한대용은 말했다.

한대용은 유원을 만나러 간다. 유원과는 내년 이방근의 2주기 대상을 치를 곳을 하타나카 씨 댁이 아닌 어딘가로 정하고 나서 만나면 된다. 아니, 한대용이 제주도에 가서 부옥이를 만나고 온다면? 한대용이 도쿄로 가거나 유원을 오사카로 부를지도. 2주기는 그 후의 일이다. 부옥이와 유원. 부옥아, 아이고, 부옥이, 부옥아, 방근 오빠는 산천단을 좋아했어. M음대 캠퍼스에서 만나 아사가야 하타나카 의원으로 1주기 제사를 지내러 가면서 빈터 목재가 쌓인 곳에 나란히 앉아 있을 때 한 이야기.

"승지 동무, 우리가 둘 다 제주도에, 조국에 있었다면, 그래도 방근 오빠는 산천단에서 죽었을까? 어째서 죽었는지는 모르지만 산천단에서 죽은 건 필연이었다는 생각이 들어. 왜? 나와 동무가 서울을, 제주도를, 조국을 떠난 것과는 관계가 없을 거야. 우리 두 사람은 오빠의 권유로 일본으로 왔어. 그리고 자신은 제주도를 떠나지 않았지. 이방근 씨의 사상이라고. 사상…. 그것이 산천단이라고? 오빠는 아버지의 반대를 무릅쓰고 나를 일본으로 보내면서 자신이 책임을 지고 일본까지 함께 갈 거라고 했어. 결국 부산에서 나를 배웅하고 나서 서울로 갔지. 하지만 결혼할 문난설 씨 집에도 머물지 않고 제주도에 돌아와서 거기 남은 거야. 그리고 산천단에서…. 죽은 자는 산 자 속에 살아 있다. 맞아, 나도 오빠에게 그 말을 들었지, 생각해 보면 유언 같아서…. 나, 그리고 남승지가 제주에 있을 때, 오빠와 함께 중산간 지대 게릴라 해방지구에 다녀왔다는 의심을 한 아버지에게 '감금' 당해 여름방학에 귀가한 그대로 서울로 돌아갈 수 없었던 무렵, 나를 일본으로 보내기 위해 움직이고 있던 오빠가 했던 말이었고 나의 게릴라 참여를 막기 위해 한 말이기도 했어. 지금 돌이켜보면 유언 같기도 하고. 그 말대로 되었지. 모든 죽음은 산 자, 삶을 위해 있는 것이고 죽은 자는 산 자 속에 사는 것이다. 그게 나를 일본으로 보낼 때 했던 말이야. 양진오 씨와 승지 동무도 알고 있던 일이죠? 어떻게 된 걸까요? 자신은 죽을 거면서 인간은 무슨 일이 있어도 살아야 한다는 거잖아요? 그래서 속상해요. 자기의 죽음이 산 자들 사이에 사는 걸까? 그러니 제주도 사람들의 희생에 의해 우리는 살고 있다는 거겠죠. 오빠 역시 그런 희생자…."

유원을 한일호로 부산에서 일본으로 배웅한 것, 그것이 사랑하는 동생과의 영원한 이별이었지만, 결과적으로 그리 된 것이 아니라 이미 각오하고 있었던 일이리라.

서울에서 문난설과 헤어져 제주도로 돌아왔을 때, 이미 정세용을 살해하려고 결심하고 있었던 것이다. 1948년 10월.

그것은 피를 뒤집어쓰게 될 위험을 동반하는 일이었다.

그리고 남승지 등 게릴라가 입회한 정세용 살해가 이듬해 2월 25일 새벽. 그 전날 밤늦게 이방근은 조천에서 설산의 게릴라 아지트에 도착해 있었다.

산천단의 자살이 6월 19일. 산천단으로 향해 가게 만든 것은 무엇이었을까? 남승지는 산천단이 이방근의 사상이라고 말했지만 이방근을 끌어당기는 사상이나 이론을 넘어선 사상을 만드는 것, 무언가 마력적인 것이 산천단인 것일까? 누이동생 유원과 부산항에서 헤어지고 반년 남짓. 그사이에 4월 하순, 성내 수용소에서 남승지를 구출하여 유원이 있는 일본으로 탈출시키고 게릴라 동지에 의한 양준오 처형이 있었다.

문난설과는 생이별. 이방근 절대 신봉자이며 '하인'인 남해자동차 트럭운전수 박산봉의 서북 제주지부에 대한 다이너마이트 자폭 돌격. 문난설은 어떻게 지내고 있을까?

자살이 아닌 그저 이방근 사망 소식은 서울의 그녀에게도 전해졌으리라. 아니, 그녀는 이방근의 자살은 몰라도 그의 죽음은 알았을 것이다.

서울-제주 간의 전화 교신이 가능했던 두 사람이니까. 희대의 미인. 여걸 문난설. 그런 문난설과도 이방근은 영영 이별했다. 모든 것과. 산천단과 함께.

두 사람은 맥주 두세 병을 더 마시고 일어섰다.

유쾌하게 흔들리는 가벼운 취기의 피막이 두 사람을 두르고 있어 유명(幽冥)의 이방근을 불러낸 듯한 이야기 속에서 이방근의 음성이 훨훨, 나비처럼 날아다니고 이방근도 함께 날아다니며 이야기를 주고받았다. 자신을 감싸고 부풀어 오른 듯한 방 안 공기를 끌어안고 싶었다. 눈을 감고 안고 싶었다. 한대용 역시 기분이 좋았다. '이어도'라고 부르면 사랑하는 이여, 하고 눈물이 나오는 것이 아니라, '이방근'이라고 부르면 눈물 대신 괴로움 대신 사랑스러운 슬픔의 힘이 나온다. 이어도여, 이방근….

한대용은 피스 한 개비를 물고는 주변에 보랏빛 향기를 뿌린다. 듬직한 진갈색의 윤기 나는 마도로스 파이프를 턱하니 입에 물던 버릇을 언제 그만둔 걸까? 꽤나 강한 자연(紫煙)의 묵직한 쓴맛이 느껴지는 향기. 작년 방근·대용이라는 자작명을 정했을 때, 이방근이 죽고 나서일까, 그러고는 피스로 담배를 바꾼 걸까.

남승지는 계단 아래 카운터에서 고베에 전화를 걸어 내일 오전에 돌아가겠다고 했다. 경자는 행자에게서 전화는 없었다고 전해주었다. 안도하면서도 그렇게 휴우, 하며 행자에 대한 승지의 가슴속을 쿡 찌르는 한순간의 움직임. 밤늦게 전화가 걸려올 것이다. 시각은 9시였지만 4시로부터 이미 다섯 시간이 지난 셈이었다. 다섯 시간, 긴 듯하지만 의식하지 않고 얼마나 시간이 흘러간 것일까? 어느새 이방근과 함께 마음이 부풀어 올랐던 방 안 공기가 사라지고 헛되이 팔을 흔들어대는 듯한 공간. 해가 진 밤이었다. 밤하늘에 메아리치는 열차의 기적 소리가 들려왔다.

가랑비가 내리고 있었지만 한대용은 아파트 방의 창문을 열어젖히고 밤바람을 불러 넣었다. 웃옷을 벗고 넥타이를 풀어 벽의 옷걸이에 건다. 남승지에게도 점퍼를 벗으라더니 옷걸이에 걸었다. 한대용은 선풍기를 소파 가까이로 들고 와 켰다.

"승지 동무, 고생했어. 여긴 조용해서 좋아. 아아, 승지 동무가 평화정에서 고베로 그대로 가버렸다면 난 지금 어쩌고 있었을까? 그 생각을 하면 쓸쓸하네. 나 혼자서. 방근 선배는 머릿속에 있지만 옆에 있는 것 같진 않지. 오늘 밤 난 방근 선배가 제주도에 있는 것 같은 기분으로 평화정에서 줄곧 승지와 이야기를 했어. 아직도 그 여운 그대로, 허허 여기서 둘이 앉아 있지. 나 혼자였더라도 여기 앉아 소주라도 마시고 있었겠지만, 어이, 승지, 그건 안 되지. 쓸쓸한 술이잖아."

아파트 2층 방에 테이블을 사이에 두고 소파에 마주 앉은 두 사람은 전에 없이 편했다. 냉장고에서 꺼내 온 맥주를 서로의 잔에 기울이면서 안주는 도라지 고추장장아찌와 김치로 충분. 지난번 사방 벽이 서서히 좁혀들며 남승지를 꼼짝 못 할 상태로 조여오는 듯하던, 눈에 보이지 않는 벽 구석 통기구로 가까스로 괴로운 숨을 쉬는 듯하던 상태에서 해방되어 마음이 부풀어 만족스러운 소파 위였다. 이방근의 방 소파를 떠올리게 하는 타향 아파트의 소파였다.

행자도 유원도 사라졌지만 이방근의 커다란 날개 그늘에 유원과 함께 안겨 있다. 맥주가 부드럽게 목구멍을 타고 흘러내렸다.

"승지 동무, 오늘 밤은 지난번과 같은 소파에 마주 앉아 있지만 전혀 달라. 괴롭다고 할까, 화가 난다고 할까, 한심하다고 할까, 지난번엔 정말이지 승지 얼굴도 보고 싶지 않은 기분이었거든, 진짜. 지금 똑같은 내 집, 아파트 방이지만 기분이 달라. 그때는 이방근 선배 이야기 따위 전혀 하기 싫었지. 마음속으로 유원 동무도 함께 생각하면서, 꺼내지도 않았지만 나올 여지가 없었으니까. 뭔지 모르지만 어디선가 서로에게 살기를 느꼈지. 흐음, 오늘도 평화정에서 처음에는 힘들었어. 이방근 선배 이야기를 승지에게 따져 물으며 이것저것 생각한다는 게 말야…. 그래도 고베에서 동무가 찾아와서 평화정으로 들어왔을 때 엄청나게 기쁘더라고. 그래서 악수를 청했지. 어쨌든 우리 두 사람은 만난 거야, 평화정에서. 이방근 이야기를 하기 위해. 그걸 위해 만난 거야, 서로가… 그렇잖아? 승지 동무를 괴롭힌 건지도 모르지만 산천단에 가기 위해 이방근 이야기를 하고 싶어. 그렇게 해서 이방근 선배 마음을 알고 싶다고. 머리가 텅 빈 채로 갈 수는 없잖아. 승지도 마찬가지지. 승지와 이야기를 해도 잘 모르기는 하겠지만. 머리도 마음도 아파지고. 위대한, 나는 이해할 수 없는 이방근 선배가 나를 제자처럼 귀여워해 줬지…. 정말 눈물이 나와. 모르는 건 모르는 거지. 내 머리로는. 그래서 4·28로 이야기가 옮아간 거야. 그거면 됐어. 지금 난 기분이 좋아졌지만 역시 이방근 선배 생각을 하면 머릿속 구석구석까지 파헤친 것처럼 내 속에서 이방근이 살아나서, 승지도 그렇겠지만 괴로워. 난 이방근 선배에게 무슨 짓을 한 걸까? 나를 격려하고 꾸중하지. 이 방근·대용을, 헤헤, 방근·대용. 산 자는 죽은 자 속에…. 아니 틀렸네. 하하, 죽은 자는 죽은 자는 말야, 산 자 속에 산다. 어째서 그런 소리를 한 걸까? 그렇지? 맞아, 그건 나도 알겠어. 요즘 더욱 확실히 알게 되면서 정말이지 나, 난 산 자잖아. 어이, 승지, 나 한대용 속에 이방근이 살아 있는 거야."

한대용은 어조를 바꾸어 웃으며 말했다.

"승지 동무, 4·28에 관해 알기 쉽게 이야기해 줘. 숨겨진, 죽어버린 역사, 인간만이 아니라 이것이 역사를 없애버리고 죽인 거야. 아니, 겨우 2년 전 일이잖아. 당장은, 오늘 밤엔 4·28에 대해, 이방근 선배에게는 잠깐 안녕, 하고…."

"평화협정으로 무장을 해제하고 하산하는 게릴라를 다른 게릴라가 습격했다는 것이 경찰 발표이지만 그건 아니에요. 그 상황에서 아무래도 경찰에게 편리하게 신문이나 정부 측 발표가 나오고 뒤에 있는 건 모르는 거죠. 모른다기보다 그런 거겠죠, 4·28 폐기 음모라는 것도 아무도 몰랐어요. 진짜 게릴라가 하산 게릴라를 반혁명, 투항분자, 배신자 집단이라며 공격한 걸로 되어 있지만, 더구나 그것으로 4·28 평화협정 파기, 전투 재개, 결국 게릴라 파멸, 가슴을 찌르네요. 이런 말이 내 입에서 나오다니. 그러고 난 뒤의 제주도가 현재 어떤지, 오늘날 제주도에…."

"하산 게릴라를 반혁명이라며 하산하지 않은 게릴라가 습격했는데 그것에 정세용이 어떻게 관련되어 있었지?"

"아니. 하산 게릴라를 습격한 건 제주 경찰의 특공대, 가짜 게릴라였고 게릴라로 둔갑한 경찰대를 비밀리에 조직, 동원한 것이 정세용이었어요."

"뭐라고? 정세용? 정세용이 그런 짓을 할 수 있어? 난 당시 한동안 제주 경찰에 드나들고 있어서 내부 부서에 관해서는 알아, 서장과도 몇 번 만났고, 정세용은 경무계장이라 그런 데 관여할 수는 없는 거 아니었나?"

"네, 일반적으로 경찰 내부에서도 정세용에 관해선 잘 몰라요. 극비 음모를 경무계 정세용이 계획, 실행하고 한두 달 지나서 4·28과는 상관없는 형태로 제주 감찰청으로 영전하더니 1계급인가 2계급 특진한 거예요. 논공행상이었죠."

한대용은 말없이 흐음… 하는 신음소리를 내며 끄덕였다.

"그걸 이방근이 알아냈으니, 정말 방근 씨는 무서운 사람이에요. 사실 정세용도 이방근을 경계하면서 그와 산부대의 관계를 어떻게든 밝히려 했는데, 이방근 씨는 전혀 그런 것과 관계가 없는 듯 보였지만 독자적으로 정세용을 뒤쫓고 있었던 거죠. 서북 제주지부뿐이 아니고 서울 본부 간부와 관련되는 등 서북 자체에서도 모르고 있는 정세용의 모든 기척, 움직임을 파악하고 있었고, 이방근 씨 부친의 버스회사인 남해자동차 화물부 운전수이면서 이방근을 하느님처럼 숭배하던 박산봉이 몰래 정세용의 움직임을, 한일호 선상에서 죽은 유달현은 정세용과 한통속이 되어 성내 조직의 당원명부를 팔아넘겼는데 그런 것까지 모두 추적하고 있었던 거죠. 그도 성내 조직의 당원이었고. 1년 정도 전 일인데도 까마득한 옛날 일 같아요. 아니,바로 1년 전 일이라고 다시 생각하면 정말 진저리가 쳐지죠. 으음, 끔찍해…."

"정세용과 유달현이 한통속이었구나…."

한대용은 끄덕이며 말했다.

남승지는 맥주 한 모금을 마시더니 이어갔다.

"유달현은 그 대가로 일화 30만 엔을 들고 한일호로 도외 탈출을 시도했지만 설마 거기 이방근이 타고 있을 줄은 몰랐죠. 정세용은 경찰경무계장으로 재직하면서 극비 파괴공작을 계속했고. 그런 걸 생각하면 정세용의 죽음은 너무 값싼 거지…"

"응, 머리통 축구감이군, 그놈은. 난 아무것도 몰랐어. 남방, 해방 후 창이 영국군 형무소에 있는 동안에 멍텅구리가 되었거든, 일본의 우라시마 다로[19]처럼…."

"정세용. 전쟁 전 일제 시대에 목포경찰서에 근무하면서 도쿄의 대학시절 학우였던 지하운동가를 밀고해서 승진한 자예요. 순사부장으로 해방을 맞았지만 그들에겐 해방이 아니라 절망과 암흑의 일본 패전이었지요. 하지만 절망은 순간이었고 이번에는 그대로 제주 경찰 간부로 되돌아왔고… 친일파는 그대로 살아남은 거잖아요. 이방근에게서 들었어요. 그는 완전히 민족반역자, 친일파라고…."

"친구를 밀고해서 팔았구나. 유달현처럼. 흐음, 진짜 친일, 민족반역자. 내가 8·15 해방 3년 만에 조국으로 기적적인 생환을 했더니 그런 놈들이 우글우글 이 사회를 지배하고 있더라고. 큰 놈 작은 놈. 아이고, 싱가포르에서 조선인 BC급 전범은 '일본인' 전범으로 148명 유죄 판결, 23명 사형. 난 살아남았고. '전범'들은 도쿄 스가모 형무소로 이송되었지. 으음. 그렇게 해방조국으로 돌아온 거야. 그래서, 승지. 이야기를 계속해 줘."

"그러니까 방근 씨는 그런 사람인 거죠. 친척인 그를 용서하지 않았어요. 그런데도 해방 후, 일제 시대 때 저질렀던 행위를 철저하게 자기비판하고 새로운 독립조국 건설을 위해 나서는 사람에게는 온종일 소파에 꼼짝 않고 앉아 있는 인간인 자기보다 훨씬 낫다, 훌륭하

---

19 우라시마 다로(浦島太郎): 거북 등을 타고 며칠 용궁에 다녀와 보니 세월이 너무 흘러 있었다는 일본 설화 속 어부의 이름.

다며 존경했으니까. 정세용은 친척이니 더구나 용서할 수 없었던 거죠. 그건 정세용뿐이 아니었어요. 해방 후에도 경찰에서 추방되기는커녕 다시 간부로 되살아나서 이번에는 해방 전 반일 독립운동 혁명가였던 이들을 빨갱이 소탕이라는 명목으로 탄압하고 억압하고 학살하는 것이 남조선 상황이에요. 정세용도 그 가운데 하나인데 게다가 정세용은 4·28 평화협정을 파괴하고 제주도 전체를 파괴로 몰아간 근원인 거죠. 대용 형, 내가 무슨 소릴 하고 있는 걸까? 정말 말도 안 되지. 정작 난 거기서 도망쳐 온 주제에. 이방근이 철저히 증오했던 친일파, 매국노, 나에게 이런 소리를 할 자격이 있을까요? 여기 앉아서, 이런 소리를…."

"승지는 그렇게 말하면 안 돼. 그럼 어디서, 어디 앉아서 이야기하면 된다는 거야? 내가 앉을 곳이 없는 거지… 음."

"친일파, 남조선 이른바 대한민국 이승만 정권이 철저한 반공주의 친일파 덩어리거든. 뒤에는 미국, 미 제국주의. 일제 대신 미제…."

"어이, 승지, 이야기를 끝까지 들어보자. 말해봐. 이건 이방근 선배의 자살 이야기가 아냐. 그 이전의 엄청나게 중요한 이야기라고. 나는 지금까지 선배의 정세용, 아니 유달현까지 포함하는 살인에 대해, 맞아, 나는 이방근의 살인은 정의라고 했지, 누가 그놈을 죽일 것인가, 한라산 게릴라 아지트의 인민재판. 선배가 제주도 전 인민을 대신하여 그놈을, 정세용을 죽였다. 천만번 옳아. 지금까지의 일은 잘 알겠어. 게릴라가 해야 할 일을 선배가 한 것도. 그래서 스스로 죄를 뒤집어쓴다. 그 사람은 그런 사람이지. 그게 죄일까? 아이고, 어째서 그런 사람이… 모르겠어. 놈들은 닥치는 대로 섬사람들을, 어린아이나 여자들까지 죽였건만 어째서 이쪽은 적을 죽이는 데 정의니 뭐니 일일이 신경을 써야 하는 걸까? 내가 게릴라였다면 이 사격의 명수 솜씨로 서북 놈들 모조리 죽여버렸을 텐데, 하하하, 그러다 한대용은 산에서 죽을 거였나? 이방근 선배를 생각하면 나 같은 건 몇 번 죽어도 괜찮아. 그렇지, 이방근, 그 이야기는, 산천단 이야기는 안 하기로 했지…. 안 해. 저기 승지 동무, 4·28 이야기를 더 해줘. 담배 한 대 피울래, 응?”

두 사람은 담배를 물었다. 한대용이 담배를 문 채 라이터를 남승지에게 대주고는 자기 쪽으로 가져가 흔들리는 푸른 불꽃을 옮겼다. 보랏빛 연기꽃이 활짝 피었다가 흩어졌다. 전차의 경적이 밤하늘에 울렸다. 심야도 아니건만 경적은 밤 깊은 곳에서 울렸다.

“승지, 산 자들 속에 죽은 자가 살아 있다. 나는 승지와 마찬가지로 산 자잖아. 한대용 속에 이방근이 살아 있다고. 누구에게나 누구 속에나 살아 있는 건 아니야. 살아 있는 내 꿈속에 나타나지 않는 게 이상하지. 꿈이라면 얼굴이라도 볼 수 있을 것을. 뭔가 이야기할지도 모르고. 말하지 않아도 좋아. 모습만이라도 보고 싶어. 그래, 내 꿈은 딱 맞는 경우가 있어. 아니, 아이고, 나는 남방 끝에서 희망을 품고 꿈 덕분에 고향으로 기적적 생환을 할 수 있었던 거야. 창이 영국군 수용소에서 머나먼 북쪽 고향을 바라보는 꿈을 꾸었지. 재작년 1월 기적적 생환 두 달 전의 꿈이었어. 까마득한 북쪽 바닷속, 우뚝 선 한라산 위에 커다란 달과 북두칠성이 빛나고 있어서 아, 저쪽이다… 하고 마치 내가 가야 할 길을 보여주는 것처럼 고향 영봉의 모습이 확실하게 꿈속 밤하늘에 보이더라고. 달빛에 한라산의 눈이 빛나고 있었어. 그때 난 창이 전범용의자 B동 수용소에서 눈물을 흘리며 아, 한라산이 마중을 왔네 했는데, 한라산 산신령이 나를 도와 송환선이 싱가포르 항에 들어온 거야…. 나는 1월에 고향으로 돌아와 서너 달을 하는 일 없이 술과 여자로 보냈지만 그런 생활이 슬슬 지겨워지더라고. 그 무렵에 선배를 만났어. 나 역시 적도 직하 남방에서 사선을 빠져나온 놈이야. 그때까지는 남방 후유증으로 멍하니 있었지만 고향땅에서 4·3 게릴라 투쟁이 시작되고부터 머리 회전이 달라진 것 같더라고. 그런 나를 인간으로 만들어준 것이 이방근 선배였어. 승지는 방근 선배 꿈을 꾼 적이 있어?"

남승지는 말없이 고개를 옆으로 저었다. 확실하게 대답하기보다는 이쪽이 그를 덜 슬프게 할 것이다. 아마 한대용은 꿈을 꾸면서도 잠에서 깼을 때는 잊어버리는 것이리라. 눈을 뜨는 것과 동시에 사라지는 것이다. 꿈이 좋고 나쁘고는 차치하고, 기억하고 있는 꿈은, 기억하고 있는 자체가 이미지이고 형태로서 기억에 남아 있겠지. 그건 결코 즐거운 것이 아니다. 더없이 슬프고 쓸쓸하지만, 그래도 이방근의 모습이 살아 움직이고 있다…. 일주일쯤 전 하타나카 씨 댁에서 치른, 이방근의 사진이 없는 1주기. 유원에게 이방근의 사진이 없었던 걸까? 그건 아니다. 오빠나 아버지와 밀항의 바다를 두고 멀리 헤어지면서 옛날 사진이라도 지니고 왔을 것이다. 하지만 1주기 자리에는 없었다. 이방근 자신이 싫어해서였을까?

이방근의 꿈. 한대용은 그의 꿈을 꾸고 싶다고 한다. 이제부터 살아 있는 자로서 이방근을 등에 지고 살아간다는 점에 있어서도 승지 자신에게는 없는 신선하고 상쾌한 느낌이 전해졌다. 꿈속 이방근과의 무언의 교신. 그것도 도쿄의 유원과 오사카에서 분할되고 공유한다는 암시적 꿈을 꾸고 있었지만 역시 슬펐다. 산 자 속에 산다는 것이 허망했다. 그걸 견디지 못하는 건 아니다. 하지만 꿈이, 꿈이 사라진 후에도 반추되며 슬픔이 쌓였다. 그리고 그것은 넘치는 눈물 따위 형태를 갖춘 것은 아니지만 마음이 가라앉았다. 지금 전향적(前向的)이고 활기찬 한대용을 앞에 두고 있자니 그렇게 느껴졌다. 사치스러운 슬픔의 감정일까? 그건 슬퍼 마땅한 슬픔이 아닌 걸까?

지금 한대용 방 두 개의 소파 사이 테이블 위, 빈 것도 섞인 세 개의 맥주병이 전등빛에 드리운 부드러운 그림자. 지난번 숨 막힐 듯한 긴장 속에 행자 이야기로 한대용에게서 상담을 넘어선 추궁을 받을 때의 머리를 쥐어짜는 듯한, 맥주 맛에도 혀를 찌르는 가시가 돋아 있던 압박감. 남승지는 지금 사방 벽이 사라지고 밖으로 밤의 공간으로 열려 있는 해방감 속 소파 위에 있었다.

11시가 다 되었다. 남승지는 4·28에 관한 이야기로 빨려 들어가는 자신을 냉정하게 떼어 내가며, 이야기 속에 머리를 들이밀듯 상반신을 앞으로 기울이고 있는 한대용을 마주하고 있었다. 이제부터 제주도로 향할 자와 그곳으로부터 떨어져 나와 이쪽에 머물러 있는 자의 차이일까? 아직 여진은 사라지지 않았고 상황은 진행 중이건만 현지에서도 일본에서도 4·3 봉기, 4·3 '폭동'은 봉인된 침묵이자 터부였다. 밀항자들의 입도 얼어붙어 있었다. 입도 귀도 열지 말 것.

4·28에 관해 남승지가 알고 있는 것만도 간단히 말할 수 있는 건 아니었지만, 문제는 4·28이 4·3 봉기의 전도 궤멸을 불러온 계기였으며 대학살, 전도 초토화로 가는 길을 열었다는 점임을 이야기하면 된다.

4·3 봉기로부터 1개월도 안 된 4월 28일 게릴라 측 김성달 등과 국방경비대 제9연대장 김익수의 평화협상은 남제주 모슬포의 제9연대 본부가 보이는 중산간 부락 구억리의 게릴라 본부에서 열렸다. 군 출동으로 본격적인 전투가 되었고 심각한 피해가 예상되는 무장 토벌을 피해야 한다는 비전론자 김익구 연대장이 죽음을 걸고 게릴라 본부로 간 것이다. 앞서 군은 선선무(先宣撫) 후토벌이었다. 주전론의 경찰, 게릴라 측은 3자회담을 제안했지만 경찰 측이 거부한 결과, 군과 게릴라의 2자회담이 되었다. 2자회담은 결렬 직전인 당일 오후 5시라는 시한 전에 가까스로 성립되었다.(연대장이 5시까지 귀대하지 않을 경우, 게릴라 측에 살해당한 것으로 간주하고 복수, 즉각 전투 개시를 지시해 두었다.) 게릴라 측의 무장 해제, 5일 이내에 전도에서의 전투 행위 중지, 서북청년단 등 테러단체의 도외 철수, 경찰은 관계 시설의 경비만으로 제한, 토벌 행위 중지, 국방경비대는 전도의 치안 책임을 지고 경찰은 군의 지휘하에 들어간다.

5·10 남조선 선거는 군의 소관을 벗어난 높은 차원의 정치적 문제인 고로 합의할 수 있는 문제에 집중한다… 등.

이상 제주 미군정청의 승인을 얻은 후 미군정청령으로 경찰권의 제한 조치가 행해졌다.

험악한 분위기 속에 쌍방은 우선 타협에 이르렀고 군은 군 측 약속이 이행될 때까지, 김익구 연대장의 노모를 비롯한 가족 전원을 게릴라 측 인질로 넘기겠다고 제안했다. 남승지는 전투 개시 후, 산속에서 이 소식을 들었다. 이미 김익구는 경질되어 본토로 소환된 후였지만 그의 성실한 태도에 감사와 경의를 느꼈다. 게릴라 측에서는 김익구의 제안처럼 노모와 부녀자를 게릴라 지구에서 맡을 수는 없으므로 게릴라 측이 지정하는 모슬포 외곽의 민가로 이주시킨 후 가족의 안전을 책임지겠다고 약속했다. 전장의 논리를 초월하는 신의가 서로의 협정을 잇고 있었다.

제주 미군정청에 의한 경찰권 제한 조치는 경찰의 존망이 걸린 커다란 충격을 불러왔다. 여기서 기사회생의 음모가 꾸며져 정세용이 그 배후가 되기에 이르렀다. 그리하여 정전협정으로부터 사흘 뒤인 5월 1일 O리 방화 사건이 일어나고 5월 3일 하산자들을 무장 게릴라로 꾸민 경찰대가 습격, 하산자들은 산으로 도망쳤다. 오래지 않아 게릴라 측에 의한 정전협정 위반이라며 전투가 재개되었다. 그런 식으로 전개된 것이다. 이 사건은 경찰 측 음모임이 판명되었지만 주모자가 제주 경찰 경무계장 정세용인 듯하다는 냄새를 맡은 것은 미군정청 재무국 소속 통역 양준오였다.

경무계장은 경찰 일반의 치안, 경찰대 편성, 무기 조달 등의 총무적 담당부서직이어서 사찰계의 대공 공작, 밀정 등 사상 담당과는 관계가 없는데 어쩌다가 경무계의 정세용이 비밀공작의 하수인이 된 것일까? 이방근에게는 그가 돌아가신 어머니 쪽 친척이었고 그의 처자 등 가족 모두와 알고 지내는 사이인 만큼 충격이 컸다. 정세용의 일제 시대 전력을 알면서도 그렇게까지 할 줄은 몰랐다는, 절망적인 슬픔이 섞인 정세용에 대한 분노가 있었다. 그것은 정세용 개인을 넘어선 절대악에 대한 분노가 터져 나온 것이라고, 남승지와 동석하여 그 정보를 가져왔던 양진오 앞에서 이야기했다. "정세용을 죽여봤자 뭐 하겠어, 그놈은 별것 아니오."라는 양준오의 말에 대한 이방근의 반응이었다.

"정세용은 내게 개인이면서 그렇지 않아. 구체적인 개인이면서 그것을 넘어서는 존재, 대리물에 불과해. 내가 어떻게 살아 있는 인간을 죽일 수 있을까? 그 자격, 조건을 갖췄을까? 그러니 나는 정신적 자유를 위하여 죽이기 전에 자살한다고 말했지. 모르겠어. 어쨌든 나는 그놈, 이미 친척 형을 놈이라고 부르는 나는 실격한 인간인 거지. 따라서 평범한 살의가 아니야. 내 속의 이런 갈등을 넘어서는 끔찍하게 벼려진 초승달처럼 날카롭고 투명한 송곳니를 드러낸 살의다. 어디까지나 정세용 한 사람이 아냐. 놈이 하나의 개별적이고 구체적인 존재인 정세용이라면 나는 죽일 수가 없어. 그의 뒤엔 노모니 아내, 중학생인 아들들이 있지. 우리 어머니 제사에는 정세용 형네 가족들이 모두 찾아와. 그리고 파제에서 음복까지 그리고 그 뒤처리까지 도와주고 돌아가. 그 가족들의 모습을 생각하는 것만으로도 내가 어떻게 놈을 죽일 수 있겠어? 내 어머니가 살아 계신다면 나는 아아, 아마도 놈을 죽일 수 없을 거야. 아니, 개인으로서 죽일 수 있는 자격이 있을까?"

설산 아지트에서 이방근이 정세용을 사살한 것은 작년 2월 25일 새벽, 산간의 토벌대가 잠들어 있는 시각이었다. 일주일 전인 2월 18일 낮, 신설된 제주도 동쪽 끝 성산경찰서로 출장 갔다가 귀가하던 정세용이 탄 지프가 Y리 신작로에서 게릴라의 습격을 받아 납치당하고 부하 두 명만 돌아왔다. 정세용 납치에는 도당조직부 성내 조직원 남승지가 관계되어 있었다. 정세용의 동향은 이방근의 충복인 박산봉의 빈틈없는 추적으로 파악했다. 정세용 살해는 게릴라, 남승지 등이 공동으로 모의한 범죄였다. 게릴라가 해야 할 일이라는 얘기는 그런 뜻이었다. 정세용이 죽은 것은 4·28 협정 파기로부터 10개월 후였지만 죽음으로 출발한 것은 4·28 직후부터였다. 이방근은 하수인 정세용에 대한 증거를 주도면밀하게 수집했다. 이방근의 살인과 자유, 자유로운 정신은 살인에 앞서 자살한다. 따라서 자유로운 정신은 살인을 하지 않는다는 명제가 현실로, 추상에서 구체로 행동을 동반한 현실적 문제로서 새삼 그 윤곽을 드러내기 시작했으리라. 그리고 그 예비적 살인이라고 할 정세용의 공모자, 스파이 유달현의 밀항선 위 죽음이 있었다.

이방근 스스로의 자유를 죽인 정세용 사살로부터 4개월, 이방근은 산천단에서 자살했다. 6월 19일, 살인에 따른 필연, 살인 때문에? 정세용을 사살했으므로 이방근이 스스로의 자유를 잃고 그래서 자살한다…. 살인으로 인한 자살로의 필연…? 남승지는 한대용에게 거기까지 이야기한 것은 아니다. 연상을 하면서였지만 스스로 고개를 옆으로 내젓고 있었다.

"어이, 승지, 자, 한잔 마셔."

마주 앉은 한대용에게 남승지가 뜬금없이 고개를 젓는 동작이 무언가 갑작스러운 내심의 움직임으로 보인 것이리라. 한대용은 이야기의 부분 부분을 이어 붙여가면서 요약한 남승지의 이야기를 듣고 있었다. 오, 흐음, 하는 나지막한 소리를 내면서 미지보다는 무지한 자신을 재인식하는 듯이 되묻기도 했지만 남승지의 이야기에 눈이 뜨이고 있었다. 그리고 자신이 충분히 사정을 모르는 채로도 설산 아지트에서 이방근이 취한 행동을 정의라고 단정했다는 사실을 재확인하는 것으로 무척이나 만족한 것 같았다.

"승지 동무, 난 어려운 건 모르지만 온 섬을 학살로 끌고 간 극악무도한 반인민 반혁명분자를 인민재판 결과로서 게릴라를 대신해서 사살한 거잖아. 유달현의 두목, 유달현의 몇 배나 되는 흑막의 하수인. 그놈의 죽음이 이방근의 산천단인가? 말이 안 되지. 그렇다면 남승지도 강몽구도 산천단에서 같이 죽어야 해. 안 그래? 이방근 선배, 응, 승지, 이야기를 더 해줘. 아침까지라도 계속해 줘. 이방근 선배의 죽음 이야기는 오늘은 하지 말고….”

“대용 형, 말이 나온 김에, 아니 문득 생각이 난 건데, 대용 형이 남방에서 돌아왔고 이방근 씨와 알게 되어 친해졌잖아요. 그리고 이방근 씨에게 게릴라에 들어갈 수 있게 다리를 놓아달라는 부탁도 했고.”

“맞아, 그랬지. 그때 나는 열성을 다해 살아남은 청춘을 걸고 게릴라 참가 지원을 한 거였어. 그런데 남방 귀환병이라는 이유로 게릴라 쪽에게 거부당했지. 그래서 이방근 선배에게 이야기했고.”

“그래요.”

남승지는 크게 끄덕였다.

“모두 지나간 이야기죠, 마치 한 조각 뜬구름 일편부운… 부운멸 같은 이야기지만….”

“뭐야, 그게 일편…부운, 뭐라는.”

“뜬구름 한 조각 생겼다가 없어졌다가 그런 건데 문득 그런 느낌이 들어서. 이방근 선생이 좋아하던 문구였어요.”

“오, 그거, 나중에 나도 좀 가르쳐줘. 일편부운, 부운멸… 하하.”

“아, 잘하시네. 그 입산 이야긴데 정말 뜬구름 같은 일이 되어버렸어요, 지금 생각하면 뜬구름이라서 다행이었지, 이방근 씨는 강몽구 부위원장에게 그 이야기를 했거든요. 결코 친일분자는 아니라고. 그리고 조직부장이기도 한 강몽구 씨가 우선 조직부 회의에 대용 형 문제를 제안했던 거죠. 피스톨, 사격의 명수라는 것까지 이야기가 되긴 했지만, 대용 형이 경찰에 자주 드나들고 있었던 데다가 대용 형 아버지 친구이기도 했던 서장과도 친했지, 권력 쪽에 연결되어 있다는 것이 걸린다는 사정이 있었어요…. 4·28 결렬 후의 전투 재개, 5·10 선거가 다가오고 있다는 것도 있었고. 지나간 이야기, 정말이지 뜬구름 같아서 그거면 됐다는 생각이 지금 여기서 새삼 든다니까요. 다만 이방근 씨가 겉으로 드러내진 않았지만 대용 형에게 부탁받고 나름대로 노력은 하셨던 거죠. 입산할 수 없었던 결과로 지금 여기 한대용 씨가 있는 것이고요. 남승지와 함께요. 입산했더라면 형은 아마도…. 다만 이방근은 한대용의 부탁을 무시하지 않았다는 거예요."

"으음…."

한대용은 한동안 숨을 멈춘 듯하더니 끄덕였다.

"그렇게 된 거였구나. 음, 마지막은 그렇게 된 거였나? 나는 이방근 선배가 게릴라에 다리를 놓아주었다는 건 대충 알고 있었지만 4·28 정전협정으로 게릴라 쪽이 무장 해제한다는 건 믿지 않았지. 토벌대에 속았다고 생각했거든. 자세한 건 모르지만 김익구 연대장이 반역 게릴라와 내통했다는 둥, 경찰 측이 흘린 유언비어에 속고 있었네. 그래서 다시 이방근 선생에게 게릴라에 들어가고 싶다고 억지로 부탁을 했지만 그 후 이야기가 없더라고. 어이, 승지, 아이고, 나는 이방근 선배에게 무슨 짓을 한 거야? 난 그런 건 몰랐어. 4 · 28 이후 다리를 놓을 수가 없었겠지. 이방근 선배가 남방에서 온 나를 무시했다고는 나도 생각하지 않았지만, 생각하고 싶지도 않았고. 하지만 나 몰래 전투 재개 이후 게릴라 측과 이야기를 하고 있었던 거네. 승지, 고마워, 아이고 얼마나 고마운지. 승지가 멋들어진 이야기를 해준 거야. 그래서 이방근 선생님은 자기 대신 나를 한일호 선주로 만들고 게릴라들의 목숨을 구해내는 일을 맡겨준 거지. 승지, 고맙네, 고마워."

그의 손은 무의식적으로 테이블 위 술잔으로 뻗어가 그걸 들어 입에 대더니 말없이 꿀꺽꿀꺽 반 잔 정도를 들이켜고는 빈 잔을 마치 화난 사람처럼 소리 내어 테이블 위에 놓았다.

"어이, 승지, 한잔해."

한대용은 맥주병을 손에 들고 남승지의 잔에 맥주를 따르고는 남승지가 손을 뻗는 것에 상관없이 병을 기울여 자기 잔에 부었다.

"저기, 승지 동무, 지금 살아남은 나에 관해 한마디 하게 해줘. 아까도 말했지만 신생 독립조국에 희망을 품고 남방에서 기적의 생환을 했을 때, 내가 영국군 형무소의 그야말로 염열지옥 속에서 꿈꾸었던 조국은 어디에도 없었지. 한라산, 한라산… 일제 시대보다도 더 비참하고 더 더럽혀진 조국, 이것이 고향 땅인가? 한라산의 산부대는 참다운 조국, 통일을 위해 싸웠던 건데. 남방 귀환병인 나는 남은 청춘을 게릴라 투쟁에 바치고 싶었어. 그래서 이방근 선배와 알게 되고 얼마 안 되어, 나를 일본으로 보내고 싶지 않으면 어떻게든 게릴라 참가의 길로 연결해 달라고 부탁했던 거고. 어리광이지. '투정을 부린 거'라고. 창피하네. 나를 '친일분자'라며 받아들이지 않았던 게릴라 쪽도 그렇고. 사령관들도 인텔리에 일제 시대엔 학도병으로 일본 육군장교였던 인간이잖아. 뭐, 그야 어쩔 수 없다 치더라도. 내가 말야 다른 귀향, 귀국자들처럼, 독립조국, 기껏 살아 돌아온 조국에서 살지 못하고 다시 고향을 버리고 원래의 재일이라는 굴욕적 생활로 일본으로 되돌아온 동포들과 함께 그때 일본으로 와 있었더라면 지금쯤, 나는 옛날과 마찬가지 한심한 재일 조선인일 거야. 아니, 지금도 결국 마찬가진가? 그래도 다르지, 지금까지는 이방근 선배 밑에서 한일호 선주로서 하산 게릴라들의 구출 일을 해왔고 승지는, 저기… 아이고, 승지 동무는 게릴라 투쟁에서 게릴라 전사로서 싸웠잖아. 정말 조국 독립을 위해…. 나는 말야, 승지 동무 대신에, 승지 동무와 마음속에서 함께, 유원 동무와도 함께 제주도로 간다. 그리고 부옥이와 함께 산천단으로 갈 거고. 현실에서는 부옥이와 둘뿐이지만 거기 유원 동무와 승지 동무가 함께 있는 거야. 평화정에서도 이야기했잖아. 나는 갈 거야. 나는 이래 봬도 나름대로 긍지를 갖고 있어. 이방근 선생의 손발이 되어 하산자 구출이라는 일을 해왔어. 남승지도 이유원도 내가 이방근 선배의 뜻을 받들어 제주도에서 일본으로 데려왔고. 개죽음을 하지 않도록. 저기, 승지, 모두가 이방근이야. 양준오만은, 그건 정말 아쉽게 되었지만.

이방근은 반혁명 반조직분자라고 비판당하면서도 그래도 하산자 구출을 계속했지. 그 이방근을 반혁명분자라고 비판했던 산의 조직이 게릴라 전원의 도외 탈출을, 더구나 조선 본토로 탈출하는 것을 이 선생에게 부탁했잖아? 혁명이니 반혁명이니 뭐가 있어? 게릴라 지도부는 마치 어린애 같은 짓을 생각하지. 어, 그 이야기를 듣고 나는 그냥 웃음도 안 나오더라고. 설령 용케 남해안 어딘가에 상륙해 봤자인데, 어떻게 해서 어디로 가겠다는 거야, 지리산? 상륙하자마자 일망타진인데. 아이고, 이미 지나간 이야기니까 됐어. 숨이 막혀 버릴 이야기였어. 응, 이방근은 지금 없어. 앞으로도 박산봉은 아니지만, 한대용의 투쟁이지."

"응, 투쟁…."

"이상한가?"

남승지는 말없이 고개를 저었다.

"패자의 싸움이지, 돼지가 되어서라도 살아남아라. 그것이 싸움이야. 이건 이방근 선배가 승지 동무에게 한 말이지. 제주도에서 한일호로 승지 동무를 일본에 보내면서. 있잖아, 나도 돼지야, 돼지 인간. 그것을, 그 의미를 깨달았어. 알 것 같아. 응, 산천단에 가서 이방근 선배가 서 있던 곳을 찾아 거기 서면 알 거야…."

남승지는 새삼스럽게 마치 허를 찔린 듯 깊이 고개를 끄덕였다.

"송래운 선생과도 상의해야겠지만 아직 남아 있는 게릴라 하산자들을 구출해야지. 제주도에 가면 말야. 산천단에 갈 거야. 승지, 승지 동무, 이야기를 계속해 줘."

한대용은 4·28 평화협정 파기는 알고 있었지만, 그 내용 그리고 그 후의 O리 습격, 5·3 위장 게릴라 경찰대의 하산자 습격, 경찰의 그 모략 사건에 관해서는 경찰 쪽 발표로 들은 것 말고는 전혀 무지했다. 남승지가 그것을 간단하게나마 말하지 않으면 한대용 앞의 안개 낀 시계(視界)를 밝힐 수 없었다.

13

"이방근 선배의 자살 이야기는 하지 않을 거야. 그러니까 승지 동무, 4·28 평화협정 이야기를 해줘. 나는 부옥이와 함께 산천단으로 갈 거야. 거기서 이방근에 대한 맹세를 해야지. 나도 돼지 인간, 가까스로 깨닫게 되었어. 돼지가 되더라도 살아남아라. 그것이 싸움이다." 남승지는 한대용의 말에 무언가 허를 찔린 듯한 충격을 받았다. 언제나 편치 않던 마음의 수면 위에 파문이 번져나가는 것을 느꼈다. 돼지가 되어서라도 살아남아라, 그것이 싸움이다. 남승지는 그 말 어딘가에 이의를 제기하고 있던 자신이 보이는 듯했다. 저 니힐리스트 이방근이 싸우는 사람이었을까? 혁명, 패배하는 혁명. 이방근, 참된 싸움을 하는 인간. 패자의 싸움이구나. "이방근 선배 이야기는 끝. 그건 됐으니까 4·28 이야기를 계속해 줘."

한대용은 나보다 앞서가고 있어.

'과거의'라고는 해도 겨우 2년 전, 전도 파멸의 끔찍한 크레바스 너머로 사라진 이야기가 지금 전진하는 말이 되어 숨을 쉬고 있다는 것이 남승지에게 힘을 주었다. 나에게는 희망이 있을까? 출발을 앞두고 고베에서 그리고 차 안에서 생각했다. 아이의 탄생을 맞이하는 한대용과 만난다는 것은 희망과 만나는 것이리라. 그리고 두 사람의 만남의 현장에서 이방근을 되살리는 것이 희망을 불러왔다. 죽은 자는 산 자 속에 살아 있다…. 확실히 한대용의 모습에 겹쳐온다. 그리고 이곳에서 더욱 또렷한 형태가 되어 보일 것이다.

한대용은 담배를 피워가며 남승지의 이야기를 기다렸다.

협정 성립으로부터 나흘째인 5월 1일 메이데이 당일(메이데이 행사를 할 수 있을 리도 없었지만) 오전, 하산자 수용소 천막이 있는 성내 근교 O리에서 정체불명의 청년단체가 부락을 습격하여 방화를 저질러 다수의 사상자가 나왔다. 부락이 불타는 검은 연기는 북동부 성내 쪽에서도 보였는데, 경찰은 100여 명의 게릴라 폭도가 O리를 습격 중이라며 출동하여 폭도 진압을 시작한다. 경찰은 하산자를 배신자라고 규정한 같은 게릴라 집단의 보복이라고 공표했다. 하지만 주민들의 증언으로 기괴한 청년집단은 섬사람이 아니라는, '잉'이니 '헹' 등 강한 악센트의 '북쪽' 사투리와 이목구비로 보아 명백히 서북청년단이라는 사실이 판명되었다. 4·28 평화협정 파기를 위해 경찰이 '서북'과 함께 꾸민 모략이었다. 나아가 경찰의 협정 파기 행각은 나흘 후인 5일 오후, 약 100명의 하산자가 해안 지역 미군 비행장에 설치된 수용소로 향하던 도중에도 벌어졌다.

게릴라를 포함한 일반 피난민들이 산천단을 통과하여 성내로 향하는 산길을 내려가는 도중에 제주 미군정청 장교 2명, 7명의 제9연대 병사가 합류, 그들에게 인솔 호송되면서 O리 근처까지 왔을 때 느닷없이 경찰관으로 보이는 무장대에게 습격당했다. 미군과 제9연대 병사들의 반격으로 무장 경찰대 5명을 사살, 부상자를 연행하여 심문한 결과, 제주 경찰 소속임이 판명되었다. 경찰은 폭도들이 경찰로 가장한 악질적인 음모라고 주장했지만 경찰이 꾸민 음모라는 사실은 부정할 수 없었다. 미군정청 당국에서는 경찰의 음모라고 공식적으로 인정할 수도 없었으니 사태 규명은 흐지부지되었어도 어떻게든 매듭을 지어야만 했다.

사태를 중시한 미중앙군정청의 D장관이 같은 청의 안 민정장관(안재홍), 국방경비대 송 총사령관(송요찬), 조 경무부장관(조병옥) 등을 대동하고 서울에서 제주비행장(미군기지)으로 날아왔다.

제주 미군정청 장관, 도지사, 제주 경찰청 장관, 김익구 제9연대장 등이 모여 합동회의가 열렸다. 회의에서는 4·28 협정을 주도했던 김익구와 미중앙군정청 경무부장관 조병옥이 대립하였다. 철저한 반공주의자로 초토화 작전주의자인 조 경무부장관으로부터 게릴라 폭도와 같이 민족주의의 가면을 쓰고 '북'의 지령을 받은 공산주의자로 지명되어 흥분한 김익구가 연단으로 달려가 조병옥과 몸싸움을 벌이는 등, 한 시간도 지나지 않아 회장은 난투로 아수라장이 되었고 회의 자체가 파행되었다. 특히 옳고 그름을 떠나 젊은 김익구가 퍽 연장이었던 조의 멱살을 잡았다는 것이 무례의 극치라며 문제가 되었다. 김익구는 즉각 제9연대장에서 파면당하여 제주도를 떠나게 되었다.

통역을 겸하여 회의에 참석하고 있던 양준오에게서 회의가 말할 수 없이 폭력적으로 진행되었다는 이야기를 들은 이방근은 한동안 몸서리가 멈추지 않았다고 했다. 게릴라 측은 김익구를 약속을 위반한 배신자라며 비난했지만 제9연대장 해임, 서울 소환이라는 사실이 전해지면서 그에 대한 오해는 완전히 풀렸다.

이리하여 제주도 토벌작전은 새로운 국면을 맞이하였고 군경 일체로 전도 초토화, 대량학살을 향해 가게 되었다.

제주 30만 도민이 없어져도 대한민국 존립에는 아무런 문제 없음. 조 경무부장관의 언명.

이야기 도중 한대용은 주로 침묵하면서 간혹 질문을 했고, 반복과 생략도 많았지만 남승지는 대략적인 4·28 평화협정의 성립과 파기 과정을 얼굴을 마주 보며 숨 쉬고 있는 눈앞의 한대용 개인을 향해 이야기했다. 남승지의 말소리에도 심하지 않지만 점점 맥주의 취기가 스며들며 젖어왔다. 한대용도 좁은 냉장고에서 맥주병을 꺼내고 새 맥주를 채워 넣어가며 꽤 많이 마신 탓에 가라앉은 듯 말이 없었다. 취기로 반쯤 졸면서 침이라도 흘렸던 것은 아니다. 전향적이기는 하지만 이야기 자체가 비참한 패배에 관한 것이었다. 어째서 혼자서 떠들고 있는 거지? 한대용이 부탁해서일까? 남승지 역시 술기운 탓도 있겠지만 온몸이 마음속으로 잠겨가고 있었다.

도대체 바다 위 초토, 죽음의 섬이 되어 사라진 고향 이야기를 하는 것은 어디 있는 누구일까? 완전히 소멸이라는 결과에 이르지는 않았지만 그런 이야기를 할 수가 있는 걸까? 지구 소멸이나 마찬가지인 이야기를. 개개인에게는 완전한 소멸인 것이다. 다만 이야기 과정에서 튕겨져 나온 무슨 열매처럼 죽음을 면한 도망자, 생존자인 남승지, 그것은 소파 위 이 사내, 화자인 자신이었다.

일본 밀항자들이 '4·3'이라는 문자, 단어, 말조차 무서워 입 밖에 내지 못하는 금기로 여기게 된 제주도. 이 말이 입 밖으로 나오지 않는다. 내어보려 해도 나오지 않는다. 금기를 범하려 하기도 전에 그냥 나오지를 않는 것이다. 그 말할 수 없는 낱말을 입 밖으로 공기 속으로 내어놓음으로써 금기를 깨고 있는, 말할 수 있게 된 자신은 도대체 누구인가? 지금 여기 푹신한 소파에 엉덩이를 붙이고 앉아 맥주로 적신 입술로 매끄럽게 뱉어내게 만드는, 한대용과 남승지를 둘러싼 공간은 무엇인가?

"승지, 피곤한가?"

갑작스레 잠에서 깬 듯 공기에 닿은 말이 갈라져 들렸다.

"아니."

남승지는 완전히 자신이 아닌 타인 같은 음성으로 대답하고서 천천히 고개를 저었다. 새삼스레 눈앞이 취기의 막으로 흐려진 듯 한대용의 커다랗고 붉은 얼굴이 어렴풋이 보였다. 아니, 일단 눈을 크게 치뜨자 기분 나쁠 정도로 어른스러운 한대용의 웃음이 얼굴 전체로 퍼져가고 있었다.

"승지 동무, 정말 고생했어."

"고생? 대용 형, 그런 소린 하지 마세요. 나 진짜 못해 먹겠다고, 어째서 내가 이런 이야기를 하게 만드는 거예요?"

남승지는 안와 깊은 안쪽 호수 표면 같은 곳에 눈물방울이 이어지고 있는 것을 느꼈다. 그것이 단번에 단 한 번의 파도를 타고 안와의 어둠에서 밖으로 흘러넘칠지도 모른다.

"아, 알겠어. 승지 동무, 알았다고. 나 왠지 슬퍼지네. 알았어. 이 이야기는 그만. 그런데 승지, 이야기를 억지로 하게 만든 건 아니잖아? 그저 이야기를 듣고 싶은 거야. 나와 다른 누군가에게서. 그러니까

승지에게서 말야. 지금 눈앞에 있는 승지는 이야기를 싫어하는 승지가 아니라 이야기해 주는 다른 승지, 남승지거든. 이봐, 슬픈 얼굴 하지 마. 나는 이방근 선배를 생각하면 혼자 있을 수가 없어. 무서워서. 어쩐지 엄청나게 쓸쓸해지고 무서워. 그래서 승지를 만나면, 이방근 선배에게 물을 수는 없으니까 승지를 괴롭히는 거야. 괜찮지? 이방근 선배 탓이라고. 나는 가볍게 소주 한잔 더 하고 잘 테니까…. 아, 빗소리가 나네. 한바탕 오려나?"

살짝 비틀거리며 일어선 한대용이 남승지를 위해 요를 펴려는 것을 말리고 한참 그대로 소파에 한대용과 마주 앉았던 남승지는 소주로 바꿔 마시는 그를 상대했다. 눈이 충혈되고 얼굴에 취기가 도는 한대용은 보기 드물게 말이 없었다. 그러다가 고개를 툭 떨구더니 코를 골며 소파 위에 쓰러져 잠이 들었다.

이방근은 어째서 산천단에? 한라산, 한라산의 영기… 한라산의 영기라고 말한 것은 한대용이 아니었던가? 죽이기 전의 자살이 아니라 우선 정세용을 죽인다. 자신의 금기를 죽인다. 그리고 살인 후에 자살한다. 왜, 산천단에서? 오빠는 산천단을 좋아했어… 한라산의 영기에 이끌려….

지난 일을 되새기는 것이 아니라 말살당하여 피해야 할 이야기를 전향적으로 되살리려는 한대용. 소파에서 졸고 있었다. 남방에서 돌아온 굴욕적인 이야기를 술만 들어가면 반복하는 한대용. 이건 넋두리가 아니라 큰 역사 속 하나의 지옥에서 살아남았다는 긍지이기도 할 것이다. 그런 정열을 지렛대 삼아 게릴라 참가를 원했던 사나이.

남승지는 많이 마시지도 않았으니 술이 술을 부르는 것은 아니었지만 탁자 위 맥주잔으로 손이 가서 천천히 입을 가져다 대고 한 모금 마셔 목구멍으로 넘겼다. 머리 한쪽이 말끔하게 깨어 있었다. 잠자리에 들어도 쉽게 잠들지 못할 것이다. 찡, 하고 머릿속을 관통하는 취기 너머 저쪽에 빛이 비치면서 생각지도 않았던 눈 덮인 한라산이 보였다. 그는 눈에 보이는 그 모습을 떨치려는 것처럼 눈을 감고 고개를 저었다. 오, 사라졌다. 분명 보였는데. 아니, 다시 보인다. 창밖으로 눈을 돌렸다.

활짝 열어둔 창밖의 어두운 밤, 비가 계속 내려 빗줄기에 빛의 방울이 움직였다.

4·28로 일단 이방근의 죽음에 관한 이야기는 가라앉았지만 어째서 한대용은 이방근이 자살한 동기를 집요하게 알려는 걸까? 남승지는 자신도 건드리고 싶지 않은 곳에 이방근의 죽음을 묻어두고 있었다. 한대용에게 자극받아서이기도 했지만 그는 근래 이방근의 죽음이 자연사는 아니어도 운명처럼 가야 할 길이 존재하고 있었던 듯하다는 기분과 한대용이 보이는 그 탐구심의 행방이 일치하는 것같이 여겨졌다. 어째서 죽음에 이르렀는가? 그 나름대로 필연성 같은 것이 있어서 본능처럼 그쪽으로 향한 것 아닐까? 이것은 자살의 궁극에 이르는 이방근에 대한 건방진 생각일까? 갈등은 있었겠지만 이방근은 그것을 넘어가고자 하여 어딘가 본인도 받아들이고 있었던 듯 죽음을 향해 나아가는 시간의 움직임에 자신을 맡기고 있었던 것이리라. 괴롭고 고통스러운 생각 끝의 깨달음, 자유…. 한대용은 산천단에 가서 단숨에 이방근이 왜 자살했는지를 알고자 한다.

잔에 맥주를 따르고 입에 대고 비누처럼 굳은 치즈를 깨물었다. 이방근에 대한 두 사람의 마음이 기체화하여 공기가 되어 부풀고 있는 듯한 방, 마주 보고 있는 소파였다.

피스 담배, 진청색 바탕에 하얗게 비둘기가 디자인된 담뱃갑에서 한 개비를 뽑아 물고 라이터로 불을 켜 흔들리는 불꽃을 바라보며 담배 끝에 대고 한 모금, 보랏빛 연기를 뿜었다. 혼자서는 할 수 없는, 잠든 한대용이 옆에 있으니 가능한 남승지의 행동이었다. 한대용은 이대로 아침까지 잘 것이다. 잠시 그냥 두기로 하자. 한 시간쯤, 오전 1시까지.

지금은 심야, 대도시를 뒤덮은 밤의 천개(天蓋). 6월 24일. 한대용을 대동한 죽은 자와의 대화. 이방근이 죽은 건 6월 19일. 산 자인 이방근은 부정할 제사인 1주기로부터 닷새 후인 6월 24일.

작년 6월 19일 이방근의 죽음 당일, 나중에 알게 되었지만 남승지는 아직 만나지 못한 이유원과 거의 동시에 오사카와 도쿄에서 나누어 공유한, 이방근의 죽음을 암시하는 꿈을 꾸고 있었다. 명백하게 이방근의 죽음을 명시하는 것은 아닌 예지적인 꿈을 가슴에 품은 채 6월 19일부터 한 달 후인 7월 20일, 남승지는 일주일을 제주도에서 머물고 돌아온 한일호 선주 한대용의 급한 연락으로 우메다 근교 평화정에서 그를 만났다. 그리고 6월 19일 산천단에서 이방근이 자살했음을, 그야말로 천지가 무너지는 충격적인 죽음을 알게 된다. 이방근의 죽음, 자살, 자살, 산천단에서 죽었다, 이방근은 죽었다, 산천단에서… 머릿속에 펼쳐지는 하늘 너머에서 귀가 터질 듯한 천둥이 울린다. 남승지는 두 손으로 귀를 막고 무릎을 꿇었다. 한대용의 음성이 울린다. 정적. 한대용의 음성이 들린다. 같은 이야기가 반복된다. 아니, 같은 말을 고장난 레코드처럼, 반복한다.

이방근의 죽음… 이방근이 죽었다… 죽었다…. 이명처럼 메아리치며 반복되었다. 이방근의 죽음이라는 충격. 어떻게 견뎌낼까? 쓰러지지 않고 땅 위에 양발을 버티고 설 수 있을까?

한대용과 헤어져서는 이카이노의 어머니 집으로 돌아오지 않고 어딘가로 갔다. 4월에 제주도를 떠나며 악수하던 그 손을 놓고 두 달, 제주 조천 부두의 한일호 선상에서 나눈 악수가 마지막이 되어버린 그 손의 감촉. 자기 손목시계 론진을 지금 이 팔에 자기 손으로 채워주고 두 달, 이 오사카에서 들은 이방근의 자살이라니. 흐흑. 공중의 풍선 위에 붓으로 쓴 이방근의 죽음. 언어의 껍질인가? 허공의 낱말이 풍선처럼 날아올라 터지고 사라져….

남승지는 대도시 밤의 황야에 나와 선다. 황야를 걷고 헤매며 걷고 그저 황야를 남승지는 걸었다. 걷지 않고는 움직이지 않고는 견딜 수 없다. 고가전철을 타면 도중에 창문으로 뛰어내릴 것이다. 우메다에서 미도스지(御堂筋)를 거쳐 난바까지 남쪽으로 직진, 난바 바로 앞의 시전 교차로에서 왼쪽으로 크게 꺾어 일직선으로 동쪽으로. 우에로쿠(上六), 쓰루하시(鶴橋), 이마자토(今里)…. 걷는다. 그저 걷는다. 10킬로미터, 20킬로미터, 30킬로미터? 한 시간, 두 시간… 네 시간, 하루 종일이라도 걷는다. 땅을 의지 삼아 걷는다. 한라산 속 설중 행진, 굶주리고 얼어붙은 손으로 눈을 먹어가며 발은 눈 속에 묻은 채 그저 걷는다. 맑은 날 설중 행진, 마지막 동지가 대빗자루로 발자국을 지워가며 걷는다.

남승지는 지금 한대용의 코 고는 소리를 들으며 혼자 소파에 앉아 자살에 관해 무엇을 생각하고 있었나? 이방근을 생각한다는 것은 그 자살을 생각하는 것이며 한대용이 알고자 하는 것도 이방근이 어째서 자살했는가였다. 그렇다, 지금 남승지는 자살 자체에 관해 생각하고 있었다. 이방근의 자살은 무엇일까?

그리고 그런 의지가 없는 자기 자신의 자살에 관하여.

결론을 먼저 말하자면 이방근의 자살 앞에서 과연 자살할 자격이 있는 걸까? 그 자살이란 무엇일까? 그는 자살을 지향하는 것은 아니었다. 자살하지 않는 인간은 자살을 생각해서는 안 된다는 것도 아니다. 다만 잠재적으로 자신을 명시하지 않더라도 자기를 엮어 자살을 생각하고 있었다. 이방근의 자살에 따르기 위해서가 아니다. 어째서 그가 자살했는가를 철저히 앎으로써 자살할 만한 자격이 생기는 것이리라.

남승지는 한대용에게서 이방근의 죽음을 알게 된 충격을 견디지 못하고 우메다에서 20킬로미터, 30킬로미터, 몇 시간이고 밤길을 그저 걷고 걸어서 어머니 집에 도착했다. 이튿날 죽음처럼 긴 잠을 자고 깨어난 후 공중전화 부스까지 나가서 약속대로 한대용이 있는 후지 상사에 전화했다. 그리고 이튿날 다시 평화정에서 만났다. 돼지가 되어서라도 살아남기 위해 일본으로 밀항하고서 남승지는 처음으로 이유원을 만나기 위해 도쿄로 가기로 했다. 한대용은 이유원의 음대 기숙사에 전화하여 오빠의 죽음 이야기는 하지 않았지만 남승지의 일본 밀항 소식과 함께 현재 오사카 어머니 집에 있는 남승지가 유원과 만나기 위해 상경한다는 이야기를 전해서 그녀를 놀라게 했다.

이튿날, 상경 이야기를 하기 위해 다시 평화정에서 한대용과 만났지만 자세한 건 모르는 채 이방근의 죽음을 다시 한 번 한대용에게서 전해 들었다. 아무것도 할 수 있는 것이 없다. 더 이상 갈 곳이 없는 나락으로 추락, 그 반동으로 떠오른 듯한 다리가 땅에 닿지 않는 무력감으로 온몸이 젖은 채 일어섰다. 할 수 있는 건 아무것도 없다는 절망감이 땅 위에 서게 했다.

오사카 역까지 배웅해 준 한대용과 헤어져 전철에 승차, 쓰루하시역에서 내렸다. 몽유병자처럼 혼잡한 구내를 통과한다. 문득 눈길이 '죄와…' 뭔가라고 적힌 선로 옆 잡화점 벽의 영화 포스터 같은 것으로 향했다. 남승지는 놀라 몇 걸음 다가섰고 나무틀 안 포스터에 얼굴을 가져갔다. 이건, 틀림없는 영화 포스터. 중절모를 쓴 길고 험악한 표정의, 별로 잘 그리지 못한 라스콜니코프를 피에르 블랑샤르가 주연한 프랑스 영화였다. 감독은 피에르 슈나르. 여긴 어디지? 남승지는 정신을 차리고 주변을 둘러보았다. 아, 혼잡한 일본, 그렇지, 오사카다. 서울, 서울 종로가 아니다. 휴우, 하며 이마에 식은땀이 날 듯했다. 지금 개찰구를 나와 지나온 길. 「죄와 벌」. 일찍이 레지스탕스 투사이며 공산당원이었다는 피에르 블랑샤르. 어머니 집에서 멀지 않은 변두리 영화관. 미유키 관. 느닷없이 심장 고동이 빨라지고 걸음걸이가 달라졌다. 전차를 탈 작정이었지만 마음을 바꿔 동남쪽을 향해 걸었다. 30분이면 이카이노 이치 조 도리의 영화관이 나온다. 서울 종로 영화관 단성사의「죄와 벌」. 해방 이듬해 1월 혹한의 서울에서 보았던, 전쟁 전 일본어 자막이 들어간 오래된 필름의 영화와 똑같은 것이었다. 살인과 거기서 이어지는 자살까지 라스콜니코프의 고뇌가 필름 밖으로 흘러넘칠 듯한 암울한 화면의 흐름을 어둡게 흥분되는 기분으로 지켜보았던 서울 겨울밤의「죄와 벌」.

서울에서 본 지 3년 반 만에 오사카 이카이노 변두리 영화관에서 보는 같은 영화「죄와 벌」. 100엔짜리 티켓을 사서 바로 영화관 한가운데 빈자리를 찾아 앉았다. 처음 눈에 들어온 장면은 네바 강인 듯한 석양의 다리 위에서 검은 망토에 낡아빠진 중절모 차림으로 고뇌에 빠져 있는 라스콜니코프의 모습이었다. 어디선가 본 듯한 모습. 소설 장면과 겹치는 서울 영화관의 라스콜니코프.

도끼로 전당포 노파와 우연히 함께 있던 동생 리자베타를 살해한 후 거리를 방황하는 라스콜니코프의 모습이었다. 남승지는 숨 막히는 장면을 쫓아가며 이곳이 오사카 이카이노 구의 영화관이라는 사실을 잊고 있었다. 라스콜니코프와 함께 서울 속 페테르부르크의 어두운 하늘 아래 있었다.

영화가 끝나고 복도로 나오고 나서 사람들의 일본말, 오사카 사투리로 하는 이야기에 둘러싸여 그래, 여긴 서울의 영화관이 아냐, 지옥 땅, 제주도에서 돼지가 되어서라도 살겠다고 도주해 온 오사카 땅이라는 것을, 관객들의 숨결 속에서 깨달았다. 인간이 인간을 죽이는 일. 인간이 아닌 빈대 같은 고리대금 노파를 죽일 권리가 있는지를 진지하게 생각해 가며 저녁 무렵부터 종영 때까지 거듭해서 영화를 본 후 단성사 영화관을 나와 엄동으로 얼어붙은 밤의 종로 거리를 라스콜니코프처럼 어깨를 웅크리고 걸었던 서울의 밤. 라스콜니코프는 살인을 저질렀다. 자신에게 패배하고 소냐의 희생적인 사랑으로 구원받지만 자백하고 시베리아로 보내지는 것이 또 한 번의 패배 같아서 소설을 읽었을 때부터 어쩐지 불만이었지만 남승지는 현재, 살인자 이방근, 자살자 이방근을, 산 자 가운데 살아 있는 죽은 자를 등에 업고 있었다. 어째서 불만이었을까? 살인을 지렛대 삼아 나폴레옹, 초인으로 비약하는 데 실패하고 지상으로 추락한 비참한 자신을 발견한 살인자, 니힐리스트, 라스콜니코프는 다리 위에서 들여다보고 있던 네바 강으로 뛰어들어 죽었어야 하지 않을까? 소냐가 없었더라면 그렇게 했을까? 아니, 살아야 했나? 소냐가 없더라도 혼자서 살아남아야 했을까? 소냐의 사랑이 필요했던 것이다. 소냐의 자기희생적 사랑에 보답하기 위해 시베리아로.

바로 옆 기다란 상점가 이치 조 도리와 조선시장 길이 교차하는 사거리를 우회전해서 운하를 건넌 근처에 어머니 집이 있었지만 그대로 사거리를 건너 이치 조 도리를 북으로 반 킬로미터 이상이나 지나쳐 있었다. 나는 어디를 향해 걷고 있는 것일까? 조금 더 가면 머지않아 쓰루하시 역 방면에서 오는 이마자토 전차 종점, 똑바로 난 길을 걷고 있었던가? 1킬로미터 이상이나 걸은 셈이다. 라스콜니코프가 무의식중에 지금 막 살인을 저지르고 나온 낡은 아파트 4층 노파의 방 앞까지 올라갔던 것처럼 아직 서울과 미유키 관의 「죄와 벌」 속 불안에 흔들리던 밤거리를 걷고 있었을지도 모른다.

남승지는 머리 위 전철의 경적이 바퀴의 굉음에 튕겨 나오듯 하는 철도 건널목을 건너지 않고 온 길을 돌아섰다. 도중에 사거리에서 좌로 꺾어 운하에 닿았고 다리의 나무 난간에 손을 올리고 한동안 멈추어 섰다. 앞쪽에서 남쪽으로 똑바로 뻗어 있는 강 위로 탁류의 냄새를 풍기는 바람이 불어온다. 수면에 떠 있는 반달이 바람에 일그러져 흔들렸다. 강물이 천천히 이쪽으로 흐르고 있었다. 뭔지 모를 쓰레기, 개나 고양이의 주검까지 뭐든지 섞여 있을 탁한 강물이었다. 어두운 수면에 메탄가스의 거품도 보이지 않고 냄새도 나지 않았지만 더러웠다. 그저 남승지의 뒤통수에 「죄와 벌」이라는 영화가 들러붙어 탁류 위 다리에서 네바 강을 생각했던 것뿐이다. 남승지는 라스콜니코프였을까?

라스콜니코프가 소냐를 찾아가 자신이 노파를 죽인 범인이라고 고백하는 장면이 있었다. 하지만 소냐여, 내가 죽인 것은 고리대금 노파가 아니다. 나 자신인 것이다. 나는 어떻게 하지? 당신 죄의 대가를 치르세요. 유형의 길을 가세요. 내가 함께 시베리아까지 갈게요.

그리고 라스콜니코프가 마을 사거리에서 대지 위에 엎드려 입맞춤하는 장면. 그는 노파가 아니라 자기 자신을 죽였다. 자신이 초인 같은 것이 아니라 벌레라는 것을 깨달았다. 소냐가 살인자의 자살을 멈추게 한 것일까? 소냐가 없었다면 라스콜니코프는 아마도 네바 강에 뛰어들었으리라.

이방근은 어째서 자살한 것일까? 산천단에서….

문난설은 언제 이방근의 죽음을 알았을까? 유원의 말로는 이방근은 문난설과 결혼할 생각이었다. 그런 문난설이 있는 서울을 떠나 제주도, 그리고 산천단으로.

이방근의 죽음으로부터 1년, 남승지는 도쿄에서 있었던 1주기가 일주일쯤 지난 지금 오사카에, 한대용의 아파트 소파에 있다. 열어젖힌 창밖에는 비가 내리고 있었다.

오전 1시가 가까웠다. 슬슬 남승지가 한대용을 깨우려고 정해둔 시간이었다. 잘 자고 있었다. 너무 잘 자서 아침이라 착각하고 또 한잔을 할 수도 있지만 그건 그거고, 어쨌든 우선 한대용이 잠에서 빠져나오면 요를 깔고 잠자리에 들자. 한대용이 일단 만족하여 잠에 든 것처럼 남승지 역시 4·28로 이번 대화를 마무리하기로 했다.

줄곧 비가 내리고 있는 어두운 창밖을 바라보고 있자니 오한이 있는 것도 아니건만 소파 위 심신의 깊은 곳이 얼음처럼 차가워지며 떨려오고 여진처럼 온몸에 퍼져가는 소름이 느껴졌다.

어째서 영화 「죄와 벌」의 주인공이 이 심야에 현실에 못지않은 힘으로, 아니 남승지 스스로를 작중인물로 여기게 할 정도로 그의 내면에 파고드는 것일까? 하물며 이방근이 산 자 속에 살아 있는 죽은 자로서, 지금 육체가 없는 산 자로서, 라스콜니코프를 남승지의 자장(磁場) 속에서 상대하게 하는 것은 당연한 일이다. 자살하지 않은 라스콜니코프는 19세기 말 시베리아로 갔다. 이방근은 어째서 산천단으로? 목숨을 끊을 죽음의 장소는 본능적으로 자연의 섭리로 정해져 있었던 걸까?

남승지 안에 살고 있는 살인자의 머리 위로 저물어가는 밤하늘은 점점 더 어두워간다. 그 어둠의 한 점을 뚫고 번져가는, 투명하게 걷혀가는 심야의 하늘 아래 살인자가 서 있는 언덕.

한대용은 커다란 소파의 등에 기댔던 몸을 움직이더니 마치 자는 척하고 있기라도 했다는 듯이 큰 소리로 두세 번 기침을 하고는 입에 손을 대고 하품을 해가며 눈을 떴다. 심야가 아니고 아침에 깨어난 듯이 테이블 위의 물을 단숨에 들이켰다.

"승지 동무는 아직도 깨어 있었어? 지금 몇 시야? 뭐 하고 있어? 잠도 안 자고…."

그는 거듭 하품을 해가며 자기가 지금 앉아 있는 소파에서 남승지의 어깨 너머로 방을 한번 둘러보고 나서 말했다.

"음, 창밖엔 비가 내리고 있네…. 날씨가 좋아서 산기슭 마을의 경치가 잘 보였는데."

정색을 하고 혼잣말처럼 입을 달싹였다.

"아, 맞다, 승지, 승지 동무. 내가 꿈을 꿨거든. 꿈을 꿨어. 이방근 선생 꿈을 꾼 거야. 그래, 꿈이었어."

한대용은 확실히 잠을 깨려는 듯이 고개를 세차게 흔들었다. 그리고 빈 잔에 김빠진 맥주를 따라서 한 모금 마시고 이야기를 이어갔다.

"승지, 내가 꼭 하늘에서 떨어진 듯이 오름 언덕 풀밭 위에 서 있었는데 언덕 기슭 마을 입구에 하얀 것이 움직이고 마치 그것에 홀린 듯이 언덕 위에서 꽤나 긴 경사를 달려 내려왔어. 등에는 무슨 짐이 얹힌 지게를 메고 있었는데 그야말로 전속력으로, 반쯤 나는 듯한 기분이 너무 좋아서 언덕 기슭에 하얀 것이 빛나고 있는 마을을 향해 달려 내려갔던 건데 막상 기슭까지 갔을 때는 어느새 마을이 사라져 버리고 그냥 아무것도 없는 들판이었어. 한동안 그 언덕 기슭의 들길을, 어떻게 그렇게 날듯이 몸이 붕 떠서 달려 내려올 수 있었을까 생각해 가며 걷고 있으려니까 저 너머로 한라산이 보이면서 아이고, 내가 산천단으로 가고 있더라. 어느새 나는 제주도로 가 있었어. 그리고 이방근 선배를 만나러 목탁 영감이 있는 산천단 동굴로 가야지, 하고 있었지. 그랬더니 정말로 어떻게 된 건지, 산천단 무성한 숲 그늘에 낯익은 듯한 사람의 인기척이 있는 거야. 얼굴은 보이지 않았지만 얼굴을 안 봐도 알지, 이방근 선배가 산천단을 향해 걷고 있는 거야. 부옥이가 선배와 함께였고. 무슨 커다란 보따리를 들고는 이방근 선배를 따라 산천단 쪽 비탈길을 오르고 있었어. 목탁 영감을 보러 가는 거겠지. 보따리는 목탁 영감에게 줄 선물이고. 그렇게 생각했어. 어이, 이방근 선생님, 부옥이도 들었을 텐데 돌아보지도 않아. 이방근 선생님… 눈을 떴어. 꿈, 꿈이었네, 꿈이었어."

"이방근 선생은 뭘 입고 있었어요, 양복? 하얀 한복?"

"몰라. 아마도 부옥이는 언제나처럼 검은 치마저고리였으니까 선배도 검은 옷 아니었을까 싶네. 돌아보며 얼굴을 보여주진 않았지만 틀림없이 산천단을 향해 가는 이방근 선배였어. 나는 처음으로, 그림자뿐이지만 이방근 선배 꿈을 꾸었어. 으음, 뭐 하러 산천단에 가는 걸까, 부옥이와 함께. 산천단에 가면 이방근 선배를 만날 수가 있어. 부옥이와 함께."

"언덕 위에서 내려올 때 등에 지고 있던 지게 위에는 뭐가 있었는데요?"

"아이고, 잊어버렸어. 그건 무엇이었을까. 도중에 뛰어 내려오면서 반쯤 날고 있을 때 없어져버린 건가 보네. 그래서 몸이 가벼워져서 좋았지만…."

한대용은 한밤중 꿈에서 깨어 먹잇감을 노리는 고양이처럼 눈을 빛내고 있었으나 완전히 지친 것이 분명한 남승지를 생각했는지 옆방 벽장에서 이불을 꺼내다가 두 사람의 잠자리를 만들었다. 그리고 축축하고 서늘한 밤공기가 들어오는 창문을 반쯤 닫고는 불을 껐다. 남승지는 머릿속에서 육체를 지니지 못한 산 자가 맑고 투명한 바닥 없는 밤언덕에 서 있으니 금세 잠들지는 못하리라 싶었지만 막상 잠자리에 들어가 불을 끄니, 한대용의 코 고는 소리를 듣기도 전에 잠에 빠졌다.

이튿날은 날이 흐렸으나 비는 개어 있었다. 느지막이 이것저것 대충 꺼내놓고 아침을 가볍게 먹은 후 평소대로 냉장고의 차가운 맥주 한 병을 속풀이로 마시고 나서 점심때 가까이 두 사람은 밖으로 나왔다. 한대용은 산부인과에 들렀다가 교토의 후지 상사로 갈 거라고, 송래운 선생이 오신다고 했다. 일을 마무리하고 계획이 정해지면 연락할게. 시전으로 두 정거장인 우메다로 나왔을 때, 헤어지면서 한대용은 악수를 하려고 멈춰 선 남승지의 점퍼 주머니에 뭔가를 집어넣었다. 뭐야? 하고 남승지가 점퍼 주머니에서 꺼낸 것은 반으로 접은 1,000엔짜리 지폐였다. 뭐랄까, 울컥 가슴이 저려왔다. 형, 무슨 짓이에요? 차비야, 조심해서 가라. 전화할게….

14

남승지는 어제와는 반대로 고베를 향한 전차 안에서, 흐린 하늘 아래 동에서 서로 뻗어 있는 어두운 녹색의 롯코 산 산줄기를 바라보며 탈진한 듯한 피로를 느끼고 있었다. 역시 이방근의 그림자를 밟는 일은 고통이다. 고통을 피하려는 건 아니지만 싫다.

탈진한 듯한 피로감은 한편으론 해방감을 주지만 그것만도 아니었다. 공허감이, 허망함이 이리도 무거운 것일까? 괴롭다. 이제부터 한대용과도 이방근을 화제 삼지 말아야지. 유원을 제쳐두면 달리 이야기할 사람도 없지만 이제는 이야기하지 말아야 한다. 어째서 이방근은 자살한 걸까? 한대용은 산천단에 가는 것으로 그 나름대로 답을 발견해 줄 것이다. 그리고 그것이 남승지 자신의 답이 될 것이다.

특급열차의 튀는 듯한 바퀴의 삐걱거림과 진동에 간접적으로 상반신이 크게 흔들려가며 어제부터 오늘까지 단 하루지만 어딘가 별세계에 다녀온 듯한 느낌이었다.

한대용과 테이블 너머 소파에서 마주하며 아파트 방에서 나눈 대화가 어딘가 그곳만 잘라낸 듯한 입체적 공간으로 느껴져서 그것을 등에 지고 있는 듯 무겁고도 지치는 느낌이었다.

다만 한대용의 전향적인 자세에는 별 고통이 없고, 오히려 이방근의 죽음을 생각함으로써 용기를 자기 것으로 만든 듯하다는 점이 남승지에게 힘을 주었다. 그러나 실은 이방근의 죽음 이야기가 아닌 4·28 협정과 파기로 이야기가 변하여 시간을 거기 할애하고부터 가까스로 견딜 수 있었던 것이다. 이방근을 이야기하고 이방근을 생각하며 이방근의 그림자를 밟는 것은 자신의 고문의 흔적을 밟는 듯한 일이어서 견디기 힘들다. 견딜 수 없다, 아니 고문에 관련된 모든 것이, 제주도가 견딜 수 없다.

나에게 무슨 희망이 있을까? "지금 희망이 있다고 한다면 하루를 건너 내일로 다가온 오사카행… 한대용과 대면하는 일"에 그런 희망을 걸고 있었던 것이리라. 희망, 그것은 자신과 상관없는 과분한 말,

생각. 오사카에는 한대용이 불러서 가는 거였는데, 그 때문에 의미를 부여한 것일까? 어쩐지 만날 때까지는 뭔가 희망의 실체가 있는 듯한 느낌이었다. 희망이 있다고 한다면 한대용과 대면한 자리에서 되살아나는 이방근이 희망을 불러오는 것이리라. 아니, 되살아난 이방근이 희망이었다.

바다와 롯코 산 산줄기 사이에 동서로 뻗어 있는 평야를 달리는 차 안에서 창으로 들어오는 바닷바람에 싸인 이어도… 하고 떠올린다. 제주도 Y리 바다 바위에 서서 유원이 부르는 이어도여, 하는 음성이 이방근에게 옮아가고 그 이방근은 일본에 어울리지 않는다. 그래도 이어도의 그림자는 이방근을 덮었던가? 이어도의 그림자에 뒤덮인 평화정. 이방근은 거기 있었던 것이다. 한대용과 남승지가 마주하는 공간에서 되살아나 이방근과 함께하는 교신이 있었다. 그것은 제주도와 겹치는 이어도의 그림자에 뒤덮인 고통스러운 공간이었지만 이방근은 거기 살아 있었던 것이다.

맞아, 거기서 한대용은 확실히 말했다. 설산 게릴라 아지트에서 일어난 정세용 사살은 이방근의 정의다. 정세용, 그놈의 죽음이 곧 이방근의 산천단행인가? 말도 안 된다. 그렇다면 강몽구도 남승지도 산천단행이다. 목숨을 구걸하는 외가 쪽 친척 형을, 아마도 어머니가 살아 계셨다면 할 수 없었을 일일 텐데, 옆에 있던 남승지의 손에서 빼앗은 피스톨로 죽였다. 더구나 현장에 있던 조직책 강몽구가 친척 형에게 무슨 짓이냐, 처형은 우리 게릴라가 할 일이다, 라며 말리는 것을 뿌리치고 한 일이었다.

그것과 산천단의 자살은 관계가 없다. 그렇겠지, 그것으로 자살할 사내는 아니다. 과연 정세용 사살은 살인인가? 이방근 본인은 살인이라고 생각하고 있었을 것이다. 하지만 해야 할 일을, 하지 않으면 안 될 일을 한 것이 해서는 안 될 살인인가? 한대용은 그것을 당연한 정의라고 잘라 말했다. 거기에는 남승지의 마음을 새삼 깔끔하게 정리하는 힘이 있었다.

산노미야 전차 정류장에 서서 항구 너머로 바다 냄새 나는 바람을 맞으며, 지금은 그 환영이 사라졌지만 한대용과 만난 공간에 되살아났던 이방근은 희망이었다고 되새겼다. 한대용과 헤어지고서 특급열차의 격렬한 진동이 그의 상반신을 흔들어대며 심신에 불러온 탈진한 듯한 피로감. 지금 얼굴을 어루만지고 지나가는 바닷바람에 그것이 실은 해방감임을 깨달았다. 연녹색 전차가 정류장에 들어왔다.

시전에 올라 비어 있던 좌석에 자리 잡으며 남승지는 왠지 현실감이 돌아온 듯한 느낌이었다. 요컨대 천천히 부드럽게 달리고 있는 전차를 타고 있으면 이대로 집 근처까지 데려다준다는 것이다. 특급열차의 흔들리는 차체와 삐걱대던 바퀴의 굉음이 느긋한 차륜의 회전으로 사라져가는 듯하다. 해방된 듯한 정신이 상당히 고양되어 있었던 것이리라.

맞아, 사촌형 집, 자신의 거처, 이것이 현실이다. 오사카의 하루 밤낮은 한대용과 이방근과 남승지의 대화가 만들어낸 환영의 시간과 공간이었던 것이다. 현실로 들어간다. 아니, 돌아간다. 사무실에 나가고, 끝까지 형 부부는 찬성하지 않지만 7월부터 공장에 들어간다. 그리고 오사카에서 돌아오면 정하겠다고 형에게 말했던 행자와의 문제가 있다. 지금 결혼하라는 것은 아니다, 마음을 정하라는 거다. 중매인이 싫으면 대신할 걸 내놔…. 형은 꽤 많이 누그러진 말투였지만 그 대안이란 아마도 형 자신의 희망, 대안, 이유원 이야기일 것이었다. 그리고 형 입에서 나온 것이 가문의 종손이라고 하는 설교였다. 결혼을 하고 씨앗을 전해라. 이방근이 말했던 종마. 이 현실은 끔찍하다.

남승지가 북조선군이 그날 아침 일찍 38선을 넘어 남침, 남북간 전투가 벌어졌다는 충격적인 뉴스를 들은 것은 형네 집으로 돌아오고 나서, 그것도 밤, 식사가 끝나고도 시간이 꽤 지난 8시경이었다.

형이 이사를 맡고 있는 조선초급학교 관계자가 전화를 해서 북이 38도선을 넘어 남으로 침공, 전쟁이 개시되었다는 라디오 방송을 들었다고 했다는 것이었다. 2층의 형 방에도 라디오가 있지만 듣지 못했다. 자세한 건 아직 모르지만 교전 중이며 북조선군이 경성을 향해 내려오고 있다는 이야기. 형도 형수도 큰일이 났다고 얼굴을 마주 보며 놀라고 당황했다.

응접실에서 2층 도로 쪽 방으로 올라가 라디오 스위치를 켜보았지만 조선 관련 이야기는 없었다. 내일 신문에는 확실한 이야기가 나오겠지, 하던 경자가 "제주도는 어찌 되나…." 하며 승지 얼굴을 보았다. "이번에는 조선 전체네, 어떻게 된 걸까? 정말이지… 헛소문은 아니겠지, 일본 라디오 방송에서 한 이야기니까 틀림없을 거야." 재떨이를 앞에 두고 양반다리로 앉은 사촌형 승일이 담배 연기를 내뿜으며 반쯤 혼잣말처럼 말했다.

"어, 경성을 향해 진격 중이라고 이사장이 전화로 말하던데, 북쪽이 유리한 건가?"

"그런 거야 지금 시작했는데 어떻게 알겠어요? 당신도 성질이 급하시네."

"전화로 그렇게 말하더라고. 전쟁인지 뭔지도 아직 모르지만 어쨌든 시작이 됐다니까 내일이나 되어야 알겠지. 맥주 한 병 가져와."

경자가 일어서더니 방을 나갔다. 형이 마시고 싶어서라기보다는 차 대신 함께 한 잔씩 하자는 거겠지.

남승지는 방 한쪽에 접어두었던 조그만 좌탁을 가져다가 형 앞에 놓고 계단을 올라오는 경자에게서 맥주 두 병을 받아 좌탁 위에 놓았다. 경자가 김치와 도라지 고추장장아찌를 쟁반에 담아 가져왔다.

세 개의 잔에 맥주를 따르고 가볍게 잔을 부딪치고 입으로 가져갔다. 한잔하자는 신호였다. 맥주 두 병으로 한잔할 것도 없겠지만 어쨌든 가만히 있을 수가 없는 것이리라.

"한대용 씨는 제주도에 가는 거 아니었어?"

형이 물었다.

"갈 예정인 듯하지만 아직 확실히 정하지는 않았대요."

"네가 함께 간다고 한 거, 그건 거짓말이었지?"

"거짓말이라기보다… 갈 리가 없잖아요. 한대용 씨가 간다니까 그냥 함께, 하고 생각한 것뿐이죠. 형님, 나는 저쪽에서 도망쳐 온 인간이라고요."

"도망쳐 온 인간은 못 가는 건가? 그냥 경찰이라든가에 잡히지만 않으면 되는 거지, 가기만 하는 건 문제없잖아. 그래도 거기 간다는 건 죽음에서 도망해 온 인간이 스스로 죽으러 가는 거나 마찬가지라는 거겠지. 넌 결혼 일은 생각하지 않는 거네."

"그건 행자 이야기, 중매인을 세운다는 거잖아요. 저번에 오사카에서 대용 씨를 만나고 와서 정하고 싶다고 했지만 조금 기다려주세요."

형은 당장 대답을 하라는 것이 아니다. 마음을 정해라, 행자와 중매 세우기가 싫다면 대안을 말하라는 것이지만 그 대안이라는 건 유원 이야기였다. 달리 없다. 가능하다면 승지를 살린 생명의 은인 이방근의 누이동생, 뭔가 걸출한 인물인 듯한 이방근의 동생, 대안이라고 하는 건 그거다. 유원과 결혼할 것을 절대시하고 있는 한대용과 형이 뭔가 계기가 있어 대면하게 되고 남승지가 남씨 집안의 종손이라는 둥 하는 이야기라도 나누게 된다면 당장에 두 사람은 의기투합할 테고, 이유원과의 결혼 이야기는 절대 움직일 수 없게 된다. 하지만 남승지의 마음속에서는 행자를 배제한 경우라도 유원은 재학 중이라는 것, 그리고 지금 돌아가신 오빠의 상중이니 결혼 이야기는 피해야 한다는 것이 핑곗거리가 되었다.

형은 한 잔으로 얼굴이 붉게 물들었고 3분의 2 정도 남은 것을 경자와 승지가 비웠다.

남승지는 엊저녁부터 늦은 밤에 이르기까지 조금씩이지만 맥주를,

그리고 한대용의 아파트에서는 소주를 마신 탓도 있어서 술기운이 완전히 사라지지 않고 몸의 밑바닥에 남아 있었다. 그것이 새로운 술에 이끌려 얼굴로 떠오르는 듯했다. 새 술 예전 술이 섞여 취기만발이었다.

좌탁을 정리하고 승일 부부는 일찌감치 잠자리에 들었다.

10시 반, 남승지는 온몸에 열기를 느낄 정도로 취기를 자각하고 있었다. 으음, 취했네. 안쪽 4첩 반짜리 방으로 돌아온 그는 창가의 좌탁 스탠드를 켜고 이부자리를 깔고 책상 앞에 앉아 한동안 열린 창 너머로 어둡고 별이 없는 밤하늘을 바라보고 있었다. 축축한 공기가 묵직했다. 술기운 때문이리라. 머릿속에 번쩍하며 뭔가가 지나갔지만 그뿐이었다. 살짝 눈이 뜨이는 느낌이랄까? 머리가 무거운 것은 취해 있으면서 그런데도 아직 취기가 부족하다는 신호이기도 했다. 북조선군이 경성 근처까지 진격하고 있다. 전화로 알려왔어. 아직 모르지만 엄청난 일이 벌어진 거야, 도대체 어째서 굳이 조선반도에서 전쟁을? 달리 할 곳이 없는 건가? 아니 아니, 아직 몰라. 내일은 확실해지겠지. 형이 도라지를 씹으며 하던 말. '굳이'라는 말이 귓가에 남아 있었다.

어째서 굳이 조선반도까지 전쟁이라는 손님이 찾아온 걸까, 부탁한 것도 아니건만. 내일, 내일이면 확실해지겠지.

그는 일어나서 6첩 방을 지나 계단 전깃불을 켜고 아래로 내려갔다. 선반에서 잔을 꺼내 소주를 가득 부어 들고 자기 방으로 돌아왔다. 그리고 좌탁에 앉아 욱신거리는 머리를 진정시키려는 듯 꿀꺽, 하고 잔의 3분의 1 정도의 소주를 들이켰다. 소주를 다 마시고 소등한 다음 잠자리에 들어가니 감은 눈 속 어둠에 빙글빙글 돌아가는 하늘 가득한 별들의 속삭이는 듯한 광휘가 반짝이다가 사라졌다. 아, 쿡쿡 쑤시는 게 소주의 급격한 취기에서 오는 편두통 탓일지도 모른다. 의식의 반쯤은 잠에 빠지면서 한대용의 아파트에서처럼 머릿속으로 투명한, 바닥이 없는 밤의 언덕에 선, 육체가 없는 산 자의 늠름한 그림자가 보였지만 오래잖아 모든 것이 사라지고 남승지는 잠들었다.

이튿날 아침, 일찍 눈을 뜬 남승지는 아래층으로 내려와 현관문 사이에 끼어 있던 신문을 손에 들고 응접실로 들어가 테이블에 펴놓았다.

"북선(北鮮), 한국에 선전포고" 커다랗게 가로글씨로 찍힌 기사 제목. 북선이라? 남승지의 혼잣말. 외신에서는 노스 코리아겠지만 여기서는 조선의 조(朝)가 사라졌다. "경성에 위기 닥치다. 침입군, 임진강 돌파" 모두 경성 주재 미국 통신사의 특약 뉴스였다. "미, 여성에 대한 귀국 명령. 무기 원조 증대" 등 모든 기사 제목들이 남북전쟁에 관한 것이었다.

신문을 읽고 있는데 계단에서 발소리가 나더니 형과 경자가 응접실로 들어왔다.

남승지는 소파에 마주 앉는 형 부부 앞에 신문을 놓았다.

"틀림없이 전쟁이에요."

"그래, 무엇을 위한 전쟁인지. 일본의 전쟁이 끝나고 몇 년이나 됐다고."

"어떻게 되는 걸까?"

경자가 말했다.

"북선, 북조선이 침략군이라고 적혀 있구먼. 북에서 침략한 건가?"

"미국 통신사이니, 그건 알 수 없죠."

"북의 침략이라? 제주도에서 미국과 이승만이 그런 짓을 벌이고 있으니까. 어쨌든 전쟁, 조선 남북이 전쟁이라. 남에는 미국이 붙어 있으니까. 일본은 좋아하지. 맞아, 미국이 당연히 관여할 테니까 기지도 있고, 온갖 군수품도 있고. 어떻게 되려나? 아무리 그래도 왜 미국이 태평양을 너머 굳이 극동까지 오는 건지. 전쟁을 위해선가?"

사촌형은 아침 담배 한 대를 물고는 불을 붙였다.

"미국은 제주도가 소련의 앞잡이, 빨갱이, 북과 마찬가지라는 거지. 그래서 이승만을 앞세워 그런 짓을 했을 테고. 반공이니 반공통일이니 하고 있잖아."

"예. 그래서 북조선도 해방시킨다고. 나는 사, 산에 들어갔으니까…."

남승지는 일순, 말이 막혔다. 산, 한라산에 관해서는 집에서 거의 입에 담은 적이 없었다.

"…산이라는 건, 제주도의 산 말이지?"

형 역시 굳이 말하지 않았다. 제주도 게릴라 이야기는 서로 일절 이야기하지 않았다. 남승지는 마음먹은 듯 이야기를 이어갔다.

"나야 모르는 게 많지만, 해방 직후 이승만이 남조선으로 돌아와서는 자기 고향은 북쪽 황해도인데 남에서 특히 제주도에서 엄청난 짓을 벌였으니까. 이승만이 만일 북으로 들어갔다면 거기서 제주도에서 한 짓이랑 똑같은 짓을 했을 거고… 작년 가을에도, 10월인가, 한국군은 조선에서 전쟁이 시작되면 북쪽을 점령하는 데 사흘이면 충분하다는 둥 연설을 했다고 신문에 나왔는데 미국이 없다면 아무것도 못 하니까 미국이, 이승만이 꾸민 건지도 몰라요."

"일본은 민주주의 국가가 되어 있지만 미국이 점령하고 있으니 신문도 다 믿을 수 없어. 아직 모르는 이야기라고. 어쨌든 전쟁이 시작되었으니 미국이 가만히 있을 리가 없네, 이거 봐요."

신문 1면의 톱기사 아래쪽 4단에 걸친 사진에는 38도선을 미군, 한국군과 함께 시찰하는 미국 덜레스 국무장관고문의 모습이 있었다. 전쟁 개시 전의 사진이었다.

"덜레스는 검은 양복에, 사진이 흑백이니까 확실하지 않지만 넥타이, 이건 뭐야, 중절모라는 건가? 얼굴만큼 커다란 모자군. 옆에 있는 건 미군과 한국 측 장교고. 탁자 위 지도를 손가락 끝으로 눌러가면서 뭔가 작전 지시 같은 거겠지… 아니, 설명을 듣고 있는 건가. 이미 전쟁 준비, 작전 설명 사진. 북선이 선전포고했다는 것은 양쪽이 준비하고 있었다는 건가? 모르겠다. 문제는 전쟁이 시작되었다는 거야."

사촌형은 담배를 재떨이에 비벼 끄더니 일어나 방을 나갔다.

경자도 주방으로 들어갔고 평소보다 이른 아침식사 준비를 시작했다. 주부에게는 남자들이 알 수 없는 일이 있다.

남승지는 손에 들었던 "긴급지령 대기, 총사령부 전원 긴장", "무기 원조 증대인가?" 등 이미 전쟁이 확대된 것 같은 헤드라인이 눈에 띄는 신문을 탁자 위에 내려놓고 일어서서 2층 자기 방으로 갔다. 유리창을 열고 한동안 좌탁 앞에 멍하니 앉아 있었다.

응접실에서 형과 이야기하는 중에 산, 한라산의 이름이 나오는 것을 멈칫하며 막았다. 그제부터 어제까지 한대용과 한 대화, 이방근의 자살에 관해 따지고 드는 것은 싫었지만 그래도 오사카에서 보낸 하루는 자유로웠고 이방근과 함께할 수 있는 세 사람의 기쁜 공간이었다. 돌아오는 차 안의 고통스러운 피로는 역시 해방감이었던 것이다.

그는 양치를 하면서 눈을 감고 있다는 것을 깨달았는데 수면 부족 탓이었을 테지만 그 때문만은 아니었다. 뭔지 알 수 없으나 생각을 하고 있었던 것이다. 세안을 마치자 숙취가 살짝 남아 있는 머리가 맑아지면서 무언가 생각났다는 듯이 2층으로 돌아가 손목시계를 차고 돌아왔다. 그리고 점퍼 차림에 운동화를 신고 흐린 하늘 아래 길로 나섰다. 산들바람이 이마를 스쳐 기분이 좋았다. 흐음, 심호흡인가? 깊은 한숨이 나온다. 그는 언덕 쪽 사철 S역을 향해 산책이라도 하듯이 걷기 시작했다. 산책을 하려고 나온 것은 아니었다. 걸음이 향하는 건 평소의 코스였고 무의식적인 산책이었다. 가슴에 쌓여 있는 공기를 밖으로 내보내고 싶은 것이다. 어젯밤 한차례 비가 온 것인지 콘크리트 지면이 젖어 있었다. 지금은 내리지 않아서 좋았다. 흐린 하늘 치고는 공기가 맑아서 롯코 산의 녹색이 선명하고 산이 가까워 보였다. 비에 젖은 후라서겠지. 걸으면서 몇 번이나 심호흡을 반복했다.

역 앞에서 왼쪽으로 꺾어 펜스로 둘러친 연선을 걸으며 녹슨 철의 젖은 냄새를 맡았다. 내리쬐는 햇빛이 레일에 반사되어 눈을 찌른다. 깔려 있는 붉은 자갈들과 침목, 레일이 모두 함께 젖어 풍기는 녹슨 철의 냄새. 가라앉는다. 엄숙한 가라앉음. 연선 빈터에는 들어가지 않고 펜스 옆 전신주에 등을 기대고 하늘을 올려다보았다. 그리고 완만한 산의 기복에 시선을 주었다. 산기슭의 언덕 같은 융기에 한라산 속의 조그만 오름들이 떠올랐다. 깎아지른 듯 무서운 한라산 계곡의 빙벽이 아니라 어쩐지 마음이 풀리는 것만 같은 온유한 하늘과 날씨에 건너편의 녹음. 산과 바다 사이에 끼어 있는 마을, 고베. 산에서 부는 바람, 바다에서 부는 바람. 제주도의 신작로에 서면 앞뒤로 바다와 산이 있었다.

남승지는 손목시계를 들여다보고는 그 자리를 떠나 집 쪽으로 향했다. 10분 후면 7시. 7시에 라디오 뉴스가 있다. 38도선 남쪽에서 전투가 벌어지고 있는 것이다.

38도선을 돌파, 전화(戰火)를 주고받는 경성, 서울.

남승지가 그곳에 살던 무렵에는 우편주소 등에서 여전히 경성이라는 명칭을 사용하고 있었지만 일반적으로는 서울이라고 불렀다. 포화를 주고받는 서울 근교, 미군 출동. 1948년 10월, 남북을 점령한 미소 양군의 동시 철수 결의. 소련군은 북에서 완전 철수. 미군은 약속 불이행, 군사고문단의 형식으로 500명 군대가 잔류. 그리고 지금 주일 미군의 출동. 제주도의 확대판, 아니, 아니, 그런 것이 아니다, 모르겠다. 으음, 오늘 점심시간에는 행자에게 전화해야지. 경자는 어제 행자에게 전화를 받고 중매인 건은 서두르지 않겠다고 궤도 수정을 한 사촌형 생각을 감안하여 나름대로 대화를 한 모양이었다. 그러니 행자와 만나도 결혼 건에서는 그녀 역시 서두르지 않고 여유를 갖게 될 것이다. 남승지는 행자에게 전화를 걸어 이삼일 안에 만나거나 할 기분은 도저히 들지 않았다. 이건 내가 변심한 건가? 그게 아니다.

말이라도 지금 중매인을 세우고, 결혼 운운하는 건 정말이지 내키지 않았다. 더구나 조선에서 전쟁이 벌어진 판에….

그것이 남승지에게는 핑계일 수 없다. 한대용이 말하듯이 정식 약혼을 하지 않았다는 것, 그리고 무엇보다도 임신이 아니었다는 것이 행자와 결혼한다는 추를 치워버렸다. 어쨌든 행자와 남승지를 묶어 놓고 있던 쇠사슬이 사라진 것은 주관적 객관적으로 사실이었다. 결혼? 유원과 결혼? 도대체 누구 이야기일까? 결혼이라는 낱말이 끔찍했다.

산기슭의 S역 근처까지 가서 무슨 생각을 하고 온 건가, 축축한 철로의 녹슨 냄새를 맡으러 다녀왔나? 딱 7시에 집 현관에 발을 들였다. 경자가 주방에서 일하고 있었다. 2층으로 올라가자 사촌형 승일이 라디오 스위치를 켰는지 조선전쟁에 대한 뉴스가 흘러나오고 있었다. 개성이 함락되었고, 원진 역시 함락. 원진은 어딘가, 개성 부근일까? 안보이사회가 열렸고 미국이 북선을 비난, 북선의 침입은 명백한 침략 행위라고 통고, 징벌 동의, 유엔의 정전 권고를 무시하면 주일 미군 출동. 전쟁이 확대되고 있음을 방송하고 있었다.

"음, 이건 틀림없는 전쟁이네. 북이 공격. 남이 후퇴하고 있어…."

전쟁 관련 방송은 몇 분 만에 끝나고 기타 국내 상황으로 돌아갔다. 뭐라나, 전쟁 때문에 옛 군사 관련 주식의 가격이 급등하고 있다다는 둥.

라디오를 끄고 두 사람은 아래층으로 내려갔다.

경자는 식탁 위를 마른 행주로 닦으면서 "전쟁은 어떻게 되어가?" 하고 묻는다.

"응, 전쟁이 분명해. 조선, 조선에서… 우리 조선 땅에서, 전쟁 싫어. 아유, 북조선 쪽이 강한 모양이네."

"으흠, 미국이 가만히 있어주질 않겠지."

"벌써 움직이고 있을걸?"

며칠 만에 사무실에 얼굴을 내민 남승지는 하리가와와 인사를 나누고 그 옆 책상 앞에 앉았다. 하리가와는 엄청난 일이 일어났다고 전쟁 걱정을 하면서도 그 이상의 이야기는 하지 않았다. 구 조총련도 민단계도, 요컨대 좌도 우도 아니다. '중립'적인 생각을 지닌 사람으로 지극히 냉정, 일본인만큼이나 객관적이다.

남승지는 회계사이기도 한 하리가와의 보좌라 전화 담당 같은 것이지만 이전에 경자가 맡고 있던 사무적인 잡무도 이어받았다. 며칠간 결근했으니 그사이의 석유, 가솔린, 시너 등의 연료, 약품, 고무장화용 생지 구매 등의 서류, 전표 등을 모아 정리, 장부에 기입했다. 약 스무 명 종업원들의 출근부는 임시로 사무를 도왔던 경자가 기입했고, 수주, 납품서 등도 품목별로 구분해 두었기 때문에 남승지의 일은 얼마 되지 않는 그 전표들을 재정리, 기입하는 게 다였다. 남은 건 월말까지의 며칠간, 지금까지와 마찬가지로 책상 앞에 앉아 있으면 되는 것이었다.

사촌형은 학교 이사회 관련 모임에 가느라 집에 없었다. 전쟁 발발에 대처하기 위한 조직 관련 모임이리라. 12시에 자리에서 일어나 점심시간. 남승지는 2층으로 올라가 라디오 스위치를 켰다. 한국 전방부대가 북의 포격에 직면하고 있는 경성을 향해 퇴각 중. 트루먼 대통령, 북선군의 평화 침범을 용인하지 않을 것이라 한다. 한국군에 조속한 무기 원조 결정. 전황은 아무래도 북조선이 우위에서 움직이고 있는 듯했다. 라디오를 끄고 옆에 있던 전화 수화기를 들려는 참에 갑자기 벨이 울려 깜짝 놀랐다. 수화기를 들어보니 행자였다.

"아, 승지 씨, 별일 없어? 나, 걱정했잖아. 왜 전화 안 했어?"

"깜짝 놀랐네, 지금 행자한테 전화하려던 참이었는데."

"어머 그렇구나, 벨이 울리자마자 승지 씨가 받아서 놀랐어. 마침 잘됐네."

"형수한테서 전화했다는 이야기 들었어. 형수가 무슨 이야기 안

했어?"

"응, 들었어. 도쿄의 유원이라나 하는 사람 오빠 이야기죠?"

"응, 돌아가신 분인데 제주도에서… 그래서 오사카에 다녀왔거든."

관계없는 일이지만 대충 말을 맞춘다.

"제주도야? 지금 북이랑 남, 우리 조국에서 전쟁이 일어나서. 이거 어떻게 되는 거야? 정말 걱정이네. 이것저것. 승지 씨, 이번엔 언제 쉬는 거야?"

"음, 글쎄, 생각해 봐야겠지만, 왜?"

"왜? …영화, 보러 안 갈래?"

"영화? 행자는 생각보다 태평하네. 난 지금 그런 마음의 여유가 없어, 하하하…."

"뭐야, 그건? 영화 보는 게 태평한 건가? 나 혼자서 가려는 게 아닌데. 승지 씨."

"알고 있어. 둘이서 가자는 거겠지만."

"승지 씨는 싫어?"

행자의 목소리가 뾰족해졌다.

"승지 씨, 당신 나한테서 도망치려는 거 아냐?"

"도망? 그게 무슨 뜻이지, 느닷없이? 어디로, 왜 도망친다는 거야?"

철렁하면서도 불쾌한 말이었다. 도망친다…. 뭔가 대답을 하려다가 참았다.

"행자는 이상한 소리를 하네."

"왜 그래, 승지 씨? 요즘 목소리의 낌새도 이상해."

"뭐? 목소리의 낌새? 전화로 듣는 거라서 그런 거 아냐?"

"그건 상관없어. 나한테 이야기하는 말투, 음성의 태도… 똑바로가 아니야. 옆을 보고 있거든."

"똑바로가 아니다? 음성의 태도라, 멋진 말도 아는데. 조금 전 행자 목소리의 태도도 이상했어."

"말 돌리지 마. 승지 씨한테 옮았겠지. 그럼 피차 마찬가진가? 이번 토요일 다른 약속 있어? 7월 1일."

"……."

갑자기 이야기의 방향이 바뀌어 당황했다.

"나 말야?"

"그래."

억양이 누나 같아지고, 말의 전환이 어른스러워졌다.

"아니, 1일은 휴일이야. 다음 달부터 공장으로 들어갈 거야."

"또 공장으로 가다니, 승지 씨, 그건 안 되지. 그렇게 무리를 하는 건 안 된다고요. 경자 아주머니도 그런 이야기를 했지만 난 반대야. 승지 씨는 정말 제멋대로네. 자기 일은 스스로 알아서 생각해야지. 승지 씨는 귀여워."

"뭐? 귀여워? 뭐야. 사람을 아이 취급하는 거야?"

"승지 씨는 우리랑 다른 훌륭한 사람이잖아. 그럴 리가 있겠어요? 어때요? 7월 1일."

"…7월 1일 토요일, 공장도 사무실도 쉬는 날이지. 공장 휴일이 1일이랑 15일 두 번이라는 건 알고 있잖아. 어디 외출하는 건 피곤해. 지금은 머릿속이 여러 가지 일들로 정리가 안 되니까."

"나를 만나면 낫는 게 아니라 더더욱 복잡해지는 건가?"

"…왜 이야기가 그런 쪽으로 가는 거야? 굳이 행자 이야기를 하고 있는 게 아니잖아. 오사카에 다녀온다든가 하면서, 행자가 모르는 일이 있었어."

"나, 무슨 어려운 이야기를 알겠다는 거 아니잖아. 승지 씨 화났어?"

"……."

말이 안 나왔다.

"왜 화를 내는 건데?"

양쪽 모두 3, 4초 침묵. 숨소리가 들리는 듯했다. 자칫 모난 소리가 튀어나올 듯했다. 행자 탓이 아니다. 마음이 안정되지 않는다. 더 이상 자극하지 말아줘.

"나, 그쪽으로 가는 건 싫어."

행자의 음성이 가라앉았다. 문득 가시 돋았던 공기가 누그러졌다.

"경자 아주머니한테 놀러 가는 게 아니니까. 둘이서만 보고 싶다고. 찻집 같은 데도 좋고."

"찻집에서 뭐 해?"

"왜 말을 그런 식으로 해? 만나는 거잖아. 뭘 할지는 만나고 나서 이야기지. 나, 이래 봬도 조선에서 전쟁이 일어나서 승지 씨 머리 아프겠다는 정도는 알아. 나랑 승지 씨는 다른 인간이니까, 그 정도는 안다고…."

"전화가 길어지네."

2층으로 올라온 경자가 방으로 들어왔다. 남승지는 경자와 전화를 바꿨다.

"경자야. 할 이야기가 많은가 봐. 놀러 와… 뭐? 둘이서 만나고 싶다고? 승지 도련님이랑? 응, 응, 둘이서 정해야지. 여기 와서 둘이서 나가면 되잖아. 승지 공장은 말야, 승지는 공장에 나갈 작정이지만 아직 확실히 정해진 건 아냐."

남승지는 경자 옆에 서서 잠자코 듣고 있다가 전화는 경자에게 맡기고 아래층으로 내려갔다.

식탁에 점심식사 준비가 되어 있었다. 잠시 뒤 경자가 내려와 식탁 앞에 앉았다. 그녀는 먼저 식사를 한 모양이었다.

"행자가 울던데…."

"운다고요? 왜요? 내가 울린 건가?"

남승지는 젓가락을 놓고 한동안 경자와 이야기를 했다. 어째서 울까? 남한테 귀엽다는 둥 했다가 울었다가.

"그럴 때가 있는 거지. 승지가 도쿄에 갔다가 오사카에 갔다가. 요즘 고베를 나가는 일이 많잖아. 걔는 걔대로 이것저것 느낌이 있는 거지."

"이것 참. 형수님, 가운데서 잘 좀 말해주세요."

"그건 다른 거지. 그 아이, 저 혼자 울고 있는 거야. 수화기 저쪽에서. 금세 괜찮아져."

전화 너머에서 저 혼자 울고 있다. 행자가 울었다. 남승지는 젓가락을 들고 식사를 계속했다. 지금까지 그녀와 있었던 관계를 궤도 수정하고 있는 자신의 자세가 눈에 보이지 않게 반영되었으리라. 그녀가 말하는 음성의 태도가 똑바르지 않고, 옆을 보고 있는 탓도 있을 것이다. 걔는 걔대로 이것저것 느낌이 있는 거지. 금세 괜찮아져.

15

남승지는 7월 초부터 공장에 들어갔다. 사촌형 부부는 반대하지 않았다. 어쨌든 처음 경험하는 게 아니니까 해보라는 것이었다.

오랜만에 공장장 다카야마의 지시를 따라 남승지는 손수레 운반 작업부터 시작했다. 반소매 러닝셔츠를 입고 양손에 장갑을 끼었지만 한 시간도 계속할 수 없었다. 등짝의 움푹한 상처에 땀이 고여 셔츠가 들러붙었다. 허리에 피곤함이 느껴졌으나, 공장 안의 소음, 지독한 시너 등의 냄새가 이미 익숙해졌듯이 고무공장의 노동 경험이 되살아났다. 공장 각 블록 사이의 지그재그 통로를 지나 무거운 손수레를 끄는 데에도 익숙해졌다.

공장의 소음은 엄청나다. 외부에서 공장으로 들어온 순간 높다랗게 뚫린 천장에까지 반향되는 소음은 견디기 힘들다. 양손으로 귀를 틀어막게 된다.

벽과 골목을 사이에 둔 옆 건물 사무실에서나 2층의 방에서도 간접적으로 귀에 익은 소리였지만 현장에서는 전혀 다르다.

롤러 3대의 거대한 톱니 회전음, 롤러에서 생고무가 늘려 펴지면서 파열하는, 들어보면 끔찍할 정도의 그야말로 굉음이라고 할 만한 높낮이가 격렬한 진폭의 소리, 자칫 거기 여성의 긴 머리카락 한 올이라도 끼어 들어갔다가는 끝, 기계를 멈출 사이도 없이 벌어지는 아수라장. 생고무를 늘리는 롤러 회전음은 의식하고 들으면 공포스러웠다. 회전이 멈췄을 때의 정적.

롤러 작업은 숙련공이 해야만 한다. 공장에서는 가장 급여가 높았다. 공장장 다카야마도 숙련공 중 한 사람. 롤러로 1센티미터 정도 두께로 늘여낸 고열의 연고무판 생지를 그 옆의 커다랗고 낮은 장방형 녹색 상자의 석탄 속에 던져 넣어 서로 열 때문에 들러붙지 않도록 뒤적여가며 식힌다. 그때 솟아올라 날아다니는 석탄 분진이 근처 높은 천장 대들보까지 가서 쌓이는 것이다.

손수레의 첫 짐은 보일러에서 꺼낸 고온의 장화였다. 이것을 상하지 않도록 손수레 안에 다섯 켤레, 열 개를 늘어놓아 제품 하치장으로 옮겼다.

손수레뿐 아니었다. 짐이 없을 때는 보일러 작업이 있다. 보일러 장치의 물탱크 안 여러 단으로 되어 있는 선반에 공정 중인 장화를 늘어놓고 끓어오른 탱크 내부에서 보내온 180도 고온의 수증기로 한 시간 가까이 가열한다. 보일러의 석탄 때기 작업은 남승지도 한 번 해본 적이 있는데 상당한 중노동이어서 온종일 하는 것은 불가능했다.

보일러 장치의 가마를 열고 고무장화를 꺼내는 것도 힘든 작업이었지만 일일이 그런 것을 생각하면 아예 일을 할 수 없다. 가마 옆의 선풍기 바람으로 식혀가면서 목장갑을 낀 손으로 장화를 꺼낸다. 그리고 가열 전의 고무장화와 바꾸어 넣는다. 거기서 완성된 제품을 손수레로 보일러 가마까지 옮겨 왔다. 땀으로 젖은 셔츠 안 등허리의 울퉁불퉁한 상처는 보이지 않지만 자기도 모르게 등 쪽에 시선을 느꼈다. 덥다고 다른 공원들처럼 남들 앞에서 셔츠를 벗거나 할 수는 없다. 공장 직원들은 남승지의 등에 뭐가 있는지 짐작하고 있었는지 굳이 그가 사장의 사촌동생이어서가 아니라도 그 범상치 않은 듯한 상흔 때문에도 조심스러워했다.

한 주간이 지나자 역시 익숙한 작업이라 몸의, 노동의 감각이 갖추어지면서 오전 8시부터 오후 5시까지 일했고, 오전 10시부터 30분 동안은 남승지 혼자, 오후 2시부터 30분은 모두 함께 쉬는 휴식 시간이 있었다. 무엇보다 공장이 끝난 후 함께 어울리는 건 거의 불가능했지만 그래도 노동 현장에서는 친근하게 어울려 일하는 것이 즐거웠다.

사무실에서 난 뭘 하고 있었던 것일까? 결국 임시이기는 했지만 사무실에 장식품처럼 앉아 있기만 했던 것이겠지. 지금은 경자가 사무원 대신 나가고 있지만 집안일도 있으니 오래 계속할 수는 없을 것이다. 경자가 이전처럼 사무실로 들어가고 행자가 도우미로 경자에게 돌아올 수 없을까 하는 이야기가 나와서 남승지를 철렁하게 했지만 행자 부모님 가게 사정도 있어서 간단하지는 않을 것이다. 행자가 돌아온다면 날마다 집에서 얼굴을 봐야 하고 식사도 가족처럼 함께 하게 될 것이다. 이전과는 달리 함께 있지는 않고 통근이 되겠지.

무엇보다 남승지에게 당황스럽고 곧바로 거부반응이 나오는 이야기였다. 결국 행자가 당신 나한테서 도망치려는 거 아냐, 라고 전화로 이야기했듯이, 틀림없이 도망이었다. 가정부로 돌아온다면 행자와 관계가 처음 궤도 가까운 곳으로 되돌아갈 가능성이 생긴다. 지금까지의 모든 것이 무너질 가능성. 그렇지 않으면 생판 남처럼 되어 오히려 관계가 딱딱해질지도 모른다. 어쨌든 현재 행자와 요철이 들어맞고 있는 판에 행자가 가정부로 돌아오기라도 한다면 남승지는 반대할 수도 없고 궁지에 몰린다. 아직 벌어지지 않은 일이지만 상상하는 것만으로도 내일이 불안했다.

이런 이야기가 나오기 전 7월 1일 토요일 오후, 남승지는 약속대로 행자 부모님의 불고기집이 있는 나가타 해안도로 찻집에서 행자를 만났다. 바로 전 경자에게 전화를 바꾸어주었을 때 수화기 너머에서 울고 있었다던 행자였다. 금세 괜찮아져… 하던 경자. 변덕쟁이의 눈물이었을까?

계곡물 흐르는 속삭임은 사랑, 사랑, 사랑의 줄기. 눈을 감아도 떠도 추해. 뺨을 갖다 대도 손을 갖다 대도 추해. 내 눈물이 불을 뿜는 것은 그 때문이야. 이 얼마나 신성한 상처들의 산맥. 상처가 꿈틀거리는 계곡. 내 눈물이 골짜기를 메우고 시냇물이 될 거야. 내 등허리 상처의 끔찍한 산맥을 손으로 알고 뺨의 감촉으로 알고 있는 것은 행자뿐인 것이다. 그런데 나는 거기서 벗어나려 하고 있다. 행자를 배신한다…? 아니, 유원과 함께하려는 게 아니다. 하지만 상처의 산맥은 멀리 떨어졌다…. 행자는 그것을 느끼고 있는 것이다.

그날 영화도 관두고 날이 흐려 해안 산책도 하지 않은, 서로 순조롭게 이야기가 되지 않는 답답한 데이트였다. 행자네 불고기집에서 두 블록 정도 떨어진 나가타 정 동쪽 도로에 있는 조용한 분위기의 찻집이었는데 학생들이 많이 드나들었다. 입구에 램프가 걸려 있고 그것이 간판 대신이었다. 두 사람은 도로 쪽 창가 자리에 마주 앉았다. 각각 커피를 마셨고 행자는 케이크도 주문했다.

파마 머리에 가슴이 파인 원피스 차림이었는데 목덜미에서 부풀어 오른 가슴 굴곡까지 땀 때문인지, 축축한 느낌의 냄새를 풍겼다. 셔츠 안에 밴 체취가 함께 나는 듯하여 남승지는 자신의 시선을 깨닫고 바깥쪽으로 눈길을 돌리며 커피를 마셨다. 천장에서 부드럽게 돌고 있는 선풍기 바람이 행자의 냄새를 퍼뜨리는 듯했다.

엷은 와인색에 꽃무늬가 있는 원피스의 허리를 검은 에나멜 벨트로 묶은 허리 굴곡도 풍만해서 두세 살 연하이지만 원래 섹시한 구석이 있었다. 오늘 표정은 어쩐지 어른스러운 느낌이었다. 자기 일은 스스로 알아서 생각해야지, 승지 씨는 귀여워, 하고 말했던 전화를 굳이 불쾌해할 것도 없다 싶었다. 원피스 속의 풍만한 두 개의 벗은 젖가슴을 내 추하고 울퉁불퉁한 상처로 덮인 등 위로 눌러 온 것은 언제였던가? 작년 가을, 이미 1년이 다 되었다. 공장 직원들의 교토 아라시 산 관광 여행에 경자도 함께 가고 2박 3일 집이 비었을 때.

창밖에는 양산을 든 사람들에 섞여 어린아이들이 공놀이를 하고 있었다. 젊은 여자의 엉덩이에 공이 맞아서 여자가 비명을 지르며 돌아본 순간 튀어 나간 공이 투수 쪽으로 제대로 돌아갔다. 마치 벽을 향해 던진 공처럼. 행자가 웃으며 남승지를 보았다. 눈이 마주쳐 그도 웃었다.

행자는 케이크를 잘 먹었다. 남승지에게는 낯선 이름의 케이크까지 세 조각을 먹었다. 남승지는 먹지 않았다. 그녀의 포크로 한 조각 입에 넣었을 뿐 커피만 마셨다. 두 잔이나 마셨다.

행자의 관심이자 불안은 도쿄니 오사카를 오가면서도, 특히 존경하는 듯한 사람의 누이동생인 유원이라든가 그녀와 관계가 있는 듯한 한대용에 관해서 전혀 이야기하지 않는 남승지에 대한 불신에서 비롯했다. 아니 불신이라기보다는 불만이었고 그것이 그녀를 우울하게 만들고 있었다. 무언가 승지 주변에 중요한 일이, 경자도 알고 있는 듯한 일이 있건만 자신은 거기서 배제되어 있다는 소외감이 컸다. 제주도 이야기가 터부라는 건 알고 있지만 승지의 도쿄행은 또 다른 이야기일 것이다. 남승지는 그녀의 그런 답답함은 알고 있었다. 하지만 그렇다고 이방근이니 유원 이야기를, 형 부부가 알고 있는 이상의 이야기를 행자에게 할 수 있을까? 차원이 다른, 있을 수 없는 일이었다. 행자라서가 아니라 이방근에 관한 것은 모두 불가측, 불가침, 다른 세계 이야기였다.

오사카의 한대용이라는 이는 제주도에 가는 건가 하며 이야기의 실마리를 만들었지만 그 이상 나아가지는 않았다. 그리고 남승지는 거듭해서 한대용이 제주도에 다녀오고 나서가 아니면 여러 가지 일들이 정해지지 않는다고 했다. 그건 사실이기도 했지만. 그것을 밀려오는 파도의 방파제 삼아 내일부터 들어갈 공장 일로 화제를 옮기기로 했다.

"내가 어떻게 하면 좋을까?"

"어떻게 하다니, 뭘?"

"뭐라니. 승지 씨는 앞으로의 우리 일, 생각 안 해봤어?"

"우리 일이라… 결혼한다는 건가? 행자는 지금 그런 생각을 하고 있는 거야?"

"딱히 결혼 이야기가 아니잖아? 그런 건 아무도, 경자 아주머니도 생각하지 않아."

"흐음, 그럼 뭐야?"

"우리가 만나는 거. 그걸 이야기하지 않으면 몰라?"

"뭐야, 그런 거야 굳이 이야기할 필요가 있는 건가? 그 생각 하고 있었어?"

"그게 뭔데?"

"만나는 거 말야."

"남 말 하는 것 같네."

"남 말이 아니지. 지금 만나고 있으니까. 그냥 이대로 좋은 거 아냐? 전처럼 행자가 이랬으면…"

남승지는 자기 아랫배를 가볍게 눌렀다.

"그랬으면 곤란했겠지만. 그게 아니니까. 이대로 좋은 거 아닌가? 반복하지만 지금 문제는 한대용 씨가 제주도에 다녀오는 거라고."

이 이상 이야기는 나가지 않았다. 찻집에서 만나서 뭐 해? 어째서 그런 식으로 말하는 거야? 일단 만나잖아. 뭐 할지는 나중에 이야기하자. 그래, 만나서 커피 마시고 케이크 먹고, 그리고 이야기도 했지만 더 이상 이야기는 진척되지 않았다.

해 질 녘이 되었고 큰길에서 해안 쪽 골목에는 술집 거리도 있었지만 남승지는 술을 마시고 싶은 생각이 전혀 없었다. 행자도 권하지 않았고, 최근 며칠간 남승지는 술을 많이 마신 것도 아닌데 술기운이 아직 몸 밑바닥에 남아 있는 듯해서 몸이 받아들이지 않았다.

둘은 조선에서의 전쟁 이야기, 행자네 가게에 오는 손님들이 일본은 경기가 좋아지고 실업자가 없어질 거라는 둥 하며 떠들어대더라… 하는 이야기를 해가며 전차 철길 사거리까지 돌아왔고 그 길을 경계로 남북으로 헤어졌다.

이대로 곧장 30분쯤 북으로 산 쪽을 향해 걸어가면 사철 S역이 나온다. 낮이라면 그냥 걸어서 역의 붉게 녹슨 포석의 쇠 냄새가 나는 연선에 섰다가 옆의 빈터에서 담배를 피울 텐데.

남승지는 행자에게 미안하다는 생각이 들었다. 운동화로 마른 콘크리트 위를 걸으며 지금 행자와 전차 길을 경계로 헤어져 조금씩 멀어져가듯이 행자와 거리가 생기고 있음을 느꼈다.

찻집 테이블 너머 행자의 가슴에서 나던 땀냄새를 품은 체취는 무엇일까? 맡기 싫은 냄새는 아니었다. 행자 냄새인지 그저 여인의 냄새인지, 행자의 냄새가 사라지듯이 행자의 모습이 아련히 멀어져갔다. 결코 비틀린 애증의 얽히고설킨 결말… 같은 것도 아니었다. 행자에 대해 무슨 증오가 있을 수 있단 말인가. 식은 것이겠지. 식는다….

문득 멈추어 선다. 열차가 머리 위를 통과하는 가드 앞이다. 행자와 헤어지는 건가? 아니, 지금은 그걸 생각할 때가 아니다. 다만 함께 살지는 않아. 유원과도 마찬가지. 나에게 그런 미래는 없다. 한대용의 제주도행. 행자에 대한 방파제가 아니라 나 자신이 한대용의 제주도행에 기대고 있는 듯한, 무언가를 거기 걸고 있는 듯한. 도대체 거기 무엇이 있는 걸까?

전황은 북의 압도적 우세가 되어 남쪽은 마치 전략상 그러는 것처럼 거의 저항하지 못한 채 6월 28일 경성이 함락되었다. 한국군은 불타는 수도에서 남쪽으로 패주했다. 경성 중앙 라디오 방송국에서 경성을 사수하라고 외쳤던 이승만은 경성을 탈출, 임시 수도를 대전으로 옮겼다.

대전 형무소는 전국 유수의 정치범 수용소였는데 대구, 목포 등에도 형무소가 있지만 체포되거나 투항한 제주도 게릴라 다수는 재판 없이 대전으로 보내지는 경우가 많았다. 살아남은 정치범들은 이승만의 '천도'로 인해 빨갱이 일소당했을 것이다. 대전 지역은 물론 하룻밤 새 형무소 수용 전원이 학살당했으리라. 성내 알코올 공장 수용소에서 남승지와 함께 있던 게릴라들도 아마 대전으로 보내졌을 것이다. 그렇지 않은 그룹은 본토 형무소로 이송 도중, 해상에서 학살당했다.

7월 5일, 미 지상군이 북조선군과 수원 남쪽 오산에서 첫 교전 후 퇴각하고 북조선군은 남하를 계속했다. 미군은 안보리 결정으로 명목뿐인 유엔군(16개국)을 편성, 미군사령관은 유엔군사령관을 겸임.

그리고 주일 미군기지에서 전투기, 폭격기가 연일 조선반도로 날아간다. 마침내 유엔군의 상륙작전, 전선 확대, 미국의 참전으로 전세가 어찌 될지 알 수 없었다.

다만 일본 사회는 특수경기에 전쟁 전 군수산업의 열풍이 불면서 전후 부흥의 파도가 밀려오는 모양으로, 길거리를 다니는 일본인은 월급이라도 오른 건지, 전쟁이 풍기는 우울한 분위기가 없었다. 전쟁 전에도 일본은 전쟁, 전쟁… 하면서 신주불멸(神州不滅)[20]을 믿고 있었던 것일까, 일본인은 의외로 일상적인 표정이었던 것 같다. 서글픈 울상이 된 것은 패전 후일 것이다. 그랬는데 이제 조선전쟁으로 명랑함을 되찾고 있는가 보다.

전쟁과 고무장화. 남승지에게는 떠오르는 게 없지만 바다 건너 전쟁으로 군수 관련 주가가 급등이라는 등 일본 사회 경제 전반의 톱니바퀴가 움직이기 시작한 낌새가 느껴졌다. 니시고베의 나가타 지구는 재일 조선인 고무공업 중심지였고 운동화나 고무장화의 갑피 등 부속품 생산 가내공장이 많아서 곧장 생산으로 이어지는 건 아니었지만 중소 고무공업이 호경기를 맞고 있는 모양이다. 사촌형의 고무장화 공장 역시 예외는 아니었다. 바다 건너에서 전쟁이 일어난 지 아직 보름도 지나지 않았다.

어젯밤 7월 7일, 쇼와 12년(1937년)에 일본이 중국을 침략했다. '일지사변'[21]이 일어난 날이다. 아무 관련 없건만 멋대로 '7·7'이라는 숫자가 나온다. 불쾌한 추억이었다. 쇼와 20년 8·15. 8·15. 어젯밤 한대용으로부터 두 번째 결정적인 전화가 걸려왔다. 지난번 전화는 경성 함락 후인 월말에 왔는데 유원이 한대용에게 안국동 숙부들의 집이

20 '신주'는 '신의 나라'라는 뜻으로 일제 시대 신의 나라 일본은 결코 망하지 않는다는 선동 구호로 사용되었다.

21 일지사변(日支事変): 중일전쟁을 가리킨다.

어떻게 되었는지, 부산 친척집에라도 피난을 했는지 물었다고 한다. 한대용의 제주도행 가능성은 어떠한지 등의 이야기여서 굳이 승지에게 연락을 할 필요는 없었다고 했다.

유원도 고베로 전화를 하지 않지만 남승지 역시 음대 여자 기숙사에 복잡한 호출전화를 걸어 유원을 불러달라 하지는 않았다. 헛일, 마음 아프게 부재일 때도 있다. 한대용의 전화에 살짝 화가 난 것은 유원이 전화로 이야기하면서 승지 동무에게 안부 전해주세요, 했다는 말 때문이었다. 그걸 이제야… 싶었지만 그 때문에 일부러 전화를 할 수도 없었으리라.

결정적이었던 것은 한대용의 제주도행 결정이었다.

이삼일 전에 전쟁 발발 후 첫 밀항선이 쓰시마에 기항했다는 전화연락이 사스나 주재 송래운의 지인으로부터 교토 후지 상사로 왔다. 한대용과 송래운이 제주도로 간다. 그 전에 유원을 만나기 위해 도쿄로 갔다가 돌아와 오사카에서 만나자는 것이었다. 아, 마침내 제주도행. 한대용의 제주도행인가? 제주도, 한대용, 방근·대용이 제주도로 간다.

여러 가지 준비를 해야 하니 대충 계획이 서면 도쿄로 간다고 한다. 그리고 제주도로 출발, 무사히 돌아올 때까지 앞으로 한두 달, 아니 석 달은 걸릴지도 모른다. 언제 출발하는지에 따라 다르겠지만 그 동안은 여름이다. 나는 노동을 계속해서 건강한 모습으로 제주도 공기를 실컷 마시고 돌아올 한대용을 만나야 한다. 유원이 동행하는 일은 있을 수 없다. 한대용이 데려가지 않을 것이다.

한대용에게는 제주도행 전에 도쿄행이 있다. 그리고 돌아와서 남승지를 만날 것이다. 남승지는 자신이, 아직 한대용의 도쿄행도 이루어지지 않았건만 그걸 건너뛰고 제주도를 다녀온 후의 한대용을 생각하고 있었다는 것을 깨닫고 혼자서 유쾌하게 웃었다.

1949년 가을, 일본 정부와 미점령군이 재일조선인연맹(조련)을 강제 해산 접수한 후에도 그 대중적 기반은 남아 있었지만 그것을 재편성하는 전국적인 조직이 없었다. 지역적으로는 민주여성동맹(오사카 이쿠노 지부에서는 남승지의 누이동생인 말순이 일하고 있었다), 민주상공회, 신용조합, 학생동맹, 교육자동맹, 해방구원회 등이 합법적인 활동을 하고 있었다. 그중에서도 민족학교 폐쇄 반대 투쟁으로 체포, 재판 중인 교직원, 기타 재일운동 희생자의 곤궁한 가정에 대한 지원 등으로 해방구원회는 조용한 활동을 이어오고 있었다. 민족자주학교는 오사카 41개교가 일본 학교로 편입되었지만 효고 현의 17교에서는 조선전쟁에 대처하여 각각 민족 교육을 지키기 위해 우선 각 학교, 교원의 연대를 강화하는 움직임이 보였다.

전쟁 개시 당일, 니시고베 초급학교 이사회에 남승일이 참석했다. 귀가 후, 밤이 되어 전쟁 개시를 알게 되었지만 다음 토요일에는 남승지와 행자가 나가타 해안도로 찻집에서 만나고 있는 시각에 다시 확대이사회를 열어 제학교합동대책위 개회, 학부형들의 민족학교 옹호 활동을 결정했다.

전후 민주주의 일본의 정세가 거꾸로 급격한 우경화를 향해 가고 있었지만 좌익세력 역시 과격화하고 있는 듯했다. 일본공산당 등 좌익진영에 대한 정부와 GHQ의 탄압이 이어졌다. 1949년 여름 국철 미타카 역 무인열차 폭주 사건, 사망자 6명. 나아가 후쿠시마 현 마쓰가와 역 열차 탈선전복 사건이 국철 노조원, 공산당의 모략이라고 정부는 주장했고, 매스컴은 그것에 따라 발표했다. 또한 국철 시모야마 총재가 철도에서 변사했는데, 모든 것이 일본공산당계의 책동이라 하여 정부는 좌익진영에 대한 탄압을 강화했다. 일공중앙위원 24명, 《아카하타》 관계자 17명에 대한 공직 추방 조치. 《아카하타》 등 공산당 출판 잡지 정간. 나아가 일반 보도기관 그리고 모든 기업 등에 휘몰아친 레드 퍼지[22] 돌풍. 공산당은 반쯤 비합법화되어 있었다. 소란스럽던 전후 일본의 전환기에 6·25 조선전쟁이 발발했다. 그리고 조련 해산 후의 재일 조선인 운동으로서 일본공산당 민족대책부 지도 아래 조국방위위원회의 발족이 있었다.

바로「동포에 대한 어필」이었다.

…우리 주위에서 이승만 도배에 보내는 무기 제작과 수송에 반대하고 우리의 이익을 쟁취하기 위한 총파업으로 결기해야만 한다. 여러분 주위에 군수품을 제작하는 기업은 없는가? 무기를 싣고, 자동차를 보내는 열차, 자동차, 선박은 없는가? 그것들을 우리 조국에서 사용할 수 없도록 저지하라!… 친애하는 동포 여러분, 친애하는 형제자매여!

조국통일을 방해하고 우리 민족의 독립을 침해하려는 모든 적에 대해 최대의 적개심과 경계심을 지니고 그 행동을 감시하며 우리의 강한 단결력과 행동으로 그들의 책동을 분쇄해야만 한다. 우리 인민군대의 힘을 믿으라! 승리는 우리의 것이다….

남승지는「동포에 대한 어필」전단을 읽으며 자신이 한라산 게릴라 아지트에서「선전포고」전단 3,000장을 철야 비밀 인쇄하여 다음날 아침 배포하라는 조직 지시로 하산, 성내 잠입했던 일을 떠올렸다. 결사적인 3,000장 전단 인쇄 감행이었다. 성내지구에서 전단 살포는 100매 내외에 그쳤다. 나머지는 소각당했고「선전포고」전단 전술은 실패했다. 전단 인쇄 책임자였던《한라신문》편집장 김문원의 체포, 이튿날 심야 허공에 울렸던 총성. 총성이 메아리치며 들리던 이방근의 방 소파. 마주 앉았던 이방근, 양준오, 김명우.

지금은 고베 나가타 정의 일본 주택 2층 4첩 반짜리 방 베란다 옆

---

22 레드 퍼지(Red purge): 연합군 점령하 연합군최고사령부의 지령으로 공공기관이나 민간기업에서 좌익 인사를 축출한 것을 가리킨다.

좌탁 앞이다. 저녁 8시. 론진 손목시계. 탁자에 놓인 「동포에 대한 어필」 전단과 머릿속 4·3 선전포고문. 이 일본에 살아 있는 남승지와 그 김명우는 다른 인간인가? 김명우는 누구인가? 한라산에서 선전포고문을 머릿속으로 암송, 머릿속 노트에 기록하여 하산했던 김명우는 누구일까? 남승지는 한라산에서 조직의 지시 전달을 위해 하산했던 때의 일을 지금 이상한 기분으로 떠올렸고 가슴 깊은 곳에서 못이라도 박는 듯한 고통을 느끼며 한동안 숨이 막히고 꼼짝도 할 수 없었다.

「동포에 대한 어필」은 어딘가 관념적이고 돌발적인 느낌이었는데 과격, 극좌적인 행동이라는 울림이 있었다. 궁지에 몰린 쥐가 고양이를 무는 패배투쟁이었던 4·3 선전포고문은 어떠했는가? 그것은 결코 교조적이거나 유별난 것이 아닌, 우리 제주도민의 폭발하는 마음의 언어였으나 언어와 현실이 맞지 않았던 걸까? 아니, 맞추지 못했던 것이다. 언어가 아니라 그 언어를 현실에 맞추는 행동이 돌발적이었던 것이다.

"친애하는 국방군 장교 및 경찰 여러분! 총을 한번 잘 보자. 그 총이 어디서 나왔는지를. 그 총은 우리의 고혈을 짜낸 세금으로 만들어진 것이다. 영웅적으로 떨쳐 일어난 여러분의 부모, 형제, 자매들에게 그 총을 겨누어선 안 될 것이며 무턱대고 동포들을 향하여 그 소중한 총을 겨누고 탄환을 쏘아서는 안 될 것이다."

정말 그렇다. 경찰 여러분은 차치하고, 국방군 장병들은 경찰 측과 달리 중립이었으며 게릴라 측에 배려하고 있던 때였다. 남승지는 가슴이 메어왔다. 머릿속에 봉인되어 있던, 고문서 아닌 패배한 투쟁의 포고문 문구가 선명하게 떠올랐다.

"…미 침략자를 조국 땅에서 몰아내기 위하여! 매국노, 이승만 도당을 타도하기 위하여! 조국의 통일과 민족의 독립과 자유를 위하여…!”

이 문구를 지금 머릿속에 되살리며 반추해 봐도 결코 교조적이지 않았고 사실이 그러했다. 그런데 어째서 3,000장, 3,000장 인쇄, 이 행위는 돌발적이었나? 배포 실패. 동지의 죽음. 이 선전포고문 투쟁은 무엇이었을까? 투쟁의 지시 전달 책임자 김명우. 3,000장 인쇄, 그 배포가 불가능함을 충분히 알 수 있었으면서 어째서 그런 행동을 한 것인가? 극좌 모험주의라는 말로 정리할 일이 아니다. 연속되는 심야의 총성. 총성이 들려오던 이방근의 방 소파 위. 우유병 바닥처럼 두꺼운 근시 안경을 낀 채 얼굴을 걷어차여 안구가 튀어 나왔는데도 죽지 않았던 김문원을 심야 야외에서 총살한 그 총소리. 그것을 소파에 마주 앉아 있던 이방근, 양준오, 김명우가 들었다.

피 나게 종이 울어…의 작사자. 피 나게 종이 울어 먼 데서 울어… 아아, 말라붙어 버린 김문원의 목구멍에서 피 나게(피를 토하듯이) 피 나게… 목소리가 아닌 피가 쏟아졌다.

피 나게 종이 울어 먼데서 울어
하도 어지럽길래 찾아왔노라
터지는 설음을 울어다오
아아 부흥새야
청상과부 설움을
네나 아려무나

좌탁 위에 표지가 떨어져 나간 헌 잡지가 있었다. 해방 후인 1946년 가을 서울에서 발행한 《창조》. 거기 30매 정도 되는 단편「전도」(前途)가 실려 있었다. 한대용이 작년에 기항했던 부산에서 입수해서 거기 안중근의 시가 들어 있다는 사실도 모른 채 남승지에게 고국의 냄새를 맡게 해주려고 가져온 것이었다.

해방의 기쁨, 자주독립의 희망도 오래잖아 거꾸로 가고 전라도 어느 군에서 상경해 온 한학자 아버지와 중학교 교사인 아들의 대화, 세상을 한탄하는 늙은 아버지가 읊은 시 한 편.

공산 명월 야경에
슬피 우는 두견새
목의 피가 마르도록
저 달빛 시도록
불여귀 불여귀
고국산천 못 잊어
두견새야 물어보자
네가 그의 혼이냐

망국의 구한말, 1909년 10월, 하얼빈 역 앞에서 초대 조선통감 이토 히로부미를 사살하고, 그 이듬해 1910년 3월 여순 감옥에서 사형에 처해졌던 독립지사 안중근의 시라고 작중의 늙은 한학자 아버지는 말한다.

남승지는 시를 읽으면서 도중에 노트 한 장을 뜯어 거기에 낙서라도 하듯이 소리를 내어가며 "피 나게 종이 울어 먼데서 울어…"라고 써본다. 가련한 목에서 피를 토하는 새. 소쩍새, 불여귀, 두견, 자귀새… 한편으로는 안중근이 불여귀에 의탁한 시가 있다.

어째서 여기 이 땅 4첩 반 좌탁 스탠드 불빛 아래 안중근의 불여귀 시가. 일제 말기, 식민지 조선, 제주도에서 비밀리에 쓰인 불여귀, 피 나게 종이 울어…가.

뺨 위로 한 줄기 눈물이 흘러내렸다. 펜을 쥔 오른손을 움직여 손등으로 눈물을 닦았으나 다시 눈물은 떨어져 손등을 적신다. 어째서 눈물이 흐르는 건가? 울 자격이 있는 걸까? 머리를 들어라. 창 너머 밤하늘을 바라보는 눈에 눈물이 넘친다. 그는 바지 주머니에서 손수건을 꺼내서 젖은 뺨을 훔친다. 자격이 있어서 눈물이 나오는 것이 아니다. 자살할 자격과는 다르겠지. 자격이 없더라도, 아무것도 없어도 눈물은 나왔다.

…슬피 우는 두견새
목의 피가 마르도록…

피 나게 종이 울어
먼데서 울어…

문득 정신을 차려보니 등 뒤 방 한가운데 놓인 선풍기가 돌아가고 있었다. 자기도 모르게 안심했다.

도쿄에 다녀온 한대용과 만난 것은 공장의 월 2회 휴일인 다음 토요일 7월 15일이었다. 오후 4시 평화정에서 만나기 위해 오사카로 향했다.

이것도 행자의 억측을 부르게 되었지만 거기까지 신경을 쓸 수는 없었다. 경자는 물론, 도쿄에 가서 이유원을 만나고 온 한대용과 승지가 만난다는 것은 알고 있지만 그 이상은 모른다. 알려고 하지 않는다.

오후 4시, 겨울이라면 모르지만 여름 4시는 한낮이나 다름없다. 평화정 2층은 창문이 다 열려 있고 천장에서는 커다란 날개의 선풍기가 천천히 돌아가고 있었다. 평소처럼 계단을 올라가니 2층 왼쪽 방에 이미 한대용의 얼굴이 보였다.

벽 쪽에 앉아 있던 한대용이 일어나 어서 와, 하며 악수를 청했다.

지금 막 도착한 것인지 반소매 셔츠 소매로 얼굴의 땀을 닦고 있다가 마침 남승지를 따라 올라온 여점원에게 맥주와 밑반찬을 주문하면서 음식은 나중에 주문하겠다고 했다.

"공장에서 일한 지도 보름이나 됐네. 몸은 괜찮아?"

한대용은 남승지를 살피듯이 보면서 음, 음 하고 혼자서 끄덕였다.

"사모님은 아파트에?"

"유방이랑 같이. 건강들 해. 유원 동무도 건강하더라고. 오랜만에 봤는데 고생을 하는데도 예쁘더라. 승지 동무도 보고 싶다고 하던데? 응."

한대용은 가방에서 흰 봉투를 꺼내더니 남승지에게 건넸다. "승지 동무께 유원"이라고 펜으로 쓰여 있었다. 봉인되어 있는 봉투를 반으로 접어 셔츠 주머니에 잘 집어넣었다. 예뻤다는 둥 보고 싶다고 하더라는 둥, 그런 말들이 수정으로 만든 투명한 못처럼 가슴을 찔러 숨을 멈췄다가 심호흡했다.

"물론 제주도행은 이야기한 거죠?"

"그것 때문에 도쿄까지 다녀온 거니까…."

여점원이 맥주 두 병과 나물 따위를 가져왔다. 서로의 잔에 차가운 맥주를 따르고 가볍게 건배했다. 한대용은 단숨에 잔을 비우더니 자작으로 맥주를 따랐지만 남승지는 반쯤 마시고 상 위로 잔을 돌려놓았다.

"유원 동무는 제주도에 가고 싶다고 하지 않던가요?"

"가고 싶지 않을 리가 없지. 지금은 전쟁이 일어나서 그럴 상황이 아니야. 간다고 해도 내가 데려갈 수가 없어. 대신 아버지에게 편지를 전해달라더군. 무엇보다도 이 편지가 이씨 댁 대문을 들어설 수 있는 통행증이 되겠지. 자칫하면 지난번처럼 대문 밖에 서서, 뭐야, 대문 옆 쪽문으로 나온 부옥이가 울면서 이방근 선배의 죽음에 대해 이야기했으니까…. 무정하고 무정하다. 이 편지 덕분에 부옥이와 천천히 이야기하거나 부옥이가 허락을 받으면 함께 산천단으로 가게 될 거야. 응, 설마 외국에 있는 따님의 편지를 들고 온 인간을 우편배달부 취급하진 않을 거라 생각하지만."

"제주도는 언제쯤 가요?"

"글쎄, 월말에나? 세관 쪽도 그렇고. 지금 여러 가지 물건을 조달해서 준비하고 있어. 유원 동무가 부옥이에게 보내는 면직물도 한 필 있고. 평화정 사장 야스다 고무공업 제품도 잔뜩 싣고 갈 거야. 이번 전쟁으로 제주도는 물자가 점점 더 필요해질 거잖아. 승지 동무는 야마구치 현 H시 조그만 항구가 있는 마을의 '문달길, 구두 수선, 헌 신발집'을 알고 있지? 달길, 다쓰키치 대장 말이야. 재작년 3월, 4·3 봉기 전달인 3월에 강몽구 부위원장과 승지 동무가 함께 모금하러 오는 도중에 H시에 기항했다면서…."

"……."

남승지는 철렁, 하는 느낌으로 크게 고개를 끄덕였다. 아아, 강몽구와 함께… 일순 회색 바람이 눈앞을 지나간 느낌이었다. 세토 내해에 들어간 밀항선으로 H시의 조그만 부두에 접안, 하선했다. 그리고 문달길 씨 댁에서 1박을 했다. 이튿날 아침, 시모노세키발 도쿄행 급행열차에 승차, 차표는 오사카까지 샀지만 그 전에 사촌형 승일이 있는 고베에서 내렸다. 4·3 봉기, 혁명 승리를 위해 일본에서 모금 활동을 하려고.

문달길은 강몽구의 부하격인 자로서 구두를 수선하고 헌 신발을 파는 가게를 하고 있는데 구 조련의 조직원이자 항구 마을 변두리에서는 다쓰키치 대장으로 통하는 얼굴이었다. 아마도 건재했을 무렵 강몽구에게 소개되었는데, 한일호가 세관을 통과하지 않고 들이는 밀수품을 화물열차편으로 달길의 관계자 앞으로 보내두었다가 세토내해를 항행, H시에 기항했던 한일호에 신는 것으로 정해져 있는 모양이었다.

5시쯤 되자 가게는 손님들로 차기 시작하여 불고기에서 튀는 기름과 냄새, 연기가 환풍기와 함께 천장 선풍기 바람을 타고 창밖으로 흘러나갔다. 남승지 앞에는 3분의 1쯤 남은 맥주병이 있었지만 한대용은 두 병째가 바닥나 있었다. 상 위에는 천엽과 갈비가 있었다. 기름이 뚝뚝 떨어지는 것을 집어다가 옆에 있는 종이로 손을 닦아가며 뜯어 먹었다. 두 사람은 7시경 일어서기로 정해두고 있었다.

한대용은 이방근을 대신하는 유원의 후견인이고 이방근은 생전에 적절한 경제적 담보를 한대용에게 신탁해 둔 모양이었다. 유원의 학비 등의 일도 겸한 이번 도쿄행이었지만 저녁에 도쿄 역 야에스 출구 쪽 개찰구에서 만나, 예전에 남승지와 함께 들어갔던 찻집에서 담배를 한 대 피우고 우에노로 나갔다고 했다. 우에노 역 앞에서 좀 벗어난 조선시장이나 조선식당가에서 오랜만에 먹은 불고기나 조선요리에 유원은 아주 기뻐하며 "승지 동무와 함께였으면 말야…." 하고 반복했다고 한다. "막걸리를 대접으로 한참 걸려 두 잔이나 마시고 하얀 얼굴이 새빨갛게 물들었지…." 한대용이 말했다. 5시쯤에 도쿄 역에서 만나 헤어진 것은 8시. 유원이 야마노테 선으로 이케부쿠로까지 갔다가 사철로 갈아타고 M음대 기숙사로 돌아간 것은 아마 9시 반쯤이었으리라. 그러고 나서 땀에 젖은 셔츠 주머니 속에 든 이 편지를 쓴 것이다. 한대용은 식당가 근처 일본식 여관에서 1박을 했고, 이튿날 11시 30분에 도쿄 역에서 유원을 다시 만나 남승지 앞으로 쓴 편지를 맡았다.

이야기는 제주도의 치안, 정세 문제로 넘어갔는데 현재 전황은 북조선군의 공격이 멈추지 않고 미군 참전으로 전역 확대, 부산지구 주변, 경상도 동쪽을 흐르는 낙동강 공방, 북조선군의 낙동강 도하작전이 성공한다면 남조선의 9할을 점령하게 되고 북조선이 선언하는 남조선, 조국 해방 달성… 이것이 일본 신문 등에도 보도되고 있는 북조선 최고사령관 김일성의 성명이었다. 제주도의 잔존 게릴라는 몇 명인지 모르지만 전멸 위기만큼은 벗어날지도 모른다.

송래운이 쓰시마의 지인에게서 전화, 편지 등으로 얻은 정보로는 6월 25일 전쟁 발발과 동시에 즉각 군경에 의한 예비검속으로 수백 명의 민간인이 체포되고 살육이 시작된 모양이었다. 우선 첫 대상은 보도연맹 관계자. 보도연맹은 1949년 6월 서울에서 결성되었는데 18,000명에 달하는 전향자, 공산당(남로당) 탈당자 등의 조직으로 총재는 내무부장관 등 정부요인이었다. 연맹원은 과거 반정부조직에서 체험했던 것을 활용하며 새로운 국가, 대한민국 건설을 위해 '멸사봉공'의 정신으로 한 몸을 바친다. 일찍이 군국 일본에서 사용하던 슬로건. 멸사봉공. 충군애국.

제주도에서도 6월 25일, 전쟁 발발과 동시에 치안당국으로부터 발령된 전국 요시찰인 검속령에 따라 공무원, 교사, 학생, 부녀자를 포함하는 일반인에 대한 예비검속 체포가 이어져서 이미 수백 명이 검속, 비밀리에 총살당하고 있었다. 도외 탈출자, 밀항자가 늘고 있다고 했다. 미국, UN군의 참전, 연일 미군기지로부터 출격한 폭격기 등에 의한 공습, 전황은 어떻게 될지 몰랐다.

7월 말에 출항한다면 8월 중순에는 제주도 도착인가? 한일호는 원래 일본선적이지만 전후 한국선적 취득으로 이중선적이다. 소형 엔진, 소형기 범선으로 16톤. 최고속력은 7노트. 제주-부산은 285킬로미터로 보통 24시간 걸린다. 제주도-사스나 지방 쓰시마 북단은 순조로우면 하루 밤낮이면 도착한다. 한일호는 다시 한 번 일찍이 하산게릴라 구출 때와 같이 도외 탈출자를 위한 밀항선 운영을 시작하게 된 모양이었다. 현재 한라산 게릴라 하산자는 거의 없겠지만 비상사태하의 예비검속, 죽음에 이르는 체포를 피하려는 사람들을 구출하는 것이 제주도에서 기다리고 있는 시급한 일이었다. 현지로 가보지 않으면 구체안은 나올 수 없는 문제였다. 한대용은 출발 준비가 끝나면 다시 연락하기로 하고 택시로 우메다 한큐 앞까지 남승지를 바래다주고 나서 나카자키 정의 아파트로 향했다.

토요일이어서 평일의 통근자들은 없었다. 특급의 차내는 많이 비어 있었다. 남승지는 한가운데쯤 자리를 잡고서 셔츠 주머니에서 봉투를 꺼내 손가락 끝으로 조심스레 개봉했다. 편지지 석 장에 한글 세로쓰기로 되어 있는 펜글씨 문장을 바로 읽지 않고 두세 줄 반가운 글씨를 보면서 입속에서 소리를 내보았다. "나의 경애하는 승지 동무… 그간 건강했어요…?" 전차가 크게 흔들려 편지를 든 손도 흔들렸고 시선도 흔들렸다. 집으로 돌아가 천천히 읽으면 된다. 다만 봉투를 열어본 것뿐이다. 옆자리 푸른 줄무늬의 긴소매 셔츠를 입은 중년 남자가 힐끗힐끗 편지를 훔쳐보고 있었다. 그리고 그 시선이 남승지의 뺨을 훑고 지나갔다. 남승지는 그 남자를 한번 마주 보고는 편지를 봉투에 넣었다. 만약 옆자리 중년 남자가 경찰 관계자라면 한글을 보고 심문을 할지도 모른다. 일본인이 아닌 수상한 자. 등록증을 갖고 있나? 남승지는 바지 뒷주머니에 손을 가져갔다. 반으로 접은 카드형 외국인등록증이 들어 있었다. 사진은 본인이었다. 이름은 김춘남, 생년월일은 남승지보다 두 살 위지만 그런 건 모를 거다.

집에 돌아오니 10시가 다 되었다. 산노미야에서 전차를 타고 다시 도보로 한 시간 이상 걸렸다. 한대용은 제주도행. 멋진 토요일 한나절이었다. 동란의 땅. 바다를 건너는 조그만 목조선. 한일호.

남승지는 유원의 편지를 좌탁 위에 펼쳐놓고 한 글자도 놓치지 않겠다는 마음으로 읽었다.

나의 경애하는 승지 동무. 그간 건강했어요? 한대용 씨에게 듣고 안심했어요. 공장 일을 다시 시작했다면서요…. 건강을 생각하면서 하세요. 평범한 몸이 아니잖아요. 승지 동무는 대단하다고 새삼 생각하고 있어요.

일본에 와서 2년이 되었지만 승지 동무의 어머님, 그리고 누이동생에게 인사도 못 드려 정말 죄송하고 자책하고 있어요. 한대용 씨가 돌아오고 나면 오사카에 갈지 의논할게요.

승지 동무, 제주도 못지 않을 피비린내 나는 전쟁이 우리 조국에 다시 일어나니 어쩐지 돌아가신 오빠가 자꾸 생각나요. 한대용 씨가 부옥이와 함께 산천단으로 찾아가겠다고 하니 얼마나 감사한지. 뭔가 오빠의 비석이나 묘라도 있는 것처럼. 거기 간다 해도 부질없죠. 너무나 허망하다는 생각이 들어요. 피 한 방울 자취도 남지 않은 걸요. 오빠가 좋아했던 산천단. 아무리 불효자, 가문의 추방자라고 해도…. 산소는 부옥이 혼자서라도 만들어두었을 터. 부옥이 우리 부옥이. 마음이 어지러워. 승지 동무, 승지 동무… 하고 이름을 쓰면 마음이 가라앉아요. 문난설 씨, 난설 씨는 서울에 있었을까? 난설 씨는 어떻게 되었을까요? 방근 오빠가 산천단으로 갔던 작년 6월 19일 전후에 난설 씨와 무슨 연락이라도 없었던 걸까? 오빠가 세상을 떠나고 나서도 오빠의 죽음을 알지 못하고 전화라도 하지 않았을까 싶지만. 난설 씨는 어떻게 지내고 있는 걸까? 나의 올케, 오빠랑 결혼을 하실 참이었는데…. 한대용 씨가 무사히 돌아오시기를 기원하면서. 긴 여행, 험한 여행길. 그때는 난설 씨 이야기 등, 이것저것 알게 되겠지요. 그리고 승지 동무와 대용 씨를 함께 만날 수 있다면 우리 속에 살아 있는 방근 오빠가 얼마나 기뻐할까요? 산천단. 방근 오빠는 산천단을 좋아했어요.

7월 ○일

남승지 동무에게

이유원

16

한대용이 제주도에서 돌아온 것은 일본을 떠난 지 두 달 가까이 지난 9월 중순, 길 위의 플라타너스 잎이 한 잎 두 잎 떨어지고 롯코 산맥 청록색 산허리가 햇볕에 노래지기 시작할 무렵이었다. 조선반도의 전황은 어려웠고 폭격으로 거의 폐허가 되었다.

한대용으로부터 전화가 걸려왔을 때, 남승지는 어쩐지 목소리가 멀리서 찾아온 듯한 엄청난 시공의 거리감을 느꼈다.

그렇지 않아도 굵은 음성이, 길고도 위험한 항해로 바닷바람에 시달려서인지 더욱 왕왕 수화기를 울려대고 있었다. 자연의 냄새를, 폐허 위에 피어오른 맑은 공기를 몸에 담고 온 것일까? 그 눈에 한라산이 비쳐 자리 잡은 것일까?

부옥이를 만날 수 있었고 유원이 부친 앞으로 쓴 편지 덕분에 응접실로 안내되어 아버지와 인사를 나누고 승낙을 받아 부옥이와 함께 산천단에 다녀왔다고 한다. 문난설에 관해서도 조금 알게 되었다.

"그녀 역시 산천단에 갔거든."

"뭐어? 문난설이 산천단에요? 문난설…."

"어쨌든 만나서 이야기해. 조선전쟁으로 인한 제주도 상황, 그리고 앞으로의 일."

공장의 휴일은 9월 15일이었지만 한대용의 사정으로 20일 지나서 약속을 잡고 오사카로 가기로 했다.

그사이, 조선반도의 전황은 역전되어 부산 지역을 교두보로 한 달간 낙동강 공방전을 견뎌낸 미군이 북상했다. 8월 16일 미군이 경성을 탈환하고 남승지가 오사카로 향한 9월 24일 전인 9월 15일에는 맥아더 작전이라 불리는, 일본에서 편성된 미군에 의한 인천 기습 상륙작전이 성공했다. 북조선군의 남북 보급로를 끊음으로써 남부에서 북조선군을 포위. 연일 북조선에 대한 공습. 미군의 38도선 돌파가 신문지상에서 예측보도되고 있었다.

오사카에 가는 당일, 하루 휴가를 낸 남승지는 한대용으로부터 건네받았던 유원의 편지를 다시 읽었다.

"일본에 와서 2년이 되었지만 승지 동무의 어머님, 그리고 누이동생에게 인사도 못 드려 정말 죄송하고 자책하고 있어요. 한대용 씨가 돌아오고 나면 오사카에 갈지 의논할게요."

처음 읽었을 때는 가슴이 쿵 소리를 내며 통증이 남을 정도의 문장이었다. 이것은 남승지에게 협박 같았다. 이걸 어떡하지? 그때는 오사카에서 우선 자신을 만나고 아마 한대용도 동행할 것이다. 이미 행자를 데리고 가서 어머니와 동생을 만나지 않았나. 상상임신이라고는 생각도 못 한 채로, 아마도 결혼을 예상한 오사카행이었다. 한대용이 너무나 경솔하다고 화를 내며 기막혀했다.

행자가 가로막고 있다. 한대용이 동행할 경우, 당연히 사촌형 부부 역시 오랜만에 인사도 할 겸 어머니를 방문하게 될 것이다. 당연히 그걸 알게 될 행자는 어떡하나? 어떡하지? 아니, 이 나는 또 그때까지 어떡할 건가? 행자가 어떻게 될 것인가? 경자에게 가정부로 돌아올 수는 없게 되었다. 어쨌든 편지를 한대용에게 보여주고 상담해야겠지만 아직 앞일이니 어떻게든 유원이 오사카에 못 오게 할 것, 그래도 안 될 경우, 날짜를 가능한 한 미루는 것밖에 지금 남승지에게 떠오르는 것이 없었다.

한대용은 다시 유원을 만나 제주도행 보고를 겸한 이야기를 해야 할 것이다. 그가 다시 도쿄로? 그때는 유원이 당일이 아니라 1박 일정을 정해서 오사카에 오게 되는 것 아닐까? 유원과 만나는 것은 고통을 동반하는 기쁨이었지만 그날 어머니나 동생과 만나는 것을 피해야만 했다. 제주도행 보고 역시 평화정에서 할 것이고 그 2층 세 방 중 안쪽 방에서다. 당연히 자신도 동석하게 될 것이다. 묵는 곳도 일단 이카이노로 간다면 어머니나 동생이 그냥 두지 않을 것이다. 유원의 사정만 된다면 1박으로 끝나지 않을 것이다. 사촌형 부부는… 한대용이 오사카 역 근처 호텔로 안내한다면 자유롭고 좋겠지만 일단 어머니나 동생과 만난다면 그건 있을 수 없는 일이다. 호텔? 아이고, 그건 어디서 나온 소리냐, 어머니는 눈을 크게 뜨고 웃거나 화를 낼 것이다.

남승지가 평화정에서 만났던 한대용은 제주도에서 돌아와서 일주일이 지났는데 길고도 험한 여행이었음에도 불구하고 얼굴색은 더 그을려 갈색으로 윤기가 났다. 전혀 피곤함과는 무관한 건강한 모습이라 기뻤다. 어쨌든 건배, 이렇게 되어 잔에 맥주를 서로 따라주고 쨍 소리를 내고 나서 각자 입술에 잔을 갖다 대었다. 한대용은 머리를 뒤로 크게 기울여 단숨에 마셨지만 남승지는 반쯤 마시고 잔을 탁자 위에 내려놓았다. 한대용은 더 권하지 않았다. 그는 남승지가 맥주병을 손에 들기 전에 자신의 잔에 맥주를 따른다. 2층 홀에도 다다미 방들에도 손님이 없었다.

이번 항해 일은 성공적이었고 10명 정도의 밀항자를 쓰시마까지 태워 왔다고 했다. 그런데 그게 더 괴로운 일이었다. 그들은 현재 100명 미만이라고 추정되는 한라산 게릴라 하산자들이 아니었다. 하산은 거의 불가능. 죽임을 당하는 수밖에 없을 것이다. 밀항자는 예비검속으로 쫓기는 자, 유치 중인 제주 경찰에게 돈을 써서 석방된 자들이라고 했다. 보도연맹과는 관계없이 지금도 당국이 눈을 떼지 않고 있는 요시찰자, 그 관계자 등이 어쨌든 빨갱이, 빨갱이 사냥, 레드 헌터의 연장으로서 줄줄이 체포되고 있었다. 일반 도민도 가능하다면 섬 탈출을 원하고 있어서 앞으로 밀항선 업자가 늘어날 것이다. 당국에 돈을 쥐여주면 밀항으로 빠져나올 길은 얼마든지 있었다. 한대용은 업자, 밀항 운반업자에게 혐오를 드러냈다. 일본 돈으로 수만, 조선 돈으로 20만이라는 거금을, 더구나 경찰 등에 대한 공작 비용으로 대기 위해, 그야말로 가재도구, 논이라도 팔아넘기지 않는 이상 생길 수 없는 돈을 만들어 사람들은 섬을 빠져나왔다. 이번 밀항자들은 송래운과 엄선하여 반값, 무료에 가까운 요금으로 태워 왔다고 한다. 소문이 나면 갈 수 없게 된다. 이방근은 이것으로 그 재산 대부분을 없애버린 것이다. 몇백 명의 밀항자를 데려온 것일까? 200명이 넘는 사람들이 고향을 버리고 일본으로 건너왔다. 남승지도 그렇지만 해방 후 조국으로 귀환했다가 재도항한 자도 많았다. 한라산 아지트에 본부를 둔 당조직에서는 반당, 반혁명 행위라며 이 일의 중지를 요구하면서 이방근을 비난했다. 당의 그런 지시를 전달한 자가 남승지였지만 이방근은 분노를 억누르고 남승지의 어깨를 두드리며 쓴웃음을 지었다. 더구나 게릴라전 말기, 현재 생사불명인 강몽구 도당 부위원장 조직부장이 이방근에게 게릴라 전원의 도외 탈출 운송을 부탁해 온 것이었다. 행선지는 어디로? 일본이 아니다, 육지, 본토로. 거제도, 여수…? 완전히 유아적인 그 발상, 어디로 상륙하여, 지리산 게릴라와 합류라도 하겠다는 건지? 남해안에 상륙했다 하면 곧바로 일망타진이었다.

전황은 미군의 경성 탈환, 인천 상륙으로 남조선에서 UN군에게 포위된 북조선군은 고립되었다. 지리산이니 태백산, 소백산 등의 게릴라와 합류할 수 있을까? 결국 게릴라들도 산중에서 고립되어 제주도 꼴이 날 것이다.

한대용이 조용히 입에 대었던 맥주잔을 크게 기울였다.

"아이고, 기분 나쁜 이야기는 그만두자. 이야기가 딴 데로 빠졌네…."

남승지는 맥주잔을 입으로 가져갔다. 그리고 그저 고개를 끄덕이며 잔을 기울였다. 이야기가 딴 데로 빠진 것이 아니다. 사실을 전한 것이다. 제주도에 가서 건강하게 이쪽으로 돌아온 것만으로도 고마운 일이건만 기분 좋은 이야기가 있을 수 있겠는가. 학살의 섬으로 갔다가 돌아온 것 아닌가. 하지만 그냥 제주도에 다녀왔다는 이야기를 하고 있는 것이 아니다. 이야기는 지금부터다.

"그래서, 유원 동무에게는 연락했어요?"

"응, 전화로 연락했어. 여자 기숙사의 호출은 참 성가셔. 직통이 좋지만 어쩔 수 없지. 그래, 이것저것 바빴지만 다음 달엔 이쿠노 구 가쓰야마 언저리로 이사를 할 거야. 전화가 붙은 2층짜리 나가야[23] 한 채야. 지금보다는 훨씬 나아."

"그래서 유원과 또 만나는 거예요 아니예요?"

"응, 아직 정해진 건 아냐. 그녀는 한번 오사카에 오고 싶다고 하지만 여름방학도 끝난 참이고 많이 바쁜가 봐. 다시 내 쪽에서 월말에 전화를 걸어 대충 일정을 정하기로 했어. 난 요전처럼 1박으로 도쿄에 가도 좋지만 유원이 오사카로 와서 승지랑도 만나고 싶을 거 아냐?"

한대용은 간단한 안주로 천천히 맥주를 마시고 있었지만 남승지는 토마토주스로 바꾸었다. 아무래도 대낮부터 술을 마셔대는 건 힘들었다.

"이거, 저번에 대용 형이 유원이에게서 건네받은 편진데 읽어봐요."

남승지는 점퍼 안주머니에서 반으로 접은 봉투를 꺼내 편지를 끄집어냈다.

"응? 남의 편지를 읽으라고? 더구나 유원이가 쓴 것을…."

한대용은 두 장을 탁자 위에 놓더니 첫 번째 장을 소리 없이 읽기 시작했다.

"글씨도 예쁘네. 이 편지 소중하게 보관해, 승지…. 뭐? 한대용 씨가 부옥이와 함께 산천단에… 아이고 무슨 말을… 다녀왔습니다. 다녀왔다고. 이건 소설이네. 나는 소설의 등장인물은 못 되나? 이봐, 승지 동무 나중에 천천히 이야기할게. 아, 문난설, 문난설 씨가 나왔네. 작년 6월 19일인가, 이런, 올케라고, 아, 가슴 아프다…."

한대용은 입술을 깨물 듯하며 묵묵히 읽어갔다. 그리고 마지막 부분에서, 난 소리 내어 읽진 못해, 승지가 읽어, 하며 편지를 남승지에

---

23 나가야(長屋): 일본 연립주택의 일종으로 여러 세대가 길게 늘어선 형태의 건물이다.

게 내밀었다. 한대용의 퉁방울 눈이 젖어 있었다.

"한대용 씨가 무사히 돌아오시길 기원하면서… 난설 씨 이야기 등, 이것저것 알 수 있겠지요. 그리고 승지 동무와 대용 씨를 함께 만날 수 있다면 우리 속에 살아 있는 방근 오빠가 얼마나 기뻐할까요…."

"됐어, 이제 그만해."

편지는 한 줄을 남기고 있었다. 한대용은 그것을 알고 있었다.

"아직 한 줄 남았어요. 산천단. 방근 오빠는 산천단을 좋아했어요. 끝."

"유원이는 잔인한 여자야. 허허… 암."

남승지는 말없이 편지지 석 장을 겹쳐 봉투 안에 담아 점퍼 주머니에 넣었다.

"아이고, 산천단, 산천단, 나중에 이야기하겠지만 문난설 씨가 세운 돌비석이 있더라고."

"이방근 씨의 돌비석? 어디에요?"

"산천단에… 훼손되어 버렸나 봐."

"난설 씨가 산천단에?"

"그래…."

"오, 제주도까지 왔었구나. 찾아왔어, 멀리서부터… 멀리서 종이 울고 울어서… 아이고, 찾아왔어."

"뭐야, 그건. 들은 적이 있는데…."

"문난설, 이방근이 죽은 후였네요."

"당연하지. 유원이 편지, 제대로 안 읽은 거야?"

"돌비석이라든가, 그게 훼손되었다는 건 뭐예요?"

"그건 긴 이야기야. 부옥이 이야기, 모두 부옥이에서 시작돼. 부옥이가 모든 이야기의 시작이라고. 이야기엔 순서가 있잖아. 내 머릿속이 꽉 차서 밖으로 쏟아질 것 같아. 그래도 제주도에 다녀온 내 머리에는 순서가 정해져 있거든. 부옥이, 문난설. 난 이름은 듣고 있었지만 만난 적이 없어. 이방근 씨의…."

"맞아, 결혼 상대였어요. 나도 본 적은 없지만."

"서울에서 제주도에 와서 한동안 사나흘인가, 며칠 동안 이방근 선배 집에서 머문 적이 있대. 절세미인이라고. 아이고, 이런 소릴 하면 안 되지. 문난설 씨가 제주도로 찾아와서 부옥이와 함께 산천단으로 갔고, 나도 이방근 선배가 죽은, 부옥이가 선배를 발견했던 그 장소에 갔지만, 응, 아이고, 문난설 씨도 그 자리에 서서 허리를 굽히고 엎드려 대성통곡했대. 부옥이도 함께 울었지, 실컷 울었어… 아이고."

한대용은 시뻘건 얼굴로 눈물을 줄줄 흘렸다. 남승지도 목이 잠기고 눈물이 쏟아졌다. 한대용은 손수건으로 눈물을 훔쳐내면서 후훗, 하고 웃고는 탁자 위 피스 갑에서 한 개비를 뽑아 문 뒤 라이터를 켜서 파란 불꽃을 피워 올렸다. 한 모금 깊이 빤 뒤에는 한숨을 내쉬듯 연기를 숨과 함께 내뱉었다.

한대용은 밀항선 그룹의 대표인 송래운과 함께 밀수품을 조천항에, 정식 수입품은 성내 산거항에 내리고는 선원 수첩을 보이고서 통행증(양민증)을 교부받고 합법적으로 일을 할 수 있었다. 통행증은 섬 주민에게 발급되는 것이었는데, 소지하지 않을 경우 즉각 체포되어 연행당했다. 게릴라 관계자라고 해서 죽이기도 쉬웠다. 돈을 쓰면 사형수라도 구해낼 수 있었지만. 밀수, 밀항조차 물자 부족이라는 이유, 안전한 곳을 찾아 본토에서 피란민들이 몰려온다는 소문 덕에 얼굴 대신 돈으로 넘어가는 일이 통용되었다.

한대용은 성내 서쪽 부모님 댁에서 1박을 한 뒤 9월에 막 들어선 이튿날 오후 2시경, 북소학교 뒤쪽의 이방근, 아니 이태수 씨 댁을 찾아갔다.

대문 옆 쪽문을 연 부옥은 놀랐지만 일본에서 왔다는 말만으로 직감적인 계시라도 받은 듯이 얼굴에 기쁨이 퍼져나갔다. 유원의 냄새를 맡은 것이었다. 두 사람은 양손으로 악수를 나누었고, 아버님 이태수 선생님이 계시느냐고 물으니 마침 토요일이어서 계신다고 했다. 한대용은 일본 도쿄에 있는 유원 씨의 편지를 지참했다면서 안내를 부탁했고 지면에 내려놓았던 커다랗고 무거운 물건 중 유원이 부옥에게 보낸 선물과 이태수 씨(혹은 부인)에게 드릴 니시진오리 반 필을 가지고 안마당으로 들어갔다. 그리고 정면의 응접실로 안내되었다. 안마당 우측 건물 방 세 개 가운데 하나가 이방근의 서재였다. 이방근이 온종일 앉아 있던 소파, 마주 앉아 술잔을 나누던 테이블. 이방근 선배님, 한대용은 가슴이 미어졌다. 인기척 없는 방은 창호지문이 굳게 닫혀 있었다.

실내는 예전 그대로일까? 두 발이 버티며 멈추려는 듯했지만 가까스로 그 자리를 지나쳤다.

응접실 테이블을 두고 마주 앉은 이태수는 딸의 편지를 열어 읽었지만 표정 하나 변하지 않고 가볍게 끄덕이더니 딸의 근황을 감개 깊게 물어가며 한대용에게 사의를 표했다. 부옥이 향기로운 냄새를 풍기며 귤차를 가져다가 조심스레 테이블 위에 놓았다. 한대용이 처음 이방근을 찾아왔을 때도 귤차가 나왔다.

응접실 한쪽에 덮개를 씌운 피아노, 업라이트 피아노가 놓여 있었다.

이태수는 이방근에 관해서는 전혀 입도 떼지 않았다.

다만 한대용이 부옥 씨 안내를 받아 산천단에 가고 싶으니 허락해 달라고 하자 산천단, 산천단? 끔찍한 기억이 되살아난 것이리라. 복도 너머 안마당으로 시선을 던지더니 산천단, 그러시오 한마디. 그러면서 끄덕였다. 나아가 안마당 위로 펼쳐진 초가을 하늘을 응시하면서 그러시오, 했다.

이곳을 찾아왔던 문난설도 이방근 아버지의 승낙을 얻었을 테니 그때 일을, 아들의 끔찍했던 자살의 장소를 찾아간 문난설을 떠올렸는지도 모른다.

"식사는 하셨는가?"

"예."

계산된 시간대였지만 설령 술이 나온다 해도 지금 이태수 선생과의 대작은 무서워서 못 한다.

이태수는 일어나는 한대용더러 딸에게 보내고 싶은 것이 있으니 모레 오후 1시경에 들러주었으면 싶다고 말했다. 생활비 이야기였다.

부모에게 순종하지 않은 아들 방근이 동생에게 줄 넉넉한 학비 등을 한대용에게 맡겨두었다는 것을 알고 있으면서도 처음으로 딸을 배려하는 것이리라.

불효자인 방근 남매. 안채에서 이 집안에서는 듣기 힘든 갓난아기 울음소리가 들려왔는데, 작년 4월 초 이방근의 새어머니, 이태수의 후처 선옥이 기다리던 남자아이를 출산해서 이태수는 무도한 아들 방근에 대한 복수라도 한 듯이 말년의 행복감에 잠겨 있다고 성내에 소문이 파다했다. 그런 참에 이어진 이방근의 자살. 하지만 선옥이 낳은 춘근이가 있었다. 방근은 있어도 아들로서 존재감은 없었다. 선옥이 낳은 춘근이야말로 이태수의 의지가 되었다.

한대용은 유원에 대한 큰 임무라도 맡은 느낌으로 크게 송구해하며 이태수 씨 댁을 떠났다.

이튿날 이른 아침 이씨 댁을 방문한 한대용은 부옥과 함께 한라산 산천단으로 향했다. 술, 잔, 과일, 시루떡, 성냥, 양초, 향목 조각, 이것들을 넣은 구덕을 지고 부옥이는 여름인데도 검은 치마저고리 모습으로 산천단을 향했다. 닷 되짜리 술병은 한대용이 자루에 넣어 들었다. 올라가는 데만 대여섯 시간은 걸릴 것이었다.

성내 남문길을 올라가 산기슭 광양의 삼성혈 언저리부터 몇 개의 마을을 지나 한라산 기슭으로 향하는 돌투성이 길을 가야 한다.

"산소는 어디쯤 있는 거야?"

"……."

부옥은 바로 대답하지 않았다. 일단 돌하르방처럼 멈춰 서더니 한

숨을 쉬고 나서 말했다.

"저기, 한참 멀리 산을 넘은 곳에 있어요."

"뭐?"

한대용은 의미를 알 수 없어 하며 물었다.

"멀리, 산을 넘은 곳이라니… 부옥 씨는 상여를 따라갔잖아."

"아뇨."

부옥은 가볍게 고개를 젓더니 그 이상은 말이 없었다. 주인의 엄명, 함구령 같은 게 있는 것이겠지. 이방근 사후 얼마 안 지나 그 사실을 모른 채 한대용이 이씨 댁을 방문해 대문 옆의 쪽문에서 부옥과 선 채 이야기하며 알게 된 이방근의 죽음. 까마귀 같은 것에 눈알을 파먹힌 무참하게 훼손된 얼굴, 무거운 주검을 들쳐업고 한나절이나 걸려 성내에 가까이 왔을 때, 부옥은 제주도 여성들이 외출할 때 머릿수건 대신에 머리를 감싸는 흰 무명수건으로 이방근의 얼굴을 덮고 주인댁, 이씨 집 대문 앞에 우선 주저앉았다. 그리고 애타게 두 손으로 대문을 두드려 열린 안마당으로 이방근을 업고 한 걸음 또 한 걸음 걸어들어가 이방근의 방 앞 댓돌 옆에서 이방근을 업은 채로 쓰러진 것이다. 대문을 열었던 선옥과 손님들도 비명을 지르며 경악, 멍하니 어찌할 바를 몰랐다. 그때 이씨 집 대문이 닫혔고 안마당으로 들어오려던 사람들은 출동한 경찰들에게 쫓겨났다.

이방근이 주검이 되어 성내 자택으로 돌아왔다는 것을 모르는 사람은 없었다. 한대용의 부모 역시 목격하진 못했지만 소문이 귀에 들어오지 않을 리 없다. 부옥이 망자를 업은 기괴한 모습으로 성내 남문통으로 들어와 이씨 집에 이르는 관덕정 광장 도로까지 왔을 때, 그것이 군경에게 사살된 게릴라의 사체가 아니라 이방근이라는 것이 알려지자 젊은 여자들까지 몰려들어 군중이 길을 메웠고 아이고, 아이고, 아이고 하는 만가 아닌 슬픔의 대장례 행렬 모습에 경찰이 긴급히 출동, 이태수 집 앞까지 교통정리를 했다고 한다.

이 무슨 흉사인가, 더구나 신불기도 공덕의 결과로 얻은 이태수의 아내 선옥의 아들 출산, 이름은 이춘근, 방근 따위 뭐라고. 가문의 상속은 포기하더라도 이씨를 상속할 남자아이를 만들어 보이겠다는 이태수의 집념의 열매이자 이씨의 대가 끊기는 것을 막은 선옥의 아들 출산이라는 기쁨과 긍지. 이 경사 뒤에 형 이방근의 자살, 무슨 일인가? 효는 충에 앞선다. 인륜에 어긋나지 않는가. 이씨 가문으로서는 차라리 어딘가 바다에, 사라봉 등산로를 잘 아는 부옥이에게 안내받아 등대까지 다녀온 적 있는 것 같은 그 사라봉 절벽에서 뛰어내려 행방불명되는 편이 나았을 것이다. 두문불출, 이태수 칩거의 나날이었다.

이방근의 시체가 업고 온 부옥이와 함께 쓰러져 내리던 안마당. 파가저택(破家瀦宅). 일찍이 패륜자, 대죄인의 집을 부수고 그 마당을 연못으로 만들어버렸다지만 이방근과 아버지의 방이 있는 건물이 마주한 안마당을 눈에 안 보이는 연못으로 간주하고 있었던 소원한 아버지와 아들.

장례절차는 일절 행해지지 않았다. 게릴라 학살 시체도 아니니 들에 버리거나 바다에 던질 수도 없어서 서둘러 풍수쟁이를 불러 멀리 산야에 묘지를 파고 이상하기 짝이 없는 상여가 장례행렬도 없이 아침 일찍 실려 나가 하루 만에, 시간이 모자라 한밤중이 되었나, 저 멀리 한라산 기슭 어딘가로 부옥이 혼자 업고 간 모양이었다.

빈약, 기괴, 장례절차 없이 혼자 지고 가는 상여에 전대미문, 불가사의, 이름을 떨치던 명가 이씨 가문은 하룻밤 사이 사람들의 비웃음거리가 되고 말았다. 아니 그것은 명문 양반가의 의연하고 훌륭한 자세였다. 부모에 앞서 굳이 산천단 동굴까지 가서 자살하다니. 더구나 사후에는 신체발부, 부모에게서 받은 신체를 야수들에게 먹히다니, 추악하고 효도라는 인륜에 지극히 어긋나는 짓…. 이태수 일가의 엄격한 태도를 상찬하는 집안 노인들, 이를 흉내 내는 일파조차 있었던 모양이다.

분묘조차 유배와 마찬가지로 깊은 산속에 써야 했던 걸까? 이것은 이미 1년 전 일이지만 한대용이 산천단에서 하산 후에 확인할 수 있던 것이었다. 이방근이 정세용의 살인자라는 사실을 알았다면 혼자 멘 상여 정도로 끝나지 않았을 것이다. 이런 것들을 유원이 알게 되면 어찌 될까? 아버지의 송금을 받기는커녕 제주도와 일본 도쿄, 어차피 멀리 떨어져 있는 차에 아버지와 절연할 것이다.

부옥과 한대용. 중산간 부락을 지나 산천단에 가까이 갔을 때는 한낮이 지나 있었다. 목탁 영감이 살고 있던 서늘한 동굴 앞에 짐을 내려놓은 부옥은 바위 그늘 풀숲 근처에서 일단 무릎을 꿇더니 두 손을 공손하게 지면에 대고 일어서서 두 번 절을 했다. 이방근이 쓰러져 있던 곳이리라. 동굴을 보고 왼쪽에 삼각형으로 튀어나온 암벽 너머 좁은 길 안쪽에 불교 포교당이 있었지만 젊은 주지는 게릴라 측과 통했다는 이유로 살해되었고 포교당은 산천단 마을과 동시에 소각되었다. 풀밭 평지 너머는 완만한 경사가 되어 교차하는 좁다란 고갯길과 이어져 있었다. 고갯길 너머는 낮은 절벽이고 그 아래 10여 채 인가가 이어진 촌락이 있었으나 토벌대의 소각으로 역시 폐허가 되어 있었다.

거목이 그늘을 드리운 나무둥치 위에 걸터앉은 한대용은 주머니에서 담뱃갑을 꺼내다가 철렁, 하며 도로 넣었다. 아이고, 내가 무슨 짓을!

주변엔 가지를 뻗은 수령 600년, 높이 20미터, 둥치 둘레는 인간의 가슴 높이에서 3~6미터나 되는 흑송 거목이 여덟 그루나 늘어서서 울창했다. 매미들이 귀가 따갑게 울어대고 새들도 소란스러웠다. 부옥이 절을 올린 풀숲 뒤는 삼각형으로 튀어나온 암벽이었는데 거기서는 멀리 성내의 마을이나 사라봉 오름, 푸른 바다가 보였지만 뒤를 돌아보아도 한라산은 바위 그늘에 가려 보이지 않았다. 암벽 그늘을 떠나 마을길이 있는 쪽까지 고갯길을 내려가야만 한라산이 보일 것이다. 눈을 오른쪽, 동쪽으로 돌리면 펼쳐지는 한라산 기슭 고원지대에는 해안에 이르기까지 크고 작은 오름들이 점재해 있었다. 성내 마을은 납작한 상자들 같다. 사라봉 등대가 하얀 점처럼 햇빛에 빛나고 있다.

소나무 숲에 이어지는 잡목림 앞에 일찍이 산신제가 치러지던 제단의 흔적이 있다. 옛날 신라 시대, 한라산 산신제 자리는 한라산 꼭대기 백록담이었지만 동사자 등 희생자가 나온 까닭에 조선조 중기에 산신제단이 산천단에 만들어졌다. 여덟 그루 흑송 거목은 제단을 지키는 신목일 것이다. 잡목림 속 평지와 동굴 암산 뒤쪽으로 한라산 등산로 주변은 온통 진기한 고산식물이 흐드러져서 아름다운 자연공원을 만든다고 하는데 전화(戰禍)도 거기까지 미치지는 못했을 것이다.

이방근이 죽은 장소 곁에 서면 앞쪽 좌우는 멀리까지 보이지만 등 뒤로는 암벽이 바로 있어서 돌아보아도 한라산의 모습을 볼 수 없었다. 이방근은 잡초가 무성한 그곳에 산 쪽으로 머리를 두고 바다를 향해 쓰러져 있었던 모양이다. 부옥은 구덕에서 돗자리 대신 하얀 천을 꺼내더니 잡초 위에 펼치고 사방에 돌멩이를 얹어두었다. 그리고 그 위에 시루떡, 과일을 한 접시씩, 작은 유기 그릇에 조그만 향목을 손끝으로 가늘게 쪼개 쌓아 불을 붙여 향연을 피워 올렸다. 그리고 잔에 반 되짜리 병의 소주를 따랐다. 강한 소주 향, 향목 연기 향이 각각 산공기를 타고 떠돌았다.

부옥이 술을 따른 잔을 두 손으로 한대용 앞에 내밀었고 한대용은 손가락이 닿지 않도록 두 손으로 공손히 드는 자세를 취했다. 부옥은 이 잔을 영전의 지면에 깔린 흰 천 안쪽에 바치고 한대용은 신발을 벗고 절을 거듭했다. 그러고 나서 부옥과 마주 앉아 술잔을 교환했는데 부옥은 냄새를 맡는 정도로 입술만 댔지만 한대용은 목구멍이 탈

듯한 술을 전부 비우고 빈 잔을 흰 천 위에 돌려놓았다. 부옥이 지면에 술을 조용히 뿌리듯 비우고는 잔을 천 위에 올려놓았다.

산천단 이방근이 죽은 자리에 서면 그가 왜 죽었는지 안다. 이방근 선배님, 선생님, 어째서 까마득한 제주 바다를 바라보면서 여기서 죽었습니까? 왜 죽은 겁니까, 이방근이여! 한대용은 잔에 소주를 따라서 단숨에 마셔버리고 풀밭 위에 일어섰다. 지평선, 그리고 수평선 너머, 파란 바다 건너편을 응시한 채 움직이지 않는다. 관덕정 앞 돌하르방처럼 꼼짝하지 않는다. 이방근은 여기 우뚝 서서, 하산 게릴라들이 동지들의 잘린 머리를 꿴 죽창을 걸머지고 몇 바퀴나 우중 행진을 해야 했던 관덕정 광장을, 부옥이 자기 대신 강제로 끌려 나와 억지로 구경해야 했다는 관덕정의 한 곳을 응시했던 걸까? 등 뒤 암벽의 냉기가 서늘하게 등허리에 닿을 듯이 다가와 한대용은 뒤쪽을 돌아보았다. 아무것도 없었다. 동굴의 냉기가 움직여 왔을까?

이방근은 이곳에 앉아 피스톨을 관자놀이에 갖다 댄 것일까? 조금 간격을 떨어뜨려 쏘았나? 간격을 떼면 손이 흔들려 총구가 움직일 것이다. 바로 대고 쏘았을 것이다. 그리고… 뒤쪽으로 쓰러졌다. 피스톨은 오른손 옆에 떨어져 있었다고 한다. 동굴 너머 등 뒤로 우뚝한 한라산 영기가 피스톨 불꽃과 함께 이방근의 머리를, 몸을 꿰뚫었던 걸까? 이방근 선배님, 왜 죽은 겁니까? 이방근은 산천단에서 죽었다. 방근 오빠는 산천단을 좋아했어. 한라산 영기에 부름받아 여기서 죽었다.

까마귀가 허공에서 까악까악 울고 있었다. 올려다보니 다섯 마리가 그림자를 만들며 바로 위쪽에서 날아다니고 있었다. 높이가 수십 미터쯤 될까? 한 마리, 혹은 두세 마리일지 알 수 없으나 총성이 나고 얼마 뒤에 까마귀들이 이방근의 얼굴을 검은 날개로 덮었을 것이다. 바로 이 장소에서. 하하, 지금 내 손에 피스톨이 있다면 까마귀를 쏘아 떨어뜨리는 건 간단하지. 한 발, 이어서 두 발. 도망치는 두 마리째를 떨어뜨리긴 어려울까? 사격의 명수 한대용. 설산 아지트에서 남승지의 손에서 빼앗았던 피스톨로 정세용을 사살. 그 피스톨은 다시 남승지의 손에. 원래는 이방근이 자기 것을, 호신용이라며 성내 탈출 시 남승지에게 건네주었던 것이다. 한대용이 이방근에게 주었던 그 피스톨은 오사카 미나미의 얼굴격이었던 하야시구미 도장에서 제주 출신인 하야시 조장이 한대용의 사격 솜씨에 감탄하며 그에게 선물로 보내온 것이었다. 내가 이방근에게 피스톨을 주지 않았더라면. 아니, 피스톨 때문에 죽은 것이 아니지. 죽음이 먼저 있었다. 피스톨이 없으면 죽지 않는다? 이방근은 그런 쩨쩨한 사내가 아니었다. 아, 피스톨이라서 다행이었을지도….

문난설, 이름만 들었던 그녀가 이방근이 죽고 오래지 않아, 일주일 정도 지나 서울에서 찾아왔다. 그리고 부옥과 함께 산천단으로, 이방근이 쓰러진 바위 그늘 풀숲으로 와서 이방근의 그림자 앞에 섰다. 이방근. 그곳에 서 있었다. 두 번 절을 했지만 그대로 일어서지 못했다고 한다.

문난설은 피눈물을 흘렸다. 대용 선생님, 정말로 핏빛이더라고요…. 그러고는 땅을 치며 대성통곡. 주변 소나무 숲, 잡목 숲을 지나온 바람을 타고 마치 하늘에서 내려오는 듯한, 사람 소리가 아닌 신들린 음성. 목이 터져 피를 토하는 듯한 끔찍하고도 아름다운 목소리에 부옥도 땅을 치며 통곡했다.

얼굴을 덮고 있던 두 손을 거두고 문난설이 일어서더니 신발을 벗어버렸다. 천천히 양손을 좌우로 뻗고는 손바닥을 나비처럼 펼치고 팔을 파도치듯 움직여 아핫, 하고 남자 같은 일갈을 한 뒤 한쪽 발을 턱 하니 뒤로 굽혀 춤을 추기 시작했다. 부옥이 이어서 어깨를 덩실거리고 발끝을 세워 검은 치마를 팔랑거리며 춤을 추기 시작한다. 문난설이 양손을 수평으로 펼치고 원피스 자락이 바람에 부풀며 땅을 차고 도약하는 격렬한 숨소리가, 몸의 진동이 부옥에게 전해져 와서 어헛, 부옥도 그 무거운 몸이 가볍게 떠오르며 무녀처럼 두 사람은 풀밭에서 미친 듯 춤을 추었다. 춤추면서 파도가 쳐 내려오듯이 땅에 엎드려 한동안 숨을 죽인 채 상반신을 두 손과 함께 수평으로 뻗고는 마침내 윗몸을 위아래로 움직이다가 그대로 울며 쓰러져 버렸다.

부옥은 한대용과 성내에서 산천단으로 가는 도중, 문난설의 광란을 접하기까지의 경위에 대해 때로는 커다란 몸, 커다란 눈에서 눈물을 떨구며, 거칠거칠한 길가 돌 위에 앉아 이야기했다.

"도련님께서 돌아가시고 나서 닷새째에 난설 씨에게서 전화가 왔어요…."

6월 24일. 그때 서울에서 온 전화를 받은 것은 부옥이 아니었다. 단지 여자 음성으로 한마디, 지금 이방근은 없다며 전화를 끊은 모양이었다. 그날 밤 다시 신청을 하면 두세 시간 이상 걸리는 장거리전화를 걸었지만 수화기를 일단 들고는 "여보세요…." 하고 같은 여자 음성이 들리고는 그대로 끊겨버려 이상한 느낌이 지워지지 않았다. 이튿날, 낮에 온 전화에서 부옥은 뭔가 눈치를 챘다. 전화벨이 울리고 응접실로 향하던 부옥보다 먼저 선옥이 멍하니 수화기를 들고 있었다. 선옥은 말없이 부옥에게 수화기를 건넸다.

부옥이 두세 마디 "도련님은 19일에 돌아가셨습니다…."라고 가까스로 말하자 "돌아가셔? 죽었다고? 무슨 일! 그게 무슨 말이야?" 그러고는 아, 악 하고 파열하는 듯한 절규가 들리고 "그게 무슨 말이야! 죽었다는 거야! 무슨 일이냐고! 하늘이 무너졌네!" 전화가 끊기고 사흘 뒤 6월 27일 아침, 문난설이 목포에서 배로 제주 산지항에 도착해서 그대로 이방근의 집을 방문, 차마 면회를 거절하지 못한 채 부친 이태수가 응접실에서 문난설과 만났다고 한다.

거기 주검이 있는 것도 아니건만 문난설이 부옥의 안내를 받아 산천단에 가고 싶다고 하는 것을 이태수는 반대하지 않았다. 점심때가 좀 지난 시간이어서 이튿날 아침 출발하기로 하고 문난설은 항구에 접한 산지천 연안길에 있는 옛 일본식 여관에 묵었고 다음 날 아침 이태수의 집을 찾아왔다. 그때는 목포 경찰의 통지로 그녀의 제주행을 알게 된 제주 경찰이 경계한다는 구실로 문난설을 여관까지 마중가서 이태수의 집까지 경호하며 동반했다고 한다. 한대용은 문난설에 관해서 조금 알고 있었지만 부옥에게서 그 이야기를 직접 듣고야, 대단한 여성이다, 흠, 그 절세미인이라는 얼굴을 한번 알현하고 싶다고 생각했다.

부옥의 이야기로는 6월 18일 밤, 이방근 자살의 전날 밤인데 서울의 문난설이 전화를 걸어 이방근과 통화를 했다고 한다. 전날 하숙집에서 집으로 들어온 참이지만 나흘 후 22일에 목포행 선편이 있는 듯하니 24일이면 서울에 도착할 것… 이라며 이방근이 약속했다고 한다. 전화한 18일 밤부터 죽음으로 향했던 19일 아침, 그 심야를 사이에 둔 반나절 사이 무슨 일이 있었던가? 마지막 밤에는 잠을 이루지 못했던 걸까? 이방근은 거짓말을 한 걸까? 가지도 않을 것을 간다고… 그런 일은 있을 수 없다. 있을 수 없는 일에 관해 생각한 것일까? 무슨 일이 있었던 걸까?

문난설은 부옥에게 부탁했다. 산천단에서 이야기한 황진이의 시조를 새겨 이삼일 안으로 이방근이 숨진 장소에 돌비석을 세우고 싶으니 찾아봐 달라는 것이었다. 부옥이 남문길을 올라간 산기슭에서 묘비 등을 취급하는 석재공장을 알고 있어서 문난설은 부옥과 함께 공장을 찾아갔다.

문난설은 높이 70센티미터, 너비 30센티미터 정도 되는 대리석 비석을 주문하고 그 자리에 놓여 있던 한지에 붓으로 비문의 원고를 썼는데, 시구와 그 달필에 석재공장의 50대 주인이 경탄을 했다.

어져 내 일이야 그릴 줄을 모르다냐

이시라 하더면 가랴마난 제 구태야
보내고 그리난 정은 나도 몰라 하노라

황진이 작
문난설 자(字)

이거 명필인데, 도대체 어떤 분이시온지. 그러다가 서울에서 왔다는 걸 알고는 이 시국에 서울에서 제주도까지 오시다니… 하고 더욱 놀란 석재공장 주인이 귀인이라도 대하듯이 자세를 가다듬고 공손하게 허리를 굽히고 고개를 숙였다.

비문은 새로운 글자체를 골라 새기는 것이 아니라 한지에 쓴 자필을 그대로 새길 것, 시비 건립 연월일의 각자(刻字)와 탁본은 필요 없다고 덧붙였다. 비석은 모레까지 완성하여 이태수가 경영하는 남해자동차 경트럭으로 운반하기로 했고 문난설과 부옥이 동행했다.

부옥도 황진이를 알고 있었으므로 송구해하면서도 문난설에게 자신을 위해 한 장 더 써주기를 부탁했다. 그러고는 그 한지를 커다랗게 말아 고무줄 대신 가느다란 끈으로 묶어 손에 들었다. 그러자 문난설은 뭔가 다시 생각한 듯이 한지 한 장을 더 부탁하더니 시 한 편을 써 내려갔다.

난설의 눈물이 진주라면
명주 손수건에 싸두었다가 내 가슴에 안으려마는
눈물이 흔적 없으니 흔적만을 마음에 새겨두리라

"방근 선생님은 이건 황진이 시를 흉내 낸 것이라고 말씀하셨지만 그렇지 않아요. 선생님이 자기 마음으로 쓴 시지요. 선생님은 시라고 하지 않아. 종이에 적은 것이 아니라 그저 말하듯이 난설의 눈물이… 라고 말씀하셨어요."

문난설 선생님은 울고 계셨지요. 그분은 울기 위해 바다를 건너 제주도까지 오셨어요. 부옥은 가느다란 끈 매듭을 풀더니 한지 두 장을 말아서 다시 그 끈으로 묶어 손에 들었다.

사흘 뒤 6월 말일, 문난설은 비석을 실은 경트럭에 부옥과 함께 타고 산천단 동굴 바위 그늘 이방근이 자살했던 장소에 시비를 세웠다. 그리고 목포행 밤배로 제주를 떠났다. 경찰 관계자는 접근하지 않았고 오직 부옥만 배웅했다.

부옥은 그 후 매월 말, 비석이 건립된 30일, 산천단 참배를 했다.

문난설은 비석 건립 연월일을 비문에 넣지 않았다. 어째서였을까? 부옥은 알 수 없었다. 황진이의 시조가 연가라는 건 알고 있었지만 문난설이 그것을 자신의 필적으로 새긴 건 무슨 뜻일까? 그것도 부옥은 거듭 생각했던 모양이다. 한지에 문난설이 쓴 시 두 편을 함께 읽으면서 밤바다 너머로 사라진 문난설을 기리며 눈물을 떨구었다.

"대용 선생님, 이건 난설 선생님의 마음이라는 걸 저는 알았어요."

부옥은 단 한마디, 알았어요, 하고 단언했다. 황진이, 문난설의 이름을 나란히 둔 것은 황진이가 지금의 문난설이라고 생각해서겠지요. 부옥은 산천단으로 가는 길을 가면서 황진이의 시를 읊고 있던 문난설에 생각이 미쳤고 또 그녀에게 이방근을 겹쳐 생각했을 것이다.

산천단 동굴 바위 그늘에 선 산뜻한 시비. 무엇을 위한 누구를 위한 비석일까? 비가 서 있는 곳이 이방근의 죽음의 장소라는 것을 아는 이는 없다. 그 풀 덮인 바위 그늘 땅이 이방근이 죽은 곳이라는 사실을 아는 것은 부옥과 문난설뿐이다.

문난설의 그 후 소식을 부옥은 모른다. 전쟁은 확대되고 서울은 폐허가 되어 있었다. 신문에도 그런 사진이 커다랗게 나와 있었다.

문난설은 전쟁에 휩쓸린 것일까? 양귀비처럼 아름다운 분, 기품 넘치는 분, 이방근 도련님과 어울리는 분.

6월 말에 세워진 비석이, 11월 말 다섯 번째로 찾아갔을 때는 토대부터 깨부숴져 있었다고 한다.

이상한 일이다. 그저 황진이의 시가 새겨진 조그만 비석일 뿐인데, 이상한 일도 다 있다. 부옥은 비석의 잔해를 동굴 안 암벽 쪽으로 모아두고 문난설이라는 글자가 남아 있는 비석 조각 하나를 구덕에 담아 성내로 돌아왔다.

묘비였다면 원한을 지닌 이가 부쉈다고 하겠지만 황진이의 시비를 도대체 왜? 산천단 동굴 옆에 시비가 있는지도 모를 텐데. 주변에 굴러다니는 무거운 돌 하나를 가지고 와 던졌거나 두드려 깨부순 것이리라. 어째서일까? 부옥은 알 수 없었다. 알지 못한 채 대문 옆 하녀 방 초라한 장 위에 비석 조각 하나를 얹어두었다.

17

한대용은 커다란 짐을 지고 와서 가까스로 내려놓은 듯 후우, 하는 커다란 한숨과 함께 제주도 이야기를 일단 마쳤다. 유원이 가장 마음 쓰고 있던 부옥과 문난설에 관해 유원에게 직접 이야기하는 것보다 남승지에게 말하는 편이 쉬웠던 것도 있으리라.

"승지 동무, 슬슬 황혼이네. 노을은 술을 부르지. 기다리고 있었어요, 하듯이. 승지는 그 맛을 모르려나? 천천히 한잔해. 먼 길 가야 하니 많이 마시지 말고. 좀 일찍 가면 되지."

한대용도 낮술이라 조심하는 듯했지만 상 위의 맥주 한 병을 비우고 불고기와 가오리회를 주문했다. 그러고 메뉴를 보니 찬두부가 있어 그것도 주문했다.

가져온 맥주를 서로의 잔에 따라주고 건배를 했다. 남승지는 실제로는 아무 냄새도 나지 않는데 어쩐지 한대용의 몸에서 제주도의 산야와 바다 냄새, 뭔가 추상적인 냄새를 느끼고 있었다.

"유원 동무가 문난설 씨 이야기를 들으면 죽은 방근 오빠와 난설 씨 일을 슬퍼하겠지, 너무 슬퍼할 거야. 게다가 비석이 부서졌다니, 그 이야기를 할 거예요?"

"난설 씨가 제주도에 와서 산천단으로 갔다는 건 이야기해야겠지. 그러게, 난설 씨를 엄청 걱정했으니까. 편지에도 올케가 될 사람, 올케라고 썼을 정도잖아. 게다가 비석의 시문을 한지에 붓으로 썼던 글자 그대로 새겼고. 그 문난설의 진필을, 시를 적었던 한지를 지금 여기엔 가져오지 않았지만 유원 동무 주려고 가지고 왔어."

"문난설의 진필? 한지에 쓴 황진이의 시조를?"

"그래, 게다가 이방근이 쓴 시가 있어."

"대용 형, 그거 무슨 이야깁니까? 이방근의 시?"

"난설 씨는 구술했다고 했던 모양이지만 난설 씨를 향한 방근 선배의 마음을 담은 연문, 아니 연가지."

"…흐음."

남승지는 잔의 맥주를 천천히 목구멍에서 위장으로 흘려보내며 어쩐지 눈이 번쩍 뜨이는 듯한 느낌으로 연문 아닌 연가라는 한대용의 말을 속으로 곱씹어 보았다. 뭐랄까 슬픔과 함께 따스한 것이 가슴에 솟구쳤다. 문난설 속에 이방근이 살아 있는 것이다.

"어째서 대용 형이 갖고 있는 건데요?"

"부옥이가 자기를 위해 한 장 더 써달라고 부탁했나 봐. 그랬더니 그 자리에서 아무렇지 않게 써주었대. 그리고 난설 씨가 자기에게 보냈던 이방근 선배님의 시, 본인은 시가 아니라고 말했던 모양인데 그건 시였어. 나는 어려운 건 모르지만 나 나름대로 느꼈다고. 그걸 부옥이를 위해 한 장 썼지. 음…."

한대용은 맥주잔을 기울인 후, 기름을 튀기며 연기를 뿜고 있는 화로 석쇠 위의 불고기를 입에 넣으며 이봐, 승지, 하고 불렀다.

"어째서 부옥인 자기를 위해 한 장 더 써달라고 문난설 씨에게 부탁했을까? 승지 동무, 알겠어?"

"……."

남승지는 가오리회를 먹으면서 끄덕였다.

"어째서야?"

한대용은 심술궂게 다시 물었다.

"일본에 있는 유원 동무에게 주려는 거죠?"

"맞아. 역시 남승지. 나중에 부옥이가 헤어질 때 이걸 유원 아가씨에게 전해주세요, 하면서 커다란 눈물을 떨구는 걸 보고 나는 아아, 부옥이는 언제 만날지 알 수 없는 유원을 오빠 대신 걱정하고 있었구나, 깨달았지, 유원 님 속의 방근 님이지. 유원에게 직접 주기 전에 승지에게 먼저 보여줄 수는 없잖아. 셋이서 만났을 때 승지 동무도 그걸 유원 동무 손에서 받아 보는 것이 예의지."

남승지는 셋이서 만났을 때라는 말에 철렁했지만 맞아, 하며 끄덕였다.

"난설 씨는 그러고 나서 소식이 없죠?"

"없어."

"이방근이 서울로 가겠다며 문난설 씨에게 약속해 놓고 가지 않은 것을 문난설 씨는 어떻게 생각하고 있을까?"

"모르지. 이방근이 문난설의 전화에 거짓말로 대답한 걸까? 그런 건 아니겠지. 그렇지만 결과는 거짓말이 되었어. 약속한 이방근을 기다려도 오지 않으니 그녀는 제주도로 전화를 걸었고. 그랬더니 그사이에 죽어버렸고 이젠 이 세상에 없는 거지. 이런 일을 생각할 수나 있나? 이건 거짓말이 아니야. 거짓말을 할 사람이 아니라고. 승지 동무, 나는 아무것도 모르는 놈이지만 이건 남녀관계가 아니야. 이런 엄청난 약속을 해놓고는 이방근은 지키지 않았지. 끔찍한 일이야. 이방근이 자신의 목숨을 건 약속을 해놓고… 그 약속을 대신할 만한 중대한 일이 있었느냐 하면, 산천단에서의 자살이었지. 전혀 모르겠어. 여기 무섭게 중대한 비밀이 있는 거 아닐까? 응, 거기 문제가 있어. 그 문제를 모르겠어."

"그런데 대용 형."

남승지는 스스로를 억누르고 있다는 것을 의식하면서 가다듬은 말투로 말했다.

"방근 씨는 동굴 어디쯤에서 돌아가신 거예요?"

"음, 동굴 옆이었어. 그게 말이야, 맞아, 산천단 소나무 숲 옆 조그만 절벽 아래 비탈길이 있잖아. 그 비탈길에서 더 낮은 절벽 아래가 산천단 마을이고 지금은 폐허지. 남승지가 있던 무렵부터 마을을 태우고 있었잖아. 열두세 채쯤 되는 조그만 마을. 그 마을길을 올라가면 한라산 기슭이 되지. 맞아, 나보다 승지가 더 잘 알 거야. 그 바위산 쪽 비탈길을 조금 올라가면 삼각형으로 튀어나온 암벽이 있더라고. 주변은 흑송 거목들이 나지막한 절벽을 따라 늘어서 있는 수림지대고. 암벽 안쪽 좁은 길을 들어가면 조그만 절, 불교포교당이 있었던 곳. 이것도 태워버려서 흔적이 없어. 동굴 옆 암벽 있지? 방근 선배가 돌아가신 장소라는 것은 암벽 그늘 풀숲이었어. 방근 선배가 거기서 돌아가셨을 때 풀이 있었는지는 모르지만 거기 서서 보면 앞쪽으로 성내 제주도 해안선, 끝없이 펼쳐진 푸른 바다, 수평선이 까마득한 하늘 끝과 하나가 되어 보이지. 보고 있으면 한동안 숨 쉬는 것을 잊어버려서 숨이 막힐 때가 되어 심호흡을 했어. 날개가 있다면 거기서 날아 올라가고 싶었지. 고원지대에서 해안에 걸쳐 여기저기 원추형의 완만한 초록색 오름이 보이고. 한라산 북면으로 펼쳐지는 풍경이 한눈에 들어오는 거야. 어쩐지 나는 이방근과는 관계없이 눈시울이 뜨거워지더라고. 더구나 군데군데 중산간 부락이 있던 곳이 말야, 검게 탄 자국들이 대지의 상처처럼 보이는 거야. 아이고, 미안, 승지랑 게릴라들은 언제나 자기 마을이니 부모형제들을 생각하며 싸웠는데…."

한대용은 맥주잔을 기울였다.

"그래서 말인데, 승지 동무, 난 좀 마음에 걸리는 게 있어. 거기, 내가 서 있던 그 풀숲에 이방근 선생님이 앉아 있었겠지, 거기서 피스톨로 관자놀이를 쏘아서, 그래서 하늘을 보고 쓰러진 거야. 머리는 암벽, 다리는 바다 쪽을 향하고 있었대. 그거야, 그거. 내가 서 있을 때 뒤를 돌아봤는데 아까도 말했듯이 삼각으로 튀어나온 암벽이잖아. 그곳에서는 한라산이 보이지 않아. 몇 번이나 돌아보았지만 한라산이 안 보이더라고. 요컨대 한라산에 가려서 한라산이 보이지 않는 바위 그늘을 죽음의 장소로 삼고 있는 거야. 그것을 처음엔 깨닫지 못했고 선배를 뭐랄까, 의심하는 것 같지만 선배는 자기도 한라산이 보이지 않고 산 쪽에서도 자기가 보이지 않는 암벽 그늘에서 죽었다는 건가, 으음, 잘 모르겠어, 너무 가슴이 아픈 이야기지만 이방근 선배는 의식적으로 그렇게 한 걸까? 어때, 승지? 아니면 어쩌다가 우연히 거기서 그렇게 된 걸까?"

"……."

한라산이 보이지 않는 암벽을 등지고 저 멀리 바다를 향해 쓰러져 있었다. 한동안 숨 죽이고 듣고 있던 남승지는 대답이 금방 나오지 않는다.

"지금 막 들어서 모르겠어요."

"그렇지, 그걸 알면 골머리 썩일 일이 없을 텐데. 그냥 한라산이 보이지 않는 동굴 옆에서 죽었다는 건가? 수수께끼인가? 아무도 알 수 없는 수수께끼."

한대용은 잔을 손에 들고 남승지를 재촉했다. 두 사람은 탁자 너머로 손을 뻗어 쨍, 하고 의식적으로 소리를 내고는 한동안 말없이 가오리회를 먹었다. 잡채 따위를 입에 넣었다. 그리고 구워도 연기가 나지 않는 족발을 주문했다. 옆방에 손님이 들어와서 여점원에게 사잇문을 닫으라고 했다. 한동안 먹는 데만 입을 쓰는 게 나을 것이다. 힘든 이야기가 되었기 때문이다.

"이봐, 승지 동무, 잘 들어봐. 내 머리로는 알 수가 없다고 해서 이방근에 관해, 그 자살에 관해 승지를 괴롭히면서 묻거나 하진 않겠다고 약속했잖아. 이방근은 남방 귀환병인 내 인생을 결정한 큰 선생님이야. 그래서 나는 부옥이와 함께 산천단 옆 이방근 선생님이 마지막을 맞은 장소에 서 있었지… 거기서 나는 산의 영기를 머금은 공기를 호흡하면서 무언가 깨달았어. 어째서 죽은 걸까? 왜 피스톨로 자살한 걸까? 어째서 산천단인가? 전에도 말했지만 나는 한라산의 영기라고 생각해. 영기에 이끌려서 산천단으로 갔고 한라산에 자신이 자살하는 모습을 보이고 싶지 않았기에 암벽 아래 그늘에서 피스톨 탄환을 머리에 박아 넣은 거 아닐까?"

"암벽 아래라면 한라산이 보이지 않는데 영기가 느껴질까?"

"승지는 무슨 멍청한 소릴 하는 거야? 영기는 암벽을 뚫고 통하고 암벽을 돌아갈 수도 있어. 영기는 산천단에, 한라산 전체에 가득 차 있다고. 하지만 누구에게나 영기가 닿는 건 아냐. 나 같은 건 전혀 안 돼."

"……."

"승지 동무, 산천단은 옛날부터 한라산 산신제를 올리던 곳이야. 뭐, 이거 이상한 이야긴가? 저 하늘을 뒤덮은 500~600년 수령의 여덟 그루 흑송 거목이 산천단의 수호신이고, 한라산 산신제의 제단이 있던 곳, 이방근 선생님은 자기 몸을 바쳐 희생물이 되신 거라고. 그래서 산천단에서 죽은 거지. 정세용을 죽인 것 때문이 아니야. 어이, 승지 동무, 정세용을 죽였기 때문에 산천단에 갔을까? 나는 그렇게 생각하지 않아. 그곳은 신성한 장소라고. 정세용 때문에 거기까지 가겠어? 그런 쩨쩨한 짓은 하지 않아. 흥, 나는 그렇게 생각 안 해. 제주도 투쟁 패배의 희생이라고?"

"……."

남승지는 말이 없었다.

한 몇 초 두 사람 모두 긴장한 상태. 맹장지문 건너 옆방에서도 활짝 열어둔 홀에서도 손님들의 이야기 소리가 밀려들었다. 소음. 남승지는 이방근이 희생, 제주도 투쟁 패배의 희생이었다는 한대용의 말에 섬칫했고 새삼 생각에 잠기며 대용 형… 하고 한마디를 던지고 문득 손에 잔을 들더니 한대용에게 팔을 뻗어 내밀었다.

"맥주 좀 따라줘요."

한대용은 일순 놀란 표정을 지었지만 말없이 잔에 맥주를 따랐다. 남승지는 두 손으로 받아 든 잔의 맥주를 천천히 잠자코 들이마셨다. 무얼 하고 있는 걸까? 무슨 의식일까? 남승지 본인도 모른다. 남승지는 자신의 잔을 상에 내려놓고서 맥주병을 손에 들고 두 손으로 한대용이 얼른 상에서 들어 올린 잔에 천천히 맥주를 따랐다.

"이방근은 희생양일까요?"

"희생양? 응, 희생양, 그거야. 아이고, 싱가포르 창이 형무소에서 곧잘 듣던 소리지. 조선인은 일본인의 희생양인가? 우리를 희생 삼아 전범 용의에서 도망친 놈이 얼마든지 있어. 응, 전혀 의미가 다르지. 이방근 선생님은 그게 아니야. 이방근 선생님은 산천단 산신제의 희생이라는 거지. 알겠어?"

남승지는 끄덕였다.

"침략자에 대한 복수의 맹세. 되살아나는 희생양. 나는 동굴의 차갑고 신성한 공기 앞에서, 동굴의 암벽 옆에서 무언가 한라산의 영기 같은 것을 느꼈다고. 그것이 이방근이지. 그때 유원 동무가 오빠는 산천단을 좋아했다고 말하는 음성이 들려왔어. 어이, 울지 마. 여긴 아파트 방 소파가 아니라고. 흐음, 내가 예전부터 이방근이 산의 아지트에서 정세용을 해치운 것은 정의라고 했지? 그거야, 자유로운 인간은 뭐라더라… 타인을 죽이기 전에 자살한다고… 나는 이방근 선생님의, 그것을 철학이라고 하나, 어려운 건 몰라. 나쁜 놈을, 자기 개인이 아니고 자신을 넘어 제주도민을 대신해서 정세용 같은 놈을 이방근이 해치운 거야. 그 때문에 이방근이 죽는다? 그런 멍청한 소리가 있나? 외가 쪽 친척 형을 해치운 건 사실이니까, 승지가 그랬던가, 어머니가 살아 있었다면 정세용을 처단할 수 없었을 거라고….

그렇지. 하지만 지금 어머니가 살아 계신 것도 아니니까. 어쨌든 이방근이 한 일은 절대정의라고. 어이, 승지, 지금 입술 깨물고 눈물을 참나 본데 슬퍼할 건 아무것도 없잖아. 확실히 하자. 산천단은 정세용을 해치워서가 아니야. 투쟁이었다고."

남승지는 끄덕였다. 밀항, 도외 탈출. 개죽음하지 마라. 돼지가 되어서라도 살아남아라. 그것이 투쟁이다. 이방근의 말. 더 할 말 없음. 새삼 한대용은 훌륭하다고 생각한다. 문난설과 헤어지면서까지 이방근은 제주도를 떠나지 않았다. 재작년 1948년, 4·3 봉기 전 1월에 남방으로부터 '기적의 생환'을 이루어낸 지극히 평범한 인간, 무슨 사업을 하거나 경찰에 들어가도 출세할 것 같은 인간. 본인이 말하듯이 이방근 선생의 영향이겠지. 지금은 혁명적인 인간이 되어 있었다.

"어이, 승지 동무, 내가 아까 아파트라고 했지? 마침내 나카자키정 아파트도 다음 달엔 이사야."

"예, 아까 들었어요."

"전화가 붙어 있어. 이젠 일하기 편해졌어. 아들놈 유방이도 마음껏 울 수 있지. 아이는 큰 소리로 울어야 돼. 아파트에선 신경이 쓰여서 불쌍하게도 마음껏 울 수가 없어. 시끄럽다고 나부터 화가 나거든… 있잖아, 내가 이태수 선생과 응접실에서 만나고 있을 때 갑자기 갓난아이 울음소리가 나서 뭔가 싶었는데 방근 선배님 동생인 신생아라는 걸 알아차렸어…."

"이태수 집안의 후계자죠. 이방근의 동생.… 분명히 작년 4·3 당일에서 이삼일 늦게 태어났을 거예요. 4·3 당일에 태어났더라면 저주받은 아이가 될 참이었어. 방근 씨의 죽음이 6월 19일이니까 약 두 달 후가 되죠…."

"그게 엄청 문제가 된 모양이야. 기껏 대망의 이씨 집안 후계자가 태어나서 축복의 기쁨이 한창이었는데 이방근이 그런 흉사를 일으켰다는 것 때문에."

"이방근 씨는 무척 기뻐하지 않았을까? 자기 대신 가문의 후계자가 생긴 거니까. 겉으로 드러내진 않지만 가장 마음에 걸려 있었을 것이 자기 결혼이랑 집안을 이을 자손을 남기는 일이었으니까요. 큰형은 도쿄의 하타나카이지만 일본인이 되어버렸고, 그래서 방근 씨는 자신을 종마라고 했지. 장남 대신 상속인이니까. 그게 싫었던 사람이에요. 싫다고 끝날 일이 아니지만. 응, 지금 뭐 좀 걸리는 일이 있는데 나중에 생각나면 다시 한 번 생각해 봐야겠어요. 내가 제주도에 있을 무렵이니까 분명 재작년 봉기하던 해 가을쯤, 문난설 씨가 제주도에 와서 방근 씨 집에 며칠 있었던 게 그 무렵일 거야, 이씨 문중회의가 장로들도 참가해서 열렸는데 일부러 일문의 종손 이방근의 결혼을 안건으로 토의했거든요. 문중회의 의제가 이방근의 결혼, 강제 결혼, 상대 여성을 친척이 정해서 강요하는 것에 대한 회의였던가 봐요. 말하자면 친척들이 가문을 지키기 위해 강구한 최후의 수단이었겠죠. 이건 이방근도 대놓고 반대할 수 없었어요. 그래서 퍼뜩 생각이 났는지 실은 마음에 둔 여성이 있다, 이름은 문난설, 지금 서울에서 와 건너편 자신의 방에 있다고 이야기를 했으니 이삼십 명 모여 있던 친척들이 놀라서 아니, 도대체 이게 무슨 일이냐 난리가 났지만 어쨌든 그 자리는 수습이 됐다는 거예요. 당사자인 난설 씨에겐 그 후에 사정을 이야기하고 양해를 구했다고 방근 씨가 이야기하더라고요."

"응, 난설은 화내지 않았겠지. 기뻐하지 않았을까?"

"그건 모르죠."

"아니, 문난설은 기뻤을 거야. 서울에서 온 외부인인 자신을 이방근이 문중회의에서 결혼상대라고 당당하게 선언한 거니까. 야아, 하하. 이방근 선배답네. 아, 문난설, 난설이…."

"난설 씨는 어떻게 되었는지. 서울 사람들이 모두 죽은 건 아닐 테고. 황진이의 시비가 부서진 것은 도대체 어떤 놈이 한 짓일까?"

"모르지. 비석을 세운 사람이 누구인지는 석재공장 주인, 그리고 경찰도 알고 있을 거고. 문난설의 경호를 했을 정도니까."

"어째서 산천단 비석을 문난설이 세웠나, 그건 경찰 쪽에서 알고 있겠죠. 이전에도 문난설이 섬에 들어와 이방근 씨 댁에 묵었던 적이 있고 서울에서 온 문난설에 대해서도 성내에 소문이 났으니 경찰 관계자는 비석과 이방근 씨의 간접적인 관계를 알게 된 거고요. 방근 씨가 돌아가신 그 장소에 비석이 서 있었으니까요."

"경찰 관계자가 한 짓일까?"

"아니, 어떤 놈인지 그건 모르지만 비석과 이방근의 관계에 대해서는 경찰에서 문난설을 따라갔다면 알게 되죠."

"만약 경찰이 했다면 이유가 뭐야?"

"누가 했는진 몰라요. 비석 건립의 유래를 경찰에선 알고 있다는 거죠. 다만 뭐랄까, 불쾌한 이야기라는 겁니다. 이런 건 수사 대상도 아니고 무슨 이야기를 날조할 재료로 쓸 수도 없는데. 그냥 기분이 나빠요."

"그건 이제 상관없어. 난설 씨의 소식도 모르니, 비석을 세우기 이전으로 돌아가 아무 일도 없었던 걸로 하면 돼. 부옥이도 슬프겠지만 문난설은 아무것도 모르니까. 씁쓸하고 한심한 이야기지."

"아까 대용 형이 방근 씨 집 응접실에서 갓난아기 울음소리를 들었다고 했잖아요? 방근 씨는 동생 출산을 무척 기뻐했을 거고, 왜냐하면 방근 씨는 부친과 대립하면서도 자손을 남기지 않는 것, 그 역시 아버지를 거역하는 짓이라서 엄청나게 부담스러워하고 괴로워했거든요. 그런데 아버지에게 손자 같은 동생이 생긴 거니까 정말 해방된 기분이었을 거예요. 그런 것도 죽음으로 가는 브레이크 하나가 사라진 거 아닐까요?"

"이상한 소리 하지 마. 그렇다면 동생이 태어나지 않았다면 문난설과 약속했던 서울로 갔을 거라는 건가?"

"그런 건 아니지만 그야 모르죠. 자살이 이방근의 자유라고 한다면 동생이 없다는 건 무척 걸렸을 거라고 봐요."

"흐음…."

"그는 불효자, 한량으로 집안은 생각하지 않는 인간처럼 보였지만 그렇지가 않아요. 부친이니 집안을 무척 생각했거든요. 어째서 자살했는지 잘 모르지만, 대용 형이 사망 장소와 한라산 사이에 암벽이 튀어나와 한라산이 보이지 않았다고 말한 것도 깊은 의미가 있다고 생각해요. 이방근과 한라산. 이방근과 제주도. 그는 제주도를 떠나지 않았다. 제주도가 학살의 섬이었기 때문입니다. 섬에서, 나도 그랬지만 섬사람을 바다 밖으로 보내면서 자신은 그곳에 머물렀다면 그건 자신은 여기서 죽겠다는 거였죠. 나는 그의 희생을 딛고 돼지가 되어서라도 살아남으라며 일본에 보내진 거고요. 그리고 마지막에는 한라산 영기에게 부름을 받았겠죠. 그 장소가 산천단이었다. 목탁 영감이 살고 있던 동굴이 있는 산천단… 어쩌다 이런 이야기가 되었지? 그 사람 언젠가 스스로 죽을 사람이었어도, 나도 모르는 옛날 일이지만, 방근 씨는 어머니가 살아 있었다면 죽지 않았어, 죽지 않았다고요. 나는 그렇게 생각해요. 유원 동무도 아버지가 어머니를 학대했다는 것 때문에 원한이 깊어요. 그런 만큼 어머니에 대한 오누이의 사랑은 깊었어요. 이방근은 동생도 일본으로 보냈잖아요."

"승지 동무도 그렇잖아. 양준오도 입산했고 거기서 같은 게릴라에게 살해되었어…."

남승지는 갑자기 양손으로 얼굴을 감싸 쥐더니 고개를 숙였다. 어깨가 파도치듯 흔들리고 커다란 한숨을 토해냈다.

"어이, 승지. 먹으면서 천천히 이야기해. 먹으라고."

"먹고 있어요."

남승지는 손수건으로 눈가를 눌러 눈물을 훔쳐내고 나서 젓가락을 쥐고 콩나물을 입에 넣고 천천히 의식적으로 씹었다. 한대용은 자작으로 맥주를 마셨다.

"예를 들면 말이에요, 죽음의 공포라는 게 있잖아요…."

"뭐, 죽는 것에 대해? 오늘은 이상한 이야기만 하네."

한대용은 웃으며 말했다.

"대용 형이 이상한 곳에 다녀왔으니까요."

"말해봐, 죽는 것에 대한 공포라… 무서운 이야기네."

"맞아, 죽는다는 것에 대한 공포, 그 공포가 무서운 거죠. 죽음에 대한 공포를 없애고 나면 죽음은 무서울 게 없어요. 이방근은 그 공포를 없앨 수가 있는 사람이었죠."

"승지 동무는 어려운 소리를 하네."

"나는 그렇게 못 해요. 방근 씨 이야기예요. 하지만 어째서 난설 씨와 약속했던 걸까요? 나흘 후 배편으로 가겠다는 둥. 이게 수수께끼죠."

"이방근 선배는 산천단에서 죽을 운명이었던 거지. 한라산 영기가 끌어당긴 거라고. 방근 선배는 산천단이어야만 했던 거야. 나는 현장에 가서 그걸 몸으로 느꼈어. 산천단이 한라산 영기를 불렀어. 정세용을 해치운 것도 한라산 영기의 힘이야. 산천단에서 죽은 것은 친척 형을 죽여 해치웠으니까? 천만의 말씀. 그런 일로 죽는다? 그런 어설픈 짓을 할 사람인가, 이방근이?"

"……."

잔을 비운 한대용이 남승지의 잔에 맥주를 따랐다. 그리고 방 앞을 지나던 여점원에게 소주를 주문했다. 홀은 만석은 아닌 모양이었다. 6시, 이제부터겠지. 한대용의 술도 이제부터겠지만 아파트에서 갓난아이가, 부인이 기다리고 있을 아버지이며 남편이었다.

한대용은 커다란 접시 위 반으로 자른 껍질 붙은 돼지족발을 초된장이 아니라 소금에 살짝 찍더니 양손으로 하모니카처럼 들고 먹기 시작했다.

"응, 맛있네. 승지, 먹어. 족발이 딱 적당히 쫄깃쫄깃한 게 맛있어."

그는 휴지로 손을 닦고서 도중에 맥주와 함께 날라 온 잔 소주를 꿀꺽 목에 털어넣고 족발을 계속 먹었다.

무슨 소리를 하고 있는 걸까? 두서없는 이야기, 구체적으로 무엇을 할 것인지는 전혀 이야기하지 않는다. 그렇다, 한대용이 제주도에 다녀온 이야기를 듣기 위해 지금 만나고 있는 거였지? 아니, 거의 입에 담지 않는 제주도, 금기인 이방근. 하지만 한대용과 만나면 무방비가 된다. 그 뒤에야 구체적인 해야 할 이야기가 나오는 것이다. 유원의 편지에도 있듯이 그녀가 오사카에 오면 당연히 한대용과 셋이서 만나게 된다. 셋이 확대되면 남승지 가족, 그리고 승일 형 부부까지 움직이게 될 것이다. 어쨌든 한대용은 그녀에게 건네줄 물건도 있고 하니 월말경에 유원에게 다시 전화를 걸어 도쿄로 가거나 유원이 형편을 봐가며 오사카로 오거나 해야 한다.

"대용 형, 아까 문난설 씨가 시를 쓴 한지 두 장을 유원 동무 앞으로 부탁받았다고 했죠?"

"…그랬지. 유원 동무를 만날 때 가지고 가야지. 아마 유원 동무도 모르겠지. 오빠의 시, 문난설에게 준 시… 아, 사랑의. 맞아, 그걸 베껴 왔는데. 보여주는 걸 깜박하고 있었네."

한대용은 웃옷 가슴 주머니에서 접어둔 편지지 한 장을 꺼내 펼치더니 남승지에게 건넸다.

"처음 것이 이름은 없지만, 이방근 선생님이 입으로 읊었다고 문난설이 말한 이방근 작, 또 하나는 황진이의 시조를 문난설 자신이 황진이가 되어 한지에 써서 비석에 새겼다고 부옥이가 단언했던 거야. 다시 말해 황진이의 마음이 문난설의 마음이라고 하는 거겠지."

남승지의 눈은 편지지에 한대용의 펜글씨로 적혀 있는 시 두 편을 따라갔다.

어져 내 일이야 그릴 줄을 모르다냐
이시라 하더면 가랴마난 제 구태야
보내고 그리난 정은 나도 몰라 하노라

난설의 눈물이 진주라면…

남승지는 종이를 고쳐 들고 이방근의 마음, 문난설의 마음을 생각하며 숨이 막힐 듯한 것을 참아가며 다시 한 번 입안에서 소리를 내어 다 읽었다. 인구에 회자되던 황진이의 시, 현재 대여섯 편밖에 남아 있지 않다는 시편 중 하나. 이시라 하더면 가랴마난… 지금 문난설의 마음일까?

"청산리 벽계수야 수이 감을 자랑 마라… 는 누구나 알고 있는 황진이의 시지요?"

"응, 그렇지. 들은 적이 있어. 나는 황진이라는 이름은 들어봤지만 시 같은 건 잘 몰라. 시조는 일본의 와카[24] 같은 거지?"

"정형시의 일종이니까 비슷해요."

남승지는 펼쳐진 편지지를 상 위에 놓았다.

그러고 슬쩍 지면에 시선을 떨군다. 뭘까? 이시라 하더면 가랴마난… 제 구태야 보내고… 뭔가가 걸린다.

"대용 형, 냉면 안 먹어요?"

"냉면? 아, 먹을까? 승지 주문이 평소보다 늦었네."

한대용은 냉면과 소주, 그리고 맥주를 주문했다.

이시라 하더면 가랴마난…. 무엇일까?

"이방근이 문난설에게 쓴 시는 좋네. 이방근은 다정하네요. 나에겐 물론 다정한 사람이었지만 무서운 사람이기도 했는데. 눈물의 흔적이라도 마음에 담아두고 싶다… 그걸 또 이방근은 황진이의 시에 담은 거라고 이야기했다는 거잖아요. 방근 씨는 그래 봬도 엄청 부끄러움이 많은 사람이에요. 문난설, 난설 쪽이 적극적인 거지. 나는 직접 이야기를 나누거나 만난 적도 없지만요. 그런데 황진이의 시를 비석에 새긴다는 건… 그래 아까 대용 형이 부옥이 말이라면서 문난설이 자신과 황진이의 이름을 나란히 쓴 것은 문난설이 지금 황진이라 생각한 것이라고 말했다, 단언했다고 좀 전에 말했죠? 황진이의 시는 문난설의 마음인 거라고."

"응, 부옥이가 확실히 말했어. 문난설로부터 직접 그런 이야기를 들은 것처럼 말야."

냉면이 왔다. 두 사람은 각자 자기 앞에 놓인 차가운 냉면 사발을 고쳐 놓고는 식초, 겨자를 섞으며 코안으로 가득 스며 퍼져가는 냉면 육수의 냄새를 맡더니 젓가락을 내려놓았다. 남승지는 숟가락으로

---

24 와카(和歌): '일본의 노래'라는 뜻으로, 일본의 대표적 정형시이다.

두세 번 육수를 떠서 입에 넣었다.

"대용 형, 문난설이 황진이의 시를 자신에게 겹쳐 비에 새겼다고 부옥이가 말한 건 무슨 소릴까? 다른 이야기는 더 없었어요?"

"그것뿐인데?"

"자신에게 겹친다는 말을 대용 형은 어떻게 생각해요?"

"…그냥 그런 건가, 할 뿐이지."

"부옥이는 뭔가 느끼고 있었던 거 아닐까요? 시비가 훼손된 것도 포함해서…."

"뭐라고? 시비가 훼손된 것에 의미가 있는 건가?"

두 사람은 말없이 냉면에 젓가락을 가져갔다.

얼마 있다가 한대용이 말했다.

"아까, 승지가 황진이 시에서 이시라 하더며는 가랴마난, 하는 걸 반복해서 말했잖아. 뭔가 시에 걸리는 게 있다고 했는데 걸린다는 건 거기서 뭔가를 느낀다는 거야?"

"비석이 누군가에게 훼손당했잖아요. 뿌리 부분부터… 그거랑 문난설과는 관계없겠지만 나는 문난설이 죽은 거 아닐까 하고, 이 황진이 시를 읽으면서 느꼈거든…."

"뭐라고, 죽어? 문난설이 죽어? 그 시에 그런 게 쓰여 있는 거야? 그게 무슨 소리야. 비석이 부서진 것과 관계가 있는 건가?"

"아니, 그런 게 아니라 비석이 부서져 없어졌잖아요? 그래서 문난설이 세상을 떠난 건가 생각했어요."

"승지는 이상한 소리를, 무당 같은 소리를 하네."

남승지는 말없이 젓가락질을 하고 숟가락으로 육수를 떴다. 술을 마실 생각은 없다. 8시가 다 되었다. 론진 시계를 들여다보면 반드시 이방근이 떠오른다. 자유인가 구속인가. 늦어도 9시에는 일어서야지. 그래도 집에 도착하면 11시 가까이 되어 있을 것이다.

남승지는 문난설이 이방근을 따라 자살한 것이 아닐까 생각한 것이다. 그건 비석이 훼손된 것과는 상관없지만 스스로를 훼손한 것은 아닐까? 상처의 작은 틈에 빗물이 스며들고 여름 햇볕에 시달리고 눈 폭풍을 맞다가… 어쩐지, 그런 죽음을 연상했고 그런 불길한 연상으로 이끌어 간 것이 시구의 "이시라 하더면 가랴마난…." 즉 있어주세요, 했다면 가지 않았을 것을…이었다. 제주도와 서울에 떨어져 있어서는 불가능했겠지만, 더구나 이방근이 그녀가 서울에서 건 전화에 나흘 후 배를 타마고 약속했으니 이시라 하더면…이 가 닿을 리가 없다. 그런데도 왠지 이 세상에 머무르세요, 하고 이방근의 귀에서 가슴까지 전해지게 말했더라면 난설이의 눈물이 진주라면, 하고 두 사람이 직접 만났더라면 가랴마난 가지 않았을 것은 보내고 그리는 정… 보내고 난 후의 애타는 정. 견딜 수 없는 채 서울 어딘가에서 죽은 건 아닐까? 시비는 세상을 하직하는 예고. 만일 그렇다면 전쟁으로 스러지는 것보다는 나을 것이다. 이런, 무슨 이런 바보 같은 생각을 했지? 아니, 아무것도 모르겠다. 알 수가 없었다. 이건 남승지의 망상일지도 모른다. 망상의 허망함, 그랬으면. 그는 혼자 고개를 흔들었다. 눈시울에 눈물이 차오르는 듯했다.

"승지, 아까 그 이야기 계속해."

"…문난설이 이방근의 뒤를 따라 죽은 거 아닐까 하는 이야기?"

"승지, 그거 진담이야? 문난설이 이방근의 뒤를 따라 죽었다…? 자살인가? 느닷없이 무슨 소리야?"

"맞아요, 지나친 생각이죠. 나의 망상이야. 비석에 황진이의 그런, 이별을 후회하고 슬퍼하는 시를 새기게 한 건 문난설 자신이 한 일이라고 부옥이가 확실히 잘라 말했다고 대용 형이 좀 전에 말했잖아요? 부옥이도 하녀 신분이지만 어딘가 영적인 구석이 있는 사람이거든요."

"응, 함께 산천단에 갔을 때도 그런 느낌이었어."

"마음이 바다처럼 깊은 사람이고."

"몸집도 크지. 이방근 정도 될 거야. 그 정돈 아닌가? 어쨌든 부옥이가 그렇게 말했어. 난설 님은 황진이와 자기를 겹쳐 놓고 있었다고 단언했다고. 그러고 나서 부옥이는 승지가 말했듯이 이방근의 뒤를 따라 문난설이 죽을 거라는 사실을 알고 있었다는 건가. 안다기보다도 느꼈던 걸까? 두 사람은 산천단 이방근의 죽음의 자리에서 미친 듯이 춤을 추었지. 눈물을 흩뿌리며 무당처럼 춤을 추었나 봐. 문난설은 피 같은 눈물을 흘리면서…."

"뭔가 느꼈던 것 아닐까?"

"그래, 지금 승지 덕에 생각이 났는데 부옥이 말하는 걸 보면 말야, 예언자나 무당일까?"

"그건 알 수 없죠. 그런데 나도 그런 느낌이 든다는 거지."

"승지는 역시 머리가 좋아. 생각하는 게 다르다고. 뭐, 난설의 죽음은 너무 나간 거지만."

"그냥 그런 느낌이 좀 들었다는 것뿐이에요. 맞아, 망상이지. 무심결에 산천단에 가 있는 듯한 기분이었거든요. 그러다 보니 어떻게든 난설 씨가 무사하기만 하면, 그것도 알 수가 없지만 더없이 고마운 일이죠."

"응, 그렇지. 이제 죽음에 관한 이야기는 그만하자. 확실한 증거도 뭐도 없는 거니까. 자, 한잔해."

잔뜩 얼굴이 붉어진 한대용은 남승지의 잔에 맥주를 따랐다. 그리고 잔 소주를 꿀꺽, 목구멍에 털어 넣고 하아, 하며 술냄새가 짙게 담긴 숨을 내쉬었다.

18

"어이, 승지, 죽는 이야기 말고 사랑 이야기, 이방근의 사랑 이야기, 사랑이라기보다 지금 승지는 문난설 쪽이 적극적이고 이방근 선배는 엄청나게 부끄럼을 탔다고 했잖아. 승지는 아주 깊은 곳까지 알고 있는 거야. 문난설과는 만난 적조차 없는데도. 그렇게 보이지 않지만 이방근 선배가 그런가. 얼핏 생각이 났는데 선배가 곧잘 가던 명선관이라고 있었거든. 거기 데려가준 적이 있어. 명선관 마마 이름이 명선인데 이방근 선배에게 아주 빠져 있었어. 거기다가 단선이라는 젊은 여자도 선배를 무척 따랐는데 마마가 슬쩍 웃어가며 나한테 귀띔을 했어. 언제라도 선생님 품으로 뛰어들 아가씨라고. 살짝 사팔뜨기에 꽤나 멋진 여자였지. 그녀는 얼마 후에 애인이 있는 부산으로 돌아간 것 같은데, 이방근은 그녀를 소중하게 여겨 손을 대지 않았던가 봐. 응, 나와는 천지 차이야. 나는 선배와 알게 되기 전부터 명선관을 드나들고 있었거든. 남방에서 기적의 생환을 하고 나서 기생이 있는 요릿집에 다니던 시절이었지. 친일파 잔당인 경찰놈들까지 나를 친일파라며 무시하고 있는데 명선관 마마는 남방에서 귀환하느라 정말 고생했다면서 진심으로 잘해 줬거든. 참 좋은 여자였어. 맞아, 나는 당시부터 이미 이방근이라는 사람에 관해 마마에게서 소문을 듣고 있었어. 뭐랄까 한량에다가 불효자랄까? 처음엔 그렇게 생각하고 있었어. 소문으로는 부친과 사이가 좋지 않았으니까…. 아이고, 어째서 산천단이야. 게다가 문난설까지. 시비는 훼손되었고… 어째서 비석에 원한이 있는 건지 모르겠어. 으음, 이시라 하더면 가라마난. 나도 외웠지. 왜 한마디 이시라고 말하지 못했을까? 어디선가 이야기했을 텐데 선생님, 가지 말아주세요… 라고, 아이고 흐음, 내가 무슨 소리를, 이상한 이야기를 해버렸네. 어이, 승지. 한잔해."

한대용은 목이 메어 코를 훌쩍였다. 그는 상 위의 맥주병을 손에 들더니 남승지의 잔에, 그리고 비어버린 자신의 소주잔에 맥주를 따르고서 반쯤 울상이 된 얼굴로 쨍, 하고 서로의 잔을 부딪히고는 천천히 기울였다.

"있잖아, 이 이야기를 그만하자고 했는데 또 나와버리네. 모르겠어. 산천단까지 갔다 왔지만 모르겠어. 가기 전보다는 좀 알게 되었지만 그래도 모르겠어. 어째서 서울로 가지 않았던 걸까? 한라산 영기가 정말로 인간을, 이방근을 빨아들여 버리는 무서운 힘이 있는 걸까? 문난설과 한 약속을 깨버릴 정도의 힘이 있었던 걸까? 정세용을 죽였기 때문에 자살했다고는 생각하지 않아. 그것만은 자신이 있어. 무엇보다 산천단 동굴이 문제야. 동굴 안 목탁 영감이라는 노인, 온종일 돌 위에 앉아 염불을 하고 있잖아. 이방근은 유치장도 아니건만 소파 위에 앉아 그것도 하루 이틀 사흘이 아니라 1년이고 2년이고, 먹고사는 게 어렵지 않아서 가능한 것이겠지만. 이방근, 이상한 인물이야. 어이, 이제 이방근의 뜻을 알고 있는 자는 승지, 유원, 방근·대용 세 사람뿐이야. 문난설은 뭔가 다른 형태로 이방근 선생님의 뜻을 알고 있었을지도…."

그는 방 앞을 지나던 여점원을 불러 세우더니 맥주 두 병을 주문했다.

"저기, 승지, 방근 선배가 왜 죽었는지 모르지만 내가 산천단에 가면 알 거라고 했지. 응, 그래서 나는 뭔가를 알고 있지만 확실히 말할 수는 없어. 다만 죽을 준비를 하고 있었던 건 확실해졌어. 이전에도 한번 말한 적이 있지만 선배가 나에게 한일호를 무료로 양도해 준 것은 계속해서 일을 하라는 거였지. 이미 그때 자살을 생각하고 있었던 거야. 제주도의 투쟁, 패배한 혁명의 계속이지. 나는 그것을 포기하고 배를 송래운 그룹에게 넘기고 말았어. 물론 송래운 씨도 보통 인간은 아니니까 나도 그렇게 한 것이지만. 나는 다시 원래대로 돌아가 한일호 선주, 책임자로서 일하고 있어. 지금 제주도에서는 군법회의라든가 엉터리 재판 같은 걸로 모조리 유죄로 만들어 죽여버리거든. 지금 토벌대의 일은 산속에서 먹을 것을 찾아 도망 다니는 게릴라를 전부 붙잡기 위한 출동일 뿐이고 본래의 토벌은 거의 끝나 있어. 빨갱이를 하나라도 더 잡아서 죽이는 것이 일이지. 놈들은 그러니까 심심하고 할 일이 없으면 예비검속자를 끌어내어 고문하거나 축구라도 하듯이 인간을 걷어차 넘어뜨려 굴리기도 하지. 그러고 나서 죽여버려. 목 베기, 놀이처럼 유희적 살인을 해. 뭐, 이것저것 있어. 나는 이번에 제주도에 다녀와서 새삼 이방근 선배의 유지를 이어받을 결심을 했어. 죽은 자는 산 자 속에 살아 있다…. 선배가 말했잖아."

남승지는 움찔하여 끄덕이면서 잔을 손에 들었다.

"어이, 쓰시마는 말야, 생과 사의, 죽은 자와 산 자의 분기점이야."

한대용도 자신의 맥주병을 손에 들고 잔에 따른 후 천천히 크게 한 모금 마셨다.

죽은 자와 산 자의 분기점. 남승지는 제주도에서 돌아온 한대용의 열띤 이야기에 새삼 흔들리고 있었다.

"나는 반혁명적인 짓을 했지만, 난 혁명을 계속 이어갈 거야…. 한라산의 하산자를 구출해서 일본으로 밀항시키는 것이 혁명이야. 이방근의 유지를 계승하는 것. 방근·대용, 이방근의 후계자, 그 길밖에 없어."

남승지는 말없이 끄덕이며 천천히 맥주잔을 기울였다. 혁명.

한대용이 피스 한 개비를 물고 라이터 불을 붙이더니 남승지에게 권했다. 남승지는 보라색 연기의 향기와 함께 기분이 부드럽게 풀리는 담배를 한 모금 빨아들였다. 한대용은 다시 한 대를 물고 라이터를 켰다. 남승지는 담배를 손가락에 끼운 채 가볍게 고개를 숙였다.

담배 연기가 상 위에 향기를 퍼뜨린다.

혁명, 혁명, 혁명이 거듭 나온다. 도대체 혁명은 어디 있나, 낙천적인 걸까? 궤멸의 제주도를 다녀온 인간이 낙천적일 수 있을까? 아니, 패배라는 현실을 딛고, 이방근의 유지를 이어 하산자들을 일본으로 밀항시키는 것이 혁명, 이방근의 유지. 쓰시마는 삶과 죽음의 분기점. 남승지는 조금 혼란스러워하면서도 감동하고 있었다.

"유원 동무 말인데요, 월말에 연락할 거죠?"

남승지는 화제를 바꿔 말했다. 아니, 이것이 본래의 화제였다.

"그래서 어떻게 할 거예요?"

"어떻게 하긴, 유원이 사정을 들어보고 정해야지, 유원 동무가 바로 오사카로 올 수 없을 경우에는 제주도 일의 보고, 부옥이 이야기, 그리고 문난설 이야기, 승지에겐 안 보여줬지만 문난설이 쓴 한지에 쓴 시조를 갖고 가서 전해줘야지. 그걸 오사카로 가져오게 되면 승지 동무도 알현할 수 있을 거야."

"음, 오사카에 언제쯤 올 건지가 문제네."

"문제? 무슨 문제, 문제가 있어?"

"아니, 뭐 어려운 문제는 아닌데요."

"지금 건 문제 같은데, 뭔가 씁쓸한 말투잖아."

"씁쓸한가? 어쩐지 쓴 침이 나오네요. 역시 머리 아파."

"왜 머리가? 분명하게 말을 해봐."

"유원이가 편지에 썼잖아요. 우리 어머니랑 동생도 만나고 싶다고…."

"응, 당연한 이야기지."

"…그게 머리 아프다니까요."

"그래서 머리가 아프다고? 유원이 오는 것이 머리 아파? 이상한 머리구먼. 털어놔 봐."

"그러니까. 대용 형은 알잖아요. 내가 이미 행자를 데리고 가서 어머니와 동생을 만나게 했잖아요. 결혼한다고 말하지는 않았지만 어머니는 그럴 작정으로 기뻐하고. 그런데 내가 도쿄에 다녀왔고요. 오빠 1주기에서 유원 동무를 만나고 왔지. 그래서 어머니는 유원이 일본에 있다는 걸 확실히 알게 됐고. 내가 제주도에 있는 약혼녀라고 거짓말을 했던 바로 그 장본인이 이쪽에 와 있다는 것을 알게 되었다는 거지. 설마 했던 일이에요…."

"뭐라는 건지 모르겠네. 유원 동무가 제주도의 약혼녀라고?"

"아, 이야기가 날아다니네…. 가짜 약혼녀요."

"뭐야, 가짜 약혼녀는…."

"음, 가짜라기보다는 그냥 그때 궁여지책이었지만 재작년 봉기 전인 3월에 강몽구 씨와 일본으로 기금 모금을 하러 왔을 때, 승일 형이나 어머니가 나를 결혼시키려고 제주도에 가지 마라, 여기 가족들이 있고 하니 그냥 있어라, 했죠. 제주도에 가는 걸 엄청나게 반대했어요. 동행한 책임자 도당 부위원장이었던 강몽구, 강몽구는 외가 쪽 친척이기도 했는데, 사촌형의 요청으로 허락을 하며 제주도에 가지 않아도 좋다, 이렇게 되었지요. 하지만 나는 돌아갔고… 그랬던 내가 지금은 여기 있지만 그때는 돌아갔던 거지. 조직 일도 있었지만 한편에서는 정식 약혼을 한 건 아니었어도 언젠가 그렇게 될 여성이 제주도에 있다고 거짓말을 하고, 약혼은 거짓이었지만 유원이는 실제로 제주도에도 왔고 서울에는 쭉 있었으니까. 그래서 강몽구 씨와 함께 돌아갔던 거죠. 돌아가서, 그래 지금, 여기 이러고 있게 된 거고."

"강몽구 씨가 외가 쪽 친척이라는 이야기는 전에 들은 적이 있어. 정식 약혼이 아니니 거짓말이지만 현실적으로는 지금 그렇게 되어 있는 거 아냐? 뭔가 운명적으로 말이지."

"운명…? 그런 게 아니에요. 그때는 다른 수가 없었으니까 제주도로 돌아가기 위한 거짓말이었어요."

"거짓말, 거짓말, 하지만 진짜 거짓말과는 다르잖아. 결국, 꿈에도 생각하지 못한 일인데 두 사람 다 일본으로 와버렸고. 그러니 현재, 그게 거짓말인가? 이방근 선배는 생각하고 있었을지도 모르지만 아무도, 승지나 유원조차 생각하지 못했던 일이지. 운명. 팔자라는 거야. 이러쿵저러쿵하면 천벌받는다."

"어쨌든 대용 형, 행자와 관계가 생겨버렸고, 유원이하고는 헤어질 결심을 하고 있었어요."

"말해봐. 뭔 소리를 하는지 모르겠지만, 이야기를 해보라고."

"…이방근 씨 1주기에 도쿄에 가게 되어 어쩌다 그 이야기를 어머니한테 했거든요. 어머니랑 동생이 보고 싶어 하는 바람에…."

"당연하지."

한대용은 이야기를 자르듯이 말했다.

"그래서 유원이 역시 어머니와 동생을 만나고 싶다는 거죠."

"알겠어. 행자가 있는데 유원이를 어머니에게 인사시키기 싫다는 거지? 아냐?"

"……."

"이봐, 행자, 행자 이제 그만해라. 유원이랑 같이 어머니한테 가는 게 뭐 그리 무서워? 행자 일도 나에게 의논을 했더라면 절대… 뭐야 일부러 고베에서, 바보구나. 내가 알았다면 절대 안 보냈지. 인과응보구먼."

"행자가 알면 어쩌라고…."

"정말 계집애 같은 소리만 하고 있네. 행자와는 이제 끝낼 수 있지?"

"……."

"보라고, 승지 동무, 이방근 선배님은 뭘 위해 남승지를 일본으로 보냈을까? 그래, 물론 개죽음하지 말라는 것이었지만 동생 유원이와 함께 있으라고 내보낸 거야. 그래서 그 사람은 제주도를 떠나지 않았던 거고. 문난설과도 만나지 않고 제주도에서 죽었어…. 그렇잖아?"

한대용은 목에 뭐가 걸린 것처럼 갈라진 소리를 냈다.

남승지는 자기도 모르게 가슴에서 뜨거운 것이 북받쳐 그대로 한 손으로 얼굴을 가리고 고개를 숙였다. 조용히 숨을 죽였다. 귀 안쪽 너머에서 울려오는 자신의 음성. 유원 동무, 지금 두 사람은 오빠의 뜻으로 여기 있는 거야. 그리고 이제부터 1주기 자리에 갈 거고. 도쿄에서 유원을 만나 아사가야 하타나카 의원으로 향해 가는 도중 자기가 했던 말… 오빠는 죽은 자는 산 자들 속에 살아 있다고 했지만

지.금 생각해 보면 그게 말야, 유언 같다는 생각이 들어….

심호흡을 하고 얼굴을 든다. 남승지는 말없이 상 너머 한대용 앞 피스 갑으로 손을 뻗었다.

"담배?"

한대용이 피스 갑에서 한 개비를 뽑아 상대의 입술 앞으로 내밀었다. 남승지가 그대로 반쯤 입을 벌려 담배를 물자 한대용은 라이터를 켜 불꽃을 피워 올렸다.

"승지, 조천항에서 내가 선주, 그래 이방근을 대신한 선주였던 그 한일호 갑판에서 이방근이 배웅하며 시계를 자기 손목에서 풀어 승지에게 차라며 건네주고… 보름밤이었지. 그렇게 승지 동무는 일본으로 온 거야…."

남승지는 혼자 고개를 떨군 채 고개를 젓고 있었다.

"어이, 승지. 뭐 그리 심각한 얼굴을 하고 있어? 오늘은 일찍 가라. 어쨌든 이것저것 생각하지 말고. 이미 정해져 있는 거야. 언제가 될지 유원이 오사카에 오면 그때는 승지 어머니께 인사를 시켜야지. 당연한 거야. 그걸 뭐 특별한 것처럼 말하지 마. 행자 이야기는 내 귀에 안 들어와. 그럴 작정으로 유원이 이쪽으로 올 때를 기다리고 있으면 되는 거라고. 자, 한잔하고."

한대용은 반쯤 남아 있던 맥주잔을 남승지에게 내밀더니 상대방이 손에 든 잔에 쨍, 하고 부딪치고는 단번에 잔을 비웠다.

"크흠, 흠, 그리고 말인데, 이야기가 완전히 달라지지만 대마도에 다녀왔으면 하는데."

마치 남승지의 마음을 다른 데로 돌리려는 듯이 뜻밖의 이야기를 꺼냈다. 더 이상 행자 이야기는 하지 마라, 적당히 해두라고 하는 걸까?

"대마도?"

남승지는 가볍게 끄덕이고 되물으며 한대용을 바라보았다. 술기운으로 충혈되어 살짝 초점이 풀린 듯한 눈을 크게 뜨고서.

“아직 날짜는 확실하지 않은데 아마 다음 달, 10월 말경이 되지 않으려나. 대마도로 밀항자를 데리러 가는 거야. 그때가 되야 확실해지겠지만 10월 말이나 11월 초쯤, 아직 몰라, 협력을 부탁해. 사촌형 승일 씨한테는 내가 찾아가서 휴가를 부탁해도 되고.”

“그럴 필요는 없어요.”

남승지는 쓴웃음을 지으며 대답했다.

“알겠습니다요.”

대마도에, 밀항자를 데리러… 남승지는 갑작스러운 이야기에 머리가 따라가지 못했다. 내가 밀항자를 데리러? 가슴이 옥죄이며 술이 깨는 기분이어서 두 눈을 힘주어 뜨며 한대용을 보았다.

“대마도… 어떤 사람인데요?”

“여성 두 명, 중요한 사람이지. 한 사람은 교원, 또 한 사람은 여성동맹.”

“여성동맹?”

“눈에 안 보이는 여성동맹이지. 아직 앞일이니 날짜는 모르지만 내가 제주도에 가서 10월 말에서 11월 초쯤 대마도 북쪽 사스나까지 데려올 거야. 사스나에서 하선하면, 송래운의 친구가 거기 대마도에서 처음 생긴 파친코를 하고 있는 사람이라던데 유력자거든. 그 사람 자가용차로 이즈하라 항에 가까운 마을까지 가서 거기 숯 굽는 움막이 있으니 거기로 날을 정해 데려가려나 봐. 그 집에서 일본으로부터, 대마도도 일본이니까, 본토로부터 사람이 오는 걸 기다리게 하는 거야. 본토에서 오는 사람이 바로 남승지라는 거지. 일정이 확실해지면 승지가 그 마을을 찾아가서 두 여성을 데리고, 버스가 있는 모양이니 그걸 타고 이즈하라까지 데려와. 거기서 하카타행 연락선에 타서 그 후엔 기차로 오사카까지 데려오면 돼. 뭐, 대충 말하자면 그 정도인데 두 사람 모두 활동가인가 봐. 그 지옥에서 혁명 여전사지, 혁명가라고….”

아, 혁명 여전사, 한대용의 입에서 혁명, 혁명, 혁명이 가볍게 나오는 듯하다. 지금까지 한대용이 이방근의 혁명정신 운운한 것은 나의 쓰시마행을 위한 복선이었나? 아니, 복선이고 뭐고가 아니다. 이야기가 그렇게 진행된 것이다. 술꾼의 빨간 얼굴을 다시 보며 그렇게 생각했다. 남승지의 가슴에 전향적인 감정이 움직였다. 혁명은 죽어버린 것이 아니라 한대용의 말에 의해 뭔가 새로운 숨결이 부활한 듯한 느낌이 들었다.

갈 길이 머니까 너무 마시지 말고 일찍 가라던 한대용 본인이 소주에서 맥주로 갈아타 남승지와 잔을 나누었다. 남승지에게 맞출 요량으로 맥주로 바꾸었지만 8시 예정은 결국 9시가 되었고 맞아, 승지는 갈 길이 멀잖아, 어서 가야지…. 남승지는 겨우 풀려났지만 그다지 늦은 것도 아니었다. 집에 도착해도 11시가 채 안 될 것이다. 이전처럼 한대용 혼자 있는 아파트라면 가볍게 한잔 더 하고 싶은 마음마저 들었다. 아직 햇살이 따갑던 저녁 무렵부터 처음에는 사양해 가며 주스, 그리고 맥주를 조금씩 마시고서 몇 시간이 지난 것이니 취기는 반쯤 깨었다가 두세 걸음 후퇴, 겨우 취기가 겹쳐지면서 술기운이 술기운을 부를 무렵 자리에서 일어나 헤어지기로 했다.

일어서면서 후들후들 다리가 엉기는 듯했지만 괜찮다, 별것 아니다. 오랜만에 기분 좋은 취기였다.

평소처럼 한큐 앞에서 한대용과 택시에 같이 타고, 남승지는 도중에 내린다. 차는 이제 곧 이사하게 될 나카자키 정의 한대용네 아파트를 향해 간다.

전차는 붐비고 있어 자리가 없었지만 줄곧 서 있어 봤자 산노미야까지는 30분이었다. 손잡이에 매달릴 정도로 취한 것도 아니었다. 심하게 흔들리면 비틀거릴 듯하지만 걸을 수도 있는 시간. 점점 줄어드는 30분. 오랜만에 상당히 취해서 피부에 땀처럼 배어 맺혀 있던 것들이 휘발되는 듯한 해방감. 대마도… 대마도에 가는 건가? 고요하게 몸 깊은 곳에서 전율이 인다. 밀항자인 내가, 도망자인 내가 밀항자를 데리러… 숨이 막힌다. 도망자를 데리러… 이어지지 않는다. 혁명으로부터의 도망자, 아니… 밀항자. 시니노미야 역 홈. 많은 승객이 내렸다. 앞의 승객이 일어섰고 남승지는 빈자리에 앉았다.

혁명, 혁명, 한대용의 입에서 왠지 가볍게 나오는 바람에 반쯤 혐오와 반발을 느꼈지만 지금 뭔가 새로운 생기를 느낄 듯한 기분이었다. 맞아, 제주도에는 혁명이 없다. 궤멸, 도망, 특급열차 차체의 반복되는 격렬한 흔들림에 엉덩이가 공중에 떴다가 떨어진다. 상반신이 옆으로 기울어지지만 옆자리는 비어 있었다. 이방근의 자살. 산속을 떠도는 굶주린 패전 게릴라. 절망. 제주도에 다녀오고서 한대용의 혁명에는 그저 궤멸, 무(無)만이 아닌 듯한 움직임이 있어 지금 자신을 움직이고 있는 듯하다. 밀항자, 제주도에 머물러 있으면 혁명가, 패배와 죽음. 패배로부터의 패배의 도망. 모든 혁명이 무가 되어버린 건 아니다. 학살자 쪽으로 기어 들어가 토벌대의 하수인이 될 수밖에 없는 것이 비혁명, 배신. 내가 성내 수용소에 그대로 남아 있었더라면 어떻게 되었을까? 죽거나 배신. 침을 크게 삼키며 가슴에 박힌 가시를 함께 삼킨다. 남승지는 한동안 눈을 감고 차체의 흔들림에 상반신을 맡겼다. 지금 밤의 특급열차 좌석에 앉아 기차바퀴가 레일을 태우며 작열하는 회전의 굉음 속에서 몸을 흔들고 있는 자는 누구인가? 나인가. 나를 누구라고 생각하나. 그래, 나다. 내 마음 깊은 곳에 오직 패배, 도망만 있는 것이 아니다. 끔찍한 학살에 대한 공포를 넘어선 증오, 복수심, 8·15 이후 일제의 주구, 친일파 정부 이승만이 저지른 학살에 대한 복수심, 복수의 방법은 당장 없지만 마음은 있다. 복수는 생명, 돼지가 되더라도 살아남아라. 그것이 투쟁이다. 이방근.

6월 말, 이방근의 1주기에서 돌아오고 며칠 후, 다음 날 한대용과 대면을 앞두고 있던 밤. 한대용과 대면한 자리는 되살아난 이방근과 세 사람이 대면하는 공간이었다. 희망을 꿈꾸는 것은 아니다. 하지만 내일을 향한 오늘, 현재에 있는 자신의 내일은 무엇일까? 무는 대답이 아니다. 내일이라도 죽지 않는 한, 의식하는 자신은 존재하는 것이다. 생명은 희망으로 나타난다. 한대용이 곧 보게 될 갓난아이의 탄생. 지금 나에게 무슨 희망이 있을까? 땅속 깊이 묻혀 있는 갓난아이를 포함한 무수한 학살 시체들의 보이지 않는 불꽃이 지상에 빛을 발하고 언젠가 타오르는 것이 희망일까? 불가능하지만 가능한 희망. 그 희망은 허망이다. 인간의 이성으로는 대처할 수 없는 학살과 파괴. 무력감. 돼지가 되어서라도 살아남아라. 그게 투쟁이다. 사는 것이 투쟁이라고? 그래, 투쟁이다. 한일호를 한대용에게 넘기고 자살을 준비했다. 자살은 복수에 대한 죽음의 표현. 투쟁. 절망의 복수. 지금 알게 된 듯한, 깨달은 듯한 기분이 들었다. 복수. 복수는 죽은 생명의 부활.

남승지는 눈을 뜬다. 여기는 질주하는 전차 안이다. 차창 밖으로 펼쳐지는 밤에 시선을 돌린다. 나는 대마도로 간다. 두 여성을 데리러 갈 자격이 있나? 아니, 자격이 아니지, 의무가 있다. 내 생명과 바꿔서라도 안전하게 두 사람의 목숨을 지켜 오사카까지 데려올 의무가 있다. 그때는 이미 자격이 생겨 있는 것이다. 그게 한대용이 말하는 혁명이다. 한대용은 훌륭하다. 혁명적인 것이다. 창이 형무소에서 '기적의 생환'을 해내고 한때 제주도에서는 성내의 건달이었던 한대용이 지금 일본에서 혁명적 인간이 되어가는 것 같다. 방근·대용.

11시가 안 되어 집에 도착했을 때는 산노미야에서 밤의 해풍을 맞아가며 전차를 기다리거나 나가타의 정류장에 내려 밤길을, 마침 머리 위로 통과하는 열차가 없는 고요한 가드 아래를 빠져나와 걷고 있는 사이에 취기가 상당히 몸 밖으로 흩어져 나간 듯한 느낌이었다.

대마도, 사스나, 이즈하라… 대마도에 가줬으면 해, 한대용의 이 한마디가 뭔가 남승지의 마음 깊은 곳에 어찌할 수 없을 만큼 얼어붙어 무감각해져 있던 것, 응어리에 균열을 만든 것 같았다. 그 틈새를 벌리고 녹이는 특급열차의 흔들림과 함께 그것이 사라진 듯한, 팔다리가 자연스레 뻗어가는 듯한 해방감도 느끼고 있었다. 밀항 이래, 도망자의 마음에 지금까지 없던 조심스러운 기쁨이었다.

제주도의 전경이 일순 파노라마처럼 전개되다가 산산이 부서져 조각조각 흩어지는 잡념을 떨어내며, 제주도에는 털끝만큼도 가고 싶은 마음이 없지만 대마도에는 가고 싶다고 생각했다.

집에 와서 옷을 갈아입고 세수를 하는 사이 12시가 다 되어 있었다. 경자는 깨어 있었지만 행자에게 전화가 왔다는 이야기는 없었고 남승지도 묻지 않았지만 안도하고 있었다. 행자는 내가 오사카에 갔던 것을 모르는 것이다. 알고 있다 한들 어쩌겠는가.

남승지는 소주를 컵으로 한 잔, 한 홉 정도를 2층 4첩 반 방의 창가 책상으로 들고 와서 열린 창 밖에서 들어오는 밤기운을 받으며 천천히 마셨다. 술기운이 약간의 현기증과 더불어 살아나듯이 새로이 온몸에 퍼져간다. 그렇다… 그렇다고? 뭐가 그렇다는 걸까? 아니, 뭔가를 긍정하고 있는 것이다. 술기운의 단편이 머리 한구석 깊은 곳에서 별처럼 속삭이듯 반짝인다. 대마도, 죽음의 냄새가 가득 찬 제주도. 학살, 죽음의 섬. 남승지는 죽음의 섬의 한라산을 그려본다. 밤의 한라산은 눈에 보이지 않는다. 제주도 산야에 부서져 사라지는 잡념을 떨쳐내던 좀 전과는 달리 지금은 한라산을 그려본다. 눈 쌓인 한라산 전체가 보인다. 달빛을 받아 은백색으로 빛나는 한라산 정상.

인간 정신이 얼어붙는 학살의 공포 앞에서는 정신이 불능이 된다. 증오도 분노의 감정도 정의도 모조리 시들어 살의조차 사그라든다. 살인에는 전신의 정열이 필요하다. 학살자는 기계처럼 살인을 한다. 관덕정 광장에 쌓여 있던 학살 시체들을 눈에 담고 마음에 새긴 이방근의 말. 복수의 의지…? 하늘에 침을 뱉는 오만. 아니, 여기는 관덕정 광장 앞이 아니다. 복수의 의지는 공포로부터 멀리 떨어진 이 땅에서는 살아날 수 있다. 밀항, 도망 때문에 의지를 지닐 수 있다. 밀항은 생명, 대마도, 쓰시마. 대마도는 생사의 분기점, 복수는 생명의 부활. 돼지가 되어서라도 살아남아라. 이방근.

어젯밤은 유쾌한 취기와 동시에 심한 피로를 느꼈지만 이튿날 아침에는 기분 좋게 눈을 떴다. 공장에도 정시에 나갈 수 있었다. 그리고 노동과 함께 공장 소음에 온몸을 담그는 것도 육체의 움직임에 리듬을 준다. 땀은 그 대가. 어제 한대용과 만나 죽은 이방근과 호흡을 공유할 수 있어 세 사람이 대면하는 공간을 몇 시간이나 함께한 끝의 대마도행 이야기는 충격적이었다. 순간, 마치 제주도 현지에라도 가는 듯한 착각이 머릿속을 한 바퀴 돌았지만 아직도 현장인 평화정에서는 충분히 자각하고 있지 않았던 듯하다. 특급을 타고 혼자가 되고 나서 격렬한 차체의 진동에 흔들려가면서 한대용의 이야기에 한 대 얻어맞은 듯한 기분을 느끼고 있었다. 몸속 어느 곳이라고 확실히 명시할 수 없지만 느낄 수는 있는 단단히 엉겨 있던 덩어리, 응어리가 새로운 충족감과 함께 쥐어 짜내듯이 새어나오고 있었던 것이다.

아직 확실한 일정이 정해진 것은 아니다. 한대용이 다음 달, 아마도 유원과 함께 만나고 나서 제주도로 출항한 후의 이야기다. 유원을 만나러 도쿄로 갈지, 유원이 오사카로 올지도 이달 말이나 되어야 알 것이다.

남승지는 한대용과 의논한 것을 후회할 정도로 지금은 유원을 만나 한대용과 함께 어머니에게 갈 생각이 들었다. 신기하게도 자신이 변한 걸까? 지금까지 자신이 이상했던 걸까? 한대용도 말했듯이 이것은 당연히 피할 수 있는 일이 아니었던 거다.

행자가 문제가 될 것이다. 가정부로 다시 경자에게 온다는 것과는 전혀 다른 이야기였다. 가정부로 들어온다고 해도 지금은 괜찮았다. 어느새 이렇게 된 것일까? 그만큼 행자와의 사이에 거리가 생겼다는 것일까? 변심? 유원이 어머니에게, 더구나 승일 형 부부와 함께 간다고 하면 행자는 큰 충격을 받을 것이다. 잠깐 생각하는 것만으로도 숨이 막힐 듯하다. 무슨 일이 벌어지지 않을까, 하는 것 이상 생각할 수 없었지만 어쨌든 유원이 오사카에 오게 된다면 경자와 의논하고 행자와도 이야기를 해야 한다. 무슨 이야기를? 여하간 직접 만날 것. 대면을 끝까지 거부한다면 그건 또 그걸로 끝이라는 식이 되겠지. 그렇게 지금 행자를 객관화하고 있다는 것은 이미 행자와 이별하려고 내 마음이 준비하고 있다는 것이다. 어쩌면 그녀가 복수를 하려나…? 설령 작별하게 되어 무슨 일이 있더라도 두렵거나 변명할 마음은 없다. 치려면 쳐라. 아직 앞일이건만 각오는 하고 있었다. 헤어질 것. 가정부, 가정부로 경자에게 온다고 해도 이미 이 마음을 위협하는 일은 없을 것이다.

다만 사촌형 부부가 유원이나 한대용과 함께 어머니한테 가는 것은 피해야 한다…. 그건 행자에게 잔인한 짓이다. 유원 이야기가 전면에 나오기 전까지는 행자와의 결혼을 추진하려고 생각했던 부부였다. 그 두 사람이 유원과 함께 어머니에게…. 하지만 유원이 어머니에게 인사를 간다 해도 그것이 결혼의 전제가 되는 것은 아니다. 주위에서는 그렇게 생각하지 않겠지만 나는 결혼하지 않을 것이다. 그것을 행자에게 맹세한다. 무엇 때문에 행자에게 맹세하지? 자신에 대한 맹세이겠지. 그리고 만약 유원이 행자 일을 알게 된다면… 만약이 아니다. 나 스스로 고백하게 될 것이다. 행자와 헤어진 것을 알아도, 유원이 설령 재학 중이 아니라 해도 결혼은 하지 않을 것이다.

이방근의 의사는 한대용이 말하듯이, 아니 유원이 오빠의 유지라고 알고 있듯이 두 사람이 함께하는 것이었다.

그렇다, 그 서막이 실제로 열리기 시작한 것이다. 그리고 움직이기 시작하겠지만 과연 어떻게 되어갈까? 막연한 것이 아니다. 물체가 움직이듯이 눈에 보이게 움직이기 시작한 것이다. 미지의 불안을 끌어안고 대마도로 밀항자를 데리러 간다. 살육의 섬으로부터 탈출. 망망대해에 희롱당하는 16톤 목조선에 생명을 맡기고 대마도의 북단에서 이즈하라로. 그리고 본토 오사카까지의 시공간을 위험한 공기의 감촉에 닭살이 돋은 채. 그나마 16톤은 큰 편이었고 대부분의 밀항자는 5, 6톤짜리 통통배로 일본에 왔다. 쓰시마 근해에서 아니 이즈하라까지 역시, 이즈하라에서 떠난 연락선 위에서라도 걸렸다 하면 쓰시마 경찰로. 아니 아직 현실에서는 쓰시마로 가는 기차에도 타고 있지 않다. 휴우 안도하는 한숨이 나온다.

저녁때, 행자가 가사도 도울 겸 놀러 와서 사무실의 경자를 대신하여 저녁식사 준비를 해준 모양이었다. 옛날처럼 가정부로 돌아가나 싶었지만 그런 건 아니었다. 가정부라고는 해도 주부인 경자의 대리였고 일본 가정의 하녀 취급과는 달랐다. 경자를 대신하는 도우미 노릇은 부모의 가게 사정이 있어 불가능한 모양이다. 어차피 사무원을 뽑을 필요가 있다. 사무원이라고는 해도 일은 전문가인 하리카와 혼자 해도 충분하니 남승지가 그랬듯이 전화를 받거나 은행 다니기, 장부 정리, 사무실이나 주변 청소 등의 잡무 정도만 하면 되었다.

주방 식탁에 승일 형 부부와 넷이서 둘러앉았을 때 행자가 승지 씨는 어제 오사카에 다녀왔다면서, 도쿄에서 누가 온 거야, 하여 승지를 놀라게 했다. 도쿄에서 사람은 아직 오지 않았지만 오기로 되어 있는 것이다. 마치 예언 같은, 뭔가를 꿰뚫어보고 있는 듯한 식사 중 행자의 잡담 한마디.

"아니, 안 왔어. 도쿄랑은 상관없어. 이것저것 볼일이 있어서."

남승지의 대답은 움찔했던 반동도 있어서인지 모가 나 있었다. 신경이 찡, 하고 울렸지만 상 위의 맥주잔을 들어 입에 댔다.

"맞아. 행자도 쓸데없는 소리 안 하는 게 나아."

"알겠어."

통로를 등지고 앉은 행자는 반쯤 웃어가며 맥주병을 들어 오른쪽에 앉은 남승지의 잔에 따랐다. 남승지는 잔에 손을 대고 받았다. 이

전 같으면 그 맥주병을 행자에게서 받아 그녀의 잔에 따랐겠지만 그렇게 하지 않았다.

"오늘은 행자가 부엌일을 해줘서 정말 다행이야."

경자가 맥주병을 손에 들더니 행자의 잔에 따랐다.

"아무래도 가게 사정이 있으니까 여기 와서 가정부는 못 하지. 전에는 가게에 가정부, 여점원 아이가 있었지만, 그 아이가 그만두고서는 행자도 여길 그만두게 된 거고."

"나는 다시 가게에 다른 애 들이고 여기 오고 싶어. 아무 때나 전화해요. 도와주러 올게. 자전거 타면 금세니까. 한 10분이면 되잖아. 승지 씨, 다음 달 1일, 10월 1일은 공장 쉬는 거지?"

"쉬긴 하는데 오사카에 또 일이 있어서 가게 될 것 같아."

"흐응, 또 오사카? 오사카에 일이 많은가 보네."

"오사카에 간다고?"

경자가 같은 질문을 했다.

"한대용 씨가 이사를 하거든요. 이쿠노 구의 가쓰야마라는 곳으로. 굳이 이사를 도우러 가는 건 아니지만, 그거랑 관련해서 일이 생겼어요."

"지금 한대용은 우메다 근처 아파트에 살고 있다고 했지? 승지가 자고 오는 건 거기잖아."

"거기가 이젠 좁아진 거죠. 결혼해서 아이가 생겼으니까 아파트에선 불편할 거예요. 게다가 제주도도 가고 이것저것 바쁘죠. 평범한 일하고는 다르니까요."

남승지는 사촌형에게라기보다 그냥 퉁명스레 말했다. 어쩐지 간섭받는 듯했다.

행자는 공장이 끝나는 5시 전부터 와 있었던 모양인데 주방 창문에서 밤바람이 차갑게 느껴질 만큼 서늘해진 9시 가까이 되어서야 일어났다.

남승지는 주방에서 복도로 내려와 현관 밖까지 배웅했다. 비가 온 것도 아닌데 촉촉한 밤공기 속에 얼굴을 보며 마주 서서 행자가 몸을 움직이자 공기의 미세한 진동에 체취가 실려 압박하듯이 풍겼다.

"조심해서 잘 가."

"응, 또 올게."

그녀가 자전거 라이트를 확인하고서 안장에 올라 페달을 밟으며 손을 흔들었다. 남승지도 손을 흔든다.

남승지는 형 부부가 있는 주방 옆 응접실로 돌아가 두 사람 앞에 앉았다. 형은 피스가 아니라 쓴맛 나는 연기를 뿜어가며 히카리를 피우고 있었다. 남승지는 스무 개비 종이갑에 든 신생을 간혹 피우는 정도지만 이건 살짝 마른풀 냄새와 연기가 자극적이다.

"재, 행자 말야. 이상하네. 도쿄에서 누가 왔냐고 했지? 뭔가 느낀 걸까?"

경자는 누구에게랄 것도 없이 물었다.

"도쿄에 유원 씨가 있는 걸 아니까 그렇겠지. 툭하면 오사카에 다녀왔다고 하니까. 사정도 모르면서 선입견도 있고 하니 그런 식으로 이야기가 나오는 거야. 난 저런 식으로 말하는 건 기분이 좋지 않아."

"굳이 나쁜 의미로 하는 소리도 아니잖아."

"그건 그렇고 형님, 잠깐 다른 이야기가 있어요."

"뭐야? 새삼스레?"

승일 형이 담배를 재떨이에 비벼 껐다. 차를 한 모금 입에 머금고 양치라도 하듯 우물거리더니 삼켰다.

남승지는 한대용과의 이야기가 매듭지어지면 월말경에라도 사정을 이야기할 생각이었지만 어쩌면 한대용이 어제 한 이야기가 이어지듯 뭔가 마음이 들뜬 건지 행자의 한마디에 자극된 건지, 아직 확실히 정해진 건 아니지만 월말경 도쿄의 유원이 오사카로 오면 그때 한대용까지 함께 어머니에게 가게 될 것이라고 단정 짓지 않고 이야기했다.

"그래? 유원 씨가 도쿄에서?"

"뭐라고? 어머니한테? 그건 또 갑자기 무슨 소리야?"

두 사람 다 마주 보며 놀라면서도 웃고 있었다.

"그거, 진짜야?"

경자가 물었다.

"한대용 씨가 월말에 연락을 하고 나면 그때의 일이지만."

"앞으로의 이야기라 해도 행자는 이미 그걸 느낀 건가? 정말 이상한 아이네."

"흐음, 이건 정말, 이건 완전히, 아하, 정말 잘됐네. 승지 그거 잘했다…. 됐다, 됐어. 내가 꿈꾸던 일이야."

"아니, 아직 구체적으로 정해진 건 아무것도 없어요."

"구체적인 건 아직 상관없어. 이야기가 거기까지 갔다는 게 중요하지. 오사카까지 온다는 건 맞는 거잖아? 허허, 승지 너도 생각을 하고 있었구나, 허허."

"대용 씨가 제주도에서 그 부친을 만나고 왔으니 전할 말도 있고 해서 유원이를 만나야 하니까, 유원이의 형편에 따라서는 대용 씨가 도쿄로 갈지도 모르고…."

"어떻게든 오사카로 올 수 있게, 좁긴 하지만 하룻밤이라도 어머니 집에서 묵고 갈 수 있게 하면 좋지. 잘 대접해야지. 승지에겐 생명의 은인인 사람의 동생이잖아, 중요한 사람이지."

몇 시간 전만 해도 오늘 밤 이런 이야기를 하게 될 줄은 전혀 몰랐다. 행자가 다녀간 것이 계기가 되었나? 묘한 느낌이었다.

"형님, 결혼이라든가 그런 구체적인 이야기랑은 관계없어요."

"관계없어? 지금은 없어도 돼. 어머니한테 인사하러 간다니까 고마운 거지. 응, 도리를 아는 여자구먼. 역시 이방근 씨 누이동생이네."

이방근을 잘 알고 있는 것도 아니면서, 자살을 했다는 것도 '불량한' 불효자식이라는 것도 모르면서 승일 형은 그렇게 말했다.

"고베까지는 안 오겠지만 얼마나 있다 가시려나?"

거기까지 이야기가 정해진 것은 아니지만 유원이 오사카를 다녀간 후에 밀항자를 데리러 자신이 대마도로 가게 된다…고 이야기하여 다시 두 사람을 놀라게 만들었다.

"뭐라고? 대마도, 네가 밀항자를 데리러 간다고?"

"예, 한대용이 싣고 오는 밀항자예요."

"흐음, 그게 누군데?"

"여성 활동가랍니다."

"여성 활동가? 지금도 그런 사람이 있는 거야?"

"예비검속으로 일단 체포된 사람인가 봅니다."

"예비검속? 아무 죄도 없는데 빨갱이라는 이유로 체포해서 제주바다에 던져 죽이고 있다더니…. 대마도 어디까지 가는 거야?"

"지금으로는 내가 가는 건 이즈하라예요."

"이즈하라… 항구가 있는 곳이네."

"이즈하라까지 배로 가서 다시 버스로 북쪽으로 가는가 봐요. 한대용 씨가 제주에 간 후의 일이에요."

"언제 제주에 가는데?"

"다음 달, 10월 10일 전후해서 출항해야 할 거예요. 그전에 한일호라고, 한대용 씨가 타고 갈 배가 오사카 항으로 들어와요. 정식 무역선으로 전쟁 전부터 일본선적이었거든요."

"그걸로 밀항자를 데려오는 거냐? 공짜로, 무료로? 그 대신 한정된 수만…."

"이방근 씨의 유지예요."

"승지, 네가 그렇잖아. 밀항자인 네가 밀항자를 데리러 간다. 그냥 데리러 가는 것이 아냐. 경찰, 일본인의 눈이 번쩍이고 있다고. 하하, 세상의 도리는 참 신기한 거야. 이방근 씨가 목숨을 구해주고 일본까지 밀항선에 태워줬으니까 너도 은혜를 갚아야지."

형은 담배 연기를 뿜어가며 웃었다.

"그전에 한번 한대용 씨가 여기로 와서 내가 대마도 갈 때 공장을 쉴 수 있게 부탁하겠다고 하는 걸 그럴 필요는 없다고 거절했어요."

"그래, 대마도 건은 잘했네. 그리고 한대용은 굳이 여기까지…. 그 친구도 예의 바른 청년이구나. 이 전란 한가운데서 현해탄, 제주해를 건너 큰일을 하는군. 나이가 몇이야?"

"서른 살쯤?"

"쯤? 선배 나이도 확실히 모르는 거야? 음, 아직 젊네…."

사촌형은 기분이 좋았다. 경자도 함께 맥주를 마시고 있었다. 형은 오징어를 찢어 씹어가며 맥주를 조금씩 마시고 있는 것 같았다. 하얗고 포동포동한 얼굴이 빨갛게 물들어 있었다. 남승지는 경자와 맥주잔을 나누고 있는 모양새였다.

어제까지도 생각하지 않았던 뜻밖의 전개였다.

조만간 형 부부와 상담할 일의 청사진이 만들어졌다고 해도 좋다.

유원의 일정이 정해진 후의 일이지만 남승지가 어머니에게 이야기하기 전에 형이 먼저 전화를 걸어서 유원이 방문할 거라고 알려버릴 것이다. 자신을 감독하는 형의 입장이기도 하니 그것을 말릴 일도 아니다 싶다. 하지만 형이 유원과 함께 어머니에게 가는 것만은 어떻게든 막아야 한다. 그건 경자와 친자매처럼 지내는 행자에게 잔인한 짓이다. 다른 방법을 생각해야만 하겠지만 아직 유원이 오사카에 올 일정도 미정이니 서두를 건 없었다.

마치 하루 24시간의 회전이 거꾸로 된 것처럼 무에서 유(有), 유원의 오사카행과 자신의 쓰시마행이 함께 다가왔다. 제주도 탈출, 목숨을 부지한 일본 생활 1년 반. 남승지는 자신이 처음으로 전향적(前向的)인 자세라는 것을 느끼고 있었다. 앞을 향한다는 것은 무엇인가. 희망, 그런 거창한 것이 아니다. 대마도로 밀항자를 데리러 가는 것에, 앞쪽을 향해 한 걸음 내딛는 마음. 그것이 희망이라면 희망이다. 죽음의 땅을 벗어나 일본으로 온 이후, 처음 있는 일이었다.

19

9월 15일, 맥아더는 인천상륙작전을 감행, 서울을 탈환한 미군은 공습을 선행하려 38도선을 돌파, 북조선으로 전선 확대를 꾀했다.

인천상륙작전을 수행함에 있어 가장 용감한 한국 해병대의 주력은 제주도 출신 지원병들이었다. 귀신 잡는 해병대라며 두려움의 대상이었던 용맹스러운 해병대. 반공입국(反共立國)이라는 국시의 조국에 온몸을 바쳐 이승만 대통령에게 절대적 충성을 맹세하는 혈서를 쓰고 빨갱이 섬, 제주도의 오명을 씻어내기 위해 38도선을 넘은 그들의 용맹 잔혹함은 '북' 출신 반공 테러단 '서북'이 제주도에서 저지른 만행을 뒤집은 행동이었다. 반공입국의 상징.

일본 신문에도 맥아더 지휘하에 미군이 38도선을 돌파한 것은 중국, 소련을 자극해 전면전으로 확대될 것이라는 지적이 있었으나 미지상군은 공습으로 전선을 열어가며 북진하여 평양으로 향했다.

한대용은 쓰시마, 사스나를 중계지로 두고 제주, 한국 전선의 정보를 교토의 후지 상사를 연락소 삼아 수집하고 있었다. 조선반도에 투하된 포탄, 전투에서 파괴되었던 군용차량 등의 수리, 군수물자 보급, 공습의 출격기지, 조선반도를 폐허로 만드는 역할의 한 부분을 일본이 하고 있었다. 그 전쟁특수 경기가 가미카제, 천우신조라 불리며 전후 일본 경제의 부흥에 큰 힘이 되었다.

주방에서 쓰는 설탕 값이 오르고 물자가 부족해졌다. 밀가루 등의 식품공업, 면사·의류 등의 섬유 관련 업종이 호경기의 지표가 되었다. 평화정으로 가는 도중 오사카 역 앞 섬유 도매상 거리 골목을 걷는 것만으로도 실감할 수 있는 일이었다. 나가타 지역 고무장화 관련 공장 역시 간접적이기는 해도 거기 끼어 바빠졌으나 공장 직원을 늘릴 정도는 아니었다.

한대용과 헤어진 날로부터 사나흘 후 점심시간에 유원이 오사카에 오기로 정해졌다는 전화를 받았다. 이전부터 유원도 어머니를 뵙고 싶어 했는데 도쿄에서 와서 1박을 한다는 것이었다. 다음 날 10월 5일 아침 7시발 급행으로 와서 오사카 도착은 저녁 7시쯤이라고 했다. 적어도 2박 정도 예상하고 있었는데 오사카에서는 꽤 무리한 스케줄일 것이다. 물론 목적은 한대용이 다시 도쿄까지 오지 않게 하는 것이고 남승지와 그 가족을 만나는 것이지만 1박 2일 일정을 이쪽에서 어떻게 조정하느냐가 어려웠다.

유원은 오사카에서 1박, 이튿날인 6일 밤기차, 7일 오전 도쿄 도착이라는 예정이었다. 한대용의 당초 계획은 오후 7시경 유원이 도착한 후 마중 나간 남승지와 셋이서 평화정으로 간다는 것이었다.

제주도의 아버지에게서 받아온 일화 20만 엔은 유원 명의 은행계좌에 이미 입금했다. 지금까지도 이방근에게 부탁받았던 학자금을 다달이 이체하고 있었던 듯하다. 제주도에서 일본돈은 밀무역으로 돌아다니고 있었고 아버지 이태수는 식산은행 책임자였으니 외화 사용이 자유로웠다.

부옥이 동행했던 산천단의 그녀, 미래의 올케라면서 유원이 사모하던 문난설… 이미 그것만으로 2층 안쪽 원탁이 있는 4첩 반 방을, 이방근에게 가장 친근한 사람들이 함께 모여 이방근의 환영으로 가득 채울 것이다. 그리고 이방근과 무언의 대화가 이루어질 것이 틀림없다. 귀의 안쪽 깊은 곳의 공동에 울릴 것이다. 유원이 남승지에게 보낸 편지 말미가 떠올랐다. "승지 동무, 대용 씨와 함께 만날 수 있다면 우리 속에 살아 있는 방근 오빠가 얼마나 기뻐할까요. 산천단. 방근 오빠는 산천단을 좋아했어요." 그렇지, 나, 그리고 한대용은 산천단에 다녀왔고…. 이방근은 살아 있다. 그렇다, 살아 있다. 세 사람만의 공간에서 이방근은 되살아난다. 그런 다음 자리를 떠서 세 사람은 오사카 역 쪽 시티호텔로. 남승지는 마지막에 고베로, 한대용은 나카자키 정으로, 이튿날 오전 남승지는 오사카로. 호텔 로비에서 유원, 한대용과 만나서 미리 연락을 해두었던 이카이노의 어머니에게 간다. 점심은 근처에 조선시장이 있으니 어머니 집에서. 한상 가득 차린 조선식 제주도 향토음식…. 사촌형 부부는 직접 어머니 집으로 갈 것인지 남승지와 함께 호텔로 동행할지 미정. 아니, 유원의 1박이라는 것으로 모든 것은 가정으로 끝나버렸다. 어쨌든 밤 7시경 도착한 유원과 셋이서 바로 이쿠노 이카이노로. 그리고 오랜만에 향토음식을 사양할 것 없이 먹으면 된다…. 이건 꿈, 가정이 아니다.

밤 7시경 오사카에 도착하는 날의 1박은 염원하던 인사를 하러 남승지 어머니에게 간다는 것을 유원이 충분히 알고 있었다. 제주도행 전 한대용이 유원을 만나러 도쿄에 갔다가 부탁받은 남승지에게 썼던 편지에 "일본에 와서 2년이 되었지만 승지 동무의 어머님 그리고 누이동생에게 인사도 못 드려 정말 죄송하고 자책하고 있어요…."라고 썼듯이, 남승지 어머니 집에서의 1박은 불편하긴 해도 반가움과 기쁨이 있을 것이다. 뭐, 제멋대로 희망적 관측을 한 것이지만 유원의 일정이 1박이라 그것이 뒤집어져버렸다. 1박 예정으로 다시 짜야지. 어쨌든 10월 5일 유원의 오사카행 결정에 대처할 것. 한대용은 전화로 10월 초 4, 5일경 이사 예정이었지만 9월 말로 당겨 하고 유원을 맞이하겠다고 말했다. 일주일 정도 남았으니 이번 달은 이사 준비로 바쁘다고 한다. 후시(布施)에 사는 친척이 도와주러 오니까 걱정하지 말라고도.

경자는 주방, 형은 사무실과 이어진 응접실을 드나들면서 띄엄띄엄 오사카에서 온 전화 내용을 듣고 있었다. 전화가 끝나자 "도쿄에서 유원이 온다는 한대용 전화지?" 생각지도 못했던 갑작스러운 유원의 오사카행으로 형은 놀라고 기뻐했다. 주방에서 응접실의 이야기에 끼어든 경자까지 함께, 10월 5일 1일박에 맞춰 자기들도 오사카에 갈까 생각하고 있었다. 식탁에 모여앉아 나눈 이야기는 오후 공장일로 일단 중지되었다가 밤의 응접실에서 다시 이어졌다. 거기에는 남승지가 신경 쓰던 행자의 그림자도 없었다.

요점은 밤 7시 오사카 역 도착이었다. 8시경 이카이노 도착 예정이라면 두 사람도 오사카 역까지 마중을 나가 어머니한테 함께 갈까, 아니면 먼저 이카이노로 가서 기다리고 있을까 하는 것이었다. 마중 나갈 필요는 없고 오히려 유원에게 지나치게 부담을 줄 것 같았다. 더구나 나중에 행자가 알게 될 경우의 충격은? 그래서 남승지가, 함께 오사카 역까지 나가는 건 좋지 않고 시간도 늦으니 이번에는 그녀가 어머니에게 인사만 하는 것으로 하고 유원에게 자기가 잘 말해두면 어떠냐고 했다가 형의 분노를 샀다.

"부담? 어린애도 아니고 오히려 기뻐하겠지. 어디 손위에다가 사돈 사이인데 체면상 일부러 오사카 역까지 마중을 나가는 인간이 있겠어? 어쩌면 상대가 너무 송구해할 수 있으니 네 말마따나 그건 관두고 피하는 쪽이 낫겠지. 그래도 그거하고 어머니께 가는 건 다르지. 넌 지금 나더러 오사카에도 가지 말고 여기 꼼짝 말고 있으라는 거냐?"

"형님, 이건 무슨 결혼 이야기 같은 것 때문에 어머니한테 인사를 가는 게 아니잖아요. 형님은 사돈이라고 하지만 아직 그런 관계도 아니고. 약혼도 안 한 사인데. 만약 그런 이야기가 나올 낌새면 유원 동무는 인사하러 안 갈걸요. 난리 난다고요."

"난리? 무슨 난리? 결혼하라고 강요하는 것도 아니잖아."

"그런 부담을 느끼게 되잖습니까?"

"너 아까부터 부담, 부담 하는데 무슨 부담? 네가 재작년 봉기 전, 강몽구 씨와 함께 일본에 왔을 때 이쪽에서 결혼을 하도록 당 책임자 강몽구 씨도 승낙을 했지, 일본에 남으라고. 그런데 제주도에 약혼자가 있다면서 어머니랑 내가 하는 말을 듣지 않고 제주도로 돌아갔던 게 누구야? 그 약혼자라는 사람이, 거참 이상한 팔자지, 일본에서, 네가 밀항해 온 일본에서 만난 것이 유원이잖아. 아직 다음 달 이야기야. 어머니 생각도 물어봐야 할 거고. 그건 그렇고 아까 강몽구 씨 이야기도 나왔지만 강몽구 씨는 지금도 소식이 없는 거냐?"

"예. 산에 남아 있는 건지… 섬 밖으로는, 잘 모르지만 못 나갔을 테니. 돌아가신 건 아닌가, 그것도 모른다고 합니다."

"흐음…."

형은 차를 한 모금 마시고는 담배를 물고 라이터 불을 붙였다.

남승지는 승일 형이 유원과 일본에서 만난 것은 팔자, 운명이라고 하는 말에 한대용의 말과 이렇게 똑같을 수가, 하며 놀라고 말았다. 형은 강몽구의 이름이 나온 후에 무언가 생각하듯이 말수가 줄었지만 이야기가 유원에게로 돌아오자 이미 결혼을 전제한 듯 힘이 들어갔다. 아직 만난 적도 없는 유원이건만 이번에 만나지 않으면 어디로 사라져버리기라도 할 것처럼 열을 올렸다.

유원이 오사카에 온다는 것은 사촌형이나 어머니에게 하나의 사건이다. 꼭 염원하던 며느리를 맞아들이는 전주곡 같은 일. 그렇게 부풀어 오르는 열기로부터 떨어져 있는 것은 당사자인 남승지였다. 멀리 떨어진 남의 일이었지만 그 뜨거운 열기가 피부로 느껴질 듯 다가왔다.

이튿날에는 형이 굳이 전화를 걸어 어머니 귀에 들어갔다.

행자 일은 두 사람의 머리에서 지워져버린 모양이었다. 조만간 행자 귀에 들어가게 될 형 부부의 오사카행 등일 텐데 뭐랄까 대마도행 말고는 모든 것이 시기상조인 듯했다. 행자에게는 남승지가 직접 만나기 전에 경자에게서 이야기가 전해질 것이다. 그리고 어차피 승지 자신이 그녀와 만나야만 했다. 문제는 10월 1일 휴일에 만나고 싶다는 행자를 유원과 만나기 전에 만나느냐 유원을 만나고 나서 '경과보고'를 겸해 만나느냐였다. 사전에 만나 어떻게 할까? 모르겠다. 사후에 보고를 겸한 식으로 만나는 쪽은 하고 싶지 않았다. 어쨌든 경자와 의논해야겠지. 그게 먼저라는 생각이 떠올라 한숨 돌리듯 행자는 뒤로 미뤄놓기로 했다.

유원과 결혼? 그것은 그녀가 재학 중이어서 안 되는 게 아니라 학교를 나오고서도 생각할 수 없었다. 어째서인가. 무슨 콤플렉스 때문인가? 유원과 결혼? 결혼이라는 단어에 우선 생리적인 반작용이 생겼다. 상대가 이유원, 어떤 초월적인 존재와의 결합. 설명하기 힘든 꿈속 설산의 크레바스와 같은 넘기 힘든 것이 유원과의 사이에 있었다. 오사카와 도쿄에서 거의 동시에 꾼 공통된 꿈 속에서 이방근의 뒤를 둘이 쫓아가며 찾았듯이 서로 통하면서도 둘 사이에는 뭔가 이방근을 그 너머로 놓쳐버렸던 절벽처럼 건너기 힘든 무언가가 있었다.

제주도 Y리. 가을걷이가 끝난 후 마른풀 냄새가 나던 보리밭에 쓰러진 채 나눈 뜨거운 포옹. 곧이어 유원이 타야 할 트럭이 돌담 너머 신작로에 모래먼지를 일으켜가며 온다. 두 사람은 튀듯이 일어나 서로의 옷에 들러붙은 마른풀 따위를 떼어내며 작별을 고한다. 남승지는 산으로 가는 길. 깊은 밤 성내 비밀 아지트인 이방근, 아니 이태수 씨 댁. 부옥이 미리 열어둔 뒷문으로 숨어들었던 남승지. 뒷마당 별채에서 유원의 방으로. 이방근은 없었다. 남승지는 조직책으로 성내에 잠입한 것이다. 별채에서 뛰어든 유원의 방에서 꼭 끌어안지도 못한 포옹. 얼음이 끓는 듯한 안타까운 포옹. 이것이 유원과의 마지막, 재회를 기약 못할 이별이었다. 오, 소름이 돋는다. 유원! 제주도에서도 몇 번인가. 아니 몇 번이 아니다. 단 두 번의 포옹, 그녀는 제주도 성내가 아닌 일본에 있다. 그리고 10월 5일이면 오사카를 찾아온다.

사나흘 전 오사카에서 한대용과 만나고 헤어지기 직전까지만 해도 예기치 못했던 일이 커다란 압력이 되어 눈에 보이지 않는 언덕 위의 바윗덩어리처럼 굴러 내려오는 느낌이었다. 그런 존재감을 끌어안은 시간이 유원을 싣고 10월 5일까지 가는 레일 위를 움직여 간다. 불필요하게 상당한 저항을 하지 않는 한. 남승지는 대마도행에 대한 마음의 준비를 하면서도 유원이 1박하는 날로 다가가는 것이 결코 불행하게 느껴지지 않았다. 다시 말하자면 내심 큰 기쁨이었다.

가족에게도 즐거운 일인 것이다.

다만 남승지는 유원이 오사카에 오는 것을 곧바로 결혼으로 연결하려는, 아니 그것을 지금 당연히 하늘이 준 호기라고 보는 사촌형의 태도가 싫었다.

그것은 어떻게든 막아야 한다. 남승지에게는 오래지 않아 오사카로 찾아올 유원과 겹치는 행자의 그림자가 들러붙어 있었지만 형의 눈에서는 유원의 출현으로 승지의 결혼상대로서 행자의 존재는 사라져 있었다. 거기에 만일 이번 유원의 오사카행이라는 기회에 한대용과 사촌형이 첫 대면을 하여 유원과 승지의 결혼 이야기라도 나온다면 단번에 의기투합, 촛불이 횃불이 되어 타오를 게 분명했다.

설령 행자가 유원에 관해 눈치채고 있다고 해도 승일 형 부부가 승지와 함께 오사카로 가서 유원과 만나는 것은 행자가 보기에 확실히 두 사람의 결혼으로 연결될 것이며 유원을 온 가족이 나서서 환영하는, 남승지가 행자를 배신하고 지독한 짓을 하고 있는 꼴이 된다. 그것을 견딜 수 없었다.

셔츠에 스치는 켈로이드 상태의 울퉁불퉁한 흉한 상흔… 상처가 꿈틀대는 골짜기. 내 솟아나는 눈물로 골짜기를 메우고 시냇물이 될 거야…. 골짜기의 물소리. 흠, 남승지는 헛기침을 했다.

남승지는 행자에게 전화를 하거나 직접 만나기 전에 형 부부에게 이야기를 꺼냈다.

이번에 유원이 오사카에 와서 1박을 하는 것은 혼담과는 관계가 없다는 것, 그런 기색이 밖으로 나타나면 상대를 상처 입힐 것이다. 이 한마디만으로 두 사람은 뜻밖이라는 표정을 지으며 상처를 입히다니 무슨 소리야, 하고 따지고 들었다. 정식 혼담은 한대용을 통해 제주도의 유원 부친과 상담해야 한다는(이건 거짓말이었지만) 것. 그리고 유원은 재학 중이고 혼담은 뒷날 천천히 이야기를 나누는 편이 좋다. 그녀 앞에서 혼담 이야기는 절대 안 된다고 다짐하며 이야기했다.

"그리고 경자 형수님과 승일 형님도 생각해 봐 주세요. 두 사람 다 행자를 결혼상대로 중매인을 세울 준비까지 하고 있었잖아요. 그런데 뭐예요? 마른하늘에 날벼락도 아니고, 태도가 바뀌더니 오사카까지 찾아가서 일가 총동원으로 혼담 소동이라니…. 행자를 무슨 휴지 조각처럼 휙 던져버리는 꼴이죠. 되풀이하지만 유원에게도 혼담 비슷한 소리는 절대 금물이에요. 그러니 부탁인데, 밤 7시 오사카 도착에 이튿날 밤기차로 돌아간다는 무리한 스케줄인 데다가 제주도에서 아버님을 만나고 온 한대용하고도 1박 후에 따로 시간을 만들어야 하니까요…."

응접실에서 밤늦게까지 세 사람이 이야기를 나누었다. 도중에 너는 사촌형 부부가 유원과 만나는 것이 싫은 거냐고 비꼬기도 하고 말싸움처럼 되기도 했지만 의외로 두 사람은 동생의 의견을 받아들였고 당일 오사카행을 유보하겠다고 승낙했다. 의견이라기보다 비판이었고 행자에 대한 배려가 없었다는 것이었다. 그리고 또 한 가지, 유원의 오사카행에 대한 형의 태도가 경솔하다는 지적이 먹힌 모양이었다.

"이유원 씨 댁과는 장래에 사돈 관계가 될 수도 있으니 애당초 손위 '사돈'의 체면을 생각하면 굳이 먼 곳까지 시간을 들여가며 갈 일이 아니라고. 형님 스스로도 그렇게 말했잖아요? 상대를 존중한다는 마음이라고는 해도 정말 뭔가가 있다는 게 돼요. 아는 사람이 보면 무슨 짓이야, 하고 비웃을 겁니다. 뿐만 아니라 너무 지나쳐 상대가 죄송해하고 그대로 묶여버리게 된다고요. 제주도에서 사돈 관계인 사람이 어디 그래요? 유원이는 조선에서 자란 양가댁의 규수인 만큼 그 사람들한테도 쓸데없는 마음고생, 부담을 줄 거예요."

유원에게 사정을 이야기하고 그녀가 고베까지 못 오는 대신 인사 전화를 걸게 하겠다고 말했다. 지금까지 자신들의 오사카행을 두고 훼방꾼 취급한다고 화를 냈지만 승지의 설득에 음, 손위 '사돈'이 그렇게 가볍게 움직이면 안 되지, 하고 마음을 고쳐먹으며 만족하고 기뻐했다. 유원은 승일 형에게 인사하는 데 기꺼이 동의하고, 주의 깊게 전화를 할 것이다. 형은 어떻든 유원과 접촉하고 싶은 것이었다.

경자는 행자를 무시하는 것이 결코 아니라고 담담하게 말했다.

"그 아이는 승지와 약혼을 한 건 아니지만 승지가 오사카 어머니한테 데리고 갔잖아. 그것도 한마디라도 의논한 적 있어? 승지 어머니를 오사카에 가서 만났다고 행자가 말해서 알게 된 거지. 승지는 몸도 안 좋고 머릿속에서 뭔가 생각하고 있는 것이 많은 것 같고 금방 결혼을 할 입장이 아니라는 건 행자도 잘 알고 있었어. 그런데 서울인지 제주도에서 왔다는 승지의 옛날 여자 친구가 도쿄에 있다, 그것도 그냥 여자가 아니라 소중한 선생님 같은 분의 동생이라는 걸 알고 나서 행자의 태도가 달라졌어. 그런데 걔가 예쁘고 몸매도 좋잖아. 머리까지 좋다고. 여기저기서 혼담이 들어오고 있고 아직 날이 정해진 건 아니라지만 새해가 되면 결혼하지 않을까? 그러니 행자를 배신하고 형님이랑 둘이 오사카에 가는 게 아니야. 승지의 마음은 잘 알지만 형님도 나도 그런 막된 잔인한 짓을 할 인간은 아니라고. 걱정 안 해도 돼. 형님과 하는 이야기를 같이 듣고 잘 알았어. 승지가 행자랑 결혼할 수 있는 것도 아니고. 처음에는 나도 형님도 그렇게 생각한 적이 있었어. 어머니도 그렇지, 승지가 행자를 오사카로 데려갔던 것 아냐? 그래도 사정을 어느 정도 알고 보니 행자하고 결혼… 그건 아니지. 행자 자신도 점점 그걸 알게 되었고."

한바탕 난리가 날 줄 알았는데 고맙게도 형 부부의 오사카행은 취소되었다. 행자도 나름대로 마음의 준비가 되어 있다는 이야기를 듣고 남승지는 마음이 놓이면서 골짜기 맑은 물의 흐름 같은 해방감과 자유를 느꼈다. 이걸로 유원이 오사카에서 1박을 하는 일이 순조로워졌다.

경자는 행자와는 이미 지난 일이니 굳이 이 이야기 때문에 행자와 만날 필요는 없다고 했지만 어떨까? 그녀가 다음에 이리로 놀러 왔을 때 하면 되겠지. 남승지는 유원이 오사카에 오기 전이나 후에 어쨌든 행자를 만나려고 생각했다. 행자가 그럴 필요가 없다고 하면 됐다.

이삼일 후 밤 10시경, 행자에게서 전화가 왔다. "승지 씨, 축하해." 느닷없이 이런 소리가 들렸다.

"지금 9시 폐점 뒷정리를 끝낸 참, 늦어서 미안해."

"나에게 축하한다고? 아, 그거구나, 알겠어."

2, 3초 있다가 멈추었던 말이 나왔다.

"도쿄에서 누가 온다는 거 말이야. 경자 형수에게 들었겠지만 굳이 축하할 일은 아니야. 전혀 아니지. 형수가 그런 소리를 한 건가?"

"그렇게 될 사람이잖아. 그러면 됐지. 전혀 이상하게 생각 안 해."

"나도 바쁘긴 하지만 10월 1일에라도 만나서 이야기하자."

유원의 오사카행 전이냐 후냐를 생각하던 참에 갑작스러운 전화로 10월 1일이 나왔다.

"10월 1일, 휴일이지만 못 만난다고 했잖아? 오사카에 가야 한다고."

"오사카의 친구가 이사를 하지만 이제 안 가도 될 것 같아."

"신경 쓰지 않아도 돼. 나, 다른 일이 생겨서 못 만나. 나도 벌써 약혼했거든. 경자 언니한테서 들었겠지만."

"약혼? 결혼할 거야?"

"맞아. 내 걱정을 엄청 하고 있다고 경자 아주머니한테 들었는데 걱정하지 않아도 돼. 나, 승지 씨에게 정말 고맙게 생각하고 감사하고 있어. 거짓말 아니야."

"행자, 나 결혼 같은 거 안 한다니까. 옛날 친구이고 오빠 일이라든가 여러 가지 관계가 있지만 결혼은 하지 않아. 승일 형 부부가 멋대로 결혼을 생각하고 난리 치는 거야. 내가 한 이야기 경자 아주머니한테 해봐. 정말이니까. 전에 천천히 이야기를 하고 나서 뭐, 좀 조용해졌지만."

승일 형네가 난리 치고 있다…? 너무 심한가 싶었지만 그 정도야 행자도 알고 있을 것이다. 그녀를 상처 입히는 말이다.

"지금이야 그렇지만 그렇게 될 거잖아. 이야기는 대강 전부터 경자 아주머니에게 들어서 알고 있었어. 그 동생분은 승지 씨가 죽을, 사형당하게 될, 아아, 이런 말은 무서워서 못 쓰겠어. 그 수용소에서 구출해서 일본까지 보내준 사람의 누이동생이고 제주도 그리고 서울에 있을 때부터 친한 친구였다면서…. 모두 훌륭하고 멋진 사람들이지. 나 같은 거랑은 다르지. 나, 조금도 승지 씨 원망하지 않아."

"굳이 행자 때문에 하는 이야기가 아냐. 혼자 살 거라고."

"안 돼. 어린애 같은 소리 하지 마. 몸도 건강하지 않은데. 내가 잘 알고 있잖아. 그렇잖아. 그리고 내 결혼 이야기 거짓말 아니야."

"응, 형수님에게서 들었어."

"뭐, 그러면 피차 마찬가지네. 나한테도 축하한다고 말해줘요. 지금 말해. 그러면 승지 씨 만날게."

"……."

남승지는 웃었다. 마음속으로 생각을 해도 입에 내는 것은 어렵다. 경자도 이야기했으니 거짓말은 아니었다.

"축하한다고 해봐. 축하합니다. 승지."

"축하합니다."

"감사합니다."

10월 5일이 되었다. 날씨는 조금 흐렸고 남승지는 오후 2시부터 30분간의 휴게시간에 일을 정리하고 오사카에 갈 준비를 했다.

우메다. OS극장 골목의 찻집에서 만나 7시 5분에 열차가 도착하는 역 개찰구로 둘이서 마중을 간다. 거기 형 부부가 함께였더라면… 숨이 막혔다. 다행이다.

더구나 유원에게 전하지 않고 그랬더라면 마중 나온 첫 대면에 놀라고 송구하고 그 반영으로 피차 모두 마음이 혼란스러웠을 것이다.

그리고 이후 행동에 긴장과 속박 아닌 속박이 강요된다. 남승지 자신이 그것을 느끼는 것이니 손님인 유원을 생각하느라 그런 것만은 아닐 것이다.

남승지는 노타이 와이셔츠에 감색 양복을 입고 집을 나섰다. 형 부부는 모두에게 안부를 잘 전하라고 다짐을 했다.

남승지는 특급열차 좌석에서 흔들려가며, 10시간 이상 걸려 도카이도 본선 급행열차로 지금 자신이 가고 있는 오사카로 다가오고 있는, 기압처럼 가까워지고 있는 유원의 존재를 몸으로 느끼고 있었다. 집을 나와 한동안 걷고 전차를 타고 산노미야를 향할 때부터 유원의 존재가 다가오고 있다는 느낌, 출발 전과는 달리, 행자의 전화로 유원에게 거리를 두고 있던 그 느낌이 아니었다, 유원의 얼굴이 보고 싶다, 목소리를 듣고 싶다는 마음이 생겨나 있었다. 지난밤까지도 자각하지 않았던, 마음 깊은 곳에 억눌려 있던 무엇이었다.

어머니를 찾아가는 오늘 밤 말고 내일 오후 일찍 우메다의 평화정으로 가기로 했다. 그리고 세 사람만의 자리에서 당연히 부옥과 산천단까지 동행했던 한대용의 이야기, 이방근이 죽은 장소, 어째서 이방근이 산천단에서 죽은 것인지, 대화는 이 일을 중심으로 소용돌이칠 것이다. 말이 없어도 말을 대신하는 무언가가 있을 것이다.

이방근의 정세용 사살은 정의이고 자살은 그 때문이 아니라는 한대용. 정세용 사살은 정의라고 하는 주장에 남승지는 용기를 얻었지만 자살과의 관계에 대해서는 한대용처럼 단언할 수 없었다. 아무것도 좋아하는 것이 없는 이방근 오빠가 좋아했던 것이 산천단. 그 산천단이 이방근이 자살했던 곳. 어째서 자살한 것일까?

유원은 오빠의 살인(외가 쪽 팔촌 오빠 정세용을 눈 덮인 한라산 게릴라 아지트에서, 인민재판 결과이니 대원이 사살해야 했으나, 이방근이 남승지의 피스톨을 빼앗아 목숨을 구걸하는 팔촌 형의 심장을 겨누어 쏘아 죽였다.)을 모른다. 물론 아버지 쪽도 경찰도 모른다. 게릴라에게 납치되고 며칠 후, 정세용의 잘린 머리가 성내 무선전신국 문기둥 위에 놓여 있었다는 것이 날이 새면서 알려져 성내는 군경의 출동으로 소란해지고 관련이 없을 곳들까지 수색당했다. 그리고 그 머리는 가족에게 전해졌다. 머리만 가지고 치른 장례 당일, 이방근이 참석했던 것을 남승지는 알고 있었다.

이방근이 정세용 살해자라는 것을 알면 이씨 일가는 폐가, 폐족이 된다. 이방근은 대죄인, 그 분묘는 파헤쳐지고 유골은 폐기한 후 물을 채워 연못으로 만든다. 파가저택. 게릴라 사령관 이성운 처형 후, 그 일족 30여 명을 역적이라며 학살했던 것처럼.

한대용은 이방근의 행위가 정의라고 단언했다. 여기는 살육의 수라장, 전장에서 자유로운 인간은 살인 전에 자살한다…는 논외로. 살인 전에 자살하지 않았으니 살인 후에 자살? 설산 아지트에서 있었던 살해는 정의로운 살인. 한대용의 머리로 가까스로 생각한 결론이었다. 어째서 죽은 것인가 산천단에서. 한라산의 영기에 이끌려…. 그것이 무엇일까? 영기가 이방근의 손가락으로 옮아와 방아쇠를 당긴 것일까? 산천단에 다녀온 한대용이 모른다. 공범자 위치에 있는 남승지도 모른다. 거기 이르는 그 어떤 레일이, 길이 있고 그 위를 죽음 쪽으로 향해 간 듯한, 죽을 수밖에 없어 죽은 듯한… 알 수가 없는 것이다. 정세용 살해에 대한 속죄, 살해 후 자살이라고는 생각하고 싶지 않고 그렇지도 않다. 인간은 살고자 하는 의지와 의욕이 있으니 산다. 움직이고 있는 생명. 나 역시 그것을 의식한다. 인생. 그 인생이 살 만한 가치가 없다. 살아봤자 별수 없다. 더 이상 사는 것을 견딜 수 없다, 고통, 고뇌. 숨 쉬고 움직이고 잠자고 잠에서 깨어나고. 그것을 견딜 수 없다. 살려는 의지의 상실. 그 살려는 의지를 스스로 부정할 자유가 당사자 인간에게 있으리라. 이방근은 인간의 삶에 대한 의지를 부정하고 스스로 죽었다. 삶에 대한 의지 부정. 그건 안다. 사는 것이 싫다면 방법이 없다.

사는 것이, 살 가치가 없는 것이다. 어째서 살 가치가 없는가, 물음이 반복되지만 정말 싫었을까? 니힐리스트 이방근은 그것을 전제로 살아온 것 아니었나? 그런데도 살 수 없는 것일까? 살 의지의 소실, 소멸. 그 계기는 자유와 살인…?

작년 1월 1일 이른 새벽, 비밀 아지트인 이방근의 집 별채를 나와 성내 탈출로 헤어질 무렵의 일. 조직의 지령을 받아 패잔 게릴라의 밀항선 승선을 중지시켜 달라고 요청하러 온 남승지와 이방근은 오전 3시까지 이야기를 나누었다. 이방근은 남승지에게 제로(zero) 회답을 돌려보내면서 소형 브라우닝 피스톨을 호신용이라며 주었다. 서울의 북쪽 관련자에게서 받은 것인 모양이었다. 그는 이 차가운 쇳덩어리의 부드러운 광채와 어두운 총구, 그것이 우뚝 일어나서, 어디서? 아마도 테이블 위였겠지, 존재를 꿰뚫는 불을 뿜는다고 말했다. 나는 그 표현에 감동했다. 존재를 꿰뚫는 불을 뿜는 피스톨. 승지, 마지막 순간까지 절대 쏘지 마. 나는 아직 사람을 죽인 적은 없지만 사람은 일단 살인을 범하여 경계를 넘으면 다시 살인을 한다, 살인이 가능한 것이다. 살인을 되풀이한다….

이방근은 그로부터 2개월 후인 2월 하순, 납치된 정세용의 죄상을 폭로하는 증인으로서, 조천에서 밀항선 그룹 보스 송래운 수하 청년 두 사람의 호위를 받으며 눈보라 치는 한라산을 향해 10킬로미터 이상 고난의 행진을 해서 밤중에 설산 게릴라 아지트에 도착했다. 그리고 이튿날 아침, 증인도 필요 없다며 스스로 남승지가 지닌 권총을 빼앗아 정세용을 사살했다. 삶과 죽음의 불가침의 경계를 깨뜨린 것이다.

그가 스스로 성내에서 증인으로 송래운과 함께 조천으로, 거기서 그 수하의 안내로 설산으로 올라간 것은 구실이었고, 정세용의 4·28 평화협정 파기로부터 1년 좀 안 되는 동안 생각한 끝의 살해가 그의 목적이었다.

남승지는 이번 기회에 어떻게든 이방근의 정세용 살해를 유원에게 알려야 한다고 생각했다. 한대용과 자기 두 사람이 그것을 알면서 동생인 유원에게 비밀로 하고 있다는 것이 마음에 걸려서는 아니었다. 비밀로 해야 하는 일도 있는 것이다.

울창한 수령 600년 신목들이 늘어선 신성한 토지, 산천단에서의 죽음이라고 하는, 아는 자들에게는 상징적인 초월적 사건. 유원에게 있어 절대자인 오빠의 그 죽은 자로서의 존재가 우리가 알 수 없는 큰 암흑을 끌어안은 존재라는 것을 알 필요가 있다. 이방근의 마음속에, 더구나 죽은 자의 마음속에 들어갈 수 있을 것인가? 다만 살인자라고 하는 사실만이라도 알 필요가 있을 것이다. 친척 형 정세용을 죽인 것은 사실인 것이다.

지금 유원에게 가장 힘이 되는 것은 승지일 것이다. 행자와 있었던 일을 한대용에게 고백했을 때, 그는 있을 수 없는 일이 일어났다는 듯이 놀라 분노의 말을 내뱉었다. 올해 6월, 이방근의 1주기에 사정상 두 사람이 함께 상경할 수 없었을 때 나왔던, 분노와 탄식이 섞인 말이었다. 오빠의 죽음이라는 충격에 가장 힘이 되는 것은 승지인 것이다. 나는 그 유원을 의식적으로 피하고 멀리하며 접근하기 힘든 존재로 만들어왔다. 내 속에서 유원은 존재하지 않는 존재. 의식적으로 그렇게 만들어왔다. 그러다 어느새, 이방근의 죽음 당일 도쿄와 오사카에서 같은 시간에 꾼 같은 꿈 속에서 이방근의 뒤를 둘이서 쫓아갈 때의 설산의 크레바스가 현실이 되어 있었다. 이미 생겨버린 행자와의 관계를 합리화하고 기정사실로서 만들어진 길을 가기 위해 그리고 그 발밑을 더욱 굳히기 위해 행자를 고베에서 어머니에게 데리고 갔다.

목소리가 되지 않는 유원의 존재. 의식적으로 배제해 온 유원. 가는 길에 우뚝 서 있는 무섭고 두꺼운 유리벽.

그것이 지금은 사라졌다. 유리벽이 되어 그렇게나 조여오던 유원과 행자의 보이지 않는 벽이 사라져버렸다. 그리고 지금 눈에 보이지 않는 유원이 다가오는 공기층, 뺨과 뺨이 닿을 듯한 뜨거운 공기층과 어제까지의 크레바스. 남승지는 되뇌었다. 마음을 찌르는 크레바스는 없다. 행자의 상상임신이 둘러싸고 있던 유리벽을 물리친 것이다. 그것이 남승지를 자유롭게 했다. 행자와 결혼해야 한다는 차꼬를 풀어버린 것이다.

우메다 도착 특급열차에서 내린 남승지가 개찰구를 나와 유원이 내릴 국철 오사카 역과는 반대 방향으로 교차로를 건너 OS극장 골목 다방에 도착했을 때는 6시 30분이었다.

한대용은 창가 자리에서 변함없이 담배를 피우고 있었다. 피스 갑이 커피잔 옆에 놓여 있었다. 회색 양복에 가느다란 줄무늬가 들어간 감색 넥타이를 매서 제법 신사 같았다. 이전이었다면 마도로스 파이프를 물고 유유하게 폼을 잡고 있었을 것이다. 늠름한 갈색의 윤기 나는 마도로스 파이프에서 담배 연기가 커다란 동그라미를 몇 개나 피워 올렸다. 시간이 별로 없었다. 주문한 커피가 오자 올라오는 김에 섞인 향기를 깊이 들이켜고 커피잔을 입가에 가져갔다.

"어때? 노동은 힘들지?"

"무리하지 않으면서 하고 있어요. 누구나 하는 일이니까. 지금까지도 나는 몸을 움직이는 게 정신적으로 도움이 되거든요. 공부하는 것도 아니고 뭘 쓰는 글쟁이도 아니잖아. 아무것도 하지 않고 있으면 입원 생활이나 마찬가지니 인간이 못쓰게 되어버려요."

"글쟁이라고? 학교에라도 다니려고?"

"무슨 바보 같은 소리? 지금 난 중소공업 노동자라고요."

"유원 동무는 공장 노동도 훌륭하지만 어째서 학교 선생을 하지 않을까 걱정하고 있었지."

"고베에는 조선학교 중급학교도 남아 있어요. 교원이 육체적으로도 힘들지만 그뿐 아니에요. 조직적인 일이 힘들다는 것을 유원이는 몰라요."

두 사람은 일어섰다. 남승지는 커피값을 지불하는 한대용보다 한 걸음 앞서 밖으로 나왔다. 이미 밤이었다. 가로등이 길을 밝히고 있었다. 두 사람은 한큐 앞 인파를 빠져나가 오사카 역 중앙구로 향했다. 괴물의 입처럼 커다랗게 열려 있는 지하상가로 가는 계단 옆을 지나 중앙 개찰구로 향했다. 개찰구 위 커다란 원형시계 초침이 찰칵 움직여 7시를 지났다. 유원이 나타날 때까지는 아직 시간이 있다. 지금쯤, 서울 경성역은 어떻게 되어 있을까? 9월 15일의 인천상륙작전 이후, 현재는 미군 점령하에 있다. 역내 일부는 군시설이라도 되어 있을까?

여러 개의 개찰구 너머 널따란 계단을 내려오는 사람들 속에 감색 상의를 입은 하얗게 빛나는 얼굴의 여자, 유원, 유원의 모습이 보였다. 계단을 내려와 이쪽 개찰구 쪽으로 다가오면서 개찰구 밖으로 시선을 돌렸을 때 남승지의 시선과 만났다. 순간, 안심한 듯한 웃음이 입가에 떠오르고 위아래 입술이 속삭이듯이 열렸다. 그리고 가방을 멘 왼쪽의 손을 가볍게 흔들었다. 남승지도 한대용도 손을 흔든다. 승차권과 급행권이겠지, 차표를 확인하는 역원에게 두 장을 건네고서 개찰구 밖으로 나왔다.

깃이 열린 하얀 셔츠에 감색 재킷, 그리고 감색 계통 바지 차림. 개찰구에서 몇 미터 떨어진 곳에 있던 두 사람에게 다가서며 오른손에 들었던 종이가방을 가방을 멘 왼쪽으로 바꿔 든 유원은 오른손을 뻗어 남승지와 악수했다. 가볍게 잡고 힘주어 쥐는 악수를 나누고서 손위인 한대용에게는 가볍게 목례하며 악수를 나누었다.

"어머님은 건강하시지?"

이쪽에서 먼 길 오느라 힘들었겠다고 말하기도 전에 유원이 조선말로 말을 걸었다.

"응, 건강하셔. 한참 못 만났지만 어제도 전화로 목소리 들었어."

"지금 유원 동무가 오는 걸 기다리고 계셔. 동생분도…."

"승지 동무는 빈손이니까 이거, 들어줘."

음성은 부드럽고 윤기가 있었다.

"뭔데?"

"카스텔라. 어떨지 모르겠네. 뭐가 좋을지 몰라서."

"어허, 승지 어머니를 울려선 안 돼."

"어머니는 울지 않아요."

유원은 웃었다.

세 사람은 개찰구에서 멀어져 열차 발착시각이며 기타 안내방송이 울리고 있는 역 구내에서 밖을 향해 걷기 시작했다. 6월 이방근의 1주기에서 반년 가까이 되었다. 그때는 오빠의 기일이어서였기도 하지만 왠지 서로가 슬픔을 억누르는 부분이 있었다. 유원과 헤어진 도쿄 역 홈에서 열차가 떠나고 나서도 슬픔을 참던 그녀의 표정이 지워지지 않았다. 지금도 그때의 멀어지는 승강장에서 둘로 찢어지는 듯하던 유원의 표정이, 함께 인파 속을 걷고 있는 유원과는 별개로 떠올랐다. 까마득하게 멀리 떨어진 밤의 승강장. 그곳에서 출발 직전의 포옹, 열차 계단에 선 승지를 배웅하며 점점 작아져가던 유원. 지금 막 닿았던 뺨의 피부가 헤어지는 서로의 몸의 인력에 끌려 찢어져 떨어질 듯… 내년 2주기는 하타나카 씨 댁에서 하지 않는다. 일본식 제사는 필요 없었다. 중앙 현관구에서 조금 떨어진 택시 승강장에 나란히 섰다. 몇 명이 서 있었지만 기다리는 데 시간은 그다지 걸리지 않을 듯했다.

넘기 힘든 크레바스, 그것은 행자와 관계가 생기고 나서 나타난 것이리라. 의식적으로 유원의 존재를 마음속에서 안간힘을 다해 밀어냈듯이. 이제부터 밤의 오사카 거리를 달려 어머니 집으로. 그리고 내일 평화정에서 유원에게 오빠 이방근의 살인 사실을 이야기할 것이다. 남승지는 각오하고 있었지만 지금 곁에 있는 유원이 내일이면 오빠 이방근의 살인 사실을 알게 된다. 견딜 수 있을까? 잔혹이라, 형 부부에게 행자 이야기를 하면서 잔혹하다고 나무랐지만 같은 말이라도 무게가 다르다. 그것을 고하는 자신의 잔혹함을 견딜 수 있을까? 그것이 잔혹한 걸까? 유원….

"승지 동무, 괜찮아?"

"뭐라고? 지금 뭐라고 했어?"

"난 또, 무슨 생각을 하고 있었구나."

앞서 걷던 한대용이 돌아보며 말했다.

"승지, 괜찮아?"

"대용 형 무슨 소리 하는 거야, 도쿄에서부터 기차를 타고 와서 이제야 내린 유원 동무 걱정이라도 하든가."

"유원이는 쌩쌩해."

막 떠난 택시 뒤를 따라 다른 차가 들어왔다. 한대용은 뒷좌석에 두 사람을 태우고 자신은 조수석에 올라탔다.

"일단 이마자토 사거리까지 가서 그리고 그게 무슨 동네지? 버스길…."

"산조 도리죠."

"기사님, 잘 아시네. 네, 알겠어요. 기사님께 맡기죠."

택시는 우메다 신도 사거리로. 그리고 나카노시마 요도야바시를 건넜다. 나카노시마 공원이다. 요도가와는 시청, 도서관, 문화시설 등이 늘어서 있는, 나카슈를 끼고 흐르는 큰 강이고 녹음 짙은 유원지도 겸하고 있다. 서울의 한강 같은 큰 강은 아니지만 물은 풍부하게 흘렀다. 나카노시마 공원…. 전쟁 전 양준오와 함께 반일반전 사상을 품고 걷던 곳. 버드나무 가로수도 있을 것이다. 유유히 흐르는 강물을 바라보며 앉아 있던 강가의 벤치. 일본 패전. 조선 독립… 조선 본토의 전장화. 미군 공습대의 폭격.

"집에는 8시 넘어 도착하겠네."

"전차 타고 역에 도착하는 게 아니잖아요. 좀 늦어도 괜찮아요."

"기다리는 사람한테는 엄청 긴 시간이야. 그냥 손님도 아니고."

8시 15분 전이었다. 한 30분이면 충분히 갈 수 있다.

오사카 성과 마주 보고 있는 부청 건물이 보였고 그 옆의 오테마에 사거리에서 신호에 걸려 차가 섰다. 부청 지하에 부경 유치장이 있다는 것은 양준오에게 들은 이야기였다. 여기서 양준오는 운명적으로 이방근과 얼굴을 마주한다. 노예민족은 노예인 한 인간이 아니다. 민족 독립을 위하여 반항하는 것이 인간, 그것이 자유다. 옥중에서 조선인 선배와 만나 양준오는 결정적인 영향을 받은 것이었다.

재작년 1948년 4월, 이른바 4·24 한신 교육사건. 오사카, 고베의 민족학교 강제 폐쇄에 반대하는 재일 조선인이나 일본 민주단체 3만 명이 부청 앞의 오테마에 공원에서 항의집회와 시위를 벌였다. 고베에서는 미점령군이 전후 첫 비상사태를 선언, 데모대를 탄압, 2,000명을 검거했다. 누이동생 말순도 오사카 부청 앞 데모에 참가했는데 그때 오테마에 사거리에서 조선 중학교 학생 김태일 소년이 경관에게 사살당했다. 이때의 상황을 적은 편지가 당시 재방일했던 강몽구 당부위원장의 손을 거쳐 남승지에게 전해진 것이었다.

"댁들은 조선 사람인가요?"

"그래요."

"그런가? 조선 사람으로 안 보이네."

"뭐요? 조선 사람 같다느니, 조선인으로 안 보인다느니, 그럼 어디 사람으로 보이는 거지? 일본인처럼 보이나? 나는 그렇게 안 보이지?"

한대용은 운전수 쪽을 노려보며 말한다.

"예에, 다들 일본인이랑 다를 게 없네."

오테마에 사거리를 건넌 택시는 공원 옆 완만한 비탈의 전차 도로를 간선 모리노미야 역 방향으로 달려갔다.

"기사 아저씨, 그게 무슨 뜻이야? 일본인이랑 다를 게 없다니?"

"…아니 뭐 나쁜 뜻으로 한 말은 아니고."

"그게 뭐야? 근사한 사람으로 보여서, 그래서 일본인 같다는 건가? 나는 뭘로 보이나? 일본인으로는 안 보이지?"

"아니, 미안해요. 나쁜 뜻은 아니라니까. 그게, 댁은 뭐 어디 두목 아닌가?"

"하하, 사람을 웃기네. 나는 남방에서 귀환했어. 알겠어? 남방, 전시 중, 일본제국을 위해 군속으로 자바 섬 자카르타에서 말이야, 포로수용소 감시요원을 했지."

"허어."

"전쟁이 끝나고 조선인 군속은 다들 형무소에 들어갔어. 나는 싱가포르, 이름은 알고 있지? 거기 창이 형무소에서 전범으로 2년간 지독한 짓을 당했어. 사형당하지 않은 덕에 지금 이렇게 차를 타고 있는 거지."

"허어 참, 고맙네요."

"일본인 상관이라는 게 조선인에게 죄를 다 미뤄놓고 재빨리 여기 일본, 내지로 돌아와버렸지. 기사 아저씨, 내 이야기가 무슨 뜻인지 알아? 그래서 두목으로 보이나?"

"허어."

운전수는 감탄하는 듯한 소리를 냈고 슬쩍 옆자리의 한대용을 쳐다보았다.

"엄청 고생하셨구먼요."

"고생이라고 할 건 아니지. 하하하. 기사님은 운전한 지 얼마나 됐소?"

"10년 넘었죠."

"호오, 베테랑이네. 안심하고 타겠어. 주로 오사카에서 달리는 거지?"

"그렇죠."

"난바, 아니 미나미의 맹도회라는 이름 알고 있어?"

"맹도회… 야쿠자 세상의…."

머리를 짧게 쳐올린 운전기사는 떠들기 좋아하는 모양이었다.

"야쿠자랑은 달라. 선량한 거라고. 모두 제대로 된 생업이 있거든. 맹도회 회장이 내 친구야. 유도 5단인가 6단. 도장도 있고. 정말 근사한 두목이지. 아직 젊어. 30대, 기사님 나이랑 그다지 안 다를걸. 상남자에다 인간적으로도 제대로 된 사람이라니까."

"허어."

"승지 동무, 맹도회 일 내일 이야기하게 될지도 모르니까 머리에 넣어둬."

예…. 남승지는 무슨 뜻인지도 모른 채 반사적으로 대답했다.

"댁도 젊지만 두목으로 보여요."

"나는 마도로스, 마도로스 파이프를 물고 말야."

"뱃사람? 원양 항해…."

"그렇지, 바다에서 단련된 거지. 두목처럼 보여?"

"그러면 뱃사람들의 선장님이네."

"하하, 기사님, 말을 잘하네. 선장이라곤 해도 별거 아냐. 100톤급이거든."

"100톤이면 큰 배죠."

뒷좌석 기사 뒤에 앉아 있던 유원이 쿡쿡 웃어가며 왼손을 뻗어 남승지의 무릎 위, 카스텔라 봉지를 안듯이 하고 있던 오른손 손등을 살짝 꼬집었다. 남승지도 웃었다. 한대용과 운전수의 대화는 도중에 날이 서기도 했지만 웃음이 섞여 부드러워져갔다.

택시는 전차 레일 위에 타이어를 요령 있게 올려놓고 계속 달렸다.

20

16톤에서 100톤의 선장까지가 좋았을 텐데 원양 항해 기선의 선장이라고 한다면 너무 젊을 것이다. 한대용과 기사의 대화를 들으며 뒷좌석에서 웃는 걸 알아챘는지 혹은 백미러에 비쳤는지 기사가 이야기를 뒤쪽으로 돌렸다.

"아가씨, 도쿄분이신가요? 아아, 그러시군요. 도쿄분은 품위가 있어요."

"대용 형은 어떻게 할래요?"

남승지가 기사의 말을 끊었다.

"좁기도 하고, 나랑 같이 자기는 어렵겠죠?"

"안 돼, 안 돼, 마누라께서 기다리셔. 좀 늦는 건 괜찮지만. 이카이노에서 택시로 쓰루하시까지 가서, 거기서 국철로 오사카 역까지, 뭐 한 40분이면 가니까. 아니면 아예 택시. 승지네 집에서 취해버리면 그냥 택시로 가면 되고."

유원과의 당초 계획으로는 지난달 말경에 그녀가 오사카에 오고 한대용은 그 후 오늘 10월 5일까지는 나카자키에서 이사할 예정이었는데 이렇게 되었다. 지난 달 말까지로 되어 있던 이사는 유원이 도쿄로 간 후인 10일경으로 미뤄졌다고 한다.

이마자토 로터리를 건너 동쪽으로 한 10분 정도 버스길을 달려 도로변에 차가 서고 한대용이 택시비를 내고 차에서 내렸다. 8시 15분이 좀 지나 있었다. 보도의 플라타너스 가로수에서 커다란 이파리가 한 장, 남승지의 얼굴을 스치며 길 위로 떨어졌다.

조심해서 길을 건너 직진하면 도중에 운하의 다리가 있고 한참을 더 가면 일본인 상점가 이치조 도리를 넘어선 부근부터 조선시장에 들어선다.

운하라고는 하지만 폭 10미터 정도의 탁류여서 메탄가스를 뿜는 거품이 일고 있는 더러운 강이다. 지금은 운하로서의 역할을 거의 하지 못한다. 운하를 건넌 다리 오른쪽 끝 모퉁이에 강 쪽으로 튀어나

오게 지어진 가와유카의 파출소가 있다. 저사야(猪飼野) 즉 이카이노는 조선인 밀집지역이기도 해서 이 파출소는 오가는 조선인들을 감시하는 느낌이 들었다. 특히 전쟁 전에는 단검을, 지금은 몽둥이를 차고 파출소 출입구에서 통행인을 노려보고 있는 검은 제복 제모의 순사 모습이 조선인들의 눈에 고와 보일 리 없다. 아무 죄도 없건만 움찔움찔하게 만든다. 더구나 일본은 패전국인데도 말이다. 그리고 지금은 조선전쟁의 미군기지, 전후 재군비로 가는 역코스 한가운데 일본이 있다.

"어이, 승지 동무, 이거 어머니께 드려줘. 500엔 들어 있는데 오늘 이것저것 준비하느라 힘드셨을 거야."

버스길을 건넌 참에 한대용이 멈춰 섰다.

"고맙소. 그런데 됐네요. 승일 형도 줬고 나도 좀 가져왔으니까, 너무 많아."

"많아서 안 될 거야 없지. 승일 선생이 섭섭해하지?"

"이해하더라고. 오늘은 젊은이들한테 맡기겠다는 거지. 그걸로 됐어요. 지금 여기 형네 부부가 같이 있으면 유원 동무도 이렇게 자유롭지 않을 거고. 손아래인 우리 모두 긴장하게 되니까."

한대용은 남승지의 웃옷 주머니에 봉투를 집어넣었다.

주머니에 손을 가져간 남승지가 한대용의 손을 잡았다.

어머니 집은 버스도로를 건너 몇 분 더 가서 오른쪽으로 꺾인 골목에 있는 나가야 한 칸이었다. 조선시장 쪽에서 오면 왼쪽이 된다. 골목 입구 큰길에 일행 쪽을 향해 있는 듯한 사람의 그림자가 움직이는 게 보였다. 말순이었다. 검게 비쳤지만 가로등 아래 선 말순은 감색 원피스를 입고 있었다. 오랜만이어서인지, 감색 옷이 어른스러워 보였다.

"이야, 말순아…."

남승지는 성큼성큼 다가섰다.

"손님 오셨다."

"아이고, 오빠. 오빠는 집을 잊어버린 거야? 이제야 겨우…."

말순은 오빠 손을 잡더니 책망하듯, 반쯤 토라진 듯이 말했다.

"그러게."

말순은 자세를 가다듬더니 오빠보다 몇 걸음 뒤에 이어서 오는 두 사람을 향해 인사했다.

"이쪽이 한대용 선생님, 그 옆이 너보다 언니가 되나? 유원 동무."

"아이고, 먼 데서부터 잘 오셨어요."

두 사람은 손을 마주 잡고 골목으로 들어갔다. 첫 만남이라는 벽은 둘이서 인사를 주고받는 순간 사라지고 없었다. 왼편에 몇 채 늘어서 있는 나가야 안쪽 두 번째가 어머니 집이었다. 오른쪽에는 2층짜리 나가야의 뒤쪽 담이 이어져 있었다.

좁은 현관으로 들어서자 2첩 방 대청에 어머니가 나와 있었다.

"어머니, 모두 오셨수다."

제주 사투리로 말순이 말했다.

"아이고, 잘도 먼 데서 와주셨네. 자, 어서 옵서."

제주 사투리로 맞이하며 신발을 벗고 대청에 올라선 유원의 손을 잡았다.

서늘한 밤공기 속에서 현관으로 들어선 순간 푸근하고 따듯한 온기에 감싸인 듯한 냄새, 도미국의 생선 냄새와 돼지고기 수육 냄새가 섞인 공기에 감싸였다.

현관 앞 2첩 방, 말순의 3첩짜리 방을 지나 안쪽 6첩 방으로 들어가자 방 한가운데 과일 같은 것이 놓인 좌탁이 있었는데 유원은 가방을 내려놓더니 "어머님, 어서 앉으세요." 하고 공손히 말했다. 벽 쪽 장롱 앞 어머니의 작업장인 재봉틀을 등지고 하얀 치마저고리 차림의 어머니가 앉자 유원은 똑바로 서서 자세를 잡았다. 그리고 양쪽 무릎을 구부리고 들어 올린 두 손등을 겹쳐 이마에 대고는 다다미에 닿을 정도로 허리를 굽혀 절을 했다. 어머니는 양반다리를 하고 앉은 자세로 절을 받았다. 유원은 천천히 일어났다.

어머니도 천천히 일어서더니 거의 동시에 두 사람이 와락 서로를 끌어안았다. 아이고, 내 딸이야, 한순간에 딸이 둘이 된 셈인가?

이어서 한대용이 "지난번 승지 동무 없을 때 전화 한번 드렸지요." 하며 허리를 굽혀 절했다. 어머니는 웃고 있었지만 눈은 젖어 있었다. 그리고 아이고 고맙구나…. 누구에게랄 것도 없이 한마디씩 하고 고개를 한두 번씩 위아래로 끄덕였다. 이렇게 풍습에 따른 의식으로 절하기는 끝났지만 따뜻한 첫 만남이었다. 승일 형 부부가 이 장면을 보았더라면 두말할 것없이 어머니의 내 딸이야라는 말이 내 며느리야로 둔갑할 것이다.

승일 형에게 보이고 싶지만 이곳에 정작 승일 형 부부가 함께였다면, 아마도 이상한 일이지만 이런 분위기는 만들어지지 않았을 것이다.

유원과의 사이에 있던 크레바스는 무엇이었을까? 승지 씨… 행자의 음성이 들렸다. 그 동생분이랑은 서울에 있을 때부터 친한 친구였다면서? 경자 아주머니한테 들어서 알고 있어. 조금도 승지 씨 원망하지 않아. 크레바스라는 것은 허공으로 녹아 증발하는 것일까? 제멋대로 크레바스라고 한 말이 남았다.

어머니와 동생이 서둘러 부엌 쪽으로 가더니 이미 준비되어 있던 음식들을 크고 작은 그릇들에 나누어 담는데, 손님이라고 말리는데도 유원이 함께 도왔다. 껍질이 붙은 채 조리한 돼지고기, 참기름을 발라 아주 좋은 냄새가 나는 조기구이가 담긴 큰 접시를 두 개씩 양손으로 옮겨 왔다. 콩나물, 고사리 등의 나물, 채소무침, 미역 초무침, 도라지 고추장장아찌. 마늘장아찌, 그리고 맥주, 한 되들이 일본술, 소주도 제주도식으로 시루에 증류한 자가제 고소리 소주 5홉들이 병. 근처의 지인에게서 어머니가 얻어 온 듯했다. 이것은 한대용을 위한 것이지만 몇십 도나 되니 두세 홉이면 충분하지 않을까?

마침내 식탁을 둘러싸고 늦은 식사가 시작되었다. 재봉틀 옆에 치마저고리 감과 헝겊들을 쌓아둔 나무상자, 골판지 상자 따위를 등지고 어머니가 가운데, 맞은편에 유원, 말순, 그리고 상 양쪽에 남승지와 한대용이 앉았다. 뒷마당을 등진 남승지의 왼쪽이 유원, 남승지와 마주 앉은 한대용의 오른쪽이 말순이었다. 어머니 앞 술잔에는 소주가 약간, 각자의 컵에는 맥주를 서로 따랐다. 그리고 분위기 좋은 건배. 어머니도 잔을 손에 들고 입에 갖다 대는 시늉을 했다.

8시 30분이 지나 9시가 가까웠다. 모두 배가 고팠다. 한대용은 구운 조기, 손바닥 정도 두께의 돼지 애저를 초장이나 소금에 조금 찍어 배추김치 위에 올린 후 입에 넣고는 마음껏 먹었다. 그리고 맥주. 무엇보다 기숙사에 사는 유원에게 조선 음식은, 어쩌다가 한대용이 도쿄에 오거나 했을 때 우에노 근처 식당에서 먹는 정도일 테니 제주도에 돌아온 듯한 이런 식사와 분위기는 일본에 오고 처음이겠지.

보통이라면 이렇게 제주도에서 혼자 일본에 와 유학하고 있는 유원과 어머니는 고향이니 부모 등에 관해 이야기를 나누겠지만 오늘 고향에 관해서는 일절 건드리지 않았다. 그런데도 이것저것 이야기가 많아 서로 맥주를 따라주며 식사하는 내내 대화가 끊이지 않았다. 무엇보다도 평소 얌전한 유원이, 남승지가 지금까지 일본에서 본 적이 없는 듯한 개방적이고 명랑한 모습이었다.

한대용은 옆에 앉은 말순에게서 맥주잔에 3분의 2 정도 소주를 받았다.

"유원 동무, 마실 거야? 독한 고소리 술이야."

"예."

"잠깐만. 다른 컵을 가져올게."

말순이 일어서더니 부엌으로 가서 컵 세 개를 쟁반에 받쳐 들고 왔다. 그리고 오빠, 유원, 자기 앞에 놓았다.

"오빠, 마셔?"

"그러라고 가져온 거잖아."

말순은 반쯤 몸을 일으켜 5홉짜리 병을 양손으로 들더니 잔의 3분의 2 정도, 그리고 자기 오른쪽 유원에게도 3분의 2, 자기 컵에는 반쯤 따랐다. 소주는 이미 반이 사라졌다.

"어이, 이거 뭐야? 다들 소주당이 되었네."

상 위에는 소주의 독하고 깊은 휘발성 향이 떠돌고 있다.

한대용은 손을 뻗어 건배하듯 하고는 천천히 컵 가장자리를 입술 사이에 갖다 대고 한 모금 머금더니 꿀꺽 삼켰다. 하아, 하. 그러고는 돼지고기 한 점을 젓가락으로 집어 소금을 살짝 묻혀서는 입에 넣는다. 배추김치 줄기 부분을 만족스럽게 씹었다.

유원 역시 독한 소주를 천천히 입에 머금었다가 삼켰다. 얼굴을 한 순간 찡그렸다가 하아, 하며 해방된 듯한 표정. 살짝 숨을 토했다. 그녀는 조기 살을 젓가락으로 집어 입에 넣더니 이번엔 손으로 살짝 탄 듯한 꼬리 쪽을 꽃이라도 접듯 접어 들어 입술 사이에 대고 가벼운 소리까지 내며 먹었다.

남승지도 고베에서 먹었던 것보다 훨씬 맛있는 돼지고기를 먹어가며 유원이 조기를 잘라 먹는 모습을 놀라서 보고 있었다. 어, 아가씨가 구운 생선을 아무렇지도 않게 물어뜯네. 말순도 손을 내민다. 두 개밖에 없는 꼬리. 이걸 줘야지. 남승지는 손에 들었던 꼬리 부분을 동생 손에 옮겨놓았다. 이건 뭐지? 유원, 이방근과 똑같잖아. 눈에 보이지 않는 이방근이 뒤에 있는 것 아닐까? 그는 유원의 머리 위 허공을 보았다. 젊은 여성이 소주를 마시고 안주로는 구운 조기 꼬리라니. 이방근의 방 소파 위에서 구운 조기의 꼬리 부분이나 아가미 쪽을 뜯어가며 눈앞의 소주와 같은 도수의 제주도 고소리 소주를 마신다. 남승지는 건너편 한대용의 얼굴을 보면서 자칫 이방근의 이름이 입에서 나올 뻔한 것을 참았다. 가슴이 아팠다. 가슴에 손을 대었다.

유원도 말순도 그 이상 마시지 않았다. 가벼운 술기운이 얼굴에 물들어 있었다. 어머니가 일어서자 동생도 따라 일어서더니 유원이 함께 일어나려는 것을 말리고 부엌으로 갔다. 하얗고 두툼한 사발에 참돔국, 밥통에서 푼 밥을 담은 공기를 쟁반에 올려 우선 한대용 앞에. 그걸 본 유원이 다시 일어나 부엌으로 나서 각자의 국과 밥을 상으로 날랐다.

모두 모여 식사가 시작되었다. 참돔에 미역, 파 그리고 고춧가루, 깨소금을 듬뿍 넣었다. 한대용은 밥에는 젓가락도 대지 않고 국만 한 사발 더 먹었다. 그리고 남은 소주를 컵에 따라 마시면서 조기 대가리, 잘 구워져 바삭바삭한 아가미, 그리고 눈을 파서 눈알 부분을 먹고는 하얀 부분을 생선뼈 그릇이 되어 있던 재떨이에 입으로 뱉어냈다.

애연가인 한대용을 위한 재떨이였지만 어머니 앞에서는 담배를 피우지 않았다. 그는 겉옷 좀 벗겠습니다, 하고 양해를 구하더니 이미 반쯤 느슨해졌던 넥타이를 풀고 웃옷을 벗었고, 남승지가 벗어놓은 웃옷과 함께 말순이 각각 옷걸이에 걸었다.

남승지는 흰살과 함께 조기 대가리를 부수어 먹었는데 유원이 꼬리 부분을 먹고 있는 것을 보고 눈 안쪽에서 눈물이 고이는 것을 느꼈다. 두 사람 모두 입 밖에 내지는 않지만 이방근을 떠올리고 있는 것이었다. 이방근의 이름을 꺼내서는 안 된다. 그건 확실하다.

한대용은 혼자서 소주를 세 홉은 마신 듯했다. 혀를 태우는 듯한 40도 이상의 술이어서 얼굴은 이미 새빨갛고 눈을 보니 술기운이 온몸으로 돌고 있는 듯했다. 택시로 쓰루하시까지 나가서 거기서 전차로 갈아타는 건 힘들 것이다. 소주는 끝나고 이제 일본술이나 맥주를 두세 잔 마시면 된다. 그런데 한대용은 이제야 밥 한 공기를 찾았다. 그리고 상추에 밥을 올리고 멜젓을 뼈째 얹어 입안 가득 밀어 넣더니 유종의 미를 장식하듯 식탁을 둘러싼 모두와 같이 자리에서 일어섰다. 뭐, 먹을 만큼 먹었으니 주당인 한대용의 소주 세 홉이 과음은 아닐 것이다. 뒷마당 변소에 갈 때도 비틀거리지 않았다. 11시 좀 넘은 시각이었다.

그는 독한 소주를 씻어내려는 듯 물이 아닌 맥주로 양치를 할 때처럼 꿀꺽, 하는 것으로 마무리했다.

말순이 웃옷을 가져왔다. 한대용은 넥타이를 두세 번 말아서 웃옷 주머니에 넣으며 일어섰다. 다들 자리에서 일어나 어머니는 현관 밖까지 배웅했다.

밖에 나오니 실내와는 전혀 다른 밤공기가 쏟아져 내려오듯 살갗에 차가웠다. 네 사람이 버스 길로 나선다. 걸어가며 남승지는 "대용형, 내일 2시에 평화정, 점심 전에 아파트로 전화할 테니 꼭 받아." 하고 한마디했다. "전화? 어, 알았어." 얼마 후에 빈 택시가 왔다. "수고했다…." 그는 말순과 악수를 나누고는 올라탔다. "별로 안 취했으니까 괜찮아." 손을 흔들며 모두와 헤어졌다.

셋이서 돌아오니 어머니가 밥상을 치우고 있었다. 어머니를 앉게 하고 유원과 말순이 감이나 배 같은 과일만을 남기고 일단 상 위의 그릇들을 모두 부엌 개수대로 옮겼다.

남승지는 사촌형의 1,000엔, 한대용과 자기 몫의 500엔씩이 든 봉투를 어머니에게 건넸다. 2,000엔, 아이고, 무슨 일이야, 대용이한테 고맙다는 말도 못 했는데 가버렸네. 어머니는 치마저고리를 주문받아 이전에는 손바느질로, 지금은 재봉틀로 만들고 있었다. 그것이 수입의 거의 전부였고, 말순은 민족학교 폐쇄 후에는 합법단체인 여성동맹 일을 하고 있었지만 조직에서 일정액의 보수가 나온다는 보장은 없었다. 당분간 생활비에 도움이 될 것이다.

남승지의 급여가 약 1,500엔. 매월 500엔을 어머니께 송금하고 있었는데 사촌형에게 방세, 식비를 내는 건 아니니 그 정도는 당연했다.

둘이서 설거지를 마치고 말순이 맥주 한 병과 컵 세 개를 쟁반에 담아 상 위로 옮겼다. 어머니는 남승지와 마주 앉았고 유원과 말순도 남승지 좌우에 앉았다.

"너, 더 마시려고?"

"오빠가 마시고 싶은 거 아냐? 필요 없어? 그럼 둘이서, 유원 언니하고 마실게."

어느새 언니가 되어 있었다.

"아니면 오빠는 일본술 한잔할래요?"

남승지는 도수가 낮은 20~30도 소주가 있으면 한잔 털어넣고 잠자리에 들고 싶었지만 어쨌든 동생이 따라준 맥주로 셋이서 소리 없이 잔을 부딪쳤다. 도수가 있더라도 조금 전의 고소리 소주가 있으면 마시고 싶었지만 동생의 지시대로 맥주를 마신 컵에 일본술을 따라서 배 한 조각을 안주 삼아 마셨다. 이젠 자야지.

정말이지 전혀 기대하지 못했던 기적 같은 날이었다. 여기 어머니, 동생과 함께 이유원이 있다. 서울과 제주도에서 동시대를 살았던 유원이 지금 여기 있다. 어떻게 그럴 수 있지? 어쨌든 여기 있다. 육체를 지닌 살아 움직이는 유원이 있다. 유원과 나는 다르다. 도망자. 끔찍한 단절. 내일 오후, 평화정에서 돌아가신 오빠 이방근과 해후하는 공간을 만든다. 셋이서 함께한다면 그런 공간이 만들어질 것이다.

잘 시간이 되어 남승지는 동생의 3첩 방으로, 여자들은 상을 치우고 6첩 방에서 머리를 재봉틀 쪽에 두고 요를 2장 깔아 안쪽 부엌 쪽에 유원, 말순, 뒷마당 쪽에 어머니가 나란히 잠자리에 들었다. 동생은 자기보다 조금 큰 키에 맞춰 새 잠옷을 마련해 둔 모양이지만 유원은 1박 예정이어서 자신의 잠옷을 가져왔다고 했다. 둘이서 고마워라는 둥 미안이라는 둥 하고 있었다.

남승지는 한동안 동생 책상의 스탠드를 켜두었지만 맹장지문 너머 옆방 전기가 꺼지고 알전구 빛만 남았을 때 스탠드를 껐다.

몸 안쪽이 흔들리고 있었다. 마치 눕힌 온몸이 흔들리듯이, 바닷물이 출렁이듯이 술기운이 흔들려 움직이고 있었다. 밀물 같은 파도의 흔들림이 기분 좋았다. 마침내 바위를 씻고 흘러 떨어지는 소리가… 바위에 부딪쳐 부서지는 파도 소리가. 이어도 곶까지 차마 닿지 못하는 음성의 여운이, 파도가 부서져 내리는 소리… 제주도 Y리 바다 바위들 위에 선 유원이 부르던 「이어도 사나」라는 노래. 잠결이었는지 남승지는 손을 더듬어 베갯머리의 론진을 집어 들었지만 어두워서 알 수 없었다. 어? 초침이 움직이는 소리 너머, 아니 옆방에서 어머니, 말순의 소리, 그리고 오열하는 유원, 분명히 유원, 유원이 울고 있었다. 한밤중에. 그는 뛰쳐 일어났지만 이불 위에 앉아 움직이지 않았다. 나서면 안 된다. "아이고… 고마워서, 가엾은 우리 어머니… 말순 어머님을 만나 뵈니 먼 옛날 돌아가신 가엾은 어머니가 생각나서…." "아이고, 언니, 유원 언니, 유원 언니…." "아이고, 유원아 울어, 더 울어." 남승지는 일어섰다. 충격적이었다. 술이 말끔하게 깨었다. 지금 몇 시쯤일까? 2시나 3시일 리는 없다. 말순과 같은 이불에 누워 잠이 들기 전에 느닷없이 슬픔이 터져 나온 것이리라. 유원은 어머니 이야기를 하지 않았다. 서울에서도 제주도에서도 들은 적이 없다. 오빠 이방근에게서는 그녀가 돌아가신 어머니를 학대했던 아버지에 대해 반항심과 증오를 느끼며, 계모 선옥과는 소원하고, 이방근을 오빠이며 동시에 아버지 대신이라고 생각한다는 이야기를 들었다. 그리고 유원에게 가정적인 환경이라고는 서울의 오촌 숙부 이건수 씨 댁에서 살 때 어머니를 대신해 준 오촌 숙모뿐이라고 했다.

아버지 이태수와 함께 제주 재계의 쌍벽을 이루는 최상규의 아들, 서울까지 유원을 쫓아와 맴돌고 있던 은행원 최용학과 중매결혼을 강요당했다…. 유원의 도일에는 유학 말고도 아버지로부터의 도피, 이별이라는 의미가 담겨 있었다. 할 수만 있다면 오빠 이방근과 동행하고 싶었던 일본 밀항. 일본에서 알게 된 오빠의 죽음, 자살. 자신이 도일하지 않고 제주도나 서울에 남아 있었어도 오빠는 자살했을까?

한대용이 제주도 부친에게 부탁받은 20만 엔을, 그가 이전 이방근에게 맡아 매달 학비를 송금하기 위해 만들었던 은행계좌에 이체했지만 거절할 수 없어 입금은 받았어도 아마 손을 대지 않을 것이라고 했다.

유원은 울음을 그쳤지만 그녀가 일본으로 밀항한 이래 혼자가 아닌 곳에서 울다니, 그것도 눈물이 터져 나와 울다니, 그녀 스스로 생각할 수 없는 일이었다. 말하자면 처음으로 몸과 마음을 무장 해제했다고나 할까.

이불 위에 고쳐 앉은 남승지의 볼에 눈물이 흘러 떨어지고 있었다. 잠이 깨어 울음을 터뜨린 유원에게 놀라서 취기가 완전히 달아나버렸지만 그것은 유원의 억누른 울음소리에 대한 충격 때문이었고, 바로 지금 사라졌던 취기가 가볍게 한잔 마신 듯이 되살아났다. 그리고 무언가가 결정적으로 달라졌다는 것을 온몸으로 느끼고 있었다. 옆방은 조용해졌다. 세 사람 다 잠이 들었을 리는 없다. 부엌으로 나가 술을 한잔하고 싶었지만 도둑고양이라고 오해받을 것이다. 이 순간의 정적, 신성한 정적을 어지럽혀서는 안 된다. 그는 조용히 이불 속으로 들어갔다. 신기하게 되살아난 취기가 서서히 퍼지면서 잠을 재촉하는 듯했다.

아침 7시가 조금 지나 눈을 떴을 때는 당연히 모두가 잠에서 깨어 있었고 옆 부엌에서는 어머니가 아침 준비를 하고 있는 듯했다. 좁은 곳이니 어머니 혼자, 다른 사람은 오히려 방해가 된다. 닭죽인가 보다. 냄새가 났다. 어젯밤은 참돔국이었지만 오늘은 이어 아침부터 닭죽, 뭐, 유원 동무는 일본에 와서 먹은 적이 없지 않을까?

남승지는 바지를 입고 위에는 긴소매 내의 차림으로 맹장지문 앞에서 어흠, 헛기침으로 인사를 하고는 문을 열어 6첩 방에 얼굴을 내밀었다. 두 사람은 상을 펴놓고 마주 앉아 있었다. 헛기침 신호로 두 사람은 일어나 아침인사를 했다. 둘 다 감색 옷을 입었다. 마음이 차분해졌다. 유원의 교복은 검정에 가까운 감색이지만 말순의 원피스는 푸른빛을 띠고 있어서 세수를 마친 하얀 얼굴의 단정한 이목구비가 돋보였다. 두 사람은 자리에 앉았다.

남승지는 뒷마당 쪽 화장실에서 일을 보고 세면대에서 얼굴을 씻었다. 양치를 하고 있으려니 머리 한쪽이 욱신거리며 묵직했다. 가벼운 숙취였다. 와이셔츠를 갈아입고 6첩 방으로 들어갔다. 어머니가 앉았던 자리에 가서 유원을 마주 보며 자리를 잡는다.

"넌 어머니 안 도와드려?"

"방해된다고 쫓겨났어."

말순이 오빠의 찻잔을 들고 오고 유원이 찻주전자에 뜨거운 물을 부어 더없이 사이좋은 분업으로 차를 우려주었다. 자신들의 잔에도 차를 더 따랐다. 오사카 어머니 집 6첩 방, 유원과 마주 앉아 일본차를 마신다. 있을 수 없는 일이 이렇게 있을 수 있는 것이다. 어젯밤, 유원이 오열했던 흔적은 없었다. 이렇게 하루 만에 가까워질 수 있는 걸까? 처음 만난 사이라서 어딘가 서먹할 법도 하건만 자매처럼 서로 편해 보여 남승지에게는 살짝 이상하게 느껴질 정도였다.

남승지는 두 사람의 얼굴을 번갈아 보며 이들이 자매라면 어디가 닮고 어디가 안 닮은 건가 하며 거의 무의식적으로 관찰하고 있었다. 새쭉한 입술의 유원은 단발로 워낙 오빠를 닮아 넓은 이마가 조금 가려져 있지만, 동생은 포니테일로 머리를 묶어 밝은 이마가 그대로 드러났다. 스물넷과 스물둘, 두 살 차이지만 엄연히 언니였다. 얼마나 지난 걸까? 2, 3년, 3년이다. 성내 이방근의 방에서 유원과 만났을 때 유원은 포니테일(좀 다른 모양이었지만)이었다.

"유원 언니가 가져온 카스텔라 먹을래?"

"응?" 얼른 정신을 차리고 남승지는 "아니, 지금 닭죽 끓이는 거 아냐?" 했다.

"유원 언니는 오늘 밤기차로 도쿄로 간대…."

"낮 12시 30분에는 집에서 출발하니까 카스텔라는 그때 먹자. 멀리서 온 카스텔라니까 유원이하고…."

어머니가 부엌으로 말순을 불렀다.

“유원 동무는 어제 잘 잤어?”

“응, 승지 동무는? 시끄러웠어? 동생하고 잠깐 이야기를 했으니까.”

“아니, 둘이 이야기하는 소리가 어렴풋이 들리긴 했지만 술이 들어가서 그런지 잘 잔 것 같은데.”

“어제 차 안에서 대용 씨가 맹도회 회장 이야기를 기사한테 하면서 승지 동무더러 기억해 두라고 했잖아요.”

“생각나. 4·3 봉기 전에 일본에 왔을 때였는데 그 하야시 조장을 가까이서 본 적이 있지. 맹도회 이야기 기억했다가 대용 형에게 말할게.”

“근데 기사랑 한 이야기 재밌었어. 100톤급 선장님이라니, 한일호는 16톤이잖아.”

“한일호 말고도 배를 타는 일이 있거든. 선장님은 아니지만….”

남승지는 차를 마시며 이야기를 이어갔다.

“유원 동무, 오늘 낮에 오사카 역 근처 평화정이라는 조선음식점에서 한대용 씨와 같이 만날 건데 그때 유원 동무에게 오빠 일로 할 말이 있어.”

승지는 음성이 굳는 것을 의식했다.

“유원 동무가 아직 모르는 일이 있어서 그걸 대용 씨와 함께 이야기하고 싶은 거니까 그런 줄 알고 있었으면 해.”

“무슨 이야기? 새삼스레. 그래서 굳이 대용 씨랑 같이 보는 거야? 내가 모르는 걸 두 사람은 알고 있다고, 그걸 굳이 예고라도 하듯이 말하는 거야? 내가 모르는 방근 오빠 이야기….”

유원은 입술을 깨물 듯하며 남승지를 상 너머로 똑바로 바라보았다.

“맞아. 오빠 이야기를 하고 싶어.”

남승지는 끄덕이면서 시선을 일단 떨구었다가 유원을 다시 응시하면서 말했다.

“굳이 지금 예고를 하는 건 아냐. 어쨌든 유원 동무, 미리 이야기하는 건 좀 그런 건가? 어쨌든 이야기하고 싶으니까 들어줘. 이번에 제주도에 다녀온 한대용 씨에게서 전화로 간단히는 들었겠지만 중요한 이야기가 나올 거야."

말순이 배를 깎아 가지런히 담은 접시와 포크를 함께 가져왔다. 식후 디저트가 아니라 이건 뭐야, 차 마시면서 한 조각씩 먹으라는 건가? 뭐든 상관없었다. 남승지는 배 한 조각을 포크로 집어 입으로 가져갔다. 수분이 많고 맛있었다. 숙취를 깨우는 데 좋은 것 아닌가. 곧 유원도 일어나서 부엌으로 가더니 커다란 사발에 닭과 마늘, 인삼, 대추, 채소 등을 넣어 끓인 삼계탕을 가지고 왔다. 유원의 그릇에는 한쪽 다리와 다른 부위가 담기고 남매의 사발에도 다리를 반씩 넣어 두었지만 어머니의 사발에는 다른 부위들과 채소류가 담겨 있었다. 상 위에 김이 어리고 냄새만으로도 식욕이 솟구쳤다. 잊어버린 건지 일부러인 건지 맥주가 안 나왔다.

"어머님, 이건 안 돼요."

유원이 숟가락과 젓가락을 사용하여 다릿살 반을 어머니 사발로 옮기면서, 어머님 감사합니다, 하고 웃으며 고개를 숙였다.

잡채라든가 마늘장아찌 등도 있었지만 돼지고기나 생선은 안 나왔다.

"아침엔 맥주 안 주는 거야?"

"오빠는 해장술 한 잔?"

"한 잔으로 해장이 되나?"

일어난 말순은 부엌에서 맥주 한 병과 잔을 쟁반에 담아 가져오더니 상 위에 놓으며 "냉장고 얼음이 별로 없어 그다지 시원하지가 않아." 했다. 낮에는 얼음집에서 얼음을 가져올 거라며 병따개로 병을 따서 오빠, 유원, 그리고 자신의 잔 순서로 따랐다.

"자, 맥주는 엄마 빼고 우리끼리만… 오빠, 뭐라고 그랬지? 건배? 이걸로 건배를 하자, 자 한 잔씩."

남승지는 가볍게 잔을 들어 올려 건배 시늉을 하면서 말처럼 미지근하지는 않은 시원한 맥주를 목구멍으로 흘려보냈다.

어젯밤 유원의 오열, 어머니까지 함께 소곤거리던 목소리, 그 기척이 지금 이 상 위에서 사라진 건 어째서일까? 그건 어쩌면 환청, 착각이었을까? 어젯밤에는 살짝 취해 있었지만 그다지 많이 마신 것은 아니었다. 마치 남승지와는 관계없는 일인 것처럼 어젯밤의 흔적을 보이지 않는 것은 어째서일까? 이 세 사람은 비밀을 공유하고 나를 배제하고 있는 걸까? 그는 이 자리에서 그대로 자신이 공기를 타고 멀어져가는 듯한 거리감을 느낄 정도였다.

지금 한참 삼계탕을 먹고 있는 참인데 닭육수에 쌀을 넣어 닭죽을 끓이고 있다고 했다. 이것도 맛있는 음식. 유원에게는 바다 건너에서 낯익은 음식이었지만 일본에 오고는 처음일 것이다. 어젯밤의 비밀은 전부 이 음식에 사이좋게 녹아들어 버린 것일까? 비밀이고 뭐고 없는 일이다. 남승지도 유원의 신변에 대해 그 정도는 알고 있었고 단지 유원이 이국땅에서 처음 만난 어머니와 동생 앞에서 한밤중에 울음을 터뜨려… 부끄럽다는 것도 있어 승지 동무에게는 비밀…이 되어 있는 것이리라. 오열했던 것은 비밀일지 모르지만 남승지가 잘 알고 있는 일. 비밀일 건 없다.

닭죽이 날라져 오고 상 위에 놓였을 때 냄새만으로도 남승지의 손이 금세 숟가락으로 뻗쳤다. 작은 접시에 담긴 소금을 조금 넣어 저었다. 죽까지 먹을 수 있으려나 싶었지만 하얀 살코기가 조금 섞여 살짝 기름기가 떠 있는 죽을 보는 순간, 반사적으로 손이 움직여 숟가락을 집어 든 것이다. 유원 역시 아이고, 하고 웃음을 띠며 소리내었다. 말순도 맞장구쳤다. 그렇게 맛있어, 하며 숟가락을 손에 들고 자신이 만든 죽을 드시는 어머니 역시 이런 딸 둘을 옆에 두고 먹는 이렇게 맛있는 아침밥은 처음일 것이다. 두 딸… 남승지는 웃음이 나왔다. 아침부터 닭죽, 마음과 입이 하나 된 특별한 맛이었다.

식사가 끝난 후에도 상은 그대로였지만 10시쯤, 전화 좀 하고 올게, 하며 자리를 뜬 남승지는 와이셔츠 위에 웃옷을 걸치고 밖으로 나왔다. 버스 길 보도 쪽에 전화부스가 있다. 수화기를 들어 10엔 동전을 넣고 다이얼을 돌렸다. 벨이 울리더니 금세 관리인의 음성인 듯 한대용을 호출했다. 2층 ○호실 니시하라 씨, 전화. 2층에서 계단을 내려와 현관 옆 관리실 앞까지 내려오려면 힘들 것이다. 다른 곳으로 이사를 하고 싶은 건 당연하겠다고 끄덕였다. 여보세요… 관리실 밖의 전화로 전환되어 있으니 관리인의 귀까지 바로 들리지는 않는다.

"간단히 말하지만 놀라지 마세요."

"뭐야, 놀랐잖아."

"우선 오늘 만날 때의 이야긴데, 미나미의 맹도회 일, 머리에 넣어두라고 차에서 이야기했죠? 네, 그거. 그리고 2시까지 평화정에 가겠지만, 대용 형. 화내지 말아요. 어젯밤엔 이야기할 기회가 전혀 없었는데 오늘 유원이 앞에서 이방근이 정세용…, 아지트 일을 이야기할 거니까…."

남승지는 부스에서 밖의 지나가는 사람들을 관찰했다.

"뭐라고? 승지, 그거 저 제주도 얘기… 무슨 소리야…?"

도중에 목소리가 작아지더니 조선말이 섞였다.

"우리 둘은 전부 알고 있는 거요. 동생인 유원이만 모르잖아요. 그러면 안 될 것 같아요. 내가 유원이에게 이야기할게요. 아침에 유원 동무에게 대용 씨와 함께 유원이가 모르는 오빠 이야기를 하겠다고 말해두었어요. 대용 형은 그런 건가 생각해 주면 돼요…. 충격이든 뭐든, 어쨌든 유원 동무 속에서 무언가가 일어나는, 그걸 지켜봐야지…."

"호오, 이거 참, 나는 전혀 생각하지 못한 일이네, 그걸 승지가 유원이에게 이야기한다는 거야?"

"예."

"일단 알겠어. 긴 전화는 못 해. 나도 거기까지 생각해 본 적은 없고. 알겠어. 2시에. 그때 보지."

전화가 끊겼다. 갑작스러운 이야기에 꽤나 당황한 듯했다. 지금은 아파트 1층이다. 2층 방으로 돌아가서 잠깐 생각할 것이다. 승지, 그만둬, 하고 제지하지는 않겠지. 자살자, 이방근 오빠는 살인자. 이방근은 살인자인가? 남승지는 전화부스를 나와 걸으면서 이방근은 살인자가 아니라고 마음에 다짐했다. 한대용처럼.

"어디 갔다 왔어?"

"전화하러 간다고 했잖아."

"무슨 일 있어?"

"그게 뭔 소리야?"

"안색이 안 좋아."

"하하, 무슨 소리야? 아무 일도 없어. 차에 치여 찌부러진 개나 고양이 시체 같은 거라도 봤던가? 음, 그런 건 못 봤는데."

쓸데없는 말이 입에서 나왔다.

"개 고양이 시체 얘기가 왜 나와?"

아침에 유원에게 오빠 일로 이야기하고 싶다고 할 때도 어딘가 얼굴색이 변했던 것 아닐까? 남승지는 어리둥절해 보이는 동생을 보고 웃었다.

신기한 일이다. 지금 한대용에게 유원이 모르는 오빠의 살인을 이야기하겠다고 말하고 온 참이다. 그는 웃옷을 벗어 벽의 옷걸이에 걸면서 속으로 생각했다. 동생아 너는 고향 제주도에서 무슨 일이 있었는지를 모르지. 이 오빠에 관해서 몰라. 학살과 패배, 투쟁의 장소. 너의 언니 유원의 오빠 이방근이라는 사람은 살인자이고 자살자이다. 그런 것을 알게 되면 너는 어느 부분에서 인간이 달라져버릴 거다. 우두망찰 서 있는 동상처럼. 나는 유원에게 오빠 이방근의 살인을 알릴 준비를 하고 왔어. 내 안색이 나빠…? 뭘까, 한대용과 전화를 하고 온 것 뿐인데 뭔가를 느끼다니, 무당 같은 신기라도 있는 건가?

유원에게 오후 평화정에서 유원이 모르는 오빠에 관한 이야기를 하고 싶다고 했을 때, 그녀는 일순 미심쩍은 표정이었지만 동시에 나 또한 뭔가 안색이 변해 있었던 것 아닐까?

시간이 흐르고 있었다. 유원과 남승지는 출발 준비를 했다. 준비할 것도 없었지만 어머니와 말순과 헤어질 시간이 왔다고 하는 것. 말순의 말대로 카스텔라를 한 조각씩, 차를 마셔가며 먹은 것이 처음이자 마지막 점심식사. 유원은 옆방 말순의 3첩 방 책상 위 벽에 걸린 액자 속 초상화를 보고 멈춰 섰다.

"아이고, 이거 어머니잖아, 어머님 초상화네."

얼마나 되었을까, 3, 4년 전 오사카 시 덴노지(天王寺) 미술관 주최 회화전에 응모하여 입선했던 말순의 5호 크기 「어머니상」이었다. 이전에는 벽에 고갱의 「타히티의 여인들」이라는 그림이 붙어 있었는데 지금은 「어머니상」만 있었다. 왼쪽 위에서 빛을 받은, 꽤나 거친 터치로 가라앉은 회색 배경에 떠올라 보는 이를 바라보는 어머니 얼굴. 유원은 두세 번 끄덕이면서 꼼짝하지 않고 바라보고 있었다.

"아아, 말순 동무는 굉장한 화가였구나…."

말순이 손사래를 치며 얼굴을 붉히면서 유원의 뻗은 손을 잡았다.

"정말 좋아. 지금 어머님 얼굴을 새삼스레 찬찬히 뵈었어요. 초상화가 아니라 실물이었으면 실례가 될 정도로. 제주도 어머니의 멋들어진 얼굴…."

출발 전 유원은 어제와 마찬가지로 6첩 방 어머니 앞에서 공손하게 절을 하고 일어나 현관으로 나왔다. 집에 계시라는데도 어머니가 버스 길까지 함께 배웅을 나왔다. 택시가 멈추고 문이 열렸을 때 유원은 말순과 포옹하며 볼과 볼을 부볐다. 두 사람의 볼이 젖어 있었다. 어머니의 눈도 젖어 있었다. 유원이 먼저 타고 남승지가 탔다.

택시가 달리기 시작했다. 쓰루하시 역이라고 말하자 도로를 좌회전했다.

"유원 동무, 우측 주택 지붕 너머로 높은 굴뚝이 보일 거야."

남승지는 유원의 무릎 너머 창쪽으로 상반신을 내밀며 밖을 보았다.

"아, 저거, 동해 고무…."

유원도 얼굴을 창 쪽으로 가져갔다.

남승지는 자세를 바로잡고 조선말로 이야기를 이어갔다. 4·3 때 3월에 돌아왔을 무렵, 동해 고무는 여러 가지 물자를 보내는 것을 도와준 곳이었다. 차는 소카이 도로를 왼쪽으로 들어섰다.

사거리를 오른쪽으로 꺾어 들면 이마자토 신축단지. 공원이 있고 유흥업소며 식당가, 일본요릿집, 조선요릿집, 클럽, 술집이 있었다. 우상배가 데려가주었던 곳이다. 선술집에서 남승지를 상대로 소주를 마셔가며 이 잔 바닥에 있는 건 기쁨이 아니다. 슬픔이다…. 어이, 승지 알겠어?「죄와 벌」속 소냐의 주정뱅이 아버지 마르멜라도프의 대사. 술에 취해 짜내는 듯한 음성으로 말하며 들어 올린 술잔을 탕, 하고 깨져라 탁자 위에 놓았다. 주정뱅이 공산주의자. 전시 중 사상범으로 8년 투옥, 폐결핵으로 보석 출소 후에도 전향자로서 조직에 줄곧 콤플렉스를 갖고 있던 인간. 서울에서 이방근과도 만난 적이 있는 인물이었다. 조직원이면서 비정치적이었던 인간. 탈락자…. 신호에 걸려가면서 15분이 걸려 쓰루하시 역으로.

가드 아래 역 구내로 들어가자 왼쪽에 매점들이 늘어선 통로가 있고 조금 더 가면 미로처럼 혼잡한 골목을 끼고 점포가 늘어선 국제마켓이었다. 어머니 집에 가까운 조선시장을 안내하고 싶었지만 시간이 꽤 걸리는 일이어서 일본인, 중국인, 조선인이 섞여 있는 마켓이지만 조선인이 주류인 쓰루하시 시장에 들른 것이었다.

치마저고리 등의 옷가게, 양복이나 코트 등의 양복점, 구두나 벨트류를 파는 피혁점, 잡화점, 시계·보석·액세서리점 등, 미로 같은 좁은 골목 양쪽에 가게들이 이어졌다. 그중에서도 몇 군데가 잇따라 마주 보고 있는 치마저고리 가게가 눈부시게 눈에 띄었다. 화려한 치마저고리 차림의 마네킹, 신혼부부용 자수 베개, 배 모양 장식품 같은 신부용 신발. 일반적인 흰색 여성용 고무신까지 쇼윈도에 진열되어 있었다. 치마저고리 가게는 점원이 밖에서 호객을 하지 않는다. 대개 중년 여성이 병풍을 등지고 앉아 가게 앞을 지나는 사람들을 내다보고 있었다. 그 모습부터가 더없이 무뚝뚝했다. 남승지는 그런 무표정한 여성과 눈이 마주쳤다. 이런 치마저고리 가게 중에는 신혼용 화려한 이불류도 팔면서 가게 앞 좌판에는 각종 제사용 유기, 촛대, 행로 따위를 늘어놓은 가게도 있었다. 물을 뿌려둔 통로 너머 한쪽으로는 생선가게, 정육점, 식료품점, 술집 등이 늘어서 있고 도로에는 대낮부터 포장마차까지 나와 있었다. 그쪽으로 다가가자 생선 비린내, 불고기 냄새가 뒤섞여 코를 확 찔렀다.

두 사람은 식자재 코너 쪽으로 들어가지 않고 역 구내 쪽으로 빠져나왔다. 인파를 피해 매점 진열대가 없는 벽 쪽에 멈춰 섰다.

"승지 동무, 여기일 것 같은데 조선시장 쪽인지도 모르겠네. 승지 동무가 예전에 신영옥 씨를 보았다고 한 데가 여기야? 나는 인파 속에서 젊은 여자 얼굴을 줄곧 찾았는데, 여기서 지금 딱 마주치는 일은… 있을 수 없겠지?"

"응, 신영옥, 아까 그 마켓 안이었어. 그것도 한순간이어서 사람을 잘못 본 것 아닐까 싶긴 한데 말을 걸 수도 없었으니. 인파 속으로 사라졌지."

"내가 부산에서 한일호에 탔을 때, 제주도에서부터 오빠와 함께였던 영옥 씨랑 오사카까지 왔지만 그걸로 끝이어서…. 오빠가 꼭 일본에서 만나자고 했는데, 그게 마지막…. 승지 동무는 얼굴을 알고 있잖아요. 그래, 영옥 씨를 놓쳤다고 말한 적이 있어. 다시 만나는 건 불가능할까?"

유원은 지나가는 이들에게 시선을 돌렸다.

"대용 형이 오사카까지 데려왔지만 나중에 주소가 정해지면 연락하겠다고 하고는 소식이 없나 봐. 작년 이맘때였는데 그녀는 나를 보지 못했던 걸까? 아니면 피했을지도 몰라. 오빠한테 이야기는 들었는데 영옥 씨는 한라산에서 같은 작전지역, 제주읍과 조천면에서 성내 여성동맹 부위원장일 때 입산해서 회의에서 얼굴을 마주한 적도 있는 동지거든. 그런 그녀가 하산해서 이전에 하숙했던 친척 현기림 씨네로 도망쳤지. 오빠가 한때 집을 떠나 하숙하고 있던 집 방이 영옥이 방이었어. 현씨 부부가 그녀가 자수하겠다고 한다며 상담을 해왔고 오빠는 결사반대했지. 그건 죽음으로 가는 길이라고. 그런데 유달현이 변장하고 탑승했던 한일호에 방근 씨가 함께 승선해서 부산까지 간 다음 오빠는 배에서 내렸고…."

"맞아. 오빠는 서울로 갔어…."

"오빠와 헤어지고 유원 동무가 이쪽으로 온 거였지. 나는 한참 후였고. 영옥 씨는 나를 피한 것 아닐까? 뭐, 같은 입장인 사람들끼리니까."

남승지는 밀항자라고 말하지 않았다.

"……."

"가자, 시간이 없어. 저사야 조선시장에 갔다면 이런 정도가 아니야. 더 넓고 시장 전체가 마을이지. 성내 동문시장 같아."

30분 정도 걸릴 거라 예상했지만 시각은 1시 20분. 뭐, 괜찮다. 약속한 2시가 넘을 건 확실하지만 평화정에서 만나니까. 최근 영업시간은 오전 9시부터 오후 2시, 오후 5시부터 11시까지가 야간영업이라고 했다.

남승지는 표를 두 장 사서 한 장을 유원에게 건넸다. 개찰구를 나와 계단으로 향한다. 계단을 올라간 곳에서 오른쪽 상행 전차 승강장으로 반대 방향 계단을 올라갔다.

승강장 좌측 벽을 따라 벤치가 늘어서 있었다. 끝 쪽 전차 선두 부분 벤치까지 좀 걸어가서 앉았다.

"아까, 유달현 이야기가 나왔잖아?"

"유원 동무는 그를 알고 있었지."

"4·3 직전까지 거의 날마다 성내 집에 드나들면서 방근 오빠 방에서 설교라도 하듯이 거의 혼자서 장광설을 늘어놓던 거 알아. 토론도 아니야. 오빠는 상대도 안 했으니까."

"설교라. 석가여래에게 설법, 그런 거지, 그런 놈이라고. 유원 동무의 친척 정세용의 하수인이었어. 그는 성내 조직의 명부를 경찰에게 팔고 도망치려 했지."

"그때 배에 타서 어떻게 한 거야? 일본에는 오지 않았잖아요. 한대용 씨는 알고 있어. 한일호에 타고 있었으니까. 하지만 부산까지 타고 있지는 않았어. 도중에 하선했나, 근데 하선하면 바다니까 죽는 거잖아요."

"그렇지. 나중에 한대용 씨한테 물어봐."

"승지 동무는 알고 있는 거네."

"하지만 직접 본 건 아니야. 나는 그때 안 타고 있었으니까."

승강장 안내방송과 동시에 건너편 끝 쪽에서 경적이 울렸고 레일에 삐걱거리는 바퀴의 진동이 전해져왔다. 음, 지금부터 갈 평화정에서 정세용의 이름이 나올 것이다. 기다란 연결차량이 서행, 맨 앞의 네모난 초콜릿색 차량이 눈앞에 정차했다. 하행 계단이 먼 탓이겠지. 열린 문에서 나오는 승객은 없었다. 승강장으로 나온 마지막 차량의 차장이 손을 흔들어 출발 신호를 보냈다. 차 안으로 들어온 두 사람은 나란히 빈자리에 자리를 잡았다. 달리 타는 사람은 없었다.

21

오사카 역에 닿은 것은 2시. 평화정에서 한대용과 만날 시각이었다. 거기까지 걸어서 10분이면 도착하리라.

유원과 함께 전차를 탄 것은 작년 6월 이방근의 소상 이후 처음이다. 유원은 대상을 하타나카 씨 댁에서는 하지 않겠다, 자기 혼자서 하겠다고 단언했는데, 승려가 염주를 돌려가며 한 30분 반야심경을 독경하다가 제사가 그냥 끝나버렸다는 것이 그 이유였다. 간단하게라도 조선식 제사를 지내겠다고 했다. 죽은 자는 산 자 속에서만 산다. 죽은 자가 오로지 산 자를 위해 존재하는 것이라면 6월 19일 하타나카 씨 댁에서 지내는 제사에는 가까이 가지도 않을 것이다. 제사는 기일 전야에 지내야 하는데, 법요는 죽은 자의 영이 떠난 후니까.

유원은 밀항처인 오사카에서 도쿄로 왔던 당시, 음대 기숙사에 들어갈 때까지 서너 달 동안 하타나카 씨 댁 별채 4첩 반 방에서 지냈는데, 연말에 기숙사를 나와 다시 하타나카 씨 댁으로 돌아간다고 했다. 기숙사에 그랜드피아노, 업라이트피아노, 오르간, 기타 개별적인 연습실이 있지만 그 사용 시간이 각자에게 할당되어 있어서 자유로운 연습을 할 수 없다는 것이 주된 이유인 듯했다. 중학생 조카를 가르치는 레슨은 주 1회, 저녁때 끝나고 나면 오빠 가족과 식사를 하고 기숙사로 돌아가는데 통행금지인 11시가 다 되는 일이 많았다. 내년에는 4첩 반 별채에서 소박한 제사상을 차리고 조선식으로 기일 전야에 제사를 지내고 싶다는 것이었다.

오빠인 하타나카는 그 형식을 전혀 모른다. 따라서 자신이 한대용 씨에게서 배워 준비하겠다고 했다. 내년 6월 이야기다.

그렇구나, 그건 좋은 일이었다. 올해는 마침 부인의 출산일과 겹쳤지만 내년에는 한대용 씨와 자신도 함께 상경하면 된다. 한대용 씨는 제사의식을 잘 알고 있으니 그에게 맡기면 될 것이다. 내년 제사 장소를 어떻게 할지, 어딘가 오사카에서 장소를 정하여 유원이 오는 건지 둘 다 걱정하고 있던 차에 정말 고마운 일이었다. 아니면 유원의 생각대로 하타나카 씨 댁 별채에서 제사상을 차리고 조용히 간소한 제사를 마친 후 두 사람은 우에노 근처 여관에서 묵으면 된다고, 차 안에서 평화정까지 가는 길에 이야기를 나누었다. 이것으로 한대용과 두 사람의 현안이 풀린 듯한 생각이 들었다. 제사상을 차리고 나서 그사이에 피아노로 장송곡 같은 것이라도 치면 실제로 이방근의 영혼이 모습을 갖추어 그 방의 세 사람 앞에 나타날지도 모른다. 오사카 역 앞 불이 났던 자리에 세워진 섬유도매상가를 통과해 가면 가깝지만, 혼잡을 피해 우메다 신도의 전차 길 연도를 따라 교차로 쪽으로 곧장 걷다가 도중에 우회전하여 평화정에 닿았다. 2시 30분이 다 되었다.

문을 열자, 입구 근처 자리에 한대용이 앉아서 짙은 감색 피스 갑을 테이블에 둔 채로 담배를 피우고 있었다. 여점원이 어서 오세요, 한다. 2시부터 5시까지 휴게시간이라 잠깐 당황했지만 특별 대우를 받는 손님일 것이다.

"대용 씨, 늦어서 죄송합니다."

"유원 동무가 할 말은 아니지. 승지 동무가 해야지. 유원 동무는 잘 잤나? 낯선 곳에서."

"예, 너무 행복한 저사야의 밤이었어요."

"저사야의 밤이라? 어쩐지 시 제목 같네."

"문난설 씨가 시조를 썼던 한지, 가져오셨나요?"

"아이고, 응, 유원 동무. 2층에 가서 합시다, 제주도 이야기는. 오빠가 우리가 오기를 2층 방에서 기다리고 있어."

정말로 2층에서 사람이 기다리고 있다는 듯한 말투에 남승지는 움찔했다.

"대용 씨, 그런 말 하지 마. 전화로 들었지만 부옥이는 건강하게 일 잘하고 있다면서요?"

"일밖에 모르는 부옥이지. 유원 아가씨와 방근 도련님밖에 모르는 부옥이, 그저 유원 아가씨, 유원 아가씨 하며 눈물을 흘리더라고. 할 말이 없어. 이방근 아니면 유원이야."

한대용은 종업원에게 맥주 한 병, 일본 술 하나, 잔 네 개를 시키고, 옆에 있는 찻집에서 커피 석 잔을 주문해 달라고 부탁하고는 앞장서서 2층으로 돌아갔다. 두 사람은 그 뒤를 따랐다. 층계참에서 일단 멈춰 선 한대용이 3층으로 가는 계단을 가리키며, 위는 사무실이고 사장이 하고 있는 야스다 고무공업 우메다 사무실, 그리고 한대용의 연락사무소이기도 하지. 사장은 우리 일에도 협력해 주는 유지야…, 하고 설명했다.

오른쪽으로 들어가 언제나 가는 방 옆, 세 방 중에서 가장 안쪽 4첩 반 방으로 올랐다. 원탁 너머 정면 벽을 등지고 한대용, 바깥쪽으로 남승지, 오른쪽 벽을 등지고 유원이 앉았다. 숄더백을 벽 한쪽에 내려놓았다.

주전자의 물을 컵에 따라 각자 입에 가져갔다. 무슨 일이 시작되는 걸까? 맥주와 컵 세 개, 호리병 술 하나, 잔 네 개. 남승지와 유원은 한대용의 손짓을 보고 있었다. 어쩐지 무슨 의식 같았다. 한대용은 각 사람 앞에 잔을 나누어 놓더니 거기 일본술을 따랐다. 주인 없는 마지막 잔은 원탁 가운데 쪽으로 다시 놓았다. 이것은 이방근을 추도하는 잔인 것이다.

손님이 없고 공기가 깨끗해서일까? 종업원의 발소리와 함께 커피 향이 열어놓은 방 안까지 풍겨왔다.

유원이 맥주병을 두 손으로 들고 한대용, 남승지, 그리고 자기 잔에 맥주를 따랐다. 서로 가볍게 건배. 한대용이 갈색 가죽가방을 열어 소형 스크랩북을 꺼내더니 두 번 접어 끼워 넣은 한지 두 장을 손에 들고 펼쳤다.

"이것이 문난설 씨가 붓으로 써서 돌비석에 새긴 황진이의 시야. 이쪽은 방근 선생님이 난설 씨에게 준 시, 선생님은 자작이라고 말하진 않은 듯하지만 어쨌든 문난설에 대한 이방근의 마음이 적혀 있는 유일한 시니까."

묵흔이 선명한 한지에 스며들어 돋을새김처럼 보이기까지 하는 문난설의 필적, 웅휘하고 율동적인 필치. 오빠가 문난설에게 보낸 시를 같은 필치로 쓴 흔적. 문난설. 손가락 끝의 촉감도 상쾌한 한지.

"아이고, 멋진 글씨네. 문난설 씨…."

어져 내일이야 그릴 줄을 모르다냐
이시라 하더면 가랴마난 제 구태야
보내고 그리난 정은 나도 몰라 하노라

황진이 저
문난설 자

난설의 눈물이 진주라면
명주 손수건에 싸두었다가 가슴에 안으려마난
눈물이 흔적 없으니 흔적만을
마음에 새겨두리라

유원은 속삭이듯이 입술을 움직이다가 문득 눈길을 돌리더니 아아, 승지 동무 이어서 읽어요…, 하고 그대로 두 손으로 얼굴을 덮고는 상 위에 엎드렸다. 어서 읽어요. 눈물이 진주라면… 이미 음성이 젖어 있었다. 명주 손수건에 싸두었다가 가슴에 안으려마난… 유원은 얼굴을 숙인 채 끄덕이더니 어깨가 흔들렸다.

"황진이 시를 읽어줘."

"어져 내 일이야 그릴 줄을 모르다냐… 제 구태야 보내고 그리난 정은 나도 몰라 하노라."

유원은 일어서더니 등 뒤의 벽에 얼굴을 대고 몸을 떨며 울었다.

어젯밤 어머니 집 6첩 방에서도 이렇게 어깨를, 상반신을 떨며 오열했던 것일까? 자신도 유원의 눈물이 진주라면… 이라고 생각하고 싶다. 벽을 향해 마구 쏟아지는 눈물. 들렸다, 문난설의 음성이. 나는 슬퍼하기 위해 이곳으로 온 것일까요? 부옥이가 전해준 문난설의 음성.

손등으로 눈물을 닦은 유원이 돌아보더니 남승지의 손에서 한지 한 장을 받아 들고는 중얼거리듯 말한다.

"방근 오빠는 여기 있어?"

유원의 눈은 남승지의 머리 너머 방 밖을 보고 있었다. 그 눈은 길 잃은 새처럼 초점을 잃어버린 채 벽에 부딪혀가며 홀 공간을 일주하고 상 위의 다른 한지 한 장 위로 낙하하듯 돌아왔다. 동시에 유원의 몸은 무릎이 꺾이며 상 앞으로 내려앉았다.

"유원 동무, 방근 오빠는 말야, 세 사람의 마음속에 있으니까 있는 거지."

한대용은 말했다.

"눈앞에 누군가 있어도 나의, 그리고 유원이나 승지 동무의 마음에 없으면 없는 거야. 그 누군가는 어디에도 없어."

남승지가 아, 하고 감탄할 정도의 명대사를 한대용이 입에 담았다. 실례지만 한대용이 이런 말을 할 수 있는 건가 새삼스럽게 다시 보였다. 이방근을 오롯이 생각하다 보면 이렇게 되는 걸까? 남승지는 마주 앉은 한대용의 붉은 얼굴을 보았다.

유원은 말없이 한지와 커피잔을 들고 방을 나서더니 슬리퍼를 신고 테이블이 예닐곱 개 놓인 홀의 창가 자리에 앉았다. 그리고 커피를 한 모금 마시고 창밖을 본다. 그저 밖의 허공을 물끄러미 응시했다. 마침내 시선을 돌리더니 한지를 처음 보는 것처럼 양손으로 펼쳐 살짝 입술을 달싹이며 읽기 시작했다. 아무 관계 없는 다른 시를 읽듯이. 반복해서 읽는다. 도쿄로 돌아간 후에도 혼자서 조용히 소리 내어 읽겠지. 그리고 또 우는 걸까? 한동안 숨을 들이쉬고는 거의 비어 있는 커피잔을 입에 대었다.

황진이의 시는 부옥의 부탁을 받고 문난설이 썼던 것이다. 이방근이 황진이의 시를 본뜬 것이라며 읊었던 시는 문난설이 동시에 떠올려 부옥에게 써주었던 것. 부옥이는 이방근과 같은 몸인 유원에게 언젠가 건네기 위해 일부러 문난설에게 부탁했던 것이었다.

유원은 한대용에게 들어 알고 있었지만, 문난설은 그것이 유원의 손으로 건너갈 것임은 모르고 있었다. 알면 기뻐하며 덧붙여 쓰는 데 그치지 않고 다른 무언가를 했을 수도 있었다.

유원은 다시 창밖을 바라보고 있다가 한지와 커피잔을 들고 방으로 돌아왔다.

"세 사람이 모두 모여 있네. 한참 자리를 비웠던 유원 동무가 돌아왔어. 자, 술잔을 들자. 말하지 않아도 알겠지만 이방근 선생님을 여기 맞아들여 지금 잔을 기울이고 있는 참이야. 뒤에 있는 잔은 이방근 선생님 것인데 누가 마실까, 남승지 동무, 말해봐."

"셋이서 조금씩 마시면 되겠죠."

"응, 셋이서… 그럼 이방근 선생님을 모시는 이 자리에서 한잔 드세."

세 사람은 조용히 잔을 기울였다. 그리고 마지막으로 남은 잔을 한대용이 권하자 유원이 두 손으로 입에 대고 3분의 1쯤 마시고 나서 남승지, 한대용 순으로 마시고 빈 잔이 탁자 위에 남았다. 한 홉짜리 호리병이라지만 8할 정도 들었으리라, 한대용이 한 손으로 병을 흔들어보고 자신의 잔에 따르고 나니 비었다.

"유원 동무, 전화로 부옥이를 만났다는 정도밖에 이야기 못 했지만 함께 산천단으로 가면서 오빠가 돌아가신 후, 서울에서 오빠가 오는 것을 기다리고 있던 문난설 씨가 겨우 이어진 전화로 이방근 선생님의 죽음을 알고 난리가 났다나 봐. 필사적으로 제주도까지 왔대. 그리고 부옥이가 안내한 석재공장에서 지금 유원 동무 손에 있는 한지의 시를 새긴 비석을 이삼일 사이에 만들게 해서 경트럭에 싣고 오빠가 돌아가셨다는 산천단 현장으로 갔어…. 아이고, 뭐 나도 부옥이와 산천단 그 현장에 가서…. 음, 지금 문난설 이야기지, 문난설. 부옥이가 구덕에 넣어 가지고 간 제사음식으로 간소한 제사를 지냈지…. 그리고 오빠가 돌아가신 듯한 장소에 비석을 세웠어."

한대용은 술 대신 식어버린 커피를 마셨다.

"시비는 산천단 어디쯤 서 있는 거예요?"

"아, 그건 오빠가 돌아가신 자리니까 동굴 입구 길 쪽에 삼각형으로 튀어나온 바위 그늘 있잖아. 유원 동무는 알고 있을 거야. 그 바위 그늘 반대쪽으로 돌아가면 이전엔 절이, 불교포교당이 있었고… 그 바위 그늘에 서 있었지."

한대용은 거짓말을 한다.

"황진이의 시비, 거기 황진이와 나란히 문난설 씨의 이름이 적혀 있겠네. 연명으로 새겨져 있는 거죠? 이 시조는 문난설의 마음이고 난설 씨는 황진이의 시를 빌어 자기 마음을, 그렇죠? 방근 오빠를 향한 마음을, 내 오빠의 죽음을 자기 탓인 것처럼 탄식하면서…. 서울로 가지 않았던 방근 오빠. 정말이지 못 견디겠어, 흐윽…."

유원은 고개를 숙이고 눈물을 감춘다.

"맞아, 난설 씨 자신의 마음을, 그러니 이건 방근 오빠를 향한 문난설 씨의 마음이야…."

그녀는 입술을 깨물며 두 손으로 얼굴을 덮고는 그대로 상반신을 굳히고 소리를 죽이며 고개를 저었다.

"아아, 어떡하지? 방근 오빠, 여기 정말 있는 거야?"

유원은 눈물로 붉어진 눈을 아까와 같이 길 잃은 새처럼 천장 구석 구석으로 향하고 "오빠, 오빠, 오빠. 방근 오빠, 아, 가엾은 방근 오빠. 어째서 산천단에서 돌아가신 걸까요? 이시랴 하더며는 가랴마난… 내가 제주도에 난설 씨와 함께 있었더라면 함께, 이시라 하더며는 가랴마난… 아아, 자기는 죽고 우리를, 승지 동무와 저를 일본으로 보내고 오빠는 산천단에서… 무슨 일일까요? 돌이 떠다니고 강물이 거꾸로 흐른다 해도 정도가 있지. 아이고, 불쌍한 문난설, 난설, 난설이, 난설, 난설, 우리 올케, 아이고 훌륭한 문난설 씨….” 하다가 표정을 일변하여 찡그렸던 얼굴을 억지로 펴면서 “난설 씨는 무사히 서울로 돌아갔나요?”라고 물었다.

남승지는 휴우, 하고 한숨을 내쉰다. 유원의 독백 앞에서 참고 있던 눈물로 숨이 막힐 듯했다.

“무사히 돌아갔다고 부옥이가 그러던데….”

한대용은 이야기를 크게 생략했다. 얼마든지 확장될 이야기, 슬픔과 고통을 부르는 이방근의 죽음을 애도하는 문난설의 시비. 지금은 부서져 존재하지 않는 시비.

“제주도에 다녀온 나의 보고를 겸한 이야기는 대충 이 정도로 하고 벌써 3시 30분, 4시가 다 됐네. 승지 동무, 유원 동무, 뭐 좀 먹어야지. 6시에는 여기서 나가기로 하자.”

“저사야 어머니 댁에서 아침부터 삼계탕이니 닭죽을 잔뜩 먹었어요. 식사하는 건 시간 안 걸릴 거예요.”

유원은 컵에 물을 따라 마셨다.

“지금은 오후, 아니지, 밤 영업이 5시부터인가?”

남승지가 말했다.

“맞아, 일반 손님이 지금 여기 이렇게 앉아 있을 수 있나? 그건 예약하면서 이야기해 두었어. 휴게 시간 영업이라고나 할까? 부탁하면 음식은 나와. 유원 동무는 술은 안 마시는 게 좋지. 주스라도 마실래?”

“하하….”

남승지가 웃었다.

“대용 형도 주스 마실 거예요?”

“응, 마시고말고, 뭐든 마시지. 유원 동무를 위해서라면….”

“자, 내가 가서 부탁할게.”

“안 가도 돼.”

한대용이 일어나서 방 앞 쪽마루에 서더니 “어이, 여기 좀!” 하고 크게 소리를 질렀다.

곧 여점원이 모습을 보였다. 한대용이 오렌지주스와 녹차를 부탁했다.

“승지 동무, 아침에 어머님 댁에서 오빠 일로 대용 씨와 셋이 있는 데서 이야기한다고, 내가 모르는 이야기가 있다고 했지요….”

이야기 꺼내기 좋을 때를 찾고 있던 남승지는 멈칫하며 상반신을 반사적으로 움직였다.

“그, 대용 씨도 아시는데 나에겐 비밀이었던, 방근 오빠에 대한 중요한 이야기?”

유원은 가까스로 순간적인 웃음을 보였다. 아, 지금 나락으로 떨어질 이야기를….

“맞아, 그건 대용 형도 알고 있어. 내가 이야기를 해야겠지만 저, 대용 형, 어젯밤 차 안에서 맹도회 이야기를 기억해 두라고 했죠? 그건 뭡니까?”

“아아, 맹도회. 택시기사와 이야기하는 동안 생각이 났는데 유원 동무도 듣고 있으니 나쁘지 않다 싶더라고. 뭐 오빠가 그런 입장에 있었으니 유원 동무가 모르는 많은 일들이 있는 게 당연한 거지. 그 하야시구미에 관해서 말하자면 말야, 아, 그런가? 하야시구미 사격장이 있거든. 물론 실탄으로 하는 건 아니고, 그런 건 안 되지. 승지 동무도 알다시피 한대용은 사격의 명수잖아. 제주 경찰로부터 꼭 와달라고 몇 번이나 부탁을 받았지만 차버렸을 정도니까. 나는 안 갔다고…. 그러니까, 갔더라면 경찰에서 굉장한 사람이 되어 있었을지도 모르겠네, 그래서 헤헤, 남승지를 잡으러 다니고 있었을지도 몰라. 남방에서 갈고 닦은 피스톨 솜씨로 말야. 하늘이 그걸 허락하지 않았지. 그래서 이방근 선생님을 만나게 된 거지. 어쨌든 그 맹도회의 하야시구미 조장은 한대용의 사격 솜씨에 감탄해서 마침 승지 동무가 산에서 갖고 있던, 이방근 선생에게서 받았다던 피스톨, 브라우닝과 같은 그 피스톨을 내게 선물했지…. 참, 말 나온 김에 이야기하자면 이건 강몽구 선생과 승지 동무가 함께 일본에 왔을 때 이야긴데 조원 몇인가를 게릴라, 의용병으로 파견하겠다는 것을 강몽구 선생이 거절했어. 산 쪽에서. 내가 게릴라로 입산하고 싶다고 이방근 선생님을 통해 지원했는데 그쪽이 거절했어. 제주도에 있을 때였으니까 남방에서 귀환한 '친일분자'라는 이유였겠지. 확실하진 않지만 그런 거지. 일본에서 온 의용병을 야쿠자라고 해서 거절한 거나 마찬가지야. 뭐 그런 일이 있었는데 내가 하야시 조장에게서 선물받은 브라우닝을, 승지 동무, 홀에 아무도 없지? 내가 그걸 이방근 선생님에게 준 거야…."

"……."

남승지는 무심결에 고개를 들었다. 이방근 1주기에서 돌아와 오래지 않아 이 평화정에서 한대용과 만났을 때 했던 이야기 중에 자살에는 약을 먹거나 투신하는 것 같은 여러 가지 방법이 있는데 보통 사람들은 쉽게 손에 넣지 못하는 피스톨로 자살이라니. 이방근의 자살은 전혀 이해가 안 된다고 말한 적이 있었다.

"그걸 이방근 씨에게 줬지. 그래서…."

"그래서… 그게 산천단이야."

한대용은 컵의 물을 꿀꺽꿀꺽 마셨다.

"어째서 이방근 선생님은 죽은 걸까? 권총이 있어서였을까? 나에게 받았던…."

한대용은 방 밖을 노려보듯 하면서 피스 갑에서 한 개비를 꺼내 라이터 불을 붙이더니 천천히 한 모금, 연기를 빨아들였다가 뱉어냈다.

"그게 산천단…."

남승지가 되묻듯이 중얼거렸다.

유원이 망연히 담배 연기 너머 한대용을 응시했다. 한동안 아무도 말이 없었다.

"아이고, 오빠…."

유원은 짜내는 듯한 음성으로 말하고는 상 위에 두 손을 올리더니 거기 얼굴을 묻었다.

"승지… 피스톨이 없었다면 이방근은 자살하지 않았을까?"

"아니, 그렇지 않아요. 나에게 호신용이라며 작년 1월 1일 새벽에 건네준 피스톨, 그걸 대신할 것이 피스톨이 아니더라도. 아, 권총을 내게 주면서 존재를 꿰뚫는 불을 뿜는 피스톨… 을 서울의 어떤 사람에게서 건네받은 이야기를 했어요. 그래서 정세용을, 설산의 아지트에서 정세용의 존재를 꿰뚫었지. 유원 동무, 정세용을, 그래, 정세용을 산속 아지트에서 사살한 거야. 우리 산부대 대신 내 손에서 피스톨을 빼앗더니…."

남승지는 단숨에 맹렬한 오열이 마른 목에서 솟아오르는 것을 컵의 물을 천천히 삼켜 달랬다.

얼굴을 든 유원은 의미를 알 수 없었다. 잔혹한 타격이었다.

"오빠가 정세용을…."

눈물이 마른 눈에서 기이한 빛을 발하는 얼굴이 눈앞에서 창백해지면서 경직되었다.

"이방근이 정세용을, 산부대 대신에. 정세용을…."

유원은 유리잔의 주스를 빨대로, 거친 숨소리를 내며 빨아들였다.

"나는 정세용을 알아. 나는 성내에 없었지. 그때 나는 일본에 있었어. 오빠가 정세용을…."

마치 혼잣말 같았다. 대사라도 읽는 듯이 동요가 없는 음성이었다. 외가 쪽 팔촌 오빠지만 정세용이라고 부르고 있었다.

"유원 씨는 4·28 평화협정을 알고 있어? 그 협정의 파괴자, 음모의 장본인이 정세용이야….”

한대용은 질문하는 동시에 상대의 대답을 기다리지 않고 자기가 대답했다.

유원은 말없이 끄덕였다.

“우리 제주도민의 학살을 안내했던 것이 정세용, 우리에게 있어서 이승만과 마찬가지로 철천지원수였지.”

상 위에 놓인 두 손의 손가락을 맞잡고 꼼짝 않은 채 응시하던 유원은 양손 엄지손가락을 펴서 움직여가며 허리를 똑바로 세우고는 한대용을 마주 보았다. 그 얼굴에서는 조금 전의 핏기 없이 굳은 표정이 사라지고 없었다.

“유원 동무, 지금 내가 이야기하는 건 승지 동무와 함께 하는 거야. 승지 동무에게서 내가 들은 일을 여기서 가장 나이 많은 연장자, 선배로서, 이유원의 방근 오빠가 이 방에 계시는 것을 의식해 가며 이야기하고 있어. 그뿐 아니야. 승지 동무에게 물어보면 잘 알겠지만 오빠의 소학교 동창 유달현이 정세용의 하수인이었어. 유원 동무, 그건 알고 있어?”

“예, 오빠한테 들었어요. 그 유달현이 내가 부산에서 탄 한일호에 타고 있었던 거죠? 승지 동무는 대용 씨에게 물어보라고 말했어요.”

유원은 깍지 끼었던 양손을 떼어놓더니 옆에 놓여 있던 차를 한 모금 마셨다.

“응, 그래. 그 녀석은 간첩, 경찰의 앞잡이야. 성내 조직원 명부를 팔아넘긴 후 변장해서 딴사람이 되어 한대용의 배에 승선한 거지. 유원 동무, 한대용의 배가 아니야. 원래는 이방근 선생님의 배였지. 뭐, 어쨌거나 이방근 선생님은 유달현의 변장을 다 알고서도 신영옥을 데리고 한일호에 탔어. 제가 알아서 자루 속으로 들어간 쥐새끼가 되었다고나 할까. 요점을 말하자면 정체가 탄로 난 것이니 이방근 선생님이 선원실에서 유달현을 심문했어. 무엇보다도 놈이 이방근 선생님이 같은 한일호에 타고 있다는 것을 알고 기겁했는지 최후의 발악을 해버린 거야. 가명으로 승선했다는 정체가 드러나면서 선원들이 선원실에 들이닥쳐 놈을 끌어냈지. 그리고 놈을 가장 높은 돛대에 매달았어. 밤바다는 거칠고 바람은 차가웠지. 그네처럼 춤을 추고 있었어. 돛대 위에서 이방근을 저주하면서 울부짖으며 똥오줌을 질질 흘리더라. 돛대에서 끌어내려 갑판 위를 구르는 놈을 바다에 집어던졌지. 그놈이 동지를 팔고 받았던 30만 엔은 게릴라 구출 비용으로 썼다더군, 흠."

"하하하하!"

유원이 조금 갈라진 듯한 소리로 웃어 두 사람을 놀라게 만들었다.

"오빠는 보고 있었던 거죠?"

"오빠? 응, 느긋하게 보고 있었어…."

유원은 만족스럽게 끄덕였다.

"그때는 내가 서울에서 부산 친척집으로 와 있을 무렵이었는데, 오랜만에 부두에 나가 바닷바람을 맞으며 바다 냄새를 맡았어요. 오랜만에 만나지만 금방 멀리 헤어지게 될 오빠를 기다리고 있었어. 그게 마지막이 되어버렸지만요…. 지금 나에게도 오빠가 느긋하게 보고 있던 유달현의 모습이 보여. 밤의 거친 바다에서 요동치던 한일호 돛대 꼭대기에 매달려 비명을 지르고 있는 모습이 보여. 유달현. 유달현이 성내 집에 찾아와서 방근 오빠가 앉아 있는 소파 주변을 빙글빙글 돌면서 이삼일 안에 성내 조직도 함께 무장 봉기를 일으킨다고 말했죠. 아, 승지 동무, 오빠와 함께 Y리에서 하룻밤을 새우고 돌아온 것이 4월 1일 오후였어요. 저기, 승지 동무, 기억하죠? 전날에 강몽구 선생님과 승지 동무의 안내로 중산간 부락의 해방지구에 다녀왔어. 그때 평소 하던 대로 유달현이 찾아와서 4월 3일이라고는 하지 않고 이삼일 안에 봉기한다, 이방근 일족의 안전은 성내 조직 책임자인 자신이 책임지고 보장하겠다고. 저기, 그때는 강몽구 선생님에게서 3일에 있을 봉기 이야기를 방근 오빠가 들었던 거예요. 그 인간이 조직을 적에게 팔고 정세용에게, 경찰에 팔고 나서 한일호에 올라타서 밤바다에… 아아, 무슨 일일까? 웃음이 나오네, 서글픈 웃음이….”

유원은 웃고 있는데 눈물이 고이고 있었다.

“오빠의 정세용 살해를 이해해 주는 건가? 나는 공범자야. 아지트에서 해야 할 일을 오빠가 나서서 한 거지.”

“이해라니요. 우리 오빠 일인데. 나는 굳이 범죄라고 생각 안 해.”

“맞아, 살인이지만 범죄일까? 대용 형은 정의라고 강조했고 나도 그렇게 생각하게 되었지. 유원 동무가 지금 처음으로 이 일을 알게 됐지만 이방근은 이방근, 이방근임이 달라지지는 않아. 유원 동무가 지금까지 몰랐던 일을 알았다는 것뿐이지. 이방근의 변치 않는 사실을 유원 동무가 알 필요가 있다는 것. 대용 형과 둘이서만 알고 있고 유원 동무가 오빠에 관해 모른다, 세 사람 중에서 유원 동무만이 모른다, 여기서 빠지는 건 허용될 수 없어. 유원 동무의 오빠에 관해 유원 동무에게 비밀로 하고 두 사람만이 죽은 이방근과 대화한다는 것은 견딜 수 없는 일이지. 이방근을 화제로 삼음으로써, 화제라고 하는 것은 안 좋네, 이방근의 이야기를 하는 거지. 이야기함으로써 4·3에 관해, 자신이 체험했던 기억을 죽이고 입 밖에도 못 꺼내는데, 지금 여기서 세 사람이 오빠와 정세용에 관한 것을 밖으로 꺼내 공유할 수 있는 것은 우리가 이방근을 둘러싸고 자유롭다는 것이지. 절대 입 밖에 내지도 못할 4·3을 말하는 자유, 얼마나 감사한 일인지. 동굴 속 자유이긴 하지만. 어디에도 없는 우리만의 자유. 이게 없었다면 숨이 막혀 박제 인간이 되어버릴 거야. 동굴의 자유라고 했지. 저사야의 어머니 역시 누이동생도 물론, 제주도에서 있었던 내 일을 몰라. 마음대로 상상하겠지만 나 자신이 제대로 가족을 향해 이야기한 적이 없어. 말할 수가 없어. 내가 성내 수용소에서 이방근 씨에게 구출되어 그 덕에 밀항하고 살아남아 있다는 건 알고 있지만 제주도의 현실은 모르지. 내가 이야기하지 않으니 4·3을 건드리는 것도 두려워해. 유원 동무도 일본에 오고서 오빠에 관해, 4·3에 관해 하타나카 씨에게 이야기한 적은 없을 거야. 재작년 3월 봉기 직전에 강몽구 씨와 도쿄에 갔을 때, 4·3 봉기를 위한 기금 5만 엔을 모금해 준 사람이야. 유원 동무에게는 하타나카 오라버니고. 이 세 사람 사이에 터부가, 이방근 씨에 관해 비밀이 있어서는 안 되겠지. 이야기하는 게 이렇게 늦어진 건 이야기해도 되는 걸까 망설여서였어. 겨우 결단을 하고 그리고 대용 형과 의논을 했어…."

"그래서 아침에, 내가 모르는 방근 오빠 이야기를 할 테니 그렇게 알고 있으라고 무슨 예고라도 하듯이 말했구나. 승지 동무, 내가 모르는 오빠에 관한 이야기, 자살한 이방근, 그리고 살인자 이방근. 나는 이 자리에서 일이 분 사이에 며칠간 할 생각을 다했어. 이방근, 살인자, 그럴까? 바보 같아."

상 위의 한 점, 빈 잔을 지켜보는 유원의 하얀 볼근육이 냉정하게 비틀리며 후훗, 하고 뿜어내는 듯한 웃음이 새어 나왔지만 크게 한숨을 내쉬더니 표정이 돌아왔다.

"저기, 승지 동무, 오빠가 살인자라면 제주도에서 살인자 아닌 사람은 없어. 이방근은 특별한 살인자, 살인자이면서 살인자가 아냐. 아까 4·28 협정의 파기자라고 말했지. 그런 인간들이야말로 살인자…. 정세용을 피스톨의 과녁 삼았다고 살인? 나는 이방근을 살인자라고 생각하지 않아…."

가볍게 웃던 얼굴이 일그러지더니 시선을 손에 떨구고 턱이 떨리면서 두 눈에서 커다란 눈물이 툭툭 떨어져 내렸다. 유원은 손수건으로 뺨을 닦았다.

"저, 승지 동무… 방근 오빠는 살인자일까?"

"……."

남승지는 가슴이 막혀 대답을 하지 못한 채 고개를 좌우로 강하게 저었다.

"제주도, 고향 사람들을 대신해서 정세용을 쏘았지. 확실히 말합시다. 죽였다. 방근 오빠가 산천단에 간 것은, 오빠가 산천단을 좋아하고 사랑했던 것은, 한라산의 영이 있는 곳이라서야. 세속에서 떨어진 곳. 죽을 병에 걸리더라도 결코 성내 집에서 죽을 사람이 아니었어. 우리 도민들의 신앙의 산, 한라산 산신의 제단 흔적이 있는 신성한 곳. 오빠는 죽고 싶은 곳에서 죽었어. 도민을 대신해서 정세용을 죽였다? 이방근은 죽인 것이 아니라 도민을 대신해 희생해서 죽었어…."

"뭐라고? 유원 동무. 그거야 바로. 희생양, 이거야말로 정말 희생양을 한라산에 바친 거야. 제주도민을 대신해서 자신의 목숨을 바친 거지. 아이고, 유원 동무."

한대용의 음성이 눈물로 젖었다.

"나는 이 음성이 울리기를, 하늘의 음성을 기다리고 있었어. 우리를 인도할 음성을. 유원 동무, 괜찮아?"

유원은 무표정하게 굳어진 얼굴을 한대용에게 향하며 끄덕였다.

남승지는 눈을 감고 고개를 숙이고 있었다. 그야말로 하늘의 음성, 신의 음성. 수령 600년, 수고 20여 미터, 가지를 뻗은 여덟 그루의 거대한 흑송이 늘어서 있는 산천단. 예부터 한라산 산신제 장소는 한라산 정상인 백록담이었지만 동사자 등 희생자가 나오는 바람에 조선조 중기에 산신제 장소를 산천단으로 옮겼다. 여덟 그루의 흑송 거목은 제단을 지키는 신목.

"어, 어흠, 유원 동무, 살인자라는 말은 안 써. 승지도 나도 박수를 치고 싶고 기쁘고 용기를 얻게 되네. 유원 동무의 눈물은 겁쟁이의 눈물이 아니야."

유원은 마치 어린아이처럼 고개를 숙이고 끄덕였다.

"유원 동무, 대용 형은 처음부터 단호하게 살인자가 아니다, 정의로운 행위다, 라고 말했어. 나도 대용 형과 마찬가지, 유원 동무와 마찬가지로 생각하고 있어. 이방근은 이 남승지를 대신해서 방아쇠를 당긴 거야. 정세용, 산속 아지트 인민재판의 결과였지…."

"그렇지, 나 한대용에게 방근·대용은 새로운 한대용의 이름이자 남승지와 둘이서만 통하는 이름이야. 이방근 선생님의 이름을 따서 대용의 머리에 모시고 내 이름은 방근·대용. 언젠가 꿈에 방근 선생님이 나오셨길래 이게 내 새로운 이름입니다 했더니 그렇군, 그래, 끄덕였어… 허허, 꿈은 거짓말, 맞아, 선생님이 그리 간단히 꿈에 나오겠어? 크흠, 그래서 말야, 이방근 선생님과 뜻을 같이하는 세 사람 사이의 가장 중요한 비밀이 없어졌어. 비밀의 무거운 뚜껑이 열렸지. 그렇지? 승지, 맞아, 오늘 이제 곧 도쿄로 떠날 유원 동무가 꼭 알아줬으면 하는, 몰라서는 안 되는 것, 나도 승지 말을 듣고 아, 그렇지, 그렇다고 크게 마음을 정한 거야. 이렇게 세 사람이 방근 선생님 이야기를 공유할 수 있었던 것이 기뻐. 유원 동무, 화내지 마."

"예."

유원은 고요히, 확실하게 끄덕였다.

"승지, 그렇지 않아?"

남승지는 끄덕였다. 오빠의 살인을 고하는 행위가 잔혹하다면… 그것은 잔혹함을 넘어서 자유로 향했다. 지금 개운하기까지 한 얼굴의 유원에게서도 그녀가 몰랐던 비밀의 뚜껑이 열린 것이다.

"나보다도 유원 동무가 허락해 준 것이니까. 이걸로 세 사람이 이방근 씨를 공유할 수 있게 된 거예요."

"그래, 알겠어. 됐다. 벌써 5시네."

한대용은 일어서더니 쪽마루로 나갔다.

"어이, 좀 와봐."

커다란 손으로 두세 번 두드린다. 마도로스 파이프를 놓지 않던 손. 사격 명수의 손. 예에, 하고 계단 아래서 여점원의 음성이 들렸다.

"맥주 세 병, 소주 한 잔, 내장구이, 갈비 있어? 응, 그거. 너무 불고기만 먹기도 그래. 유원 동무 옷에 냄새가 배면 우리 소중한, 귀중한 유원 님…. 연기가 안 나는 가오리회, 천엽, 그리고 생간 있지? 유원 동무, 생간 먹어? 먹는다고, 생간… 일단, 그거 먼저 가져와. 그리고 이따 냉면도 부탁해. 우선 이 정도로 오케이."

한대용은 자리로 돌아와서 피스 갑에서 한 개비를 꺼내 라이터 불을 붙여 한 모금 들이마시고는 후우, 하고 연기 동그라미를 뱉어냈다. 고상하고 강한 향이 나는 연기가 감돌았다. 맥주, 소주, 밑반찬 나물, 김치 등의 접시가 두 점원의 손으로 상 위에 놓였다.

"유원 동무, 고베 사촌형 부부가 유원 동무를 너무 보고 싶어 해서 오사카까지 온다는 것을, 유원 동무도 여유 없는 여행이고 서로 힘드니까 이번엔 말렸거든. 여기를 나갈 때 아래층 전화로 인사 한마디 해줄래?"

"전화? 그래요. 오사카까지 오신다고 들어서 너무 죄송했거든. 시간이 있었으면 내가 고베로 찾아뵈어야 하는 건데. 전화로 인사를 대신할 수 있다면 꼭 인사를 드려야죠. 나중에 승지 동무가 전화를 걸어줘요. 그리고 나한테 바꿔주고."

"형님 부부가 엄청 기뻐할 거야."

"유원 동무, 아까처럼 컵을 한가운데 놓고. 자, 방근·대용이 맥주를 따를게."

한대용이 남승지와 유원의 잔에 병을 기울이며 이야기를 이어갔다.

"지금 여기서 제사를 지내고 있는 건 아니지만 돌아가신 이를 기릴 때, 그분이 제단에 계시는 것처럼 마음을 기울여라, 하는 것이 제사의 예거든. 그렇지? 바로 그 방근 선생님 당신 말씀대로 지금 여기 죽은 자는 산 자들 속에 살아 있다…. 이 방에 이방근 선생님이 계셔. 우리 살아 있는 자들 속에, 처음으로 함께한 세 사람의 머리 위에…."

그는 머리를 뒤로 기울여 천장 한곳을 응시했다.

두 사람도 반사적으로 고개를 들었다.

"자, 건배하자. 이방근 선생님을 위하여!"

세 사람은 손을 뻗어 컵으로 조용한 소리를 내고서 입으로 가져가 기울였다. 세 사람 모두 컵 바닥이 보였다.

"유원 동무는 너무 마시지 마."

"예, 대용 씨, 저, 제주도엔 언제쯤 가시는 건가요?"

"그게 지금 예정으로는 이번 10일이 이사잖아, 20일경이 되려나? 아직 며칠인지는 정하지 않았어. 돌아오는 건 대마도 북쪽 사스나라는 곳이 있는데, 그리로 가는 건 출발이 늦어지니까 11월 중순쯤이려나?"

"돌아오는 건 대마도로요?"

"맞아, 기항했다가 오사카로 돌아올 거야."

"제주도에 가시면 죄송하지만 성내 집에 들러주세요."

유원은 숄더백에서 흰 봉투 하나, 그리고 주먹만 한 사각형 화장품 상자 같은 것을 꺼냈다. 봉투는 아버지에게 보내는 편지로 20만 엔의 수령증을 대신하는 것, 그리고 열어 보인 상자 속에는 짙은 연지색 뚜껑의 콤팩트가 있었다.

"부옥이가 이런 콤팩트를 쓰나?"

"가지고 있으면 좋겠죠. 부옥이 방 경대 위에 두어도 좋을 것 같아요. 손에 들고 자기 얼굴을 들여다보면서 가벼운 화장을 하는 거예요 대용 씨, 부옥이도 제대로 된 화장도구가 있다고요. 작지만 둥근 경대가 있어. 그래도 콤팩트는 없으니까, 가지려고도 안 할 거고. 선옥 마님에게 들키기라도 했다가는 네까짓 것이 콤팩트… 하며 경을 치겠지요. 만약 들키면 유원이 보내줬다고 대답하면 돼요. 촌여자 같지만 잘 보면 근사한 얼굴, 부처님 같은 얼굴이거든요."

"그렇군…."

화로가 상 위에 놓이고 가스 고무관이 연결되었다. 주문한 불고기, 그리고 가오리회, 생간 등이 날라져 둥근 상이 좁아져오니 방 한쪽의 환풍기가 돌기 시작했다.

"아, 고기를 구우면 기름이 튀고 연기가 나니까 유원 동무는 잠깐 벽에 등을 기대고 떨어져 있는 게 좋으려나? 그래도 불고기 냄새가 배겠네. 그나마 환풍기가 있으니 심하진 않을 거야."

"대용 씨, 괜찮아요, 괜찮아. 가게를 나가 기차를 탈 때쯤이면 가을 밤바람에 냄새는 날아가 버리니까…."

"가을 밤바람이라, 가을 밤바람, 오사카의 가을 밤바람에 맡길까?"

불고기 등 음식이 달궈진 석쇠 위에 올라갔다. 금세 맛있는 냄새가 나면서 기름을 튀기며 연기가 피어올라 퍼졌지만 환풍기가 빨아들여 방에 연기가 차지는 않았다. 천엽은 초된장, 생간은 소금과 마늘을 섞은 참기름을 듬뿍 찍어 먹는다. 혀 위에 오르면 퍼져가는 부드럽고, 그리고 쫄깃하게 씹히는 날것의 식감. 유원은 소금기름장을 찍어 입에 넣고 끄덕여가며 먹었다. 남승지는 어젯밤부터 오늘 아침에 걸친 어머니 집 작은 잔치에는 빠져 있던 날것의 뒷맛을 혀뿌리에 한동안 담아두었다. 석쇠 위 고기는 한대용과 남승지가 젓가락을 사용하여 뒤집기도 하고 화로의 불을 조절하기도 하면서 유원의 접시 위에 옮겨주었다. 한대용과 남승지는 맨손으로 갈비의 뼈를 잡고 하모니카처럼 입에 대었지만, 유원은 종이 냅킨으로 뼈를 감싸 들었다. 그래도 한 손 손가락에는 기름을 묻혀가며 양손으로 들고 고기를 뜯어 먹었다.

"하하하, 역시 맛있네, 맥주도 마셔가며 먹어. 그럼 더 맛있지."

한대용은 소주잔을 천천히 기울였다. 셋이 한입으로 맛있다고 말하는 것도 침묵하던 터부의 발산이었다. 이 맛있어는 세 사람만의 맛있어. 세 사람 모두 웃옷을 벗고 옷걸이에 거는 대신 벽 한쪽에 모아두었다. 유원은 청초한 하얀 셔츠, 남승지는 노타이 와이셔츠, 한대용은 넥타이를 느슨하게 풀고 와이셔츠 소매를 걷어올렸다.

"저기, 유원 동무, 기적이라는 게 실제로 있구먼, 지금 여기 세 사람이 함께 있는 것도 기적인데, 어째서 기적이냐, 지금부터 방근·대용의 이야기를 들으면 알 거야. 유원 동무가 한일호에 탄 것은 재작년 1948년 10월이었어. 승지 동무는 이듬해 4월이지. 두 사람이 약속하고 바다를 건넌 건 아니잖아. 정세용이 산속 아지트에서 죽은 것은 2월 하순이라고 들었어. 그에 이어진 남승지의 제주도 탈출. 그때 이방근 선생님은 자살을 생각하고 있었던 건지. 승지 동무는 제주도에서 자칫했다간 사라졌을 인간이야. 성내를 빠져나온 것도 기적이지만 이방근 선생님의 도움 덕이었지. 그러고는 일본에서 두 사람이 재회했다는 이 현실, 이런 있을 수 없는 일이 이렇게 눈앞에 있다는 것, 꿈이 아닌 현실이잖아. 두 사람 모두 이 방근·대용이 데려왔지. 하늘의 섭리, 천명에 순종하여. 허허, 이상한가? 하늘에 감사하라. 이방근 선생님은 하늘에 있어. 우리가 있다고 생각하는 곳에 있지. 응, 그래서 말야, 유원 동무가 어젯밤 승지 동무 어머니, 동생과도 만나고 함께 묵을 수도 있었지. 이거 기적 아닌가? 방근·대용이 방근 대선배님, 선생님의 한쪽 팔 역할을, 나는 해냈다고 생각해. 이 '기적의 생환'을 이룩한 남방 귀환 한대용이 말야. 알겠어? 승지 동무."

"……."

남승지는 어금니를 깨물며 말없이 끄덕인다.

어젯밤에는 작년 6월 19일 밤 내가 둘로 나뉜 이방근 꿈을 꾸었던 바로 그 오사카 어머니 집의 지붕 아래서 마찬가지로 반쪽 꿈을 꾸었던 유원이 머문 것이다. 그야말로 기적, 하늘의 섭리, 하늘에 감사하라. 둘로 나뉜 꿈이 하나가 되면서 나온 흡인력, 이방근의 산천단 죽음으로 이끈 무서운 흡인력.

그 이방근이 죽음의 경계에서 승지와 유원을 향해 보낸 강렬한 텔레파시. 이방근을 향한, 하나됨을 향한 흡인력. 이방근은 한라산이 보이지 않는 바위 그늘을 등지고, 까마득한 바다를 향해 쓰러져 있었다.

"이방근 선생님의 유지(遺志)를 알고 있어?"

남승지는 깊숙이 끄덕이고 맥주잔을 들어 꿀꺽하며 마셨다. 목구멍에서 맥주가 소용돌이치며 내려갔다. 목이 말라 있었다.

"혼자서 마시지 말고 유원과 잔을 부딪쳐야지. 유원 동무도 잔을 들고. 어이, 승지 동무, 여기 맥주 좀 따라줘."

세 사람은 가볍게 잔을 부딪쳐 건배.

아, 이건? 남승지는 깨닫지 못했지만 두 사람이 하나가 되어라 하는 신호였다. 내심 웃음이 나왔다. 솜씨 좋게 이야기를, 자리를 이끌어가고 있다. 마치 승일 형과 밀약, 공모라도 한 듯이. 지난달 20일 지나 제주도에서 돌아온 한대용을 오사카에서 만났을 때, 방근 선배는 승지를 개죽음하게 하지 않으려고, 그리고 동생 유원과 함께 있으라고 승지를 내보낸 거야. 그래서 그 사람은 제주도를 떠나지 않았고. 문난설과도 만나지 않고 제주도에서 죽었어…. 그렇지? 행자, 행자, 이제 그만해라… 질렀다는 듯이 화를 참으며 말했다.

냉면이 날라져 왔다.

22

냉면은 한대용을 빼고 두 사람 몫이었다. 그는 술을 더 마실 작정이었다.

"아, 그리고 과일, 이건 후식이 되려나…."

6시에 자리에서 일어나 7시 10분 출발, 아마도 30분 전에는 줄을 서야 할 터이니 미리 가 있는 편이 나았다. 자리가 없어 유원이 통로에 신문지를 깔고 앉게 할 수는 없다. 왕복표이니 급행권만 더 사면 된다. 만석일 경우 지정석 2등 승차권으로 교환하고 차액은 남승지를 말리며 한대용이 지불하려 할 것이다. 그런 식으로 시간이 걸려 늦어지면 열차 한 대를 뒤로 늦추게 된다. 어쨌든 여유 있게 이곳을 나가야 한다.

한대용은 소주를 잔술로 하나, 그리고 맥주 두 병을 더 주문했다.

과일을 주문한 것은 술은 이걸로 그만하겠다는 것이다. 유원은 도쿄로, 남승지는 유원을 배웅하고 고베로 돌아간다. 취하면 더 피곤하고 내일 일에 지장을 줄 것이다. 냉면으로 오늘의 오찬 혹은 만찬이 끝나고, 그리고 이별이다.

남승지와 유원은 냉면에 젓가락을 대었다. 식초를 충분히, 그리고 면을 잘 섞으면서 국물이 붉어질 때까지 고추장을 잔뜩 넣었다. 두 사람은 같은 동작을 하며 서로 마주 보고 어린애처럼 웃었다.

"다들 배부르게 먹었는데 주문을 너무 많이 해서 음식이 남네. 전부 해치우려면, 아니 술을 더 마시면 이 남은 음식으로 한 시간은 가겠네. 응, 유원 동무도 냉면을 좋아하는구나. 승지가 제일 좋아하는 음식인데. 두 사람은 많이 닮았어. 국물이 고추장으로 새빨갛잖아. 하하하, 고추장까지 똑같아? 그나저나 유원 동무, 승지가 대마도에 가게 되었어."

"……."

유원은 의아해하며 젓가락을 놓았다.

"대마도? 언제?"

"아직 확실한 건 아니지만 아까 제주도에서 돌아올 때 대마도 북쪽, 북쪽 끝 사스나에 11월경에 들른다고 했지?"

"응, 사스나. 거기 승지 동무가 가는 거야?"

"아직은 나중 일이지만 가게 될 거야. 사스나에서 대용 형이 연락할 때가 되면 그 지시를 따르는 거지."

"사스나엔 뭐 하러? 대용 씨 일을 도우러?"

"일? 그래, 그렇지 무역 일은 아니고, 다른 큰 일, 제주도에서 사람을 데려오는 거야. 알지?"

"알아."

유원은 크게 끄덕인다.

"밀항자를 데리러 가는 거야."

유원은 순간, 지도 위에서 대마도를 떠올려보기라도 하는 건지, 눈이 허공을 떠돌고 있었다.

"그 일은 나의, 아니 이방근 선생님의 유지를 이어 나의 것이 되는 거지. 일의 목적은 혁명, 맞아, 그래. 나는 그렇게 생각해…."

"혁명…."

"제주도에서 사람들을 구출하는 것은 이방근 선생님의 귀한 뜻이었어. 반혁명이라고 비판을 받아가면서. 뭐가 반혁명이라는 거야, 정말이지. 사스나에 예비검속을 당한 교원과 여성동맹 활동가, 그 지옥의 땅 혁명 여전사가 오거든. 아니, 내가 데려올 거야. 승지는 그 두 사람을 데리러 대마도로 가. 혁명투사를 데리러 가는 거니까 혁명적인 일이야. 큰 소리로 말할 수는 없지만. 하하."

유원은 말없이 끄덕였다.

"그 사스나라는 곳에서 어떻게 해서 여기까지 오는 거예요?"

"나도 지도에서 봤을 뿐이지만 사스나에서 한참 남쪽 이즈하라 항구에서 연락선을 타고 규슈 하카타로 바다를 건너서. 하카타에서 오사카까지는 기차. 초행길이지만 대마도까지 대용 형이 다 준비를 해줄 거니까."

"대마도…. 바다는 험한가요?"

"조선해협과 현해탄에 끼어 있으니까 내해와는 달라. 제주 바다에서 대마도까지만큼은 아니지만. 그 후 이즈하라부터는 통통배가 아니라 몇백 톤급 연락선이지만 도항증명서가 필요하진 않아. 도중에 경계하면서 조심하면 괜찮아."

남승지는 그렇다며 끄덕였다.

"제주 바다."

유원은 컵에 반쯤 남아 이미 거품도 없는 맥주를 한 모금 마시더니 한동안 멍하니 있었다.

"저기, 방근 오빠는 난설 씨와 약속을 해놓고는 서울에 가지 않았잖아요? 제주 바다를 건너. 난설 씨가 건넜던 바다를."

남승지는 철렁하여 유원을 보았다. 이야기가 이방근의 살인, 자살이라는 문제로 되돌아갔다.

"이유야 모르는 거 아닌가?"

"서울에 가지 않고 산천단으로 갔어. 어째서 서울이 아니라 산천단으로? 나는 줄곧 생각하고 있었어. 어째서 죽었는지 모르지만 어째서 자신을 희생으로 삼아야만 했을까? 4·3 투쟁이 학살과 패배, 실패로 끝났으니까? 오빠는 한라산 산신에게 자기 목숨을 바쳤지. 그래서 죽었어. 어째서 오빠가… 그래도 어머니가 살아 있었더라면, 안 죽고, 안 돌아가시고…. 정세용. 거대한 살인귀의 앞잡이, 능지처참을 해야 할 정세용이라지만 어머니가 있었으면 죽이지 못했을 거야. 그리고 어머니가 살아 있었으면 죽지 않았을 거고. 죽는다는 것이 허용되지 않아, 죽을 수가 없었어. 아니, 이시라 하더면 가랴마난… 나와 문난설이 곁에 있었으면 죽지 않았지, 방근 오빠는 오직 혼자서, 항상 고독한 사람이었지만 오직 혼자서…."

유원은 두 손으로 얼굴을 한동안 감싸고 있다가 얼굴을 씻듯 하며 손을 떼어냈다.

"있죠, 방근 오빠, 오빠 하고 부르면 어딘가에서 나올 것 같은 오빠가 서울로, 문난설 씨한테로 가지 않았던 것 말인데, 보고 싶은 사람에게서 전화가 걸려왔으니까 반사적으로 약속을 했겠지만 방근 오빠는 가지 않았어. 문난설 씨가 알고 있는 이방근은 이미 없었던 거지. 그 전에 문난설 씨가 알고 있던 이방근과는 다른, 별개의 이방근, 살인, 정세용이 아닌 사람을 목숨을 생명을 죽인 살해자, 살인자, 이미 문난설과 만날 수 없어. 정세용이 아니라, 목숨, 인간의 생명을 죽인 거예요. 그러니까 문난설을 만날 수 없었지. 아아, 이시라 하더면 가랴마난… 이시라 하더면…."

유원은 일어서서 방을 나서더니 쪽마루에 섰다. 한동안 우두커니 서서 테이블이 늘어선 홀 너머 창밖으로 시선을 주고 있었지만 두 손으로 머리카락을 쓸어 넘기고 자리로 돌아왔다. 여점원 두 사람이 소주, 맥주를 날라 왔다. 그리고 과일은 사과, 배가 각각 접시에 여섯 조각씩 가지런히 놓여 있었다.

"자아, 한 잔씩 마시고 6시 전에 일어나자. 뭐 오늘은 평일이니까 승지 동무가 걱정하는 것처럼 기차가 만원은 아닐 거야. 그래도 좀 일찍 가자. 밖에는 가을 밤바람이 불고 있어. 달아오른 뺨에 부드러운 밤바람은 하늘의 은총. 어이, 승지, 한잔해."

남승지가 두 손으로 들어 올린 잔에 한대용이 맥주를 따랐다.

"유원 동무는 반 잔만. 많으면 남겨도 돼."

유원은 두 손으로 한대용이 따른 맥주를 받고는 상대의 빈 잔에 두 손으로 맥주를 따랐다.

"고맙소, 제주말로는 고맙수다."

셋은 웃어가며 가볍게 건배를 했다.

남승지는 잔을 기울여 맥주를 꿀꺽 목구멍에 털어 넣었다. 맥주가 덩어리가 되어 면도날 같은 느낌을 남기며 위장으로 내려갔다.

이시라 하더면 가랴마난…. 유원과 난설 두 사람에게서 떨어져 있는 자신. 이방근의 자살로부터 멀리 떨어져 있는 자신이, 썩은 내 풍기는 이상한 음식을 먹은 듯이 끔찍하게 느껴졌다. 자신을 일본으로 보내고 두 달 후, 이방근은 보름달 아래 조천항 선상에서 나와 작별의 악수를 하면서 자살로 향해 가는 자신을 숨기고 있었던 것 아닐까? 그것도 모르고 나는 제주도를 떠난다. 이시라 하더면 가랴마난… 살아남아 더없이 무력하고 한심한 존재. 세 사람의 건배는 이별의 건배였다. 이방근을 자기 안에 둔다는 것이, 죽음이 아니라 삶 쪽으로 자신을 밀어냈다. 유원은 육체를 지닌 이방근의 분신인 것이다. 살아 있다, 움직이고 있다. 숨결까지 전해져 오는 존재인 유원 곁에서 숨을 쉬고 있다. 오래지 않아 자리를 일어나 이곳을 나가는 것이다. 그리고 오사카 역으로. 그리고 멀리 떨어져 헤어진다.

남승지는 포크로 사과 한 조각을 찍어 잠깐 응시하다가 입에 넣었다. 유원도 마찬가지로 포크로 사과를 꽂아 들었다. 한대용이 웃었다. 배는 약간 말라 맛이 없었다. 아침에 집에서 먹은 배는 물기가 많고 맛있었는데.

한대용도 포크를 들고 사과 한 쪽을 입으로 가져갔다. 세 사람의 동작은 자연스러웠지만 제각기 자신의 포크를 든 손의 움직임을 의식하는 듯했고 이심전심인지 모두 얼굴에 웃음을 띠고 있었다.

"아이고, 진수성찬, 잘 먹었다. 어제는 저사야 승지 동무 집에서 잘 먹고, 고소리 소주에 취해서 아파트로 돌아와서는 그대로 푹 잘 잤는데…. 이거 봐, 어제와 오늘 모두 진수성찬, 엄청나게 맛있었네. 멋있는 유원 동무와 함께 어제, 오늘을 보냈지. 이제 곧 유원 동무는 밤기차를 타고 도쿄로 돌아갈 거야, 도쿄로… 응, 남방에서 귀환한 이 한대용이가 약간 감상적이 된 건가? 유원 동무가 이방근 선생님을 데리고 가버린다…."

"대용 씨, 난 도쿄로 돌아갑니다. 돌아가는 게 아니라, 이제부터 기차를 타고 갈 곳으로 가요. 그것이 도쿄….”

“그래, 그렇지… 기차를 타고 갈 곳으로 간다. 그래, 갈 곳으로 간다….”

한대용은 말을 이었다.

“승지 동무, 허물 할방 이야기 알아? 이전에 방근 오빠가 길동무가 되었던 떠돌이 노인을 데려와서 집에서 한동안 하인처럼 일하고 있었거든요.”

“방근 씨한테서 허물 할방 이야기는 들은 적이 있어. 허물 할방, 종기의 고름을 입으로 빨아 치료하는 노인이라는 뜻이지. 보수는 소주 한 잔이라도 얻어 마시면 그걸로 최고….”

“부옥이는 하녀, 허물 할방은 하인, 아버지 부부가 반대해서 오래지 않아 쫓아내 버렸지만. 맞아, 산천단 목탁 영감도 집까지 온 적이 있었어. 드문 일이지만 영감님이 성내로 내려왔을 때 마침 그때가 제사, 어머니 제삿날 밤이었어. 사람들이 잔뜩 와 있었고. 홀연히 집 안마당에 나타나서 처음엔 거지인 줄 알고 모여 있던 이웃이나 친척 아줌마들이 난리를 쳤지. 영감님은 대청마루 앞 디딤돌 위에 주저앉은 채 꼼짝도 하지 않았어. 아직 쌀쌀한 3월 초순, 어머니 제삿날은 음력 1월 24일, 양력 3월 4일이었죠. 비가 내리기 시작했고 사람들이 안마당으로 내려가서 목탁 영감과 실랑이를 벌였어요. 나도 얼핏 들었는데 이런 게 생각나요. 영감은 이전부터 이 집을 알고 있는 거냐? 조금은. 언제부터야? 그건 잊었어. 나이를 먹으면 건망증이 심하지. 영감의 춘추는 몇인가? 그것도 잊어버렸지. 젊었을 때는 알고 있었지만 어느새 잊어버렸어…. 이런 내용이었지. 영감은 이름도 없고 나이도 없나? 다들 나를 목탁 영감이라고 불러. 이게 이름이지. 거기에 오빠가 얼굴을 내밀자 다들 하나둘씩 방으로 돌아갔어요. 방근 오빠가 영감님을 자기 방으로 데려가려 했지만 방에는 안 들어가고 댓돌 위에 꼼짝 않고 앉아 있었어. 그러고는 잠깐 아무도 없는 사이에 자취를 감춰버렸고. 이런 일들을 나는 뒤에서 보고 있었거든요. 오빠도 나도 상주니까 자리를 오래 비울 수는 없었지만. 어머니 제삿날 밤, 여러 가지 일이 있었지. 제사는 음력이니까 어머니 기일 전날 밤은 1월 24일, 양력 3월 4일. 4·3 봉기 한 달 전이었어요. 아버지는 성대한 제사를 지냈죠. 죽은 아내를 얼마나 소중하게 여기는지를 보여주기 위해서. 도지사와 경찰서장이 왔고, 정세용 경무계장도 물론 왔고요. 어머니의 칠촌 조카니까. 서북청년단의 제주도 지부 부지부장, 성은 마(馬) 이름은 완도(完道), 마완도도 왔어. 제사상 앞에서 무릎 꿇고 절을 하는데 양복 윗도리 안주머니에 권총을 숨기고 있는 게 보였다고 방근 오빠가 이야기하더라고요. 신을 모독하는 놈이라고. 신성한 장소를 진흙발로 짓밟는 놈이라며 분을 참고 있었지요. 오빠는요, 그 마완도라는 부지부장에게서 정세용의 동향에 대한 정보를 얻고 있었나 봐요. 그것이 이방근의 확신을 방증하는 것이겠지요. 오빠는 아무렇게나 행동하지 않는 사람이에요. 그리고 유달현. 소위 섬의 명사들이 다 모여 있었는데 이태수의 망실 정씨에 대한 성심을 표시한 거죠. 일종의 시위. 거짓으로 꾸민, 어머니를 핑계 삼은 아버지의 거짓 모습. 그래도 여름방학이었고 어머니 제사였으니까 서울에서부터 참석했어요."

유원은 컵의 물을 한 모금 마시고 이어갔다.

"그게 일본과 미국의 전쟁이 일어나기 한 해 전이었던 1940년, 방근 오빠가 서대문 형무소에서 병보석으로 나왔죠. 봄이었지만 나는 광주 여학교에서 돌아와 있어서 부옥이와 함께 셋이 산천단에 간 적이 있어요. 그게 처음이었죠. 그때 동굴에서 지내고 있던 영감님을 만났어. 산천단에서. 영감님은 근처 불교포교당의 분뇨를 퍼다가 논밭에 뿌리거나 벼랑길 아래 산천단 마을의 농사를 돕거나 하면서 보리나 감자 같은 보시를 받고 있었어. 온종일 동굴 속에서 염불을 외고 독경하고 있는 그 선인을 사람들은 바보 취급 했지. 목탁 영감은 동굴에 살면서 산천단 신목이 무성한 성역을 지키는 수위장(守衛長)이에요. 산천단으로 가는 고갯길을 올라간 입구 왼쪽으로 동굴이 있잖아요. 거기가 바로 문지기의 자리고요."

"그래서 수위장이라고?"

"난 그렇게 생각해. 오빠가 좋아하던 산천단을 지켜주는 수위장. 옛날 성내에 동서남북으로 성문이 있던 시절, 그 성문을 지켜주던 돌하르방이 있었잖아요? 인간 수위장 대신. 지금 관덕정 건물 양쪽에서 있는 돌하르방이 수위장 역할을 하고 있다고 들었어요. 목탁 영감은 산천단을 지켜주는 수위장. 방근 오빠는 목탁 영감을 존경하고 있었어요. 도통한 사람이라고…."

"맞아, 목탁 영감은 깨우친 사람이랬지…."

남승지는 고개를 크게 끄덕였다. 하산하는 도중에 들렀던 남승지에게 너 배고프구나, 하며 찐 감자를 주었던 목탁 영감. 발바닥이 돌처럼 딱딱하게 굳어 돌투성이 길을 맨발로 태연하게 걷는 목탁 영감. 벗겨진 머리. 동굴 안 바위 같은 존재. 동굴의 바위 바닥에 멍석을 깔고 자는 목탁 영감. 어디서 와서 어디로 가는지 모르는 목탁 영감.

"산천단 동굴 입구 바위벽으로 가는 고갯길을 올라가면 염불하는, 목탁을 두드리는 독경 소리가 들려와. 승지 동무도 들은 적 있잖아요. 영감님은 팔만대장경이라고 말씀하셨어. 무슨 뜻인지는 몰라도 그 음성은 낭랑하게 뱀처럼 움직이고 꿈틀대면서 리드미컬하게 앞으로 나아갔지. 정말 음악적이어서 동굴 앞에서 방근 오빠와 꼼짝 않고 멈춰 서서 듣고 있었는데 뭐라 할 수 없는 신성한 기분이 드는 거야. 머리 위로는 거목 흑송 줄기가 뻗어 나와 울창하잖아요. 거기다가 산새들이 합창을 하고 있는 거야. 마치 목탁 영감이 목탁을 두드려가며 하는 염불과 앙상블을 이루는 것처럼. 부처님 공물은 아니지만 성내에서 떡이니 과일을 내가 구덕에 넣어 지고 갔어요. 맞아, 허물 할방 이야기가 목탁 영감 이야기가 되어버렸지만 허물 할방도 훌륭한 사람이야. 방근 오빠는 허물 할방을 소중히 여겼어. 오빠가 이야기했던 허물 할방님 말은 철학적이야. 허물 할방은 어디로 가나? 나는 가는 대로 갈 곳으로 가네. 가 닿는 곳이 머무는 곳. 가 닿을 곳이 가는 곳. 나는 돌아간다, 도쿄로. 돌아가는 것이 아니라 이제부터 기차를 타고 가는 곳. 여기는 오사카, 일본의 오사카, 승지 동무는 도쿄에서 오사카로 돌아간다, 간다. 하지만 어머니가 계시는 곳이니 돌아간다, 돌아갈 곳…."

유원은 상 위에 놓인 두 손의 열 손가락을 깍지 끼고 천천히 움직여가며 이방근이 빙의한 듯한 무표정한 얼굴로 길게 이야기했다. 남승지는 제주도에 있을 때도 이렇게 이야기하는 것을 들은 적이 없었다. 그리고 이야기가 제주도에서 허물 할방으로, 도쿄로, 자신에게로 날아온다. 서울의 동향 학우회 모임에서 뭔가 주장할 때는 논리를 세워 이야기했지만 언제나 과묵했다. 일본에서 깊은 밑바닥에 잠겨 있던 기억의 단편이 솟아 나와 이어지는 것이리라.

"유원이도 어머니가 살고 있는 곳은 아니지만, 지금 살고 있는 곳, 하타나카 씨가 오빠이시니까 그 도쿄에 가지만 그곳이 돌아갈 곳. 유원 동무 말로 하자면 그곳이 머무를 곳이지."

"맞아. 오빠는 고향을 잊어버린 분은 아니지. 모금 때도 동생 방근이에게 자기가 모금을 해주더라고 전해달라고 말씀하신 분이잖아."

"그런 말을 했어?"

"응, 동생에게 안부 전해달라고."

"조만간, 지금 10월이니까, 머지않아 제주도에 다녀와서 또 만나자."

"제주도에 다녀와서요?"

"응, 지금 이야기하다 보니 나왔지만 뭐, 가능하면 말야. 대마도에 다녀오면 확실해지겠지. 승지, 한잔해."

한대용이 남승지가 두 손으로 들어 올린 잔에 맥주를 따랐다.

"유원 동무도 반만. 유원 동무가 하는 이야기를 가슴에 다정히 새기듯이 들었어."

유원은 두 손으로 잔을 들고 한대용이 따라주는 맥주를 받았다. 그리고 맥주병을 두 손으로 잡고 한대용의 빈 잔에 따랐다.

"고맙소, 제주말로 고맙수다."

셋은 웃으면서 가볍게 건배했다. 작별의 건배였다. 이제 곧 자리에서 일어나 이곳을 나가는 것이다. 그리고 오사카 역으로. 거기서부터 멀리 헤어져 간다. 돌아갈 곳이 아니라 그저 가는 곳. 남승지는 가슴에 통증을 느끼며 배와 달리 과육이 아삭한 사과 한 조각을 포크 끝으로 찍어 입에 넣었다. 유원도 똑같이 포크로 사과를 찍었다. 남승지는 유원과 함께 입안에서 사과의 감촉을 느꼈다. 한대용이 웃었다.

한대용도 포크를 든 손을 뻗어 한 조각을 입으로 가져갔다. 두 사람의 얼굴을 보면서 마찬가지로 우물거리며 사과를 씹고 있었다.

"아이고, 정말 진수성찬, 잘 먹었다. 어젯밤엔 저사야의 어머니 집에서 대접받고. 고소리 소주가 좋았어. 멋진 어제와 오늘이었어. 유원 동무는 밤기차를 타고 도쿄로 돌아가네. 도쿄로…."

한대용은 입가가 느슨해져 움찔거리더니 입을 크게 벌려 하품을 했다. 그러고는 뭔가 한마디 하려다가 다시 하품이 몰려와 입에 손을 대고 고개를 뒤로 꺾었다.

"아이고, 이거 실례, 실례에 실례, 유원 동무 앞에서… 고소리 소주 맛이 생각난 순간 하품이 함께 찾아오네…."

"대용 씨, 대단한 하품인데요. 이제 한 번 더 하면 세 번째…."

유원은 조그맣게 웃었다.

신기하게도 남승지에게 하품이 옮은 걸까, 목구멍까지 숨이 밀고 올라오는 것을 입에 손을 대고 참았다. 세 사람이 동시에 웃었다.

세 사람은 일어섰다. 하품이 신호였을까?

맨 먼저 자리에서 일어나 쪽마루에 발을 내려놓으면서 남승지는 술기운인지 문득 현기증을 느껴 발에 힘을 주었다.

"승지 동무, 왜 그래?"

유원이 남승지의 팔을 잡으려 했다.

"아니, 괜찮아, 잠깐 어지러워서."

남승지는 가볍게 고개를 흔들고 현기증이 가라앉는 걸 확인했다.

그리고 구두를 신고 홀에 섰을 때, 느닷없이 가슴에 투명한 구멍이 뚫리는 듯한 통증이 찾아왔다. 꿀꺽 삼킨 침이 그 구멍으로 흘러들어가 막아버린 듯한 구역질까지 느껴진다. 뒤를 유원이 따랐다. 두 방 길이만큼의 홀을 걸어 층계참으로 나와 계단을 내려간다. 손잡이에 손을 댔지만 그다지 취한 것은 아니다. 뒤를 따라오는 유원이 등을 감싸는 듯한 느낌에 밀려 계단 아래 홀로 발을 옮긴다. 유원과 영원히 작별하는 양, 가슴 안쪽을 얼음주머니로 문지르기라도 하는 듯 참기 힘든 기분이었다. 가까스로 심호흡을 해서 이 고통을 밖으로 밀어내 토해버린다. Y리 보리밭에서 한 포옹, 한 사람은 박산봉의 트럭으로 성내에, 한 사람은 한라산을 향해 간다. 성내 깊은 밤 유원의 방에서 나눈 포옹, 얼음이 끓는 듯한, 안타까운 비상을 이루지 못한 포옹. 그저 포옹뿐인 포옹의 순간, 그 순간이 빛이 점멸하듯 뇌리에 잘게 새겨지며 사라진다. 음성도 바람처럼 사라진다. 유원, 한대용이 계단을 내려간다. 영원한 이별도 무엇도 아닌 것이다. 연내에라도 또 만날 수 있다. 제주도가 아니다. 유원은 같은 일본 도쿄로 간다, 돌아간다. 어젯밤엔 어머니 집 같은 지붕 아래서 잠들었던 유원.

계산대 앞에 선 한대용이 남승지의 눈짓을 받아 여점원에게 고베로 전화를 걸겠다고 했다. 남승지가 사촌형네 집 전화번호로 다이얼을 돌리자 6시 전이었지만 공장에서 사무실로 돌아와 있었던 듯 형이 전화를 받았다. 전화를 기다리고 있었던 것이다. 잠깐 이야기를 나누고 나서 유원 동무가 형님에게 인사를 하겠답니다, 하고 전했다. 어흠, 헛기침을 들으며 옆에 있는 유원에게 수화기를 넘겼다. 정중한 조선말로 이카이노의 어머님과 동생 말순을 만난 기쁨과 감사, 그리고 고베까지 인사를 드리러 못 가고 돌아가는 것에 관한 사과, 이번 오사카행에 여러 가지로 배려해 주신 것에 대한 감사… 까지 말했다. 일반적인 인사지만 그 말씨에 마음이 담겨 있어서 서서 듣던 한대용도 고개를 좌우, 상하로 흔들며 감탄하고 있었다. 남승지 역시, 어머니와의 대화 때도 그랬지만 가슴이 뜨거워져 고개를 끄덕이는 대신 우두커니 서서 수화기를 든 유원을 지켜보고 있었다. 서울말과 제주말이 섞인, 음성도 아름다운 대화에 형은 감동하고 있지 않을까? 오랜 동안 이런 대화를 한 적이 없을 것이다. 통화가 끝났을 때, 체취가 풍길 듯한 하얀 목덜미에서, 입술을 갖다 댔던 행자의 목덜미가 겹쳐져 얼른 눈을 돌렸지만 순간 추악한 냄새가 자기에게서 풍기는 것을 느끼고 한발 앞서 문밖으로 나왔다. 유원과 한대용이 뒤를 따랐다. 남승지는 심호흡을 하고 유원을 돌아보았다. 제주도에서 유원의 목에 몇 번인가 힘주어 입술을 갖다 댔다. 지금 유원이, 사라진 과거에서 나온 유원이 여기 있다. 한대용이 앞장서서 걸었다.

조금 전까지 영원한 작별을 하는 양 신기할 정도로 가슴에 구멍을 내며 들이닥쳤던 공허한 마음의 움직임이 온수가 가득 차오르듯 사라졌다. 마치 눈에 보이는 듯한 발작적인 마음의 움직임이었다.

하늘은 이미 밤이었다. 가로등이 밝았다. 서늘한 냉기가 부드러운 고형물처럼 살갗을 감쌌다. 낮에 통과해 온 평화정 옆 골목에서 우메다 신도의 전차 길로 나와 좌회전, 오사카 역으로 향했다. 한대용이 앞에, 유원과 남승지가 나란히 걷는다.

온몸을 채우는 이 느낌은 무엇일까? 별이 가득한 하늘. 도회에서는 볼 수 없는 제주도 밤하늘 빽빽하게 차 있는 별들의 반짝임. 그 별하늘을 가슴 가득 끌어안고 싶다. 남승지는 가을바람 부는 별 없는, 밤으로 가득한 깜깜한 거리의 하늘을 올려다보았다. 나란히 걷던 유원이 하늘을 올려다본다.

오사카 역 구내에 도착한 것은 6시 20분. 도카이도 선 중앙 개찰구에는 10명 정도가 줄을 서 있었다. 남승지가 유원의 왕복권 도쿄행 표를 들고 매표소에서 급행권과 입장권 두 장을 사서 줄로 돌아왔다.

"승지 동무도 함께 들어줘. 내년 6월 19일 방근 선생님 대상에는 하타나카 형님 댁 별채에서, 대상이니 유원 동무와 당연히 만나게 되겠지만, 그 전에, 11월에 제주도에 다녀오면, 좀 전에 평화정에서 이 둔한 머리가 번뜩였는데, 연내에, 만약 연내가 어려우면 1월에 만나자. 도쿄에 승지 동무와 같이 갈게."

"도쿄에? 볼일이 있는 건가요?"

"유원 동무에게 볼일. 일은 아니야. 6월까지는 너무 길잖아. 내가 승지를 데리고 갈 테니까."

"승지 동무 그렇게 정한 거야?"

"지금 대용 형에게 처음 듣는 이야기야. 대용 형, 정말 도쿄에 가는 거예요?"

"이 바보야, 가면 가는 거지. 가는 게 싫어? 하타나카 형님 댁까지는 안 가지. 도쿄에 가서 우에노라든가 신주쿠는 아사가야에 가깝잖아. 신주쿠에도 조선음식점이 있으니까, 신주쿠가 가까워서 좋을지도 모르겠네, 유원과 함께 어제 오늘처럼 진수성찬을 먹는다는 거야."

"예."

"예."

두 사람은 함께 대답했다.

개찰이 시작되어 줄이 움직였다. 뒤쪽에도 줄이 생겼다. 움직인다. 승강장을 향해 몸이 한 걸음씩 움직인다. 어, 개찰구에 들어서자 앞쪽 사람들이 계단을 향해 뛰기 시작했다. 좌우로 나뉜 계단을 양쪽으로 나뉘어 올랐다. 남승지 역시 두 사람을 두고 달렸다. 앞쪽 계단을 올라가 단숨에 두 단씩 뛰기도 하면서 층계참으로 나아가 승강장으로 달려 올라갔다. 계단에서 몇 미터 떨어진 5라는 번호판이 붙은 철기둥 옆, 줄은 없고 한 사람이 서 있어 그 뒤에 섰다. 승강장에 긴 줄은 없었다. 열차에 빈자리가 있을 것 같았다. 내리는 승객도 있을 것이다. 승강장의 승객보다 많을 수도 있다. 격렬한 호흡이 가라앉았다. 건강한 몸은 아니지만 막상 필요하면 약간의 장애물쯤은 지금도 쉽사리 뛰어넘을 수 있으리라. 한라산에서 지내던 무렵에는 1미터 넘는 돌담도 차례로 뛰어넘었다. 곧 따라잡은 유원과 한대용이 굉장하네… 하고 웃으며 얼굴을 활짝 펴고 감탄했다. 그리고 시계 초침이 멈추듯이 두 사람은 얼굴에서 웃음을 거두고 만족스럽게 말없이 끄덕였다.

밤의 공간을 찢으며 경적이 울렸다. 검은 원통형 열차 머리가 속도를 떨어뜨리며 승강장 너머로 모습을 드러낸다.

정차한 차량에서 꽤 많은 승객이 내렸다. 창 너머로 보이는 차 안에 승객이 내린 후의 빈자리가 눈에 띈다.

앞에 선 남승지가 뒤쪽 열차 계단에 발을 올려 차 안으로 들어갔다. 이어서 유원이 통로 오른쪽으로, 승강장 쪽 앞자리의 기모노 차림 여성과 목례를 하고 일단 마주 앉았다. 그리고 숄더백을 자리에 놓고서 통로에 서 있던 두 사람과 함께 나와 열차 계단 옆 승강장으로 내려섰다.

5분 정차. 지금 시각은 2분으로 발차는 7시 10분. 밤의 도쿄 역 승강장에서 유원과 작별하던 때의 남승지는 열차 계단에 서서 손을 흔들며 멀어져가는 승강장의 유원이 시야에서 사라지는 걸 보았는데, 지금은 유원이 계단에 서 있지 않았다. 발차 벨이 승강장 지붕 아래 날카롭게 울렸다. 쿵, 하고 몸속에서 가슴이 떨어져 내리는 듯한 소리가 나서 남승지는 마주 본 유원과 동시에 두 손을 펼쳐 포옹했다. 남승지는 그녀의 등 뒤로 돌린 팔에 힘을 주었다. 뺨과 뺨이 닿아 있었다. 서로의 뺨이 떨어져도 멀어져가는 열차 계단과 승강장에서 서로의 인력으로 몸의 피부가 당겨져서 마주 닿았던 뺨의 피부가 벗겨져 떨어질 듯하던 밤의 도쿄 역 승강장 이별.

"1월에 만나자. 빨리 타!"

몇 미터 앞 열차 계단으로 유원이 달려가 뛰어올랐다. 덜컹, 차체가 움직였다. 유원이 손잡이를 잡고 한 손을 흔들었다. 남승지도 한대용도 차 안으로 들어가, 하고 소리치며 손짓을 했다. 열차가 달리기 시작했다. 탑승구에서 세 번째 창으로 유원이 숲의 요정처럼 하얀 얼굴을 내밀고 손을 흔든다. 웃는 얼굴을 보였다. 한대용, 남승지가 나란히 손을 크게 흔들며 웃음을 보이고, 승강장 끝 너머로 사라지는 유원을 배웅했다.

남승지는 한동안 우두커니 승강장에 서 있었다. 썰물 같은 공허감을 대신해서 점차 밀물과 같이 몸을 가득 채우는 것, 무언가 온몸에 결정적인 것을 느꼈다. 유원이 어머니 집에 묵던 밤, 한밤중의 울음소리에 놀라 눈을 떴을 때 그 억누른 울음소리의 충격 이후로 무언가 결정적인 것을 온몸으로 느끼고 있었다. 그것이었다. 자기 입으로 사랑이라 하기는 그렇지만, 지금까지 행자 일 때문에도 자신 속 유원의 존재를 불가침의 존재로서 점이 될 정도로 조그맣게 죽여 배제하고 있었다. 지금 그 거리감을 잘라내고 유원과 일체가 될 무언가를 온몸으로 느끼고 있었다. 지평선 너머 점으로 졸아들었던 존재가 지금 진한 그림자가 되어 다가왔다. 서울 시절 내향적인 자신의 껍질에서 빠져나와 제주도에서 혁명당 일원이 되고 적어도 전진하던 당시의 자신과 서울에서 귀성 중이던 유원의 대면. Y리 신작로 옆 보리밭에서 나눈 포옹, 성내 유원의 방에서 한밤중에 나눈 포옹뿐이었던 포옹. 지금은 다르다. 패배자, 도망자로서의 자신과 유원은 다르다. 그런 자신이 지금 밀물처럼 찰랑찰랑 자신을 채우는 결정적인, 어찌해볼 수 없는 무언가를 전신으로 느끼고 있었다.

"가자, 아직 기차가 보여? 지금쯤이면 교토에 갔겠다."

남승지는 웃으며 담배 한 개비만, 하고 답했다. 한대용이 피스 갑을 주머니에서 꺼내더니 한 개비씩 나누고는 우선 남승지가 입에 문

담배에 라이터 불을 붙였다. 바로 옆이 계단이었다. 두 사람은 계단을 천천히 내려와 담배를 피우면서 개찰구를 나왔다.

"아직 시간이 이르네. 7시야. 승지 동무, 다행이었지? 나도 함께 이야기를 할 수 있어서. 정세용 이야기는 정말 다행이었어. 유원이는 대단한 여자야. 꿈쩍도 안 하잖아. 유원이는 정세용을 없앤 방근 오빠를 자기 것으로 삼아 이방근과 함께 기차를 타고 갔어. 진짜 죽은 자는 산 자들 속에 살지만 정세용은 불쌍하게도 산 자들 사이에서 또 죽임을 당했네. 음, 승지 동무, 용케 그 이야기를 했어. 나도 거기까지는 생각 못 했지만 기분이 개운하고 발걸음이 가벼운 느낌이야. 지하상가 찻집에 가서 잠깐 쉬자. 사스나 이야기도 있고. 승지 동무는 맥주 안 마셔도 되니까 커피라도 마셔."

중앙 현관을 향해 괴물처럼 거대한 입을 벌린 지하상가로 가는 계단 옆까지 와 있었다. 한대용이 오른쪽으로 돌아 계단을 내려갔다. 남승지가 따라간다. 지하의 상점가를 걸어 식당가 앞 찻집으로 들어갔다. 탁자가 10여 개쯤 놓인, 만원은 아닌 가게 벽 쪽 자리에 마주 앉았다. 남승지는 커피, 한대용은 맥주.

"저 말야, 유원 동무와 함께일 때는 대마도 이야기를 자세히 해서 유원 동무를 성가시게 할 필요가 없었지만 이번 승지 동무의 대마도행 말인데 예정은 변하지 않지만 이쪽 후지 상사 관련 일이 좀 바뀌어서 저쪽에서 돌아올 때뿐 아니고 가는 길에도 대마도에 들르게 되었어."

"왕복 모두 들르면…."

맥주 작은 병과 작은 접시에 콩 안주. 맥주는 작은 병만 있는 듯했다. 남승지의 커피 역시 술기운이 달아날 듯한 향기로운 냄새와 함께 탁자 위에 놓였다. 한대용은 컵에 맥주병을 기울이기도 전에 한 병 더 달라고 부탁했다.

"그래서 말인데."

한대용은 자작으로 술을 따라 한 모금 마시고 나서 이야기를 이어갔다.

"후지 상사는 나도 함께하고 있는 합자회사라는 건 알고 있지? 여러 물품을 취급하고 있지만 니시진오리, 재일동포의 견직물공장도 몇 채 있어. 그 대리점으로 해외 무역이라든가 전국 도매를 하고 있는데 이번 대마도 사스나에 소량의 니시진오리에 고무장화, 이건 평화정의 야스다 고무공업 제품 주문이 있어서 싣고 가게 되었어…."

"사스나요?"

"응, 거기 유력자인 가네모토(金本), 김씨가 송래운 씨의 지인이야. 대마도에서 처음으로 파친코 가게를 사스나에 열었는데 이 양반이 또 대단한 인물이어서 이 사람의 중개로 물건을 싣고 가. 견직물 10필 이상, 고무장화 100켤레, 양쪽 합하면 200짝 이상이지. 이건 무역은 아니야. 그냥 거래, 그래서 우선 사스나에 들렀다가 저쪽으로 가는 건데 그쪽으로 가져갈 물품도 있어. 출발은 10월 20일경, 크게 바뀌진 않을 기야. 그 사스나의 가네모토가 정말 엄청난 인물이거든. 가네모토 씨는 2년쯤 전에 사스나에 파친코 가게를 열어서 성공했는데, 그렇다고 '돈만 벌면 된다'주의자인 건 아니야. 원래 조선인연맹 히로시마 현 본부에서 일하던 사람으로 강몽구 선생의 심복이나 다름없는 H시의 다쓰키치 두목, 구두 수리점 하는, 승지 동무도 강몽구 선생과 함께 만난 적이 있을걸. 그 사람과도 친한가 봐. 다쓰키치 두목 부인도 일본인 아닌가? 가네모토 씨 부인이 일본인으로 대마도 출신은 아니지만 그 부인 관련해서 사스나로 옮긴 모양이야. 그런데 그 사스나 근해는 꽁치, 전갱이 어장으로, 그 어업 전문 '주머니(巾着)'선단, 주머니선이라고 하는 건 원형 그물에 물고기가 들어가면 주머니처럼 입구를 막아버리는 것인 모양인데 그런 전문선단이 빈번하게 드나드는 항구마을이야. 뭐, 조그만 시골마을이지. 그래서 선원들이 상륙하면 놀 만한 곳이 없어. 오락 시설이 없는 거야. 청루, 유곽은 있지만 선장이니 어업장들, 잘나가는 사람들이 독점하지, 일반 선원들은 엄두도 못 내. 물론 자선사업도 아니고 돈 안 되는 일을 할 수는 없으니 파친코 가게를 열어 성공했다는 거지. 나도 간 적이 있는데 그 항구라는 게 만이 꺾여 들어가고 울창한 산으로 둘러싸인 연못처럼 되어 있어서 큰 파도가 오지 않는 곳이야. 그 항구 근처에 열두세 평 가게에 파친코 기계 70~80대, 내가 간 건 저녁땐데 만원이었어. 엄청 요란하더라고. 2층 안쪽에 10첩, 6첩짜리 방이 두 개, 그리고 또 하나 3첩짜리도 있었던가? 거기 파친코 하러 왔던 선원들을 공짜로 묵게 해주는 거야. 목욕물도 데워서 공짜 목욕도 시켜주고. 그 일을 하는 게 일본인 부인인데 부인은 조선어를 할 줄 아는 의식분자거든. 그런 것들이 장사에 영향을 줘서 파친코 가게는 평판이 좋아. 그리고 또 있어. 대마도에 숯 굽는 조선인이 있는데 이쪽은 산사람이라고 부르더군. 산사람, 산부대, 나는 산사람이라는 말을 듣고 철렁했어. 산사람 산부대가 설마 한라산에서 대마도로? 한동안 심장이 두근두근하면서 멈추질 않더라고. 이 산사람도 빚 문제라든가, 꽤나 도와주고 있는 모양이야. 어쨌든 사스나 마을에는 숯 파는 가게도 있고 하니 본토와 거래를 하고 싶어 하는 사람들이 있어. 나에게 이야기를 걸어오는 사람도 있었는데 거기까지는 손이 안 닿지. 송래운 씨의 지인인 가네모토 씨는 이런 사람이니까 4·3 관계 일에도 협력하고 이번 여성 활동가도 이즈하라 근처의 모처, 숯 굽는 움막이 있는 곳까지 데려와준다고 하더라고….”

찻집에서 일어난 것이 8시. 한대용은 맥주를 작은 병으로 세 개 마셨고, 남승지는 커피 한 잔으로 버텼다. 한대용은 맥주를 마셔가면서 이야기하는 동안 점점 술이 깨고 있었던 것 아닐까? 찻집을 나와 한동안 걷다가 중앙 계단을 올라가 역 구내로 나왔다. 구내에서 밤하늘 아래로 나선다. 남승지는 심호흡을 하고 밤공기를 천천히 내쉬었다.

택시 정류장 서너 곳 중에서 발길이 향하는 곳에 가서 섰다. 몇 명이 서 있었다. 어젯밤 이맘때 유원과 셋이 서 있던 곳이었다. 일주일 정도 지나서 이사 마친 후에 전화할게, 하며 헤어지는 순간 손을 꽉 쥐어 악수를 나누고 택시에 오른 한대용을 배웅했다.

술이 거의 깬 남승지는 밤기운 속에서 기분 좋은 피곤함을 느꼈다. 격동의 소용돌이 같은 이틀간의 시간층이 등 위에서 천천히 깎여 나가듯 몸이 가벼워지는 걸 느끼며 바지 주머니에 양손을 찔러 넣은 채 걸었다. 유원과의 관계에서 온몸으로 느꼈던 충족감이 몸을 적시고 있었다. 보행자의 발걸음이 바쁘게 움직이고 있다. 사람들이 늘어서 멈춰 섰다. 교차로 신호등 앞이었다. 자동차들의 경적. 그중에는 화가 난 듯한 경적도 있었다. 좌우인지 세 방향인지 복수의 교차로라서 빨간 신호가 길다.

빨간 신호가 끝나자 교차로를 건너 한큐 전차 타는 곳이 있는 건물 구내로 들어갔다. 밀항 이후 1년 반이 된 지금. 유원과 함께, 나아가 한대용과 함께였던 오사카를 뒤로하고 고베행 표를 사서 개찰을 통과하여 승강장으로 나섰다. 벤치에 앉아 특급이 들어오기를 기다린다. 8시 10분.

벤치 등받이에 윗몸을 기대며 울퉁불퉁한 상처를 의식한다. 유원에게 보여줄 수 있을까? 어머니도 동생도 만진 적이 없는 게딱지 같은 상흔. 등의 상흔에는 땀이 아니라 엷은 기름이라도 천천히 흐르는 듯 가벼운 가려움증이 생겼고 가려움은 마침내 부드럽게 맥박 치면서 움찔움찔 움직였다. 사랑, 사랑… 눈을 감아도, 떠도 추해. 빰을 갖다 대도 손을 갖다 대도 추하고. 내 눈물이 불을 뿜은 것은 그 때문이야. 이 얼마나 신성한 상처의 산맥. 상처들이 꿈틀대는 골짜기. 내 솟아나는 눈물로 골짜기를 메우고 계곡물이 될 거야. 사랑, 사랑. 사랑의 물줄기. 그래, 사랑의 물줄기는 사라졌다. 전차는 행자가 있는 고베로 향한다. 유원은 도쿄로 사라진다. 지금쯤이면 교토를 지나 어디쯤일까? 잠들지 못하는 밤기차, 유원은 멀리 있다. 행자는 가깝고. 아니, 괜찮아, 행자는 이제 안 온다. 상처가 꿈틀대는 골짜기, 이 흉터를 유원에게 보일 수 있을까? 보여주고, 본다는 것이 두려웠다. 상처에 무슨 사랑이 있나? 상처가 사랑을 속삭이나? 상처의 골짜기에 흐르는 눈물에 사랑이 있다…. 어머니 집 근처 산조 도리에 어머니 친척이기도 한 의사 강 선생의 야스카와 의원이 있다. 밀항 직후 어머니와 함께 살던 무렵, 강 선생에게 폐결핵 후유증 검사를 받은 적이 있다. 각오했지만 당연히 상반신을 벗었고, 강 선생이 가슴에서 등 쪽으로 청진기를 갖다 대고 진찰을 했다. 호되게 당한 상처구먼 이건. 강 선생은 이 한마디를 흘렸을 뿐이었다. 그리고 어머니와 친밀했던 강 선생은 뭔가 조언 비슷한 걸 했을 것이다. 어머니도 동생도, 승지에게 이야기를 들은 적도 만져본 적도 없지만 승지의 등에 끔찍한 흉터가 있다는 것을 승일 형 부부와 마찬가지로 이미 알고 있는 것이다. 하지만 전혀 입도 뻥끗하지 않았고 확인한 적도 없다. 직접 흉터를 만져본 것은 강 선생과 행자 두 사람뿐이었다.

일주일 정도 지나 한대용에게서 전화가 왔다. 이사는 무사히 끝냈고 후시에 있는 친척이 도와준 덕분에 굳이 다른 사람 귀찮게 하지 않아도 돼서 다행이었다며. 무엇보다 결정적으로 집에 전화가 있다고 했다. 이번 10월 20일 출발해서 대마도 경유, 아마도 1박, 제주도는 11월 5일경, 11월 20일 지나서 제주도 출발, 사스나 11월 22, 23일 도착. 사스나에서 전화하겠지만 이즈하라에 가까운 행선지 주소 씨명을 기록한 속달편을 보낼 테니 그 봉투를 가지고 이즈하라에서 버스를 타면 된다고 그리고 오늘 현금으로 여비를 보내겠다고 한다.

20,000엔은 너무 많다. 하카타까지는 급행 편도로 1,000엔 정도, 여성 활동가 두 사람에게 약 3,000엔, 그리고 배삯까지 10,000엔이면 된다. 나도 얼마쯤 가지고 갈게요. 바보 같은 소리 하지 마. 하카타에서 승선 못 하고 묵어야 할 수도 있잖아. 돈이 남아서 나쁠 건 없어. 중

요한 여행이니까….

이튿날, 올해 발행된 1,000엔짜리 새 돈 20장이 들어 있는 두툼한 현금 봉투가 도착했다.

유원에게서 편지가 왔다. 도쿄에 가고 나서 이삼일 지나 쓴 것이었다. 문난설의 한지 붓글씨, 황진이의 시조와 오빠가 문난설에 대한 마음을 담았던 시를 거듭 읽으며 눈물을 한지에 떨구었다고 적혀 있었다.

…일본에 오고 나서 처음으로 몸도 마음도 활짝 열리고, 그리고 가득 채워진 오사카의 이틀간이었습니다. 내가 몰랐던 새로운 방근 오빠의 마음, 고통과 슬픔으로 넘치는 분노를 눌러 참으며 산천단을 향했던, 정세용과 자살을 하나로 끌어안고 올랐던 산천단에 대한 마음이 나를 가득 채워줍니다. 나의 텅 빈 마음을, 내가 몰랐던, 커다란 고통으로 넘치던 오빠의 마음이 가득 채워줍니다. 이게 무슨 일일까요? 전혀 몰랐어요. 얼마나 무지하고 냉정한 동생일까? 나는 내가 몰랐던 오빠의 슬픔과 고통을 함께 내 것으로 삼고 한번은 나락으로 떨어졌던 텅 빈 마음이 오빠의 슬픔과 고통으로 가득 채워져서 지금은 그것이 기쁨입니다. 나는 방근 오빠와 하나입니다. 더욱더 방근 오빠의 고통과 슬픔을 내 몸속에 꼭꼭 더 세게 끌어안고 싶습니다.

방근 오빠는 패션(passion)이란 격렬한 사랑이라고 말한 적이 있습니다. 패션은 기성의 현실, 질서와 마찰을 일으킵니다. 그리스도의 수난을 패션이라고 하죠. 오빠는 자주 이야기했어요. 온몸에 패션으로 고통을 받고 고통을 견디고 고통을 이겨낸다. 오빠는 죽을 만해서 스스로 죽어갔어요. 정세용을 쏘았을 때도 그랬겠지만 오빠 자신에게 총을 들이댔을 때는 격렬한 패션이 작열했고요. 오빠는 자신을 긍정하며 죽어갔습니다.

이방근이 권총의 십자가를 지고 골고다 아닌 산천단 언덕을 향했다면 나도 내 속의 오빠와 함께 산천단으로 가야만 해요. 대마도로 승지 동무가 갑니다. 그것이 죽은 이방근의 뜻을 이어가는 길. 대마도는 한라산을 바라보는 산천단으로의 길….

남승지는 눈물을 흘렸다. 유원의 편지가 젖어 눈물이 두세 방울 스며들었다. 황진이의 시조와 오빠가 문난설에게 마음을 담아 보낸 시를 거듭 읽고 그 한지에 눈물을 떨구었다고. 나는 그 편지 위에 눈물을 흘린다. 그래, 나도 유원과 함께 골고다 언덕이 아닌 산천단 언덕으로 향해 가자. 그것이 혁명으로의 길. 돼지가 되어서라도 살아남아라. 그것이 적을 이기는 길이다.

23

한대용은 10월 20일, 예정대로 제주도로 출발했을 것이다. 며칠 지나고 나서 처음으로 교토 후지 상사를 통해 전갈이 왔다. 10월 10일 이후 제주도 지역의 비상계엄령이 해제되었다는 소식을 니시하라 씨의 부탁을 받아 알려준다는 것이었다. 10월 10일이라면 월말에 한대용이 사스나까지 가고 나서 알게 되었을 텐데, 아마도 파친코 점주 가네모토 씨가 송래운 쪽으로부터 정보를 얻은 것이리라. 하지만 그것으로 6·25 조선전쟁 발발 후 제주도에서 검거된 1,000명에 달한다는 예비검속자들이 석방되는 것은 아니다. 본토로부터 피난민의 집단 도항이 예상되는 모양이지만 거기까지 전쟁이 미칠 가능성 따위는 없고, 속보이는 엄포인 계엄령으로 요시찰 인물 예비검속이라는 새로운 탄압의 구실을 만든 것이었다.

한미 연합군이 10월 19일 평양을 점령, 원산까지 상륙한 미군이 동서에서 협공을 계획하고 있었던 모양이지만 11월 하순, 중공 의용군이 압록강을 넘어 북조선에 들어와 있음이 알려졌고, 미정부의 걱정대로 맥아더의 작전이 중국을 자극해서 참전을 부른 것이었다. 결국 중공 의용군이 북조선군과의 공동작전으로 평양을 탈환하고 38도선을 돌파할 것이라는 염려가 높아지면서 한미군의 북조선 전선 후퇴로 전황이 달라지기 시작했다. 중국의 《인민일보》가 미국은 종이호랑이라고 규정했다는 뉴스는 세계로 퍼져 나갔고 일본 신문에도 크게 보도되었다.

한대용이 오사카를 출발한 지 한 달이 지난 후인 11월 21일 밤, 장거리 전화가 걸려왔다. 한대용 본인이었다. 전화는 잡음이 많았지만 바닷바람에 섞인 건강한 음성이 잘도 울렸다.

"어, 무사히 돌아왔어. 내일 속달을 보낼 테니까 사나흘 뒤에는 도착할 거야. 손님은 둘 다 건강하고. 편지에 소정의 주소와 간단한 지도를 기록해 둘 건데 시골이라서 여기저기 골목이 있는 것도 아니니까 금세 알 수 있나 봐. 그러니까 이즈하라에서 버스 타고 숯 굽는 움막 있는 곳으로 가서 집주인에게 편지를 보여주면 돼. 손님은 여기서 오래 있지 못하니까 바로 다른 곳으로 이동하지만 거기는 가네모토 씨 차로 가게 될 거야. 그리고 오사카 역에는 마중 안 나가고 승지 동무에게 다 맡길 테니 부탁해….”

어쨌든 무사히 제주도를 탈출해서 일본 대마도까지 온 것이다. 대마도, 대마도로 간다. 밀항자가 밀항자를 데리러 간다. 도망자가 도망자를… 아니다. 자신은 도망자지만 지금 대마도까지 찾아온, 한대용이 주의 깊게 손님이라고 이야기한 두 사람을 도망자라고 할 순 없다. 한대용은 여성 활동가, 혁명가라고 했다. 그렇겠지, 패배한 혁명가. 혁명. 도망자가 도망자를 데리러 가는 것이 아니다. 밀항자가 밀항자를 데리러 간다.

도망자인 내가 밀항자를…. 한대용에게서 대마도행에 대해 들었을 때 조용히 몸 깊은 곳에서 전율을 느끼며 걸음을 앞으로 내디딜 수가 없었다. 자신은 명백히 도망자이지만 한대용이 말하는 여성 활동가, 혁명가를, 밀항자이기는 하지만 도망자라고 할 수는 없었다. 도망자가 도망자를…이 아니다. 저 지옥 속의 혁명 여전사, 혁명가다. 그 두 사람을 데리러 가는 것이다. 이방근의 유지. 패배한 혁명…. 파멸. 도외 탈출. 이방근의 자살, 산속을 방황하는 굶주린 게릴라. 무슨 일인가? 생각하면 무섭다. 살아갈 방법이 없다. 산중에서 패배한 게릴라의 아사. 까마귀, 여우, 들개에게 훼손되는 게릴라의 시체. 산야에 흩어져 풍우를 맞는 시체, 백골, 절망… 절망이란 무엇인가? 절망할 여지가 없다.

제주도를 다녀온 한대용의 혁명. 그것은 한대용이 패배, 무(無), 그 현실 위에 서서 감히 입에 담는 혁명이자 이방근의 유지였다. 증오, 복수심. 현지에서는 공포심에 눌려 적에 대한 증오, 복수의 마음조차 지닐 수 없지만 일본 땅에서는 자유다, 동굴의 자유. 그 자유 속에서 세 사람은 서로 이야기를 할 수가 있다. 혁명의 패배. 패배의 도망. 그래도 혁명, 한대용의 혁명은 힘을 주었다. 한일호를 한대용에게 양도한 것은 이방근의 자살 준비, 자살은 복수를 위한 죽음의 준비, 투쟁. 절망의 복수, 복수는 죽는 목숨의 부활. 죽은 자는 산 자 속에 산다. 돼지가 되어서라도 살아남아라. 그것이 투쟁이다. 도망쳐라. 항복하여 적의 개가 되지 마라.

유원과의 만남이 앞으로 나아가게 한다. 이방근의 정세용 살해 비밀을 유원과 공유했다. 오빠는 서울이 아니라 산천단으로 갔다. 4·3의 투쟁이 학살이라는 패배와 실패로 끝났고 오빠는 한라산 산신에게 자신의 목숨을 바쳤다.

어째서 오빠가… 권총의 십자가를 지고 골고다 아닌 산천단 언덕을 향했다면 나도 내 속의 오빠와 함께 산천단으로 가야만 해요… 그것이 죽은 이방근의 뜻을 이어가는 길. 대마도는 한라산을 바라보는 산천단으로의 길….

지금은 주저없이 밀항자인 내가 밀항자를 데리러 갈 수 있다. 패배의 동지로서. 경우에 따라서는 두 사람을 대신하게 되더라도 절대 실패는 있을 수 없다. 그리고 모레 아침 일찍, 오사카 역 승강장에 셋이 선다. 역 개찰구를 나온다. 택시 승강장으로 가서 택시를 타고 달린다.

한대용의 전화 며칠 후에는 속달편지가 왔다. 봉투에는 쓰시마 카미아가타 사스나 ○번 니시하라 대용이라 적혀 있었다. 혹시 답장을 쓸 경우 수신주소가 될지 의문이었지만 일방적인 편지였기에 니시하라라고 이름을 적었을 것이다. 행선지는 쓰시마 미쓰시마 ○○·기야마(木山) 아무개. 이 봉투가 신병인수인의 증명이 된다는 것인가 보다. 남승지는 두 사람의 신병인수인.

고베 역 안내소에서 조사해 보니 연락선은 하카타에서 오전 9시, 오후 4시 두 편이 출발했다. 이즈하라에서 오전 9시에 출발하면 오후 4시에 고베 역 도착. 오후 6시나 7시경에 열차를 타면 밤새 달려 이튿날 8시쯤에는 하카타에 도착하니 9시발 연락선을 충분히 탈 수 있다. 1박 할 필요도 없다. 야간열차에서 몇 시간 자면 이튿날 움직이는 데도 지장이 없다. 설령 전혀 못 자더라도 견딜 수 있다.

달빛과 별빛을 의지한 한라산 게릴라 이동이 일상이었던 과거가 있었다. 이와 같은 기억은 고통을 동반하지만 힘이 되기도 한다. 목적지인 숯 굽는 움막에서 1박, 이튿날 아침 버스로 이즈하라에 가서 9시에 출항하는 배를 타면 된다.

월말인 30일 야간으로 출발을 정했다. 고목이 길 위에 흩어져 있고 바람이 차갑게 뺨을 찌르는 겨울 입구에 와 있었다. 짐은 칫솔 등의 세면도구 주머니와 『죄와 벌』 문고본 세 권 중 한 권을 넣은 보스턴백. 대마도 날씨는 모르니 코트가 필요했다.

미지의 도정이지만 사흘간의 일정을 생각했다. 고베 역에서 승차. 이튿날 아침, 하카타에서 대마도까지 약 6시간. 버스로 북상해서 미즈시마(美津島) 정 N버스 정거장에서 하차한다, 기야마 댁 숯 굽는 움막에 저녁때 도착이다.

두 손님을 만나 1박. 움막을 나와 버스로 이즈하라 항, 배로 하카타까지 간 다음 하카타에서 오사카행 야간열차 열세 시간여. 이튿날 아침 오사카 역. 택시로 이카이노로. 머릿속 지도로는 전부 완성된 느낌이니 맞아, 이 줄거리대로 가야 해. 절대 이 도정에서 벗어날 수 없다. 미지의 도정이지만 정해진 궤도로 반드시 거기 올라타야만 한다. 도중에 어딘가에서 지뢰를 건드리는 일이 있어서는 안 된다.

지뢰는 이쪽이 안고 있다. 그걸 건드리게 해서는 안 된다. 대마도에서 바다를 건너 이어지는 불안정한 시간의 장대한 터널과 원대한 공간을 가시처럼 신경을 곤두세워 빠져나가야만 한다.

이것은 귀환의 이야기다. 보이지 않는 적에 대비하는 무기, 중요한 소지품은 외국인 등록증. 반으로 접은 조그만 수첩형 증명서에 적힌 성명은 김춘남, 생년월일은 남승지보다 두 살 위지만 사진 속 남승지와 크게 차이 나지는 않는다. 어쨌든 김춘남은 남승지 이외에는 없다. 제시할 필요가 있을 때는 남승지가 등록증의 김춘남이다. 출발을 앞두고 남승지는 상의 안주머니에 이것이 잘 들어 있는지를 확인했다. 하카타에서의 승선에 도항증명서는 필요 없다.

재일 조선인은 외국인 등록증을 개(犬)표라 부르는데, 어떤 청년이 그것을 구두주걱 대신 쓰다가 너덜너덜해져서 벌금형을 받은 일이 있었다. 조선인이라는 걸 알면 언제 어디서 경찰이 제시를 요구할지 몰랐다. 집회나 시위에 나갈 때는 절대 잊어서는 안 된다. 주목한 조선인을 체포하기 위해(꼬투리를 잡기 위해) 목욕탕까지 미행하고, 돌아오는 길에 불러 세워 등록증 제시를 요구한다. 소지하지 않았을 경우는 상시 휴대 위반이라며, 비겁한 방식으로 죄를 만들어낸다.

어쨌든 항상 등록증을 들고 다녀야 한다. 등록증의 규칙란에 여러 가지가 적혀 있는데 항목 중 하나에 본인이 상시 휴대, 위반 시에는 벌한다고 나와 있다. 그것으로 조선인은 근처 공중목욕탕에 가는 경우에도 등록증을 지참하게 되어 있었기에 경찰의 일이 줄었다. 어쨌든 항시 개표 등록증을 들고 있어야만 했다. 마치 외국 여행자의 패스포트처럼.

요기를 한 뒤였지만 경자가 청어알과 단무지가 든 김 주먹밥 다섯 개를 대나무껍질과 은박지에 말아 손수건에 싸주었다. 김치를 넣을까, 했지만 승지가 고개를 젓자 응, 응, 하고 고개를 끄덕였다. 주먹밥만으로 보스턴백 전체 무게가 달라질 만큼 묵직하다. 거기다 물통에 물을 담아 어깨에 거는 대신 가방에 넣었다.

해 질 녘, 가을 저녁은 끝났고 이미 하늘은 밤이었다. 집 밖으로 나서다 무심결에 코트깃을 세울 만큼 공기가 차가웠다.

승일 형 부부가 집 밖의 도로까지 나와서 먼 여행이라도 떠나는 듯 배웅을 했다. 겨우 이삼일인데도 마치 바다를 다시 건너서 제주도로 떠나는 듯한 묘한 기분이 들었다. 대마도에 가는 것은 제주도에 다가

가는 것이다. 그렇다, 확 끌어당기듯이 접근한다. 하지만 건널 수 없는 심연, 마(魔)의 바다.

해안길 상점가 근처 K정 정류장에서 산노미야까지는 고작 몇 분. 산기슭을 향해 20~30분 걸어 국철 고베 역에 도착할 것이다. 7시쯤 기차를 타면 된다. 하카타 역에 내일 아침 7시 30분경 도착. 9시발 이즈하라행 배를 탄다. 갈 때는 그저 탈것에 앉아 있으면 되는 일이다. 마주 보고 있는 상행, 하행 정류장에는 사람이 몇 명 있었다. 스마행 전차가 경적을 울리며 맞은편 정류장으로 들어왔다.

정류장에서 해안도로를 우회전하면 걸어서 몇 분 만에 행자가 하는 불고기집이 있다. 지금쯤 바쁘게 일하고 있지 않을까? 서로 다툰 것은 아니었어도 9월 하순 행자의 전화 이후, 서로 납득하고 있는 거겠지만 교신이 없었다. 여기서 몇백 미터 떨어진 곳에서 행자가 숨쉬고 있다. 보스턴백을 들고 정류장에 서 있으려니 행자와 헤어지기 위해 길을 떠나는 듯, 그녀와의 사이에 투명한 막이 드리워져 있는 것을 느꼈다. 보이지만 보이지 않는 것이다. 남이 되는 것이다. 아니, 이미 남이다. 정류장에 서 있는 사람들처럼. 사랑, 사랑, 상처의 골짜기를 적셨던 행자의 눈물로부터 입술로부터 부드럽고도 단단한 가슴의 압박으로부터 떠나간다. 사랑, 사랑…. 이것을 마지막으로 하자. 불빛이 앞면을 비치고 평평한 돌 위 레일로 바퀴를 삐걱거리며 노면 전차가 들어왔다. 바퀴의 회전이 커다랗게 울리고 빛이 얼굴을 닦아내듯 비치고 커다란 라이트그린 차체가 눈앞에 멈추었다.

전차에 오른다. 전차가 달리기 시작하여 K정의 정류장을 떠나간다. 대마도를 향해 가는 길의 거리가 행자와 헤어지는 거리 같은 기분이 들었다. 대마도는 바다 너머. 제주도와 같이 바다에 떠 있는 섬.

고베 역에서 승차한 남승지는 차량 뒤쪽 순방향 통로 쪽 자리에 앉아 있었다. 옆자리는 회사원 같은 중년 남성이었다. 중형 트렁크를 두 무릎 위에 올려놓고 무언가 적고 있었다. 남승지는 역 매점에서 산 포켓 위스키를, 혀를 찌르는 휘발성 향기가 나는 액체를 천천히 한 모금 머금듯이 마신다. 그리고 수통의 물을 마신다. 공복은 아니었지만 주먹밥을 가방에서 꺼내 청어알과 단무지가 든 김말이를 맛있게 먹는다. 여기 김치가 있다면 분명 더 맛있을 것 같다. 하지만 옆 사람은 슬쩍 시선을 돌리기만 해도 조선인이라고 인식하고 경찰 관계자라면 그것만으로 요주의 인물로 찍을 것이다. 먹으면서 위스키를 조금씩 마신다. 기차는 이따금 생각났다는 듯이 성난 기적 소리를 어둠의 세계에 맹렬하게 울려가며 달렸다. 효고 현을 나와 오카야마 현인가? 10시가 다 되었다.

잠들지는 않았어도 비몽사몽 상태로 들어가면서, 둘로 나뉘어 하나가 되려는 자력이나 흡인력을 지닌 꿈, 유원과 동시에 꾸었던 그 꿈의 단편이 차체의 리드미컬한 진동을 타고 머릿속 공간의 암막에 명멸한다. 두 개로 나뉜 이방근의 꿈을 동시에 오사카와 도쿄에서 꾸었던 것이 이방근 자살 당일 6월 19일 밤, 이미 이방근이 지상에 없었을, 아니 산천단 동굴 앞에서 까마귀와 들개, 여우 따위에게 그 주검을 뜯어 먹히고 있었을 시각, 오사카와 도쿄의 밤이었다. 그리고 미로와 같은 설산 길을 이방근과 약속한 6시 지점 낭떠러지 동굴 앞에서 만나려고 필사적으로 올라간 것이 10분 늦은 6시 10분, 이방근은 없었다. 그리고 한 달 후, 제주도에서 돌아온 한대용으로부터 이방근의 죽음을 알게 되었을 때 꿈과 들어맞는 그 죽음을 다시 확인하는 것은 남승지에게 죽음에 닿는 것과 같은 타격을 주었다. 남승지가 스스로를 죽음에 이르게 하지 않았던 것은 마음속에 이방근이 살아 있었기 때문이었다.

이방근의 둘로 나뉜, 아니 이유원과 남승지의 둘이 하나인 꿈. 이유원과 남승지의 불가분의 약속 자리에 모습을 보이지 않았던 이방근이 죽음으로 향하는 현재진행형의 꿈. 불가사의하면서 현실을 압도하는 초현실감으로 산 자를 감싸는 꿈.

망막한 고원의 황혼 길을 이방근과 약속한 6시 지점을 향해 걷고 있는데, 도중에 잃어버린 유원이 돼지의 등에 올라타고 어딘가로 향하고 있었다. 언덕 산길을 돼지 한 마리, 두 마리, 열 몇 마리, 한 무리의 돼지가, 무수한 돼지들이 흙먼지를 날리며 나아가고 있었다. 남승지는 돼지 무리 중 한 마리가 자기 같아서 유원이 타고 있는 돼지가 되고 싶었다…. 언덕이 끝나고 커다란 강가로 나오자 돼지 무리는 강가를 따라 강 위쪽으로 나아갔다…. 남승지는 포플러처럼 키가 큰 마른 나무의 그늘에 죽어 있을 정세용이니 유달현이라는 적, 우리 편 양준오, 박산봉 등이 황혼 기색 속에서 담소하듯이 늘어서 있는 것을 보았다. 투명하고 살아 있는 유령들처럼 늘어선 입상이었다. 정세용도 유달현도 미소를 지으며 남승지가 지나가는 것을 보고 있었다. 남승지는 6시 지점으로 서둘렀다. 앞쪽을 보니 돼지 무리가 선두부터 서서히 기슭을 떠나 물에 들어가기 시작했다. 놀라서 유원을 찾았지만 돼지 등에는 없었다. 돼지 무리는 선두부터 빠르게 강물 속으로 들어가더니 마침내 수면에서 모습을 감추었다. 가까스로 숨을 헐떡이며 도착한 곳은 어떤 동굴 옆이었다.

돼지 무리에서 떨어져 나온 유원이 그곳에 초연히 서 있었다. 6시 10분, 10분 지각. 6시까지 기다리고 있던 이방근은 6시와 동시에 어딘가로 가버린 걸까?

이것은 차 안에서 꾼 꿈이 아니다. 남승지는 눈을 감고 질주하는 밤기차의 좌석에 몸을 맡기고 있었지만 이것은 꿈의 기억, 어젯밤 것도 아닌, 이방근과 만나려고 유원과 둘이서 명계의 경계인 6시 지점으로 향했던 둘로 나뉜 꿈의 일부였다. 필름처럼 두개골 안쪽 스크린에 새겨진 꿈이 마치 어젯밤 꿈처럼 나타날 때가 있다. 절벽이 눈의 낭떠러지가 되어 있던 동굴 6시 지점. 이방근이 명계로 가는 황천을 건널 참이었던 6시 지점. 그곳은 시간이면서 장소, 시공이 같은 곳이었다. 6시에 이방근과 함께 이방근을 기다리고 있던 시간도 장소도 사라진다. 이방근이, 두 사람이 겨우 도착했던 6시 10분을 기다리지 않고 거기서 모습을 지운 것은, 남승지와 유원을 차안(此岸)에 남겨두고 피안으로 넘어간 것은 두 사람과 죽음으로 동반하기를 거부한 것이고, 산천단 동굴 바위 그늘에서 죽음으로 도약하는 격렬한 불꽃 속에서 해외에 있는 누이동생과 젊은 벗에게 마음을 날려 보내고 있었던 것이리라. 그것이 바다를 건너 동시에 꿈의 강렬한 텔레파시가 되어 도쿄와 오사카의 두 개이면서 하나, 하나이면서 둘인 꿈으로 나뉘었던 것이다. 이방근의 죽음의 순간, 의지의 표현인 현실이었다.

자는 것도 아닌 비몽사몽 상태에서 도쿄의 유원과 거의 동시에 같은 원형(原形)의 현재진행형 꿈을 꾸었던 그 단편이 차체의 진동에 흔들려가며 닫힌 머리 공간에 새로이 나타난다.

돼지, 돼지가 되어서라도 살아남아라, 돼지, 돼지…. 해변 마을 농가의 달빛에 비친 분뇨투성이 돼지우리, 거기 숨어 도외 탈출 밀항선이 도착했다는 기별을 기다리며 돼지와 동거하는 탈주 게릴라. 밤새도록 고열에 시달리던 탈주 게릴라의 몸속으로 정체를 알 수 없는 등신대의 꿈틀대는 덩어리가 들어와 그 체형을 움찔움찔 안쪽부터 무너뜨리는 묵직한 힘으로 돼지로 환생하는 진통을 끙끙대며 느끼고 있었다. 의식이 분화하기 이전의 진통, 태어나는 것의 분리와 동일한 몸의 감각. 고통스러운 고열의 밤이 밝자 탈주 게릴라는 네 발로 엎드려 양손이 짤막하게 오그라든 순간 다섯 손가락이 뜯겨 나가고 팔에서 발굽이 밀려 나가는 것을 알았다. 발굽은 검은 돼지털이 난 앞발이었다. 얼굴이 마비되어 양쪽을 향하는가 싶더니 눈이 튀어나온 코 위에 붙어 옆을 보고 있다는 것을 알았다. 앞도 옆도 잘 보인다. 정신을 차리고 보니 꼬리까지 나서 엉덩이에 들러붙은 더러운 똥오줌을 떨어뜨리고 있었다…. 돼지….

바위에 큰 파도가 부딪쳐 부서지는 듯한 굉음 속에서 눈을 떴다. 야간열차 안이었다. 눈도 머리도 망막하다. 지금 뜬 눈은 잠에서 깬 눈인가? 꿈속에서 눈을 뜬 것인가? 오전 2시, 오사카까지는 아직 한 나절의 시간이…. 돼지로 변신하는 꿈이었다. 꿈, 현실에서는 여기 앉아 있는 이 인간이 꿈을 꾸고 있다. 당연하게도 돼지가 된 탈주 게릴라는 그 게릴라 꿈을 꾼 바로 나니까. 창밖의 밤 속을 달리는 열차는 어디로 가는 것일까? 여기는 오사카가 아니다. 그것은 이 열차 훨씬 이전에 탔던 밤기차였다. 지금 이 밤기차는 규슈, 하카타, 바다가 보이는 하카타로 향하고 있다.

남승지는 무거운 정적을 품은 차 안을 둘러보았다. 도쿄에서 오사카로 가는 기차가 아니다. 같은 시간, 같은 좌석에서 같은 꿈을 머릿속으로 반복하고 있었다. 과거가 현재로 현재가 과거로 뒤섞여, 하나가 되었다. 나는 지금 여기 한밤중 하카타행 급행열차 안에 있다. 지난번에는 꿈속의 고통으로 몸부림치다 옆에서 허리를 흔드는 바람에 눈을 떴지만 지금은 그렇지 않다. 조용히 눈을 뜨고 있었다. 돼지, 돼지, 꿈속 돼지는 나였겠지, 나. 탈주 게릴라. 돼지가 되어서라도 살라는 의미를 새삼 알게 되는 듯, 이방근의 의지가 전달되어 몸의 중심에 닿는다. 살아 있는 나에게는 편리한 말. 그래서 돼지인가? 돼지 무리가 물로 들어가는 건 뭘까? 돼지 등에 유원은 없었다. 해몽책에는 뭐라고 나와 있을까? 아마도 나와 있지 않겠지. 죽는다는 것은 굴복하는 것. 이방근은 죽었지만 적을 죽인 후였다.

문고본을 꺼내서 페이지를 넘겼다. 『죄와 벌』. 서울 영화관 단성사에서 일본어 자막이 붙은 「죄와 벌」을 본 후의 침통함, 고통스러운 감동. 소냐의 사랑을 의지하고 시베리아로 유형을 간다. 동반하는 소냐. 어째서 라스콜니코프는 네바 강에 몸을 던져 자살하지 않았을까… 하고 고민한 적이 있다. 시베리아 유형은 차르, 권력에 대한 굴복 아니었나? 이것 자체가 스스로에 대한 패배가 아닐까? 고리대금업자 노파는 빈대나 이 같은 존재. 한 생명을 지워 수천의 생명이 부패와 타락에서 구원받는다. 하나의 죽음과 백의 생명을 맞바꾼다. 인류의 행복을 위해서 나폴레옹 같은 영웅은 일반 사회의 도덕률을 뛰어넘는 권리를 지닌다. 그 나폴레옹이 되고자 하는 라스콜니코프는 영웅으로 비상하지 못하고 지상으로 떨어졌다. 비참한 존재가 된 라스콜니코프는 절망을 안고 밤거리를 방황했다. 그 자신이 빈대 같은 노파와 마찬가지 존재라니. 그에게 노파를 죽일 권리가 있었던가?

얼어붙은 1월 종로길을 하얀 숨을 내쉬며 혼자 걸었다. 8·15 해방을 맞았음에도 거꾸로 오염과 혼란, 굶주림, 폭력정치뿐인 조국. 일본에서 신생 조국으로 돌아와 그 남조선에서 어떻게 살아야 할까? 새로운 독립조국 건설이라는 모습이 보이지 않는 조국, 병든 서울. 라스콜니코프에게 빈대와 마찬가지인 노파를 죽일 권리가 있었나? 라스콜니코프 자신이 노파와 같은 빈대, 이에 불과한 존재가 된다. 비좁은 하숙방에서 뒤집은 내의 재봉선 구석마다 들러붙어 있는 이를 양손 엄지손톱으로 눌러 죽이며 나에게 빈대를 죽일 권리가 있는가를 진지하게 생각했던 일, 앙상한 고학생의 피를 빨아 통통하게 살이 찐 이를, 지금 생각하면 멍청이 같다는 생각도 들지만, 심각하게 툭, 툭, 이가 품은 피를 터뜨리는 파열음을 들으며 잔인함을 담아 죽이고는 했다.

책갈피를 끼워둔 페이지에 시선을 떨군다. 라스콜니코프가 살인을 저지른 날 밤, 동네의 음식점이 늘어선 변두리 쪽을 걷다가 여자에게 유혹을 받는 장면이 있다. 라스콜니코프는 길 가다가 만나 돈을 달라는 그 여성에게 주머니에 있던 구리동전 세 개를 주고 지나간다.

"…'무엇이었을까?' 라스콜니코프는 걸으면서 문득 생각했다. '어디선가 읽은 적이 있다. 어떤 사형수가 죽음 한 시간 전에 생각한다. 어딘가 높은 절벽 위, 가까스로 두 다리를 올려놓기도 힘든 곳에서 살아야만 한다면… 이라는 이야기였다. 주변은 심연, 대양, 영원한 암흑, 영원한 고독, 그리고 영원한 폭풍. 그 손바닥만 한 땅 위에 선 채로 평생을 보낸다, 아니 천년이고 만년이고 영원히 서 있어야만 한다면? 그래도 당장 죽는 것보다는 그렇게라도 살아 있는 편이 낫다!'"

마주 앉아 있는 승객은 잠들어 있었다. 남승지는 한동안 눈을 감고 심호흡을 했다. 이방근이 이야기하던 서대문 형무소의 감옥. 관을 세로로 세운 듯 옆으로 누울 수도 없어 서 있어야 하는 감방이 늘어서 있던 철창이 머리를 스쳤다. 일제 강점기 서대문 형무소. 남승지 역시 성벽과 같은 담이 끝없이 이어지는, 먼지 자욱한 아현동 마을 대부분을 차지한 서대문 형무소 풍경을 알고 있었다. 이방근, 그래, 대마도는 이방근을 만나러 가는 것이 아니다. 하지만 이방근은 있다. 가려는 곳에 이방근이 있다.

"…'그렇게라도 사는 것이 낫다! 살아 있을 수만 있다면 살고 싶다, 살아 있고 싶다! 어떻게 살아도 좋다, 살아 있을 수만 있다면!… 이것은 진실이다! 이것이야말로, 분명 진실의 절규이다! 인간이라는 건 비열한 존재다! 그 사내를 그 때문에 비열하다고 하는 놈 역시 비열한 놈이다.' 그는 1분 정도 지나 이렇게 덧붙였다…."

남승지는 책을 덮었다. 얼마나 무섭고 격렬한 말인가?

『이방인』의 뫼르소가 여름 바닷가에서 아라비아인을 죽인 죄로 형무소에 들어간다. 자유를 빼앗긴 감옥에서 만약 산 채로 마른 나무둥치 속에 갇혀 머리 위 상공에 피어나는 꽃을 바라보는 것 말고 할 일이 없어지더라도 점차 거기 익숙해질 것이다. 인간은 어떤 일에라도 그런, 분명 그런 구석이 있다. 마른 나무둥치 속에 갇혀서도 여전히 살고자 하는 인간.

뫼르소는 그렇게 생각했지만 그가 고목 속에 갇히는 일은 없었다. 일제에 체포당하고 서대문 형무소의 손을 뻗으면 천장에 닿아버리는 비좁은 감옥에 갇힌 조선인 정치범. 이방근은 이런 감옥에 있지는 않았지만 서대문 형무소 감방에서 살아남은 혹은 옥사했던 반일 독립운동투사의 삶을, 전향 병보석한 자신의 심신에, 짧은 생애 속에 새겨 넣었다.

숨이 막힐 듯한 마음으로 다른 페이지를 펼쳤다. 가난한 학생 라스콜니코프가 고리대금업자인 전당포 노파의 머리를 도끼로 내리쳐 죽이는 장면은 잘 알려져 있다. 때마침 외출에서 돌아온 노파의 동거인이자 친척 여동생인 리자베타. 라스콜니코프가 휘둘렀던 도끼는 그녀 위에도 내리쳐졌다. 레드 헌트, 빨갱이 사냥. 제주도 게릴라, 도민 학살은 미점령군, 이승만 군대, 경찰, 서북청년회 등 반공 십자군이 빨갱이를 인간 이하의 벌레로 여겨 해충을 박멸하듯 방역… 마음껏 저지르고 있었다. 빨갱이 사냥은 질릴 때까지 한다. 이방근은 그 와중에 정세용을, 유달현을 죽였다. 그리고 자신을 죽였다…. 남승지는 포켓 위스키를 입에 댔다. 목구멍이 불붙는 듯하다. 수통을 입에 물고 천천히 물을 마셨다. 저, 승지 동무, 오빠는 살인자인가요? 나는 이방근을 살인자라고 생각하지 않아. 승지 속의 유원의 음성. 주변은 심연, 대양, 그리고 영원한 흑암.

영원한 고독… 손바닥만 한 땅 위에 선 채로 평생을 보낸다…. 돼지, 돼지가 되어서라도 살아남아라. 그것이 투쟁이다. 적을 이기는 길이다. 이방근.

H역인가 보다. 급행 정차역이었다. 야마구치 현으로 들어와 있었다. 정차했음을 안 것은 2년 전 초봄 강몽구와 함께 제주도에서 4·3 봉기에 대비한 기금 모금을 위해 일본에 건너와 관문해협을 통과하던 도중에 작은 항구 옆 H역까지 왔던 적이 있기 때문이었다. 전쟁 전 해군 공창(工廠)도 있었던 군수공업도시에 위치한 H역은 화물차선도 있어서 꽤 큰 역이었지만 승강장에는 인적이 없었고 타고 내리는 사람도 없는 듯했다. 역 근처 강몽구의 부하인가 싶은 헌 구두 상인 달길 대장네 집에서 1박 했었는데 그날 밤 강몽구와 함께 목욕하며 등을 밀었을 때의 충격이 지금도 생생하다. 일제 강점기 특고에게 당한 고문의 흉터가 정말인가 싶을 만큼 끔찍했다. 강몽구의 등을 온통 뒤덮은 울퉁불퉁한 켈로이드 흉터는 남승지가 등에 지고 있는, 행자가 중얼거

린 상처의 산골짜기, 상처의 골짜기보다도 험악한 것이었다. 강몽구는 아직 한라산 속에 남아 있는 것일까? 이방근의 하산 게릴라 도외 탈출 계획을 반혁명적이고 반당적이라고 비판하고 중지를 요구했으면서 후일 게릴라의 본토 탈출이라는, 완전히 비현실적이고 공상적인 계획에 대한 조력을 이방근에게 요청했던 강몽구.

지금 살아 있다면 어떻게든 하산해서 한대용의 배로 탈출할 수 없는 걸까? 졸음을 깨려는 듯 맨앞의 기관차가 격렬한 기적 소리를 울리며 덜컹, 하고 움직이기 시작했다. 움직이기 시작하고 나서야 승강장에 역원이 한 사람 있었다는 것을 깨달았다. H시에는 달길 대장 앞으로 제주도행 짐을 철도화물로 보내두었다가 기항한 한일호에 옮겨 싣고 사스나를 경유해 제주도로 향한다. 그리고 한대용은 두 여성 활동가를 무사히 대마도까지 데려와서 자신에게 부과된 임무를 완수한 것이다. 그 바통을 이어받으려 남승지가 지금 대마도로 가는 기차 안에 있다.

새벽에 관문 해저터널을 통과하고 약 두 시간 걸려 하카타 역에 도착했다. 7시 30분을 조금 지났다. 역에는 승강장이 몇 개나 있었고, 이른 아침이지만 통근자를 포함한 많은 사람들이 바지런히 오가고 있었다. 승강장 표지를 봐가며 서쪽 개찰구를 나와 구내 세면소로 향했다. 얼굴과 목에 들러붙었던, 증기기관차가 뿜어내는 자잘한 분말 매연이 검고 더러운 물이 되어 흘러내렸다. 일단 서쪽 출입구 현관 바깥으로 나가보았다. 큰길이 몇이나 있었는데 바다 방향으로 오른쪽 비스듬히 똑바로 뻗은 것이 하카타 항으로 가는 메인 스트리트인 듯했다. 근처에 버스 터미널이며 택시 정류장이 있었다. 손님을 기다리는 검은 택시가 보였다.

역 구내로 돌아와 찻집으로 들어간다. 커피를 마시며 반쯤 찌그러진 담뱃갑에서 신생 한 개비를 끄집어내서 입에 물었다. 신생 연기는 쓰다. 피스의 고상하면서 감미로움까지 느껴지는 향기는 뭘까? 한대용과 만나면 감탄하며 피스를 맛보지만 굳이 피스를 피우고 싶지는 않았다. 사촌형 승일이 피우는 히카리는 독했다. 어쩐지 마른 말똥 냄새가 나는 신생의 연기에 불만은 없었다. 찻집은 여행객보다 회사원 같은 손님이 많다. 토스트 같은 걸 먹는 것은 아침식사인가.

하늘은 흐렸다. 구름이 깔려 있고 햇빛이 전혀 보이지 않는다. 바람은 차지만 겨울 추위는 아니어서 스프링코트로 충분했다. 남승지는 고베에서 밤기차에 오른 후 단속적으로 몇 시간인가를 잤다. 눈을 뜨고 김 주먹밥을 하나씩 전부 먹어 치워서 배는 고프지 않았지만 우유와 토스트를 주문해 아침식사를 대신했다. 밤까지 일단 배를 채워둬야 할 것이다. 여섯 시간 항해이니 연락선에서도 무언가 팔고 있을까? 익숙하지 않은 배 여행 도중에 더구나 바다 위에서 뱃멀미를 할지도 모르고 배 안에서 식사하는 것은 내키지 않았다. 어머니는 옛날, 전쟁 전 식민지 시절 제주도에서 정기연락선으로 도일할 때(오사카-제주도간 편도가 약 1개월 걸렸다.), 뱃멀미 예방으로 돼지기름을 먹이곤 했다. 해방 후에도 목포-제주도간 연락선에 승선할 때면 돼지기름을 먹었다. 확실히 풍파가 심한 제주 바다를 건너는 데 기름기는 유효했다 싶다.

8시 좀 지나 역 앞 택시 정류장에서 쓰시마행 연락선 승강장까지 택시를 탔다. 일직선으로 뻗은 큰길을 달리기 시작한 택시는 신호 몇 개를 건너 2킬로미터 안 되는 길을 10여 분 달려 부두 앞에 도착했다. 요금을 내고 내려서 부두에 서니 차가운 바닷바람이 정면에서 불어와 코트 깃을 세웠다. 한 손에 들고 있는 보스턴백은 뜻밖에 가벼웠다. 밤사이 주먹밥 다섯 개 분량의 무게가 깨끗이 사라져버린 것이다. 이 배 속으로.

하카타 거리를 배경 삼은 부두는 커다란 인공만을 둘러싸듯 만들어져 있었다. 가로로 기다랗고 널찍한 형태의 항만을 부두가 둘러싸고 있는 항구. 창고 등 건물이 늘어서고 몇 척의 기선, 화물선이 정박,

아침부터 하역 작업을 하고 있는 배도 있었다. 바다에 접한 가로로 긴 부두 한가운데쯤의 수십 미터 개구부로 바다와 항만이 이어지면서 배의 출입구가 되어 있었다. 좌측 부두에 쓰시마행 승강장과 대합실 따위가 있는 모양이었다.

남승지는 바다 공기를 가슴 한가득 들이켰다.

바다다, 바다, 바다. 부두 너머 바다는 망망한 흐린 하늘과 수평선으로 하나가 되어 펼쳐졌다. 이제부터 연락선을 타고 대마도로. 목포에서 제주도로 가는 것이 아니다. 하카타에서 대마도로. 거기 사람이 기다리고 있다. 사람.… 이방근이 권총의 십자가를 지고 골고다 아닌 산천단 언덕을 향했다면 나도 내 속의 오빠와 함께 산천단으로 가야만 해요. 대마도로 승지 동무가 갑니다. 그것이 죽은 이방근의 뜻을 이어가는 길, 대마도는 한라산을 바라보는 산천단으로의 길….

대합실에서 한동안 기다리다가 승객들과 줄을 서서 접안해 있는 배로 향한다. 200~300톤급으로 200명 전후 정원인 듯했다. 승객은 30~40명 정도였다. 트랩 앞에서 선원이 검표하며 표의 절반을 잘라 갔다. 트랩을 올라가 선상의 현 쪽 통로를 선수 쪽으로 걸어 갑판의 객실로 들어갔다. 몇 줄 늘어선 좌석 좌현 쪽 창가 자리에 앉았다. 승객은 몇 안 되고, 출발까지는 시간이 있지만 정원의 반도 안 찰 것이다. 남승지는 주위를 슬쩍 훑어보고 자신을 주시하고 있는 시선과의 교차가 없음을 의식했다. 이즈하라 항에 접안, 트랩 아래는 어떨까, 별일 없을 것이다.

부두 밖으로 나온 연락선은 조용히 흔들리면서 바깥 바다 쪽으로 향했다. 남승지는 뱃멀미는 하지 않는 편이어서, 제주 바다 같은 험한 바다가 아닌 한, 여섯 시간 정도의 항해는 바다를 바라보는 것만으로도 기차 여행보다 느긋할 것이다.

남승지는 창가에 왼 팔꿈치를 짚고 손에 턱을 고인 채 꼼짝 않고 창밖의 바다를 바라보고 있었다. 눈을 멀리에서 가까이로 돌리니 온화한 바다의 움직임, 바닷물이 뒤쪽으로 달려가는 듯해서 배가 앞으로 나아가고 있다는 것을 잊어버렸다. 바다의 흐름이 빠른 것은 배의 속력이 상당히 빠르다는 것이리라. 하늘도 어두운 회색 구름으로 덮였다. 바다도 하늘을 비쳐 마찬가지로 푸른빛을 잃어버린 탁류가 되어 뒤쪽으로 사라지고 있었다. 남승지는 창가 벽에 어깨를 기대고 창밖의 바다를 질리지 않고 내다보고 있었다. 물결 하나하나가 표정을 바꾸는 것을 응시하면서 따라갔다. 끔찍한 이미지가 머리를 스쳐 가는 것을 자꾸 몰아냈다. 제주 산지항에서 육지 형무소로 이송되는 게릴라 포로들이 도중에 수장, 해상 투기로 학살당한다…. 재판도 없이 한밤중에, 예비 검속자들의 손발에 돌로 추를 매달아 바다로 내던진다…. 남승지는 벽에 기댔던 머리를 듦과 동시에 감았던 눈을 바다의 흐름을 향해 똑바로 떴다. 바다가 흐른다. 잘도 흐른다. 아니, 바다를 뒤로하고 배가 나아갔다. 남승지는 바다를 계속 바라보았다. 배의 완만한 흐름을 타고, 물결을 타고 졸고 있었던 걸까? 도중에 바람이 일어 바다도 꽤나 험해지고 배가 흔들려 항해다워졌다. 한두 시간 지나선가, 기항한 곳은 이키노시마였다. 같은 객실에서 몇 명이 하선했는데, 들어오는 사람은 없었다. 이키노시마는 나지막하고 완만한 산줄기로 평지 같은 섬이었다. 외양으로 나와 오로지 수평선도 안 보이는 바다 위를 큰 파도 작은 파도를 넘어 항해한다. 이키노시마를 지나 큰 바다로 나오니 서쪽에서 오는 바람을 맞으면서 바다가 거칠어지고 배는 위아래로 출렁, 뱃머리를 바다에 들이박듯 하며 나아갔다. 와, 거칠어졌구나, 남승지는 눈이 뜨였다. 선창에 부서진 파도가 날아와 시계(視界)가 흔들리고 몸이 위아래로 흔들렸다.

흐린 하늘 아래 바다가 험해져 배는 풍파에 몹시 놀아나며 나갔지만 제주 바다의 거친 파도가 아니었다, 하카타에서 대마도로 가는 바다 위였다.

남승지는 거친 바다 위 선상의 강몽구를 떠올리고 있었다. 재작년 봄 일본에서 기금 모금을 하고 돌아가는 항해 중의 일이었다. 동해 고무를 비롯한 곳들로부터 원조 물자라든가 짐을 가득 싣고 오사카 항을 출항했던 배가 세토 내해를 항해하다 일단 시모노세키에서 정박했다. 오사카에서 야간열차로 도착한 두 사람이 승선하여 제주도로 향하는 도중에 강몽구는 혁명투사적으로 행동했다. 조직 책임자 강몽구의 동의와 승낙을 얻은 어머니와 승일 형은 승지가 그대로 일본에 남기를 바랐고 강요도 했지만 그것을 거부하고 굳이 일본을 떠나왔다. 안녕히 계세요, 어머니, 오늘이 일본 땅에서의 마지막, 나는 조국혁명을 위해 어머니와 동생을 일본에 두고 제주도로 돌아간다…. 그야말로 단장(斷腸)의 패잔 생존자이다.

밤, 현해탄에 들어선 10여 톤급 배는 꽤나 흔들리며 서쪽으로 항해를 계속했다. 이튿날이 되어 아득히 오른쪽으로 대마도의 섬 그림자를 바라보며 나아갔다. 밤에 바람이 불기 시작하자 하늘 가득하던 별의 반짝임도 사라져 하늘도 바다도 하나의 암흑 속에 갇혔다. 바람에 휘날려 부푼 바다 위를 배는 심하게 위아래로 흔들리며, 뱃머리를 바다에 박고 큰 파도를 맞아가며 나아갔다. 제주도 근해에 들어서면 더구나 풍파가 격렬해진다. 소용돌이치는 구름이 나지막이 내려앉은 바다는 성난 파도의 처참한 굉음으로 날뛰고 있다. 바람에 파내어져 날아오르는 거대한 파도가 동혈 같은 배 속으로 배를 삼켜버리려 한다…. 필사적으로 회전하는 엔진도 파도에 헛돌며 같은 굉음을 울릴 뿐, 해면 아래로 처박혀버릴 듯 기울어진 배는 이미 복원력을 잃어버려서 선상의 사람들을 공포 속으로 후려쳐 넣었다. 키를 잡아라! 횡파에 먹히지 마! 기관실에 해수를 넣지 마라!

화물주 중 하나가 쓰시마 근처까지 돌아가라! 하며 소리친다. 물에 젖은 작업복 차림 선장이 선실로 들어와서 항해의 위험을 고한다. 모두 잘 들어둬. 이대로는 배가 못 간다. 위험을 벗어나기 위해서는 화물 반을 버려야 해…. 화물주들이 소란스러워진다. 내 짐은 그냥 짐이 아니야. 내 전 재산이 걸려 있다고. 그런 소리를 하고 있을 때가 아니다. 이건 선장의 명령이다. 목숨이 있어야 화물이 있는 거다. 짐을 바다에 버린다! 안 돼! 나는 죽고 싶지 않아. 다시 일본으로 돌아가줘! 싸움이 일어나고 봉기의 원조 물자에까지 손을 대게 되었다. 선장이 배가 침몰한다고 강몽구에게 대들었다. 강몽구가 선장과 화물주 네 명을 향해 고함쳤다. 다른 짐을 버려라. 거기 움직이지 마! 강몽구의 오른손에 권총이 들려 있었다. "각 사람마다 온갖 사정이 있겠지만 너희는 장사꾼이다. 돈은 또 벌 기회가 있다. 하지만 내가 가지고 갈 짐은 개인 물건이 아니야. 돈을 벌려는 짐이 아니라고. 너희 지금 짐이 아깝다고 목숨을 버리지는 마."

일본으로 돌아가자고 소리친 사내가 도둑놈, 해적이라며 울음을 터뜨렸다. 강몽구가 선실 문을 열고 손을 내밀더니 바람이 불어치는 허공을 향해 한 발을 쏘았다…. 파도를 뒤집어쓰며 해면에 아슬아슬하게 기울어 흔들리는 배 위에서 선원들은 화물을 창고에서 하나씩 갑판으로 집어 던지고 선원 두 사람이 들어 올려 바다에 버린다. 거의 한 시간, 20여 개의 큰 짐들을 버렸고 배는 해면에서 쓱 떠오른다.

10여 톤급 세미 디젤기관 범선과 연락선은 비교가 되지 않으니 악몽 같은 항해에 대한 회상이었고, 연락선은 예정대로 오후 3시경, 이즈하라 항의 파도 잔잔한 부두에 접안했다. 승객들은 객실 밖으로 나와 뱃전 통로에 섰다. 남승지는 트랩 아래를 주시했다. 선원 하나가 배표의 절반을 하선하는 승객에게서 받고 있었다. 그것 말고는 인적이 없었다. 남승지는 크게 한숨을 내쉬었고 안심하여 트랩을 내려갔다. 사스나에 두 사람이 무사히 상륙, 이즈하라에 가까운 N까지 이동, 거기서 남승지를 기다린다. 즉 지금 일일천추(一日千秋)의 심정으로 기다리고 있는 것이다. 하지만 사스나에서 숯 굽는 움막까지 가는 사이에 무언가 사고가 있어 밀항자로 체포되고 나아가 공범자로서 오사카에서 찾아올 남승지를 경찰 관계자, 사복 경찰이 트랩 아래서 기다리고 있을지도 모른다….

항해 도중 보슬비가 바람을 타고 내렸지만, 이즈하라는 하늘 높이 구름이 물러나고 구름 사이로 햇빛이 새어 나오고 있었다. 부두의 대합실 매점에서 N버스 정류장 위치를 물으니 종잇조각에 간단한 지도를 그려주면서 북쪽 방향으로 마을 중심부를 걸어 10분도 걸리지 않고 우편국 앞이니 금세 알 수 있다고 한다. 여점원은 친절했다. 배에서도 한 시간은 잤을 것이다. 어젯밤 야간열차의 피곤함은 풀린 것 같다. 하루가 저물어가고 있지만 공복감은 전혀 없었다. 이제부터 숯 굽는 움막이 있는 곳까지 버스를 타면 된다.

조용하고 깔끔한 마을이었다. 집집의 돌담이 제주도 초토화 작전으로 불타고 남은 돌담을 상기시켰다. 마을 한가운데 수로처럼 깨끗한 강이 흐르고 있었다. 다리를 건너 우편국 근처까지 간다.

버스 승객은 몇 명뿐, 한적했다. 마을 변두리로 나오자 버스 길은 구불구불한 곡선 해안을 따라가고 버스는 구불거리는 길을 달렸다. 북상하는 도로 좌측이 산지이고 삼림이 갈라진 산중턱이 다가와, 오른쪽으로는 바다에 접한 나지막한 절벽이 이어져 있다. 도중에 어두운 터널로 들어가 놀랐지만 놀랄 것도 없는 것이 이 언저리는 산이 바다에 가까워 험한 지형이었다. 다섯 번째인가 여섯 번째 정류장에서 하차, 함께 내린 것은 바구니를 등에 진 농부 아낙네였다. 버스의 뒷모습을 따라 한동안 북쪽으로 향해 걸었다. 편지에 동봉한 지도는 간단했지만, 지형이 단순해서 버스 정거장 연도에 집이 대여섯 채 있고 도로를 끼고 이어지는 것은 절벽 아래 바다와 산지뿐이었다. 앞쪽으로 오래된 돌담 같은 것이 보였는데 마침내 그 앞에서 산 쪽으로 들어서는 길을 만났다. 해안 너머는 수목으로 뒤덮인 완만한 구릉 곶이어서 바다로 튀어나와 있었다. 조그만 섬들이 점재해 있고 이 언저리는 밀항선이 접안하기에 적당할 듯싶었다.

도로에 접한 나지막한 산기슭으로 관목이 무성한 길을 한동안 따라가자 도로 곁 돌담 위는 대지가 되어 있고 조그만 우리 같은 건물이 보였다. 머릿속 간단한 지도의 길을 따라 산까지 돌투성이 마른 도랑과 나란히 언덕길을 한동안 올라간다. 도중에 짧은 언덕길을 오른쪽으로 돌아 끝까지 올라간 곳에서 시야가 열렸다. 나무들로 둘러싸인 단층집 마당이었다. 마당 오른쪽에 창이 없는 초라한 건물은 헛간일 것이다. 왼쪽이 안채였지만 주변은 쥐 죽은 듯 인기척이 없었다.

"실례합니다."

폐가도 아니건만 대답이 없었다. 아무도 없는 걸까? 누군가 숨어 있는 듯 인간의 냄새, 온기가 전해오는 것 같았지만 조용했다. 숯 굽는 움막다운 것은 눈에 띄지 않았다.

남승지는 등 뒤의 창 없는 움막을 힐끗 보고는 안채 대청 창호지문을 향해 다시 한 번 소리를 냈다.

"계십니까?"

24

남승지는 편지의 지도와 숯 굽는 움막이라는 목적지 주소 씨명을 안채 문패로 확인했다. 기야마 아무개. 아무도 없으면 잠깐 기다려보는 수밖에 없었다.

"실례합니다."[25]

인기척이 나면서 창호지문 안쪽이 아니라 안채를 마주 보고 오른편의 돌담 사이 좁다란 통로 쪽에서 발소리가 들려왔다. 남승지는 돌담 쪽으로 시선을 돌렸다.

키가 작은 짧은 머리 중년 사내가 좁은 통로를 나온 곳에서 멈춰서서 마당 입구 언덕길까지를 일별하고 달리 사람이 없음을 확인하더니 섬뜩할 만큼 의심 깊은 눈으로 남승지를 보았다. 남승지는 예기치 못한 상대방의 태도에 등을 바로 세우고 손에 들고 있던 한대용의 속달편지 봉투와 간단한 지도 및 주소를 적은 편지를 보였다. 마디가 튀어나온 손으로 무뚝뚝하게 그것을 받아든 기야마는 말없이 두 번 턱을 움직여 끄덕이더니 험악한 표정 그대로 눈짓을 하고 턱으로 마당 너머 창 없는 헛간 같은 건물을 가리켰다. 거기 있다는 뜻이었다.

흐음, 남승지는 헛간을 돌아보면서 편지를 코트 주머니에 밀어 넣었다. 사스나의 가네모토 씨가 자가용 차로 두 사람을 여기까지 데려와서 움막에 맡길 정도이니 좀 더 온화한 인간일 것이라 생각했지만 이건 경찰이 범죄자를 보는 눈길이었다. 빨리 데리고 가라는 것이겠지. 가까스로 이곳에 도착해 한숨 돌리려는 참에 기야마의 태도로 인해 새삼 경계심과 긴장이 되살아났다. 지금 막 만났는데 위험하고 성가신 인간 취급이었다.

"들리지? 사람 소리야."

안정혜가 조그맣게 속삭였다. 강연주가 끄덕인다. 두 사람은 손을

---

25 남승지는 이를 '고멘쿠다사이'(ごめんください)라고 일본어로 말하고 있다.

마주 잡고 상반신을 기댄 판자벽에 귀를 대고 있었다.

"'고멘쿠다사이'라는 건 '실례합니다'라는 뜻이야."

안정혜의 조선말이 이어졌다.

"예, 알아요. 나도 들었어요."

움막 밖 인기척에 두 사람은 귀를 곤두세우고 있었다.

마당 너머에서 사람 소리가 들렸다. 조금 전에 닭이 무언가에 놀라 마당을 뛰어 도망다니며 우는 소리가 나고 마당으로 들어오는 발소리가 나더니 건너편 안채 앞에서 멈췄다. 그리고 한동안 인기척이 없다가 지금은 같은 발소리가 마당을 건너 움막으로 다가오는 것 같았다. 일순, 두 사람을 둘러싼 움막의 공기가 정적의 바닥으로 떨어졌다. 나무들 사이 작은 새들의 울음소리가 움막의 함석지붕을 통해 투명하게 귓가에 들렸다. 발소리가 움막 판자문 앞에서 멈추었다.

판자문을 노크하는 소리가 들렸다.

"대판[26]에서 왔수다."

틀림없는 제주말이었다.

한숨을 내쉰 안정혜가 힘차게 일어나 여닫이문을 열었다. 석양에 가까운 밝은 빛이 넘칠 듯이 비쳐 들어와 방을 채운다.

"아이고, 발, 조심."

안정혜는 댓돌을 딛고 선 남승지의 가방을 받았다. 남승지가 댓돌에 서서 벗은 신발을 그녀가 재빨리 방 안으로 들여놓고 문을 닫았다. 방으로 들어온 남승지의 눈앞이 어지러울 만큼 순간적으로 어두워졌다. 가까스로 방 한구석 천장에 달린 작은 반투명 유리창으로 석양빛이 비쳐 드는 것을 알았다. 바다 쪽이겠지.

"아이고, 승지 씨, 감사합니다. 먼 데서 감사합니다."

남승지의 이름을 이미 알고 있었다. 안정혜는 그의 두 손을 잡고는

---

26 대판(大坂): '오사카'의 우리말 한자 독음.

돗자리가 깔린 3첩쯤 되는 마룻방 한가운데에 무릎을 꿇고 앉아 자기 소개를 했다. 그리고 나란히 앉은 또 다른 여성이 강연주라고 자기를 소개하는데, 남승지가 잠깐 기다려주세요, 하고서는 일어서서 코트를 벗고 자기도 무릎을 꿇고 앉아 상대의 절을 받았다. 남승지도 바닥에 두 손을 짚고 맞절을 하고 나서야 세 사람은 다리를 풀고 고쳐 앉았다. 채광구는 판자벽 구석에 난 사방 30~40센티미터의 반투명창이었다. 유치장 콘크리트벽 구석의 창과 닮았지만 철창이 없을 뿐이었다. 밖에서 어슴푸레한 빛이 들어오지만 밤에는 깜깜해질 것이다. 천장 어디에도 전등은 없다. 있어도 켤 수 없을 것이다. 아마도 헛간을 치워 이런 움막을 만들었겠지. 기야마는 숯 굽는 일을 하면서 밀항업자와 짜고서 언제부터인가 헛간을 은거지로 만든 것이리라. 그 섬뜩하고 의심 깊은 눈은 명백하게 경계와 공포의 눈이었다.

"먼 곳에서 오셨는데 아무것도 없어서…."

"네? 아, 하…."

남승지는 귀를 의심했다가 웃음이 나왔다.

"뭐라고요? 먼 곳에서? 무슨 말도 안 되는. 게다가 아무것도 없다니요, 뭐가 아무것도 없다는 건가요? 나는 손님이 아니에요. 두 분을 데리러 온 거니까. 무슨 어린애 같은 말씀이세요. 내일 아침 여기를 출발할 건데, 그렇지요, 멀고 먼 곳에서는 두 분이 오셨죠. 여기까지 용케 오셨네요. 이제 다 온 거나 마찬가지예요. 안심하세요. 너무 긴장하지 말고 내일 아침 출발하기 위한 마음의 준비를 하면 되지요."

"내일 아침에 출발한다고요?"

"예, 여기를 나가서 요 아래 자동차로 온 해안도로가 있었지요? 그 해안도로를 그대로 한동안 걸어가서 거기 버스 정류장에서 버스를 타면 30분 정도 후에 이즈하라라는 항구에 도착하지요. 버스 정류장까지 집이 몇 채 있지만 사람이 별로 다니지 않는 곳이더라고요. 시골이니까요. 나랑 함께 가니까 괜찮아요. 여긴 평화로운 곳입니다.

일본 땅이니까요….”

일본 땅. 평화로운 곳입니다. 남승지는 목에서 쉰 소리로 나온 자기 말에 순간적으로 가슴이 바늘에 찔리는 듯했다. 일본, 안전지대 일본으로 간다…. 이방근이 옛 종주국, 지배국 일본으로, 막 독립한 조국에서 일본으로 누이동생을 보내며 느꼈을 안타까운 심정. 자신도 살기 위해 이방근에 의해 일본으로 보내졌다.

“아이고….”

두 사람은 얼굴을 마주 보고 서로의 손을 잡고 있었다. 가벼운 웃음이 나왔다. 천장 가까이 조그만 창에서 들어오는 빛에 떠오른 두 사람의 하얀 얼굴은 한동안 눈을 떼지 못할 만큼 아름다웠다. 두 사람 모두 아름다웠지만, 처음 판자문이 열려 밝은 외광과 함께 방으로 들어왔을 때 안정혜와 나란히 빛 속에 서 있던 강연주의 얼굴은 마치 그리스 조각 같은, 아, 하고 눈을 크게 뜰 만큼 동양인답지 않은 이목구비였다. 음, 오사카에 닿기까지의 길도 이 용모로 돌파할 수 있을 것이다. 남승지는 두 사람의 얼굴을 보는 것만으로도 오사카까지 가시 돋은 투명한 시공의 터널을 빠져나갈 안도감과 자신감이 마음에 생겨났다.

대마도는 일몰이 간사이보다 늦는 듯했다. 5시 30분이 되어도 바다 쪽 창에서 반투명 유리를 뚫고 배어들듯이 석양빛이 방을 채우고 있었다. 그 속에서 윤곽이 흐릿한 각 사람의 숨소리가 났다. 오래지 않아 5시도 되기 전에 저녁밥이 와서 놀랐지만 그것은 밝은 동안에 식사를 마치게 하기 위해서였다. 가벼운 노크, 그러고 나서 기야마의 처인 듯 싶은 여자의 목소리가 들려왔고, 여닫이를 연 강연주 손에 독상(獨床)이 옮겨졌다. 이어서 다른 사람이 또 있는지 연속해서 독상들이 운반되어 왔다.

나란히 놓은 밥상 앞에 두 사람이 앉고 그 앞에 남승지가 삼각형으로 마주 앉아 식사를 했다. 미역 된장국, 채소 나물, 장아찌, 전갱이

구이 등, 음식이 맛있었다. 집주인의 무뚝뚝한 태도와 어울리지 않는 다정하고 따스한 식사였다. 거기에 더해 소라 소금구이까지 함께 나왔는데, 승지 씨가 와서 그런 거라며 두 사람이 기뻐했다. 남승지는 인상이 좋지 않던 주인을 다시 봐야겠다는 생각이 들었다. 이쪽 역시 잠재적인 경계심이 있어서 그 반사작용이 있었던 것 아닐까? 아니, 밥상을 날라 온 여성의 음성은 부드러웠지만 기야마의 그 얼굴, 눈빛은 가시가 돋은 소리 없는 음성이었다. 어째선지 그 사내는 말이 없었다. 어쨌든 지금은 사라진 제주도를 떠올리게 하는, 소박하지만 바다 향이 나는, 그것도 독상으로 받은 식사가 세 사람의 기분을 안정시켰다.

"승지 씨가 여기 있어 함께 식사하니 한층 맛있네, 감사히 잘 먹을게요…."

안정혜.

식사는 대화가 거의 없이 끝났다. 배를 타고 기차를 타고서 오사카까지 가려면 시간이 얼마나 걸릴지 안정혜는 전쟁 전에 오사카에 살았기에 대충 상상할 수 있었지만, 강연주는 첫 도일, 밀항이었다. 10분 정도 걸려 식사를 마쳤을 때는 방이 어두워져서 서로의 얼굴 윤곽이 확실하지 않고 어렴풋했다. 마침내 작은 창으로 들어오던 박명조차 사라져 방은 어둠 속에 잠겼다.

"담배 피워도 될까요?"

조심스럽지 못한 말이라 생각하면서 남승지가 물었다.

"예, 창 쪽으로 등을 돌려 성냥불이 보이지 않게 하고 바로 끄면 돼요."

"예."

마침내 새까만 어둠에 싸여 눈도 몸도 어둠에 녹아들고 마룻방에 앉아 있는 중력만으로 자신을 감지하는 상태이니 어쩌면 좋을까? 한동안 눈앞이 어지럽고 어둠이 흔들리는 듯한 불안에 휩싸였다. 소리

내서 말을 해도 상대방은 보이지 않는다. 상대가 있는데 보이지 않고, 마치 목소리를, 발성을 시험하듯 모호한 상대를 감싼 어둠을 향해 말했다.

"나흘간 이 마룻방 어둠 위에서 정말 고생하셨겠네. 지금처럼 아예 아무것도 보이지 않았을 테니. 손이 움직이거나 하는 건 알지만 그것도 보이지 않게 되고. 어둠의 벽에 눌려 찌부러지는…."

목소리가 벽에 부딪혀 돌아오고 서먹서먹한 타인의 음성 같은 울림.

두 사람이 조그맣게 웃는다.

"어둠에 눌려 찌부러지진 않아요. 오히려 감싸주지요. 금세 익숙해져요. 어둠이 몸속으로 들어와서 하나가 되고."

호오, 어둠이 몸속으로 들어온다….

"예…."

바로 눈앞에서 숨소리가 들리는 안정혜의 음성이 어둠을 채우는 듯한 존재감이 있어 어쩐지 안도한다.

"방에서 달리 필요한 물건도 없지만 더듬어보면 알 수 있죠. 한 달, 1년도 아니고. 이제 내일 아침이면 여길 떠날 테니까요."

"예."

한라산에서 야간 도보 도중에 방목하는 소 떼 같은 것을 맞닥뜨리는 경우가 있다. 느닷없이 어둠 너머에서 푸르게 빛나며 다가오는 괴물 같은 두 개의 눈에 깜짝 놀라 처음에는 소리를 지르며 도망치곤 했다. 때로는 몇십 마리나 되는 눈빛이 옆으로 늘어서서 움직이는 모습이 명계의 괴물들이 행진하는 것처럼 보이는데 익숙해지면 멀리서 홀린 듯이 보게 되었다. 접근하지 않는 한, 해를 끼치는 일은 없다. 들개나 여우들도 밤에는 강렬한 회중전등 같은 푸른빛을 발하며 움직인다. 이쪽이 회중전등을 손에 들고 있는 것도 아니건만 간혹 창백한 빛이 이쪽을 향해 다가오기도 한다. 냄새를 맡은 것이겠지. 인간의 눈에는 보이지 않아도 동물들은 어둠 속에서 꿰뚫어 보고 있는 것이다. 천체의 빛이 반사되는 걸까? 소들의 눈 자체가 빛을 발하는 것인가? 인간의 눈도 어둠 속에서 빛날까?

바로 눈앞에 앉아 있으면서도, 그림자 덩어리가 있고 그것이 움직여 숨결이나 손발이 움직이는 것은 알 수 있지만 그저 기척일 뿐 눈에 확실히 보이지는 않는다. 함석지붕 위로 늘어진 나뭇가지가 흔들리는 소리가 들려오는 이곳은 해변이다.

"방 안쪽에서 자물쇠를 거는데 경찰이라도 왔다간 도망칠 곳이 없어요. 이 집 뒷산에 숯 굽는 곳이 있어서 거기서 숯 굽는 사람들이 이 집까지 내려오는 정도지, 그다지 사람들이 드나들진 않는 것 같아요. 뭐라나 일본어로 숯 굽기, 스미야키(炭焼き)라든가, 이야기하는 소리가 판자벽에 귀를 대면 들리지요. 스미는 우리말로 숯이잖아요. 둘이서 일제 강점기에 배웠던 일본어로 이야기해 보기도 하고, 공부를 하면서…."

안정혜가 웃었고, 강연주 역시 뭔가 작은 소리로 한두 마디 속삭이더니 웃었다. 어둠 속 투명한 음성이었다.

"일일천추라고들 하는데 승지 씨가 노크를 했죠. 판자벽 한 장과 판자문 바깥에 뭔가 인기척이 있으면 둘이서 벽에 귀를 대고 있었어요. 승지 씨의 그 똑똑 노크 소리, 이쪽으로 걸어오는 발소리가 멈추더니 똑똑. 정말 심장이 덜컥 소리를 내며 튀어나올 것 같아서 둘이서 소리를 죽이고 아이고, 살아짓기요.[27] 아이고, 세상에나, 했답니다."

윤곽이 없는 안정혜의 팔 그림자가 움직여 두 손으로 남승지의 한 손을 한동안 잡았다가 놓았다. 차가운 손이었다.

"제주도에서 피신한 탈도자를 위해 와준 것이 고마워서 이런 이야기를 주저 없이 하네요. 제주도에서는 6·25 전쟁이 일어나고부터 사람들이 예비검속 체포를 피하기 위해 군대, 해병대원으로 열렬 지원

27 '살 수 있어'라는 의미의 제주 방언.

해서 반공애국해병대로서 싸우고 있지요. 전쟁에 나가는 편이 제주도에 있는 것보다 안전하니까…."

판자문이 똑똑, 하고 가볍게 울렸다. 강연주가 일어나 문을 연다. 안채 창호지문을 통과한 불빛이 마당 지면에 반사돼서 움막 안으로 들어왔다. 아아, 서로의 얼굴 형태가 보였다. 남승지는 조그맣게 소리를 내며 하하… 어쩐지 웃음이 새어 나왔다. 식사를 마치고 문 앞에 나란히 놓아두었던 상들이 하나씩 나갔다. 다 나가고 판자문이 닫히자 흑암. 가까스로 벽 구석 소창에 어렴풋이 빛이 남아 있는 것이 보였다. 오래지 않아 창문도 어둠 속에 사라지리라. 달이 나와서 창으로 달빛이 비쳐 든다면. 밤하늘에서 오는 빛.

"이제부터 어떻게 할까요?"

어둠은 소리를 막지 않는다. 두 사람은 설핏 소리를 합쳐 웃었다.

"이대로 있어요. 조금 더 있다가 이불을 펴고 눕습니다…. 회중전등이 있으니 타월로 감싸 사용하고 끝나면 끕니다. 창문에 비치지 않으면 괜찮아요. 촛불에는 불을 붙일 수 없어요."

"예, 정혜 씨…."

남승지가 불안해해서 두 사람이 웃은 건 아니겠지만, 한라산 아지트 동굴의 흑암 속에서라면 이런 말은 나올 수조차 없다. 곧바로 자아비판감이 된다. 이제부터 어떻게 할까요? 세상 타락한 소리가 아닌가? 동굴 아지트 모닥불이 다 타고 났을 때의 칠흑 같은 암흑, 한 발 앞이 심연, 절벽, 동굴의 암벽, 영원한 어둠…. 순간, 대마도의 자신과 한라산의 자신이 흑암 속에서 분리, 합체해 있었다.

"정혜 씨, 내가 정말 어린애 같은 소리를 해버려서."

"아니에요, 누구라도 그렇겠지요. 어둠 속인걸요. 그래도 혼자가 아니니까 제주도에서도 온갖 곳에서, 구덩이 속에서도 견뎠어요…."

"그렇지요, 그것을 알고 있는데도 나는 그런 소리를 해버렸으니…."

"그래도, 여기가 아니었으면 지금쯤 전등이 켜져 있는 밝은 곳에 있었을 테니까, 여기 와서는 그게 당연한 거죠. 하지만 익숙해져요. 무슨 그런 말 한마디로 신경을 쓰는 거예요? 우리가 살짝 웃어서?"

가벼운 웃음을 띠고 이야기하는 것을 알겠다.

"아니, 전혀 아니고요. 스스로 얼른 깨달았어요."

"어떻게 하냐고요? 그야 밝은 곳에서 아무것도 모를 어두운 곳으로 와서 금세 나가는 것도 아니고 이제부터 어떻게 할지 모르니까 묻는 거잖아요. 묻지 않는 게 이상하지. 게다가 묻는 편이 이제부터 어떻게 할지 빨리 알게 되는걸…."

다시 두 사람이 입에 머금은 듯한 음성을 맞춰 즐겁게 웃었다. 남승지도 잠깐 소리를 맞춰 웃었다.

"여기서, 창고 방에서 나흘간, 고생하셨어요."

"아뇨, 고마운 나흘간이죠. 고생이라니 그런 말은 무섭고 두려워서 쓸 수가 없어요. 오사카에 갈 수 있다는 것이 얼마나 감사한지. 대마도, 여기 와서 나흘간이죠. 어쩌면 제주도에서 일본까지, 오사카까지 가는 데 태평양 쪽을 돌아 좁은 배 밑바닥 구덩이에서 한 달이나 걸려서 밀항해야 했을 수도 있어요. 잡히거나 조난당하거나 밀항업자가 도중에 어디 규슈 연안에 내려놓고 도망쳐 버리거나. 아이고, 한일호 선생님들 덕분입니다. 나흘간, 지옥에서 도망쳐 온 천국 같은 나흘간. 아이고, 난, 우리는 살기 위해서 다른 사람들을 남겨놓고 도망쳐 왔습니다…. 이런 소리를 입 밖에 낼 수 있는 대마도 땅이지요. 사스나의 김 선생님에게도 엄청난 신세를 지고… 눈물이 그치질 않았어요. 한대용 선생님은 제주도에서 대마도까지 그리고 승지 씨와 함께 오사카까지 갈 수 있도록 길을 만들어주셔서 드릴 말씀이 없어요. 그것을 위한 나흘간입니다. 승지 씨가 이렇게 얼굴을 보여주시기까지 불안과 긴장의 나흘간이었지만 한 달 두 달 이어지는 나흘간이 아니라 내일로 끝나는 나흘간. 얼마나 감사한 나흘간이었을까요? 감사합니다. 우리는 정말 한대용 선생님 배에 승선할 수 있어서 다행이었어요. 여기 와서 고통이라는 둥 그런 생각은 하는 것만으로도 천벌을 받지요. 승지 씨, 담배 안 피우세요?"

"그냥 물어본 것뿐입니다. 어둠 속에서 어떻게 담배를 피울까 싶어서."

"그렇죠, 어려울 건 없지만. 담배는 있나요?"

"예."

"나는 사스나에서 한대용 선생님에게 담배를 받았어요, 피스라고 하는 엄청나게 맛있는 양담배를… 양담배가 아니고 일본에서 제품화한 무척 맛있는 담배예요…."

공기가 흔들리고 앉은 채로 상반신을 움직인 듯한 안정혜가 가방을 끌어당기고 있었다. 지퍼를 여는 소리가 난다. 그리고 손으로 더듬어 꺼낸 담뱃갑에서 한 개비를 뽑아낸 것이겠지, 피스의 향기가 감돌았다. 담배가 한 개비씩 나누어지고 안정혜의 손에서 남승지 손으로 옮겨지면서 몇 번인가 손과 손이 닿아, 아이고, 어디야…. 나지막히 웃어가며 겨우 남승지의 손바닥에 피스 한 개비가 놓였다. 옆의 강연주에게는 간단히 올려준 모양이다.

"성냥불을 켤 테니까…."

등을 창 쪽으로 돌린 안정혜의 손에서 성냥불이 좁은 방 안의 반을 밝게 비추었다. 조그만 불꽃이 한 사람 한 사람이 가까이 들이댄 담배에 불을 옮겨 붙였다. 순간, 성냥 불빛에 반사되어 흔들리는 강연주와 안정혜의 두 얼굴이 섬뜩할 정도로 아름답게 비쳤다가 사라졌다. 1미터 정도 암흑의 공간에서 용암이 부서져 깨지는 듯한 새빨간 불꽃이 움직였다. 안정혜가 두세 모금 빨아들이고 나서 담뱃불이 아래로 움직이더니 어딘지 모르고 있던 눈앞 재떨이에서 꺼졌다. 강연주도 담뱃불을 껐다. 그리고 승지 씨는 피우시라며 자기들은 원래 담배를 피우지 않는다고 말한다.

"나도 어쩌다 피울 뿐 골초는 아니에요. 나중에 피우고 싶으면 다시 피우겠습니다."

남승지 역시 두 사람처럼 제대로 불을 끄고 반쯤 남은 담배꽁초를 그녀들처럼 더듬어가며 재떨이 가장자리에 나란히 놓았다. 눈앞의 보이지 않는 두 사람의 동작은 어둠에 녹아들 듯한 그림자의 움직임으로 알 수가 있다. 벽의 구석 쪽창이 어렴풋이 빛을 비쳐 완전한 어둠은 아니었다.

"승지 씨, 잠깐 일어나세요"

안정혜가 타월로 감싼 회중전등으로 발 쪽을 비추며 말했다.

"이불을 깝시다."

"이불?"

아직 7시도 안 됐다.

안정혜가 비추는 회중전등 불빛 속에서 강연주가 방 한쪽에 쌓여 있던 얇은 이불요 한 세트를 남승지에게 건네고 나서 남은 두 세트를 각각 돗자리 위에 나란히 깔았다. 남승지가 문 쪽으로 발을 두고 왼쪽 벽 쪽, 그 옆이 안정혜, 오른쪽 벽 옆이 강연주, 그것만으로 발 디딜 곳이 없어져서 일어서려면 이불 위에 서야 했다. 재떨이가 남승지와 안정혜의 베개 사이에 놓였지만 담배는 재떨이에 있던 꽁초로 충분했다.

두 사람은 함께 볼일을 보러 갔다. 안채와 돌담 사이 좁은 통로 안쪽에 변소가 있는 모양이다. 실례합니다를 몇 번이나 반복하고서야 겨우 주인이 나왔던 통로다.

판자문을 열어둔 채였지만 차가운 밤공기가 안채 장지문 불빛과 함께 들어와서 무심결에 심호흡을 했다. 좁은 방의 환기도 되었다. 남승지는 머리만 내밀고 깜깜한 마당 입구 쪽 비탈길을 보았다. 두 사람이 돌아오고 남승지도 변소로 향했다. 그리고 바닷바람이 부드럽게 불어오는 잠깐 동안의 기분 좋은 밤기운을 느끼고 돌아왔다. 손목시계는 7시 전이었다.

바지 차림인 두 사람은 그대로 이부자리에 든 모양이었다. 잠이 들 것도 아니다. 남승지는 바지와 웃옷, 와이셔츠를 벗고 내의만 입고서 이불 속으로 들어간다. 얄따란 이불은 차가웠지만 점차 체온으로 데워졌다.

대마도는 간사이보다 따뜻하다. 이즈하라 항에 내렸을 때, 하카타는 하늘도 바다도 구름 많고 차가웠지만 이즈하라는 맑고 하늘이 높고 해가 비치고 있어서 한기가 없었다. 제주도는 대륙에서 강한 계절풍이 불어와서 바다는 거칠고 기후도 춥지만 대마도는 북상하는 난류인 대마해류 탓인지 아직 겨울 추위는 아니었다.

바다 물결이 치고 있는 밤의 대마도, 경계의 섬. 그렇다, 얇은 이불을 덮었지만 아직 한겨울이 아닌 지금, 이 대마도의 밤은 춥지 않다. 설령 춥다 한들 방이 좁아서 세 사람의 체온으로 추위가 느껴지지 않을 것이다. 남승지는 어쨌든 여기까지 와서 살아 있는 안정혜, 강연주와 만난 지금, 춥고 더운 판별도 할 수 없을 듯한 심정이었다. 삶과 죽음이 뒤얽힌 경계, 제주도와 일본 사이의 경계, 사지에서 탈출하여 바다를 건너 대마도 이곳에 존재하며 살아 있는 안정혜와 강연주, 분수령 위에 가로질러 있는 죽었을 생명. 아직 한쪽 다리를 사경에 집어넣은 채인 강연주, 안정혜의 어둠, 혼돈을 감싸 안고 안정혜와 강연주를 그리고 남승지를 지탱하는 어둠의 마룻바닥. 이방근이 살인의 십자가를 등에 지고 향해 가던 골고다 아닌 산천단을 향한 길인가? 두 사람은 나와 마찬가지 이방근의 배로 왔다.

두 사람은 이방근의 배를 모른다. 한대용의 배. 이방근이 권총의 십자가를 지고 골고다 아닌 산천단 언덕을 향했다면 나도 내 속의 오빠와 함께 산천단으로 가야만 해요. 대마도는 한라산을 바라보는 산천단으로의 길…. 유원과 나란히 앉아 있던 이방근 1주기 자리에서 독경 소리가 이어지는 동안, 잠들어 있었던가, 백일몽 아닌 반각반수의 꿈, 십자가가 보인다. 게릴라 사령관 이성운을 경찰서 돌문에 매달아두었던 피투성이 십자가. 그는 군화로 걷어차여 두 눈이 파열된 후 총살당했다. 4·3 선전포고문을 비밀 인쇄한 김문원《한라신문》편집장. 언덕 정상에 접근함에 따라 이방근이 십자가에서 조금씩 흔들리고 있다. 언덕 위 이방근의 십자가. 눈을 뜨면 꽃향기와 독경 소리. 도쿄 아사가야.

어둠 속에 가로놓여 있는 몸, 뒤척이기라도 하면 뺨과 뺨이 맞닿을 만큼 바로 옆에 있어서 손에 잡힐 듯한 그곳에서 바다 건너편에서 오는 것 같은 음성이 안정혜의 입에서 귓가에 들렸다.

"승지 씨는 조천항에서 탄 건가요?"

"……."

당돌했다. 남승지는 베개 위에서 머리를 가로세로로 움직여가며 예, 그렇죠, 하고 대답했다.

"한대용 선생님과 같은 배였네."

"예."

남승지는 그 이상의 대답은 하지 않았다. 안정혜는 상대에 응하여 그 이상은 묻지 않았다. 남승지는 이방근의 이름이 나올까 봐 조마조마했지만 한대용은 거기까지 이야기하지 않았겠지, 이야기할 필요가 없는 일이다.

안정혜는 화제를 바꾸어 자신의 내력을 간단히 이야기했다.

밀항자는, 특히 4·3 관계자는 조개처럼 입을 닫고 있었지만, 안정혜는 가시 없는 온화한 음성으로 이야기했다. 재일동포였다는 것. 해방조국에 미래를 걸고 귀국한 남편 고영구는 만 30세, 정혜는 25세. 남승지와 마찬가지 재일동포였다. 고씨는 조천면에서 신설 중학교의 교원이었는데, 정혜보다 연하인 강연주와 같은 직장이었다. 교직원동맹 소속. 이것이 빨갱이라는 표식이 되었다. 6·25 전쟁 직후에 예비검속으로 부부가 체포당했다. 안정혜는 여성동맹 소속. 닥치는 대로 빨갱이를 사냥하는 검속, 제주도에서 2,000명도 넘었다고 한다.

예? 2,000명? 그래요. 2,000명도 넘을 거라고, 2,000하고 몇백 명인지는 모르지만 성내 산지항 제주 바다에서도 한꺼번에 500명을 수장했답니다…. 모두 6·25 직후에 예비검속으로 체포당한 사람들입니다. 남승지는 1,000명 정도로 생각하고 있었지만 산지항 바다에서 수장 학살당한 500명을 포함하는 것만으로도 2,000여 명이 타당할 것이다. 해상 학살을 현지에서는 '수장'(水葬)이라고 한다.

"정혜 씨, 나는…."

말이 딱딱하게 나왔다.

"나는 재작년 관음사 전투에서 체포되어 성내 알코올 공장 수용소에 있었어요. 그러고 나서 육지로 이송되거나, 도중에 바다에서 물고기밥이 될 참이었는데 수용소에서 출소해서 작년 봄 일본으로 밀항해 온 인간입니다. 비겁하고 부끄러운 인간이죠…."

"아, 무슨."

안정혜의 억눌린 음성이 남승지의 말을 잘랐다.

"부끄러운 인간, 누가요? 무슨 말을…."

안정혜는 바람을 일으키며 이불을 걷어내더니 어둠 속에서 오른손을 뻗어 더듬으며 상대의 오른손을 잡았다.

"아이고, 승지, 남승지 씨, 그런 말은 봉기를 위해 싸웠던 모든 사람들을 폄훼하는 말이에요. 나도 강연주도 모두 부끄러운 인간입니다. 승지 씨…."

안정혜는 두 손으로 남승지의 한 손을 꼭 쥐고 있었다.

"아이고, 어쩌면 좋을까, 아이고오…."

"아이고."

남승지는 머리에 찬물을 뒤집어쓴 듯 놀랐다.

"저, 안정혜 씨, 강연주 씨 내가 잘못했어요. 두 사람을… 아이고, 여기까지 대마도까지 온 두 사람을 상처 주고…."

"비겁? 내가 어떤 능욕을 당하고… 나는 소위 인간, 사람이 아니야. 그런데도 나 나름대로는 사람이에요. 나는 살기 위해서 이곳으로 왔습니다. 연주도 그렇고요."

어둠 속에서 안정혜의 음성은 어디로 향해 있는 것일까? 어둠 전체가 안정혜의 말로 남승지의 얼굴을 감싸고 있었다.

"그 땅에 남아서 치욕을 당하고 죽임을 당하는 편이 좋은 걸까? 그리고 놈들의 먹이가 되면 좋은 걸까? 거기 남는 것은 비겁 이상의 것이에요. 아이고, 놈들의 씨를 품은 채 강간당하고, 노리개가 되어 죽임당하고. 목을 매고 몸을 던졌던 제주도 여자들…."

"아이고, 안정혜 씨, 사과할게요. 내가 잘못했어요…."

두 사람은 서로 두 손을 맞잡고 있었다. 땀이 배어든 것도 몰랐다.

"저, 승지 씨, 사과하다니, 그럴 것 없어. 남승지가 뭘 잘못했다고 사과하는 건가요? 남승지는 훌륭해요. 자기비판을 하고 있어. 대마도에서. 아아, 정말이지 부질없는… 아니, 한대용 선생님이 자세한 이야기는 하지 않았지만 남승지 동무는 정말이지 훌륭하고, 자기 동생 같은 분이지만 많이 배웠다고 이야기하더라고요."

"아니, 어쨌든 내가 입속에서 혼자서 할 말입니다. 한대용 씨는 안정혜 씨, 강연주 씨 모두를 여성 혁명투사라고 부르면서 제주도로 출발하기 전부터 두 사람을 마중하러 가는 것을 자랑스럽게 여기고 나를 격려했어요. 송래운 씨에게서 두 사람의 이야기를 듣고 있었어요."

"여성 혁명투사…. 아이고, 부끄러워라."

두 사람은 함께 웃었다.

몇 분간이었지만 폭풍우가 몰아친 듯 마음이 어지러워졌다가 다시 진정되었다.

안정혜도, 일어나 앉아 있었던 듯한 강연주도, 그리고 남승지도 누웠다.

"산지항 바다에서 한꺼번에 500명이 수장되었다고 정혜 씨가 얘기하셨죠?"

"예."

"500명을 한꺼번에… 라니… 어떻게 한꺼번에 수장했습니까?"

"500명을 한꺼번에 그랬다는 건 나도 몰랐어요. 죽은 곳은 사라봉 앞바다예요. 사라봉 절벽 아래…."

"사라봉?"

안정혜는 이불 위에서 몸을 움직여 창 쪽으로 고개를 돌렸다. 어렴풋한 빛이 스며 있었다. 부서지는 파도 소리가 머리맡 판자벽 한 장, 움막 바로 밖에서 들리는 것 같았다. 움막이 서 있는 돌담 아래 길 너머 나지막한 절벽 밑은 바다였다. 베개에 뒷머리를 올려놓고 두 사람 모두 위를 보았다. 움막 바로 밖에서 들리는 것은 절벽에 부딪히는 큰 파도의 소리였으리라.

산지항 부두에 몰려오는 제주 바다 물결. 산지항 부두를 비추는 달이 밝았다. 음력 스무날 무렵, 보름달에서 며칠 지난 무렵의 달. 조명이 빈약해서 어두컴컴한 부두 콘크리트 지면을 달빛이 비추고 있었다.

"수장에 관해, 산지항 바다 수장을 내가 본 것은 아니지만 본 사람 이야기를 들었으니 이야기할게요."

"…예."

남승지는 가시 하나가 가슴을 찔러 걸쭉한 침이 고이는 것을 삼켰다.

밤 7시가 지난 시각. 일제 강점기 어선이었던 100톤쯤 되는 배가 부두에 정박해 있었다. 트럭 한 대가 부두로 들어오더니 배 옆에 멈추었다. 트럭은 한 대 또 한 대 들어와 열 대가 되었다. 창고 창 너머로 눈앞에 트럭이 나타나 배까지 달렸으니 트럭이 몇 대인지 충분히 셀 수가 있었다. 게다가 트럭에는 알몸의 남녀가 타고 있었다. 짧은 로프로 손을 뒤로 묶고 그것을 또 굵고 긴 로프로 한 사람 한 사람 엮어서 트럭에 태우고 있었다. 한 대에 50명씩 타고 있었으니 확실히 500명. 50명씩 한 줄로 엮인 채 정박 중인 배의 트랩을 올라갔다. 500명을 태우고 배는 조용히 산지항을 떠났지만 멀리 간 것은 아니었다. 사라봉 쪽으로 어렴풋이 램프를 밝히고 갔지만 약 두 시간 반에서 세 시간 정도 작업을 하고 있었다. 3, 4킬로미터 거리. 배가 돌아온 것은 9시 반경이었는데, 배는 비어 있었다. 초소를 나온 후에 그것을 보았는데 너무나 처량하고 안타까웠다. 그들은 무슨 죄가 있어 죽은 걸까? 어째서 자기가 체포되었는지조차 모르는 이들. 사라봉 위에는 달이 떠 있었다. 너무나 무정하게도.

500명을 모두 벌거벗긴 것은 증거를 남기지 않기 위해서였다. 그대로 바다 밑에 가라앉힌다. 그러기 위해 추가 필요하다. 그 배는 닷새 전부터 산지항 부두에 정박하고 있었다. 해안에서 무거운 돌을 운반하고 있었는데 그 돌을 손가락 굵기의 로프로 묶어 연결해 두는 것을 파견 헌병대원이 근무하면서, 트럭 부대가 찾아오기 사흘 전부터 보고 있었다. 벌거벗은 남녀에게 그 돌을 하나씩 묶어 사라봉 아래 바다로 떨어뜨렸다. 아비규환. 전라의 남녀 500명이 돌을 매달고 바다 밑으로 가라앉았다.

바람이 울리고 나무가 소란스럽고 바다가 요동치고 있었다. 남승지의 머릿속 공간에, 세 사람이 들어 있는 움막을 감싼 대마도 어둠의 공간에 피 나게 종이 울어 먼 데서 울어… 라는 음성이 들렸다. 언덕 위 십자가에 매달린 이방근이 바람에 흔들린다. 이방근이 십자가에 매달려 흔들린다…. 남승지는 고개를 저으며 눈을 뜬다. 눈을 떠도 감아도 암흑.

사라봉 앞바다. 거친 바다 밑바닥 벌거벗은 인간들의 시체에 몰려드는 물고기 떼. 백골이 바다 밑에 사막처럼 깔릴 것이다. 북쪽 대륙에서 오는 계절풍이 사라봉 낭떠러지에 머리를 들이박고 바다를 파올리는 파도에 흔들려 해저의 뼛조각 하나하나가 이동했을지도 모른다. 그래도 사라봉 앞바다 밑바닥에는 백골이 잠들어 있으리라. 어떤 갈치어장 마을의 곶에서 수십 명의 수장 학살이 일어났는데 그 바다에서 잡은 갈치가 유난히 살지고 은비늘의 광택이 한층 좋아 극상의 맛이었다고 한다. 그리고 마을 사람들은 자기 마을 바다에서 잡은 갈치를 먹지 않게 되었다. 틀림없이 인육을 먹은 갈치였으니까.

남승지는 안정혜가 헌병대원인 친척에게서 몰래 들었다는 산지항 바다의 학살을, 바다에 가라앉는 듯한, 바닥 없는 흑암에 잠겨가는 듯한 정적 속 음성으로 담담하게 이야기하는 것을 들었다. 머리맡, 움막이 서 있는 돌담 아래 도로 너머로 절벽 밑 바다가 흔들리는 소리가 안정혜의 음성을 감싸고 있었다.

부두를 비추는 달빛을 받으며 죽음의 배로 향하는 벌거벗은 남녀들의 행진. 남승지는 오한이 들고 소름이 끼쳤다. 가슴이, 머리가 그리고 온몸이 부어오르듯이 뜨거워지고 눈물이 넘쳐흐를 것 같았다. 무념의 눈물, 무력하지만 그래도 밀려 나오는 분노의 눈물. 제주도에는 눈물이 없다.

공포에 얼어붙어 이미 죽은 자가 되어버린 벌거벗은 자들의 행진, 머리 위로 떨어지는 달빛은 얼음으로 된 검. 사라봉 아래 바다, 선상의 작업은 달빛 아래서 이루어졌다. 숨이 막혀서 조용히 힘주어 심호흡을 했다.

"담배, 피워도 될까요?"

"담배…? 뭘 물으세요? 나도 피우려고. 연주는 안 피워?"

"안 피울래."

안정혜의 맞은편에서 강연주의 음성이 처음인 듯 들려왔다.

상반신을 일으키는 안정혜의 움직임과 동시에 남승지도 일어나 보이지 않는 이불 위에 앉았다. 성냥을 손에 든 듯 안정혜가 불을 붙여 담배꽁초를 입에 문 남승지의 얼굴로 가져왔다. 두 사람의 상반신이 닿을 정도로 안정혜는 창 쪽으로 등을 돌려 성냥불을 감추고 있었다. 그녀가 자신의 입에 문 담배에 불을 옮기자 성냥은 다 탔다. 연기는 보이지 않지만 향기가 뺨을 어루만지듯 떠돌았다.

담뱃불이 손가락 끝까지 왔다. 남승지는 보이지 않는 재떨이에 담뱃불을 눌러 껐다. 빨간빛 한 점이 사라진다. 또 하나의 빛 한 점이 선을 그리며 움직였다.

안정혜는 나지막이 소리 죽여 기침을 하고 가슴이 커다랗게 부풀어 오를 듯한 깊은 한숨을 쉬었다. 슬픔이 아닌 목숨의 소생과 일체가 된 호흡을 고요히 하며, 가슴속에서 소리 없는 아이고를 외친다. 보인다. 백주의 광장. 대마도 바다 어둠 너머로 백주의 관덕정 광장에 접해 있는 제주경찰서 돌문이 비쳐 보인다.

게릴라 사령관 이성운이 돌문 십자가에 못 박혀 썩을 때까지, 알코올 방부제를 들이부어 가며 반달, 한 달씩이나 구경거리로 널어놓았다. 제주 경찰. 운동장을 사이에 두고 유치장과 마주 보는 건물의 사찰실. 일제 강점기 특고가 고문실로 사용했던 연무장의 일각이라는 곳. 확실한 기억이 없다. 처음 유치장에서 호출되어 연행되었을 때의 기억이 있을 뿐. 탁자가 두세 개 늘어서 있는 네모난 방. 방구석 벽에 몽둥이, 일본 죽도, 인두… 방 한쪽 높은 천장의 대들보 군데군데에 늘어져 있는 기다란 로프. 그 사찰실에서는 냄새가 났다. 비릿하고 기묘한 냄새. 살아 있으나 반은 죽은 인간이 썩어가는 냄새. 아이고, 이 대마도의 온화한 어둠 속에는 파도 냄새를 풍기는 해변.

대마도 밤의 따스한 품에서 안정혜, 지금 여기 있는 나는 제주경찰서 유치장에서 운동장을 가로질러 사찰실로 두 남자에게 끌려갔다. 그곳에는 의자에 앉은 채 손을 뒤로 묶인 남편 고영구의 모습이 있었다.

경찰서 돌문 밖 관덕정의 그림자가 드리워진 광장이 확실히 보인다. 밤의 꿈속에서 선명하게 형태가 보이는 것처럼, 암흑 밑바닥의 빛 속에서 광장이 보인다.

25

관덕정 광장에 접한 제주경찰서 정면과 동쪽으로 나란히 우체국이 있다. 우체국 뒤쪽 담 너머로 경찰의 유치장 건물이 보인다. 내부는 보이지 않지만 건물 출입구 복도를 따라 간수실, 1호부터 8호까지 감방들이 있다. 1호 감방은 여자 감방, 나머지는 남자 감방으로 거기 '수인'으로 체포 유치된 인간들이 입추의 여지도 없이 내던져져 있는 것은 누구나가 알고 있다. 남자 감방은 전부 콘크리트 통벽으로 막혀 있고 사람 키 높이에 뚜껑 달린 간수용 감시 구멍이 있지만, 여자 감방은 정면에 콘크리트 벽 대신 철망이 쳐져 있어서 감시 구멍이 필요 없다. 서너 평 감방에 십수 명이 들어차 있는데, 옆으로 누워 잠잘 공간도 없이 무릎을 세우고 앉아 있어야 하는 남자 감방에 비하면, 어떻게든 몸을 옆으로 눕히고 다리를 뻗을 수 있는 것만으로도 낫다고 해야 할 것이다. 제주경찰서 여덟 개 감방에는 상시 30~40명, 재판도 없이 내일이라도 정돌 사형장까지 트럭으로 운반될 '빨갱이' 용의자가 빼곡하다. 정돌에 가기 전에 유치장에서 절명하는 인간도 끊이지 않는다.

우체국 뒷마당에 서면 굳이 담 너머로 건너편을 넘겨다보지 않더라도 주변에서 이상한 냄새, 제주도 농가 어디에나 있는 변소를 겸한 돼지우리 냄새보다 더 심한 악취가 코를 뚫고 들어온다. 이것만으로도 유치장 내부를 짐작할 수 있는데 이는 일제 강점기에도 없던 일이다.

안정혜의 남편 고영구가 다시 체포된 것은 6·25 직후인 6월 말, 그리고 채 한 달이 지나지 않아 7월 하순에는 안정혜가 체포되었다. 고영구는 아내의 체포 사실을 몰랐다. 죄명은 있으나 없으나 마찬가지. 체포 자체가 체포의 근거다. '빨갱이'라는 표찰이 붙으면 그건 반국가 인물. 그리고 적당히 돈을 쓰면 출소할 수 있다. 그런 말도 안 되는, 하고 사람들은 고개를 내젓겠지만 지옥에서도 돈만 있으면 된다. 제주도에서는 돈의 움직임에 인간의 생사가 걸려 있다는 것이 사실이다.

밤 8시경, 간수가 1호 감방의 철망 앞에 모습을 보이더니 철망 문을 열고 ××번 하고 안정혜의 번호를 불렀다. 유치장에서는 이름이 번호로 바뀐다. 복도로 발을 내딛고 일단 멈춰 서자 간수가 수갑을 채우려 하는 것을 안정혜는 손을 움츠려 거부했다. 간수는 간수실 쪽 출입구를 향해 턱을 끄덕이더니 취조다, 하면서 안정혜가 방향을 바꾸는 틈에 재빨리 오른손에 수갑을 채웠다. 그리고 간수실 앞에 서 있던 두 명의 경관에게 인계했다.

한 사람은 안정혜의 손에 채워진 수갑을, 한 사람은 그녀의 팔을 붙잡고 그대로 복도로 나오더니 맨발의 그녀를 밖으로 끌어냈다. 서늘한 밤의 바닷바람이 불어치는 운동장을 가로질러 옛 일본 연무관 쪽으로 향했다. 어디 가요! 좋은 곳으로 데려다줄게. 이쪽 팔 놓아! 허어, 허 이년이 한 대 맞을래? 수갑을 쥔 경관이 안정혜의 뺨을 후려쳐 불꽃이 일었다. 안정혜는 고개를 세운 채 목뼈가 부러질 듯한 강렬한 한 방을 제대로 얻어맞았다. 이년아, 그 입 다물고 있어. 아래 입도 지금은 잘 닫아놓고. 나중에 맛있는 걸 먹여줄 테니!

안정혜는 한번 들어가면 그대로는 나올 수 없다는 사찰실 문 앞에서 두 발을 버티며 안 들어가려고 했다. 경찰 하나가 뒤에서 안정혜의 종아리를 두세 번 걷어찬 후 비명과 함께 바닥에 구른 안정혜의 입속으로 더러운 양말을 쑤셔 넣고 문 안으로 끌어들였다. 안정혜는 맨발을 허공에 구르며 거칠게 반항했지만 방에 있던 사복 사내가 느닷없이 안정혜의 양 뺨을 연달아 후려쳐 바닥에 쓰러뜨렸다가 정면에 있는 탁자 쪽을 향해 앉혔다. 비린내가 나고 있었다. 그리고 위스키, 독한 술 냄새. 탁자 너머 의자에 카키색 셔츠와 바지 차림 남자가 두 발을 탁자 위에 내뻗고는 한 손에 술잔을 들고 있었다. 그의 뒤쪽, 옆방과의 경계인 벽에는 몽둥이라든가 일본의 죽도 같은 것들이 기대 서 있었다. 고문 도구이리라. 다른 방에도 더 있을 것이다. 사찰계장이겠지, 카키색 셔츠의 사내는 위스키를 한 모금 머금고는 음미하듯 고개를 뒤로 넘겨 단번에 삼켰다.

의자 등받이에 묶여 있는 남자. 안개 걷힌 눈에 확실히 들어온 것은, 두 눈을 빛내며 놀란 듯이 안정혜를 응시하고 있는 것은, 기억과는 전혀 다른 모습을 한, 바로 남편 고영구였다. 아이고, 아이고, 구석구석까지 확실히 보이지는 않지만, 머리카락이 게릴라처럼 봉두난발, 머리채를 잡혀 끌려온 것이다. 안면은 멍투성이였다. 남편은 의자 위에서도 몸부림을 치고 있었지만 으악, 하는 고함을 지르며 일어서려던 반동으로 의자와 함께 그대로 뒤로 나동그라져버렸다. 몸을 움직여 일어나려 하지만 안 된다. 손발을 의자에 묶인 채 온몸으로 몸부림을 쳐서 가까스로 바닥에 옆으로 누웠다. 안정혜는 소리가 나오지 않았다. 대여섯 명으로 늘어난 사내들이 안정혜를 내리누르고 있다가 한순간 안정혜의 치마를 벗기려 들었다. 우욱, 양말로 입을 틀어막힌 안정혜는 소리가 나오지 않았다.

검은 치마를 끌어 올려 벗기고 흰 속바지를 끌어 내린 후 검은 속옷을 찢어내듯이 벗기고 있었다. 정혜는 짓눌린 하반신을 비틀며 몸부림쳤지만 거의 움직일 수 없었다. 지잉, 하고 귀가 울리는 저 건너에서 정혜, 정혜… 하는 소리가 난다. 남편 영구의 음성이다. 입안에 쑤셔넣은 양말 때문에 비명도 나오지 않는다. 남편이 뭐라고 고함을 지르고 있었다. 발로 걷어차이는 것인지 음성은 비명과 함께 터져 나왔다. 그년을 이쪽으로 끌고 와. 카키색 셔츠 사찰계장의 음성. 정혜는 다시 정신을 차리고 발을 걷어차며 몸부림쳤다. 고영구는 의자와 함께 바닥에 나뒹군 상태, 그 눈앞에 안정혜를 끌고 갔다.

"눈앞에 들이대!"

의자에 묶인 채 바닥에 널브러져 있는 고영구의 코앞에 안정혜의 벌거벗은, 생나무를 찢듯이 억지로 두 사내가 발목을 붙잡고 좌우로 크게 벌린 하반신을 들이민다. 더, 더, 냄새를 맡게 하라고! 사타구니가 거꾸로 된 팔(八)자 형으로 벌어지고 더욱 크게 벌어져 풍성하게 엉켜 있는 음모에 덮인 부분이 좌우로 열리고 생살이 붉은 입처럼 벌어져 있다. 사타구니가 찢겼을지도 모른다. 안정혜의 저항이 멈추었다. 더 잘 보이게 하라고!

의자에서 떨어져 서 있던 카키색 셔츠 사내가 고함을 쳤다. 그리고 안정혜의 배 위에 말을 타듯 앉더니 들여다보는 듯한 자세로 왼쪽 손바닥을 음모에 대고 문지르고는 셔츠의 가슴 포켓에서 라이터를 끄집어내 불을 붙였다. 기세 좋게 타오르는 불꽃을 천천히 음모에 갖다 대었다. 순간 음모가 오그라들며 강렬한 냄새를 풍기면서 불꽃을 피워올려 계장의 얼굴에 연기를 뿜었다. 음부를 덮은 음모 전체를 라이터 불이 핥고 연기가 고영구의 얼굴 주변으로 퍼져갔다. 안정혜는 허리를 들어올리며 몸부림쳤지만 상반신을 사내들에게 짓눌려 있으니 어쩌지도 못했다. 하반신에서도 힘이 빠져갔다.

계장은 오글오글 타서 살이 보이는 부분을 손가락 끝으로 헤집어 가며 후욱, 하고 숨을 내불었다.

고영구 코앞에 가루로 부서진 재가 흩어졌다.

반쯤 실신 상태였던 안정혜는 그대로 끌려 나가 복도로, 그리고 옆방 제2사찰실로 내던져졌다.

그리고 옷이 속옷까지 모두 벗겨져 벌거숭이가 되었다. 역한 술 냄새를 풍기며 사찰계장이 들어왔다. 안정혜는 안갯속처럼 그 사내의 모습과 그리고 다른 놈들의 움직임을 거의 헛것을 보듯 보고 있었다.

가느다랗게 서로의 숨소리가, 조용한 파도 소리에 젖은 침묵을 통해 전해진다. 침묵이, 정적이 바로 음성. 어둠은 요설이 뒤섞인 끝없는 혼돈이었고 제주도의 흑암까지를 감싸 안은 대마도의 어두운 밤. 제주도는 언어가 얼어붙고 말이 몸에서 떨어지지 않아 몸 밖으로 나오지 못한다. 눈썹 한 올도 꼼짝하지 못할 공포의 침묵. 제모를 쓴 인간의 모습을 보는 것만으로도 섬뜩해서 몸을 움직일 수가 없다. 언어가, 어제까지의 아니, 오늘 아침의 기억이 공포에 얼어붙어 사라지는 곳. 뇌수가 냉동고 속 생선처럼 얼어붙었던 그곳. 제주도. 말이 얼어붙어 몸밖으로 나오지 못한다. 대마도의 밤. 대마도 밤의 어둠은 얼어붙었던 말의 얼음덩어리를 녹이고 풀어내는 곳. 장소가 바뀌었다고 제주도에서 떨어진 곳이라고 해서 말이 나올 것도 아니겠지만 적어도 지금 권력의, 학살의 공포가 없어진 참이어서 해상 학살, 수장에 관해 안정혜는 이야기해 준 것이었다. 밀항자 모두가 그런 것처럼 안정혜도 대마도를 벗어나 오사카에 도착하고 나면 제주도에서 있었던 일은 모조리 몸속 깊은 곳에, 머릿속 냉동고에 얼려두고, 잊어버릴 것이다.

안정혜가 일어나 상반신을 이불 위에 일으킨 모양이다.

"승지 씨."

낮은 음성.

"예."

"아이고, 안 주무시네. 나, 담배 한 모금 피울게요."

"예, 그러세요."

손으로 더듬어 머리맡 재떨이에서 피우다 만 담배를 집어 입에 문 것이리라, 성냥을 긋는 소리가 나더니 불을 입으로 가져갔다. 건너편을 향하고 있어서 일순 그녀의 등 그림자가 바위처럼 다가오다 사라진다.

"승지 씨, 아까 500명의 수장 이야기를 듣고 싶다고 해서 제가 친척인 산지항 파견 헌병대원에게서 들은 이야기를 했잖아요. 그 친척은 나나 남편이 제주도를 나올 때에도 이것저것 도움을 주었던 사람이죠. 물론 돈이 필요합니다. 돈이 있어야 목숨도 있죠. 무슨 일이 생겨도 이상할 게 없는 세상 제주도, 그것이 당연하다는 듯 하루하루를 살아가는 일상. 아침에 인사하고 나갔던 이웃이 저녁에는 사라지고 없으니…. 연주야."

"예."

안정혜 너머에서 일절 말이 없던 강연주가 여기 이렇게 살아 있어요, 하는 존재증명처럼 말갛고 조그만 소리로 대답한다.

"승지 씨, 연주는 가슴이 없어요."

가슴…? 한순간에 무한 우주를 왕복해 온 듯이 느닷없이 가슴이라니….

"가슴?"

"응, 젖가슴이 양쪽 다 없다고요."

"……."

아아, 고문이다. 성고문. 양쪽 다? 잠깐 몸을 움직였으나 숨이 고형물처럼 목에 걸렸다. 가까스로 숨을 삼키고 심호흡을 하고서 다시 천천히 숨을 내쉬었다.

유방을 달군 인두로 잘라낸다. 잘라낸 유방을 고문자들이, 서북들이 손바닥 위에 놓고 가지고 논다. 이야기로는 들은 적이 있지만 설마, 지금 여기 손을 뻗으면 닿을 곳에 몸을 눕히고 있는 가슴이 없는 여자. 남승지는 일단 이불에서 들어 올렸던 등을 다시 내려놓고 제주도 어딘가 심야의 흙벽 방에라도 숨어 있는 듯 어둠 속 현실의 착각에 빠져 몸서리를 쳤다. 남승지는 자신의 위치를 확인하려는 것처럼 팔꿈치를 짚고 다시 한 번 일어나려 했지만 그대로 등을 요 위에 내려놓았다.

"저, 연주 씨, 그런 건가요?"

"예."

"예에."

남승지도 같은 대답. 얼마나 얼빠진 물음인가?

"저기, 승지 씨, 이런 이야기를 농담으로 할 순 없잖아요?"

안정혜는 가볍게 웃으며 말했고, 당사자인 과묵한 강연주 역시 나지막이 같이 웃었다. 남승지는 그제야 말없이 일어나 앉았다.

"담배 피우실래요? 재떨이에는 이제 꽁초뿐이라서…."

그녀는 어둠 속에서 가방을 끌어당기며 더듬어 능숙하게 피스 갑을 끄집어내더니 향내 나는 피스 한 개비를 집으면서 이쪽으로 손을… 이라고 말했다. 이쪽이 어느 쪽인지 몰라 어둠 속을 1, 2초 헤매던 오른손을 뻗자 손바닥을 잡고 피스 한 개비를 올려놔 주었다. 성냥불이 켜진다. 남승지는 한순간 흔들리는 성냥 불꽃에 얼굴을 들이밀고 두세 번 빨아들여 불을 붙였다.

"미안합니다."

"아이구."

안정혜가 웃는다.

"미안할 게 뭐가 있나 몰라. 연주, 담배 한 대 피울래?"

"예."

이불을 걷어내는 기척이 나고 강연주가 안정혜 맞은편에서 일어났다. 오래지 않아 성냥을 켜는 소리와 함께 타오르는 불꽃이 마치 영화 장면처럼 정면에서 음영 깊은 강연주의 얼굴을 비추었다.

"중학교 선생인 연주는 트럭으로 들이닥친 경찰들에게 수업 중이던 교실에서 운동장으로 끌려 나왔어요. 학생들도 모두 교실에서 쫓겨나와 운동장에 집합한 교사와 전교생이 함께 정렬했죠. 벌거벗겨진 연주 선생이 경찰들에게 끌려 나와 전교생 앞에서 운동장 단상에 세워졌어요. 정말이지 숨이 막히고 말이 안 나오는 일이죠. 강연주 선생은 단상에서 저는 빨갱이입니다, 대한민국의 국시에 반하여 반국가 폭동, 반민족 행위라는 대죄를 저지른 빨갱이입니다, 하고…. 경찰들이 운동장을 지키고 있었어요. 그러고는 연주는, 강연주 선생은 트럭에 실려 조천에서 성내로 연행되었죠. 바로 정돌 비행장으로 끌고 가진 않았어. 제주경찰서에 집어 넣었던 거죠."

어둠은 초침이 돌듯이 시간을 새기고 있었다. 어둠인가? 심장의 고동인가?

"그게 언제쯤인가요?"

"언제였지?"

"8월이에요."

"그렇지, 더울 때, 더울 때라서 다행이었어. 눈이 쌓였는데도 여자들을 벌거벗겨 끌고 다니는 놈들이니까…."

안정혜는 꿀꺽 침을 삼켰다.

"남자들은 능욕당했다, 일을 당했다며 부끄러운 물건이라도 보는 듯한 눈으로 여자를 보고. 남편이라는 놈들조차 능욕당한 아내를 그런 눈으로 보는 거야. 입으로 말하지 않더라도 마음의 눈으로 그렇게 제 아내를 본다니까. 능욕당한 후 목을 매거나 몸을 던져 죽는 여자도 있어. 우리처럼 도망칠 수도 없는 여자들. 벌거숭이로 운동장 단상에 세워진다는 것은 부끄러운 일일까? 스스로 벗고 제 발로 선 게 아니야. 승지 씨는 아까 자신을 부끄러운 인간이라고 했지만 능욕, 온갖 짓을 당한 섬 여자는 어떻게 하면 좋을까? 아이고, 나는 이 대마도에서 입을 벌리고 자유롭게 숨을 쉬고 있어. 나는 지금 여기서 고요한 어둠에 싸여, 이것도 목숨이 끊어지지 않고 이어졌기 때문이지만 더없이 감사하게 살아남아서 고맙다고 한다면, 돌아가신 분들에게 뭐라고 하면 좋을지. 아이구우."

"나는 정혜 언니가 말했듯이 유방이 없어지고도 살아남은 여자예요. 무수하게 죽은 사람들. 이렇게 일본으로 도망쳐 온 비겁한 여자지만 살아갈 용기를 준 것은 죽으러 가던, 정돌 비행장으로 간 사람. 나보다 훨씬 어린 열여덟 살 송명순…."

강연주는 말을 멈추고 한동안 호흡을 가다듬는 듯했다. 무릎 위인 듯, 담뱃불이 움직여 위로 올라갔다.

"연주, 우는 거야?"

"울긴, 콧물이 좀 난 거야. 눈물 없이 어떻게 울어요? 사막 같은 슬픔이야. 맞아, 사막 같은 마음에 눈물이 있나? 우리는 눈물도 얼어붙어서 안 나오잖아요."

"그러게. 설마… 강연주가 울다니. 연주가 얼마나 씩씩한 여자인데. 하지만 연주야, 사막에도 때론 오아시스가 있잖아."

"언니, 눈물의 오아시스가 있으면 좋겠어. 아 참, 승지 씨, 죄송합니다. 기껏 이야기가 시작되었는데…."

"감사합니다. 오아시스가 없어도 이야기할 수 있나요?"

농담처럼 응했지만 말이 안 되는 소리다.

그녀는 사라진 담뱃불 한 점과 함께 어둠 속으로 사라졌다.

아무것도 없다. 있는 것이라고는 말의 형태가 아닌 음성. 그것은 제주도의 목소리. 눈물의 오아시스가 없는 소리.

"정혜 언니, 정말 대낮처럼 유치장이 보여. 명순이의 모습이 보인다고. 명순이의 번호를 부르면서 철망 앞으로 나선 간수가 보이고…."

좁은 감방에 열몇 명이 들어찬 여자 감방. 송명순은 혼자서만 하얀 새 타월을 치마 속에 숨겨 가지고 있었는데 감방의 '수인'들은 그 사실을 알고 있었다. 유치장에는 노파나 병자들이 있었다. 가까스로 누울 수 있을 정도의 좁은 감방 안에서 땀과 때, 생리 등으로 온몸이 끈적끈적해져 걸레 같은 타월을 쓰거나 치맛단을 찢어 타월 대신 쓰고 있었는데, 명순은 새하얀 타월 한 장을 치마 속에 숨긴 채 손대지 않았다. 축축하게 젖어서 꽉 짜면 냄새나는 구정물 같은 땀이 방울져 떨어지는 타월. 그것으로 다시 몸을 닦는다. 명순은 청결한 타월이 필요한 병자에게도 자기 것을 빌려주려 하지 않았다. 그녀는 감방 안에서는 손윗사람들에게도 매정한 여자로 '따돌림'을 당하고 있었다. 새로 사람이 들어와서 남자 감방과 마찬가지로 옆으로 누울 틈도 없어지자 스스로 감방 구석 변기통 위에 앉아서 자는 등 그녀는 남을 배려할 줄 아는 아가씨였지만 흰 타월만은 자기도 쓰지 않고 남에게도 절대 주지 않았다.

처형일. 그것은 아직 어두운 새벽에 '석방'이라고 외치는 간수의 목소리를 통해 알게 되는데, 그 '석방' 선고는 이른 아침 철창 앞에 서서 ××번 석방이라고 말하는 간수에 의해 내려졌다. 그녀는 그때도 예상하고 있었다는 듯 놀라지도 않고 공포에 떠는 일도 없이 처음으로 치마 속에서 오랫동안 숨겨 지니고 있던 새하얀 타월을 꺼냈다. 그야말로 빛이 나는 듯했다. 송명순은 간수에게 붓과 먹물을 갖다달라고 부탁했다. 간수가 그것을 가져오자 펼쳐놓은 타월에 먹물을 흠뻑 적신 붓으로 자신의 이름과 나이, 출신지를 적었다. 그리고 치마와 바지를 걷어 올려 드러난 허벅지에 흰 타월을 꽉 둘러 묶었다. 그러고는 바닥에 엎드려 지금까지의 무정하고 고집스럽던 태도를 사과하며 어째서 그랬는지 이유를 이야기했다. 언젠가 사형의 날이 찾아온다. 나는 여기 갇히던 날부터 그렇게 각오하고 있었다. 마침내 사형당해 많은 이들의 시체와 함께 아무렇게나 한 구덩이에 묻혀버리고 결국 자기 몸은 썩어버릴 것이다. 썩어버리고 나면 가족들이 찾아와도 그 많은 시체들 속에서 누가 자기인지 찾을 수 없을 것이다. 먹으로 확실히 자신의 이름과 연령을 써두면 누군지 확인할 수 있다. 그녀는 이렇게 이야기하고 모두에게 작별을 고하고는 조용히 감방을 나갔다. 그리고 트럭에 실려 정돌 비행장을 향해 갔다.

정돌은 미군 캠프가 있는 곳. 옛 일본군 비행장. 그 활주로 동북쪽 끝 한 켠이 정돌 사형장. 명순의 눈에 눈물은 없었다. 우리의 눈에도 눈물이 없었다. 송명순. 내 가슴을 잘라낸 것은 그다음 날이었다. 열여덟 살 송명순은 당당하게 죽음을 맞이했다. 강연주, 나는 유방이 없는 여자로서 지금 살아 대마도에 있다. 살아서, 살아남아서, 그리고 살기 위해서 여기 있어요.

가슴이 없다는 말을 들었을 때 남승지는 철렁하면서, 가슴을 불로 도려낸 뒤에 남았을 유방의 흔적, 납작한 켈로이드 형태의 가슴에, 자기 등에 있는 것과 같은 울퉁불퉁한 흉터를 연상했지만 그것은 비교할 수 없는 것이었고, 말할 수 없는 자신의 오만이었음을 깨달았다. 어둠 속에서 어둠의 가장 깊은 곳에서 숨 쉬고 있는 것은 여성의 납작한 가슴, 상처 입은 육체였다.

관음사 전투에서 체포되었을 때의 고문, 전기고문, 그리고 벚나무 몽둥이, 엉덩이에서 등짝까지 몇십 대의 구타. 이 빨갱이 새끼, 하면서 얼마나 후려쳤던가? 기절하면 양동이 물을 쏟아부었고. 그렇다, 여자의 가슴을 지져 떼어내면서 기절하면 양동이 물을 몇 번씩이나 마구 끼얹고, 숨이 돌아오면 몇 놈이 들러붙어 내리누르고, 인육을 태우는 냄새와 연기 속에서 고문자는 위스키를 들이켜며 고함을 질러댄다. 짖어댄다. 바닥을 피로 더럽히고 오물로 덮어가며 달군 인두를 가슴팍에 대고 헤집는다. 어쨌든 죽지는 않고 양쪽 가슴을 잃어버린 채 미쳐서 죽을 듯한 격통에 몸부림치며 의식을 잃었다. 그리고 마침내 삶 쪽으로 상처가 아물어간다.

강연주는 지금, 바다 너머로부터 이곳으로 와서 그 상흔을 가슴의 얇은 살에 새기고 대마도의 어둠을 의지해 누워 있다.

골고다 아닌 산천단으로 간 이방근의 십자가 길. 안정혜의 사라봉 앞바다 수장 이야기. 남승지 자신의 등에 있는 흉터의 '골짜기'를 훨씬 넘어선, 가슴이 없는 강연주 이야기, 아니 이야기가 아니지, 지금 강연주가 바로 곁 마룻바닥 위에 누워 있는 것이다. 강연주의 존재가 사라봉 앞바다 수장 이야기를 떠받치고 남승지 속에서 균형을 잡아주며, 바닷속 어둠의 바닥으로 기울어져가는 마음의 경사를 막아주었다. 자신이 밀항했던 작년 4월보다, 두 달 후 이방근이 자살했던 6월보다 더, 상황은 그것을 생각하는 자신이 두려워질 만큼 처참해져 있었다.

제주경찰서 유치장 1호 감방의 송명순이 허벅지에 힘주어 묶었던 흰 타월. 신새벽 유치장에 울리는, 정돌 사형장 십자가를 향한 '석방'이라는 호령.

한미 군경의 전도 초토화 작전으로 인해 온 섬이 불타올랐다. 하늘이 새빨갛게 타고, 온통 시뻘건 하늘을 되비친 바다는 수평선까지 한없는 피의 바다였으며, 하늘과 바다가 일체, 그야말로 천지 천해가 무간지옥의 모습이었다. 어촌 어부들은 자신의 얼굴에 반사되는 바다의 불꽃이 두려워 고기를 잡으러 나갈 수 없었다.

함석지붕 위에서 그리고 나무 덤불 속에서 지저귀는 작은 새들의 소리에 깬 것은 아니겠지만, 남승지가 새들의 소란에 놀라 이불 위에 일어나 앉아 보니 두 사람은 이불을 정리하고 마룻바닥 돗자리 위에서 몸단장을 하고 있었다. 안정혜와 강연주. 어렴풋이 화장품 냄새가 났다. 그래, 여긴 대마도구나. 대마도의 숲은 움막에서 서로 처음 만나 하룻밤을 함께 지낸 것이다. 창에서 햇빛이 비치고 있었다. 7시 전. 출발까지 여유가 없는 시각이었다. 깨워줘도 되는데.

"어떻게, 낯선 곳에서 잘 주무셨나요?"

"예, 너무 잔 것 같네…."

주객이 전도된 아침 인사. 제주도에서는 있을 수 없는 인사.

두 사람은 마주 보고 끄덕이며 방긋 웃었다. 어제보다 명랑해진 느낌이었다. 문득 판자문이 있는 벽을 보니 어제는 없었던 옷걸이 두 개에 검은색에 가까운 짙은 감색 원피스, 옅은 청색이 눈에 띄는 감색 원피스, 그리고 각각의 머플러가 어깨에 걸쳐져 있었다. 옷걸이는 안채에서 빌려 온 것이리라.

남승지는 서둘러 바지와 와이셔츠를 입고 안채 세면실로 간다. 세안과 용변을 마치고 돌아오니 두 사람은 완전히 준비를 마친 상태였다. 검은 벨트 원피스로 갈아입고 헛간 움막 마루 위에 두 사람이 앉아 있는 모습은 초라한 배경 속 인물화처럼 마룻방이라는 공간과 위화감이 컸다. 이 배경도 벗어버리고 밖으로 나가야지. 그리고 밖의 자연스러운 공간을 배경으로 선 아름다운 모습. 정말이지 제주도에서 밀항해 온 인간이라 여겨지지 않았다.

정혜는 얼굴이 살짝 둥근 형, 연주는 달걀형으로 둘 다 음영이 또

렷한 그리스 조각이 연상되는 용모였다. 다른 점은 정혜는 흰 피부, 연주는 약간 검은 피부라는 점이었다. 어쩌다 가슴으로 시선이 갔을 때, 아니 의식적으로 살짝 본 것이지만, 정혜의 큰 가슴과는 대조적인 납작한 가슴 위에서 원피스의 커다란 단추가 빛나고 있었다. 가슴이 메일 듯 아파서 침을 삼킨다.

두 사람 다 가방을 메고 있었는데 웬만한 것은 모두 버린 모양이었다. 바지도 버려달라 부탁했는지 스타킹을 신은 양장 차림이 어울렸다.

어제의 첫인상으로 이 미모의 여성 둘과 오사카로 가는 건 문제가 없겠다고 안심했는데 그건 틀림없는 감이었다. 외출할 때는 서북들의 강간을 막기 위해 일부러 얼굴에 탄가루를 바르는 등 보기 흉하게 하고 다니던 제주도 여성들의 진짜 모습이다.

7시 전후 아침식사를 하고 7시 30분에는 출발해야 한다. 8시 조금 전에 30분에 한 대씩 있는 버스가 온다. 그걸 타야만 9시 연락선에 맞추어 갈 수가 있다.

움막을 나온 것은 7시 30분이 좀 지나서였다. 언덕 아래까지 다녀온 듯한 주인은 괜찮다고 웃음 띤 얼굴로 안채 앞에서 세 사람을 배웅했다. 닭 몇 마리가 놀고 있는 마당을 지나 작은 언덕을 내려가서 돌투성이 잡초 무성한 도랑이 이어진 해안도로로 관목 덤불을 따라 언덕길을 천천히 내려갔다. 버스 정류장은 도로를 우회전하여 한 10분 가까이 걸어야 했다. 버스 시간은 안채에서 확인했지만 8시 조금 전에 있다. 도로로 나온 남승지는 일단 멈춰 서서 움막과 안채가 서 있는 돌담 위쪽을 돌아보고 주변을 덮은 나무 덤불과 그 뒤로 완만한 능선을 지닌 산들을 올려다보았다. 동쪽 아침 해에 산의 녹음이 빛나고 있었다. 대마도 해변의 아침. 대마도의 90퍼센트 이상이 산지라고 한다.

대마도는 한라산을 올려다보는 산천단으로 가는 길. 이유원의 음성, 편지 속 음성이 들린다. 산천단 마을길로 오른쪽 동굴 옆 언덕을 올라가면 암벽이 드러난 바위산 동굴 전면에 하늘을 덮듯 울창한 신목 여

돎 그루가 버티고 서 있는 성지, 산천단. 대마도의 움막이여, 안녕. 돌담 위 헛간 움막 마룻방의 어둠. 그것은 제주도와 대마도를 감싸는 혼돈과 정적으로 가득 찬 어두운 공간의 끝없는 확장이었다.

버스 도로에 나와 산기슭 경사면 관목 숲을 따라 걷기 시작했을 때, 강연주가 잠깐 기다려… 하며 멈춰 섰다. 그리고 관목 덤불 앞 조그만 도랑을 뛰듯이 넘어가 관목에 섞인 동백나무 앞에서 멈추었다. 여러 겹으로 가지가 뻗은 윤기 나는 녹색 잎에 감싸인 꽃을 두 송이 꺾더니 부드럽게 고개를 숙이고 코에 갖다 대고는 흐음, 하며 냄새를 맡았다. 그러더니 동백꽃을 도랑 이쪽에 남승지와 나란히 서 있던 안정혜에게 건넸다. 새빨간 꽃잎에 싸인 노랗고 튼실한 꽃술. 슬쩍 손이 닿기만 해도 노란 꽃가루가 묻어난다. 곁에 선 강연주가 꽃받침 아래 윤기 나는 이파리가 두셋 붙어 있는 꽃 두 송이를 위아래로 맞추듯이 하나로 만들고는 걸으면서 손수건에 부드럽게 감싸 가방 속에 넣었다. 아침 해풍을 맞아가며 해안도로를 걸어 버스 정류장으로 서둘렀다. 12월 2일, 12월에 들어섰지만 해풍에 살갗을 찌르는 냉기는 없었다.

8시가 되기 15분 전, "연주 씨 괜찮으니까 서둘지 않아도 돼요. 만약 정류장 표시가 보이는 데서 버스가 뒤에 오고 있으면 손을 들면 되거든." 버스가 정시보다 일찍 오거나 승차객이 없는 무인 정류장이라면 그대로 통과해 버릴 것이다. 멀리 뒤를 돌아보아도 직선도로에 버스 같은 차는 보이지 않았다.

정류장에 도착하고 오래지 않아 버스가 왔다.

남승지가 먼저 차장이 서 있는 중앙 승강구로 올라타고 바로 오른쪽 빈자리에 모두 앉았다. 운전대 뒷좌석에는 대바구니를 바닥에 놓은 농촌 아낙네 같은 중년 여성 둘이 앉아 있었다. 이쪽을 주목했지만 의심해서가 아니다. 이즈하라라면 또 몰라도 이런 곳에서 낯설고 예쁜 여자 둘이 올라탔으니 신기했을 것이다. 북쪽 끝 사스나에서 몇 시간이나 걸리는 버스가 아니라 가네모토 씨네 자가용으로 이곳까지 오기를 잘한 거다 싶었다. 학생들의 웃음소리와 수다도 한동안 이어졌다. 버스는 해안을 떠나 굴곡이 거의 없는 직선도로를 달렸지만 버스 정류장을 한둘 통과한 곳에서 돌연 윙 하고 버스 엔진의 굉음이 울리며 주변이 어두워졌다. 터널이다. 아이고, 셋이 나란히 앉은 좌석 한가운데 있던 강연주가 놀라 조그만 소리로 말했지만 버스 앞쪽 차장이나 승객에게는 들리지 않는다. 어두운 터널 안을 굉음을 울리며 2, 3분 달려 빛이 쏟아지는 밝은 세계로 나왔다.

안정혜는 연주의 팔을 잡고 있었다. 무심결에 조선어를 쓰지 말라는 뜻이다. 남승지는 움막을 출발하기 전부터 당부했다. 도중에 조선어를 쓰지 않을 것, 필요할 때는 익숙치 않더라도 일본어로 응답할 것, 무엇보다 밀항자라고 속으로 겁먹지 말 것. 제주도나 한국 본토에서는 있을 수 없는 일이지만, 일본은 이 대마도에서 보낸 며칠 동안 알 수 있었듯 전쟁 전과는 전혀 다른 평화로운 곳이다. 이즈하라항에서 연락선 승선 트랩을 오를 때 승무원이 검표를 하며 표 반쪽을 잘라 갈 텐데 여행증명서, 신분증명서는 필요 없다, 버스 승차권이나 마찬가지로 승선권만. 선박 승무원은 버스 차장과 마찬가지로 그저 사무적인 일을 담당할 뿐이니 제복이나 제모를 보고 겁내지 말 것. 지금은 옷을 갈아입고 화장을 해서 여행자로서 출발할 준비를 마쳤으므로 정말 두 사람 다 너무 아름답고 근사하며 제주도에서 온 밀항자로는 절대 보이지 않고 더구나 일반인이 그걸 알 리가 없으니 너무 긴장하지 않도록, 갑자기 습격하는 적을 경계하듯 두리번거리지 말 것. 어쨌든 안심하고 자기 뒤를 따라오면 된다고 다짐을 주었다.

그런데도 툭하면 '아이고'가 나오는 것이다. 안정혜는 절대 아이고를 입 밖에 내면 안 된다고 덧붙였다. 연주는 말없이 끄덕이기만 했다.

터널을 나와 정류장 하나를 통과할 무렵 바다가 보이기 시작하자 버스는 구불구불한 해안선을 따라 빙글빙글 돌듯 이즈하라 마을 안으로 들어갔다. 우편국 앞에서 하차. 8시 30분도 안 되었다. 이즈하라 항으로 어제 왔던 길을 거꾸로, 활짝 열린 바다를 보면서 서둘러 갔다. 세 사람은 본토 도회지에서 온 여행자로서 그다지 수상해 보이지 않았다.

부두 건너 푸른 하늘을 배경으로 새파란 바다가 펼쳐져 있었다. 거친 제주 바다와는 달리 햇빛에 반짝이는 물결조차 보이지 않는 온화한 바다, 마음을 가라앉혀 준다. 두 사람은 코트를 입고 있지 않았지만 12월에 이제 막 들어섰으니 바닷바람도 상쾌하여 부자연스러운 느낌은 아니었다. 남승지 자신도 코트를 벗어 가방과 함께 들고 걸었다. 매표구에 이어진 대합실이나 부두를 오가는 여행자들도 남녀 모두 코트를 입지 않은 사람이 많았다.

남승지는 표를 사서 각자에게 건네주고 나서 대합실 매점에서 어제 날짜였지만 본토 신문 3부와 캐러멜을 사서 둘에게 주었다. 세 사람은 사람 없는 부둣가로 나와 아침 바닷바람을 맞으며 바다를 향해 섰다. 그리고 남승지는 두 사람을 향해 나지막한 조선어로 전혀 긴장할 것 없다고, 한 번 더 말했다. 꾸깃해진 신생 담뱃갑을 주머니에서 꺼내 나름의 쓴맛이 있는 연기를 빨아들인다. 피스와는 또 다른 별미였다. 바다가 아름답다. 더러운 나가타 해안. 고베 항 바다도 당연히 탁하다. 하카타 항구 안바다 역시 기름이 떠 있곤 했다.

세 사람은 배로 향했다. 올 때와 마찬가지로 승객이 별로 없었다. 승무원이 서 있는 트랩에서 남승지가 먼저 승선권 절반을 잘라 가는 검표를 마치고 트랩을 올랐다. 바로 뒤에 강연주, 안정혜가 따른다. 아무것도 아니다. 긴장은 오히려 남승지가 하고 있었다. 전쟁 전 제주도를 포함하여 조선과 일본을 왕래할 경우, 조선인은 반드시 신분증명서, 도항증명서가 필요했고 일본인은 필요 없었다. 관부연락선이 다니는 부산에서도, 관려연락선이 다니는 시모노세키, 여수항에서도, 제주 산지항에서도 경계는 엄중했다. 특히 관부연락선의 부산

부두, 시모노세키 부두에서는 수상경찰, 정렬한 헌병, 사복 경찰 들이 몇 겹으로 경계망을 치고 수하물과 소지품에 대한 까다로운 검사와 심문을 거치게 했다. 그와 같은 선입관이 작용하여 어제 이즈하라 상륙 때도, 그리고 트랩에 발을 올리고 나서도 내심, 두 사람보다 더 쓸데없는 기억을 되새기는 자신을 냉소하며 긴장하고 있었다.

세 사람은 갑판 위 객실로 들어갔고 이번엔 우현 쪽 창가 자리에 강연주와 안정혜, 통로를 낀 중앙부 우현 쪽 끝자리에 남승지가 앉았다. 어제 하카타에서 승선할 때는 반대편 좌현 쪽에 앉았었다.

어제도 그랬지만, 승객 30명 정도가 갑판 위 객실 3분의 1을 채웠을 뿐, 빈자리가 많았다.

배는 곧 출항했는데 두 사람은 차분하여 다른 승객들과 다르지 않다. 앞자리는 남녀 두 사람. 뒷자리는 비어 있었다.

두 사람은 캐러멜을 물고 오물거리며 멀어져가는 이즈하라 항, 조용하고 작은 항구마을, 그리고 바다에 가까운 녹색 능선이 온유한 대마도의 산들을, 창에서 갑판 너머로 바라보고 있었다. 대마도 산들 너머 바다 건너편에 제주도, 한라산이 치솟은, 하늘도 바다도 새빨갛게 불타던 제주도가 있다.

남승지 자신은 버스를 내려 부두까지, 그리고 당연히 트랩 주변에서도 승무원 이외의 사복 경찰 같은, 있지도 않은 사람 그림자를 주의하고 있었다. 무의식의 그림자가 트랩의 형태에 의해 촉발되어 망상처럼 머릿속에서 꿈틀대고 있다. 이건 게릴라 시절 활동이 몸에 새겨놓은 잠재의식과 같은 것이었다. 트랩을 건너고 갑판을 지나 객실로 들어가고서도 사람들이 눈치채지 못하게 순간적 일별로 객실 안 상황을 살피고 있었다. 도중에 이키노시마에 기항하지만 이로써 하카타까지 괜찮다. 그 후에는 기차를 타고 오사카까지 앉아 있으면 된다.

이즈하라 항을 떠나 외해로 나온다. 바다를 건너 일본, 본토로 향하는 것이다. 반 시간, 한 시간 항해가 이어지면서, 하얀 파도도 없이 푸른 해원으로 보이던 바다에 제법 커다란 파도가 일어 배가 흔들리기 시작했다. 이로써 마침내 배를 탄 실감이 났다. 유람선에 타고 있는 것이 아니니다. 강연주가 가방 속에 소중하게 넣어두었던 손수건에 싸인 동백꽃 두 송이를 꺼내서 "정혜 언니, 이 꽃을…." 했다. 안정혜는 끄덕이면서 "승지 씨, 동백꽃을 바다에 흘려 보냅시다." 남승지는 함께 자리에서 일어섰다. 아아, 역시 꽃은 제주도 망자들에게 바치는 이별의 헌화였다. 동백꽃. 제주도의 꽃, 대마도의 동백.

앞선 남승지는 통로에서 갑판으로 가는 문을 열고 우현 옆 통로로 나섰다. 바다가 요동하고 있었다. 바닷바람이 꽤나 차갑다. 두 사람은 흔들리는 배의 현을 꽉 붙잡고 함께 한 송이씩 손에 든 동백꽃을 바다에 던졌다. 꽃은 파도를 타고 떠올라 붉은 바다꽃이 되어 춤추듯 물결을 타고 멀어져갔다. 두 사람은 고개를 숙이고 합장하고 있었다. 남승지도 손을 모은다.

두 사람은 한동안 꽃이 사라진 바다를, 수평선을 바라보다가 남승지와 함께 객실 자리로 돌아왔다. 바다에 헌화를 한다. 딱히 수상할 것은 없으리라. 어디에서나 있을 수 있는 일. 인간의 슬픔과 함께.

세 사람은 자리로 돌아왔지만 서로 이야기는 나누지 않았다. 신문을 펼쳤으나 읽으려고 한 것은 아니었다. 꽃은 흘러갔어도 아직은 던져진 그 언저리에 떠 있을지 모른다. 다만 배가 그 자리에서 멀리 떠나온 것이다.

남승지는 눈꺼풀을 붙였고 졸음이 왔다. 어제 대마도행 연락선에서와는 느낌이 전혀 달랐다. 두 사람을 제주도에서, 그리고 은신하던 움막이 있는 대마도에서 지금 데리고 나온 참이니, 아직 길 위에 있지만, 사지를 벗어난 듯한 안도감이 들었다. 이젠 이대로 직행열차로 갈아타기만 하면 된다.

동백꽃, 유원이 평화정에서 산천단 동굴 주인 목탁 영감 이야기를 하면서 한때 방근 오빠가 데리고 왔던 허물 할방이 그 집의 하인으로 살다가 아버지 부부에게 쫓겨났다는 이야기를 했다. 그 집을 나온 허물 할방은 후일 경찰에게 고용된다. 대바구니를 어깨에 걸고 성내와 변두리를 '정탐'하고 돌아다녔는데 그 바구니 안에는 젊은 게릴라의 잘린 머리가 들어 있었다. 지나는 사람들에게 바구니 속을 들여다보게 하고 그것이 어디 사는 누구인지 알게 되면 경찰에게 알려 보상금을 받는 것이다. 말하자면 게릴라의 머리를 구경거리로 만들어 주민들에게 밀고를 요구하고 있었던 것이고, 게릴라 관계자, 부모, 형제 등에게 경찰의 손이 뻗치게 되었다. 허물 할방의 그 '정탐' 작업이 그리 오래 이어지지는 않은 듯하지만, 다만 사람들이 고개를 갸웃했던 것은 잘린 머리가 굴러다니고 있는 바구니 속에 언제나 아름다운, 시들지 않은 동백꽃 한 송이가 함께 있었다는 점이었다. 게릴라는 빨갱이, 국가 반역자, 국적(國賊)인데 어째서 동백꽃을 바친 것일까?

하카타 항에 연락선이 도착했을 때는 태양이 서쪽으로 많이 기울어 오후 3시에 이미 석양빛을 보이고 있었다. 택시로 하카타 역 서쪽 입구를 향했다. 어제와 오늘, 대마도를 왕복했는데 어제 같은 당혹이나 불안이 없이, 아직 도중이긴 하지만 두 사람의 안내역을 해내고 있다. 역 서쪽 출입구 구내에 들어가 열차 발착 표시판을 봤다. 5시 30분 넘어 도쿄행. 그다음이 7시대. 승차권과 급행권을 사서 두 사람에게 건네고는 출입구에 가까운, 어제 토스트와 커피를 주문했던 찻집 옆 식당으로 들어갔다.

두 사람은 빵보다는 밥이 좋은 모양이었다. 튀김덮밥과 국을 부탁했다. 강연주는 말로 하지 않았지만 처음 먹어보는 음식인지 조그맣게 일본어로 맛있어, 맛있어를 반복했다. 이러면 도중에 도시락을 살 것도 없이 내일 아침 오사카 이카이노에서 식사를 하게 될 것이다.

내일 아침 정확히 몇 시에 도착할지를 대마도에서 알릴 방법은 없었지만, 고베를 출발할 때부터 12월 3일 아침 오사카 도착 예정임을 전화로 알려두었다.

식당을 나온 세 사람은, 남승지가 매점에서 포켓 위스키 한 병을 산 후에, 개찰구를 통과하여 1번 홈 계단을 올랐다. 계단을 올라간 남승지는 철렁했다. 승강장 철기둥 번호가 눈에 들어왔는데 5였다. 유원을 오사카 역에서 배웅했을 때 열차가 정차한 위치의 번호와 같았다. 남승지는 말없이 하카타 첫 열차의 계단을 밟고 붐비지 않는 차안으로 들어가 중간 순방향에 자리를 잡았다. 창 쪽 안정혜 옆에 남승지, 정혜와 마주 보고 같은 창가에 강연주가 앉았다. 이것으로 좌석 한 구획을 세 사람이 차지한 셈이다. 이대로 승객이 동석하지 않고 오사카까지 간다면 그다음에는 오사카 역 하차, 역 앞 택시 승차장까지 10분 정도면 갈 수 있다. 설마 마(魔)의 10분이 되지는 않을 것이다.

열차는 5시 30분을 넘어 출발, 오사카 방면으로, 밤을 향해 달리기 시작했다. 도중에 세 사람은 배에서 그랬던 것처럼 거의 이야기를 하지 않았다. 어쨌든 지금은 자면 된다. 기차가 달리는 수면의 시간을 타고 하룻밤을 보내고, 열세 시간 후인 6시 30분이나 7시경에 오사카에 도착하면 된다.

두 사람 다 이즈하라 매점에서 산 하루 늦은 신문을 펼치기는 했지만, 눈은 신문 위를 헤엄쳐 다닐 뿐, 그냥 무릎 위에 내려놓거나 자신이 앉은 좌석과 차체 사이에 끼워넣기도 하고, 또 사스나에서 사 온 여성잡지를 꺼내 페이지를 넘겨보는 것도 건성이었다. 관문 터널을 통과할 때는 이즈하라 근처 터널에서와는 달리 놀라거나 감탄했지만 두 사람 모두 긴장이 거의 풀린 듯 웃음을 머금고 부드럽고 아름다운 표정이 되었다. 어쨌든 이제부터 밤을 향해 간다. 이대로 아무 일도 없을 것이니 잠을 자면 된다.

신문을 보니 1면 톱은 아니지만 중간쯤에 3단 기사로 "완전히 새로운 전쟁—유엔군 사령관 힘에 부치다"라는 제목이 눈에 띄었다. 맥아더 유엔군 총사령관이 지휘한 총공격이 나흘 사이 결정적 실패로 끝났음이 명백해졌다고 본인이 인정했다면서 북조선 전선에서의 '12월 퇴각'을 시사하고 있었다. 세 사람 모두 6·25에 관해서는 일절 말하지 않았고 두 사람은 캐러멜을 먹고 남승지는 포켓 위스키와 함께 물통에 담아 온 대마도 물을 마시고 있었다. 대마도 물은 지하수인지 오사카 등 도회의 수돗물보다 부드럽고 맛있었다.

남승지가 먼저 잠에 빠진 모양이다. 두 사람도 안심한 것일까, 어젯밤엔 제대로 자지 못했으리라, 남승지가 눈을 떴을 때는 새근새근 무방비로 잠들어 있었다. 차장이 와서 쉬시는 데 죄송합니다, 하고 일일이 정중하게 제모를 벗고 인사하며 검표하는 것을 두 사람은 감탄하면서 보고 있었다.

하룻밤을 달려온 열차는 7시가 되기 전에 밝은 오사카 역에 도착했다. 통근열차이기도 한 사철 승강장과 달리 승객은 많지 않다. 조급한 마음을 누르며 계단을 내려가 개찰구에서 각각 표를 역원에게 건네주고 밖으로 나왔다.

이제 곧장 중앙 현관으로 나가면 된다. 구내 세면실에 들를 시간은 없다. 1분이라도 빨리 '해방구'인 택시에 올라타야 한다. 미리 기차 세면실에서 간단히 얼굴이나 목 등에 묻어 있던, 차창 틈으로 들어온 증기기관차의 매연 검댕 따위를 닦아냈다.

대마도보다 춥지만 두 사람은 머플러로 목덜미를 감싸고 인파 속을 헤치며 중앙 현관을 향해 갔다. 한겨울이 아니어서 코트 없이 걷는 사람이 많았다. 역 현관을 나오면 2, 3분 안에 택시 정류장으로 갈 수 있다.

정류장에 닿았을 때, 손님을 태운 택시 하나가 막 나선 참이었고 금세 이어 온 빈 차의 문이 열렸다. 강연주, 안정혜 순으로 올라타고 남승지가 조수석으로 타려 했더니 안정혜가 이리 와요, 하며 연주 쪽으로 몸을 붙이더니 남승지의 손을 세게 잡아끄는 바람에 뒷좌석에 셋이 나란히 앉았다. 택시가 달리기 시작했다. 뒷좌석이라 더 좋았다. 조수석에 앉았다가 지난번 유원을 마중하여 한대용과 승차했던 택시에서처럼 수다스러운 기사를 만난다면? 그때는 한대용이 능숙하게 상대했지만 지금은 이것저것 말을 걸어오는 것이 싫다.

택시는 오사카 성을 왼쪽으로 보며 달렸다. 강연주는 옆의 안정혜를 넘어 남승지 앞까지 윗몸을 내밀고는 창 너머 오사카 성을 감탄하며 바라보고 있었다. 택시는 이전과 같은 코스로 모리노미야 역을 경유해 이마자토 로터리를 향해 갔다. 경계와 긴장 때문은 아니겠지만 택시 안에서 세 사람은 거의 말이 없었다.

남승지는 두 달 전 한대용, 이유원과 함께였던 택시를 떠올리고 있었다. 한동안 눈을 감고 있으려니 유원이 조수석에서 이쪽을 향해 앉아 있었다…. 깜짝 놀라 눈을 뜨니 변한 건 없다, 빈 조수석 앞은 유리. 장난하지 마, 남승지는 중얼댔다. 누굴 향해 한 말일까? 이방근이 권총의 십자가를 지고 골고다 아닌 산천단 언덕을 향했다면 나도 내 속의 오빠와 함께 산천단으로 가야만 해요. 대마도로 승지 동무가 갑니다. 그것이 죽은 이방근의 뜻을 이어가는 길. 대마도는 한라산을 바라보는 산천단으로의 길. 유원에게 대마도 여행 보고를 해야 한다. 이미 12월이다, 12월 3일, 일요일. 한대용은 아직 오사카 항에 도착하지 못했을 것이다. 이쪽이 빨랐다. 두 달 전 유원이 오사카에 왔을 때 작별했던 오사카 역.

7시 출발 승강장에서 남승지와 작별의 포옹을 했던 유원이 움직이기 시작한 몇 미터 앞 열차 계단에 뛰어올랐다. 1월에 만나자, 빨리 타, 하는 음성에 쫓겨가면서. 그래, 6월 19일 이방근 2주기까지 기다리지 않고 한대용과 함께 다음 달, 1월에 도쿄로 갈 것이다. 내일이라도 유원에게 전화해서 대마도에서 무사히 돌아왔다고 보고해야겠다. 12월에 막 들어선 참이니 연말에 갈 예정이라던 아사가야 하타나카 오빠네 별채로 옮기지는 않았을 터였다.

전화를 해서 유원의 음성을 듣는다.

택시가 이마자토 로타리까지 왔을 때 안정혜가 여기에서… 하고 손가락으로 가리키면서 동쪽으로 간 곳이 후세라고 나지막이 제주말로 이야기했는데, 이제 올 곳에 왔다, 끔찍한 여행은 끝났다, 고 하는 안도의 한마디이기도 했다. 거기서 일본에서의 생활이 시작될 것이다.

택시는 로터리를 나와 산조 도리로 들어선 지 10분도 안 지나 어머니 집 근처 보도 앞에서 정차했다. 택시 요금을 내고 세 사람은 웃는 얼굴로 차 밖으로 나왔다. 택시는 곧바로 달리기 시작했다.

아이고, 어머니. 안도의 숨을 들이쉰 안정혜의 기쁨과 감사가 담긴 음성. 세 사람은 낯선 길 위에서 서로의 얼굴을 바라보고 웃었다. 보도의 플라타너스 가로수가 거의 잎을 떨구었고 사람들에게 밟힌 적갈색 낙엽들이 쌓여 있었다. 산조 도리를 건넜다. 이제 8시가 되어가고 있지만, 승용차와 버스, 자전거가 달리고 사람들이 오가며 일상생활이 시작되고 있었다. 자전거 페달을 밟아가며 담배를 피우는 젊은이도 있다. 산조 도리 건너 운하 다리로 나오기 전 골목을 오른쪽으로 돌면 된다. 바로 저기가 집이라고 남승지가 조선말로 말한다. 운하 건너 저쪽에 조선시장이 있고, 하고 덧붙였다. 아이고, 저 조선시장이….

"어머니! 왔수다…."

집 앞 골목을 비로 쓸고 있던 말순이 놀란 소리를 지르며 집 안으로 뛰어 들어갔다. 세 사람이 골목으로 들어가 집 앞까지 다다랐을 때, 밖으로 나온 어머니와 맞닥뜨리며 얼굴을 마주했다.

"아이고, 들어와, 들어와…."

세 사람이 좁은 현관으로 들어가자 어머니가 문을 닫았다.

"아이고머니."

"무슨 일이야, 어서어서, 올라와 올라와. 용케 살아서 여기까지 왔구먼…."

두 사람은 신을 벗고 벽 쪽으로 붙어 섰다가 어머니와 말순의 뒤를 따라 현관 앞 2첩 방에 이어지는 3첩 방을 지나 6첩 방으로 들어갔다.

아이고, 용케 왔네. 살아서 잘 와줬어. 아이고 살았어요, 살았어, 살아남았다고, 어머니!

어머니와 정혜가 포옹하고, 정혜가 어머니 품에 어린아이처럼 얼굴을 묻고 울음을 터뜨렸다.

강연주와 말순도 끌어안고 있었다. 잘 오셨어요, 용케 오셨네요. 얼굴을 마주 대고 울고 있었다.

남승지는 아연하여 몸이 반쯤 허공에 떠 있는 듯한 느낌으로 그 자리에 서 있었다.

감사의 눈물이 멈추지 않아요. 제주에서는 슬픔도 기쁨도, 그럴 장소도 시간도 없어요. 그저 가슴에 손을 얹고 살짝 숨을 확인하는 것이 살아 있는 거예요. 살아 있으니까 눈물이 난다. 이렇게 살아 있으니까 눈물이 나오는 거야.

연주는 우는 건가? 콧물이 좀 났을 뿐. 맞아, 연주가 얼마나 씩씩한 여자인지. 사막 같은 슬픔. 맞아, 사막 같은 마음에 눈물이 있나? 우리는 눈물도 얼어붙어서 안 나오잖아요. 연주도 정혜도 울고 있다. 이것이 오아시스의 눈물인가? 아이고, 용케 살아서 왔네. 살아서 잘 왔어. 울어, 울어요. 눈물이 마를 때까지 우는 게 좋아. 실컷 울어. 더 울 수 없을 때까지 웁시다.

〈끝〉

덧붙이는 글

연재 23회[28]에 '수장'(水葬)이라는 표기가 몇 번 나오고 다른 곳에서도 간혹 나옵니다. 이것은 4·3 당시 몰래 사용되던 말로, 학살 자체를 부정해 온 권력은 수장을 인정하지 않고 있었습니다.

그런데 지금도 4·3 관련 공사(公私) 문서 등에 '수장'이 사용되고 있고, 나는 거기에 동의하지 않습니다. 이하는 그에 관한 나의 제언입니다.

『까마귀의 죽음』(도서출판 GAK, 한국어판 재간, 2015년 11월)에 수록된 '재발간에 관하여'의 부기(付記)

이 글 속에 ※가 붙은 구절이 있는데, 이 기회에 '암매장'(暗埋葬), '수장' 등의 용어에 관한 나의 소견을 말하고 싶다.

수장, 암매장 등의 장(葬)이라는 글자는 토장(土葬), 풍장(風葬), 조장(鳥葬) 등의 장의(葬儀), 장사(葬事)를 의미한다.

4·3 당시 학살자들이 학살당한 도민들의 장사를 지내준 적이 있었던가? 예를 들어 '수장'이 아니라 '해상 학살', '암매장'(暗埋葬)이 아니라 '암매장'(暗埋藏) 등으로 단어를 바꾸는 것이 좋을 듯하여 한마디 덧붙여둔다.

2015년 8월

김석범

---

28 이 장편소설『바다 밑에서』(海の底から)는 책으로 출간되기 전 2016년 10월부터 2019년 4월까지 24회에 걸쳐 일본의 월간지《세카이》(世界)에 연재되었다.

옮긴이의 말

작가 김석범(金石範, 1925년 10월 2일~)의 본명은 신양근(愼陽根)이다. 일본 오사카 시에서 제주도 출신 부모에게서 태어나 줄곧 일본에서 살았고 1945년 일본 패전을 전후하여 한동안 한국에 머물렀으나 오래지 않아 일본으로 돌아가 오늘에 이르고 있다. 간사이대학교 전문부 경제학과, 교토대학교 문학부 미학과를 졸업했다.

1957년 단편소설 「간수 박서방」(看守朴書房), 「까마귀의 죽음」(鴉の死)을 발표하였다. 초기작에서부터 그는 1948년 제주도에서 벌어진 '4·3 사건'을 소재로 다루었는데 작가 스스로 밝힌 바로는 1951년 방문했던 대마도에서 한 여성을 만나 이 사건으로 당했던 고초, 특히 성고문에 관한 이야기를 듣고 압도되었던 것이 그 원점이 되었다고 한다. 이 무렵 《조선신보》(朝鮮新報) 기자로 일하면서 재일본조선인총연합회(조총련)와의 관계를 유지하고 있던 그는 1967년 단행본 『까마귀의 죽음』을 출간할 즈음 조직을 떠났다.

1970년에 쓴 「만덕유령기담」(万德幽靈奇譚)으로 작가로서 인정받기 시작했는데, 제주 4·3 사건을 제재로 한 이러한 작품들로 그는 사실, 일찌감치 정치에 대한 그의 문학적 입장을 표명한 것이다. 문학활동과 정치적 입장이 나뉠 수 없다는 것이 그의 생각이었다. 재일동포 작가 김달수 등과 시작했던 잡지 《계간 삼천리》의 편집위원을 사임한 것도 김달수가 군사독재정권시대 한국을 방문해서였다. 또한 '북도 남도 아닌 준통일국적'이라 여겨 조선적을 여전히 유지하고 있는 그는 재일 작가 이회성의 한국 국적 취득을 비판하여 그와 논쟁을 벌인 적도 있었다. 수차례 한국 정부로부터의 초청을 거절했던 것 역시 정부가 한국적 취득을 입국 조건으로 내걸었기 때문이었다.

대표작 『화산도』(火山島)는 원래 '해소'(海嘯)라는 제목으로 1976년부터 1981년까지 6년에 걸쳐 잡지 《분가쿠카이》(文學界)에 9장까지 연재되었는데 여기에 10장부터 12장까지를 덧붙이고 제목을 바꾸어 발간한 소설이다. 이 작품으로 그는 1984년에 오사라기 지로(大佛次

郞) 상, 1998년에 마이니치(毎日) 예술상을 받았다.

2015년 '제주 4·3 평화상'을 받게 되어 제주도에서 열린 시상식에 참석했던 그는 그 자리에서 4·3 사건 당시의 이승만 정권과 미국을 신랄하게 비판하였다. 작품의 후기에서 밝힌 그의 생각은 이러하다.

> 4·3 사건의 근본적 원인은 미국의 남조선 점령과 그 군정에 의한 가혹한 인민 탄압 정책이고, 1948년 5월의 남북 분단을 고정화하는 남조선만의 단독 선거 강행이었다

> 더구나 제주도에서는 북쪽 출신자들의 테러 조직 서북청년단에 의한 살육, 폭행, 잔학 행위가 4·3 사건 이전부터 온 섬에서 횡행했고 사람들은 공포에 빠져 있었던 것이다. 이와 같은 상황 속에서 당시 도민은 어찌했어야 할까? 조국 분단을 막고 살육과 폭행으로부터 자신의 생존을 지켜 해방될 어떤 방법이 달리 있었겠는가? 극좌주의라고 말하기는 쉽고 실제로 많은 비참한 희생을 불러오기도 했지만 게릴라 봉기를 대신할 어떤 투쟁 방법이 있었다는 것일까?

이러한 그에게 한국의 일부 국회의원들이 거친 비판을 쏟아냈고, 재일본 대한민국민단(거류민단) 역시 거세게 항의했다. 2015년 4월 13일자 《조선일보》 사설 제목은 "대한민국을 모욕한 재일 소설가 김석범"이었다. 10월 『화산도』의 한국어 판 출판 기념 행사에 참여하기 위해 한국 비자를 신청했으나 당연히 거절당했다.

1987년 『화산도』를 완성하면서 "지금의 제주도 고향땅에마저 '취재' 여행조차 다녀올 수 없는 채로 집필을 이어가는 것이 가장 힘들었다."며 "나는 당시 제주도에 있었던 것도 아니고 또한 지금까지 40년 가까이 제주도 땅을 밟아보지 못하고 있다. 상상력에도 한계가 있다.

하나의 풍경이나 풍습, 그리고 마을과 동네 지리나 모습 등 최소한의 디테일의 '사실성(리얼리티)'이 상상력을 담보한다."라고 한탄했지만 2000년의 『바다 밑에서, 땅 밑에서』(海の底から, 地の底から)도 같은 주제를 다루었고, 2006년의 『땅속의 태양』(地底の太陽)은 『화산도』의 결말을 그대로 이어받아 집필되었다.

그리고 마침내 2020년 『바다 밑에서』(海の底から)로 『화산도』는 마무리되었다. 이 작품은 1950년 6월 19일, 이방근의 1주기에서 시작되는데 고문으로 만신창이가 되어 일본으로 도망쳐 돌아온 남승지가 주인공이다. 1948년 제주의 4·3 무장항쟁은 미국과 이승만 정권에 의한 대규모 토벌, 처참한 도민 학살로 진압된다. 남승지의 선배이자 스승이었던 이방근을 중심으로 전개되던 『화산도』의 이야기는 『바다 밑에서』로 그대로 이어진다. 남승지와 누이동생 유원을 일본으로 도피시킨 이방근은 배신자인 유달현과 대결하여 그를 죽게 만들고, 외가 쪽 친척이며 경찰 경무계장이었던 정세용을 살해한 후 스스로 목숨을 끊는다. 『화산도』를 완성한 시점에서 작가는 정세용 혹은 유달현이 이방근의 손에 죽게 되리라고 이미 예상했었는데, 후속작에서 결국 이방근은 두 사람 모두를 죽이고 스스로 목숨을 끊었던 것이다. 고베에서 고무공장을 경영하는 친척 형 집에 더부살이하며 지내고 있는 남승지는 이방근의 죽음을 곱씹으며 그 충격에서 벗어나지 못한다. 그는 유원을 깊이 생각하면서도 다른 재일동포 여성을 만나고 있었고 그녀의 임신이라는 현실로부터 도망치려 전전긍긍하는 20대 청년이다. 소설은 제2차 세계대전 패전 후의 혼란스럽지만 평화로운 일본 사회를 무대 삼아 남승지라는 재일 조선인 청년을 통해 인간 존재의 의미를 캐묻는다. 역동하는 현실 속에서 끔찍한 과거를 짊어지고 어쩔 줄 몰라 하는 한 젊은이의 동요와 울적한 심상이 거듭 그려진다. 작품 속 시간은 몹시 느리게 흘러 거의 종결이 가까워서야 1950년 6월 25일의 한국전쟁이 등장하고, 이후 주인공 남승지가, 제

주도를 탈출해 일본으로 밀항해 온 두 여성을 오사카 어머니 집까지 무사히 데려옴으로써 자신만의 새로운 '혁명'을 시작하는 것으로 작품은 끝난다.

2020년 2월의 작품 출간을 기념한 인터뷰에는 "권력이 지워버린 기억을 삶으로 계승한다는 것"이라는 제목이 붙어 있다.

작가는 1976년에 시작한 『화산도』가 이제야 완결을 맞았다고 말한다. 그리고 4·3 사건이 50년간 침묵 속에 있었고 "사건을 생각하면 화가 치민다. 화가 나니까 소설을 쓰는 것이다. 쓰고 싶다는 마음이 나를 죽지 못하게 한다. 그래서 나는 오래 살았다."라고 회상한다. 또한 "돼지가 되어서라도 살아남아라."라는, 작품 속 반복되는 대사에 대해, 산다는 것은 새로운 역사를 계승한다는 것이고 "기억은 죽지 못하고 인간의 목숨 속에 소중히 숨겨져 있는 것"이라고 말한다.

그는 "『화산도』는 처음에 한국어로 쓰기 시작했지만 그 정도의 소설을 쓸 수 있는 조선어 실력이 없었다. 그렇다고 일본인 작가들과 같은 일본어를 구사해 쓸 수도 없었으니 쓰면서 공부했다."라고 고백한다. 이 작품을 읽는 내내 느끼게 되는 어딘가 서걱거리는 느낌, 일본어로도, 번역된 한국어로도 매끄럽게 읽힌다고는 말하기 어려운 위화감의 주된 원인은 여기 있을 것이다.

일찍이 그는 『언어의 주박: 재일 조선인 문학과 일본어』(ことばの呪縛: 在日朝鮮人文学と日本語), 『민족·언어·문학』(民族・ことば・文学) 등을 통해 어느 쪽도 온전히 제 것이라 부를 수 없는 두 언어의 틈바구니에서 자신이 처한 곤경을 토로한 바 있다.

일본에서 태어나 한평생을 그곳에서 살아온 그에게 "조선어 실력이 없"는 것은 어쩔 수 없는 일이다. 그러나 주로 사용하는 말이 일본어이고 일본의 대학을 졸업했으며 일본 여성과 결혼하여 일상을 함께하는 그가, 쉰 살이 넘어 집필을 시작한 『화산도』를 "일본인 작가

들과 같은 일본어를 구사해 쓸 수도 없었"다는 것이 단지 일본어 능력, 유창함의 정도를 가리키는 말일 리는 없다. 오히려 일본인 작가가 아닌 재일 조선인 작가가 자기만 쓸 수 있는 소재로 글을 쓰면서 그들과 '다른' 일본어를 사용하는 것은 당연한 일이리라.

예컨대 『바다 밑에서』를 일본어로 읽는 내내 가타카나 표기로 눈을 어지럽히는 '아이고'(アイゴ/アイグ). 한국어 번역에서는 고민하고 논의한 끝에 결국 그 빈도를 다소 줄일 수밖에 없었지만 엄밀히 말하자면 그가 그곳에 쓰고 싶었던 것은 '아이고'가 아닌 어떤 말로도 표현 불가능한 무엇이었을 것이다.

그 밖에도 반복되는 문장들, 흘러넘칠 듯한 감상과 말줄임표의 범람, 고향 혹은 조국에 관련된 것에 대한 무조건적 긍정과 찬탄들, 여기저기서 보이는 이분법적 사고와 평면적 인물 묘사, 그리고 무엇보다 안개처럼 그의 작품을 감싸고 있는 일종의 추상성. 한국 문단의 젊은 작가들이 구사하는 군더더기 없고 세련된 문장에 길든 우리를 당황하게 하는 이 소설은, 저주스러운 언어의 올가미를 끊임없이 의식하면서 오직 상상력만을 무기 삼아 '4·3 사건'이라는 참극이 벌어진 그 시간과 공간에 수인처럼 스스로 갇혀버린, 이 작가에게만 가능했던 작품이 아닐까?

나는 1970년경부터 재일 조선인 문학의 자립, 독자성을 표현하는 의미로 '일본어 문학'이라는 말을 쓰기 시작했다. 2차 세계대전 전에는 식민지 시절 조선인이 조선어로 쓴 작품도 일본 문학에 포함되어 있었다. 그 후, 재일 조선인 이른바 디아스포라가 쓰는 문학 작품은 일본어를 사용하더라도 일본 문학이 아니고 일본어 문학이라는 점을 확실히 하고 싶었다. 광의의 일본어 문학 속에 일본 문학, 재일 조선인 문학이 있다고 생각한다.

그의 이런 주장대로 두 가지 언어의 경계에 선 이들, 그를 비롯한 재일 조선인 문학가들이 지닌 독특한 개성과 고유성, 그들만의 언어 구사, 문체와 주제들로 구분되는 독자적 영역이 만들어질 수도 있을 것이다.

일본의 오랜 식민 지배 끝에 가까스로 해방되었으나 그와 동시에 한반도는 남북으로 나뉘었고 그 결과는 1950년 한국전쟁이라는 민족 전체의 비극이었다. 그런데 바로 이 '전쟁특수'를 기반 삼아 일본은 자신들이 일으킨 제2차 세계대전의 잿더미에서 재빨리 일어나 경제 대국으로 가는 길을 거침없이 내달리기 시작했다. 반성도 사과도 없이 나라 안의 모든 정치적 요구들을 물질적으로 입막음하면서 범죄의 결과로 누리는 풍요과 평화, 안정이라니.

그렇게 흥청거리고 있는 적국 한가운데 몸을 두고 살면서 1957년 「까마귀의 죽음」 이후 60년이 훌쩍 넘는 세월, 그는 온 생을 온전히 끓어오르는 분노를 삭여가며 적의 언어로 글을 써왔다. 그 울분과 답답함, 서글픔이 그의 작품엔 가득하다.

지난해(2022년) 8월 19일, 작품집 『보름달 아래 붉은 바다』(満月の下の赤い海)의 출간을 기념한 인터뷰(「쓰기 위해 목숨이 필요했다」)에서도 그는 여윈 몸을 꼿꼿이 세우고, 형형한 눈빛으로 명확하게 자신의 생각을 밝히고 있다.

"말은 무기 이상의 무언가가 될 수 있다. 언어가 없다면 직접 부딪칠 수밖에 없지만 언어에 의한 완충지대가 생겨나니 폭력과 폭력이 직접 부딪치지 않아도 된다." 그리고 "모든 죽은 자는 산 자를 위해 있고 죽은 자는 산 자 속에 살아 있다."라고 힘주어 말한다. 폭력을 대신할 수 있는 말의 힘에 대한 이러한 신뢰와 기대, 그리고 말하는 이 없으니 죽은 자를 대신하여 자신이 말해야 한다는 믿음이 그의 오랜 문학활동을 지탱하고 쓸쓸한 삶을 버티게 했을 것이다.

제주 민중항쟁 이후 이미 75년이라는 세월이 흘렀으나 우리는 여전히 이 일의 전모를 명확히 알지 못하고, 마무리되지 못한 이 참극의 희생자들은 대부분 세상을 떠났다. 더구나 그나마 조금씩 풀리나 싶던 실타래는 다시 헝클어져 엉겨 붙고 한 걸음이라도 앞으로 나아가기는커녕 형편없이 뒤로 굴러떨어질 것이 분명한, 야만의 시간을 우리는 살고 있다.

이 노작가의 글쓰기는 기억을 흔적 없이 지우고 죽은 자들을 소리 없이 산 자로부터 빼앗아 가려는 거대한 시간의 수레바퀴 아래, 자신의 늙고 가난한 몸을 밀어 넣어 그 속도를 조금이라도 늦추어보려는 처절한 몸부림이다. 그리고 우리는 그의 고군분투에 너무 오래 빚지고 있다.

그는 올해 아흔여덟 살이 되었다.

2023년 3월

서은혜